소설 예수 ③ 새로운 약속

나남
nanam

나남창작선 155

소설 예수 ❸ 새로운 약속

2020년 12월 5일   발행
2020년 12월 5일   1쇄

지은이   尹錫鐵
발행자   趙相浩
발행처   (주) 나남
주소   10881 경기도 파주시 회동길 193
전화   (031) 955-4601 (代)
FAX   (031) 955-4555
등록   제 1-71호 (1979.5.12)
홈페이지   http://www.nanam.net
전자우편   post@nanam.net

ISBN   978-89-300-0655-2
ISBN   978-89-300-0652-1 (전7권)

책값은 뒤표지에 있습니다.

나남창작선 155

윤석철 대하장편

소설 예수 ③ 새로운 약속

나남
nanam

〈예수 당시의 이스라엘〉

시돈

페 니 키 아

헤르몬산 ▲

두로

카이사레아 빌립

이 투 레 아

갈 릴 리

바 타 네 아
(드라고닛)

프톨레마이스   가버나움
            막달라   벳새다
       아벨산 ▲ 갈릴리
세포리스 티베리아스 호수
베들레헴   거라사
(갈릴리)   나사렛

지 중 해

티볼산

카이사레아

데 가 볼 리

세바스테

요

세겜

단

사 마 리 아

강

베 뢰 아

욥바

벧엘

여리고

엠마오   벳바게
예 루 살 렘 ● ▲ 베다니
올리브산

나 바 테

유 대

베들레헴
(유대)

마케루스

헤브론

소금호수
(사해)

이 두 매

브엘세바

N

W   E

S

성서고고학적 검토에 따라 수정.

0   20km

〈예수 당시의 예루살렘〉

제2성벽

다메섹 문

제2성벽

튀로포에온 골짜기

베데스다 연못

안토니오 요새

성전산 (모리아산)

겟세마네

올리브산

다리

성전

제1성벽

안티파스의 궁전

헤롯의 궁 (총독궁)

윗 구 역

제1성벽

제1성벽

시온산

기혼샘

아 랫 구 역

대제사장 가야바의 집

에세네의 문

히스기야 터널

기드론 골짜기

제1성벽

실로암 연못

힌놈 골짜기

N
W · E
S

James H. Charlesworth(2006)의 지도 참고.
성서고고학적 검토에 따라 수정.

0   200m

〈예루살렘 성전 내부구조〉

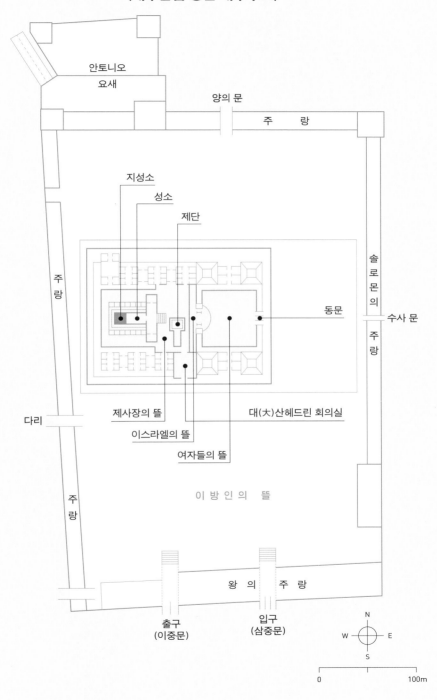

안토니오 요새

양의 문

주 랑

지성소

성소

제단

주 랑

솔로몬의 주랑

수사 문

동문

다리

제사장의 뜰

이스라엘의 뜰

대(大)산헤드린 회의실

여자들의 뜰

주 랑

이 방 인 의 뜰

왕 의 주 랑

출구
(이중문)

입구
(삼중문)

N
W · E
S

0   100m

소설 예수 3권
새로운 약속

차 례

소설 예수 4권
닫힌 문

소설 예수 전 7권

등장인물 소개

예수	하느님의 뜻을 깨닫고 하느님을 가슴에 품고 산 사람.
히스기야	예수의 어릴 적 친구. 의적단 '하얀리본' 두목.
바라바	의적단 '하얀리본' 부두목. 바리새파 학생의 아들.
요한	세례자. 예수에게 세례를 베풀고 광야 수행으로 이끌어준 선생.
요셉	예수의 아버지.
마리아	예수의 어머니.
야고보	예수 바로 아래 동생.
다른 동생들	유다, 시몬, 요셉, 마리아, 요한나.
시몬	갈릴리 베들레헴에 사는 요셉의 삼촌. 예수에게 할례를 베풂.
예수	주인공 '나사렛 예수'와 같은 이름의 나사렛 마을 촌장 겸 회당장.
마리아 (막달라)	막달라 출신의 여자 제자.
시몬	갈릴리 호수 어부. 벳새다 출신. 예수에게서 '게바'라는 새 이름을 받음. '게바'는 헬라어로 베드로.
안드레	갈릴리 호수 어부. 벳새다 출신. 시몬의 동생.
요한	갈릴리 호수 어부. 세베대의 아들. 야고보의 동생.
야고보	갈릴리 호수 어부. 세베대의 아들. 요한의 형.
빌립	벳새다 출신. 스승이었던 세례자 요한이 처형된 후 예수를 따름.
유다	예수의 제자.
시몬	예수의 제자. '작은 시몬'으로 불림.
레위	가버나움 세리 출신. 알패오의 아들. 헬라식으로 '마태'라고도 불림.
야고보	레위의 동생. 알패오의 아들. '작은 야고보'라고 불림.

도마	쌍둥이라는 별명을 가진 제자.
므나헴	예수의 제자.
삭개오	여리고의 세리장.
글로바	엠마오 출신 예수의 제자.

빌라도	현 로마총독(5대 총독). 유대, 사마리아, 이두매 관할.
아레니우스	로마 원로원 의원의 조카. 빌라도를 따라 예루살렘에 옴.
클라우디아	빌라도의 아내.

헤롯	예수 탄생 후 사망한 유대의 왕.
마리암네	헤롯왕의 두 번째 왕비. 하스몬 왕조의 공주.
안티파스	갈릴리와 베뢰아를 다스리는 분봉왕. 헤롯왕과 네 번째 부인의 아들. '헤롯 안티파스'라고 불림.
알렉산더	분봉왕 안티파스의 최측근 신하. 로마에서 유학함.
헤로디아	안티파스의 현 아내. 헤롯왕의 다른 아들 '로마의 헤롯'과 이혼한 후 딸 살로메를 데리고 안티파스와 재혼함.

가야바	예루살렘 성전의 현 대제사장. 전임 대제사장 안나스의 사위.
마티아스	가야바의 아들. 성전 제사장.
야손	성전 제사장. 성전 정보조직 책임자.
가말리엘 (랍비)	랍비 힐렐의 손자. 바리새파 선생. 예루살렘 대산헤드린 의장.
시몬 (랍비)	랍비 힐렐의 아들. 바리새파 선생. 가말리엘의 아버지.
요하난 (랍비)	자카이의 아들. 바리새파 큰 스승. 훗날 랍비 유대교의 지도자.
니고데모	예루살렘 대산헤드린 의원.
요셉	아리마대 사람. 예루살렘 대산헤드린 의원.

요셉 (구레네)	구레네 사람으로 예루살렘 아랫구역 주민. 구레네 사람 시몬의 형.

폭풍 전야

로마의 두 번째 황제 티베리우스 19년, 유대의 달력으로 니산월 9일. 로마제국 다섯 번째 유대총독 본디오 빌라도가 옛 헤롯 왕궁이었던 총독궁에 들어갔다. 그때부터 총독궁이 바로 유대의 심장이 된다. 황제의 위엄을 대리하는 총독이 머무르는 곳이기 때문이다.

무늬 없는 황금색의 크고 작은 깃발 3개가 총독궁에 게양됐다. 7년 전, 갓 총독으로 부임한 빌라도가 황제의 얼굴이 새겨진 깃발을 내걸었다가 유대인들과 충돌을 겪은 이후, 무늬 없는 황금색 깃발로 황제와 로마제국 그리고 총독을 상징했다.

총독궁은 예루살렘성 윗구역에 성안을 굽어보며 당당하게 서 있다. 본관 건물에서부터 새가 날개를 벌린 듯 양쪽으로 부속건물이 길게 뻗어 있는 구조였다. 그 북쪽 날개 끝에 3개의 아름다운 탑이 서 있다. 탑 위에서 나팔소리가 일제히 울렸다. 나팔소리는 도성 예루살렘을 몇 번씩 휘감고 돌았다.

그 나팔소리는 그저 울리는 소리가 아니다. 유대가, 유대의 도성 예루살렘이 로마황제의 통치 아래에 있다는 확인이다. 예루살렘 성전에 위임했던 모든 권한을 총독이 즉시 회수하여 장악한다는 신호다. 그 순간부터 성전은 로마총독 빌라도의 명령을 받드는 하부기관으로 내려앉는다.

총독궁에 들어간 빌라도는 주요 부하들을 불러 모았다. 그는 약간 아래턱을 치켜 올리고 거만한 표정으로 회의실에 들어섰다. 그가 회의실에 들어서자 앉아 있던 부하들이 벌떡 일어나서 부동자세로 그를 맞았다.

"모두 앉아요!"

"예! 각하!"

이럴 때에 중언부언하면 총독의 권위가 서지 않는다. 유대 주둔 로마군 최고사령관 겸 총독으로서 명령해야 한다. 그런 연극 같은 역할 수행을 빌라도는 즐겼다.

"자! 내가 결정했소."

모두 조용했다. 그가 그렇게 말할 때면 그저 듣고 명령대로 움직이는 것이 가장 안전하다. 부하들은 총독의 성격을 알고 있었다.

"첫째, 포고령을 내리겠소. 발동 시기는 내일 아침 해 뜨는 시각. 오늘 해가 지고 두 시간 후까지 문서로 작성해서 나에게 보고하여 승인을 받도록. 선임장교가 책임지고 각 단위부대장들과 상의해 작성하시오."

"알겠습니다. 각하! 그런데 이번에 포고령을 내리시는 특별한 뜻이 있으십니까? 이제까지 각하께서 명절 때마다 조치하셨던 내용을 우선

14

포함해야 할 텐데, 제가 각하의 뜻을 알면 좀더 잘 처리할 수 있을 것 같아서 … ."

그 말이 끝나기 전에 빌라도가 단호하게 말했다.

"이번에는 사태가 그만큼 엄중하기 때문이오. 아, 그리고 포고령에 처벌 내용도 반드시 넣으시오. 가장 중한 죄에는 최고 형벌 사형! 그 것도 십자가 처형!"

"예! 알겠습니다."

"유월절逾越節이 시작된다는 15일 밤, 통행금지의 해제, 성전과 성 문 사이의 통행로, 성문 밖 경계 등은 성전과 상의하여 운영하되, 도 성 윗구역에 일반인이 들어오는 것은 철저하게 금지하시오."

"예! 통행금지는 15일이 시작되는 그 밤에만 해제하겠습니다."

"둘째, 이번에 내가 이끌고 입성한 부대와 예루살렘에 주둔하던 위 수대 병력 재편을 오늘 밤 안으로 마치도록. 성문 경비에 투입될 병 력, 도성 내부를 순찰할 병력, 성전 외곽과 주랑건물 위에 배치할 병 력, 도성 밖 접근로에 배치할 병력, 예비부대로 운용할 병력을 편성하 시오. 예루살렘 위수대 병력은 오늘 입성한 각 단위 부대에 골고루 배 속하여 재편하고, 필요한 지원과 연락을 책임지도록! 알겠소?"

"예, 각하!"

"셋째, 카이사레아 총독궁에 연락하여 남아 있는 부대를 신속하게 예루살렘으로 이동시키시오. 밤낮을 가리지 말고 이동하여 이틀 후 이 시간에 성문 밖까지 도착하도록. 반드시 이틀 후까지 도착해야 하 오."

"예, 각하! 즉시 전령을 보내고, 연락 비둘기도 날리겠습니다."

"넷째, 어떤 군대도 내 허락 없이는 내가 통치하는 지경地境을 넘어 들어올 수 없소. 이를 어기면 황제 폐하에 대한 반란으로 간주하여 응징하겠소. 포고령에 이 내용도 분명히 넣으시오. 마지막으로, 이번 유월절에는 관례적으로 행하던 총독 주최 연회를 생략하겠소."

"각하! 마지막으로 지시하신 그 말씀은… . 사실 많은 유대인들이 이번 연회에 참석하여 각하 뵙기를 고대하고 있습니다. 재고해 주시면… ."

"이번에는 하지 않겠소."

"예! 그러시면 그렇게 통보하겠습니다. 무척 아쉬워할 겁니다."

빌라도는 그렇게 말하는 부하를 가만히 쳐다보았다. 총독의 눈길을 받자 그 부하는 갑자기 움찔했다. 총독 주최 연회의 초대 명단에 끼워 주는 일을 가지고 부하들은 유대인으로부터 적지 않은 뇌물을 받았다. 총독은 예루살렘 성전 대제사장이나 유대인 유지들에게서 큰 뇌물을 받고, 부하들은 부하들대로 뇌물이나 선물을 받는 것이 몇 년째 이어져 내려온 관행이 되었다.

빌라도는 단호하게 명령했다.

"다시 애기하지만, 이번에는 연회를 취소하겠소. 그리 통보하시오. 질문 있소? 없으면 이상!"

말을 마치자마자 빌라도는 벌떡 일어나 뒤도 돌아보지 않고 나갔다. 그때 한 사람이 총독을 불렀다.

"각하!"

문을 나서다 말고 빌라도가 그를 돌아보았다.

"오늘 저녁에 각하를 뵈러 오기로 한 유대인들은… ."

"들이시오. 이미 약속한 일이니."

"예, 감사합니다, 각하! 그리 조치하겠습니다."

전날 밤, 야영지 군막에서 대제사장이 보낸 사자와 갈릴리 분봉왕分封王 안티파스가 보낸 사자로부터 보고를 받은 후, 빌라도는 혼자 곰곰이 상황을 분석하고 대책을 구상했다. 아침에 부대를 이끌고 입성하면서도 대책 세우기에 골몰했다. 그동안은 대개 부하 참모들과 함께 상의했지만 이번에는 혼자 생각하고 혼자 결정했다. 아무리 가까운 부하들이라고 해도 총독의 명예와 권위, 권한과 책임까지 속속들이 꿰뚫어 알 수는 없기 때문이다.

부하들과 회의를 마친 빌라도는 로마군 예루살렘 위수대장을 이끌고 다른 회의실로 걸어갔다. 전날 밤 야영 군막에서 지시한 대로 제사장 마티아스, 갈릴리 분봉왕 측의 알렉산더가 기다리고 있었다.

빌라도는 자리에 앉자마자 로마제국의 유대총독으로서 분명하게 지시했다.

"유대 지방 예루살렘에서 일어나는 모든 사태는 최종적으로 나의 지시에 따라 처리하시오. 분봉왕 저하 측에서 파악한 내용은 위수대장을 통해 총독궁에 통보해주면 좋겠소. 성전 또한, 파악한 모든 내용을 위수대장을 통하여 나에게 보고하시오. 갈릴리나 성전이나 책임이 있는 일에는 끝까지 그 각각의 책임을 다하기 바랍니다. 알렉산더 공은 분봉왕 안티파스 저하의 협조에 감사드린다는 나의 뜻을 잘 전해드리세요. 로마군 예루살렘 위수대장에게 상황을 조정하고 통제할 수 있는 1차 권한을 부여하겠소."

알렉산더는 말없이 고개를 끄덕였다. 마티아스는 모든 문제가 갈릴리에서 시작됐다는 듯한 표정으로 자꾸 알렉산더의 얼굴을 쳐다봤다. 그러더니 마티아스가 말을 꺼냈다.

"총독 각하! 위수대장과 치안 관련한 실무 협의를 하는 일은 성전에서 그 일을 책임진 제사장과 성전 경비대장이 맡아 처리하도록 위임하겠습니다."

"그러시오. 실무 협의까지 마티아스 제사장이 일일이 나설 필요는 없겠지요. 그런데 한 가지, 어느 쪽에 책임이 있고 없는지 가리는 일보다 더 중요한 것은 갈릴리 분봉왕 저하나 성전 대제사장 각하 모두 합심해서 잘 대응하는 일이오. 우선, 위수대장과 함께 상황을 철저하게 분석하여 대책을 세우기 바라오!"

"예!"

"아, 참! 알렉산더 공! 갈릴리 안티파스 저하는 예루살렘에 올라오셨지요?"

"예, 저하의 거처에 머물고 계십니다."

"내가 저하와 상의할 일이 있는데 …."

"두 분이 한번 회동하시겠습니까?"

"오늘은 바쁘고, 내일이나 모레에 한번 뵙자고 전해 주시오. 사람들 눈이 있으니 불편하시겠지만 총독궁으로 오시면 좋겠소."

"예, 그리 말씀드리고 결과를 전해 올리겠습니다."

"여기 일이 다 잘 끝나면, 공도 시간 내서 카이사레아에 한번 들르세요."

"감사합니다. 그리 하겠습니다."

야영지 군막에서 접견했던 지난밤과 달리 빌라도는 필요한 말만 하

고 자리에서 일어섰다. 로마제국 유대총독의 위엄을 한껏 내보인 것
이다.

그날 해가 지고, 하늘에 별이 나타나기 시작하자 성전에서 나팔소
리가 울렸다. 니산월 10일이 시작된다는 신호다.

성전 뜰 남쪽, 왕의 주랑건물 서쪽 끝에 망대가 있다. 그곳에 올라
서면 예루살렘성 윗구역과 아랫구역이 다 보이고 기드론 골짜기와 힌
놈 골짜기도 보이고, 남쪽으로 헤브론 내려가는 길도 보인다. 망대에
박힌 돌에는 나팔을 부는 장소라는 글이 새겨져 있다. 헤롯왕이 성전
을 확장하여 건축한 이후, 하루에 두 번, 담당 제사장이 그 자리에 올
라서서 아침저녁으로 나팔을 불었다. 아침에 부는 나팔을 신호로 예
루살렘 성문을 열고, 저녁에 부는 나팔은 하루가 끝나고 새 하루가 시
작된다는 신호다.

10일 밤이 되자 미리 정해 둔 순서대로 유대인 유지들이 총독궁을
은밀하게 찾아들었다. 그 사람들끼리 서로 얼굴을 마주치지 않도록
잘 관리하는 일은 언제나 마음 쓰이는 일이다. 그런데 이번 유월절에
총독을 찾아온 사람들마다 얘기 끝에 붙이는 말이 거의 비슷했다.

"총독 각하! 이번 유월절에 심상치 않은 일이 벌어질 듯합니다."

빌라도는 처음 듣는다는 듯, 모르는 척하고 물었다.

"아니, 그게 무슨 소리요?"

"예! 제 경험으로 미뤄 보아 틀림없이 일이 벌어질 것 같아 걱정돼
서 말씀드립니다. 혹 그런 일이 있을 때, 각하께서 저희 집안을 좀 돌
봐 주십시오."

"집안을 돌보는 거야 내가 어찌 … ."

"혹시 군사를 풀어 진정시켜야 할 일이 생겼을 때 각하께서 돌봐 주십사 부탁 말씀을 올리는 겁니다."

사람마다 말하는 방법은 달랐지만 내용은 비슷했다.

"저희 집이 윗구역에서 성전으로 가는 길 두 번째 갈림길 오른쪽 첫 집입니다. 꼭 좀 기억해 주십시오."

군사를 풀어 진압하는 과정에 로마군대가 자기 집에는 손대지 않도록 단속해 달라는 요청이다.

예루살렘 사람들은 로마군에 의해 여러 번 크게 약탈당했다. 96년 전 로마 장군 폼페이우스의 군대에게 약탈당한 이래 거의 20년이나 30년 만에 한 번씩은 끔찍한 일을 겪었다.

군대란 전장에서 목숨을 걸고 적군과 싸우는 무력조직이다. 그런데 전쟁터가 아니라 도시에 군대를 풀어놓으면 언제나 군인들이 약탈자로 변한다. 눈에 보이는 대로 재물을 빼앗고, 여자들을 겁탈하고, 항거하는 사람의 집에는 불을 지른다. 나이 든 사람들에게는 그 경험이 뿌리 깊은 공포로 기억 속에 자리 잡았기 마련이다.

"알겠소! 문명국인 우리 로마제국의 군대가 그런 일이야 하겠소? 하여튼 내가 부하들에게 단단히 단속하라고 명령하리다."

"예, 각하! 감사합니다. 여기 저희 집을 기억하실 수 있도록 표시해서 가져왔습니다."

그러면서 부스럭부스럭 양피지에 그린 지도를 꺼냈다.

세상이 뒤집어질 일이 생길 때, 예루살렘 아랫구역 사람들은 그저 골목골목 모여 자기들끼리 수군거리며 걱정만 한다. 반면 윗구역에 몰려 사는 귀족이나 유지들은 안전을 보장받으려고 총독에게 줄을 대며 손을 쓴다. 예루살렘 지도층 사람들 나름대로 터득한 생존방식이다.

그날 밤, 유대인 유지들과의 면담이 끝난 후 빌라도는 야간 회의에 부하들을 다시 불러 모았다. 우선 낮에 지시했던 대로 포고령을 검토하고 승인했다. 이제 공포하는 일만 남았다.

"그건 이제 됐고. 그런데, 위수대장!"

만족한 표정을 짓던 총독이 무슨 일이 갑자기 생각난 듯 위수대장을 불렀다.

"예! 각하!"

"그 갈릴리 분봉왕의 지역에서 몰려 내려온다는 무리는 예루살렘에 들어왔나?"

"예, 해 지기 전에 성전 뜰까지 들어갔다가 물러났습니다."

"그래, 성전에서는 어찌 대응했소?"

"각하! 오늘은 아무런 충돌 없이 조용히 들어왔다가 조용히 물러갔습니다."

"뭐? 남동쪽 성문에서 좀 떠드는 소리가 들렸다고 하던데?"

"그것까지 아셨습니까? 성문을 지키던 성전 경비대 병력이 갈릴리 무리를 검문하는 중에 있던 작은 소란이었습니다. 대수롭지 않은 일입니다. 그리고 아직 우리 로마 병력이 예루살렘성에 있는 여러 성문을 접수하지 않았습니다. 지금 도성 안에 들어와 있는 우리 전 병력을 재편하여 치안통제 계획을 짜고 있습니다. 내일 아침 해가 뜰 때면 이미 우리 로마군이 성문 통제를 시작할 것입니다. 그때까지는 성전 경비대가 성문을 통제하는데, 우리가 인수할 때까지 철저히 관리하라고 성전 경비대에 여러 번 지시해 두었습니다.”

“여기 예루살렘성에 사는 유대인들이나 다른 지방에서 몰려드는 불순한 무리들이 합세하면?”

“그 점이 염려되기는 합니다. 그래서 성전 경비대장과 야손 제사장이 예루살렘 주민들에게 미리 손을 써놓았습니다. 오늘은 큰 문제없이 넘어갔습니다. 내일 이후 문제가 생길 경우에 대비하여 오늘 위수대로 성전 경비대장과 야손 제사장을 불러 여러 가지 상의하고 별도로 지시했습니다. 갈릴리 분봉왕 측에서도 위수대 회의에 참석했습니다.”

“그래! 잘했어! 알렉산더라는 그 사람을 잘 활용하라고. 내가 보니, 일을 풀어 가는 능력이 대단한 사람 같더군. 실수 없이 잘 하라고!”

그는 다시 부하들을 둘러보며 물었다.

“그리고 아레니우스 공은?”

“오늘은 각하께서 정해 주신 처소에서 좀 쉬겠다고 합니다.”

“잘 모셔! 중요한 분의 조카 되는 분이니까. 내가 지시한 일은 잘 준비했지?”

“예! 오늘 밤부터 매일 처소에 들여보내도록 준비했습니다.”

그 말을 듣자 위수대장은 조금 전 아레니우스 처소에서 나눴던 얘기를 떠올렸다. 총독이 아무리 공을 들여도 아레니우스는 로마에서 건너온 감찰관이 분명했다. 일은 이미 어찌 되돌릴 수 없는 상황까지 번져 있었다.

✠

    총독이 소집한 야간 회의에 참석하러 총독궁에 들어오면서, 위수대장은 먼저 총독궁 서쪽 끝에 위치한 아레니우스의 처소에 은밀하게 들렀다. 예루살렘에 머무는 동안 지내라며 총독이 마련해 준 거처였다.

"위수대장!"

"예, 아레니우스 공! 무슨 일로 소관을 부르셨습니까?"

"로마제국 황제 폐하와 원로원에 목숨을 걸고 충성하지요?"

"예? 예! 소관 그렇습니다."

"그럼 내가 한 가지 명령할 일이 있소. 은밀하게 추진하오!

"명령이라고 하셨습니까?"

"명령이오."

    그 말에 위수대장은 갑자기 으스스한 추위를 느꼈다. 찬물을 부은 듯 머리끝에서 시작하여 서늘한 기운이 슬금슬금 뒤통수를 타고 흐르다가 갑자가 목 뒤로, 등허리로 순식간에 쭉 흘러 내려갔다. 자꾸 귀가 씰룩씰룩하는 것처럼 느껴졌다. 아레니우스는 눈도 깜짝이지 않고 그를 지켜보고 있다.

"알겠습니다. 공의 명령이라면 소관이 목숨을 걸고 받들겠습니다."

"그런데 총독에게는 절대로 비밀로 하오. 어떤 경우에도 …. 알겠소? 일을 잘 처리하면 내가 나중에 위수대장을 잊지 않겠소."

"예! 말씀하십시오."

"내가 … 음 … 예루살렘 성전 대제사장을 직접 좀 만나고 싶소."

"예?"

"왜 놀라요?"

"아니, 대제사장을 직접 만나겠다고 하시기에. 총독 각하께서도 그 사람을 직접 만나신 적이 없습니다. 유대 사람들이 워낙 말도 많고 까다로워서 ⋯ ."

"총독은 총독이고, 내게는 그럴 일이 있소."

"혹시, 아레니우스 공께서는 ⋯ ."

"섣부른 짐작은 하지 말고. 더 이상 묻지 말고 대제사장을 만나도록 주선하오. 위수대장이 할 수 없다면 내가 직접 처리하겠소. 다만 ⋯ ."

"예?"

"혹시 모를 안전 문제 때문에 위수대장에게 주선하라고 말한 거요."

"예, 알겠습니다. 명령을 받들겠습니다."

"좋소! 절대 비밀을 지켜야 하오. 대제사장에게도 내가 만나자고 한다고 말하지 마오. 내가 누구인지 모르게 하오. 그리고 죽는 순간까지 이 일은 비밀로 지켜야 하오. 만일 단 한 사람이라도 이 일을 알게 된다면 위수대장이 발설한 것으로 여기고 큰 벌을 내릴 테니 명심하오!"

"예! 아레니우스 공! 잘 알겠습니다."

"늦어도 모레까지는 만날 수 있도록 처리하오. 그리고 한 가지 더."

"예!"

"갈릴리의 선생이라는 사람, 예수라는 그 사람 말인데, 총독에게 보고하는 모든 내용을 나에게도 모두 보고하오."

"예!"

진정할 수 없을 만큼 벌렁벌렁 뛰는 가슴을 진정하려고 위수대장은 애썼다. 눈 하나 깜짝이지 않고 똑바로 그를 바라보는 아레니우스의 표정은 싸늘하고 엄숙했다. 자신은 명령을 내리고 보고를 받을 만한 위치에 있다고, 그가 스스로 신분을 밝힌 셈이다. 그는 황제나 원로원의 은밀한 명령을 받아 유대 상황을 살펴보고 총독의 모든 비리를 감찰하러 온 사람이 분명했다.

"아!"

위수대장은 깊게 숨을 들이쉬었다. 들이쉰 숨을 다시 내쉴 수 없을 만큼 떨렸다. 빌라도 총독의 자리가 위태롭다는 소문이 사실로 드러나는 순간이다. 2년 전 황제의 명령에 따라 처형당한 로마의 권력자 세자누스의 이름이 다시 떠올랐다. 빌라도 총독은 세자누스 사람이라고 처음부터 널리 알려졌던 인물이다. 그렇게 보면, 빌라도 총독이 황제나 원로원의 은밀한 감찰을 받는다고 해서 이상하게 생각할 일은 아니다. 그건 언제 일어나도 일어날 일이다.

'총독이 로마로 소환되면?'

'다음 총독이 내려오겠지!'

'그럼 나는?'

'당연히 나도 로마로 불려가겠지, 총독 사람이라고 알려졌으니 …. 그럼, 나는 끝이지.'

'그러면 아레니우스 공은 왜 나에게 이런 은밀한 명령을 내리는가?'

생각이 거기까지 미치자 자칫 한발을 잘못 내디디면 돌이킬 수 없는 일이 벌어지고 모든 것이 끝난다는 것을 깨달았다. 그러나 어떻게 생각하면, 아레니우스가 그에게 직접 비밀명령을 내렸다는 사실이 남아있는 한 가닥 작은 희망일 수 있었다. 기회의 줄을 잡아야 한다고 판단했다.

'그런데, 가야바 대제사장을 만나겠다고? 왜? 황제 폐하나 로마 원로원에서 총독을 로마로 소환하기 전에 특별히 대제사장을 통해 확인할 일이 있나?'

'황제 폐하가 총독을 그냥 소환하면 되지 … 뭐 아랫사람인 대제사장에게 총독에 관한 일을 확인할 것까지야 … .'

'그럼? 왜? 왜 대제사장을 만나보겠다고?'

'가야바의 사람됨을 알아보려는 걸까?'

'총독이 바뀐다면 이번에야말로 가야바도 바뀔 텐데? 대제사장을 임명하거나 갈아치우는 것은 새로 부임하는 총독의 권한이고 … .'

'혹시, 혹시?'

그는 꽤 오래전에 가야바 대제사장의 아들 마티아스가 은밀하게 입에 올렸던 말을 떠올렸다. 그의 물음이 너무 엉뚱했다.

"위수대장! 혹시 유대 땅에 예전처럼 왕을 세울 움직임은 없는지요? 로마에 … ."

"아니, 나 같은 말단 장교가 그런 큰일을 어찌 알겠소?"

"그래도, 혹 … ."

그때는 그렇게 지나가는 말처럼 서로 묻고 대답했었다. 그러나 이제 아레니우스가 대제사장을 직접 만나보겠다고 말하는 순간, 이전에 마티아스와 나눴던 대화에 감춰진 뜻이 있었으리라는 생각이 들었다.

'그럼, … 혹시 가야바 대제사장을?'

'그럴 리가?'

한 가지도 허투루 할 수 없을 만큼 상황은 엄중했다. 주선해야 할 회동이 총독과 유대와 위수대장 자신의 앞날을 결정하는 일이 될 것이다. 총독은 갈릴리 분봉왕을 만나고 싶어 하고, 아레니우스는 대제사장을 만나고자 한다. 은밀하게 벌어지고 있는 일이 어렴풋이 그의 눈에도 들어오기 시작했다.

위수대장은 망설이지 않았다. 눈앞에 두 갈래, 세 갈래의 길이 있어 그중 가장 좋은 길 하나를 선택해야 할 때는 신중해야 한다. 그러나 길이 오직 한 갈래뿐이라면 머뭇거릴 이유가 없다. 다 무너져가던 집이 조금씩 떨리기 시작하면 그건 곧 무너진다는 신호다. 재빨리 지붕에서 내려와야 한다.

아레니우스가 그를 빤히 바라보고 있다. 어쩌면 그가 부지런히 이런 생각, 저런 궁리를 하는 것도 모두 들여다보고 있을지 모른다.

"예! 아레니우스 공! 제가 명령을 받들겠습니다."

아레니우스는 천천히 고개를 끄덕이더니 다시 한마디 던졌다.

"절대로 비밀! 은밀하게!"

"예!"

문밖을 나서면서 두려움을 떨쳐버리려는 듯 위수대장은 고개를 움찔움찔하면서 몸을 털었다. 총독궁 한쪽에 빌라도 총독을 무너뜨릴 사람이 버티고 앉아 있기 때문이었다.

✝

그날 늦은 오후, 해가 떨어지기 직전에 로마군 안토니오 요새에서 위수대장이 주재하는 회의가 열렸다. 그곳에서는 예루살렘 성전이 모두 내려다보였다. 위수대장, 성전에서는 야손 제사장과 성전 경비대장이 그리고 갈릴리 분봉왕 측에서 알렉산더가 참석했다.

위수대장이 먼저 운을 떼었다.

"총독 각하의 명령에 따라 소관이 이 회의를 소집했습니다. 앞으로 많은 협조를 기대합니다."

그의 말이 떨어지자마자 성전 측에서 명절기간 치안계획에 대하여 보고했다. 주로 경비대장 소관사항이어서 그가 보고했고, 야손은 가끔 나서서 빠진 부분을 보충하여 설명했다. 그들은 세세한 것까지 보고에 포함시켰다. 성전의 치안대책을 알아보고 그 내용을 위수대장이 총독에게 보고해야 명절기간 성전 지도층이 입을 의식용 예복을 받을 수 있기 때문이었다. 성전의 보고내용을 일일이 점검한 위수대장은 만족했다는 듯 몸을 뒤로 젖히면서 지나가는 말투로 물었다.

"그래, 지난밤, 계획대로 잘 진행됐다면서요?"

보아하니 이미 위수대와 성전에서는 긴밀하게 협조하며 진행했던 사항인 듯한데 그 회의에 참석한 알렉산더를 위해 내용을 조금 흘려주는 것 같았다. 위수대장의 말에 야손은 그저 고개만 끄덕였고, 성전 경비대장이 대답했다.

"예. 두목은 손에 들어왔는데 부두목과 나머지 놈들은 바람처럼 어디로 사라졌습니다. 아깝게도 모두 놓쳤습니다."

"그렇게 그물을 쳤는데도 빠져나갔단 말입니까?"

"두목마저 못 잡았으면 괜히 엉뚱한 사람들에게 피해만 입힌 꼴이 될 뻔했습니다."

"오늘 아침 그 사람들이 모두 성문 밖에 몰려와 소란을 떨었다면서요?"

"예? 아! 그 사람들에게는 우선 얼마간 먹을 것을 대준다고 했고, 성전에 있던 큰 천막 몇 개를 내려주었습니다. 성전 동쪽 건너편에 있는 산에서 당분간 지내도록 조치했더니 좀 가라앉았습니다."

"그래, 잡아들인 두목은?"

"예, 성전 은밀한 곳에 처박아 두었습니다."

"그곳은 안전한가요? 아니면 여기 요새로 당장 끌어올리고요."

"아닙니다. 성전 지하에 그런 방이 있는 줄은 아무도 모릅니다. 저도 처음에는 몰랐습니다. 그런 방을 만들어 놓았을 줄이야….."

"그렇게 안전합니까? 그 무리들이 구출한다고 덤벼들 수도 있을 텐데?"

"그런 곳이 있는 줄도 모를 겁니다. 설사 안다고 해도 절대로 그곳까지는 들어올 수 없습니다. 거기서 무슨 짓을 하고 어떻게 처리하든 아무도 모릅니다. 그냥 소리 소문 없이 해치울 수 있습니다."

알렉산더도 대충 미루어 짐작할 수 있는 내용이었다. 새벽에 일어난 원인 모를 큰 화재로 성밖 움막마을이 몽땅 타 없어졌다는 소문을 그도 들었다. 알렉산더의 마음을 눈치챘는지 야손 제사장이 차갑고 음산한 표정을 바꾸지 않고 입을 열었다.

"하얀리본 얘기입니다."

그저 고개를 끄덕이며 듣다가 알렉산더에게 퍼뜩 한 가지 생각이 떠올랐다.

"하얀리본! 그 두목을 잡았습니까?"

"예, 새벽에 잡아들였습니다."

"나머지는 다 도망갔고요?"

"그러게 말입니다."

그때 성전 경비대장이 입을 열었다.

"한 군데만 열어 놓고 모두 막았는데 무리가 그만 사라져 버렸습니다."

"그러면 그들이 거기 없었던 것 아닙니까?"

"아닙니다. 모두 잠자리에 든 것을 확인하고 일을 시작했습니다."

"그렇다면?"

"움막 앞 힌놈 골짜기로 빠져나갔겠지요."

"움막 앞 골짜기요? 움막에서 골짜기로? 아주 험하다고 들었는데요?"

"그래도 거기밖에는 달리 또 빠져나갈 길이 없습니다. 그리고 한 가지 걱정은…."

"예?"

"그 맹렬한 불길 속을 피할 수 있는 오직 한 군데 길로 나오지 않고 골짜기를 통해 빠져나갔다면, 우리의 계획을 눈치챘다는 생각이 듭니다."

그때 야손이 끼어들었다.

"혹시 우리 쪽에서 계획이 샌 것 아닌가 조사해 보았지만 그건 아닙니다. 아마 불이 났을 때 눈치챈 것 같습니다."

"그런 절박한 순간에 눈치를 채고 빠져나갔다?"

"예. 하얀리본 정도 되니까 그렇게 대응했을 겁니다."

알렉산더가 다시 물었다.

"잡았다는 그 두목, 그자 이름이 히스기야 맞습니까?"

"예, 맞습니다. 틀림없이 그자가 두목이라고 지목한 사람이 있으니까요."

"히스기야를 상하게 했습니까?"

"아닙니다. 아직 손도 대지 않고 그냥 처박아 두었습니다."

"예, 잘하셨습니다. 크게 쓰임새가 있을 겁니다."

"그 도적떼가 꾸몄다는 계획은 우리가 이미 모두 파악했고, 굳이 험하게 손쓸 필요가 없어 그냥 잡아 가두었습니다. 하얀리본 무리가 앞으로 어떻게 반응할지 두고 보는 중입니다."

"예, 잘하셨습니다. 정말 잘하셨습니다. 좋습니다. 좀 생각을 해보십시다."

알렉산더의 마음속에 몇 가지 계획이 떠올랐다. 그는 고개를 끄덕이며 다시 말했다.

"암요! 잘하셨습니다. 잘 먹이고 살려 두십시오. 몸에 상처 하나도 안 생기도록 조심해서 다루세요."

그 모습을 보고 성전 경비대장이 물었다.

"무슨 좋은 생각이 있습니까?"

"예. 좋게 쓸 일이 있을 것 같습니다. 좋습니다!"

그는 킁킁 콧김을 부는 소리까지 내며 고개를 끄덕였다. 그런 그의 모습을 보면서 성전 경비대장이 다시 입을 열었다.

"예, 우리는 알렉산더 공의 의견을 따르겠습니다. 언제든지 좋은 계획이 세워지면 말씀해 주세요."

위수대장도 나서서 거들었다.

"알렉산더 공에게 좋은 계획이 있다면 우리 위수대에서도 적극 협조하겠습니다.”

“그렇게 하겠습니다. 좋은 일입니다. 두고 봅시다. 좀더 생각해 보고 날이 밝으면 알려드리겠습니다. 제가 좀더 생각해 봐야 하겠습니다만 그자를 내세울 일을 만들 수 있을 것 같습니다.”

그때, 야손이 먼저 일어섰다.

“조금 있으면 대제사장 댁 모임이 있습니다. 먼저 일어나겠습니다.”

성전 경비대장이 머뭇거리더니 말을 받았다.

“저는 좀 일이 남았는데요 … .”

“알겠습니다. 제가 돌아가서 잘 말씀드릴게요.”

알렉산더도 자리에서 일어났다.

“나도 그만 가보겠습니다.”

성전 북서쪽에 바짝 붙어 있는 안토니오 요새에 위수대장과 성전 경비대장 두 사람만 남아 회의를 계속했다. 곧 해가 떨어졌다.

＋

위수대 회의에서 돌아올 때, 알렉산더는 누가 그의 뒤를 밟는 것을 느꼈다. 뒤를 돌아보면 이미 날이 어둑어둑해지기 시작하는 때라서 정말 누가 뒤를 쫓는지 알 수 없었다. 그러나 그는 분명 발자국 소리를 들었다. 그가 멈추면 뒤밟는 사람도 멈추고, 그가 다시 걸으면 다시 그 소리도 들렸다. 누가 그의 뒤를 밟을까? 총독궁이든 성전이든 어느 쪽에서도 구태여 그를 미행할 일까지는 없을 것 같았지만 다시 생각하면 누구라도 그럴 이유가 충분히 있었다. 앞으로 예루살렘에서 벌어질 모든 일이 그가 꾸민 일이라는 것을 웬만한 사람은 이미 눈치챘기 때문이다.

뒤를 살피느라 멈추다 걷다 하며 알렉산더는 분봉왕이 머무는 옛 하스몬 왕궁으로 돌아왔다. 궁 안으로 들어섰을 때 그의 등에 땀이 촉촉이 배어 있었다. 앞으로는 어디를 가든 꼭 부하를 대동하리라 마음먹었다. 그가 들어서자 기다렸다는 듯 부하가 방으로 찾아들어와 그날 일을 보고했다. 도성 안의 정보수집을 맡은 사람이다.

"총독이 포고령을 내린답니다."

"포고령이라 … ."

그는 더 묻지 않고 눈을 감은 채 빌라도의 속셈을 헤아려 보려고 애썼다. 낮에 만났던 총독이나 조금 전까지 얼굴을 마주하고 앉아 회의했던 위수대장이나 포고령에 대해서는 한 마디도 입에 올리지 않았다. 왜 그랬을까?

"그런데 말입니다. 이번 포고령에 이상한 내용이 들어간답니다."

"무슨?"

"'어떤 군대도 총독의 허가 없이 총독 관할지역 안으로 들어올 수 없다'는 내용이 있답니다."

"뭐야?"

"아직 포고문이 나오지 않아서 확인은 못했습니다만, 그런 내용을 포함하라고 총독이 직접 지시했답니다."

"누구한테서 들었소?"

"그건 … . 하여튼 확실한 쪽입니다."

"음! 알겠소. 다른 것은?"

"더 알아보겠습니다."

"수고했소. 나가 봐요."

알렉산더는 자기도 모르게 신음소리가 나왔다.

'음! 빌라도가 그 정도까지 생각할 수 있는 사람인가?'

'아닐 텐데….'

'그럼 어찌? 혹 베뢰아에 집결시켜 놓은 우리 군대 소식이 들어갔나?'

'그럴 리가?'

'흠! 조심해야겠군. 이 정도면 서로 팽팽하다는 말이지….'

'분봉왕에게 얘기해 두어야 하나?'

'아직은…. 헤로디아가 빨리 올라와야 할 텐데. 사마리아를 거쳐 오면, 빠르면 내일, 늦어도 모레면 입성하겠지.'

알렉산더는 분봉왕과 만나보고 싶다던 총독의 말을 떠올렸다. 회동을 주선하는 자체가 쉽지 않은 일이다. 더구나 총독궁에서 만나자고 말하면 분봉왕은 분명 단호하게 거절할 사람이다. 먼저 총독의 계획을 읽어야 하고, 총독과 분봉왕이 서로 무엇을 주고받을 수 있을지 구상해야 분봉왕에게 말을 꺼낼 수 있다.

'무슨 일로 만나게 해야 하나? 예수 일? 하얀리본 일?'

그는 우선 총독이 분봉왕에게 책임을 물을 만한 일을 미리 찾아내 대비책을 마련하기로 했다. 유대총독과 갈릴리 분봉왕 사이의 서열을 따지자면, 황제에게 직접 보고할 수 있는 분봉왕이 분명히 형식상 더 높은 지위에 있다. 그러나 총독은 배속된 군대를 장악하고 있는 로마 사람이다. 그런 면에서 본다면 실질적인 힘은 유대총독이 우위에 있다고 볼 수 있다.

예루살렘의 유월절은 언제나 긴장되기 마련이지만 예수와 하얀리본 일로 이번에는 좀더 복잡하게 바뀌었다. 그래서 알렉산더는 더 신이 났다. 모든 일이 그저 평탄하게 굴러갈 때보다는, 갑자기 구르고 막히고 튀어오르고 삐져나올 때, 그런 일을 붙잡고 풀어나가는 일에 그는 큰 희열을 느꼈다.

하얀리본과 관련된 일은 성전 경비대가 위수대의 지휘를 받으며 처리할 수 있겠지만 나사렛 예수의 일은 그가 나서서 조정할 일이다. 때는 유월절이고 장소는 도성 예루살렘이기 때문이다. 그건 유대, 갈릴리, 온 이스라엘의 운명이 걸린 일이다.

✛

니산월 10일이 시작된 밤, 가야바의 집에 성전 지도층 사람들이 모여들었다.

"경비대장은?"

접견실에 들어서면서 모인 사람들 얼굴을 확인하듯 한 명씩 훑어보더니 가야바가 불쑥 물었다. 성전 경비대장이 눈에 띄지 않았기 때문이다. 눈이 마주치자 사람들은 공연스레 마음이 불안해져 굽실 고개를 숙여 인사했다.

"총독궁에서, 각하, 예, 총독궁에서 오늘 저녁 긴히 상의할 일이 있다고 부른 모양입니다."

야손은 성전 경비대장이 위수대에 있다는 사실에는 입을 닫은 채 시침 뚝 떼고 총독궁을 둘러댔다.

"긴한 일? 그래도 그렇지!"

가야바는 야손을 쳐다보지도 않고 벌컥 짜증부터 냈다. 명절이 끝날 때까지 늘 옆에 붙어 있으라고, 낮에 직접 경비대장에게 두 번 세번 지시해 두었는데 그가 말없이 빠져나갔다는 말에 대단히 기분이 상했다. 새벽녘 꿈 때문이다.

"각하! 긴급하면서도 특별한 내용이라고 들었습니다."

"왜 나에게 직접 보고하지 않고? 그리고 … 긴급? 뭐가 더 긴급해?"

평소와 달리 짜증을 내고 얼굴을 찌푸리면서 그는 자리에 앉았다. 모임에 불려온 다른 대제사장 가문의 사람들과 제사장들도 무거운 마음으로 각기 자리를 잡았다. 총독궁에서 불러 경비대장이 자리를 비웠다는데 벌컥 화부터 내는 가야바의 모습이 그들에게는 무척 낯설었다. 유월절 명절이 닷새 앞으로 다가와서 대제사장 마음이 뾰족한 모양이라고 사람들은 생각했다.

가야바로서는 짜증날 만도 했다. 그날 하루 종일 가슴이 답답했다. 안식일 후 첫날이고, 총독이 예루살렘성에 들어온 날이고, 유월절 명절 준비를 차근차근 점검하는 날이라 할 일이 많은데도 새벽녘 꿈 때문인지 일이 영 손에 잡히지 않았다.

'왜 물이 거꾸로 올리브산을 넘어 흘러와?'

'무슨 뜻이지?'

'옛 기록에 예언된 대로 메시아가 올리브산을 넘어 시온에 임한다? 에이! 아니 … , 혹시?'

꿈에 보았던 맑고 큰 물줄기. 올리브산 남쪽 중턱을 넘어 쏟아져 내린 물은 금세 기드론 골짜기를 채우고 성전을 휘돌아 감더니 마침내

산더미처럼 큰 파도가 되어 성전을 덮쳤다. 예루살렘성이 온통 잠기고 성전 마당을 넘어 물이 밀려들어올 때 느꼈던 공포가 쉽게 사라지지 않았다. 햇빛을 받아 반짝이며 넘실대던 파도가 눈에 선했다. 머리를 흔든다고 해서, 깊은 호흡을 하면서 아랫배에 힘을 주고 가슴을 펴본다고 해서 사라질 공포가 아니었다.

아무리 생각해도 불길했다. 성전을 지킬 사람은 오직 대제사장 한 사람이라는 계시라고, 억지로라도 믿고 싶고 좋게 생각해 보지만 다시 또 생각하면 불길하기는 마찬가지였다. 접견실 가득 모인 사람들 중에 마음 터놓고 꿈 얘기 하나 상의할 사람이 없다는 사실을 그는 새삼 깨달았다.

가야바는 의례적인 인사말도 건너뛰었다.

"그건 그렇다 치고. 오늘 저녁은 몇 가지만 간단하게 집중적으로 얘기합시다. 갈릴리 불한당 예수 무리에 대한 얘기요. 아까 저녁 무렵 성전 뜰에 들어왔다는 보고는 이미 받았소만⋯."

"예, 대제사장 각하. 어디서 그렇게 많이 모아 왔는지 정말 엄청 많은 사람이 한꺼번에 몰려들어왔습니다. 모두 합쳐 1천 명은 안 되고 6, 7백 명은 확실히 넘지요, 아마? 성문 밖에서 따라 들어온 사람이 3백 명쯤, 그리고 성안 아랫구역 사람들도 3, 4백 명."

한 사람이 나서서 가야바의 말을 받았다. 그는 야손이 맡은 자리를 표 나게 노리는 사람이다. 그의 말을 들으며 야손은 컴컴한 표정으로 말없이 한구석 어두운 곳에 벽을 기대고 서 있다. 그때 늘 야손을 못마땅하게 생각하며 툭하면 으르렁거리는 사람까지 거들고 나섰다.

"그렇게 많은 사람들이 한꺼번에 몰려다니다가 만일 무슨 일이라도 생긴다면 ….”

그 말이 채 끝나기 전에 대제사장을 안심시키겠다는 듯 다른 사람이 나서서 말을 받았다.

“뭐 그 정도는 괜찮을 겁니다. 앞으로 명절기간 내내 하루에 몇만 명씩 사람들이 모여드는데 겨우 1천 명도 안 되는 인원이야 뭐 ….”

야손은 그래도 입을 다물고 있다. 마치 그 자리에 없는 사람 같다. 이러쿵저러쿵 번갈아 나서는 사람들을 그저 차갑게 바라본다.

“그래도 성전 뜰에 그렇게 많은 사람이 한꺼번에 우르르 몰려다니면 그래 제대로 통제가 되겠습니까? 경비대장이 없으니 누구에게 얘기해야 할지, 이거 원 답답해서!”

말로는 경비대장을 공격하지만 실제로는 야손 제사장을 헐뜯고 있다는 것을 모든 사람이 알 수 있다. 가야바는 눈을 가느스름하게 뜨고 그들이 주고받는 말을 들었다. 그들은 문제의 겉만 보고 얘기하는 셈이다. 사람 숫자도 중요하지만 원래 예수 무리가 위험한 것은 그들이 퍼뜨리는 소문과 떠들어대는 말 때문이었다.

“아니, 그런데, 내 하나 물어봅시다. 왜 그 작자들이 우르르 성전 뜰까지 들어오도록 성문을 통과시킨 게요? 막으려면 성문에서 막아야지!”

가야바가 속한 안나스 가문과 대제사장 자리를 놓고 경쟁했던 바이투스 가문의 시몬 칸데라스가 나서서 볼멘소리로 물었다. 그는 누구에게 묻는지 대상을 지칭하지 않았지만, 그래서 겉만 보면 야손이나 방 안에 있는 다른 사람들에게 던지는 질문 같았지만, 실제로는 가야바를 겨냥한 질문이었다. 그는 가야바 다음의 대제사장 자리를 노리는 사람이다. 그제야 할 수 없다는 듯 야손이 나섰다.

"예, 몇 가지 이유가 있습니다."

"아, 야손 제사장! 거기 있었군. 잘됐소. 거, 어디 그 이유라는 거 한번 좀 들어봅시다."

"우선 이 일은 제가 관여할 일은 아니고 성전 경비대장 소관인데, 마침 그 사람이 자리에 없어서, 그리고 제가 좀 들은 것이 있어 대신 말씀드립니다. 그러니 저더러 잘했느니 못했느니 추궁하지 마십시오. 추궁은 나중에 경비대장에게 하시고요."

"아, 그거나 저거나, 그 통속이 저 통속이지 뭘, 뻔한 걸! 그래, 어디 말해 보시오."

"우선, 낮에 입성한 로마군대가 아직 경비병력을 풀지 않았습니다. 그래서 각 성문의 경비를 여전히 성전 경비대가 담당하고 있습니다. 아무리 늦어도 해가 뜰 무렵부터는, 제 생각으로는 성문을 열기 전까지는, 로마군이 성문과 성 안팎 모든 경계와 경비업무를 접수할 것입니다. 지금 경비대장이 그 문제로 로마군 위수대장과 상의하고 있을 겁니다."

시몬 칸데라스가 다시 나섰다. 야손이 하려는 말의 뜻을 이해하지 못했기 때문이다.

"그게 오늘 성문에서 갈릴리 불한당, 그 뭐냐, 예수 도당인가 뭔가 하는 그 패거리를 막지 못한 일하고 무슨 상관이 있소?"

야손이 답답하다는 듯 약간 목소리를 높였다.

"그건 말씀예요, 못 막은 것이 아니고 안 막은 것이고요. 그리고 상관이 있지요! 예! 있다마다요, 들어 보세요! 성전에 참배한다고 들어오는 사람을 우리 성전 경비대 병력이 무슨 수로 성문에서 안 들여보내고 막습니까? 어떻게 성문을 가로막고, 성전 뜰에 못 들어오게 막아요? 명분이 없어요, 명분이! 그건 누가 생각해 봐도 말이 안 돼요!"

그제야 시몬 칸데라스도 야손의 말에 동의한다는 듯 한발 물러섰다. 야손이 말을 이었다.

"듣자 하니 오늘 남동쪽 성문을 책임지던 경비장교라는 사람, 예, 그 사람은 그렇지 않아도 막무가내로 막고 나설 사람이라고 합디다. 그래서 경비대장이 재빨리 사람을 보내 통과시키라고 지시했답니다. 공연히 소동 일으킬 빌미를 주면 안 되지요."

가야바도 그건 잘한 일이라 생각했다. 올가미를 걸어 예수 도당을 제거하기는 해야겠지만 계획도 없이 무작정 덤벼들 일은 아니다. 그를 잡아들여 대★산헤드린 재판정에 세울 때 모든 사람이 수긍할 만한 뚜렷한 죄목, 변명할 수 없는 죄목을 내걸어야 한다. 그리고 성전은 성전답게 의연한 자세를 유지해야 한다고 그는 생각했다. 그 갈릴리 시골에서 올라온 무리가 실제로는 아무리 위험하다고 하더라도 그들 때문에 성전이 허둥대는 것처럼 보인다면 그건 성전이나 대제사장 모두 체면을 크게 잃는 일이다.

갈릴리 시골 조그만 마을 출신 떠돌이 허풍쟁이 예수, 이름도 없고 출신도 미천한 사람에게 과도하게 대응하면 공연히 그의 명예만 높여 주는 셈이 된다. 그가 위험한 짓을 할 사람이라는 것은 이미 알고 있으니 표 나지 않게 조심해서 막다른 골목으로 몰아야 한다. 그가 이빨을 드러내고 거꾸로 성전을 물려고 나서도록 몰아야 한다.

그런 면에서 경비대장이 사려 깊게 잘 처리했다고 가야바는 판단했다. 지난밤 예수 얘기를 처음 공식적으로 보고받았을 때, 그리고 새벽녘 꿈속에서 엄청난 두려움과 공포를 느꼈지만, 그렇더라도 예루살렘 성전이 허겁지겁 대응하고 나설 일은 아니었다. 마음속으로 '차근차근, 조심조심'이라는 말을 되풀이하며 그는 하루 종일 스스로를 다스렸다.

"경비장교는 한 가지 조건을 붙여 그 무리가 성문을 통과하도록 허락했다고 합니다. 바로, 그 무리 중에 혹 이방인이 끼어 있는지, 부정한 사람은 없는지 가려야 하기 때문에 성전에 오르더라도 이번에는 이방인의 뜰까지만 허락하고, 더 안쪽 이스라엘의 뜰에 들어가려면 우선 제사장에게 정식으로 허락을 받으라고 말했답니다. 그 말에 따라 무리가 이방인의 뜰에만 들어왔고 거기서 얼마동안 서성거리다가 바로 조용히 물러갔다고 합니다."

"그건 잘 처리한 것 같소!"

"경비대가 내건 조건을 어기면 누구라도 곧바로 잡아들일 수 있게 된 셈입니다. 그런데 예수를 따라 들어온 무리 중에 이방인의 뜰 경계를 넘어 안쪽 이스라엘의 뜰에 들어온 사람은 하나도 없었답니다. 들고 다니며 흔들어 대던 나뭇가지도 성전에 들어오기 전에 모두 남쪽 광장에 가지런히 모아 놓고 들어왔답니다."

야손은 한 발 더 앞으로 나오더니 이왕 말이 나온 김에 답답한 사람들에게 가르침을 주어야 한다는 듯 덧붙여 설명했다.

"대제사장 각하와 여러 어른, 그리고 제사장님들과 성전에서 중요한 일을 맡으신 분들이 오늘 대부분 이 자리에 모이셨는데, 예수 도당이 성전 뜰까지 들어온 일에 대해 두 가지 중요한 점을 말씀드리고 싶습니다. 이왕 보고드리는 김에 말씀드리는 것이 좋겠습니다."

"들어 봅시다."

"첫째, 오늘은 그들이 성전에 참배하러 왔다고 했기 때문에 성문 출입을 막을 수 없었습니다. 그러나 로마군이 성문을 장악하는 순간부터 모든 것이 달라집니다. 로마군이라면 예수 무리의 도성 출입을 아예 막을 수도 있고, 조건을 붙여 허락할 수도 있습니다. 유대인이냐 아니냐, 깨끗한지 부정한지, 성전에 제사드리러 온 사람이냐 그저 구경 온 이방인이냐 그런 문제가 아니라 유월절 명절기간 치안유지 차원에서 성문 출입을 통제하기 때문입니다. 로마군 병력이 통제하고 나서는 데는 누구도 불만을 나타내거나 소란을 피울 수 없습니다. 그건 로마의 규칙이니까요. 모든 사람이 로마의 법과 규칙을 따라야 하는 때가 됐으니까요. 더구나 오늘 총독궁에서 내리는 포고령에도 그런 내용이 들어갈 겁니다."

야손은 일부러 포고령이란 말을 슬쩍 입에 올렸다. 그럴 사정이 있었다. 그날 낮에 총독이 내리는 포고령을 보고하러 들어갔더니 이미 가야바 대제사장이 그 내용을 알고 있었다. 그건 분명 다른 사람이 야손보다 먼저 대제사장에게 보고했다는 의미였다. 자신이 정보를 독점했다고 생각했는데 그 독점이 깨졌음을 알게 된 셈이었다. 그렇게 따지자면 대제사장은 정보책임자인 자신이 모르는 일까지 알 뿐 아니라, 자기가 무엇을 보고에서 빼는지, 무엇을 비틀어 왜곡해서 보고하는지 모두 다 알고 있을지도 모른다는 생각마저 들었다. 정보를 책임지는 사람으로 알아야 하는 것은 모두 알고 있고, 미리 파악하고 있는 일도 많다는 것을 야손은 대제사장 앞에서 조금이라도 드러내고 싶었다.

"아니, 이번에 총독이 포고령도 내립니까?"

제사장 한 사람이 물었다.

"그렇습니다. 포고령에는 그 밖에 몇 가지가 더 들어갈 겁니다만, 치안통제를 특별히 강화한다는 내용이 들어갈 겁니다. 우리로서는 다행한 일입니다. 성전 경비대로서는 껄끄럽고 민감한 일, 바로 성문 통제를 강화하는 일을 로마군이 책임지게 된 셈입니다."

그런 말을 들으면서도 누구 하나 부당성을 지적하지 않았다. 총독이 군대를 이끌고 낮에 도성에 들어왔다는 일이 그런 면에서는 다행이라고 생각하는 사람들이 그들이다. 유월절 해방명절을 허락하고 금지하는 것이 모두 로마총독의 손에 달린 일이라고 거부감 없이 받아들이는 사람들이다. 총독이 허락한 범위 내에서 총독의 관리 아래 무사히 명절기간을 보내면 성전으로서는 더 이상 바랄 것이 없다고 생각하는 사람들이다. 그래야 그들이 누리는 권리나 지위를 지킬 수 있다고 믿는 사람들이다. 그들이 바로 유대인의 지도자라고 불리는 사람들이다.

"두 번째, 제가 보기에는, 예, 이 점이 참 중요합니다. 처음으로 예루살렘 성전 뜰에 들어온 예수 도당을 직접 보니 이제까지 말로 듣던 것과는 달리 저들이 그렇게 무지막지 막된 무리는 아니었습니다. 성문 출입할 때도 그러했고, 성전 뜰에 들어올 때도 그러했고, 그리고 성전을 나간 후에도 그러했고, 그들이 하는 짓 하나하나를 주의해서 살펴보니 우리가 들었거나 생각했던 것과 달리 꽤 질서가 있었습니다. 더구나 성문 경비장교가 내건 조건을 아무런 반대 없이 순순히 받아들이고 지켰습니다."

"에이, 야손 제사장, 어찌 그리 순진하오? 그건 아마도 본심을 숨기고, 발톱도 감추고 선량한 이스라엘 사람처럼 꾸미느라고 그럴 수도 있지요. 아니, 그런 꾸밈에 넘어가 놓고 그걸 지금 여기서 보고라고 말합니까?"

야손이 그 사람을 힐끗 바라보았다. 야손의 음산한 눈초리를 받자 그는 움찔하며 물러났다. 야손은 버릇대로 입을 씰룩거렸다. 대단히 기분이 상했을 때 그는 으레 그랬다. 직접 그런 표정을 보고 그 눈초리를 받으면 윗사람이든 아랫사람이든 가슴이 얼어붙는 듯 싸늘한 느낌과 함께 '악마의 눈'을 떠올리게 된다. 악마의 눈은 불운을 가져온다. 그 눈길을 받은 사람은 틀림없이 불행을 겪게 된다는 얘기를 사람들은 믿었다. 야손의 눈이 그러했다.

"예, 말씀 잘하셨습니다. 겉으로 법을 잘 지키는 체, 선량한 이스라엘 사람인 체 가장했다는 말씀은 틀림없는 말씀입니다. 그리고 그렇게 생각하고 저자들을 대해야 합니다. 그러나 한 가지, 그들은 무법천지에 막무가내 산도적 떼가 아니라 규율이 있고 통제되는 무리인데 그 힘이 어디에서 나오느냐? 저는 그걸 중요하게 봅니다. 예수라는 우두머리 그 사람이냐, 그를 둘러싼 핵심 조직에서 통제하는 것이냐, 오늘 그 점을 눈여겨보았습니다."

그러더니 야손은 한 발 앞으로 나왔다. 확신에 찬 어조로 그는 말을 이었다.

"그들은 자신들이 선생님이라며 받들고 따르는 예수라는 한 사람에게 철저히 의지하는 무리였습니다. 알 수 없는 권위와 능력, 바로 예수라는 사람이 제자 무리를 이끄는 힘이라는 것을 제가 확인했습니다. 그의 힘을 사라지게 만들면, 아무리 그자를 따르는 무리가 많아도 큰 걱정할 필요가 없습니다. 이 점은 앞으로 어떻게 예수를 다루고 무리를 어떤 방법으로 쫓아낼지 결정하는 데 참고가 될 중요한 일입니다."

야손의 말을 들으면서 가야바는 내심 한편으로는 흡족하면서도 다른 편으로는 두려운 생각이 들었다. 맡은 역할은 언제나 정확하고 틀림없이, 그리고 맘에 꼭 들게 수행하는 사람이 야손이다. 아들 마티아스와 비교했을 때 그런 면에서 조금도 손색이 없었다. 마티아스는 전체 상황을 정확하게 파악하여 결단하고 추진한다는 점에서 뛰어나다면, 야손은 어떤 상황을 아주 세밀하게 파악하고 분석하는 능력이 뛰어났다. 그것이 바로 야손을 어떤 경우라도 반대편으로 돌려놓으면 안 되는 이유다. 만일 그가 반대편에 선다면 앞으로 마티아스에게 대제사장 자리를 물려주는 일에 큰 낭패를 볼 수밖에 없으리라.

문제는 야손이 얼마나 대제사장과 성전에 충성하는지 아무도 가늠할 수 없다는 점이다. 총독궁과 깊게 연결돼 있고, 예루살렘 주둔 로마군 위수대장과 공공연하게 어울리는 것으로 보아 자칫 잘못 다루면 대제사장까지 물고 덤벼들 만큼 위험한 사람이다. 그가 위수대장을 통해 은밀히 올리는 보고에 따라 총독이 대제사장을 바꾸려고 나설 수도 있다. 능력은 뛰어나지만 위험하기 그지없는 사람, 멀리하기도 너무 가까이하기도 어려운 사람이다. 예루살렘 성전에서 그를 통제할 수 있는 유일한 사람은 대제사장인 가야바 한 사람뿐이다. 가야바는 때로 야손의 그런 점이 마음에 걸려 다른 사람으로 성전의 정보책임자를 바꿀까 생각도 해보았지만, 다른 사람이라고 해서 특별히 더 안심하고 그 자리를 맡길 만한 마땅한 인물이 없었다. 그 자리는 그만큼 민감한 자리였다. 게다가 야손은 몇 년 전 예루살렘으로 물을 끌어오는 수로공사 관련 내막을 가장 잘 아는 사람이었다. 수로 건설공사를 맡을 사람을 빌라도에게 천거한 사람도 가야바였고, 공사비가 모자란다고 총독이 손을 벌렸을 때 못 이기는 체 성전 재물을 넘겨준 사람도 가야바였다. 그 모든 내막을 속속들이 알고 있는 야손을 적으로 돌려놓기보다는 가까이 놓고 통제하는 것이 안전하다고 그는 판단했다.

오가는 얘기를 듣고 있던 가야바가 더 이상 엉뚱한 방향으로 논의가 빠지지 않도록 그쯤에서 정리했다.

"야손 제사장의 사려 깊은 보고를 들으니 안심이 됩니다. 하여튼 그 도당이 유월절 명절까지 앞으로 매일 성전에 다시 들어올 것이고 때로는 더 깊숙이, 아마 이스라엘의 뜰까지 들어올 겁니다. 내가 미리 지시한 대로 한 치의 착오도 없이 준비하고 계획대로 대응하기 바랍니다. 그리고 야손 제사장과 경비대장은 내일부터 늘 내 옆에서 대기하세요. 내가 아침에 두 사람에게 따로 지시할 일이 있습니다."

가야바의 말을 듣고 야손은 머리를 조아려 인사한 후 뒤로 물러났다. 뒷걸음으로 물러나는 그를 바라보던 가야바가 갑자기 생각났다는 듯 불러 세웠다.

"야손 제사장, 그런데 한 가지 내가 잊었던 일이 있소. 그 무슨 도적 떼도 몰려온다고 어젯밤 얘기하는 소리를 들었는데 그 이후로는 아무 얘기가 없으니 그건 어찌 되었소?"

아무 얘기도 못 들었다는 듯 가야바는 야손에게 물었다. 하얀리본을 체포하려던 일과 움막마을 화재는, 성전 경비대장과 함께 아침 일찍 이미 야손이 대제사장에게 보고한 내용이었다. 그런데 여러 사람 앞에서 짐짓 시치미를 떼는 모습을 보면서 야손은 가야바의 노회함에 놀랐다. 아침에는 아무 말도 안 하고 그저 듣고만 있던 대제사장이 새벽녘에 일어난 움막마을 화재와 하얀리본 문제는 상관이 없다고 여러 사람 앞에서 공식적으로 말하려는 속셈이었다. 하얀리본 체포작전과 움막마을 화재는 따로 떼어 다루라고 다시 지시하는 셈이었다.

하기야 하얀리본을 잡겠다고 움막마을에 불을 질렀다는 소문이 나면 온 예루살렘이 시끄러울 것이다. 악에 받친 움막마을 사람들이 유월절에 성안에 떼로 들어와 소란을 피우면 짐작도 못한 방향으로 일이 번져갈 수도 있다. 대제사장의 걱정을 야손은 알아들었고, 자기 위치를 생각하며 느릿느릿 대답했다.

"예, 대제사장 각하. 이미 아침에 보고드린 대로 제가 각별히 주의하면서 처리하고 있습니다. 그리고 아직 진행 중인 일이 있습니다. 좀더 밝혀지면 빠른 시간 내에 자세히 각하께 직접 다시 보고드리겠습니다."

그 말 속에 야손은 몇 가지 내용을 은근히 포함했다. 화재에 대하여는 이미 보고했다는 점, 진행 중인 일이 있어 더 상세한 보고는 하지 못한다는 점, 그리고 자기는 대제사장의 직접 지시를 받아 움직인다는 점을 은근하게 암시했다. 말 사이사이에 감춰진 뜻을 알아들을 수 있는 사람이라면 대제사장과 야손 제사장이 주고받는 말을 통하여 그들이 무슨 일을 꾸몄는지 모두 알아챌 수 있다. 세상일이란 분명한 설명을 듣지 않아도 대부분 알아들을 수 있다. 다만 모르는 체 눈감고 넘어갈 뿐이다. 그런 일을 통하여 모두 같은 배를 탄 사람이라는 것을 확인하는 것이다.

"당장이라도 그 도적떼와 예수 도당이 한데 어우러질 가능성은 없소?"

"보고드렸던 대로 우선 그 일은 방지했습니다. 추가로 조치하고 있는 일은 별도로 보고드리겠습니다."

"그리 하시오. 야손 제사장, 수고 많았소."

가야바는 방 안에 가득한 사람들에게 천천히 입을 열었다.

"내가, 이 가야바가 한 가지 분명히 밝혀 둘 말이 있습니다. 지금 다들 들어 아셨겠지만, 성전에서는 이번 유월절 기간 동안에 우리 이스라엘의 동족, 안에서 살거나 먼 다른 나라에서 살다가 찾아왔거나, 모든 형제가 안전하고 축복받는 명절을 지낼 수 있도록 할 수 있는 모든 일을 다하고 있습니다. 아직 진행 중인 일이 있어서 일일이 다 지금 밝힐 수는 없지만 만전을 기하고 있다는 점은 믿어도 됩니다.

날이 밝으면 예루살렘 성안, 특히 성전 경내에서는 어떤 불온한 행동도 용납하지 않고, 만에 하나 그런 일이 있으면 즉각 필요한 조치를 취할 겁니다. 불순한 계획을 꾸몄던 무리라도 스스로 마음을 거둘 수밖에 없을 만큼 엄중한 경계가 펼쳐질 것입니다. 혹 불미스러운 일을 저지르는 자들이 있다면 한 사람도 이 엄중한 경계를 벗어나지 못하고 모두 체포될 것입니다."

그렇게 말하더니 갑자기 그는 말을 끊고 사람들을 천천히 둘러보았다. 반응을 살피는 것처럼 보이지 않고 방안에 있는 모든 사람을 옥죄는 듯한 표정이다.

"비상한 때에는 비상하게 대처해야 합니다. 이스라엘의 해방을 기념하는 유월절 명절에 오히려 평소보다 통제가 강화되면 여러분이나 주민들이나 순례자들 모두에게 불편한 일이 되겠지요. 그러나, 빌라도 총독 각하가 예년과 달리 포고령까지 내릴 정도로 비상한 상황에 처했으니 성전에서도 상응하는 조치를 취할 수밖에 없습니다. 불편한 점이 있더라도 잘 협조해 주시고, 잘잘못은 나중에 명절기간을 무사히 넘긴 다음에 따지기로 합시다."

가야바의 눈길을 받자마자 사람들은 깨달았다. 안전을 강화한다는 명목으로 예루살렘과 성전의 통제를 강화한다는 발표다. 그리고 가야바는 당분간 그가 취하는 모든 조치를 두말없이 따르라고 명령한 셈이다. 그건 어떤 지배자도 마찬가지다. 기회가 되면 늘 통제부터 강화한다. 통제가 바로 권력의 얼굴이기 때문이다.

"그거야 당연하지요, 대제사장 각하! 저도 그렇게 생각하고 있습니다."

아첨 잘하기로 유명한 제사장이 나서서 고개를 숙이고 허리까지 굽신거리자 모든 사람이 한목소리로 동의할 수밖에 없게 됐다.

"그렇습니다. 성전 제사를 드리는 일과 이스라엘 형제들의 안전을 위해 당분간 불편을 감수할 수밖에 없지요."

사람들이 그의 말을 순순히 받아들이는 것을 본 가야바는 다음 안건으로 넘어간다는 듯 마티아스에게 고개를 돌려 말했다. 그는 계산한 듯 교묘한 행동으로 아들 마티아스에게 힘을 실어 준다.

"아침에도 지시했지만 성벽 밖 움막마을에서 일어난 뜻밖의 화재로 졸지에 집이 타서 무너지고 살림살이를 다 잃은 사람들에게 명절기간 동안이라도 성전에서 지원하는 일에 소홀함이 없도록! 앞으로 명절 끝까지 그 일을 맡게!"

"예, 아버님! 그리하겠습니다. 그리고, 움막마을 사람들은 모두 대제사장 각하의 돌보심에 깊이 감사하고 있습니다. 말씀드렸던 것처럼 성전에서 천막을 몇 개 내려주어 골짜기 건너 올리브산 자락에 임시 거처를 마련했습니다. 모든 사람이 다 천막 속에서 지낼 수는 없겠지만 나이 먹은 사람들과 여자들과 아이들은 이슬을 맞지 않고 천막에서 잠을 잘 수 있을 것입니다. 그리고 충분하지는 않더라도 명절기간에는 굶는 사람이 없을 만큼 빵과 마실 것을 내려주기로 했습니다."

그때 가끔 엉뚱한 소리를 해서 눈총을 받는 제사장 한 사람이 입을 열었다. 무슨 뜻으로 대제사장이 마티아스와 말을 주고받는지 눈치를 못 채고 불평하는 듯 시비하는 듯한 말투였다.

"아니, 그런데 움막마을 그자들도 저녁때 예수 도당을 따라 모두 성안으로 들어오고, 성전 뜰에까지 들어왔다면서요? 움막마을 더러운 사람들이 어떻게 성전까지 올라왔어요? 이러면 안 되지요!"

마티아스는 표정 없이 그러나 공손하게 대답했다.

"여리고에서 올라오던 예수 무리가 올리브산을 넘어 성안으로 들어오는 길에 마침 움막마을 사람들 임시 거처 옆을 지나게 된 모양입니다. 그 바람에 그 사람들이 우르르 예수를 따라 모두 성안으로 들어왔습니다. 그랬지만 저녁 무렵 예수가 산을 넘어 베다니로 나갈 때 그를 따라간 사람은 한 명도 없다고 들었습니다. 그리고 화재 끝에 아침부터 성문 밖에 모여 소리소리 지르며 울고불고 하소연으로 좀 시끄러웠지만 대제사장 각하의 자비로우신 명을 받아 성전에서 재빨리 손을 써서 그들을 위로하고 도와주었습니다. 혹시라도 그들 중 일부라도 예수 무리에게 현혹되어 소동을 피우지 않도록 성전에서 손을 쓰고 있습니다."

"내가 듣기로는 갈릴리 예수라는 그자가 움막마을 사람들을 모아 놓고 아주 불온한 소리를 마구 지껄였다던데요?"

그러자 이번에는 야손이 나서서 대답했다.

"예, 저도 그런 보고를 받았습니다. 예수는 아주 불온할 뿐만 아니라 대단히 위험한 얘기도 떠들었습니다. 저 나름대로 정리하면서 살펴보고 있는데 내일 그 무리가 다시 성안으로 들어와 어떻게 하는지 좀더 살펴본 후에 다시 보고드리겠습니다."

그 말이 끝나자마자 한 사람이 고개를 좌우로 흔들면서 알 수 없다는 듯 입을 열었다. 아는 사람은 다 아는 일인데도 마치 자기는 아무것도 모른다는 투였다.

"그런데 움막마을에는 왜 툭하면 불이 그렇게 자주 나요? 사람들이 조심성 없이 제멋대로 살다가 불이나 내고…. 그렇게 집이고 세간이고 몽땅 다 태워 먹고는 죽네 사네 도와 달라고 성전에 대고 앙탈이나 부리고. 거 이왕 이리 된 것, 다시 돌아오지 못하도록 이번에 아예 성벽 밖 불타 무너진 예전 그 자리로 멀리 쫓아 버리지요! 예전에 좀 물렁물렁하게 대했어요. 그러니 거기로 몰려들고 다시 몰려들고, 원…. 이번에는 올리브산 자락 거기서 눌러살라고 하세요! 그건 마티아스 제사장이 좀 잘 궁리해 보는 것이 좋겠는데요, 내 생각에는…."

마티아스는 공손하게 대답했다. 아버지가 지켜보는 자리에서는 결코 옥신각신하는 모습을 보이지 않겠다고 그는 오래전부터 마음먹고 있었기 때문이다.

"그건 좀 어렵습니다. 어디 마땅한 장소가 없어 임시방편으로 이번에는 기드론 골짜기 건너에 자리 잡았습니다. 예전에는 거기도 안 가겠다고 얼마나 버텼는데요? 그래서 아시다시피 힌놈 골짜기 쪽에 장소를 마련해주지 않았습니까? 문제는 지금 올리브산 자락 그 자리에서 남쪽 방향으로 한 5, 6백 걸음, 멀어야 1천 걸음쯤 떨어진 곳이 바로 예루살렘 주민들의 묘지구역이라는 겁니다. 옛 무덤 새 무덤 구분할 수 없이 빼곡한데, 움막마을 사람들보고 무덤 가까운 거기에 그냥 눌러살라고는 못합니다. 이번에도 임시로 그곳에 거처하라고 했을 때 얼마나 불평이 많았는데요. 아예 거기 살라고 하면 아마 큰 소란이 벌어질 겁니다."

"제까짓 것들 주제에 소란은 무슨? 그게 싫으면 아예 산 너머 베다니, 아니면 그 윗동네 벳바게 가서 살라고 하든지!"

"이 사람들로 말씀드리면, 다 잘 아시는 것처럼 매일 아침 일찍, 성문 열기가 무섭게 성안에 들어와서 일하는 사람들입니다. 그러니 그렇게 멀리 내몰기도 어렵습니다. 이 사람들이 없으면 성안에서 생기는 오물 처리가 안 됩니다. 그렇다고 주민들에게 직접 처리하라고 할 수도 없고요. 윗구역에서 나오는 더러운 물건이나 쓰레기도 다 이 사람들이 아침부터 들어와 치웁니다. 성전 경내에만 못 들어오게 막았지 다른 구역이라면 더러운 일이 있을 때 이 사람들만큼 제대로 금방금방 잘 처리할 만한 사람이 없습니다."

그때 다른 사람이 불쑥 나섰다.

"그럼, 그렇게 멀리 내치기도 어렵고 성안에 불러들여 살기도 어려운 사람들이면, 그냥 거기 살도록 놔두지, 왜 자꾸 불은 질러서 ⋯ ."

그러다가 갑자기 입을 닫았다. 해서는 안 될 말을 입에 올렸기 때문이다. 옆에 있던 사람들의 따가운 시선을 의식하고 곧 목을 움츠렸다.

그때 가야바가 불쑥 끼어들었다.

"으이! 그 사람들, 밤새 시끄럽고 냄새 나고 더러워!"

그러다가 그는 언뜻 아들 마티아스가 쳐다보는 눈길을 의식했다. 그리고 얼른 입을 다물었다. 대제사장 저택은 불타 무너진 성벽 너머 움막마을로부터 멀리 떨어지지 않은 곳에 있다.

뒤이어 여러 얘기들이 오갔다. 전날과 마찬가지로 예수를 비난하고, 한숨을 쉬고, 그가 예루살렘과 유대에 초래할 위험을 걱정하는 사람들이 대부분이었다. 누구도 그 자리에서 예수를 옹호하는 말 한마디도 할 수 없는 분위기였다. 따지고 보면 그들이야말로 모두 예수의 대척점에 서 있는 사람들이다. 예수가 무너뜨리려는 성전체제를 붙잡고 사는 사람들이다. 가야바는 그들이 하는 얘기를 그저 듣기만 했다. 이미 그 나름 계획을 다 세워 놓았지만 사람들이 하는 얘기를 들어 두는 것이 그로서는 하등 불리하거나 문제될 일이 아니다.

"그 작자를 제거할 가장 좋은 시기로는 어느 때를 생각하십니까?"

한 사람이 나서서 가야바의 얼굴을 흘끔흘끔 훔쳐보며 물었다. 그러자 이 사람 저 사람들이 나서서 제각각 의견을 냈다.

"이것저것 재고 따질 것 없습니다. 성전에 다시 들어오면 바로 잡아들입시다."

"아니오! 그건 아니오!"

"그럼?"

"그자가 유대 지방에 들어와 지은 죄, 특히 예루살렘에서 저지른 죄를 찾아내야 합니다, 먼저."

"죄야 갖다 붙이면 되지, 뭘!"

"아, 이 유월절 명절에? 그럼 큰일 나요."

"제까짓 것들, 그 갈릴리 떼거지들에게 무슨 방법이 있겠소? 우리가 한다면 하는 거지."

"그래도 그건 아니오. 내 생각으로는 날이 밝아 그자가 다시 성전에 올라와 하는 짓을 살펴보면서 대응하는 것이 좋겠습니다. 어쨌거나 유월절 명절이 시작되기 전에, 그러니까 늦어도 14일에는 끝내는 걸로…."

"그럼 아직도 날짜가 나흘이나 남았는데, 그동안 그자가 마음대로 휘젓고 다니도록 놔두자는 말이오?"

"휘젓고 다닌다? 그럼! 그렇게 놔두고 지켜보면 확실한 죄목을 잡을 수 있지요."

"그 뭐냐, 움막마을 사람들 앞에서 떠들었다는 그따위 말만으로도 충분할 것 같은데, 그 사람들 중 몇 명을 증인으로 세우면…."

"아이고, 생각해 보세요. 어떻게 그 더러운 사람들을 성전에 불러들여 대산헤드린에 증인으로 세웁니까? 그 사람들은 더러운 사람, 죄인들이에요. 그런 사람의 증언은 재판에 필요한 증거능력이 없어요. 만일 누가 그 점을 물고 늘어지면 재판 자체가 성립이 안 돼요. 오히려 꼬장꼬장 꽉 막힌 사람들이 성전을 비난할 겁니다. 오죽 사람이 없으면 움막마을 사람들을 증인이라고 내세웠냐고. 그건 안 됩니다."

"그럼?"

사람들이 모두 야손 제사장의 얼굴을 바라보았다. 그에게 분명 좋은 계획이 있을 것이라 믿었기 때문이다.

"아니, 왜 모두 저를 쳐다봅니까?"

"야손 제사장이 나서면…, 허허!"

"그래요. 어젯밤 얘기를 들어 보니 야손 제사장이 조사를 많이 해두었더구먼. 이제 직접 나서서 실제로 한번 판을 벌여 봐요."

그는 아무 말도 안 하고 고개를 끄덕이며 대제사장이 무어라고 지시하기를 기다렸다.

"자! 이제 얘기를 마무리합시다. 날이 밝으면 할 일이 많습니다. 몇 가지 지침은 일을 맡은 사람들에게 내가 별도로 내리겠습니다."

예수를 제거하자는 계획에는 모두 동조했다. 그를 잡아들이고 재판하는 문제에 대해서는 의견이 갈렸다. 그런 세세한 계획까지 그 자리에서 논의하고 결정할 일은 아니다. 그건 책임을 맡은 사람들이라면 으레 알아서 잘 처리할 수 있는 일이다. 가야바는 모임을 끝냈다.

┿

자정도 훨씬 넘은 밤늦은 시간, 베다니에서 얼마 떨어지지 않은 벳바게의 외딴집에는 꽤 많은 사람들이 모여 있었다. 전날 새벽 움막마을 화재를 벗어난 하얀리본 지도부였다. 해 지기 전부터 모인 일고여덟 명이 머리를 맞대고 회의하는 중에 한 사람 두 사람 주위를 살피며 모여들었다. 모두 열댓 명 넘는 사람들이 오랜 시간에 걸쳐 차례차례 돌아가며 의견을 내고 토론했지만 결론을 낼 수 없었다. 제일 큰 문제는 우두머리 히스기야의 행방을 알 수 없다는 점이었다.

"히스기야 동지 소식부터 어떻게 알아봐야 하지 않겠습니까?"

한 사람이 히스기야를 걱정하자 다른 사람이 대답했다.

"확실합니다. 히스기야 동지는 성전 측에 체포됐습니다."

"그래도 우리가 눈으로 직접 확인한 일은 아니지요⋯."

"눈으로는 못 보았더라도 그건 확실합니다."

"움막 주인 녀석에게 마지막으로 그것도 꼭 물어봤어야 했는데 … ."

"동지들! 내가 여러 번 얘기했지만 화재는 성전이 파놓은 함정이었어요. 우리는 빠져나왔는데 안타깝게도 그런 내용을 모르는 히스기야 동지가 그 함정에 빠진 셈이오."

"그렇게 쉽게 당할 동지가 아닌데 … . 이투레아 산속에서 갈고 닦은 능력이라면 … ."

듣고 있던 바라바가 무겁게 입을 열었다.

"히스기야 동지가 체포되었다면, 내 생각에는 그게 확실합니다만, 하여튼 그 동지는 남아 있는 동지들이 힘을 합쳐 거사에 성공하기를 바라고 있을 겁니다. 나는 그리 믿습니다. 우리 거사가 성공하면 히스기야 동지를 구출할 수 있습니다. 만약 놈들이 그 전에 동지를 해치지만 않는다면 … ."

그의 말에 한순간 모두 깊은 침묵에 빠졌다. 그들이 생각할 수 있는 가장 나쁜 상황에 빠졌기 때문이다. 한참 만에 그 침묵을 깨고 바라바가 말을 이었다.

"나는 히스기야 동지와 이미 여러 번 이번 거사에 대해 깊이 얘기를 나누었습니다. 그 동지 말처럼 나도 이번 유월절밖에 기회가 없다는 생각은 정말 똑같았습니다. 그런데, 우리 하얀리본을 이끌던 히스기야 동지가 없기 때문에 좀 거사계획을 미뤄 볼까 생각했습니다. 유월절 무교절無酵節 50일 후에 맞는 칠칠절七七節 명절이나 가을 초막절草幕節이 어떨까 나 혼자 생각도 해봤습니다. 그런데 이번 유월절이 아니고 다음이라면 그게 어느 명절이든 우리가 절대적으로 불리해요. 유월절이 명분이나 시기로 보아 우리가 거사하기에 가장 적당합니다. 혹 내년 유월절이면 어떨까 생각했지만, 내년이면 거꾸로 빌라도 총독이 칼을 뽑아 설칠 차례입니다."

모두 고개를 끄덕일 수밖에 없었다. 상황이 정말 그렇게 보였다.

"더구나, 우리가 미리 손을 써 놓아 이번에는 총독의 군사가 카이사레아와 예루살렘 양쪽으로 분산돼 있고요."

설득하는 어조로 차근차근 얘기하던 바라바가 갑자기 목소리를 확 높이며 거칠게 말했다.

"자, 자! 다른 뾰족한 수가 없는데 이러니저러니 머뭇거리지 말고 계획대로 밀고 갑시다. 우리가 뭐 고리타분한 율법학자도 아니고 … ."

그는 가끔 그랬다. 한없이 잔잔하고 조용하고 신중한 사람인데, 때로 느닷없이 거칠고 급한 사람으로 변한다. 그럴 때면 헤롯왕에게 산 채로 화형당한 아버지 생각이 나서 그러려니, 동지들 모두 그렇게 생각하며 넘어갔다.

그동안 히스기야가 없는 자리에서는 언제나 바라바가 하얀리본을 지휘했다. "우두머리 히스기야, 그다음 바라바"라고 규약으로 정해 놓지는 않았지만 처음부터 히스기야와 바라바 두 사람이 뜻을 모아 하얀리본을 조직하고 이끌었기 때문이었다.

집안으로 치자면 히스기야는 아버지고, 바라바는 어머니였다. 결사를 끌고 나가는 큰 방향은 언제나 우두머리 역할을 맡은 히스기야가 결정했다. 아무도 감히 예측하지 못할 목표를 정해 동지를 이끌고 번개같이 일을 치르고, 일이 끝나면 바람처럼 순식간에 사라지는 히스기야의 지휘는 언제나 빛을 발했다. 히스기야의 그런 계획이 순조롭게 이뤄질 수 있도록 뒷받침하고, 벌인 일의 뒤치다꺼리나 동지들의 관계를 조정하는 일은 바라바의 몫이었다.

바리새파 가문 출신 바라바는 세세한 계획을 세우고 점검하는 일에 남달리 뛰어났다. 하얀리본에서는 유일하게 공부한 사람이고, 입으로 줄줄 외울 만큼 토라에 정통했다. 게다가 그는 상대방이 어떻게 반응할지 예측하는 능력이 남달리 뛰어났다.

"히스기야 동지가 없는 마당에 우리 모두 바라바 동지가 정하는 대로 따라야 한다고 나는 생각합니다. 다만, 히스기야 동지가 어찌 되었는지 아직 정확하게 알지 못하기 때문에 ….."

"그렇다고 히스기야 동지가 스스로 나타날 때까지 무작정 기다릴 수는 없지요. 내가 생각하기로는 분명 체포됐어요. 그날 밤 여리고에서 예수를 만나고 곧바로 다시 예루살렘으로 떠났다면서요?"

바라바가 하얀리본을 지휘하는 일에 흔쾌하게 동의하지 않는 사람들이 있다는 것이 조금씩 드러나기 시작했다. 그동안 히스기야를 대신하여 그가 하얀리본을 지휘한 일이 여러 번 있었지만 그건 히스기야가 위임한 일이었거나 일상적인 일이었다. 히스기야가 잠시 자리를 비웠을 때와 지금처럼 생사도 모른 채 행방이 묘연하고, 심지어 체포됐는지 어떤지도 모르는 상황과는 근본적으로 달랐다.

히스기야 한 사람이 사라지자 하얀리본은 갑자기 방향을 잃고 그저 파도에 흔들리는 작은 배 같아졌다. 비가 올 때만 물이 콸콸 흘러가는 와디에 흙과 돌로 쌓아 놓은 둑이 쏟아지는 비에 속절없이 무너지듯, 히스기야가 사라지니 그를 중심으로 뭉쳐 목숨을 걸고 죽음까지 함께하기로 맹세한 하얀리본 결사도 힘없이 무너지고 있는 것이다. 지도

자가 사라졌을 때 대신 나서서 이끌 다음 지도자가 세워져 있지 않았기 때문이다. 바라바가 가끔 그런 역할을 맡았지만 그건 히스기야가 뒤에 버티고 있을 때였기에 가능했다.

결사가 이루려는 목표도 중요했지만, 피붙이라곤 한 사람도 세상에 남아 있지 않은 하얀리본 사람들에게 결사의 동지는 세상을 살아갈 유일한 이유였다. 동지가 유일한 가족이다. 아버지고, 어머니고, 형이고, 동생이고, 마지막 눈 감겨 주고 떠나온 아내다. 얼어 죽고 굶어 죽은 자식이다. 그들은 토라의 가르침을 세우기 위해 순교자가 될 각오를 다짐하며 나선 영웅들이 아니었다. 대의를 위해 가족까지 내팽개칠 만큼 매정한 사람들이 아니었다. 오히려 잃어버린 가족을 한시도 못 잊고 밤마다 가슴앓이를 하는 사람들이다.

내가 뒤로 처지면 옆에 걷던 동지가 어깨 부축해서 함께 걸어갈 혈육이라고 믿고 살았다. 불 속에 동지가 남아 있으면 서슴없이 불구덩이에 뛰어들어 동지를 끌어낼 각오를 다지며 살아온 사람들이다. 히스기야가 사라지자 말로 표현하지는 않았어도 그들 모두 가슴이 무너지는 아픔을 앓고 있다.

조심성 많은 바라바는 동지 한 사람을 내보내 집에서 좀 떨어진 나무 위에 올라 주위를 살피도록 배치했다. 유대 지방의 집들도 갈릴리의 마을들이 그렇듯 보통 서너 집이 공동으로 쓰는 마당을 빙 둘러싸고 붙어 있다. 그런데 하얀리본이 모인 집은 다른 집으로부터 천 걸음도 넘게 떨어진 외딴집이었다.

망을 보는 동지는 달빛만으로도 그 자리에서 예루살렘에서 넘어오는 길과 베다니에서 올라오는 길을 다 감시할 수 있다. 베다니는 올리 브산 동쪽 중턱 길목에 자리 잡고 있어서 예루살렘과 여리고를 오르내리는 사람들의 왕래가 잦다. 그와 달리 올리브산 북동쪽에 자리 잡은 벳바게는 베다니보다 훨씬 한적한 마을이다.

달빛이 고요하다고 세상마저 조용한 건 아니다. 그 시간에 도성 예루살렘 이곳저곳에 사람들이 따로따로 모여 있다. 세상을 뒤엎겠다는 사람, 사람이 사람답게 사는 세상을 만들겠다는 사람, 현재 누리고 사는 것을 지키겠다는 사람, 자기가 가진 것을 몇 배로 키우겠다는 사람이 있다. 그런가하면, 다음 아침 끼니거리 때문에 어린 자식의 머리통을 끌어안고 누워 한숨 쉬는 사람도 있다. 사람 사는 세상이 그러했다.

바라바는 오래전 히스기야와 나눴던 얘기를 떠올렸다. 예수를 거사에 끌어들이자고 처음 히스기야가 말을 꺼냈을 때 서로 나눴던 얘기였다. 히스기야의 말을 듣고 그는 어이없다는 듯 큰 소리로 웃었다.

"허허! 히스기야 동지! 그건 참…. 내 일찍이 그런 말은 들어 본 적이 없습니다. 하느님이 만왕萬王의 왕이 아니라 집안의 아버지라는 생각은 참으로 나약하기 짝이 없습니다. 우리는 하느님의 권능을 힘입어 적을 쳐부수고 하느님이 만군萬軍의 주로서 세상을 다스리는 이스라엘을 세우려고 모인 사람들입니다. 예언자들이 이미 말했던 대로 모든 이방 민족이 예루살렘 성전을 찾아와 이스라엘의 주 하느님을 경배하는 세상, 이스라엘 백성이 하느님의 위엄 아래 시온산에 우뚝 서는 세상을 이루려는 사람들입니다. 예수 그 사람은 아마 갈릴리 언덕에서 들판이나 내려다보며 나른한 봄꿈을 꾼 사람인가 봅니다."

하얀리본을 조직하고 키우면서 어느덧, 바라바는 하얀리본이 이스라엘이 기다리던 예언을 실현하는 무력조직이라고 간주하고 있었다. 성전을 개혁하고 토라의 가르침에 따라 진정으로 하느님을 섬기는 이스라엘을 회복하면 하느님의 개입이 일어날 것으로 믿고 있었다. 그의 뼛속에는 바리새파 선생의 아들이 온전히 살아 있었다. 히스기야는 바라바를 제대로 이해하지 못했고, 예루살렘 큰아버지 손에서 자란 바리새파 집안 바라바도 히스기야의 생각을 받아들일 수 없었다. 갈릴리 가말라에서 처음 만났고, 벳새다 뒷산에서 제단을 쌓고 뜻을 세운 두 사람이었지만, 하얀리본을 조직해서 갈릴리, 유대, 사마리아를 휩쓸고 다닌 두 사람이었지만 그 순간에는 갈릴리 나사렛 마을과 도성 예루살렘만큼이나 멀리 떨어진 사람이었다. 힘으로 세상을 바꾸자는 생각은 두 사람 모두 똑같았지만, 히스기야가 목표로 하는 새 세상은 오히려 예수와 비슷했다.

"히스기야 동지!"

바라바의 짙은 눈썹이 꿈틀했다. 그가 마음속에 일어나는 격한 생각을 애써 누르면서 예의를 지켜 말한다는 표시였다. 그는 그랬다. 아주 드물기는 했지만 뜻밖으로 갑자기 히스기야보다 훨씬 더 과격하게, 물불 가리지 않고 나설 때가 있었다. 평소에는 물 흐르는 듯 조용하고 사려 깊지만 때로 그는 걷잡을 수 없는 충동에 휩싸였다.

"동지! 내가 예수 무리와 협력하자는 말에 반대하는 것은 동지를 반대한다는 뜻이 아니라는 것을 알아주시오."

"허허! 그걸 모를 내가 아니지요."

오히려 히스기야가 차분하게 말을 받았다.

"예수 무리와 우리 하얀리본은 비단 걷는 길이 다를 뿐만 아니라, 실제 협력할 때 생길 수 있는 문제도 따져 보아야 합니다. 내가 동지에게서 들어 본 바로는 예수를 따르는 무리 중에는 거사에 기여할 수 있는 인물이 전혀 없다고 생각됩니다. 그동안 동지의 뜻에 따라 아무도 모르게 예수 무리를 우리 하얀리본이 뒤에서 지원했고, 더구나 유다와 시몬 두 동지를 그 무리 안에 심어 놓기도 했지요. 그건 동지와 예수라는 사람 사이에 깊게 맺어진 우정에 대한 존중의 뜻도 있지만, 그 사람이 떠돌고 의지할 사람 하나 없는 불쌍하고 가난한 사람들을 위로하는 점을 높이 샀기 때문입니다. 나로서는 아버지가 나에게 남겨준 예언자 아모스의 글을 따르기 위해서입니다."

"그건 나도 알고 있어요. 바라바 동지나 하얀리본 다른 동지들의 뜻을 나도 늘 고맙게 생각했습니다."

"그런데 히스기야 동지! 우리 하얀리본은 성전을 더럽힌 대제사장과 지도부를 처단하려고 거사를 계획하고 있는 것 아닙니까? 그건 그야말로 피를 뿌리는 일입니다. 시카리 단도로 목을 그어 그 가증스러운 자들을 처단하는 일로 끝나지 않고, 성전 경비대와 로마군에 대항해서 치열하게 전투를 치러야 합니다. 성전과 예루살렘 도성 안 골목골목에서 전투가 벌어질 텐데, 어느 한 곳이라도 예수 무리가 맡아 지키거나 빼앗을 수 있겠습니까? 아무리 예수가 동지의 오랜 동무라지만, 나는 그들에게서 기대할 수 있는 일이 하나도 없다고 생각합니다."

"그건 동지의 말이 맞습니다. 나도 그리 생각합니다."

"그럼 다행입니다. 그리고 ⋯."

바라바는 말을 끊더니 한참 동안 입을 다물었다. 그가 다시 본래의 모습, 차분하고 냉정하고 사려 깊은 사람으로 돌아오고 있었다. 그의 목소리에 실려 있던 거센 기운도 점점 부드러워졌다.

"동지! 우리 하얀리본이 어찌어찌 성전 마당까지 몰래 칼과 창을 들여가 병장기를 풀어도 예수 무리는 그 병장기를 쓸 줄도 모르고 쓸 생각도 못할 사람들입니다. 고기 잡는 어부, 농사꾼, 무두장이, 돌 쪼는 사람, 세리, 소금장수, 마차꾼일 뿐, 그들 중 누구 하나 싸움다운 싸움을 해본 경험이 없기 때문이지요. 서로 죽고 죽이는 살육의 마당에 끌어들이면 무서워 벌벌 떨며 도망가기에 바쁠 사람들일 겁니다."

"예! 그건 맞아요."

바라바는 이상하다고 생각하는지 히스기야의 얼굴을 한참 쳐다보았다. 그의 말을 히스기야가 모두 그렇다고 인정하고 받아들이기 때문이었다.

"만일 히스기야 동지가 생각하듯 예수와 그 무리에게 맡길 일이 있다면 일단 거사가 끝난 다음에, 그때 다시 생각해 봅시다. 하얀리본 결사 동지들이 중심이 돼서 거사를 일으키고 성전 지도부를 처단하는 일이 우선 아닙니까?"

히스기야가 아무 말 없이 듣고만 있자, 바라바는 한발 물러나는 듯한 목소리로 다시 말을 이었다.

"동지! 동지의 말대로라면 아마 예수라는 그 사람은 우리가 일으킨 거사에 사람들을 끌어모으는 데는 필요할 수도 있다고 나는 생각합니다. 그러나 그가 끌고 다니는 사람들은 사실 아무짝에도 쓸모없어 보입니다. 그들에게 무슨 일을 맡기면 그 일이야말로 우리에게 가장 큰 약점이 될 만큼 오히려 거추장스러운 사람들입니다. 내 생각에는, 다시 말하지만, 동지의 동무 예수라는 그 한 사람만 형편을 보아가면서 그가 원한다면, 나중에 참여시키는 것이 좋겠습니다. 그런데, 예수라는 사람이 자기를 따르는 무리를 떼어 놓고 혼자 참여하겠습니까? 나는 그렇지 않을 것이라고 판단합니다."

따지고 보면 바라바가 그렇게 생각하는 것도 무리가 아니었다. 때로는 히스기야에게도 예수가 하려는 일이 답답하고 뜬구름 잡는 듯 느껴졌기 때문이었다. 그래서 달 밝은 밤에 예수 혼자 남겨 두고 유대 광야를 벗어났었다. 그는 답답하게 굴속에 들어 앉아 얻은 깨달음으로 이스라엘을 구할 수 있으리라고 생각하지 않았기 때문이었다.

잠잠히 듣고 있던 히스기야가 한참 만에 입을 열었다.

"바라바 동지의 의견을 잘 들었습니다. 그리고 동지의 거의 모든 얘기에 나도 동감합니다. 그리고 지금 하루 이틀 사이에 급하게 결정할 일은 아니니 좀 두고 봅시다. 그리고 예수와 제자들을 끌어들이는 문제 외에 거사에 관한 일은 동지가 차근차근 계획을 세워 주세요. 다음 유월절에 거사를 한다고 생각한다면 사실 시간이 그리 많은 것은 아닙니다."

"그러겠습니다. 히스기야 동지!"

그렇게 얘기는 끝을 맺었다. 적어도 유월절 거사가 가까워질 때까지는 바라바나 히스기야 두 사람 모두 더 이상 예수를 끌어들이는 문제에 대해 상의하지 않았다. 서로 얼마나 생각이 다른지 알기 때문이었다.

히스기야가 믿고 맡겨 준 대로 바라바는 거사계획을 정말 치밀하게 세웠다. 계획을 거의 완성할 때까지 그는 하얀리본 안에서도 철저하게 비밀을 유지했다. 히스기야도 묻지 않았다. 그만큼 그도 바라바를 믿기 때문이었다.

바라바는 우선 예루살렘 성전 내부의 상황을 파악하기 시작했다. 그 일은 예루살렘 성벽 움막마을에 사는 하얀리본 동지에게 은밀하게 맡겼다. 그리고 큰아버지 집에서 자랄 때 늘 그를 친동생 이상으로 아끼고 돌보아 주었던 사촌형과 접촉하기 시작했다. 바라바 스스로 예루살렘에 얼굴을 드러내지 않고, 동지를 한 명 따로 정해 두고 필요하면 사촌형과 언제라도 연락을 주고받을 수 있도록 했다.

대제사장 가야바가 매일매일 어떻게 움직이는지, 저택에서 성전까지 드나드는 길, 시간을 조사했다. 언제 어떤 경우에 대제사장이 성전 어떤 뜰에 몸을 드러내는지, 모두 알아두었다. 한 번의 조사로 끝내지 않고 계속 확인하고 또 확인했다. 사촌형을 통하여 예루살렘 성전에서 중요한 일을 맡은 인물들의 습관과 좋아하고 싫어하는 일들을 모두 파악했다. 그리고 대제사장의 아들 마티아스 제사장과 연결될 수 있는 길을 찾았다. 그건 바리새파 큰아버지와 사촌형이 아니라면 불가능한 일이었다. 바라바는 올가미를 설치할 장소와 때를 찾았다.

계획이 어느 정도 무르익었을 때, 히스기야와 바라바 두 사람이 마주 앉아 계획을 점검했다. 하얀리본 결사의 동지들을 예루살렘으로 집결하도록 통지할 무렵이었으니 유월절을 한 달쯤 앞둔 때였다. 히스기야가 다시 예수 얘기를 꺼냈다. 바라바는 마음을 가라앉히고 조용히 얘기하기 시작했다.

"히스기야 동지, 동지와 예수가 그렇게 친밀한 사이라면 사전에 의견을 나누지 않고도 일단 거사를 성사시킨 다음에 끌어들일 수 있지 않을까요? 일을 벌여 놓고 같이 수습하자고 손을 내밀면, 그 사람이 매정하게 거절할 사람인가요?"

또 다른 말로도 설득했다.

"히스기야 동지! 나도 예수라는 사람이 필요할 수 있겠다는 생각이 듭니다. 그런데 우리는 거사를 위해 목숨을 내놓기로 작정한 사람들입니다. 밤이슬 맞으며, 먼 길 걸으며 우리가 어떻게 이 일을 준비했고, 여기까지 끌고 왔습니까? 예수와 제자들을 끌어들이려 하다가 일순간 허물어질 위험도 생각해 봐야 하지 않을까요?"

그는 비밀이 누설될 가능성도 걱정했다.

"예로부터, 입이 하나 늘면 위험은 두 배, 세 배 늘어난다 했습니다. 우리 모두 히스기야 동지를 믿고 따르지만 이번 일은 신중하게 결정하는 것이 좋겠습니다."

사실 모든 일에는 입이 문제였다. 비밀을 지키는 문제뿐만 아니고, 봉기가 성공해서 성전을 장악하게 되면 동지들의 입에 넣어 주어야 할 몫도 생각해야 했다.

사람은 누구나 몸뚱어리에 입이 달려 있고, 무엇이든 그 입에 먹을 것을 넣어야 산다. 물만 마시고 버티고, 몇 날 며칠 굶고 지낼 수는 있어도 눈앞에 빵이 보이면 저절로 입이 벌어지고 침이 돌기 마련이다. 목숨을 버릴 각오는 되어 있어도, 거사 이후에 누릴 수 있는 명예와 눈앞에 놓인 성전 재물에 눈 감고 홀연히 왔던 길 되돌아 떠나갈 만큼, 동지들이 마음까지 비웠다고 기대할 수는 없었다. 바로 거사 이후 예수와 그 무리를 어떻게 대우해 주느냐는 점을 생각하지 않을 수 없었다.

게다가 히스기야가 지나가는 말처럼 했던 제안이 마음에 걸렸다.

더구나 바라바와 히스기야 단 두 사람만 있을 때가 아니라 다른 동지들도 모두 있는 자리에서 히스기야가 불쑥 얘기를 꺼낸 것이 실수였다. 그때 바라바는 동지들의 마음을 읽을 수 있었다.

"동지들! 예수를 봉기의 지도자로 삼으면 틀림없이 군중이 모두 나서서 협력할 겁니다."

"예에? 그건?"

"제 생각에 그렇다는 말입니다."

"그건 아니라고 봅니다. 어찌 그 사람이 우리 하얀리본이 주도해 일으킨 거사에서 지도자가 될 수 있습니까?"

"에이, 그건 말이 안 됩니다."

"흠, 흠…."

여러 동지들이 한결같이 뜻밖이라는 표정이었다. 동의할 수 없다고 적극 반대하고 나서는 사람, 어두운 표정을 짓는 사람, 말없이 고개를 젓는 사람, 애써 히스기야의 눈을 피하지만 불만 가득한 얼굴을 돌리는 사람 등 반응은 제각각 달랐지만 그들은 모두 히스기야의 의견에 반대한다는 뜻을 보였다.

"전체 거사계획을 두고 생각하면서 그러면 어떨까 잠시 그런 생각이 들어서….'

그때까지 바라바는 한 번도 예수를 직접 만나본 적이 없었다. 모르는 사람을 끌어들여 목숨을 건 거사를 위험에 빠뜨리고 싶지 않다는 생각은 누구나 마찬가지였다. 예수를 끌어들이자는 데 찬성하는 사람은 히스기야, 그리고 예수의 제자로 들어가 있는 유다와 시몬뿐이었고, 하얀리본 지도부에 속한 나머지 모든 사람은 바라바처럼 히스기야의 의견에 반대했다.

그 일을 겪으면서 한 번도 생각을 해본 적 없었던 하얀리본 조직의 지도력 문제가 바라바 가슴 속에 떠오르더니 곧 마음을 흔들기 시작했다. 그리고 기억 속에 깊이 가라앉아 있었던 큰아버지의 당부, 그에게 지어준 바라바라는 이름에 걸맞게 살라던 말이 꿈틀거리며 일어났다.

원래 바라바라는 이름은 뜻대로 풀이하자면 '아버지의 아들'이라는 뜻이지만, 아버지를 누구라고 생각하는지에 따라 엄청난 의미를 가질 수 있는 이름이었다. 헤롯왕에게 산 채로 화형당한 바리새파 젊은 학생을 의미하는 것을 넘어, 바로 큰아버지가 암시했듯 가장 높으신 분, 전능하신 이스라엘의 하느님을 뜻한다면 바라바라는 이름은 '하느님의 아들'을 가리키는 이름이었다.

이름에 걸맞은 삶, 큰아버지는 조카에게 바리새파가 이끌었던 봉기를 일깨워준 셈이었다. 가깝게는 27년 전, 유대의 아켈라우스가 실각하고 로마총독이 부임해서 세금을 거둬들이기 위해 호구조사를 했을 때 갈릴리 가말라 출신 유다와 바리새파 사독이 이끌었던 운동이 있었다. 사람들은 그들이 믿고 따르던 하느님 섬김을 '제 4의 철학'이라고 불렀다. 이스라엘의 사두개파, 바리새파, 그리고 소금호수 부근의 에세네파 다음의 종파로 인정받았다. '제 4의 철학'은 바리새파와 동일한 믿음을 가졌지만 하느님을 올바로 섬기기 위해서라면 죽음까지도 의연하게 받아들인다는 생각이었다.

예루살렘 성전 정문에 헤롯왕이 걸어 놓았던 로마의 상징 황금독수리 상을 찍어내려 불태웠던 아버지와, 토라의 정신을 붙잡고 치열하게 살았던 바리새파 선생들의 역사적 저항을 바라바는 하나로 연결하여 떠올렸다. 하스몬 왕조 때와 헤롯왕 시절에 사두개파와 맞겨루었던 바리새파의 정신을 다시 생각했다. '제4의 철학'을 생각했다. 그러면서 바라바는 누구에게도 말은 하지 않았지만 바리새파 학생이었던 아버지의 저항정신과 '제4의 철학'을 그가 이어받았다고 생각한 지 꽤 오래됐다.

그런데 하얀리본을 이끌던 히스기야의 말을 동지들이 선뜻 따르지 않는 것을 보자 바라바는 가슴속 깊게 묻어 두었던 생각이 서서히 위로 떠오르는 것을 느꼈다. 하얀리본의 지도자가 바뀔 순간이 왔다고 생각하기 시작했다.

'바라바, 아버지의 아들, 하느님의 아들!'

유대와 이스라엘의 운명이 그의 어깨에 달려 있다는 생각도 들었다. 히스기야가 내세우려는 예수가 아니라 이스라엘의 정신을 지키며 살았던 바리새파의 정신을 앞세워야 한다는 생각이 들었다. 그러면서 거사의 정당성을 인정받을 수 있는 길을 찾기 시작했다. 바로 예루살렘 성전에 설치되어 있는 대★산헤드린을 떠올렸다. 성전은 사두개파가 지배하지만 대산헤드린은 바리새파가 다수를 차지하고 있다. 그러자 눈앞에 새로운 길이 보였다. 그는 그 길이야말로 하얀리본이 걸어가야 할 길이라고 남몰래 믿기 시작했다. 문제는 하얀리본이라는 결사가 어떻게 바리새파와 '제4의 철학'의 정신을 이어받았다고 내세우느냐 하는 것이었다. 쉽지 않아 보였다. 그 점이 가장 큰 어려움으로 보였다. 그건 하얀리본에게 이번 유월절 거사만큼이나 중요한 문제였다. 거사에 걸맞은 대의명분을 찾는 일, 그건 하얀리본의 지도자가 해야 할 일이라고 믿었다.

바라바는 동지들이 아직 히스기야에 매달려 있는 동안 하얀리본의 거사와 그 이후를 내다보며 깊은 생각에 잠겨 있고, 동지들은 밤새 어떤 결론도 내지 못하고 이러쿵저러쿵 얘기만 나누었다.

　벌써 새벽이 가까워지는 시간이 됐다.
　"자! 이제 눈 좀 붙여 둡시다. 동지들 의견을 충분히 들었으니 내가 그 의견을 참작해서 결정하겠소. 그리고 상황을 하루 더 두고 지켜봅시다."
　바라바가 회의를 마무리하려 하자 머뭇거리던 유다가 입을 열었다.
　"그런데, 바라바 동지! 예수 선생님을 거사에 끌어들이려던 히스기야 동지의 계획은 어찌할까요? 아까 동지가 했던 말을 곰곰 생각해 보니 완전히 없는 것으로 하자는 말 같아서 그럽니다. 그렇다면 나나 시몬 동지가 더 이상 예수 선생님을 따라다닐 필요가 없다는 말 아닌가요?"
　"다시 얘기하자면 내 생각으로는 그게 좋겠소. 나는 원래 예수와 연합하는 것이 별로 마음에 탐탁하지 않았소. 히스기야 동지가 하도 끈질기게 주장해서 나도 더 반대하지 못했지만…. 아, 생각 좀 해봐요! 어중이떠중이 어부들, 농사꾼, 그리고 여자들까지 끌고 다니는 사람과 손을 잡고 세상에 무슨 큰일을 도모한단 말이오?"
　"그래도 히스기야 동지는 반드시 필요한 일이라고 판단했고, 그래서 오랫동안 추진한 계획인데, 지금 그 동지가 없다고 그냥 싹 없애버리기는 마음에 많이 걸리네요."
　유다와 함께 예수의 제자가 되어 따르는 작은 시몬이 좀 불만이라는 듯 말을 받자 바라바가 정색을 했다.

"그렇게 여태 내가 얘기했는데도 …. 아니! 그럼 동지는 예수와 제자라는 그 무리가 우리 하얀리본의 거사에 무슨 큰 역할을 할 수 있다고 아직 생각한단 말이오?"

"못할 것도 없지요."

작은 시몬이 좀 볼멘소리로 받았다. 그때 다른 동지가 나섰다.

"아까 유다 동지나 시몬 동지 말로는 전날 여리고에서 히스기야 동지가 예수를 만나 제안했을 때, 예수 그 사람이 그 자리에서 딱 부러지게 거절했다면서요? 거절한 사람을 뭐하자고 자꾸 끌어들이자고 말하는지 …."

"동지들!"

유다가 목소리를 좀 낮추며 입을 열었다.

"나나 시몬 동지가 이제까지 예수 선생님을 따라다니며 살펴본 바로는 그렇게 쉽게 포기할 일은 아닙니다. 어쨌든 예수 선생님을 거사에 끌어들이면 여러모로 중요한 역할을 할 것이 틀림없습니다. 그래서 히스기야 동지가 끝까지 포기하지 않고 여리고까지 쫓아 내려왔습니다. 게다가 그 밤으로 예루살렘에 돌아가면서 그 동지는 나와 다시 얘기를 나눴습니다. 예수 선생님이 지금은 저렇게 거절하는 말만 하고 있지만 예루살렘에서 일이 벌어지면, 히스기야 동지가 먼저 일을 벌이면, 예수 선생님을 끌어들일 방법이 있다고 …. 그 두 사람은 그럴 수밖에 없는 사이랍니다."

시몬이 다시 말을 받았다.

"나도 그렇게 생각합니다. 우리 하얀리본에서 그동안 얼마나 공을 들였습니까? 내가 처음 갈릴리 호수로 숨어들어 어부로 지내다가 예수 선생님을 만나 제자로 끼었고, 나중에 유다 동지까지 합류하지 않았습니까? 더구나 때때로 예수 선생님 일에 하얀리본이 지원한 돈을 합치면 액수가 얼마입니까? 내가 다 기억은 못하지만 아마 지난 3, 4년 동안에 줄잡아 3백 데나리온도 넘을 겁니다."

"들인 돈이 아깝다고 계속 붙잡고 있으면 위험만 커집니다."

그때, 다른 동지가 바라바를 설득하고 나섰다.

"바라바 동지! 히스기야 동지가 없으니 동지가 책임자가 되어 하얀리본을 총지휘하는 것은 맞습니다. 우리는 동지가 결정하는 것을 따를 것입니다. 그러나 … ."

그가 잠시 말을 멈추고 둘러앉은 사람들을 한 명씩 바라보았다.

"갑자기 유다 동지, 시몬 동지 두 사람이 모두 사라지면 큰 의심을 받을 수 있습니다. 예수를 따르는 무리 중에 갈릴리 분봉왕 쪽 첩자도 있고, 그리고 얼마 전부터는 예루살렘 성전에서 보낸 첩자까지 따라다닌다면서요?"

"예! 내가 보니 그렇습니다. 누구인지 대충 짐작이 갑니다."

유다의 말을 듣더니 이미 짐작한 일이라는 듯 확신에 찬 목소리로 그는 차근차근 설명하기 시작했다.

"첩자들은 예루살렘에 올라와 있는 갈릴리 분봉왕 쪽이나 성전 사람들하고 늘 연락을 주고받을 겁니다. 그런 목적으로 심어 놓은 사람들이니까요. 그리고 움막집 주인 녀석을 통해서 우리가 예수와 연합하려고 계획 세웠다는 것도 성전에서는 이미 다 알고 있을 겁니다. 그러니 내 생각에는 모르는 척 우리가 속아 주는 것이 좋겠습니다. 히스기야 동지가 체포된 사실을 하얀리본은 아직 눈치 못 챘고 그래서 그 동지가 돌아오기를 기다리는 척 행동합시다. 처음 계획을 세웠던 대로 밀고 나가는 것처럼 꾸밀 필요가 있습니다."

모든 동지들은 그의 말을 그럴듯하게 받아들였다.

"그러면서 차근차근 다른 좋은 방법을 찾아봅시다. 그러자면 앞으로 하루 이틀은 더 두고 볼 필요가 있습니다. 그러는 동안에 바뀐 상황에 따라 우리가 새로 준비할 일은 준비하고, 밀고 갈 일은 밀고 가고, 바꿀 일은 바꿉시다. 그러니 유다 동지와 시몬 동지는 날이 새기 전에 베다니로 돌아가 아무도 모르게 다시 예수 일행에 합류하는 것이 좋겠습니다."

그는 늘 히스기야를 따라다니며 경호와 연락을 맡았던 사람이다. 안식일 해가 지기 전 여리고로 내려가던 히스기야를 혼자 보내고 올리브산 중턱에서 움막마을로 되돌아온 일을 얼마나 크게 후회하고 걱정했는지 하루 사이에 얼굴이 많이 수척해졌다. 그 말을 받아 작은 시몬이 그러자고 말하자 다른 사람들도 모두 그 말에 동의했다.

"그건 그런데 …. 음, 내가 좀 눈에 띄는 행동을 해서 …. 나는 그게 좀 꺼려지네요."

유다가 혼잣말처럼 중얼거렸다. 여리고에서 올라온 날 올리브산 중턱에서 이상한 말로 예수에게 경고신호를 보냈던 일, 슬그머니 일행과 떨어져 성전에 따라 들어가지 않았던 일이 마음에 걸렸기 때문이다. 듣고 있던 바라바가 결론을 냈다.

"알겠습니다. 동지들 의견이 정 그러하다면 그 말을 따르겠소. 두 동지는 아무 일 없었던 듯 그냥 베다니로 돌아가 예수 무리에 다시 끼어들어 같이 움직이시오. 그런데 두 동지에 대해 누구 눈치챈 사람은 없지요? 그 무리 중에?"

"있습니다. 마리아라고 막달라 출신 여제자는 거의 다 눈치를 챘고, 아, 그 여자는 히스기야 동지와 서로 무척 사모하는 사이 같습디다. 예전부터 서로 알고 지냈다고요. 그리고 다른 사람 중에는 요한, 갈릴리 가버나움 마을 세베대의 작은아들 요한이 여간 눈치가 빠른 사람이 아니라서 … . 요한이 알았으면 분명 제 형 야고보에게도 말했을 겁니다."

"아직 누구도 유다 동지나 시몬 동지에게 직접 대놓고 물어본 사람이 없다면 그대로 됐습니다. 그런데 예수는?"

"아! 선생님은 모두 알고 있는 눈치입니다."

"알아요?"

"선생님은 말 안 해도 사람 마음을 알아요. 그건 우리도 깜짝깜짝 놀라는 일입니다."

"그런데 아무 말도 안 해요? 예수가?"

"안 합니다."

"알았어요. 자! 그만 일어서시오. 그리고 내일 저녁에 기회를 보아 다시 만납시다. 날이 밝으면 우리 은신처를 옮길 예정이니 그건 그때 다시 연락하겠소."

유다와 시몬이 일어서려는데 바라바가 한마디 덧붙였다.

"만일 동지들 말대로 거사를 성사시키기 위해서 꼭 예수와 우리 하얀리본 결사가 협력해야 한다면, 내가 예수 그 사람을 한번 직접 만나 볼 생각은 있소이다. 이제 시간이 없으니 우물쭈물할 일이 아닙니다.

만나기로 한다면 바로 만나 담판을 지어야 하겠지요. 그 사람을 여기로 데려오는 것은 위험하니 내가 형편 보아 베다니로 내려가리다. 그리고 날이 밝으면 우리 모두 계획대로 예루살렘에 들어가 로마군과 성전 경비대의 병력배치, 성전 길, 건물구조를 살펴봅시다."

"성전 길이나 건물구조는 이미 다 예전에 살펴본 다음에 계획을 세운 것 아닌가요?"

"그랬지요. 그런데 움막집 주인 녀석이 우리 계획을 모두 성전 측에 알려주었을 겁니다. 그러니 모든 계획을 새로 세워야 합니다. 그들이 예상하지 못한 방향으로…. 만일 우리가 그 움막집 주인 녀석을 찾아내지 못했더라면 이번 거사는 포기할 뻔했습니다."

그 말을 듣고 유다가 물었다.

"그자를 찾아냈습니까?"

"처리했습니다."

"처리라고요?"

"앞으로 우리 일에 방해가 되지 않도록 완전히 처리했고, 그 처남이라는 자와 함께 두 집 식구가 모두 멀리 떠나도록 조치했습니다."

"그럼 내가 이제 성안으로 들어가는 것이 안전하다는 말입니까?"

"우리 모두 성문에서 사로잡힐 일은 없습니다. 걱정 마시오."

"아! 그건 다행인데, 이런 때 히스기야 동지가 있었으면…."

"그래요, 그런 일은 히스기야 동지만 한 사람이 없었지요. 이제는 그 동지 없이 우리끼리 다 해결해야 합니다."

그러더니 바라바는 각 지방의 동지들을 이끄는 일에 대해서 입을 열었다.

"동지들! 마지막으로 한 가지, 각자 자기가 인솔하는 지방 동지들을 잘 장악해야 합니다. 각별히 주의하세요. 어지간히 모였지요? 내가 어제 대충 셈해 보니 하얀리본 동지들 중 7할은 이번에 모여든 것 같습디다."

"예, 바라바 동지! 5백 명은 됩니다. 모두 예루살렘성으로부터 사방 20리 이내에 몸을 숨기고 있습니다."

하얀리본은 이처럼 많은 인원을 한꺼번에 동원한 적이 없었다. 하얀리본에서는 도시나 도시 주변의 장원莊園을 터는 일을 '잔치'라고 불렀고, 그런 잔치에는 20명에서 30명, 아무리 많아야 50명이면 충분했다. 잔치에는 가까운 마을이나 같은 직업을 가진 동지들을 주로 동원했다. 같이 잔치를 벌이는 동지들 외에는 아무도 그 이상의 조직원을 알지 못했다. 하얀리본 지도부에 속한 한 사람이 최대한 관리할 수 있는 동지 숫자도 한 번 잔치를 벌일 때 동원할 수 있는 최대한의 숫자인 50명을 넘지 않도록 조직을 관리했다. 어느 지방의 조직이 무너지더라도 다른 지방 조직은 무사하도록 바라바가 구상한 일이었다.

"다시 말하지만 부주의한 행동으로 저놈들 눈에 띄어 더 이상 잡혀 들어가는 동지가 있으면 안 될 것이오. 자기가 맡은 동지들을 각별히 챙기고 철저하게 장악하세요. 그리고 내일은 성전이든 성안 어디서든 무슨 일이 벌어져도 하얀리본은 결코 모습을 드러내지 않을 거요. 혹 신호를 잘못 보고 움직일까 봐 다시 얘기해두는 겁니다. 그리고…."

바라바는 유다와 시몬을 쳐다봤다. 그의 마음을 드러내는 듯 눈길이 복잡했다.

"하여튼, 유다 동지와 시몬 동지는 내일 저녁에 일단 다시 오시오."

"그러겠습니다. 동지들 몸조심하세요. 내일 저녁에 만납시다."

유다와 시몬이 인사하고 떠나갔다. 그 뒷모습을 바라보던 바라바가 혼잣말처럼 중얼거렸다. 평소와 달리 그 목소리가 음산했다.

"끝까지 말 안 들으면, 그 예수라는 작자 말이오, 까짓것 해치워버리지 뭐 … . 그냥 놔두기에는 아무래도 걸리적거려서 … ."

서쪽 하늘에 낮게 걸린 달빛을 받으며 유다와 작은 시몬은 벳바게를 떠나 베다니로 내려가는 길을 걸었다. 한동안 아무도 입을 열지 않았고 무거운 침묵을 지켰다. 일이 여러 모로 뒤틀리고 꼬였기 때문이다. 게다가 히스기야가 사라지고 난 다음 바라바가 하얀리본을 이끄는 방식이 어딘가 마음에 걸렸다. 한참 그렇게 걷다가 작은 시몬이 입을 열었다.

"유다! 움막집 주인 녀석을 처단했다는 소리를 듣고 나는 깜짝 놀랐어요. 원래 하얀리본은 사람을 죽이지 않잖아요?"

"시몬, 그건 어쩔 수 없는 일이오. 만일 그자가 성문을 지키고 있으면 … , 아마 그놈 때문에 하얀리본 동지들은 한 사람도 성안으로 들어가 보지도 못하고 모두 성문에서 체포될 거요. 최근에 그 움막을 들락거린 사람 얼굴은 그자가 다 알 테니까."

"그건 그렇지만 그자를 죽였다는 소리를 들으니, 바라바 동지가 달리 보입디다."

"그렇지? 원래 히스기야 동지와는 좀 다른 데가 있어, 바라바 동지는 … ."

"생각보다는 강단 있게 일을 처리합디다."

"강단이 있는 것 같기도 하고, 어찌 보면 자신이 없어 더 강경하게 나가는 것도 같고."

"지금 이 판국에 우물쭈물하거나 뒤로 물러날 수도 없으니까 … . 바라바 동지에게도 무슨 뾰족한 다른 방도가 없겠지요."

"그런데 잘못 들었는지는 모르지만, 히스기야 동지가 체포된 것이 그의 잘못이라고 은근히 말하려는 것처럼 들리더라고요, 나한테는 … ."

유다가 하는 말을 듣고도 시몬은 별달리 대꾸하지 않았다. 말끝을 맺으며 바라바가 한 말이 그에게도 불편하게 들리기는 마찬가지였다.

유다와 작은 시몬은 부지런히 길을 걸어 베다니에 돌아왔다. 동이 트려면 아직 꽤 시간이 남아 다행이었다. 남의 눈에 띄지 않게 슬그머니 여인숙에 들어서려던 유다와 작은 시몬은 깜짝 놀라 걸음을 멈추었다. 마당 끝에 예수와 므나헴이 마주 앉아 있다. 순간 이상하다는 생각이 들었다. 므나헴은 갈릴리 분봉왕 측에서 심어 놓은 첩자가 분명하다고 두 사람은 이미 판단하고 있었다. 더구나 다른 제자들 없이 예수와 므나헴이 따로 나와 마주 앉았다는 것이 더욱 이상했다. 두 사람을 보자 예수가 입을 열었다.

"유다! 시몬! 잘 돌아왔어요."

"예! 선생님 … , 저희들은 … ."

"괜찮아요. 여기 와 앉으시오."

머뭇거리다가 두 사람도 예수 앞에 앉았다. 괜찮다는 그의 말이 가슴에 콱 박혔다. 자연스럽게 예수 앞에 세 사람이 나란히 앉은 꼴이 됐다. 참 이상한 자리가 됐다. 한동안 침묵이 흘렀다.

"내가 므나헴에게 몇 가지 당부를 하던 참이었어요."

"아! 예, 선생님."

그 말을 듣자 므나헴은 좀 멋쩍은 듯 갑자기 앉은 채로 몸을 앞뒤로 흔들었다. 그건 토라를 암송하는 사람들 자세와 같다.

"모든 사람에게 각자 맡겨진 일이 있습니다. 나는 그 맡겨진 일을 잘 하라고 얘기했습니다."

"예, 선생님. 그런데 맡겨진 일이라고 하심은?"

시몬이 묻자 예수가 밤하늘을 한참 올려다보다가 천천히 말했다. 마치 사람 마음에 말을 꼭꼭 심는 듯 말했다.

"어떤 일이 생기든, 누가 무슨 일을 하든, 나는 내 걸음을 멈추거나 돌리지 않을 겁니다. 나를 따르는 모든 사람들이 각자 다른 사연을 안고 따라나섰지만, 따지고 보면 그 사연이 모두 내가 하려는 일과 관계 있는 일입니다. 한 마디도 빼놓지 않고 내 말을 기억하는 사람에게는 그 기억의 실타래를 풀어내서 해야 할 일이 있고, 내가 걸어온 걸음걸이를 눈여겨보면서 다음 걸음자리를 깨달은 사람은 그 사람대로 중요한 일을 하는 셈이고요."

그때, 므나헴이 자리가 거북한 모양인지 일어나 예수에게 인사하며 물러났다.

"선생님! 저는 들어가 눈을 좀 붙이겠습니다."

"그래요, 므나헴!"

선생이 얘기하는 중에 자리에서 일어서는 일은 선생에 대한 예의가 아니다. 그러나 예수는 그를 말리지 않았다. 이미 할 얘기는 끝났기 때문이다. 므나헴이 마당 천막 아래 잠들어 있는 사람들을 피해 조심스럽게 방으로 들어가기를 기다렸다가 유다가 낮은 목소리로 입을 열었다.

"선생님, 히스기야 동지는 놈들에게 사로잡힌 것이 분명합니다."

예수가 물었다.

"무슨 소식을 들었나요?"

"어디로 끌려갔는지는 모르겠습니다. 모두 걱정하고 있습니다."

"아직은 무슨 일을 당한 것 같지는 않아요. 내 생각에 … ."

"그렇습니까, 선생님? 그런데 … ."

"예!"

"히스기야 동지가 제안했던 말을 다시 생각해 보시지요."

그때 작은 시몬이 끼어들었다.

"선생님, 하얀리본과 협력해 주십시오. 그러면 제가, 이 시몬이 선생님 곁에 딱 붙어서 선생님을 모시겠습니다. 어떤 경우가 생겨도 선생님은 안전하도록 제가 목숨을 걸고 나서서 … ."

"시몬!"

시몬을 부르고 나서 예수는 한동안 말없이 그를 바라보았다. 분위기가 답답한 듯 유다가 먼저 침묵을 깼다. 천막 안에 누운 사람들 모두 깊은 잠에 빠져 있는데도 그는 목소리를 한껏 낮췄다.

"선생님! 합류해 주십시오. 하얀리본에서는, 히스기야 동지의 생각이 그랬습니다. 선생님을 지도자로 모시는 일에 지금도 크게 반대하는 사람이 없습니다. 선생님께서 이루시려는 일에 하얀리본이 도움이 됐으면 됐지 조금도 걸림이 되지는 않을 것입니다."

"유다! 나는 처음 시몬이 그대를 데려왔을 때 두 사람이 다른 제자

들과 다르다는 것을 알고 있었어요. 그리고 그대들은 내 동무 히스기
야가 내 곁에 붙여 놓은 사람들이라는 것도 알았고요. 때로 하얀리본
으로부터 돈을 받아 경비에 보탠 것도 알아요. 히스기야는 그대 둘을
보내 우선 나를 돕고, 나중에 하얀리본이 계획하는 일에 나를 끌어들
이려고 생각한다는 것도 나는 알고 있었어요."

"그러셨습니까? 선생님! 그런데 왜 한 번도 저희에게 내색을 안 하
셨습니까?"

"내 동무 히스기야가 하얀리본을 이끌고 하려는 일보다 그대 두 사
람이 나에게는 더 귀중해요. 그대들이야말로 나와 함께 새 세상의 문
을 열어야 할 사람이지요. 맡은 일은 달라도 … ."

"선생님! 그러셨는데 왜 한 마디 말씀도 없으셨습니까? 저는 얼마나
마음속으로 … ."

시몬은 더 말을 잊지 못하고 고개를 숙였다. 유다가 나섰다.

"선생님께서 뜻을 정하신다면 제가 오늘 중으로 제자들 수만큼 시카
리 칼을 하나씩 준비하겠습니다. 그만한 돈은 마련돼 있습니다. 또, 하
얀리본의 바라바, 지금은 그 동지가 하얀리본을 지휘하고 있습니다,
바라바 동지를 데려와서 선생님과 상의하는 자리를 마련하겠습니다."

"유다, 아직 내 말을 못 알아들었소? 칼로 세상을 바꿀 수 없어요.
가지고 있던 칼도 내려놓아야 할 때요."

그때 베다니 여인숙을 운영하는 마르다와 동생 마리아가 방을 나오
는 모습이 보였다. 아침을 준비하기 위해 일찍 일어난 모양이었다.

"아! 선생님!"

동생 마리아가 세 사람 있는 쪽으로 얼른 다가왔다. 아침마다 나사

렛 집 앞 나무 위에서 지저귀던 새처럼 목소리가 맑고 밝다. 그녀가 다가오자 유다와 시몬은 슬그머니 일어났다.

"선생님! 오늘 저녁까지 결심을 좀 해주십시오."

유다는 한 마디 남겨놓고 앞서서 휘적휘적 방으로 걸어가고, 작은 시몬은 할 말이 있는 듯 머뭇거리다가 유다의 뒤를 따라 들어갔다.

"마리아! 일찍 일어났네요."

"예, 선생님은 안 주무셨어요?"

"잤지요! 아주 편안하게 잘 잤어요. 고마워요."

"혹시 불편한 점이 있으면 말씀하시고요, 필요한 것도 있으면 말씀해 주세요. 어젯밤 가르침 너무 좋았어요. 감사합니다, 선생님."

"허허! 내가 고맙고 좋았지요."

살짝 허리를 굽혀 인사하고 언니 마르다가 들어간 부엌 쪽으로 부리나케 걸어가는 마리아를 보면서 예수는 나사렛 집에 남아 있는, 이름도 같은 여동생 마리아를 생각했다. 아랫집 히스기야를 남달리 따르던 그 동생은 그가 떠난 후에 한동안 말없이 먼 산만 바라보았다. 비록 나이 어린 동생이었지만 예수는 그녀 가슴속에서 흘러가는 구름을 볼 수 있었다. 베다니 여인숙의 활달한 마리아 모습을 보니 늘 수줍고 어두웠던 여동생 생각이 가슴 저 아래에서 아리아리한 아픔이 되어 스며올라왔다.

세상을 깨우는 채찍

—·—

예수는 해가 뜨기 전부터 여인숙 문밖에 나가 멀리 동쪽을 바라보고 서 있었다. 어둠을 조금씩 밀어 올리면서 동쪽 하늘이 훤하게 밝아진다. 어둠 속에 누워 있던 산들이 골짜기를 양 옆에 끼고 조금씩 모습을 드러낸다.

"드디어 … ."

드디어 예수에게 맡겨진 일을 예루살렘에서 드러내는 날이다. 그가 한 걸음 한 걸음 걸어온 예루살렘 길은 유대 광야를 나오면서 시작한 길이 아니다. 나사렛 언덕길을 오르내리면서 이미 그는 예루살렘 길을 걷기 시작했음에 틀림없다.

"내 백성을 해방하라!"

하느님의 말씀을 광야에서 들은 것 같았지만, 따지고 보면 세례자 요한의 제자로 합류했을 때도 그가 가슴에 품었던 얘기였고, 갈릴리 호수 깊은 물속을 들여다볼 때도 간직하고 있었던 얘기였다. 나귀 등에 연장통을 싣고 아버지 요셉의 뒤를 따라 산을 넘고 개울을 건널 때도 생각했었다.

예루살렘 길은 험한 길이었다. 뒤돌아 물러설 수 없는 길이었다. 히브리를 해방시키기 위해 예언자 모세를 앞세우기도 하고, 앞장서서 이끌었던 야훼 하느님이 예수에게는 모든 일을 맡겨 놓은 듯 얼굴을 드러내지 않았고 개입하지도 않았다. 낮에는 구름기둥, 밤에는 불기둥으로 모세를 인도하여 히브리를 광야로 끌고 나왔던 그분이 예수에게는 해방하라는 목표만 제시하고 방법에는 침묵했다. 그건 스스로 알아서 찾아가라는 뜻이었다. 그건 스스로 해방하라는 말과 같았다.

더구나 하느님은 예수에게 어떤 보호도 약속해 주지 않았다. 빈 손으로, 칼도 없이 창도 없이 억압 앞에 나서야 한다. 제국과 예루살렘 성전에게서 하느님의 백성과 함께 걸어 나와야 한다. 새 세상, 하느님 나라에 들어가려면 눈을 뜨고 먼저 억압의 실체를 똑바로 바라본 다음 해방의 광야로 나와야 한다.

하느님 섬김과 사람을 억압하는 제도가 하나로 굳은 압제 앞에 당당히 맞서 해방을 선언하는 날이다. 동쪽 멀리 요단강 건너 고원지대 위에 말간 얼굴로 떠오르는 해를 기다리며 예수는 이스라엘의 긴 역사를 되돌아본다. 히브리가 어느 날부터 이스라엘이 되었듯, 시나이산에서의 해방이 시온산에서 억압으로 바뀐 일을 다시 진정한 해방으로 이끌어야 한다.

주어진 해방을 지키지 못한 사람들에게 똑같은 해방을 또다시 선물로 줄 수는 없다. 눈을 뜨고 일어나 스스로 해방의 길을 찾아 걸어야 한다. 어쩌면 모든 것을 하느님 어깨 위에 올려놓은 채 두 손 놓고 기다리는 사람들에게서 하느님을 해방하는 일 같다.

시온을 찾아가는 길에 베다니가 있다. 성전으로 가는 길에 베다니가 있다. 하느님을 만나러 올라가는 길에 베다니가 있다. 하느님은 처음부터 베다니라는 역설을 준비해 놓았던 모양이다.

베다니, 슬픈 말이다. '가난한 사람들의 집'이라는 뜻이다. 예루살렘에 살 수 없는 가난한 사람들이 산을 넘어 와서 모여 살던 마을이다. 그래서 그런지 그 동네 사람들은 모두 그만그만한 수준으로 산다. 원래 성안에 살 수 없는 사람들 중에서 문둥병이라고 부르는 피부병에 걸린 사람들이나 더러운 직업을 가진 사람들은 성전을 모신 거룩한 도성에서 최소 5리 떨어진 곳에 살아야 했는데, 그런 사람들에게 베다니는 더할 나위 없이 적합한 장소였다. 세월이 흐르다 보니 베다니 사람들은 예루살렘 주민들보다는 아랫길에 속했지만 성벽에 기대어 움막을 엮어 살던 사람들보다는 한결 사람대접을 받았다. 가난한 사람들의 집을 지나, 집도 없을 만큼 가난한 사람들을 만나러 예수가 올리브 산을 넘는 날이다.

베다니 마르다네 여인숙은 아침부터 떠들썩했다. 갈릴리에서부터 함께 내려온 제자들, 전날 여리고성에서 일행과 합류한 사람들, 그리고 원래 여인숙에 묵고 있던 사람들까지 예수를 따라 모두 한꺼번에 성안으로 들어가겠다고 나섰다.

"자! 선생님! 가시지요!"

요한의 얼굴이 무척 밝다. 그는 이제부터 한시도 예수 옆을 떠나지 않겠다고 작정한 사람처럼 보인다. 사랑스럽기도 하고, 한편으로는 한없이 측은해서 예수는 그의 얼굴을 한참 바라보았다. 때가 되어 일을 겪고 나면 그도 선생 옆에 나란히 붙어 올리브산 중턱을 넘던 날들을 한없이 그리워할 것이다. 그가 꾸었던 꿈을 예수를 통해 이뤄 보겠다고 뛰어다녔던 날들을 떠올리며 어쩔 수 없이 쓴웃음을 지으리라.

베다니에서 산등성을 따라 남서쪽으로 뻗어 있는 길을 걸어 오르면 올리브산 중턱에 이른다. 그곳에 서면 예루살렘이 눈 아래 훤히 보인다. 그곳에서 기드론 골짜기로 내려가는 길이 뻗어 있고, 길 왼쪽 5, 6백 걸음 떨어진 곳에서부터 골짜기까지는 예루살렘 사람들이 사용하는 묘지다. 여유가 있는 사람들은 언덕에 굴을 파서 가족묘지로 삼고, 형편이 어려운 사람들은 그저 여기저기 땅을 파고 주검을 묻는다.

주검이나 무덤을 유대인들은 가장 불결하게 여겼다. 무덤이 있는 장소는 사람들이 지나다니기를 꺼린다. 자기도 모르는 사이 무덤 위에 올라서서 부정不淨하게 될 수 있기 때문이다. 그래서 명절 무렵이 되면 무덤이라는 것을 표시하기 위해 동굴 무덤입구나 벽에 하얗게 회를 칠해 치장하는 유대 관습이 있다.

"회칠한 무덤 같은 사람!"

그건 거짓으로 착한 체, 거룩한 체하는 사람에게 내뱉는 지독한 욕설이다. 아무리 겉치장을 했더라도 그 안에서는 송장이 썩어가는 무덤 같다고, 겉은 멀쩡해 보여도 속에는 거짓이 가득하다고 상대에게 퍼붓는 욕설이다. 올리브산에는 유월절을 맞아 하얗게 회칠한 무덤이 많이 보였다.

올리브산이라는 이름에 걸맞게 비탈길 양쪽으로 오래된 올리브나무가 들어서 있다. 장정이 두 팔을 크게 벌려야 겨우 안을 수 있을 만큼 아주 오래된 굵은 나무들이 무더기무더기 숲을 이루었다. 예루살렘에 사는 가난한 사람들은 길 오른쪽에 있는 올리브나무에서 잘 익은 올리브를 따 기름도 짜고 소금에 절여 아주 요긴하게 잘 썼다. 그러나 그들도, 길 왼쪽 무덤 가까이 있는 올리브나무 열매에는 절대로 손대지 않았다.

길가에는 올리브나무 사이에 드문드문 무화과나무가 섞여 있다. 길을 내려가던 예수가 발걸음을 멈추고 무화과나무 가지를 휘어잡고 들여다보았다. 그 모습을 본 요한이 물었다.

"선생님! 무얼 그리 뒤적이십니까?"

"무화과 열매를 찾고 있어요."

"아이고, 선생님! 아직 때가 안 됐습니다. 아마 한 달에서 한 달 두 이레는 더 지나야 첫 열매를 딸 수 있을 겁니다. 지금은 열매인 둥 아닌 둥 그저 맺혀 있을 뿐이지요. 못 먹어요."

"그러게 말이오. 1년에 네댓 번씩이나 열매를 맺으면서도 막상 배고픈 사람들이 그렇게 기다리는데 첫 열매 때가 아직 안 됐다니 … ."

"때가 되면 저렇게 매달린 열매가 커지고 점점 익습니다. 선생님."

"마치 저 성전 같아서 그럽니다."

"예? 성전 같다고요? 무화과 열매가요? 아니면 나무가 그런가요?"

"열매도 그렇고 나무도 그렇고 … . 배고픈 사람은 한시도 더 기다릴 수 없는데 … ."

"때가 되면 따서 먹을 수 있습니다, 선생님!"

요한이 거듭 말했다. 참 묘했다. 그동안은 예수가 '때가 되면'이라고 늘 말했는데, 이제는 요한이 거푸 '때가 되면'이라는 말을 입에 올렸다. 그건 '때'라는 말을 어떻게 받아들이는지, 즉 시각으로 받아들이는지 시간으로 받아들이는지 차이다. 예수는 어떤 일이 일어나는 때를 말했고, 요한은 어떤 일이 일어나기까지 걸리는 기간을 말한 것이기 때문이다.

"배고픈 사람들은 한시도 더 기다릴 수 없는 형편이지요. 성전의 때로 하느님의 때를 재는 사람들, 그들에게 갑시다."

"아하!"

요한은 그제야 고개를 끄덕였다. 골짜기 건너편, 아침 햇빛을 받아 눈부시게 빛나는 성전을 바라보면서 배고픈 사람들을 외면하는 성전을 아직 익지 않은 무화과 첫 열매에 빗댄 선생의 말뜻을 깨달았다.

원래 무화과는 한 해에 네다섯 번 열매를 딸 수 있다. 그중 첫 열매는 유월절 무교절을 지나 네댓 이레쯤 지나야 익는다. 맛이 좋지 않은 첫 열매를 부자들은 손도 대지 않고 그냥 나무에서 익어 떨어지도록 내버려둔다. 부자들이 거들떠보지 않는 그 첫 열매를 따서 가난한 사람들은 그나마 굶주림도 면하고 오랜만에 달착지근한 단맛을 볼 수 있다. 먹을 것이 부족해 겨우내 굶주린 사람들에게 무화과 첫 열매는 다른 과일이나 곡식이 나오기 전에 먹을 수 있는 구황救荒과일이지만, 무화과는 다른 과일들과 달리 미리 따서 놔두며 익힐 수 없다. 가난한 사람들 사정과는 상관없이 나무에서 무화과가 완전히 익을 때까지 기다려야 한다.

요한은 예수를 따라 갈릴리 나사렛 언덕마을을 찾았던 기억을 떠올렸다. 안식일 아침, 마을 입구 큰 나무 아래에서 열렸던 나사렛 회당에서 예수는 하느님 시간과 예루살렘 성전이 사람들에게 들이대는 시간을 각각 길이를 재는 잣대, 서로 다른 잣대에 비유하면서 하느님 나라가 이미 이루어졌다고 가르쳤다. 그때는 잘 몰랐는데 이제 돌이켜 생각해 보니 예수는 성전이 들고 있는 시간의 잣대를 하느님의 시간으로 돌려놓으려는 사람이다. 성전의 시간으로는 올지 안 올지 모를 먼 미래의 하느님 나라가, 하느님의 시간으로는 우리가 살아가는 현재, 그리고 바로 여기에서 이뤄진다고 말하는 사람이다.

요한은 갑자기 무서운 생각에 사로잡혔다. 하느님의 시간을 들이대고 보면 성전은 아무 의미 없는 허상으로 보이게 된다. 예수는 현재 여기에서 살아가는 일이 중요하다고 말하는 사람이다. 어찌 보면 미래에 대한 소망 하나만 붙잡고 성전에 기대어 살아가는 사람들에게, 꿈에서 깨라고 말하는 것이다. 하느님의 뜻과 사람의 소망이 만나는 접점, 바로 그 성전을 저 멀리 밀어내는 일이다.

"성전이나 지배자나 왕국이나 제국은 모두 과거의 전통에 뿌리를 두었습니다. 그들이 현재 누리고 있는 특별한 지위는 과거부터 전통적으로 이어져 내려왔다고 주장합니다. 그러면서 그들의 지배를 받는 사람들에게는 미래의 어느 날, 하느님이 보상해 줄 것이니 그날까지 참고 견디라고 말합니다."

요한은 예전에 예수가 가르쳤던 말이 생각났다. 그리고 예수는 성전에 들어가 똑같은 가르침을 펼 것이다. 그 결과가 무엇일지 요한의 눈에 보인다. 성전 앞에 모여 있는 모든 사람들 반대편, 그곳에 초라하게 혼자 서 있는 예수의 모습이다.

기드론 골짜기 건너편에 성전이 아침 햇빛을 받으며 아름답게 서 있다. 건물 외벽을 모두 하얀 대리석으로 덮었고 군데군데 금을 입힌 판을 덧대어, 번쩍번쩍 빛나고 화려했다. 그 성전에는 무화과 첫 열매는 손도 안 대는 사람들이 모여 있다. 그들이야말로 두 번째 열매부터는 익기가 무섭게 탐욕스럽게 훑어가는 사람들이다. 성전과 겨우 골짜기 하나를 사이에 두고 마주한 산자락에는 예루살렘 성벽을 한쪽 벽으로 삼아 움막을 짓고 살던 사람들이 모여 있다. 그나마 몸 뉘고 살던 움막마저 모두 불에 타 재가 되고, 골짜기를 건너 밀려나온 사람들이다. 아침 햇빛에 번쩍이는 성전은 눈이 부셔서 제대로 바라볼 수도 없는 사람들이다.

예수가 골짜기 내려가는 길로 발걸음을 옮기자 요한이 갑자기 무슨 생각이 난 듯 서두르며 앞서 내려갔다. 예수가 제자들과 함께 천천히 내려가 보니 움막마을 사람들이 모두 길가에 나와 예수 일행을 기다리고 있었다.

"선생님! 어서 오세요!"

그들은 모두 반가운 목소리로 외쳤다.

"호쉬아나! 다윗의 자손이여!"

호쉬아나, 하느님이 구원해 달라는 외침이다. 다윗의 자손이라고 부르는 것은 예수를 바로 메시아로 받아들인다는 말이다. 이스라엘이 기다린 메시아는 다윗의 자손 중에서 나온다고 예언되었기 때문이다. 이스라엘을 다시 일으켜 다윗왕이 그랬듯 부강한 나라를 이루어 달라는 바람이다. 로마제국의 억압통치에서 벗어나 하느님의 축복을 받는 나라를 세우고 그들을 돌봐 줄 사람이라는 기대다.

앞서 내려온 요한이 나귀 고삐를 쥐고 예수를 기다리며 서 있다. 전날처럼 예수가 다시 나귀를 타고 성에 들어갈 줄로 생각했기 때문이다. 요한 뒤에는 전날 예수가 안아 주었던 여자아이가 까만 눈을 반짝이며 예쁘게 웃고 서 있다. 그 여자 아이 뒤로 그 또래의 크고 작은 아이들이 모두 활짝 웃으며 일행을 바라보았다.

예수는 마을 사람들에게 두 손을 가슴에 모으고 반갑게 인사했다. 그러더니 성큼성큼 걸어가 여자아이와 그 곁에 있던 남자아이를 번쩍 들어 가슴에 안았다. 아이들은 신이 나서 어깨를 들썩거리며 예수의 얼굴을 두 손으로 소중하게 감싸 쥐었다. 아이 어머니는 어제와 달리 아이를 말리지 않고 그저 행복한 얼굴로 아이와 예수를 번갈아 바라보았다.

"하늘 아버지의 축복을 빕니다. 잘들 잤습니까?"

"예! 선생님! 어제 말씀을 듣고 나니, 비록 여기까지 떠밀려 건너왔지만 왜 그리 마음이 편안한지 모르겠습니다. 아주 잘 잤습니다."

"어이! 자네, 성전에서 내려준 그 빵 덩어리 때문이 아니고?"

옆사람이 그를 쿡 찌르며 말을 건넸다.

"어허! 이 사람! 사람이 어찌 빵만으로 사는가? 말씀으로 살지!"

"맞아! 맞아!"

웃고 떠들면서 서로 농담도 하면서 자연스럽게 예수 일행을 둘러싼다. 그들은 이미 그 형편에도 웃으며 농담할 수 있는 사람으로 변했다. "말씀으로 산다!"고 말한 사람을 예수는 부드러운 눈으로 바라보며 말했다.

"아! 정말 훌륭한 말씀을 하셨습니다. '사람이 빵만으로 사는 것이 아니라 말씀으로 산다'는 것은 참 중요한 깨달음입니다. 그런데 … ."

예수는 여자아이와 남자아이를 안은 채 어제처럼 조그만 바위 위에 올라섰다.

"사람은 빵을 먹어야 삽니다. 사람은 말씀으로 산다고 가르침을 받고 살아왔는데, 그 말씀이 이루어진 곳, 그곳이 바로 하느님의 나라이고, 이루어진 말씀이 바로 여러분 입에 들어가는 빵입니다. 사람이 먹고 자고, 아이 낳아 키우고 서로 등 기대고 의지하며 사는 그 일이 바로 하느님 말씀이 이루어지는 과정입니다. 그렇게 사는 것이 바로 말씀을 이루는 일입니다. 사람이 살아가는 일과 하느님 말씀은 따로따로 떨어진 일이 아닙니다. 다른 일이 아닙니다. 하느님은 따로 어디 멀리 높은 곳에 계신 분이 아닙니다. 하느님은 여러분 속에 계십니다. 여러분이 가는 곳에 같이 가시고 여러분이 굶으면 함께 굶으시고 여러분이 빵 한 쪽 먹으면 함께 기쁘게 잡숫는 분입니다."

"감사합니다. 선생님! 그렇게 생각하니 어젯밤 비록 돌부리에 등은 배겼어도 하늘 꿈을 꾸며 잘 수 있었습니다. 선생님이 눈을 뜨게 해주셨습니다."

"선생님, 정말 그랬습니다. 세상이 다르게 느껴졌습니다."

그들은 정말 새로운 세상의 문턱에 들어선 것처럼 보인다.

유다는 작은 시몬을 바라보았다. 무슨 일이 벌어지고 있는지 믿을 수 없다는 듯 고개를 흔들었다. 그리고 눈짓으로 말했다.

'시몬! 이게 무슨 의미가 있단 말이오? 실제로 바뀐 것은 아무것도 없는데… 저들은 다만 마음으로만 위로받았을 뿐 아닌가요?'

작은 시몬이 눈으로 대답했다.

'바뀌는 것이 무엇인데요? 깨닫기 시작하면 바뀌지 않나요?'

'겨우 이것으로… 우리는 더 강하게 밀고 나가야 돼요!'

'유다 동지! 좀 지켜봅시다. 무언가 생각하지도 못했던 일이 일어나고 있어요, 지금. 저들은 한 번도 경험하지 못했던 것을 경험하기 시

작했어요.'

유다나 작은 시몬이나, 히스기야가 세웠던 하얀리본의 거사계획에 따라 성전 지도부를 제거하고 새롭게 시작하자는 생각은 같다. 그러나 예수가 일으키는 새로운 변화에 대하여서는 서로 달리 받아들였다. 전날 예루살렘성에 들어가지 않고 산중턱에서 뒤로 빠졌던 유다에게는 움막마을 사람들이 보이는 반응이 정말 이상하게 느껴졌다.

유다가 보기에 움막마을 사람들은 하얀리본이 계획한 거사에 전혀 힘이 될 수 없는 사람들이다. 새로운 성전 지도부를 세우고 세상이 바뀌면 그들이 혜택이야 보겠지만 거사에 끌어들이거나 앞세울 수는 없는 사람들이다. 그건 하얀리본이 동원하고 지지를 받아야 할 많은 사람들, 특히 예루살렘성 아랫구역에 사는 사람들이나 유월절 제사를 드리기 위해 성전을 찾은 많은 순례자들을 등 돌리게 만드는 일이라고 생각했다. 성전을 찾아 올라온 대부분의 순례자들에게 움막마을 사람들은 서로 섞이면 안 되는 더러운 사람들일 뿐이다.

'지켜봅시다! 선생님은 확실히 다른 예언자들과 달라요, 내 생각에는…….'

작은 시몬의 눈짓에 유다는 못마땅하다는 듯 눈길을 돌렸다. 마침 요한이 예수에게 나귀를 이끌고 왔다.

"선생님! 타시지요!"

"요한! 한 번으로 됐어요."

"예? 오늘은 안 타십니까?"

"어제 탔으니까요."

"예…….”

요한이 알 수 없다는 듯 넘겨주는 고삐를 받아 들고 나귀 주인이 예수에게 말했다.

"선생님! 오늘도 타십시오. 제가 해드릴 수 있는 일이라야 고작 한 나절 나귀를 내어 드리는 일입니다. 더구나 선생님 타시라고 제가 내어 드리는데 … ."

"고맙습니다. 그러나 오늘은 타지 않아도 됩니다. 어제 한 번 타고 성에 들어갔으니 그것으로 됐습니다."

그리고 바위에서 조심스럽게 내려와 아이들을 내려놓았다. 다른 아이들이 부러운 눈으로 그를 바라보자 예수는 그 아이들도 한 명씩 차례로 쓰다듬거나 가볍게 안아 주었다. 그런 예수 앞에 요한이 나서며 말했다.

"선생님! 가시지요. 제가 앞장서겠습니다."

"저도요!"

도마도 요한과 함께 앞장섰다. 예수가 발걸음을 옮기자 전날처럼 많은 사람들이 줄줄이 예수 뒤를 따랐다. 그건 성전의 지시를 어기는 일이다. 명절기간 동안 매일 먹을 것을 내려줄 테니, 일이 있어 부를 때 말고는 절대로 성안에 들어오지 말고 산기슭 천막에 머물러 있으라고 성전은 여러 번 얘기했다.

움막마을 몇 사람이 뒤로 처지며 고개를 흔들었다.

"나는 일 없네!"

"그래도 같이 가보지. 오늘은 예수가 성전에서 큰일을 펼칠 것 같은데 … ."

"아, 나는 일 없다니까! 저 잘난 사람들과 내가 왜 어울려?"

"자네, 아까부터 … . 빵 때문에 그러나?"

"빵은 … . 그러나저러나 저 사람이 빵을 주나? 그건 성전이 주었지. 그것도 매일 준다고 했잖아!"

"그건 그러네. 나도 남아야겠군, 성전에서 나온 사람이 그리 말도 했고."

여자들과 어린아이들과 뒤로 몸을 빼는 사람들을 남겨 놓고 일행은 언덕을 내려가 기드론 골짜기를 따라 걸었다.

골짜기 여기저기 머무르던 사람들, 베다니에서 따라온 사람들 모두 합하여 2백여 명 가까운 사람들이 예수의 뒤를 따라 성문 앞에 이르렀다. 전날 요한이 예상했던 대로 성문 경비병력이 이미 로마 병사로 바뀌었다. 성전 경비대 소속 병력은 로마 병사의 보조 역할을 맡아 그 옆에 서 있다. 로마 병사 몇 명이 험한 기세로 일행의 앞을 막아섰다. 그들 뒤에는 장교로 보이는 사람이 차가운 눈으로 서서 지켜보았다.

경비병이 뭐라고 외쳤다. 로마제국에서 로마 말과 헬라 말은 공용어다. 그러자 헬라식 이름으로는 '마태'라고 부르는 레위가 나섰다. 그와 그의 동생 작은 야고보, 그리고 시몬의 동생 안드레 모두 헬라 말을 조금씩 할 줄 알지만, 그중 레위가 제일 잘 통해서 그가 나섰다. 레위는 헬라 말로 설명했다.

"갈릴리의 예수 선생님께서 예루살렘 성전에 참배하러 들어가시는 중입니다."

"그런데 저 뒤에 너절하게 따라오는 거지들은 무어냐?"

"거지가 아닙니다. 원래, 저기에 살던 예루살렘 주민들입니다."

그는 불타 무너진 움막마을 잿더미를 가리키며 예루살렘 주민이라는 말에 힘을 주었다. 그렇다. 비록 성벽에 움막을 짓고 살았던 사람들, 성문 밖에 밀려 나와 살던 사람들이지만 그들은 예루살렘 성안에서 벌어먹고 사는 주민이다. 그 말을 듣는 순간 제자들은 레위를 다시 보았다. 자기라도 그렇게 말했을 것이 분명하기 때문이다.

　　그때, 로마군에 배속된 성전 경비대 병사가 무어라고 장교에게 얘기했다. 장교는 고개를 끄덕이더니 일행을 통과시키라는 손짓을 보냈다. 로마군 병사 옆에서 보조역할을 맡은 성전 경비대 소속 경비병들은 누군가 수상한 사람을 찾는 듯 일행을 유심히 살폈다. 로마군 병사들은 다부진 자세로 버티고 서서 성문을 지나가는 그들을 노려보았다. 전날과 달리 일행은 조용하게 성문을 통과했다. 앞장선 도마와 요한이 조용했고 뒤따르던 제자들도 덩달아 조용하고 조심스러운 모습으로 성문 안으로 들어갔다. 공연히 성문에서부터 로마 병사들과 실랑이할 필요가 없다고 믿었기 때문이다.

　　조금 전까지 들떴던 기분을 가라앉히고, 움막마을 사람들은 아무 말 하지 않고 뒤를 따랐다. 평소에도 예루살렘 성전이 세워 둔 성문 경비병 눈치를 살피며 잔뜩 주눅 들어 드나들던 그들에게 로마 병사는 그 자체로 공포다. 군인들이 쓴 투구는 햇빛에 번쩍였고, 붉은색 군복과 가죽으로 된 가슴 가리개, 옆구리에 찬 칼, 들고 있는 창과 방패 모두 눈을 똑바로 들어 바라볼 수도 없을 만큼 무서웠다.

　　'저놈들!'

　　유다는 입술을 깨물었다. 그때, 작은 시몬이 다행이라는 듯 그의 어깨를 툭 치면서 눈짓을 보냈다. 하얀리본 동지를 배신한 움막집 주인을 처단했기 망정이지 그가 아직 살아 있었더라면 유다는 성문을 무사히 통과할 수 없었을 것이다. 유다와 작은 시몬은 성문 경비병력이 얼마나 되는지 그 사이 재빨리 세어보았다. 문 안팎에 10여 명 되는 병력이 배치됐고, 멀리 떨어지지 않은 곳에 별도로 40명쯤 되는 예비병력이 서 있었다. 그러고 보니 남동쪽 성문에 배치된 로마군이 모두 50명, 성전 경비대 병력 5명이 배속된 것으로 보였다. 평소 늘 10명 정도였던 성전 경비대 병력 중 나머지 5명은 성전 경비 강화에 배치된 모양이다.

"50명?"

유다가 묻자 작은 시몬이 작은 소리로 확인했다.

"로마군 50명, 성전 경비대 5명. 합이 55명, 최대 60명."

"성안에 들어온 로마군이 총 1천 명? 위수대 5백 명, 합하면 1천 5백 명?"

"성전 경비대 병력 5백 명도 생각해야지요."

전날과 마찬가지로 예루살렘성 아랫구역 주민들 중 꽤 많은 사람이 나와 성문 안쪽에서 기다리고 있었다. 그들도 크게 소리 지르거나 떠들썩하지 않고 조용히 예수 일행을 맞이했다. 반가워는 했지만 한편으로는 두려운 표정이 역력했다. 전날과 마찬가지로 아랫구역을 대표한다는 나이 먹은 사람이 예수를 맞았다.

"선생님! 어서 오십시오. 지난밤, 편안하셨습니까? 저희가 선생님을 예루살렘에 모시지 못하고 베다니까지 나가서 주무시게 한 일이 무척 마음에 걸리고 죄송합니다. 저희들 모두 같은 마음입니다."

그러자 옆에 서 있던 사람이 말했다.

"그렇습니다, 선생님! 그런데 어찌 보면 다행인지도 모르겠습니다.

오늘 새벽 내내 로마 군인들이 골목골목을 어찌나 설치고 다니는지, 영 불안해서 … ."

나이 먹은 사람이 예수 곁에 가까이 다가오더니 목소리를 낮추고 은근하게 말했다. 그는 말하는 중에 자꾸 주위를 둘러보면서 눈길은 자주 로마군 병사들에게 향했다.

"선생님, 이 사람 말대로 오늘 새벽부터 여기 공기가 아주 험악해졌습니다."

"그래요, 내가 보기에도 그렇군요. 고생이 많으십니다."

"오늘 아침 일찍 로마총독이 포고령을 내렸다는 소문이 돌았습니다. 예년과 달리 더 엄격하게 통제하려는 속셈이랍니다. 포고령에는 아주 험악한 내용이 들어 있답니다. 조금이라도 소란을 피우는 사람은 모두 체포한다는 둥, 죄가 중한 사람은 사형까지 시킨답니다. 그것도 아주 끔찍하고 무서운 처형, 십자가에 매달아 죽이는 벌을 내리겠답니다. 그리고, 선생님도 방금 성문에서 보신 것처럼 새벽부터 로마군 병정들이 성문 경비를 직접 맡았습니다. 그뿐만 아니라 떼를 지어 예루살렘 골목골목 순찰도 돕니다. 윗구역은 어떤지 모르겠습니다만, 아랫구역에는 골목으로 들어가는 길목마다 로마 병정들이 가로막고 그 골목에 사는 사람들도 검문합니다."

"그런데 … ."

한 사람이 좀 머뭇거리면서 예수와 일행의 눈치를 살폈다.

"예, 말씀해 보세요."

"들리는 얘기로는 이게 다 예수 선생님 때문이라고 합니다. 성전에서 높은 자리 차지하고 있는 작자들이 총독과 짜고 선생님을 해하려고

단단히 벼른다는 소문입니다. 그러니, 오늘부터는 조심하시는 것이
좋을 것 같습니다, 제 생각으로는…."

"예! 고맙습니다."

"오늘은 성전 뜰에 들어가시더라도 먼저 상황을 살펴보신 다음 움직
이시는 것이 좋겠습니다. 워낙 험해서요…. 그런데, 선생님! 유월절
에 예루살렘 성전에 올라오시는 것은 이번이 처음이시지요?"

"예! 처음입니다."

"여기 예루살렘 사람들도 해마다 유월절에는 각별히 조심하며 지냅
니다. 그런데, 이번에는 총독이 먼저 저렇게 군대를 풀어 설치는 데다
가 소문도 흉흉하고… 선생님 걱정이 돼서요."

"알겠습니다. 자! 들어갑시다. 같이 들어가실 거지요?"

"예! 저희도 선생님 따라 성전에 들어가려고 기다리던 중입니다."

그때, 그들 뒤에 서서 조용히 얘기를 듣고 있던 한 사람이 예수 일
행 뒤에 서 있는 움막마을 사람들을 바라보며 입을 열었다.

"선생님! 저기 저 사람들도 같이 들어가는지요?"

"예! 저분들도 어제 성전 뜰에 같이 들어갔습니다."

"그래서 말씀인데요, 오늘은 어제하고 다릅니다. 저 사람들 성전 뜰
에 들어서면 말썽이 날 것 같은데요? 어제는 안식일 끝나고 첫날인데
다가 시간이 늦어서 뜰에 사람이 많지 않았습니다. 그런데, 오늘은 이
미 아침부터 사람들이 꽤 많이 성전으로 올라갔고, 성전 경비대도 잔
뜩 벼르고 있을 텐데, 저렇게 더러운 사람들까지 끌고 우르르 올라가
면 분명 싫어할 겁니다."

"괜찮습니다. 내가 앞장서서 같이 들어갑니다."

그래도 그는 마땅치 않다는 듯한 표정이었다.

그때 예수 뒤에 서서 그 얘기를 모두 듣고 서 있던 시몬 게바가 우렁우렁한 목소리로 나섰다.

"선생님이 예루살렘에 오신 뜻은 움막마을에 살던 저런 분들처럼 어렵고 힘없고 가난한 사람들에게 복음을 전하시려는 겁니다. 그 일을 위해 먼 길 오셨습니다. 저분들은 선생님과 함께 성전 뜰에 올라가야 할 분들입니다. 걱정 마십시오!"

"예!"

그렇다면 그들은 할 수 없다는 듯 그들도 한발 물러섰다.

아랫구역에서 튀로포에온 골짜기를 따라 북쪽으로 조금 걸어 올라가면 오른쪽으로 성전 앞 광장으로 올라가는 길이 나온다. 이미 많은 사람들이 그 길을 오르고 있었다. 어떤 사람은 힐끔힐끔 예수 일행을 뒤돌아보기도 하고 아예 걸음을 멈추고 서서 호기심 가득한 눈으로 예수가 지나갈 때까지 지켜보는 사람도 있다. 예수는 그들 앞을 지나면서 부드러운 얼굴로 인사했다. 그의 눈인사를 받은 사람은 뜻밖이라는 듯 당황한 표정으로 허리를 굽혀 인사하면서 자연스럽게 예수 일행에 끼어들었다.

"저기 저분이 예수 선생님인가요?"

"예! 갈릴리에서 오신 그 유명한 예수 선생님이십니다."

빌립이 대답하자마자 레위의 동생 작은 야고보가 한마디 하며 끼어들었다.

"우리 모두 갈릴리에서부터 선생님 모시고 같이 왔습니다."

일행은 전날 저녁때처럼 무리를 이루어 성전 앞 큰 광장에 이르렀다. 가끔 양이나 염소를 끌고 지나가는 사람들이 보였다. 그들은 성전 서쪽에 남북으로 비스듬히 뻗어 있는 튀로포에온 골짜기를 따라 북쪽으로 올라간 다음 성전 북쪽 광장에 있는 문, 양이 드나든다고 해서 '양의 문'이라 불리는 곳으로 이동하는 중이다. 토라의 가르침에 따라 옛날부터 니산월 10일에는 유월절 희생제물로 바칠, 흠 없는 짐승을 미리 골라 놓는 날이다.

헤롯왕이 성전을 확장하면서 쌓아 올린 거대한 기단의 서쪽 벽과 남쪽 벽 아래에 물건 파는 가게들이 많이 들어서 있었다. 어떤 가게는 건물 서쪽 아치형 다리 밑에, 어떤 가게는 남쪽 계단 부근에 자리 잡았고, 대부분 성전이 정해준 구역을 하나씩 차지하고 장사했다. 가게에는 벌써 많은 사람들이 모여들어 기웃기웃 구경하며 물건 값을 흥정하고 있었다.

"선생님! 어떻게 할까요?"

요한의 물음에 예수는 머뭇거리지 않고 대답했다.

"들어갑시다."

전날 해가 떨어지기 전에 성전 뜰에 들어가 보았던 제자들이지만 어쩐지 모두 처음 들어가는 것처럼 머뭇거린다. 성문에서 처음 보았던 로마군 때문이기도 하겠지만, 예루살렘 아랫구역 사람들이 예수에게 전해주었던 말이 가슴을 무겁게 누르기 때문이리라.

성전 앞 남쪽 광장에서 북쪽을 바라보면 높고 웅장한 건물이 맨 먼저 눈에 띈다. 서쪽 끝 기단 위부터 동쪽 기단 끝까지 동서로 길게 뻗은 건물이다. 제자들끼리 수군거리는 소리가 예수의 귀에도 들렸다.

"어휴! 지금 보니 굉장하네 … ."

"뭘. 어제 봤잖아? 안에도 들어갔으면서. "

"어제는 그냥 별 생각 없이 줄렁줄렁 선생님 뒤를 따라 들어갔다 나왔는데, 지금 자세히 보니, 아이구 이건 엄청난 건물이군."

"자자! 그만, 벌린 입은 좀 다물고, 선생님 따라 들어가세!"

계단을 올라가면 건물로 들어가는 문이 나온다. 한 계단씩 올라갈 때마다 모습을 드러내는 커다란 건물에 점점 위압당한다. 마지막 계단을 다 올라서면 건물로 들어가는 홀다 문이 나온다. 왼쪽에 2개, 오른쪽에는 3개의 문이 각각 나란히 붙어 있다.

"자! 여러분! 왼쪽에 있는 2개의 문은 나오는 문입니다. 오른쪽, 저기 문 3개가 나란히 붙은 문이 입구입니다. 그 문으로 들어갑시다."

시몬 게바가 큰 소리로 사람들을 이끌며 오른쪽 문을 손으로 가리켰다. 홀다 문을 지난 다음 터널처럼 생긴 꽤 긴 통로를 한참 걸어 들어가야 한다. 곳곳에 햇불을 꽂아 놓아 그리 어둡지는 않지만 목은 매캐했다. 터널 끝쯤에 이르자 점점 밝아지더니 계단이 나왔다. 그 계단을 걸어 올라가면 바로 넓은 성전 뜰 남쪽으로부터 3분지 1쯤 되는 지점에 들어서게 된다.

성전 뜰에 햇빛이 가득했다. 컴컴한 지하통로에서 갑자기 눈부신 햇빛 아래 나오면 사람들은 잠시 제자리에 서서 주위를 살핀다. 현실과 거룩 사이에서 자기가 잡아야 할 자리를 찾으려는 듯 숨을 죽인다.

"유다 동지! 저 앞에 버티고 선 하얀 건물이 성전건물이오."

"음!"

"저 속에 대제사장, 제사장 놈들, 우리가 처단해야 할 자들이 우글거리는 곳이오."

전날 성전에 들어오지 않았던 유다에게 작은 시몬이 성전건물을 가리키며 작은 목소리로 설명했다. 그리고 주랑건물을 설명하려고 돌아보다가 갑자기 작은 시몬이 깜짝 놀랐다.

"그런데, 어어! 저건? 저놈들이 왜 저 위에 올라가 있어?"

그가 손으로 가리키는 곳을 바라보다 유다도 놀랐다.

"아!"

유다뿐만 아니라 제자들도 모두 놀랐다. 붉은 옷을 입은 로마 군인들이 주랑건물 위에 촘촘히 늘어서서 그들을 내려다보고 있었다. 로마군은 아무 움직임도 없이 조용히 그림자처럼 서 있었다. 그들이 조용히 서 있으니 소름 돋도록 더 무서웠다. 제자들은 즉시 알아챘다. 예수와 일행은 모두 성전 뜰에 로마군에게 포위돼 있는 셈이다. 둘러보니 성전 경비대 병력도 성전 뜰 곳곳에 집결해서 감시하고 있었다.

제자들은 대부분 갈릴리 출신이다. 살아가면서 사실 분봉왕 안티파스의 병사들마저 직접 맞부딪쳐 본 적이 없는 사람들이었다. 고작 티베리아스 궁성에서 나온 관리들을 먼발치에서 바라만 보는 것도 무서웠던 사람들이었다. 그런데 그날 연거푸 성문에서 직접 로마군 병사와 장교를 눈으로 보았고, 이제 그들을 둘러싸고 내려다보는 로마 병사들을 보자 소름이 끼칠 만큼 무서운 생각이 들었다.

그저 선생 뒤를 따라다니다가 언뜻 눈을 떠보니 이전에는 상상도 못해 보았던 무서운 곳까지 들어와 있다는 것을 그들은 순간 깨달았다.

오히려 예수를 따라 들어온 예루살렘 아랫구역 사람들과 움막마을 사람들은 그런 일에 오래전부터 익숙하다는 듯 덤덤하고 태연했다.

그들은 명절 때마다 로마총독이 도성에 입성하면 무슨 일이 일어나는지, 어떻게 그때를 넘겨야 하는지 잘 알고 있기 때문이다.

"선생님!"

분위기에 눌린 시몬 게바가 이상한 목소리로 예수를 부르며 한 걸음 그에게 다가갔다. 콱 잠긴 목소리였다. 그런데 걸음이 제대로 떨어지지 않고, 혀가 돌돌 말려 입천장에 붙은 것 같았고 목이 말랐다. 거듭 거듭 헛기침을 해서 겨우 목소리를 낼 수 있게 됐다.

"선생님! 이거 어떻게 해야⋯."

그러다가 시몬은 입을 다물었다. 그의 말이 채 끝나기도 전에 예수가 성큼성큼 앞으로 걸어 나갔다. 성전 뜰 한구석에 우르르 사람들이 모여 있는 쪽을 향해 그는 걸어갔다. 그곳에 장사꾼들이 모여 비둘기도 팔고 성전세로 바칠 세겔을 바꿔 주고 있다.

그의 걸음걸이가 심상치 않다. 언제나 온화한 얼굴과 부드럽게 움직이는 선생만 보았던 제자들은, 그의 걸음걸이에서 이미 무언가 다른 기운을 느꼈다. 예수의 어깨가 그렇게 단단하고 강인하게 보인 적이 없다. 더 이상 물 흐르듯 걷던 걸음이 아니다. 누구도 붙잡아 돌려세울 수 없는 힘, 성전보다 더 크고 강력한 힘이 그를 사로잡은 듯, 그 걸음을 앞에서 이끄는 듯, 뒤에서 미는 듯, 어쩌면 그 힘이 그 안에 충만한 듯 그렇게 그는 걸었다. 그 안에 자리 잡은 엄정한 힘이 그와 함께 걷는 걸음이다. 그가 보이기도 하고, 오직 힘만 보이기도 하고, 때로 하나로 합쳐진 듯, 그는 성전 뜰을 가로질러 걸었다.

"아! 선생님!"

제자들과 함께 서 있던 마리아도 예수에게서 어떤 기세를 느꼈다.

생각하지 못했던 일이 벌어질 순간이다. 함께 들어온 제자들, 움막마을 사람들, 예루살렘 아랫구역 사람들 아무도 그를 뒤따르지 않았다. 그저 거기 그 자리에 마치 말뚝처럼 그냥 서 있다. 예수 혼자 커다란 바다를 건너는 사람처럼 보인다. 파도가 갈라지듯 사람들이 그에게 길을 터줬다. 왜 그랬을까? 왜 아무도 예수 앞을 가로막지 않았을까?

"선생님!"

땅에 떨어져 있는 기다란 줄을 예수가 집어 들 때 마리아는 속으로 짧은 비명을 질렀다. 예수가 무엇을 하려는지 깨달았기 때문이다. 전혀 생각할 수 없었던 선생의 행동에 나름대로 예수를 잘 이해한다고 생각했던 그녀마저 그저 멍하니 바라보기만 했다. 번개가 친 듯, 갑자기 그녀는 온몸을 찌르르 타고 흐르는 전율을 느꼈다. 성전 뜰에 햇빛이 가득 쏟아지고, 그 많은 사람들은 하얀 햇빛 아래 모두 정지된 그림자가 되었다. 오직 예수 한 사람만 움직이는 것 같았다.

오직 한 사람뿐일레라. 나머지는 그림자였더라.
거룩한 분노가 광야를 넘어, 산을 넘어,
시온의 문을 열어젖히고 당당히 들어온 날이었더라.
그는 팔을 높이 들었고, 그 손에 분노의 채찍이 들려 있었더라.

훗날 예수의 뜻을 거룩한 분노였다고 해석한 한 시인이 그렇게 노래를 부르게 된 일이 일어났다.

줄을 집어 든 예수가 장사꾼들에게 성큼성큼 다가갔다. 열댓 걸음쯤 떨어진 곳에서부터 그는 머리 위에서 줄을 빙빙 돌렸다. 그 줄은 어느새 채찍이 되었다. 그때, 예수가 장사꾼들에게 무어라 크게 외쳤다. 뜰에 그득한 사람들 때문에 제자들은 그 말을 알아듣지 못했다.

예수의 눈에 장사꾼들의 놀란 모습이 보였다. 그들은 아침 햇빛 아래 벌린 입을 다물지 못하고 그저 그를 바라보고만 있다. 비둘기 파는 장사꾼들은 앞에 모여 서서 흥정하던 사람, 주머니를 꺼내 들고 환전상과 얘기하던 사람들만 주춤주춤 뒤로 물러났다.

예수는 환전상에게 먼저 다가갔다. 환전상은 무어라고 말은 하는데 입으로 소리가 되어 나오지 않는 듯, 입을 달싹거리며 예수를 쳐다본다. 예수는 맨 앞에 놓인 상을 발로 차 둘러엎었다. 번쩍 은빛 주화들이 사방으로 튀어 날아간다. 흩어지는 돈이 햇빛에 번쩍였다. 그걸 본 다른 환전상들은 얼른 상을 들고 몸을 피한다.

"아이구, 아이구! 내 돈!"

그 경황 중에도 환전상은 얼른 바닥에 쏟아지고 흩어진 동전 은전들을 주우려고 허리를 굽혔다. 예수가 앞으로 다가가자 그제야 그는 깜짝 놀라 몸을 일으켜 대항하려는 자세를 취했다.

"같이 찾읍시다."

그렇게 말하면서 예수는 머리 위에 휘돌리던 채찍을 내려놓았다. 그리고 그도 허리를 굽혀 작은 돌을 뒤적이며 돈을 찾기 시작했다. 환전상은 의외라는 듯 예수의 눈을 빤히 쳐다보았다. 마주 허리를 굽힌 두 사람의 눈길이 마주쳤다.

그가 물었다.

"누구시오?"

"갈릴리에서 온 예수입니다."

"왜 내 상을 둘러엎고, 또 같이 돈을 찾아 주는 겁니까?"

"둘러엎은 것과 찾는 것은 다른 일입니다."

"그래도 내 상을 발로 찼잖아요?"

"그랬습니다."

"왜요?"

"그대는 앞으로 살아가면서 오래오래 이 일을 생각할 겁니다. 왜 그가 내 상, 돈 바꿔 주는 내 상을 아무 말도 없이 뒤엎는가? 왜 같이 돈을 찾아 줬는가? 왜 상을 엎는 것과 돈을 찾는 것이 다른 일이라고 했는가? 그 뜻을 깨달으면 그대는 축복받은 사람입니다."

"예수 그대는 선생입니까?"

"그대가 선생이라고 부르는 그런 선생이 아닙니다."

"그럼 … 사람들은 그대가 혹 메시아일지 모른다고 하는데 … ."

"아닙니다."

"그럼 누구요? 도대체?"

"이런 일을 해서라도 먹고 살아야 하는 그대를 안타까워하는 사람입니다."

"그럼 그렇게 하지 않았어야 … ."

"그대가 하는 일이 무엇인지 깨달을 날이 옵니다. 깨달으면 눈을 뜬 거지요. 자, 여기 내가 스무 닢쯤 찾았습니다. 다 찾은 것 같네요. 이거 받으세요. 그리고, 오늘을 기억하며 사세요."

예수가 그 환전상과 함께 허리를 굽히기도 하고, 한 무릎을 땅에 대며 흩어진 돈을 찾는 모습을 보면서 다른 환전상이나 돈을 바꾸려고 기다렸던 사람들이 알 수 없다는 듯 수군거렸다. 예수에게 거칠게 대들려고 마음먹었던 사람들도 알 수 없는 예수의 태도에 고개를 갸웃거렸다.

　허리를 펴고 일어선 예수는 다시 머리 위에서 채찍을 돌리기 시작했다. 그리고 이번에는 비둘기 파는 사람들 쪽으로 천천히 다가갔다. 그가 다가가자 비둘기가 들어 있는 초롱을 주워 들고 장사꾼들은 비실비실 한편으로 물러선다. 그러더니 슬금슬금 이방인의 뜰 서쪽 끝에 있는 주랑건물 문을 통해 빠져나간다. 아무도 대항하지 않았다. 따지지 않고 덤비지도 않고 그저 슬슬 피하고 달아날 뿐이다.

　비둘기를 사려고 흥정하던 사람들 중에 한 사람이 소리쳤다.

　"그대가 갈릴리 예수요?"

　"그래요."

　"그대에게는 이렇게 장사꾼들을 내쫓을 권리가 없소. 저 사람들은 모두 대제사장의 허가를 받고 여기 들어와 장사하는 거요. 여기 들어와서 장사하려고 밖에서 장사하는 사람보다 훨씬 많은 권리금을 낸 사람들이오. 뭐 장사꾼 편을 들자는 얘기는 아니지만, 그대가 여기서 정당하게 장사하는 사람을 쫓아낼 권리가 없다는 것을 말해 주려는 거요."

　예수가 돌리던 채찍을 멈추고 물었다.

　"대제사장은 누구에게 권리금을 냈다던가요?"

　"예?"

　"생각해 보세요. 그걸 깨달으면 그대는 눈을 뜬 사람이 됩니다. 그때가 되면 왜 내가 돈 바꿔 주는 사람, 비둘기 파는 사람을 쫓아냈는지 알게 될 겁니다. 그러면 그대도 하느님 나라에 눈을 뜬 사람이 되고 하느님 나라를 몸으로 살아갈 수 있는 사람이 됩니다."

　"성전에서 장사했다고 쫓아내는 것입니까? 옛날에 예언자 예레미야가 말한 대로?"

그는 예레미야의 가르침을 아는 사람이다.

"그렇게라도 생각하면 그대는 축복받은 사람입니다. 이제 뗀 그 한 걸음이 그대를 하느님 나라로 이끌 겁니다. 그건 그저 한 걸음이 아닙니다. 온 세상에서 가장 큰 걸음이 될 겁니다."

그 사람은 갑자기 목소리를 낮추더니 물었다.

"예수 선생! 여기 성전에 오늘 언제까지 있을 겁니까? 오래 있을 건가요?"

"해가 떠 있는 내내 있을 겁니다."

"이따가 한번 찾아가 좀더 얘기하고 싶습니다. 지금은 빚을 갚을 시간이라서 … ."

그러더니 그는 곧 자리를 떠서 이스라엘의 뜰로 들어갔다. 비둘기는 아직 사지 못했어도 성전에서 빌린 빚은 제날 제때에 갚아야 한다. 비둘기는 하느님께 바치는 제물이고, 빚은 성전에 갚아야 할 부채이기 때문이다. 남들처럼 양을 사서 유월절 제사로 바칠 형편이 안 되는 사람은 비둘기라도 한 쌍 사서 제물로 바친다. 토라의 가르침이 그러했다. 그 사람은 하느님을 섬기고 성전을 섬기고 성전 제사를 드리라는 토라의 가르침을 열심으로 따르는 사람이 분명했다.

돈 바꿔 주는 사람의 상을 발로 걷어차 둘러엎더니 얼른 허리를 굽혀 흩어진 돈을 같이 찾아 환전상 손에 쥐여 주는 것을 보고 나니 사람들은 예수에게 화를 내며 따질 수 없었다. 바닥에 깔려 있는 작은 돌을 뒤적이며 돈을 찾으면서 그는 오래 알고 지낸 사람처럼 환전상과 조용조용 얘기를 주고받았다. 돈을 다 찾아 주머니에 갈무리하면서 상을

들고 성전을 떠나던 환전상의 표정을 그들은 떠올렸다. 더구나 예수
그의 표정, 하는 말과 몸짓을 보면 형편이 어려운 사람들 마음을 모두
헤아리는 사람처럼 보였다.

"사람들이 하루하루 살아가는 일 … . "

예수는 그들이 얼마나 고달프게 살아가는지 누구보다 잘 안다. 이
틀 치 품삯이나 되는 큰돈을 세겔로 바꿔 성전세를 바쳐야 하는 사람,
이 비둘기 저 비둘기를 들었다 났다 무게를 가늠하고 혹 흠은 없는지
꼼꼼하게 살펴보는 사람, 그들의 마음을 모르지 않았다. 다만, 성전
체제를 거부하는 첫 걸음길에 그들이 좌판을 벌여 놓고 있었을 뿐이
다. 그래서 그는 돈 바꿔 주는 사람을 위로했다

"상을 둘러엎는 일과 흩어진 돈을 찾아 주는 일은 다른 일이다. "

병 주고 약 준다고 입을 비죽거리며 비웃는 사람도 있겠지만, 아마
예수와 눈길을 맞춘 그 사람은 예수가 한 말을 오래오래 붙들고 씨름
할 것이다. 그러다가 문득 눈을 뜨고 일어나 맑은 하늘을 마음 안에 품
는 날이 올 것이다.

사람들의 예상을 훌쩍 뛰어넘으며 성전 뜰에 들어서자마자 과격해
보일 만큼 소란을 피운 일은 예수 나름대로 까닭이 있다. 성전과 로마
가 그를 위압하려고 이미 틀을 짜 놓고 기다리던 성전 뜰에서 그는 순
식간에 그 틀을 뒤집어엎었다.

"어허! 잘도 준비해 놓았구나! 그러나 … . "

예수는 틈을 보았다. 그 틈을 쪼개고 들어가 그들의 계획을 폭로하
려고 마음먹었다. 그들이 내세운 위협을 무너뜨려 늘 사람들에게 덮어

씌우던 두려움을 단번에 걷어 내기로 마음먹었다. 그리고 오랜 동무 히스기야에게 끝까지 살아남으라고 용기를 불어넣고 싶었다.

성전 뜰로 들어서는 계단을 올라오면서 예수는 이미 성전 뜰 주랑건물 위에 늘어선 로마 군사들을 보았다. 성문을 가로막던 로마 군인들, 주랑건물 위에 늘어선 로마 군인들은 그에게도 충격이었다. 로마군을 직접 눈으로 보고 만난 것은 처음이었기 때문이다. 이스라엘이 로마군에 의해 짓밟히고 있다는 사실을 눈으로 다시 확인한 셈이다.

예수가 태어날 무렵, 나사렛 마을로부터 15리쯤 떨어진 큰 도시 세포리스를 로마군이 철저하게 파괴했다. 도시를 불태우고 무너뜨린 다음, 로마군은 1만 명이나 되는 세포리스 주민과 주변 마을 사람들을 쇠줄로 줄줄이 묶어 끌고 가서 노예로 팔았다. 동무 히스기야의 아버지도 세포리스 언덕에서 로마군에 의해 십자가에 매달려 처형당했다. 여제자 마리아가 태어나기 사오십년 전, 로마 장군 카시우스가 갈릴리 호숫가 마을, '타리키아'라고 불리던 막달라를 파괴하고 주민을 3천 명이나 사로잡아 노예로 팔았다. 그가 요구하는 세금을 제때 바치지 못했다는 것이 이유였다.

예수의 가슴속에는 어려서부터 듣고 자란 로마군대의 얘기가 깊이 자리 잡고 있다. 그냥 기억이 아니라 살아온 삶의 일부다. 로마의 폭력은 과거의 일이 아니다. 히스기야뿐만 아니라 위갈릴리 아래갈릴리에서 로마가 남긴 상처, 할퀴고 찢고 무너뜨린 흔적을 안고 살아가는 사람들을 보았다.

그날 아침, 활기차게 웃고 떠들며 그를 따르던 제자들과 움막마을 사람들이 성문에서 로마군과 마주치자 갑자기 기가 죽고 주눅 들어 움츠르드는 것을 보았다. 늘 나서기 좋아하던 요한도, 씩씩하고 용감한 도마도, 힘으로 하는 일이라면 누구에게도 지지 않는다고 큰소리치던 시몬 게바도 로마군을 직접 눈으로 보자 눈에 띄게 위축됐다. 당당하던 도마의 어깨가 좁아졌고, 자신만만하던 요한이 눈을 내리깔았다.

그건 두려움 때문이다. 실제로 존재한다는 사실을 인식하는 것만으로도 두려운 존재가 있다. 이스라엘은 서로 다른 두 존재, 바로 제국과 이스라엘의 하느님을 두려워하며 산다. 마주하는 것만으로도 오금이 저린 두려움, 그건 이스라엘에 걸린 주문呪文이다. 마음속에 품고 살았던 두려움이 눈앞에 현실로 드러나면 정신이 아득하고 방향을 잃게 된다.

두려움은 억압을 받아들이도록 만드는 주문이다. 성문에서 마주한 로마군 경비병, 성전 주랑건물 위에 늘어서서 조용히 성전 뜰을 내려다보는 로마군, 성전 뜰 건너 하얗게 빛나는 성전, 모두 두려움으로 이스라엘을 짓누른다. 성전 뜰에 들어와 있는 사람들이 모두 두려움 때문에 그림자처럼 조용히 서 있는 것을 보는 순간 예수는 해방의 첫걸음을 내딛기 시작했다. 흔들어야 한다. 문을 활짝 열어젖혀야 한다. 세상을 억압하는 폭력과 속절없이 그 폭력에 굴복할 수밖에 없는 현실을 흔들어야 한다.

두려움은 언제나 성으로 둘러싸인 도시 안에 사람을 가두어 놓고 성문을 닫거든. 그걸 성전에서는 은총이라고 부르고, 제국은 보호라고 부른다. 그러나 그건 인식의 문을 닫는 일이다. 두려움으로 둘러싸인 성밖을 내다보지 못하도록 눈을 가리는 일이다.

'성 바깥에 굶주린 사자가 먹이를 찾아 어슬렁거리며 주위를 맴돈다. 모두 숨죽이고 성안에 머물라. 성안에 머물면 안전하다.'

주민들을 보호한다는 성곽은 따지고 보면 가장 강고한 단절이다. 사람을 가두고 생각을 가두고 오로지 한 가지 질서에만 순응하도록 강제한다. 다른 생각은 모두 불손하고 불경하고 불온하다면서 단단히 걸어 닫은 성문이다.

두려움을 내휘두르며 사람들을 억압하는 성전과 제국 로마, 예수는 그 두려움과 처음 맞부딪치는 자리에서 뒤로 물러설 수 없다고 생각했다. 주랑건물 위에서 내려다보는 로마군의 눈길 아래서, 하느님 이름으로 뜰에서 두려움을 파는 성전 앞에서, 아무것도 못 본 듯 아무 일도 없는 듯 태연하게 사람들을 가르칠 수 있는가? 무어라고 하느님 나라를 설명할 것인가?

예수는 발걸음을 내디뎠다. 그건 분노 때문이 아니고, 이스라엘이, 동족이, 그리고 모든 사람들이 마주하고 살아가는 두려움의 벽을 깨뜨리는 일이다. 두려움에서 놓여나는 것이 해방의 시작이다.

푸드득! 푸드득!

성전 뜰에서 모이를 찾던 비둘기 떼가 하늘로 날아올랐다. 성전 가장 높은 곳에 날아올라 앉을 수 있는 비둘기, 그 비둘기만도 못한 사람을 풀어 주어야 한다. 예루살렘 성전에의 첫걸음으로는 벽을 허물고 문을 열고 새장을 열어젖히는 일부터 하기로 예수는 마음먹었다. 로마와 그 앞잡이가 발톱으로 움켜쥔 세상을 해방하는 일, 억압받지 않는 세상을 이루는 일을 시작하기로 했다.

그래서 예수는 성전 뜰에 상을 내놓고 돈을 바꿔 주는 사람들, 비둘기가 들어 있는 초롱을 벌려 놓고 장사하는 사람들을 뜰에서 내쫓았다. 제자들이, 그를 따라 성전에 들어온 사람들이, 그리고 그의 모습을 지켜보고 있는 사람들이 얼마나 놀랄지 모르지 않았지만, 놀란다는 말은 새롭게 눈뜬다는 말이었다. 놀라야 했다.

예수가 생각했던 대로, 모든 사람들이 놀랐다. 그중에서도 잔뜩 위축된 모습으로 성전에 따라 들어왔던 제자들이 제일 놀랐다. 그들은 그 자리에 서서 그저 바라볼 수밖에 없었다.

"저런! 저런! 아이고, 선생님께서 … ."

제자들은 모두 무언지 입으로 혼잣말을 중얼거리며 고개를 흔들었다. 누구도 예상하지 못한 일이기 때문이다. 망연한 표정을 짓는 사람, 낭패감에 빠진 사람, 당혹스러운 광경에 어쩔 줄 모르는 사람으로 그들은 서 있다. 예수를 눈으로 뒤쫓았는데 눈앞에 갑자기 하얀 구름이 드리운 듯 모든 것이 하얘지더니 흐물흐물 녹아내린다. 산도 들도 나무도 집도 사람도 봄날 아지랑이에 아른아른 흔들리듯 그렇게 흔들렸고, 버티고 서 있던 성전도 천천히 주저앉는다. 녹아내린다. 그들의 꿈이, 지난 몇 년간 선생을 따르며 키웠던 바람이 사라진다.

그 순간, 제자들은 그날 아침 베다니를 떠나 올리브산 중턱으로 올라갈 때 서로 상의했던 일을 떠올렸다. 그때 예수는 저만치 앞서서 혼자 걸어가고 있었다.

"어이! 선생님이 오늘 무슨 일을 하실지 얘기 들어 본 사람 있어?"

"나는 아무 얘기도 못 들었는데 … ."

"무얼 좀 알아야 우리가 준비를 해도 할 것 아닌가?"

그렇게 서로 묻다가 작은 시몬이 시몬 게바에게 물었다.

"게바! 선생님한테서 무슨 말 들은 것 있어요?"

"아니 … ."

"이상하네, 정말 … . 하여튼, 무슨 일이 벌어지면 우리 모두 나서서 선생님을 보호하는 것이 우선이오. 성전 놈들이 얼마나 흉포한 놈들인데? 이 얼굴 흉터 안 보여요? 내가 성전 경비대한테 당한 표시요. 내 생각으로는 오늘은 그 못된 경비대 놈들이 분명 나설 거요."

작은 시몬의 얼굴 왼쪽 뺨 광대뼈 밑에서부터 귀 쪽으로 손가락 두 마디만큼의 흉터가 있다. 그 말을 들은 게바가 앞서서 걸어가는 예수를 한참 쳐다보다가 심각한 표정으로 제자들을 조용히 불러 모았다.

"생각해 보니까, 성전에 들어가서 무슨 일을 해야 할지 선생님이 이제까지 한마디도 미리 얘기하신 적이 한 번도 없어요. 그건 무슨 일이 됐든 다 선생님 생각대로 혼자 하시겠다는 뜻이 분명해요. 그럼! 나는 그렇게 생각해요. 선생님은 선생님대로 계획이 있는데 우리가 잘못 추썩거리고 나서면 계획을 방해하는 일이 될 수 있어요. 왜 우리가 조심조심 그물을 걸어 올리는데 누가 도와준다고 나서면 벌컥 화날 때가 있잖아? 나는 나대로 다 하는 방식이 따로 있는데 … ."

시몬 게바가 그 정도로 생각했다는 것이 신통하다는 듯 모두 고개를 끄덕이며 그를 바라보았다.

"그러니 우리가 할 일은, 우리는 혹 누가 선생님을 해코지하려고 덤비지 않는지 주위에서 잘 살펴보고 보호하자고. 성전 경비대나 바리새파 선생이라는 작자들, 아니면 우리 갈릴리 사람들을 싫어하는 유대 지방 사람들, 하여튼 누구라도 선생님을 노리고 덤벼들 수 있어요. 그건 우리가 모두 나서서 막아야 해요. 그리고 다른 일들, 성전과 대결하든 무슨 일이든 선생님 생각대로 하시도록, 선생님이 우리에게 거들어 달라 말하실 때까지 우리는 모두 지켜본다! 그리고 철저하게 보호해 드린다! 그 점을 모두 명심해요!"

그렇게 상의했던 일을 떠올리며 제자들은 서로의 얼굴을 쳐다보기도 하고 주위를 둘러보기도 했다. 유다는 좀 달랐다. 그는 하얀리본 동지들이 어디 숨어 있는지 여기저기 눈으로 훑어보며 찾았다. 그들이 어딘가 몸을 숨기고 이 광경을 보고 있을 것으로 믿었기 때문이다. 유다는 예수가 보인 뜻밖의 과격행동이 하얀리본의 거사에 합류할 수 있다는 의사표시라고 생각했다.

'주랑건물 위에 저렇게 위압적으로 서서 뜰을 내려다보고 있는 로마군을 보면서 선생님도 이제는 확실하게 깨달으신 모양이네. 이런 형편에 다른 방법으로는 해방을 이룰 수 없다는 것을 … .'

예수가 채찍을 휘두르며 장사꾼들을 내쫓는 광경을 하나도 놓치지 않고 바라보던 마리아는 20여 년 전 일을 떠올렸다.

"아! 예수! 선생님 … ."

갈릴리의 알렉산더가 휘두른 채찍을 맞아 벌렁 넘어졌던 소년, 예수는 분명 그 소년이다. 넘어졌던 자리에서 일어나 히스기야 옆에 나란히 서더니 엄중한 눈으로 알렉산더를 바라보았던 그 사람이다. 그 눈에 질려 알렉산더가 물러났듯 저들 장사꾼들도 지금 예수의 눈을 보고 비실비실 물러나고 있으리라. 알렉산더는 독한 마음으로 채찍을 휘둘렀고, 예수는 머리 위에서 채찍을 천천히 돌리고 있을 뿐이다. 그 걸로 누구를 후려치겠다는 위협이 아니다. 그저 사람들에게 보여주는 일이다. 상을 걷고 비둘기 초롱을 들고 물러나라고 장사꾼에게 말을 거는 행동이다. 성전 뜰에 가득 들어서서 그 광경을 바라보는 사람들에게는 이제껏 그들이 믿고 살았던, 발 디디고 살았던 땅을 다시 내려다보라는 선언이다.

예루살렘 성전, 이방인의 뜰에 들어선 많은 사람들은 한순간 모두 정지된 그림자가 됐다. 이유를 알 수 없는 예수의 그 행동이 난동으로 기억되든, 소동이라고 불리든, 아니면 성전에서 벌어진 장사에 대한 거룩한 분노로 기억되든, 그들은 모두 유월절 명절을 여는 예수의 첫 의식을 기억 속에 담아둘 것이다.

그 순간부터 예루살렘 성전에는 성전이 주관하는 유월절 제사의식과 갈릴리 나사렛 예수가 펼치는 의식, 전혀 다른 두 가지 의식이 동시에 치러지는 셈이다. 서로 상대의 의식을 중단시키려고 온 힘을 다해 마주 선 것이다.

어쨌든 일은 이미 시작됐다. 다음에 무슨 일이 일어날까? 누가 먼저 시작할까? 마리아는 다음 일이 궁금했다.

'선생님이 도전하셨는데 … .'

'성전이나 로마군이 즉시 대응하고 나설까?'

'아니!'

'선생님이 먼저 도전하셨는데?'

'대응할 가치가 없다고, 예수 선생님은 그럴 만한 지위에 있는 분이 아니라면서 무시하는 듯한 태도를 취하겠지.'

'그럼, 무슨 일을 하든 저들은 선생님을 그대로 놔둔다고?'

'아니지. 상대가 대응하지 않는데, 선생님 혼자 계속 도전할 수는 없지.'

'그럼?'

'선생님이 방향을 바꾸실 거야.'

그녀는 성전이든 로마군이든 반응하지 않을 것으로 결론을 냈다. 예수를 제거하려고 자기들끼리 별별 의논을 다 하고 준비도 했겠지만 아직 정면으로 대응하고 나서지는 않을 것이 분명하다. 명분은 예수가 쥐고 있기 때문이다. 무슨 뜻으로 예수가 먼저 도전했는지 부지런히 따져볼 것이다. 그들은 자기들이 펼쳐 놓은 멍석 위로 예수를 끌어들이려고 할 것이다. 적어도 한동안 서로 주고받는 일이 계속될 것이라고 그녀는 판단했다.

그때, 마리아는 보았다. 올리브산 자락에서 따라왔던 움막마을 사람들, 예루살렘 아랫구역 사람들, 여리고에서 함께 올라온 사람들이 모두 고개를 흔들며 슬금슬금 사라지고 있었다. 그들은 무슨 일이 일어나고 있는지 곧바로 깨달았기 때문이다. 그들이야말로 바람이 어디에서 불어와 어디로 나가는지 잘 알고 사는 사람들이다.

예수가 장사꾼들을 내쫓는 광경을 보면서 시몬 게바는 정신을 차릴 수가 없었다. 건너 동네에서 그 광경을 바라보는 듯 그저 멍하니 바라보았다. 마치 먼 옛날 얘기를 듣는 것처럼 느껴졌다.

'우르르 몰려가서 선생님을 도와 장사꾼들을 두드려 패고 내쫓을까?'

'그건 아닌 것 같고 ….'

'그럼 이대로 그냥 지켜봐? 이거 알 수 없네, 어쩐다?'

이럴 때면 늘 남달리 좋은 의견을 내는 요한을 쳐다보니 그는 그저 망연한 표정으로 고개만 흔들고 서 있다. 씩씩하고 몸으로 나서기 좋아하는 쌍둥이 도마는 눈을 여기저기 굴리면서 혹 경비대가 덮쳐오지 않는지 살피는 눈치다. 유다와 작은 시몬은 심각한 표정으로 성전 뜰 남쪽 주랑건물 위를 바라보고 있다. 늘 침착하고 때로는 어떤 사람도 생각하지 못했던 부분을 짚어 내던 마리아는 입을 굳게 다물고 하늘만 올려다본다.

시몬은 예수가 장사꾼들을 내쫓는 쪽으로 몰려가기로 작정했다.

"자, 자! 선생님한테 가 보자고! 이제는 우리가 가 봐야 할 때가 된 것 같아!"

"난 안 가요!"

요한이 버티면서 짧게 소리쳤다. 그러더니 다시 퉁명스러운 말을 내뱉었다.

"난 안 가요! 게바 형이나 가 보슈!"

요한은 아예 고개까지 돌렸다.

요한의 눈에 가슴을 쾅쾅 치며 입을 못 다문 아버지 세베대의 얼굴이 보였다. 들이닥친 갈릴리 분봉왕의 군인들 앞에 벌벌 떨며 마당가로 몸을 피하는 어머니와 아내의 모습도 보인다. 예수를 따라다니다가 세베대 집안이 망했다고 고개를 가로젓는 사람들 모습도 순간 떠오른다. 모든 것이 끝이란 생각이 들었다.

그는 곧 벌어질 무서운 일에 생각이 미쳤다. 성전 경비병들이 몰려나오리라. 주랑건물 위에 그림자처럼 서서 내려다보던 로마 군인들이 곧 성전 뜰 안으로 창을 겨누고 칼을 휘두르며 쏟아져 내려오리라. 성전 뜰에서 난동을 부리다니 …. 그것도 유월절을 준비하는 니산월 10일에. 더구나 총독이 포고령까지 내렸다는데.

'아! 선생은 모든 것을 포기한 사람이 분명하다. 하기야 따지고 보면 처음부터 포기하고 말 것도 없는 사람이지.'

'그러면?'

'도망갈까?'

형 야고보가 다른 제자들과 함께 주춤주춤 예수 쪽으로 걸음을 옮기는 모습을 보면서 그는 고개를 저었다. 형을 놔두고 혼자 도망갈 수는 없는 일이다. 성전 뜰에 햇빛은 하얗게 쏟아지고 마음은 아무것도 생각할 수 없이 그저 텅 비었다.

시몬을 따라 예수 쪽으로 몰려가면서도, 제자들은 아무도 뛰어가지 않았다. 느릿느릿 천천히 무겁게 걸었다.

'도대체 이게 무슨 일이람!'

모두 그런 표정이다. 아무도 예상하지 못했던 일이다. 선생의 뜻을 전혀 알 수도 없고, 물어보고 싶지도 않다. 눈앞에서 방금 벌어진 일을 보면 왜 그랬는지 설명이 필요 없었다. 성전의 허가를 받고 이방인의 뜰에서 장사하는 사람, 성전세로 낼 돈을 바꿔주는 사람들을 쫓아낸 예수는 제자 모두, 그리고 그를 따라 성전에 들어온 사람들을 위험에 빠뜨렸다. 이스라엘의 성전 예배와 성전 제사를 방해한 셈이고 어떤 난동도 금지한다는 로마총독 빌라도의 명령을 거역한 사람이다. 예수는 사전 상의도 없이, 설명도 없이 제자들을 한꺼번에 낭떠러지에서 확 밀어 떨어뜨린 사람이다.

성전 뜰과 주랑건물을 훑어보던 마리아는 몸이 비틀거릴 만큼 큰 충격을 받았다. 가슴이 세차게 두근거린다. 마리아는 대번에 그를 알아볼 수 있다. 성전 뜰 남쪽 왕의 주랑건물 위에 서 있는 사람, 분명 히스기야다. 그가 거기 그림자처럼 서 있다. 그는 로마군 병사들 사이에 서서 뜰을 내려다보며 서 있다. 그녀는 곧 상황을 알아챘다.

마리아는 단단히 곧추세웠던 마음이 순식간에 무너지는 것을 느꼈다. 히스기야는 그의 길을 걷고 그녀는 다른 길을 걷는다고 마음으로 다짐했는데, 히스기야의 모습을 보는 순간 속절없이 허물어져 내린다. '아! 히스기야….'

무슨 일인지 차츰 깨닫게 되자 히스기야가 한없이 불쌍했다. 가슴 가장 아래쪽에서 찌르르 아픔이 헤집고 올라오더니, 목줄기를 타고 올라가더니, 눈으로 들어가더니 눈물이 되어 맺힌다. 결국 그렇게 될 수밖에 없는 것을…. 마리아는 그가 너무 안쓰럽다.

그를 끌고 다니던 어떤 힘이 탁 손을 놓고 내친 듯, 한없이 외로운 사람이 되어 히스기야는 소리 없이 거기 서 있다. 마치 비 오는 날, 남의 집 추녀 밑에 서 있는 사람처럼…. 성전 뜰에 온통 비가 내리는 것 같다. 뜰 안에는 오직 그녀 혼자 서 있고, 주랑건물 위에는 히스기야 혼자 서 있는 것 같다. 손 닿을 수 없는 곳에서 서로 바라만 보는 일은 애달프다는 말보다도 더 절절한 아픔이다. 걸음을 걷기는커녕 두 다리로 서 있을 수도 없을 만큼 다리가 후들거렸다.

히스기야를 다시 올려다본다. 그도 분명 내려다보고 있다. 마리아는 그의 마음에 그녀의 마음을 이었다. 벌렁벌렁 가슴 뛰는 소리도 들리고, 눈 덮인 이투레아 겨울 산을 훑고 불어 내리는 바람 소리도 들리고, 혼자 밤길 걷던 외로움도 들린다. 그러더니 그의 소리 없는 울음이 들린다. 그건 분해서 우는 울음이 아니다. 고통을 호소하는 울음이 아니다. 바닥을 알 수 없는 깊은 절망에 빠진 탄식도 아니다. 그것들보다 더 깊고 더 오래되고 소리가 되지 못한 채 가슴속에 쌓여 삭은 슬픈 사연이다. 여자만 알아듣는 울음이다.

마리아는 언뜻 스치는 생각이 있어 성전 뜰을 둘러본다. 그 짧은 시간에 그녀는 다시 평소의 마리아로 돌아왔다. 히스기야를 주랑건물 높은 곳에 세워 놓고 성전 경비대와 로마 군인들은 무슨 일을 꾸미고 있는가? 그건 올가미다. 저들은 올가미를 잡아챌 장소와 시간을 정해 놓고 기다리고 있었다. 그 광경을 히스기야에게 보여주려고 끌고 왔음이 분명했다. 예수와 성전 뜰 안에 숨어들었을 하얀리본에게 던지려는 커다란 그물이다. 한꺼번에 모두 잡으려고 성전 뜰에 모여 들기를 기다렸음이 분명하다.

그녀는 눈으로 예수를 찾았다. 그는 천천히 성전 뜰 동쪽 주랑건물로 걸어가고 있다. 제자들은 예수와 좀 거리를 두고 따로 무리를 지어 동쪽으로 움직였다. 그들이 지나가도록 뜰에 들어서 있던 사람들이 길을 터줬다.

주랑건물을 다시 올려본 그녀는 다시 나지막한 신음소리를 냈다. 소리 내어 그의 이름을 불러봤다.

"아! 히스기야!"

무어라 말할 수 없는, 들어낼 수 없을 만큼 무거운 것이 쿵 가슴속으로 떨어져 내렸다. 다시 그 모습 볼 수 없을 것 같다.

"잘 가요! 잘 가요, 히스기야!"

성전 경비대와 로마 병사들이 히스기야를 끌고 간다. 안 끌려가려고 반항하더니 그는 허청허청 끌려간다. 멀지 않은 곳에서 히스기야를 올려다보고 서 있던 유다와 작은 시몬을 바라봤다. 그런데 이상했다. 유다는 섬뜩할 만큼 차갑고 담담했고 그에 비해 작은 시몬은 안타까움을 못 견뎌 몸을 떨고 서 있다. 그런데 성전 뜰에 들어와 있을 것이 분명한 하얀리본 쪽에서는 아무런 움직임이 없다.

'무슨 일이 있는 걸까? 왜?'

하기야 이런 상황에서 하얀리본이 움직인다면 그건 스스로 성전이 파 놓은 함정에 빠지는 일이리라. 그렇지만 하얀리본이 히스기야를 포기했을지도 모른다는 생각이 언뜻 그녀 가슴속을 아프게 파고든다. 그들은 거사와 히스기야, 둘 중 하나를 고르라면 거사를 선택하리라.

히스기야의 모습이 완전히 사라졌다. 그의 모습이 주랑건물 위에서 사라지자 성전 뜰은 풀밭이 돼 버린 막달라 집 마당으로 변했다. 아버지, 어머니, 동생들 모두 오래전에 떠난 빈집. 마당에 난 풀이 허리까지 올라오고, 식구들이 모여 살던 방에는 천장에서 떨어진 흙덩어리, 무너진 벽에서 쏟아져 내린 흙과 나뭇가지와 돌이 그득했다. 오래전에 식구들이 떠난 듯 습하고 탁한 냄새가 났다. 구석마다 여기저기 거미줄이 늘어져 뒤엉켜 있었다. 몇 날 며칠 비틀거리며 먼 길 걸어 찾아 돌아간 집에는 깊은 허무만 입을 벌리고 있었다. 마치 세상에 혼자 내던져진 것처럼 주저앉아 울었다. 오래오래 울었다. 그녀를 기다리는 앞날이 아무런 의미 없이 빛바랜 것처럼 그저 하얬다.

다른 제자들을 따라 이방인의 뜰 동쪽 건물로 걸어가야 하는데 마리아는 한 발자국도 뗄 수 없다. 6년 만에 막달라에 돌아갔던 그날처럼 그저 주저앉아 울고 싶다.

"가요! 마리아!"

갈릴리에서부터 예수를 따라 같이 내려온 요안나가 그녀 곁에 다가와 한 팔을 잡고 끌었다. 그녀도 역시 예수를 따르던 제자였는데, 남편 구사는 갈릴리 분봉왕 안티파스의 왕성에서 일하는 관리였다. 다른 사람에 비해 살림이 넉넉해서 살로메와 마리아라는 이름을 가진 또다른 여제자 등과 함께 예수 일행을 여러모로 뒷받침한 여자였다.

"같이 가요! 다들 먼저 갔어요."

"먼저 가세요, 요안나!"

"아니요, 같이 가요. 천천히 ….."

마리아는 요안나와 함께 이방인의 뜰 동쪽 주랑건물로 걸어갔다.

솔로몬 주랑건물로 걸어오면서 예수는 남쪽 주랑건물을 다시 올려다보았다. 히스기야가 경비대에게 끌려가고 있었다. 예수는 이미 보았다. 계단을 걸어 올라와 성전 뜰에 들어섰을 때부터 그는 이미 히스기야를 알아보았다. 로마 병사와 성전 경비대에게 끌려 나와 서서 뜰을 내려다보던 히스기야의 눈길을 보았고, 어딘가 숨어서 그 모든 광경과 히스기야를 지켜보는 하얀리본의 눈길도 느꼈다. 그를 옭아매려는 사람들이 비시시 비릿한 웃음을 입가에 띠고 올가미를 잡아챌 기회를 노리고 있다는 것도 알았다. 성전이 파놓은 함정도 알아챘다.

그 모든 것을 허물어야 했다. 그리고 성전이 얼마만큼 준비했는지 알아볼 필요가 있었다. 예수는 마치 까마득한 절벽 끝에 선 사람처럼 조심조심 발걸음을 떼며 성전을 압박했다. 예상대로 성전 측도 로마 군도 조용했다. 오직 제자들만 술렁거렸다. 줄을 들어 휘두르며 장사꾼을 쫓아낸 일로 성전을 모독하거나 하느님에게 죄를 지었다고 성전 측에서 공격하고 나설 수 없다는 것을 예수는 잘 알았다. 이방인의 뜰이기 때문이다. 로마 병사가 쏟아져 내려올 수 없음도 알았다. 이방인의 뜰이었지만 성전 경내이기 때문이다.

제자들의 당황한 모습이 마음 아팠다. 솔로몬의 주랑건물에 들어와 뜰을 내다보니 요한이 보였다. 머리를 떨군 채 뜰에 서 있는 요한의 모습에 가슴이 쓰렸다. 평소와 달리 주위로 모여들지 않고 저만치 따로 떨어져 앉은 제자들의 마음을 그는 헤아릴 수 있다. 그들은 감히 뛰어넘을 수 없는 깊은 간극間隙을 맛보았을 것이다. 골짜기를 건넌다는 것은 생각처럼 말처럼 쉬운 일은 아니다. 그건 자기의 모든 존재를 걸고 건너야 할 일이고, 눈을 크게 뜨고 세상을 볼 수 있어야 가능한 일이다. 천 길 낭떠러지에서 철렁 떨어져 봐야 건널 수 있는 일이다. 언덕 이쪽을 걷는 예수와 골짜기 저쪽에 머물러 있는 제자들, 그들도 머지않아 문득 눈을 뜨면 언덕 이쪽으로 건너와 있는 자신을 발견할 것이다. 때가 되면 ….

한참 혼자 앉아 있던 예수가 일어나 제자들 앉아 있는 곳으로 걸음을 옮겨 다가가자 그들은 모두 자리에서 일어나 그를 맞았다. 그들 중에는 눈물을 글썽이는 사람도 있고, 불만이 가득한 눈길을 보내는 사람도 있고, 당혹감에 어쩔 줄 모르며 여기저기 다른 곳으로 눈길을 돌리는 사람도 있고, 무슨 일이 일어났는지 실감이 아직 안 나는 모양인지 덤덤한 사람도 있다. 하루 종일 동네일 다녀온 어머니를 만난 어린

애들 같았다. 비죽비죽 울음을 참던 어린 동생의 모습이 제자들 위에 겹쳐 보인다.

"선생님!"

마리아가 입을 열었다. 예수는 손을 들어 그녀의 말을 막았다. 그는 그녀가 무슨 말을 하려는지 이미 알기 때문이다. 그녀가 하는 말이 제자들을 일깨울 수도 있겠지만, 그들 스스로 각자 깨달을 때까지 기다려야 한다. 그들이야말로 세상에 씨를 뿌려야 할 사람들이기 때문이다. 그들 스스로 씨가 되어야 할 사람들, 밭도 되어야 할 사람들이다. 그들에게는 이르는 때가 각자 다르고, 해야 할 일이 서로 다르기 때문이다.

그런데 예수가 제자들의 표정을 보니 비록 마음속에 걱정은 남아 있어도 아침에 보였던 위축된 모습은 사라졌다. 로마 군인들을 처음 맞닥뜨리며 보였던 두려움도 많이 가셨음에 틀림없다. 이제 하느님의 이름으로 성전이 그들에게 덮어씌운 또 한 가지 짙은 두려움도 마저 걷어낼 때가 됐다.

"내가 얘기 하나 하리다."

제자들이 그의 곁에 둥글게 모였다. 그 광경을 본 사람들이 주랑건물 속으로 모여든다. 아무 말 없이 예수 일행을 지켜보던 그들도 예수가 제자들에게 무슨 가르침을 펼치려고 한다는 눈치를 챘다. 성전 뜰에 서 있던 수많은 사람 중 어느 누구도 조금 전에 예수가 채찍을 휘두르며 했던 일을 이해할 수 없었고, 설명할 수 없었고, 받아들일 수도 없었다. 그들은 그 광경을 보았을 뿐이다.

그들도 예수의 얘기를 들어 보고 싶었다. 주랑건물 안에 있던 사람들이 웅성웅성 예수 곁으로 모여들자 뜰에 있던 사람들도 따라 모이기 시작했다. 그림자가 드리운 듯 조용하던 이방인의 뜰에 갑자기 움직임이 일어났다. 뜰 한가운데 고개를 떨고 서 있던 요한도 뒤늦게 솔로몬의 주랑건물 안으로 들어왔다.

예수는 그렇게 여러 사람들이 모여드는 것을 모두 알고 있다. 어느 자리에 서 있던 사람이 어디로 가고 어디서 오는지 알았다. 그는 어려서부터 한 번 쓱 훑어보면 제자리에 있어야 할 것과 제자리를 찾지 못한 것들을 다 알았다. 한 가지를 보면 왜 그리 되었는지 원인을 짚어냈다. 누가 굳이 설명해 주지 않아도, 눈에 들어오는 것만으로도 그는 많은 것을 알아내는 사람이었다.

"내가 얘기를 하나 하리다."

그렇게 예수가 얘기하자 제자들 모두 그의 얼굴을 조심스럽게 쳐다보았다. 드디어 선생이 왜 장사꾼을 내쫓고 소동을 일으켰는지 얘기로 풀어서 알려줄 때가 됐나 보다 생각했다. 그들도 궁금했고, 다른 사람들도 궁금했을 일, 스스로 어렵게 대답을 찾는 것보다 권위 있는 사람에게서 듣는 일에 익숙했기 때문이다.

"어느 때부터 그랬는지 아무도 정확하게는 모르지만, 여기 이방인들이 들어올 수 있는 뜰과 이스라엘 사람들만 들어갈 수 있는 뜰 경계에 커다란 항아리가 하나 놓여 있었습니다. 찰지고 좋은 흙으로 만들고, 게다가 유약까지 발라 구워서 겉이 반질반질한, 아주 훌륭한 항아리였습니다. 그 항아리에는 언제나 맑은 물이 가득 차 있었지요. 성전 참배하러 들어오는 사람들이 갑자기 한꺼번에 몰려들 때 정결淨潔하게 몸을 씻는 욕조가 너무 붐빌 때가 있겠지요? 그럴 때는 제사장이 그 항아리의 물을 사람들 머리에 퍼부어 목욕을 대신하도록 했습니다. 물론, 이미 자기 집에서 정결의식을 치르고 올라온 사람만 그렇게 할 수 있었지요. 정결의식을 치르지 못한 사람이라면 아무리 오래 줄을 서서 기다리더라도 반드시 '미크베'라고 부르는 이 욕조 속에 들어가 몸을 씻어야 했습니다."

예수가 무슨 뜻으로 그 얘기를 꺼내는지, 제자들이나 둘러앉아 같이 듣는 사람들 모두 궁금하기는 마찬가지였다. 그때 도마가 입을 열었다.

"선생님, 오늘 자세히 보니까 그런 항아리는 없던데, 지금 옛날 얘기 하시는 거지요?"

예수는 빙그레 웃으며 도마를 바라보았다. 매사 자기 눈으로 확인하고 또 확인하는 그의 평소 습관을 잘 알기 때문이다.

"옛날일 수도 있고, 지금일 수도 있고⋯."

도마는 그 말을 듣고 고개를 갸웃갸웃하며 혼잣말처럼 중얼거렸다.

"없던데⋯."

"하여튼, 성전에 들어가려는 사람에게는 정결의식을 치르는 데 없어서는 안 될 중요한 항아리였습니다. 어찌나 크고 깊은지, 항아리 양옆에 놓은 디딤대에 올라서야 물을 퍼서 사람들 머리 위에 뿌려줄 수 있었습니다."

"그 항아리 물 가득 채우려면 힘들었겠는 걸? 빗물 받아 놓은 저수조에서 물을 길어다 부어야 하잖아? 하기야 성전에는 부리는 종들이 많으니까, 설마 제사장이 그 힘든 일을 했겠어?"

시몬 게바가 한마디 거들고 나섰다. 예수는 시몬의 말을 기쁘게 받아들였다. 이미 그는 성전 제사장과 성전에서 일하는 종의 문제에 눈길을 주고 있기 때문이다. 눈앞에 펼쳐진 현상 그 뒤에 숨은 일을 볼 수 있는 눈이 열리기 시작했음을 예수는 귀하게 생각했다. 그렇게 한마디씩 거들고 나서거나 자기 의견을 보탤 때 예수는 절대로 그 말을 가로막지 않는다. 언제 어디 가서 자기 의견을 한 번이라도 똑바로 내세우면서 살아 본 적 없는 제자들이다. 그저 하라는 대로 하면 되는 사람들이었고, 그들이 알아들었든 못 알아들었든 아무도 걱정해주는 사람 없는 세상을 살았다. 그들이 한마디씩 내뱉는 말을 통하여 조금씩 자라나는 새 세상을 바라볼 수 있다.

"그런데 예나 지금이나 애들은 좀 짓궂고 장난스럽지 않아요?"

그 말에 제자들은 어떤 아이가 무슨 일을 저지르리라고 생각했다. 선생의 얘기를 따라가기에 늘 숨이 가빠도 그렇게 슬쩍 던져 주는 암시를 알아챌 만큼은, 제자들은 이제 귀가 열려 있었다. 주위에 몰려든 사람들도 서로 수군거리면서 예수의 얘기를 부지런히 따라왔다. 성전 뜰에서 예수가 처음으로 가르치는 자리가 됐다.

"예루살렘성에 사는 아이들 몇 명이 아버지를 따라 성전에 들어왔어요. 성전에서는 경건해야 한다고 거듭거듭 주의를 받았지만 아이들이란 장난기가 한번 발동하면 말릴 수가 없지요. 쫓고 쫓기는 숨바꼭질 놀이를 시작했습니다. 저기 보이는 주랑건물 아래에는 숨을 데가 참 많습니다. 그런데 숨은 아이들을 찾으러 다니던 술래가 그 큰 항아리를 보았습니다. 아무리 찾아도 찾을 수 없던 동무 한 명을 찾아 기웃거리던 중이었지요. 마침 그때 그 항아리에서 물을 퍼서 사람들 머리 위로 뿌려주던 제사장이 무슨 일이 있었는지 잠시 자리를 비웠습니다."

모두 예수가 무슨 얘기를 하려고 그러는지 귀를 기울였다. 물이 들어 있는 커다란 항아리, 성전 뜰, 자리를 비운 제사장, 장난꾸러기 아이들이 벌이는 술래잡기 놀이. 무슨 일이 벌어질지 조금씩 보이기 시작했다.

"술래는 혹 항아리 속에 누가 숨어 있는지 통통 두드려 봤는데, 물이 가득 들어서 그런지 아무 소리도 안 났어요. 마침 지키는 제사장도 없고, 살금살금 받침대 위에 올라가서 까치발을 해도 속이 들여다보이지 않았지요. 손을 올려 항아리 입구 가장자리를 잡고 껑충 몸을 올렸더니 겨우 가슴까지 올라갔고, 버둥버둥 애를 써서 좀더 올라가자 허리까지 올라갔어요."

제자들 눈에는 항아리 입구 가장자리에 허리를 걸치고 고개를 숙여 그 안을 들여다보는 아이의 모습이 떠올랐다.

"그런데, 항아리 안을 들여다보는 순간 몸이 앞으로 숙여지면서 아이는 그만 항아리 속으로 빠지고 말았습니다. 항아리를 가득 채운 물에 거꾸로 처박혀 사라졌지요. 옆에서 그걸 보던 다른 아이들은 모두 놀라 소리를 지르며 달아났습니다. 주변에 있던 어른들이 물었습니다. '무슨 일이냐? 왜 그러냐?' 그러자 아이들이 한목소리로 떠들었습니다. '물속에 빠졌어요. 쏙 들어갔어요.' 그러자 어른이 물었습니다. '뭐가 빠져?' '예, 술래가 저 항아리 속에 빠져들어갔어요.'"

듣는 제자들은 무슨 일이 벌어졌는지 눈으로 본 듯 훤했다.

"사람들이 항아리 옆으로 달려왔습니다. 항아리 속에서 어푸어푸 풍덩풍덩 소리가 나더니 점점 조용해졌습니다."

"그래서요?"

제자들은 가만히 듣고 있는데, 주위에 서 있던 한 사람이 물었다. 항아리 속이 조용해졌다는 말에 조바심이 나 참을 수 없었기 때문이다.

"사람들이 항아리를 둘러싸고 제각각 큰 소리로 떠들었습니다."

그러면서 예수는 슬쩍 듣고 있던 모든 사람들, 제자들과 모여든 모든 사람을 이야기 속 현장으로 끌어들이듯 얘기하는 방식을 바꿨다.

"아니! 제사장은 왜 하필 이때 자리를 비웠어, 그래? 그리고 애 아버지는 도대체 어디 간 거야? 그러니 이런 일이 생기지. 그나저나 이걸 어쩌나?"

"이거 큰일 났네!"

"아이구! 누가 제사장 좀 찾아봐! 애 아버지 어디 있는지 불러 봐!"

사람들이 발을 동동 구르고 있다. 항아리 속에 빠진 아이는 이미 힘이 빠졌는지 물을 너무 먹어 기절했는지 조용했다. 아니면 벌써 죽었는지 …. 성전 뜰에서 정결의식을 치르는 물 항아리에 아이가 빠져 죽다니. 일이 벌어져도 큰일이 벌어졌다. 사람들은 침을 꿀꺽 삼켰다. 물에 빠진 아이를 구하기 위해 아무런 일도 할 수 없다는 무력감이 순간 그들을 무겁게 짓눌렀다.

"그런데."

예수가 '그런데' 하고 얘기하면 일이 좋은 방향으로든 나쁜 방향으로든 바뀐다는 신호다. 그리고 현장을 직접 보던 사람에서 얘기를 듣는 사람들로 위치가 바뀐다.

"그런데, 또래 아이 하나가 제 머리보다 훨씬 큰 돌, 어디서 주워 왔는지 아주 무거운 돌을 들고 낑낑거리면서 항아리 옆으로 다가왔습니다. 무슨 일을 하려고 그러는지 어른들은 대뜸 눈치챘지만 아무도 나서서 거들지도 않고 말리지도 않았습니다. 그 아이는 돌을 머리 위까지 높이 들어 항아리 밑동 부분을 겨냥하여 던졌는데, 항아리가 크고 두꺼워서 그런지 빗맞아서 그런지 조금 금만 가고 돌이 튕겨 나왔습니다. 아이는 다시 돌을 머리 위까지 들어 올리는데 힘이 부쳐 비척비척했지요. 아무도 대신 나서서 돌을 던지거나 돕지 않았습니다. 정결의식 항아리를 깬다는 일이 얼마나 큰일인지 어른들은 알았기 때문입니다. 그 아이는 머리 위에서 돌을 좀 흔들흔들 하더니 이번에는 정통으로 조금 전에 맞혔던 부분을 향해 힘껏 던졌습니다. 그러자 항아리에 금이 쫙 가면서 돌에 맞은 부분에 커다란 구멍이 생겼습니다. 그 구멍으로 물이 콸콸 쏟아져 나오기 시작했습니다."

"그래서요, 선생님!"

예수는 거기까지 얘기를 하고 입을 다물었다. 물이 쏟아져 나왔으니 항아리 속에 빠진 아이는 익사溺死를 면했고, 정신을 차린 어른들이 아이를 꺼냈을 것은 분명한데 더 이상 얘기를 하지 않는다. 들은 사람들에게 마음대로 생각해 보라고 맡겨 두는 것이다. 아이 아버지를 찾아내서 사람들이 뭐라고 야단을 쳤든, 뒤늦게 나타난 제사장이 항아리를 깨뜨렸다고 무어라 난리를 쳤든, 물속에서 겨우 살아 나온 아이한테 그런 장난으로 소동을 일으켰다고 어떻게 어른들이 호되게 혼을 내주었든, '돌로 항아리를 깨뜨리면 어떻게 하느냐, 다른 방법을 찾아봤어야지' 항아리를 깨뜨린 아이를 얼마나 야단쳤든, 그런 뒷이야기를 생각하는 건 이제 모두 그 얘기를 들은 사람들 몫이라는 듯 예수는 입을 다물었다.

레위는 항아리 속에 빠졌던 아이가 꼭 자기 같다고 생각했다. 세리라고 세상사람들의 욕을 먹고 죄인이라 손가락질 받으며 가버나움 그 좁은 세관 안에 앉아 있던 그를 꺼내 준 선생이 예수였다. 마리아는 마리아대로 항아리 속에 빠진 아이가 자기 같았다. 아무도 건져 주려고 하지 않던 배제排除의 항아리에 갇혀 얼마나 혼자 울었던가? 누구라도 손을 뻗어 잡아 주었다면, 비바람 치는 갈릴리 호수를 바라보며 그렇게 울지 않았을 것 같았다. 예수는 항아리를 깨뜨려 자기를 살려낸 선생이다.

그러다가 마리아는 문득 무서운 일을 깨달았다. 항아리를 깨뜨렸다는 얘기가 성전 뜰에서 장사꾼들을 쫓아낸 일과 연결되어 있다는 것을 알았다. 물이 가득 채워진 항아리는 성전이다. 제사의식과 가르침과 권위로 가득 찬 성전. 사람들은 그 물속에 빠져 풍덩거리며 허덕이다가 죽어가고 있다. 생명을 살리는 일이 가장 급하고 중요한 일이라고 예수가 선언한 셈이다. 돌을 들어 항아리를 깨는 길밖에 없다, 물에 빠진 아이를 구하는 길은 … . 제사장은 자리를 비웠고, 사람들은 어찌할 바를 모르며 둘러서서 떠들기만 했다.

그리고 아직 아무도 눈치채지 못한 일에 마리아의 생각이 닿았다. 바로 그 일 때문에 선생이 큰 위험을 겪을 일이 보인다. 예수가 채찍을 머리 위에서 빙빙 돌리는 모습, 환전상의 상을 발로 차서 둘러엎는 광경을 많은 사람들이 보았다.

'로마군대가 주랑건물 위에서 내려다보고 있었다.'

'성전은 로마의 하수기관이라고 선생님이 여러 번 말씀하시지 않았던가? 주인이 무서우면 그 집 하인도 무서운 법인데 … .'

로마는 성전에 대한 공격을 그대로 두고 보지 않을 것이다. 성전에 대한 비난은 결국 로마에 대한 비난으로 받아들여지는 세상이다. 로마의 눈으로 볼 때 예수는 그들이 빤히 보고 있는 것을 알면서도 정면으로 성전에 도전하고 나선 사람이다. 앞으로 예수가 벌이려는 일을 미리 내보인 셈이다. 왜 예수는 성전 뜰에 들어서자마자 도전하고 나섰을까? 생각해 보니 그 순간에 예수가 할 수 있는 일은 오직 그 한 가지 뿐이었다는 것을 마리아는 깨달았다.

　그런데 예수의 애기를 들으며 무언가 골똘히 생각하던 요한이 입을 열었다.

　"그런데, 선생님. 지금 그 말씀과 오늘 성전에서 벌이신 그 난동, 아니 아까 벌이신 그 일은 어떤 관계 … ."

　그러다가 갑자기 그는 말을 멈추었다. 그도 깨달았기 때문이다.

　"선생님, 그러니까 선생님 말씀은 돌을 던져 성전이라는 항아리를 깨려고 하셨다는 … ."

　그는 말을 잇지 못했다. 예수의 눈길을 받으면서 그는 훅 숨을 들이킬 수밖에 없었다. 그 뜻을 깨닫게 되자 그다음에 벌어질 일이 무섭게 등줄기를 타고 내려갔다. 그건 공포다. 어찔어찔 어지럼증이 일어나고 눈앞이 하얘진다. 가버나움 밤길을 떠올렸다. 예수를 따르겠다고 털썩 무릎을 꿇으며 약속하고 돌아오던 밤길에서 그가 형 야고보에게 툭 던졌던 말이 생각났다.

　"그건 어쩔 수 없어! 이미 되돌릴 수 없는 일이야!"

　왜 그랬냐고 더 물을 이유가 없다. 이유를 알게 된다고 해서 벌어진 일이 없던 일로 바뀔 수 없기 때문이다.

　머리 위에 채찍을 치켜들고 빙빙 돌리던 예수의 모습은 그 광경을 본 모든 사람에게, 전해들은 모든 사람에게, 왜 그래야 하는지 이유를 묻고 살아야 한다는 가르침이다. 자기들이 기대어 사는, 모시고 사는 존재에 대하여 눈을 뜨고 물어보라는 깨우침이다. 순례길에 오르면서 각자 지니고 왔던 돈을 세겔로 바꿔 성전세로 바쳐야 하는 사람들에게 그 일을 다시 생각해 보라는 말이었다. 돈 바꿔 주는 사람들의 상을 걸어차 둘러엎었지만, 따지고 보면 성전산 위에 버티고 서 있는 성전을 냅다 발로 걸어찬 셈이다.

요한은 깨달았다. 선생은 결코 이방인의 뜰을 넘어 이스라엘의 뜰에 들어가지 않으리라는 것을. 선생의 마음속에는 이방과 이스라엘이 한 마당 한 뜰이 분명하다는 것을. 선생에게는 예루살렘 성전산 위에 높이 서 있는 성전의 의미가 특별하지 않다는 것을. 선생에게는 성전이야말로 배고픈 사람 사정 모르고 덜 익은 채 매달린 무화과 열매나 마찬가지라는 것을.

그때 옷을 잘 입은 사람이 사람들 틈을 헤집고 앞으로 나섰다. 예수는 그가 대산헤드린 회의실 앞에 서 있던 것을 이미 보았다. 바리새파를 대표하는 산헤드린 의원이 분명했다.

"선생!"

그는 예수를 선생이라고 불렀다. 그 얘기는 토라의 가르침 위에서 서로 토론하자는 말이다.

"지극히 높으신 분께서 토라를 내려주셨습니다. 성전은 토라의 가르침이 이 땅 위에 형체를 입은 겁니다. 성전이 서야 할 자리, 성전에 올라야 할 날과 때, 성전에서 하느님께 경배드리고 제사드리는 일, 사람들이 몸과 마음을 거룩하게 하고 성전에 들어야 한다는 가르침, 모두 토라에 밝혀 주셨습니다. 그분은 우리 이스라엘을 지극히 사랑하셔서 우리가 어둠 속을 헤매지 않도록 밝음을 펼쳐 보이셨지요. 그분의 지혜로 비추어 보도록 … . 그 빛이, 가르침이 바로 토라 아닙니까?"

예수는 그가 왜 토라를 내세우는지 알았다. 성전은 토라의 가르침이 형태로 나타난 것이라고 말했기 때문이다. 토라를 수호하고 이스라엘의 선생으로 전통을 지키는 일을 사명으로 삼고 살아가는 사람을 드디어 예수가 만났다.

"토라의 가르침이, 말씀이 그분입니까?"

"그런 셈이지요. 말씀으로 스스로를 나타내신 분이니 그분이라고 할 수 있지요."

"누구에게 말씀하셨는데요?"

"우리 이스라엘 민족의 지도자, 위대한 예언자 모세에게 말씀하셨지요."

"왜 그분은 사람들에게 직접 말씀하시지 않고 모세에게 말씀하셨습니까?"

"모세를 지도자로 세우셨으니까요."

"토라에 기록된 모든 내용은 예언자 모세가 직접 손으로 기록한 것이 맞습니까?"

"그렇습니다."

토라를 하느님께 직접 받았다는 예언자 모세, 토라에 규정된 하느님 섬김과 성전 섬김이 모두 하나로 연결되어 있다. 그 고리는 오래되었고 단단했다. 그런데 예수가 확인하듯 물었다.

136

"한 점, 한 획도 틀림없이 모세가 기록했습니까?"

한 점, 한 획을 얘기할 때는 그도 한 마디 한 마디 분명히 물었다.

"그렇습니다."

"들어 보세요. 내가 경전을 들려 드리겠소.

'주님의 종 모세는, 주님의 말씀대로 모압 땅에서, 모압 땅 벳브올 맞은쪽에 있는 골짜기에 묻혔는데, 오늘날까지 그 무덤이 어디 있는지를 아는 사람은 아무도 없다. 모세가 죽을 때에 나이가 120살이었으나, 그의 눈은 빛을 잃지 않았고, 기력은 정정하였다. 이스라엘 백성은, 모압 평원에서 모세의 죽음을 애도하는 기간이 끝날 때까지, 모세를 생각하며 30일 동안 애곡하였다.'

이 경전을 아시나요?"

모세가 기록했다고 믿어지는 다섯 경전 중 마지막 경전, 〈신명기〉라고 불리는 경전의 마지막 부분이다. 바리새파 의원은 당황했다. 그들도 설명할 수 없는 바로 그 부분을 예수가 콕 집어 암송했기 때문이다. 예수는 암송을 이었다.

"모세가 눈의 아들 여호수아에게 안수하였으므로, 여호수아에게 지혜와 영이 넘쳤다. 이스라엘 자손은, 주님께서 모세에게 명하신 대로 여호수아의 말을 잘 듣고 그를 따랐다."

암송을 마친 예수는 아무 말도 하지 않고 바리새파 의원을 담담하게 바라보았다. 예수의 눈과 마주친 그는 예수와 더 이상 논쟁하지 않기로 마음먹었다. 그는 토라라는 바탕 위에서 예수에게 논쟁을 걸었고, 예수는 하느님의 뜻이 토라라는 형태를 갖추게 된 과정을 물었다.

논쟁이 계속되면, 모세가 그의 죽음과 죽음 이후의 일도 기록했다는 사실을 인정할 수밖에 없게 된다. 그건 바로 모세가 토라의 처음부터 끝까지 모두 기록했다는 가르침을 스스로 허무는 결과가 될 뿐이다. 모세가 토라의 기록자가 아니라는 사실을 인정하면, 그럼 언제 누가 기록했는지 논쟁해야 하고, 왜 토라 다섯 경전에서 서로 다른 가르침을 내렸는지 설명해야 하고, 드디어는 하느님의 뜻을 두고 따지는 일까지 벌어지게 된다. 아무 의문 없이 받아들이고 믿어야 하는 하느님 섬김이 하느님 뜻을 묻고 해석하는 일로 논쟁이 바뀌게 된다.

성전 뜰에서 예루살렘 대산헤드린 의원이 갈릴리 떠돌이 선생과 그런 일을 두고 논쟁을 벌일 수는 없다. 분명 수모를 당할 형편이 됐다.

"나는 회의하다 나왔으니 오늘은 이만 돌아가 봐야 하겠고 … ."

그러더니 그는 이방인의 뜰을 지나 산헤드린 회의실 쪽으로 부지런히 걸어갔다. 그를 따라왔던 사람들도 그의 뒤를 따랐다. 바리새파 사람들은 아무리 바쁜 일이 있어도 종종걸음을 치거나 달리지 않는다. 그런데 그 사람은 아주 바쁘다는 듯 거의 달리다시피 걸어갔다. 바리새파 의원의 체면을 지키는 것보다 그 자리를 벗어나는 것이 더 급했기 때문이리라.

그 광경을 보면서 제자들은 가버나움에서 겪었던 일이 생각났다. 그때도 예루살렘에서 내려온 선생이라는 사람이 예수에게 논쟁하자고 덤벼들었다가 겨우 몇 마디 주고받은 끝에 꽁무니를 뺐다. 그때처럼, 서로 무슨 얘기를 주고받은 건지 다른 사람들은 미처 제대로 알아듣지도 못했는데, 바리새파 의원이 산헤드린 회의를 하다가 나왔다면서 서둘러 물러서는 것을 보고 제자들은 갑자기 마음이 흐뭇했다. 조금 전까지 가졌던 무거운 마음에서 잠시 벗어나 '역시 우리 선생님이셔!'

하는, 자랑스러운 생각도 들었다.

그들이 떠나가는 모습을 물끄러미 바라보던 예수가 가르침을 이어갔다.

"하느님의 뜻이라면서 오직 한 가지로만 생각하라고 사람들을 강제하면 그건 바로 정신을 감옥에 가두는 것과 마찬가지입니다. 선한 사람은 하느님의 복을 받는다고 얘기하면서 사람들이 선한 일에 힘쓰도록 인도하는 것까지는 좋은 일입니다. 그런데, 사람 사는 일이란 한가운데에 커다란 선을 하나 죽 그어 놓고 이쪽 아니면 저쪽으로 쫙 갈라나눌 수는 없습니다. 하느님의 축복을 받으려면 선 이쪽으로 넘어와야 하고, 선 저쪽에 있는 사람은 모두 징벌을 받는다고 말할 수 없습니다. 사람이 살아가며 겪는 모든 일에 대해 이 일은 선 이쪽에 속한다, 그 일은 선 저쪽에 속한다고 단번에 구분할 수도 없습니다. 그리고 무엇 무엇을 해야 하느님의 사랑을 받을 수 있다고 얘기한다면 그건 바로 하느님을 사람처럼 생각한다는 말입니다. 한 사람도 예외 없이 그 기준에 따라야 한다고 강제하면 그건 하느님의 이름을 빌려 행하는 억압이라는 말입니다."

그러더니 예수는 목소리를 높였다.

"악한 사람에게나 선한 사람에게나 골고루 햇빛을 비춰 주시는 하늘 아버지, 죄를 지었다고 손가락질을 받는 사람에게나 의롭다고 우쭐대는 사람을 구분하지 않고 비를 내려주시는 하느님, 그분은 그분이 정해 두신 조건에 맞아야 사랑하고 그렇지 않으면 내치시는 분이 아닙니다. 그분은 제물을 끌고 올라와 제사드려야 자식으로 받아들이는 분이 아닙니다. 귀 있는 사람은 들으십시오."

사람들은 예수의 가르침에 놀랐다. 그들이 이제껏 만났던 다른 선생들과 달랐기 때문이다. 그는 억지로 권위를 세우려고 꾸미지 않았고, 사람들을 위압하듯 눈에 힘을 주고 내려다보지 않았다. 예수의 가르침은 죄인이라고 불리던 사람에게도 희망이 있다는 얘기였다. 하느님이 악한 사람에게나 선한 사람에게나 모두 햇빛도 비도 똑같이 내려준다면, 사람들이 겪는 고통은 하느님이 내린 벌 때문이 아니라는 것을 사람들은 깨달았다.

북을 치듯 예수의 말이 점점 가슴을 두드리는 소리를 그들은 들었다. 성전에 올라 제사를 드리든 못 드리든 모두 하느님의 자식이라는 말을 듣자, 그동안 무겁게 짊어지고 살았던 고통의 원인이 무엇이었는지 어렴풋이 눈에 들어오기 시작했다. 그들을 하느님이 그었다는 선 밖으로 누가 밀어냈는지 알게 됐다. 이방인의 뜰을 건너 이스라엘의 뜰 안쪽에 서 있는 성전이 그처럼 아스라이 멀리 보인 적이 없었다.

성전은 사람을 해방하지 않고 오히려 가두는 장치다. 그런 점에서 창칼로 무장하고 위압적으로 사람들을 노려보는 로마군이나, 그 앞에서는 사람이면 누구라도 한없이 작아질 수밖에 없는 장엄한 성전건물이나 마찬가지였다.

예수는 성전 앞 광장에서 제자들이 작은 소리로 주고받는 얘기를 이미 들었다. 그건 성전에 들어오면서 한편으로는 감탄하고, 한편으로는 한없이 작은 사람이 될 만큼 위축된 제자들을 보면서 깨달았다.

"어이! 이거 우리 이 복장으로 성전 뜰에 들어가도 되는 거야?"

시몬 게바가 혼잣말인 듯 누구에게 묻는 듯 입을 열자 성전 일에 대해 잘 알고 있는 도마가 얼른 그 말을 받아 대답했다.

"안 되지, 게바! 생각해 봐! 성전이란 하느님이 머무시는 곳이야! 하다못해 관원을 만나러 관청에 갈 때도 옷을 잘 차려 입는데, 감히 하느님 모신 성전에는 이런 복장 안 되지 … ."

"그럼?"

"우리가 들어갈 수 있는 자리까지 들어가자고. 더 들어가면 문제가 돼 … ."

"그래야겠네."

비록 예수의 제자였지만, 사람들 마음속에 하느님을 모셨으니 그곳이 가장 거룩한 곳이고, 모든 사람이 귀중하다고 선생에게서 가르침을 받았지만 그래도 직접 성전에 들어가려니 무언가 달라야 한다는 생각이 들었던 모양이었다.

성전은 원래 그런 곳이다. 걸어왔던 걸음을 되돌아보고, 옷깃을 여미고, 자기도 모르는 사이 머리를 숙일 수밖에 없는 장소다. 무겁게 짊어지고 살았던 삶을 잠시 내려놓고, 가슴을 열어 하느님을 가장 거룩한 존재로 받아들이는 곳이다. 오랜 시간 먼 길을 걸어 찾아 온 성전에서 정성스레 준비한 제물을 바치고 성전건물 돌 하나하나 찬찬히 둘러보고 만져보며 하느님의 은총을 감사하고 절절한 마음을 담아 기원한다. 위로 받은 마음으로, 약속 받은 마음으로 발길을 돌려 계단을 천천히 걸어 내려가고 언덕길을 걸어 성문을 빠져나간다. 그리고 다시 먼 길 걸어 처음 떠나왔던 곳으로 돌아간다. 성전은 찾아왔다가 돌아가는 곳, 올라왔다가 내려가는 곳이다.

성전산 위에 성전이 있다는 사실만으로도 위안을 받고 살아가는 사람들이 있다. 성전에 오른다는 생각만으로도 가슴이 벅찬 사람들이 있다. 그들에게는 집을 떠나 먼 길 걸어 성전에 오르는 일이야말로 점점 더 깊어지고 커지는 거룩함을 경험하는 일이다. 성전에 오르면 야훼 하느님의 품 안에 들어왔다는 생각에 감격한다.

어느 나라 어느 신전이든 늘 평지보다 높은 곳에 자리 잡는다. 신이 그들을 굽어본다는 생각 때문이다. 신을 만나기 위해서 산을 오르고 언덕을 오르는 그 한 걸음 한 걸음, 두 발로 걸어 올라가는 걸음걸음이 모두 신에게 가까이 다가가는 의식이다. 초월자에게 다가가는 의식이다. 사람들은 그래서 성전을 찾는 일을 성전에 오른다고 말한다.

성전 뜰에 올라오기 전, 지하통로를 걸으면서 레위가 예수에게 말했다.

"선생님! 성전에 든다고 생각하니 너무 마음이 두근거립니다."

"그래요, 레위! 마음을 가다듬고 옷깃을 여미고 두 발로 걸어 하느님 앞에 나아가는 일은 귀한 믿음입니다. 모든 사람들이 위로받아야 하는 할 세상에서 살기 때문입니다."

"그런데 선생님, 하느님을 만나는 일과 성전 오르는 일이 서로 다른 것이라고 말씀하시는 것처럼 들립니다."

"그래요, 레위! 오로지 성전에 올라야 하느님 앞에 나오는 것이 아니라는 것을 그대는 곧 깨닫게 될 거요."

"그럴 수 있기를 원합니다, 선생님!"

"오로지 정해진 장소와 시간과 정해진 의식을 통해서만 만날 수 있는 하느님이 아니고, 언제든지 문 두드리면 두 발로 뛰어 나오시는 분이 바로 아빠 아버지입니다. 아버지 집을 가로막고 서서 '그대가 아들

임을 증명해야 들어갈 수 있다'고 한다면, 그건 당연히 거부해야 합니다. 큰 소리로 아버지를 부르세요. '아버지! 저 여기 왔어요! 저 왔어요!' 아버지를 외쳐 부르세요."

"선생님! 그러면 성전에 하느님이 머무신다는 것을 인정하신다는 말씀입니까?"

"위로받아야 하는 사람에게 성전이 소용없다고 말할 수는 없습니다. 성전은 눈으로 보는 토라입니다. 그건 이스라엘이 고백하는 믿음입니다. 토라의 근본정신은 하느님 아버지의 뜻입니다. 토라에서는 '내가 거룩한 것같이 너희도 거룩해라!'라고 가르칩니다.

그러나 정녕 토라에서 들려주는 하느님의 가르침은 '내가 사랑인 것처럼 너희도 서로 사랑해라'입니다.

그러니, 세상에 위로해 주는 사람이 아무도 없을 때, 눈으로 보는 성전을 통해서, 하늘로 올라가는 제사 연기를 통해서 하느님을 만나고 위로받고 하느님의 사랑을 경험해야 할 사람도 있습니다. 성전에 오르는 일만으로도 위로받는 사람에게 성전을 빼앗을 수는 없습니다. 그러나, 아직 시간이 남아 있는 사람이라면 눈을 뜨도록 흔들어 깨우십시오."

예수는 성전을 통해서라도 위로를 받아야 할 사람과 눈을 뜨고 성전을 바로 바라보아야 할 사람을 구분해서 말했다.

"선생님! 성전이 위로해 준다고 말씀하셨는데 …."

"그건, 성전의 사제들이 위로한다는 말이 아닙니다. 위로를 받아야 할 절박한 사람들에게는 성전에 오르며 하느님이 성전에 계시겠거니 믿는 마음만으로도 위로가 되기 때문입니다."

"그래서 선생님은 저 사람들을 이끌고 성전에 오르시는 겁니까? 위로받도록?"

"위로도 받겠지만, 성전에 갇히신 하느님 모습을 상상해 본 적이 있나요, 레위?"

"하느님이 갇히셨어요?"

"이제 하느님이 우리와 함께 계신다는 사실을 그대는 눈으로 볼 수 있을 거요. 예루살렘 성전은 내가 걸어온 길의 끝이지만, 한편으로는 새로 걸어가야 할 길의 출발점입니다."

레위는 예수의 말을 제대로 알아들을 수 없었다. 그가 무언가 궁금한 듯 보였는지 예수가 그에게 다시 다정하게 말했다.

"레위! 때가 되면 곡식이 익듯, 그대는 내 말을 다시 생각하고 또 생각하면서 하느님 나라의 문을 열고 들어갈 것이오."

"예! 선생님, 말씀대로 이뤄질 날을 기다립니다."

제자들을 이끌고, 세상 가장 끄트머리로 밀려난 움막마을 사람들을 이끌고, 성전에 하루하루를 기대어 살 수밖에 없는 예루살렘 성안 아랫구역 사람들을 이끌고 예수는 야훼 하느님이 머문다는 성전에 그렇게 들어왔다. 세상의 중심, 세상의 배꼽이라고 불리는 자리, 땅 위에서 유일하게 하느님과 연결된다는 거룩한 장소에 발을 디디려고 그는 제자들을 이끌고 계단을 올랐다. 그렇게 아침에 예수는 이방인의 뜰에 들어섰다. 사방 다섯 큐빗, 장정 키의 한 배 반 되는 크기의 격자格子가 무수히 그려져 있는 성전 뜰에 올랐다.

원래 이방인의 뜰에는 아주 자디잔 하얀 돌들만 깔려 있었다. 그런데 로마총독이 유대를 다스리기 시작한 지 얼마 지나지 않아 성전이 이상한 공사를 벌였다. 이방인의 뜰에 어른 한 뼘 넓이로 무수하게 많은 가로세로 선을 그었다. 그리고 선을 따라 검고 칙칙한 돌을 깔았다. 곧 성전 뜰에 셀 수 없이 많은 네모 칸, 격자가 드러났다.

로마군이 주랑건물 위에서 내려다보며 뜰 안에 들어와 있는 사람 숫자를 세기 위해 만든 것이었다. 사람 수를 세는 일을 금기로 여기는 유대의 성전에서 사람 수를 헤아리기 위해 고안한 방법이었다. 격자 하나에 몇 사람이 들어서고, 촘촘하게 들어선 격자가 몇 개, 드문드문 들어선 격자가 몇 개인지를 세면 성전 뜰에 들어와 있는 전체 사람 수를 대강 가늠할 수 있었다.

사람 수를 셀 뿐만 아니라 성전 뜰에 들어선 사람을 자기도 모르는 사이에 네모진 틀 안에 가두는 셈이다. 무심하게 걷다가 문득 자기가 발 디디고 선 격자를 내려다보고, 주랑건물을 올려다보면 거기 로마군이 서 있는 것을 깨닫게 된다. 로마는 이스라엘이 제국의 속주屬州라는 것을 잊지 말라는 뜻으로 격자를 만들었고, 예수는 억압을 벗어나기 위해 격자를 넘나들었다.

✠

성전 뜰은 하얗게 쏟아져 내린 햇빛으로 가득했다. 예수는 제자들을 일으켜 세웠다. 그리고 성전 뜰로 데리고 나갔다. 주랑건물 안에 우우 모여 있던 모든 사람들이 따라 나왔다. 예수는 이방인의 뜰 중간쯤 되는 곳까지 앞장서서 걸어갔다. 모두 그의 뒤를 따랐다. 어느 자리에 이르자 예수는 뒤를 돌아보았다. 많은 사람들이 그의 주위를 둘러쌌다. 그는 앞쪽에 서 있는 사람에게 앉으라고 손짓했다.

햇빛 내리쬐는 성전 뜰을 광야로 바꾸기로 예수는 마음먹었다. 광야로 나갈 수 없는 사람들이기에 성전 뜰에 광야를 불러들이기로 했다. 그건 이미 전날 해 지기 전에 성전 뜰에 들어왔던 예수가 결심한 일이었다. 광야는 자기와 마주 서는 곳이다. 자기 서 있는 자리를 깨닫지 못하면 어느 곳에 간들 무엇을 보고 듣고 알 수 있단 말인가?

"여러분, '그럼 우리는 어떻게 살아야 합니까? 이제까지 성전에 의지해서, 성전이 하라는 대로 그 가르침대로 살아왔는데, 그럼 앞으로 어찌 살아야 합니까?' 그렇게 묻고 싶지요?"

그 말은 바로 성전에 의지해서, 성전의 가르침대로 살았던 사람들에게 예수가 던진 가장 커다란 도전이다. 성전세로 쓸 돈을 바꿔 주는 사람을 내쫓고, 비둘기 파는 사람도 내쫓은 예수, 항아리를 깨뜨렸다는 얘기로 미크베 정결의식마저 거침없이 깨뜨리고 나선 예수, 그는 성전 뜰에 서서 성전에 도전하는 질문을 사람들에게 던졌다. 그는 황량한 광야를 그들 눈앞에 펼쳐 보인 셈이다.

그러자 맨 앞줄에 앉았던 사람이 얼른 대답했다.

"예! 맞습니다. 예수 선생님! 그 말씀을 여쭙고 싶었습니다. 이제 우리는 어찌해야 합니까?"

"들으세요! 내가 하느님이 여러분에게 내려주시는 새로운 약속을 전합니다."

예수는 '새로운 약속'이라고 말했다. 그 말을 들으면서 사람들 마음속에 커다란 의문이 떠올랐다.

'새로운 약속? 그럼 이전에 하느님과 우리 이스라엘 사이에 있었던 약속을 새롭게 바꾼다는 말인가?'

당연한 의문이었다. 조금 전에도 토라에 대하여 대산헤드린 의원과 논쟁했지만, 하느님과 맺은 약속 토라는 이스라엘이 살아가는 중심이다. 이스라엘의 뼈이고 살이고 정신이 토라다. 하느님이 직접 2개의 돌판에 새겨 내려준 10개의 계명을 시작으로 모세가 하느님에게서 받은 가르침을 기록한 문서라고 믿고 살았기 때문이다.

심지어 바리새파 사람들은 하느님의 뜻이 토라에 모두 명백하게 밝혀진 이상, 새로 예언자가 나서서 하느님의 뜻이라며 다른 가르침을 선언할 필요도 없다고 믿었다. 토라를 제대로 지키지 않고, 토라의 정신을 훼손하는 가르침과 행위는 엄하게 꾸짖고 바로잡을 필요가 있지만, 그래서 돌이키라고 이스라엘을 경계하는 예언자는 때때로 나타났지만 하느님의 뜻을 새롭게 선언하는 예언자는 더 이상 있을 수 없다고 생각했다. 새롭게 하느님의 뜻을 선언하거나 보충해야 한다면 이전에 하느님이 내려준 가르침이 불충분했다는 얘기라고 들리기 때문이다.

예수의 말을 들으면서 제자들은 갈릴리 마을들을 찾아다니면서 예수가 펼쳤던 가르침을 다시 떠올렸다. 그때도 예수는 그 가르침을 '새로운 약속'이라 불렀다. 그때는 그 새로운 약속이라는 말의 무게를 깨닫지 못했다. 그러나 이제 유월절 성전 뜰에서 그 새로운 약속을 선언하려는 예수를 보면서, 제자들은 거대한 역사의 분수령에 자기들이 서 있다는 것을 깨달았다.

"새로운 약속은 여러분이 하느님의 나라에 들어가 있음을 확인하는 것입니다. 하느님 나라는 여러분 모두에게 오늘 하늘 아버지가 부어 주시는 축복입니다. 그래서 좋은 소식, 바로 복음福音입니다.”

그러더니 예수는 한동안 하늘을 우러러보았다. 제자들은 예수가 하늘을 우러러보는 일이 하느님이 하늘에 있다는 뜻이 아님을 안다. 다만 하늘 아버지와 마음으로 연결되기 위해 하늘을 우러러본다는 것으로 생각했다. 성전 뜰에 모여 예수의 가르침을 받을 준비가 된 사람들도 마음을 가다듬었다.

드디어 예수가 입을 열었다.

“가난한 사람은 복이 있습니다. 하느님 나라가 바로 가난한 사람들의 나라입니다.”

성전 뜰에 모인 대부분 사람들은 예수를 처음 만나는 사람들이다. 그의 가르침도 처음 듣는 사람들이다. 그들은 예수가 선언한 말에 깜짝 놀랐다. 하느님 나라가 그들의 나라라니, 부잣집 문간에 서서 기다리다 보면 오며가며 얻어먹을 수 있었는데 아예 그 부잣집을 그들에게 내어준다고 말한 것이나 마찬가지라고 받아들였다.

“지금 굶주려 배고픈 사람은 복이 있습니다. 먹을 것으로 배를 채울 날이 왔습니다. 지금 우는 사람은 복이 있습니다. 웃을 날이 왔습니다. 원수를 사랑하십시오. 여러분을 미워하는 사람을 미워하지 말고, 여러분을 저주하는 사람을 위하여 축복하고 여러분을 모욕하는 사람을 위해 기도하십시오. 왼쪽 뺨을 때리는 사람에게 오른쪽 뺨을 돌려대십시오. 겉옷을 달라는 사람에게 속옷도 주십시오. 짐을 지고 5리를 가자는 사람에게는 10리를 같이 가십시오. 여러분은 ‘내가 거룩한 것같이 너희도 거룩하라’는 가르침을 배워 알고 지키려 애쓰며 살았습니다. 그러나 내가 하느님의 뜻에 따라 새로운 계명을 전합니다.

'내가 너희를 사랑하는 것처럼 너희도 서로 사랑하라.'

그것이 하느님이 내려주시는 가장 큰 새로운 계명입니다. 그리고 한마디 덧붙이겠습니다.

'남에게서 대접받고 싶은 대로 여러분도 남을 대접하십시오.'

어느 누구도 다른 사람 위에 있지 않고, 어느 누구도 다른 사람 아래에 있지 않습니다. 들으십시오! 하느님의 말씀입니다."

못 알아들을 만큼 어려운 말은 하나도 없었다. 그런데 사실은 어려운 말이었다. 어떤 말은 도저히 이해할 수 없는 내용이었다. 새로운 약속이라고, 복음이라고 예수가 선포한 말들은 그가 오래전부터 갈릴리 마을들을 돌아다니며 가르쳤던 말이다. 그때는 한 가지씩 따로 가르쳤지만 성전 뜰에서 예수는 그 내용을 함께 모아 한 가르침으로 선언했다.

"굶주린 사람, 가난한 사람, 지금 우는 사람은 복이 있습니다."

맨 앞에 앉아 있던 유난히 맑은 눈의 젊은이가 혼잣말로 예수의 가르침을 따라 하더니, 눈을 반짝이고 고개를 끄덕였다. 그리고 고개를 번쩍 쳐들고 예수에게 물었다.

"선생님! 무조건으로, 그냥 복이 있는 거네요! 무엇 무엇을 지키라든지, 어찌 하라든지 그런 조건 없이!"

"그렇습니다. 잘 깨달았습니다. 하느님은 조건을 붙이고 그 조건에 맞아야 축복하시는 분이 아닙니다."

"그러니까 그냥 거저 복을 받는 거네요!"

"맞습니다. 왜냐면, 자식이 지금 당장 눈앞에서 가난하고, 굶주렸고, 슬프고 고통스러워 울고 있는데, 왜 그렇게 됐느냐, 앞으로는 어찌 살기로 작정했느냐, 이것저것 따지고 묻고 다짐받고 확실하다고 또 다짐받고 그제야 자식을 집안에 받아들이고 하인을 시켜 한상 차려주라고 말하는 아버지는 없습니다. 그건 충성 맹세를 받아들이는 왕이나 할 짓입니다."

"왕이나 할 짓? 그러네!"

"자식이 겪는 아픔이 아버지의 아픔이고, 자식이 배고프면 무엇이라도 먹이려고 바구니를 뒤적이고, 자식이 고통의 눈물을 흘리면 당장 끌어안고 등 쓸어주며 위로하시는 분, 아버지 어머니는 바로 그런 분입니다. 하늘 아버지가 그런 분입니다. 그래서 그분은 무서운 심판자, 벌을 주고 호령하고 꾸짖는 아버지가 아닙니다. 반성하고 회개하고 충성을 맹세할 때까지 문밖에 엎드려 기다리라고 말하는 분이 아닙니다. 여러분이 집 앞에 이르기도 전에 내다보고 또 내다보다가 맨발로 쫓아 나오시는 분입니다. 여러분이 어릴 때 '아빠! 아빠!' 부르며 목에 매달렸던 그 아빠 아버지이십니다."

"아이고! 이런! 아이고 … 이런, 이런 일이!"

사람들은 어쩔 줄 모르고 눈을 크게 떴다 감았다 하면서 기뻐했다. 예수의 선언이 그들이 알던 계명과 달랐기 때문이다. 유대 사람이든 갈릴리 사람이든, 심지어 사마리아 사람이라도 이스라엘의 자손이라면 하느님과 이스라엘의 조상이 맺은 언약은 잘 알고 있었다. 그 언약에는 하느님이 이스라엘에게 따르고 지키라고 내려준 계명을 잘 지켰을 때의 축복과, 어겼을 때의 벌과 저주가 함께 들어 있었다. 하느님의 뜻에 따르면 약속으로 주어진 땅에서 안전하고 행복하게 살 것이고, 따르지 않으면 이방 제국의 종이 되고, 나라가 무너지고 성전이 불타고 땅을 빼앗기고 떠돌게 된다는 징벌이 따라붙는 언약이었다. 열에 아홉이 벌에 대한 얘기라면 겨우 하나가 축복이었다.

예수의 선언을 듣고 옆사람과 수군거리며 의견을 나누는 사람, 골똘하게 생각하는 사람, 설명이 필요하다는 듯 예수를 바라보고 있는 사람, 고개를 끄덕이는 사람, 고개를 가로흔드는 사람 모두 표정이 달랐다. 예수는 모든 사람이 단번에 깨우칠 수 없음을 안다. 모두 한꺼번에 번쩍 두 눈을 뜨고 세상을 다시 볼 수 없음을 안다.

"여러분 들으십시오. 하느님 나라의 가장 큰 축복은 하느님이 여러분의 아버지가 되어 주신다는 약속입니다. 서로 사랑하고 돌보는 사람들 사이에 이미 그 약속의 하느님 나라가 이뤄졌다는 기쁜 소식을 여러분에게 전합니다. 여러분이 오늘 받은 축복의 복음입니다."

"그럼, 선생님이 아까 새로운 약속이라고 말씀하셨는데 … 그건?"

조금 전 그 젊은이가 또 물었다.

"예! 서로 사랑하고 한 가족이 되면, 그것이 바로 하느님 나라이고, 여러분이 누리고 즐기며 살아야 할 세상이 이뤄진다는 말입니다."

"그래서 말씀입니다. 그게 무슨 뜻입니까? 지금 우리와 무슨 상관이 있습니까?"

"여러분이 고아라고 생각해 보세요. 부모님 다 돌아가셨고, 형제도 없고 친척도 없다고 생각해 보세요. 그런데, 누가 여러분에게 다가와서 말을 걸었다고 생각해 보세요.

'얘야! 그동안 얼마나 고생하면서 살았냐? 굶주려 얼마나 배고팠냐? 얼마나 힘들고 외로웠냐?'

'예! 추웠습니다. 밤에도 추웠고 낮에도 추웠습니다. 외로웠습니다. 집집마다 등잔불 켜 놓고 식구들이 모여 빵을 떼는 시간이 되면 세상 어느 곳에도 몸 붙일 수 없던 제 처지가 너무 외롭고 슬펐습니다.'

'그랬구나! 그럴 때 혼자 어찌 살았느냐?'

'그냥 하늘도 올려보고, 점점 어두워지는 골짜기도 내려다보고, 별한테도 말 걸어보고 달한테도 손 흔들어보고 그러면서 살았습니다.'

'이제 내 집으로 가자. 내가 네 아비가 돼주마. 내 아들딸들이 네 형과 동생, 누이가 될 것이다. 모두 너를 기다리고 있다. 가자!'

'왜 저에게 이런 은혜를 베푸시는지요? 저는 아무것도 가진 것도 없고, 할 줄 아는 것도 없고, 잘한 일도 없고, 그냥 놔두시면 들풀처럼 살다가 시들 사람입니다.'

'애야! 나는 네가 그렇게 사는 것이 가슴 아프구나. 이제 너는 우리 식구가 되고 가족이 돼서 부족하면 부족한 대로 같이 나눠 먹고, 자리가 좁으면 모두 조금씩 같이 오므리고 자더라도 같이 살자.'

여러분을 아들로 받아 주는 아버지, 동생으로 형으로 받아 주는 형제가 손을 내밉니다. 왜 나한테 이런 은혜를 베푸는지, 그 숨은 뜻이 무엇인지, 나에게 무엇을 원해서 이렇게 손 내미는지 의심하고 주저하며 물러서렵니까?"

"선생님! 세상에 그런 일이 없으니까 안 믿어져서요."

"그래서 내가 여러분에게 복음이라고 말했습니다. 기쁜 소식, 여러분이 하늘 아버지, 하느님의 아들딸이 되고, 여러분에게 형제와 누이들이 생긴다고 얘기했습니다. 받아들이고, 눈을 뜨고, 내민 손을 잡고, 가족이 되어 들어가면 여러분은 식구가 됩니다. 하늘나라 백성이 됩니다. 아버지의 귀한 아들딸이 됩니다."

"글쎄, 그게요 …."

"그래서 다시 얘기합니다. 기쁜 소식이라고요. 하느님이 말씀하십니다. '내가 너희를 사랑하는 것처럼 너희도 서로 사랑하라!' 여러분을 열 달 뱃속에서 키워 낳아 주고, 젖 먹이고 씻겨 주고 품에 안고 키워 주던 어머니의 사랑을 기억한다면, 하느님의 사랑도 그러하다는 것을 기억하십시오. 그 세상이 하느님 나라입니다."

"왜 하느님이 우리를 그처럼 사랑하십니까?"

"하느님의 모습이 여러분 속에 들어있기 때문입니다. '우리의 형상대로 사람을 만들자', 하느님이 처음 사람을 만들 때 그렇게 말씀하셨다는 얘기를 들었지요?"

"예, 토라에서 배웠습니다."

"그렇습니다. 하느님의 형상은 눈 코 입 팔 다리, 그런 생김새가 아니고 하느님의 본성, 사랑입니다. 하느님처럼 끝까지 사랑할 수 있고, 미운 사람도 사랑하고 나를 나쁘게 대하는 사람을 위해서도 기도해 주는 마음입니다. 하느님의 본성을 따라 지음받았으니 여러분이나 나나 바로 우리 안에 하느님을 모시고 사는 사람입니다. 우리가 하느님의 부름에 따른다는 말은 하느님의 마음으로 돌아간다는 말입니다."

예수는 알고 있다. 그의 가르침이 토라의 근본을 흔들고, 토라를 바탕으로 세워진 이스라엘과 성전을 무너뜨리는 가르침이라는 것을. 하느님의 가르침을 지키라는 토라의 가르침을 제멋대로 바꾸고 하느님 나라의 문을 사람들에게 직접 열어주었다고 비난받을 것이다. 토라를 통하지 않고 하느님을 만나고 하느님 나라에 들어가고 하느님의 축복을 받을 수 있다는 예수의 가르침을 성전 사두개파 그리고 이스라엘의 선생이라는 바리새파가 결코 받아들일 수 없으리라.

"하느님은 사랑이십니다. 사람은 사랑의 하느님, 그분 형상을 받아 살아갑니다."

나누고 구별하는 거룩과 모두 끌어안는 사랑은 한자리에 앉을 수 없다고, 성전은 주장할 것이다. 그래서 그들은 예수를 제거할 것이다. 시나이산에서 하느님과 맺은 약속에 바탕을 둔 세상에 새로운 해방의 약속을 선포했기에 그는 체포되고 고난을 받을 수밖에 없다. 사람들 눈에 예수는 새로운 모세가 아니기 때문이다. 게다가 모세는 이스라엘과 하느님 사이의 약속을 중개했는데, 예수는 감히 하느님을 온 세상사람에게 연 사람이다. 이스라엘의 하느님을 모든 사람의 하느님이라고 선언하는 사람이다.

성전 뜰에 들어온 사람은, 그가 유대 지방에서 왔든 갈릴리에서 왔든 아니면 먼 이방 지역에 나가 살던 사람이든 토라의 가르침에 따라 유월절 명절을 지키려고 올라온 사람들이다. 토라 이외에 다른 가르침을 들어 본 적 없는 사람들이다. 명절을 맞아 성전에 올라 제물을 바치는 일에 자부심을 느끼는 사람들이고, 아무리 형편이 어려워도 토라의 가르침은 지키고 따라야 한다고 믿는 사람들이다. 가르침을 지키지 못하면 하느님의 법을 어긴 죄인이 된다고 생각하며 살았다.

살다 보면 날마다 살아가는 일이 하루하루 죄를 쌓아가는 것과 마찬가지다. 토라에 따르면 하느님은 죄를 그저 용서해 주는 분이 아니다.

죄의 용서를 비는 제물을 바치며 제사드려야 하고, 성전에 올라 제사장으로부터 죄 사함을 확인받아야 한다.

예수는 그렇게 믿고 사는 사람들에게 질책과 꾸중보다 먼저 하느님의 사랑과 축복을 전했다. 이미 너무 많은 질책을 듣고 살아온 사람들, 무슨 죄가 어떤 죄인지 알 수도 없는 복잡한 죄의 그물에 걸려 살아온 사람들, 그들에게 예수는 축복을 먼저 전했다. 축복은 해방에 눈뜨는 길이다. 축복은 억압을 떨치고 일어날 수 있는 용기다. 축복은 새 세상에 대한 희망의 문을 열어젖혀 주는 일이다.

그런데 예수가 선언한 하느님의 축복은 훗날의 약속이 아니라 지금 여기에서 즉시 실현되는 선언이다.

"가난한 사람이 복이 있다고 말씀하셨는데 …. 아이구, 선생님! 말씀은 감사하고 좋은데 당장 그런 일이 일어났으면 좋겠습니다. 하느님이 세상을 그렇게 확 바꿔 주시면 좋겠습니다. 선생님 말씀대로 하느님 나라가 지금 여기 이뤄졌으면 좋겠습니다."

"예! 그렇습니다. 그래서 내가 얘기합니다. 하느님 나라는 하느님이 이 세상에 쏟아 부어 주시는 나라가 아니라, 우리가, 여기 함께 살아가는 우리가 지금 이뤄 나가는 나라입니다. 하느님 나라는 하느님이 이뤄 주시고 우리는 그 나라에 들어가는 나라가 아닙니다. 여러분과 내가 이루는 나라입니다."

"그럼, 아직 이뤄진 나라가 아닙니까?"

"이뤄지는 나라입니다. 이루는 일에 여러분이 참여해야 합니다. 흐르는 강물에 한 발 디뎌 들어가면 이미 물과 하나가 된 셈입니다. 발을 담그고 한 발 한 발 더 걸어 들어가서 몸을 담가 온 몸으로 물을 만나는 것과 같습니다. 여러분이 눈을 뜨면 이미 강물 속에 들어간 겁니다."

"아하!"

"그렇구나!"

알아듣는 사람도 있고, 아직 무슨 얘기인지 한참 더 생각해 봐야 눈을 뜨는 사람도 있기 마련이다. 그러나 머지않아 모두 알게 되는 날이 온다. 원래부터 강물이 거기 흐르고 있었음을 알게 된다. 물속에 들어가 있음을 알게 된다. 그리고 그 강을 건너 새 세상의 언덕을 오르게 된다. 결단은 사람마다 각자 하지만 모두 손잡고 걸어 들어가는 일이다.

"여러분이 왜 성전을 찾아옵니까? 왜?"

예수는 사람들에게 물었다. 할 수 있는 한 많은 사람들과 눈을 맞추며 물었다. 사람들은 보통 그렇게 눈 맞추는 일을 두려워하며 살았다. 그러나 예수가 보내는 눈길은 달랐다. 한없는 따뜻함과 부드러움, 깊은 이해와 사랑이 담겨 있다. 그 눈길만 받고 있어도 마음이 포근했다. 마치 동네 동무들과 뛰어놀다가 속상해 집에 들어가면 말없이 손잡아 끌어 안아주던 어머니 눈빛 같다. 그런 눈빛으로 예수가 물었다. 그건 알고 있는지 모르는지 시험하는 눈이 아니다. 이렇게 저렇게 해야 한다고 가르치는 눈이 아니다.

예수는 부드러운 마음으로 새로운 가르침을 시작했다.

"여기 어떤 일이 생겼다고 해봅시다. 사람들은 물을 것입니다."

예수는 손가락을 하나씩 꼽는다.

"첫째, 누가 그랬는지, 그 일을 한 사람에 대한 물음입니다. 둘째,

언제 그랬는지, 셋째, 어디서 그랬는지, 그러니까 그 일이 일어난 곳을 말합니다. 넷째, 무엇을 했는지 묻습니다. 어떤 사람에게는 '무엇'이라는 것이 제일 중요할 수도 있습니다. 뜻 모르고, 이유 모르고 따르는 사람에게는 특히 그러합니다. 다섯째, 어떻게 했는지, 바로 일을 한 방법입니다. 이렇게 다섯 가지를 묻습니다. 여러분도 이 다섯 가지를 꼼꼼하게 생각하고 따져보면 어떤 일에 대하여 잘못 판단할 일이 줄어듭니다."

예수가 손가락 꼽아 가며 설명해준 다섯 가지를 입으로 되뇌는 사람도 있다. 그러면서 마음속에 새겨 넣겠다는 듯 고개까지 끄덕였다.

"그러나 … ."

언제나 그랬던 것처럼 예수가 그렇게 말을 멈추면 그때부터 정말 중요한 얘기가 나온다는 신호다. 더구나 이미 앞에서 얘기한 것을 뒤집는 얘기를 하기 일쑤였다.

제자들 중에는 특별할 것도 없는 얘기를 힘주어 설명하는 선생을 이해할 수 없다는 듯, 햇빛 가득한 이방인의 뜰을 바라보는 사람도 있다. 유다가 그랬다.

유다에게 더 중요한 것은 성전 뜰 남쪽 왕의 주랑건물 위에 로마 병사들, 성전 경비병들과 함께 서 있던 하얀리본의 두목 히스기야다. 그 장면을 지켜보았을 텐데 하얀리본 쪽에서는 아직 아무 움직임도 없었다. 아무리 그날은 하얀리본이 움직이지 않겠다고 바라바가 미리 얘기했더라도, 그런 상황이라면 무슨 연락이 올 줄 알았다.

당장 로마군의 손에서 히스기야를 빼낼 수는 없어도 그냥 눈뜨고 히스기야가 다시 끌려 내려가는 광경을 보고만 있었다는 점을 그는 받아들일 수 없었다. 그날 저녁 바라바를 만나면 단단히 따져 보겠다고 마음먹었다. 작은 시몬을 쳐다보니 그도 알 수 없다는 듯 어깨를 으쓱하더니 다시 예수의 말에 귀를 기울였다.

　예수에게 햇빛 가득 쏟아지는 성전 뜰은 이미 유대 광야가 됐다. 그는 사람들 앞에 살랑거리며 일어나기 시작하는 작은 회오리바람을 던졌다. 그 바람은 곧 광야를 껑충거리고 뛰어다니며 올라가보지 못한 언덕으로, 내려갈 길 없는 낭떠러지로 사람들을 끌고 다닐 것이다.

　"그러나, 이제 더 중요한 것이 남아 있습니다. 바로 여섯째, 왜 그러냐, 왜 그랬냐, 왜 그럴 것이냐, 이유를 묻는 일입니다."

　결국 이유, 원인을 묻는 일이 가장 중요하다는 말이다. 왜 더 중요할까? 사람들은 귀를 기울였다.

　"'누가, 언제, 어디서, 무엇을, 어떻게 했다'라는 말에는 들은 사람이 있고 본 사람이 있고 겪은 사람이 있으니 그런 여러 사람을 통해 사실에 가까운 내용을 파악할 수 있습니다. 그런데 여러분, 주의하십시오. 똑같은 사실에 대해서도 사람마다 달리 기억하고 다르게 말할 수도 있습니다. 그렇게 생각한다면 …."

　예수가 주위를 천천히 둘러보며 말을 이었다.

　"왜 그런지 질문하는 것을 가로막는 일이 억압이라는 것을 여러분은 깨닫게 될 것입니다. 묻지도 말고, 의심도 하지 말고 오직 정해진 대로 따르라고 가르치는 사람은 그가 누구이든 억압자입니다."

　예수는 크게 한번 숨을 들이쉬더니 사람들을 천천히 둘러보았다.

그리고 말했다.

"'왜?' 묻는 일은, 근원을 묻는 일입니다. 그 질문은 사람이 발 디디고 서 있는 바탕을 묻습니다. 존재 이유를 묻습니다. 똑같은 광경을 보고 왜 그런 일이 일어났는지 묻고 스스로 그 이유를 찾는 일은 그 사람이 바라보는 세상과 관련이 있습니다. 그건 사람마다 다릅니다. 달라야 합니다. 같아야 한다고, 모든 사람이 오직 한 가지 근원만 생각해야 한다고 말한다면 그건 폭력이고 억압입니다. 하느님이 한 사람 한 사람 각자에게 불어 넣어준 하느님 형상을 오직 한 가지 틀에 가두는 일입니다."

듣는 사람들은 묻는 일이 왜 중요한지 어렴풋이 깨닫기 시작했다. 그의 입에서 억압이라는 말이 나왔기 때문이다. 따지고 보면 세상에서 어떤 일은 죄라고 불리고 그 죄를 씻는 길은 어떠해야 한다고 정해져 있다. 큰 죄는 양을 바치고, 형편이 좀 어려우면 염소를 바치고, 그보다 어려우면 비둘기를 바치고. 성전세는 세겔이라는 돈으로 바꿔 바쳐야 하고. 예수는 그런 일이 억압이라고 얘기하는 것처럼 들렸다. 그래서 돈 바꿔 주는 사람의 상을 둘러엎었고, 그래서 비둘기 파는 사람을 쫓아버렸다고 말하는 것 같았다. 그러나 그는 성전 앞 광장과 튀로포에온 골짜기를 거쳐 성전 북쪽 '양의 문'으로 들어가는 양이나 염소를 쫓아 버리지는 않았다. 왜 그랬을까? 그저 상징적인 몸짓이었을까?

"그래서 나는 여러분에게 얘기합니다. 내가 했던 일이 궁금하지요? 아까 물 항아리 깨뜨린 얘기도 내가 얘기했지요? 그건 한 가지 대답이 될 수 있습니다. 그러니, 여러분 스스로 이유를 찾아보십시오. 그건 양이나 염소를 제물로 바치는 일보다 결코 작은 일이 아닙니다. 그 이유를 찾아 대답을 얻으면 그 대답이 여러분의 삶을 이끌 것입니다."

그때 맨 앞자리에 앉아 눈을 반짝이며 듣고, 질문도 했던 젊은이가 감동 가득한 표정으로 입을 열었다.

"그러니, 선생님! 제가 선생님의 가르침을 듣고 보니, 그리고 새로운 약속을 선포하시는 복음을 듣고 보니, 선생님은 틀림없이 우리가 기다리던 그분이십니다. 메시아! 바로 그분이십니다."

예수가 사람들을 천천히 둘러보며 크게 두 팔을 폈다. 제자들은 드디어 예수가 선언하려는 것으로 믿었다. 그들이 기다리고 기다렸던 선언, 하느님의 영광과 능력이 그에게 내려와 덮이는 현장을 보게 된다는 기대에 부풀었다. 그에게서 가르침을 받은 사람들, 예수 앞에 모여 앉았던 모든 사람들이 침을 꿀꺽 삼켰다.

예수가 드디어 입을 열었다.

"나는 여러분이 기다리는 메시아가 아닙니다. 들으십시오! 하느님은 메시아 한 사람을 내세워 세상을 바꾸시는 분이 아닙니다. 여러분이 모두 함께 손잡고 이뤄야 하는 나라가 바로 하느님 나라입니다. 여러분은 그 복음을 실현하기 위해 하느님에게 부름 받은 사람입니다."

"그럼, 그럼 … 선생님은 누구십니까?"

"여러분은 여러분 스스로를 누구라고 생각합니까? '어느 지방 출신 누구의 아들, 무슨 일을 하는 누구' 그런 누구 말고, 여러분은 누구입니까? 나도 여러분과 마찬가지로 그런 누구의 한 사람입니다. 아침에 일찍 눈 뜨고 일어난 사람입니다. 밭에 씨를 뿌리면 하루 먼저 싹이 트는 씨도 있고, 며칠 늦게 싹트는 씨가 있듯 나는 우연히 먼저 싹이 튼 씨앗일 수 있습니다. 아니면, 우리 모두 씨앗을 한 움큼 손에 들고 밭에 나가 씨 뿌리는 농부일 수도 있습니다. 뿌려진 씨앗이 싹이 트는 밭이 될 수도 있습니다. 다만, 사람들이 기다리는 메시아, 그 메시아는 아닙니다. 다시 말합니다. 하느님은 메시아 한 사람 내보내 세상을 바꾸시는 분이 아닙니다."

제자들은 또다시 실망했다. 예수 얘기를 듣고 신이 나기는 했지만 그 자리에 모여 있던 많은 사람들도 실망했다. 하느님이 메시아를 보내서 개입하지 않는다면 그들만의 힘으로 하느님 나라를 이루는 일이 불가능해 보였기 때문이다. 예수가 성전 뜰에 끌어 들인 광야에 들어가지는 않고 눈 닿는 곳까지 광야를 그저 바라보다가 그들은 돌아섰다.

✠

히스기야는 아무리 어두워도 마음속에 불 하나 켜드는 법을 안다. 마음을 모으면 모든 감각이 살아난다. 심지어 머리카락도 한 올 한 올 일어나서 어둠 속에서 눈과 귀를 돕는다.

"어둡다는 것은 오직 눈으로 보는 것만 할 수 없다는 얘기다. 눈은 못 보아도 아직 귀가 있고, 코가 있고, 살갗이 있고, 더구나 마음의 눈에 불을 켤 수 있지 않느냐? 제각각 따로따로 놀던 감각을 마음에 연결하여 하나로 운용하여라."

"예! 선생님!"

이투레아 산속에서 받은 현인賢人의 가르침을 되살리며 히스기야는 성전 지하감옥 깊은 어둠 속에서 몸과 마음을 다스렸다.

마음이 고요해지면 숨소리도 사라진다. 깊은 고요와 하나가 된다. 의자에 묶여 꼼짝 못하고 앉아 있은 지 하루 반이 지났지만, 그동안 물 한 모금 마시지 않았지만, 마음은 한없이 맑아졌다. 아무리 날카로운 창으로 찔러도 부드러움은 창끝을 완전히 감싸 받아들일 수 있다.

"애야! 창끝에 저항하면 그곳에 단단함이 생기고, 결국 상처를 입게 된다. 그러나, 한없는 부드러움이라면, 마치 창끝으로 물을 찌르듯 허공을 찌르듯, 작은 자국 하나도 생기지 않는다."

결국 부드러움이다. 마음속을 헤집고 돌아다니는 분함과 억울함과 후회를 가라앉혀야 살아남을 수 있다. 현인의 가르침을 한 마디 한 마디 떠올리면서 그는 마음을 가라앉혔다. 현인은 히스기야가 겪으며 살아갈 일을 모두 내다보았던 모양이었다. 현인은 그를 강인하게 훈련도 시켰지만 새털보다 부드럽고 가벼워지도록 수련도 시켰다.

"마음을 다스려 부드럽게 해라! 누구라도 그때를 겪기 마련이다. 그래야 생명을 부지할 수 있다. 그리고 떠오르는 생각을 밀어내지 마라. 떠오르는 대로 놔두어라. 한 가지 생각에 매달리지도 말아라!"

그렇게 어두운 감옥에서 마음을 다스리다가 히스기야는 그날 뜻밖의 위로를 받았다. 어릴 적, 나사렛 언덕 집에 앉아 떨어지는 해를 바라보면서 어머니가 히스기야를 가슴에 안고 조용조용 얘기했다. 무슨 얘기였는지는 까마득하게 잊었다. 그런데 어머니가 손가락으로 빗질 하듯 머리카락을 쓰다듬어 주었을 때 느꼈던 그 평안함, 찰랑거리며 잔잔하게 차오르던 위로를 그는 다시 느꼈다. 마치 어머니의 손이 그의 마음 갈피갈피 골고루 뒤적이며 손으로 쓰다듬어 주는 것 같았다.

한참 조용하고 편안한 마음으로 어딘지 모를 곳에 앉아 있다가 서서히 지하감옥 어둠 속으로 돌아왔다. 하얗게 눈 덮인 이투레아 산속도 생각나고, 걱정하고 안타까워하며 그를 수소문하고 다닐 하얀리본 동지들 모습도 보였고, 잔잔하고 고요한 예수의 얼굴도 떠올랐다.

예수, 그를 생각하면 항상 마음이 따스해진다. 비록 여리고에서 그를 설득하는 데 실패했지만 때가 되면 두 사람이 함께 신비의 문을 열고 들어가리라는 생각은 더 깊어졌다. 예수는 원래 좀 수줍음을 타는 성격이었다. 무엇을 깨우쳤다고 먼저 우쭐대며 나서지도 않고, 누구에게 신세를 지거나 불편 끼치는 일을 아주 싫어했다.

지하감옥에 처박아 놓고 성전 사람들이 한 번도 들여다보지 않았지만 그들 나름 분명 무슨 뜻이 있으리라. 그건 하얀리본 일보다는 예수와 관련 있을 것이다. 그렇게 생각해서 그런지 어떻게 만나든 예수를 다시 만나게 되리라 믿었다. 두 사람은 처음부터 그래야 할 운명이다. 예수는 그에게 주어진 줄 하나를 붙잡고 걸었고, 히스기야도 다른 한 줄을 붙잡고 걸었다. 서로 꼬이지 않고 같은 간격을 유지하며 두 줄은 늘 평행을 이뤘다. 그러나 함께 떨려 울리는 줄이었다.

"웅웅 ···."

예수의 줄이 소리를 내면 히스기야의 줄도 같은 소리를 냈다.

"웅웅 ···."

예수의 줄이 떨면 그의 줄도 떨었고, 그가 줄을 흔들면 예수의 줄도 흔들렸다. 비탈길 윗집 아랫집을 오가며 뛰놀던 나사렛 시절 이전부터, 똑딱똑딱 소리 맞춰 돌을 다듬기 훨씬 이전부터 그랬다. 산을 넘고 들판을 지나고 강을 따라 각자 자기 줄을 잡고 걸어온 길이 이제 예루살렘에서 하나로 만나리라는 예감, 히스기야는 그렇게 믿었다.

　그러다가 문득 마리아 얼굴이 떠올랐다. 가슴이 뭉클하다가 뻐근하니 아팠다. 얼마나 오랜 기간 마음속에 담아두었던 여자인가? 마음속에 담아 놓고 때때로 들여다본 그녀는 언제나 처음 만났던 그대로였다. 놀란 눈을 크게 뜨고 입을 손으로 가리며 어쩔 줄 몰라 하던 모습, 하늘하늘 푸른색 옷, 은은히 풍겨 오던 기분 좋은 향수 냄새, 커다랗고 서늘한 눈, 부드러운 목소리, 그중 하나도 잊지 못했다. 예수가 제자들을 모아 가르치기 시작한 무렵부터는 그를 찾아가면 으레 마리아도 만날 수 있었다. 오랜 세월 그리워하며 살았는데, 가버나움으로 예수를 찾아갔던 자리에서 다시 만나고 보니 마리아는 처음 보았던 그 모습 그대로 지니고 있었다.

　자기가 예수 주위를 계속 맴도는 여러 이유 중 하나가 바로 마리아 때문이라고 히스기야는 생각했다. 예수와 연결된 가슴속 줄이 튕겨 떨릴 때마다 그 떨림이 불러내는 그녀는 안타까움이다. 나이 서른일곱이 됐지만 아직도 그녀를 생각하면 세포리스 저수조에서 처음 만났을 때처럼 가슴이 떨린다.

　"아! 마리아!"

　언젠가부터 입으로 그녀의 이름을 불러 보는 버릇이 생겼다. 입으로 소리 내어 부르면 어디에 있든 그녀도 들을 수 있을 것 같다. 그녀의 이름을 부르면 귀로 그 이름이 들어와 가슴으로 내려오고 마치 그녀가 손으로 물장난 치듯 히스기야의 마음을 찰랑찰랑 두드렸다.

　"마리아!"

그가 부르면 그녀는 그를 바라본다. 서늘한 눈으로 바라본다. 사람이 눈으로 얼마나 많은 말을 할 수 있는지, 애틋한 눈빛이 얼마나 사람 마음을 쓰다듬기도 하고 휘젓기도 하는지, 거칠게만 살아온 히스기야도 어둠 속에서 조금씩 깨달았다. 왜 여자의 눈빛은 늘 서로 닮았을까? 어머니의 눈빛과 마리아의 눈빛이 정말로 닮았다는 생각이 들었다. 어느 날인가 예수도 그에게 말했다.

"히스기야! 마리아는 눈빛이 네 어머니를 너무 닮았더라."

그저 그러려니 들어 넘겼는데 어둠 속에서 그녀를 떠올려보니 예수의 말이 맞다. 그녀는 푸른 하늘 빛깔 옷을 입고 언덕에 서서 그를 내려다본다. 그녀는 언제나 그보다 먼저 언덕에 올라가 있다. 내려다보는 그녀의 모습에서 뽕나무에 몸을 걸어 놓고 떠난 어머니가 왜 떠오르는지 알 것 같다. 때로는 어머니의 눈과 그녀의 눈이 하나처럼 보인다. 어머니를 생각하면 마리아가 떠오르고, 마리아를 생각하면 어두운 밤 비틀비틀 멀리 떠나간 어머니가 생각난다.

아무것도 보이지 않는 캄캄한 방, 어둠 속에서 그녀를 생각하다가 히스기야는 갑자기 마음이 급했다. 마리아도 예수를 따라 예루살렘성에 들어왔을 것이다. 올리브산을 넘고, 골짜기를 건너 성문 안으로 들어오고, 성전에 오르는 그녀의 모습이 보인다. 시간을 가늠해 보니 날이 밝은 지 꽤 오래됐다. 유대 날짜로 니산월 10일이 분명했다. 그렇다면 오늘이 바로 하얀리본이 거사하기로 계획한 날이다. 히스기야가 있든 없든 바라바는 거사할 것이다. 성전에 한바탕 피바람이 불고, 예수와 마리아도 휩쓸릴 것이 뻔히 보였다.

"아! 마리아! 마리아, 그대를 험한 그 자리에서 벗어나게 해주고 싶었는데 … ."

아우성치는 군중 속에서 이리저리 쫓겨 다닐 그녀의 모습이 떠올랐다. 하늘하늘한 푸른 옷에 피가 묻은 채 … .

그때였다. 정말 오래간만에 인기척이 들렸다.

자물통 여는 소리가 들리고 굳게 닫혔던 철문이 열렸다. 방안으로 빛이 쏟아져 들었다. 고개를 돌려 바라보니 세 사내가 걸어 들어왔다. 너울거리는 불빛을 등진 그들은 머리가 천장에 닿을 듯 어마어마하게 커 보였다.

"아가야! 잘 지냈지? 나 보고 싶지 않았나?"

처음 잡혀 들어왔던 날 새벽, 역한 술 냄새를 풍기던 사내였다. 저벅저벅 다가온 그는 전에도 그랬던 것처럼 우악스럽게 히스기야의 머리칼을 움켜쥐고 고개를 뒤로 확 젖혀 꺾더니 갑자기 앞으로 콱 숙였다. 아무것도 보지 않기로 작정하고 그는 눈을 감았다.

"아가야! 가야 할 데가 있다. 그런데 무얼 좀 먹어야 할 텐데?"

그는 함께 방으로 들어온 사람 손에서 무엇을 받아 들더니 히스기야 입에 강제로 쑤셔 넣었다.

"빵이야, 빵! 먹어, 먹어!"

고개를 이리저리 돌리며 피하자 그는 아래턱을 움켜쥐고 강제로 입을 벌려 빵 덩어리를 입에 밀어 넣었다.

'그래! 먹자!'

굳이 안 먹을 이유가 없다. 입안에 들어온 빵을 씹었다. 목에 넘기기 전에 또 한 조각이 입으로 들어와서 할 수 없이 씹고 있던 빵을 삼

컸다. 그렇게 몇 차례 받아먹고 나니 의자에 묶은 것을 풀었다. 어떻게 묶어 놓았는지 조금만 몸을 움직여도 등과 옆구리가 참을 수 없을 만큼 아팠는데, 의자에서 풀어 일으켜 세우자 무릎이 펴지지 않았다. 일어서다 무릎이 꺾였다.

"가자! 어이! 이 아가 팔을 껴서 부축해. 너무 아기라서 걸음을 아직 못 걷는 모양이야!"

그 말에 따라 두 사람이 달려들어 각각 팔을 하나씩 붙잡고 등과 옆구리에 끼워 놓은 봉을 잡아 젖혔다. 히스기야는 이를 악물고 고통을 참았다. 그들 앞에서 신음소리를 낸다는 것은 수치라고 생각했다.

그들은 자루를 둘러씌워 눈을 가렸다. 두 팔을 자기들 팔에 하나씩 끼고 질질 끌고 나갔다. 방문을 나서자 고약하게 썩는 냄새로부터 벗어나 그나마 숨을 편하게 쉴 수 있었다. 어딘지 모르는 곳으로 끌려갔다. 계단을 오르고 왼쪽으로 또 오른쪽으로 꼬부라지고 또 계단을 오르고. 그러다 햇빛이 쏟아지는 곳으로 나왔다. 바람이 불었다. 그는 크게 숨을 쉬었다. 깊게 들이쉬고 다시 내쉬고, 썩은 냄새를 다 씻어 내려는 듯 거푸거푸 큰 숨을 쉬었다. 사람들 말소리도 들리고, 발걸음 소리도 들렸다. 질질 끌려서 계단을 한참 걸어 올라갔다.

절그럭거리는 소리가 들렸다. 킥킥거리며 웃는 소리도 들렸다. 주위에 있는 사람들이 서로 무어라고 말을 하는데 알아들을 수 없었다. 히스기야는 로마군 병사들이 모인 곳으로 자신이 끌려왔음을 알았다. 고문 없이, 심문 없이 이제 그를 처형하려는 모양이라고 생각했다. 죽는 것은 피할 수 없겠지만, 마지막으로 마리아 얼굴을 한 번이라도 보고 싶다. 단 한 마디라도 예수와 얘기를 나누고 싶다.

"어이! 예수! 나 먼저 가네!"

그렇게 말이라도 한마디 남기고 싶다. 하기야 예수에게도 남은 날은 며칠뿐이리라. 히스기야는 예수도 유월절 명절 이전에 제거될 것이라고 믿었다. 칼을 들고 일어섰든, 두 팔을 들고 가르침을 폈던 예루살렘 성전은 그들 두 사람을 놔두고는 명절을 지낼 수 없으리라.

바람이 불었다. 로마 말과 유대 말이 들렸다. 처형장은 어디 높은 곳에 마련된 것 같다. 로마가 처형에 관여한다면 십자가 처형이 분명했다. 그런데, 왜?

'왜 빵을 억지로 먹여 끌고 왔지?

그 생각을 하자 아주 끊어 버리지 못한 미련이 뒤따라 일어났다. 그때 유대 말로 명령하는 소리가 들렸다.

"입 다시 잘 틀어막고, 눈가리개 벗겨!"

햇빛 때문에 눈앞이 아찔하고 아무것도 보이지 않았다. 그저 눈앞에 커다란 하얀 뭉치가 뭉클뭉클 떠도는 것 같다. 그러더니 맞은편 성전 본체 건물이 눈에 들어왔다. 성전 뜰을 굽어보는 위치였다. 성전 뜰에 깔아 놓은 하얀 돌이 눈을 콕 쏘도록 햇빛을 반사했다.

양 옆에 한 팔 간격으로 로마 군인들이 촘촘하게 늘어서 있었다. 처형장은 아니다. 히스기야를 처형하려는 것이 아니라 무엇을 보여 주려는 계획이다. 그는 곧 깨달았다. 그들이 왜 뜰이 내려다보이는 주랑 건물 위에 그를 끌어다 올려놓았는지. 하얀리본이 계획한 거사날짜가 오늘이다.

"아!"

입을 가득 채운 헝겊 때문에 신음은 소리가 되지 못했다. 히스기야는 비웃음 소리를 들었다.

'히히, 이히히.'

세상을 지배하는 폭력이 비릿한 표정으로 웃고 있다. 실패할 수밖에 없는 사람들에게 보내는 조롱이다. 어떤 저항이든 쉽게 꺾을 수 있다고 생각하는 세상 지배자가 보이는 오만이다. 히스기야는 주랑건물 위에 높이 올라서서 그 자신의 패배를 눈으로 확인하는 비참한 처지가 됐다.

로마군이나 성전에서는 이미 모든 준비를 하고 하얀리본을 기다리고 있는 셈이다. 아무리 바라바가 치밀하게 계획을 세웠다고 해도 가장 큰 뱀 대제사장은 성전 뜰에는 모습도 드러내지 않을 것이다. 똬리를 튼 채, 성전 깊숙이 몸을 숨기고 혀를 날름거리며 한바탕 소동이 지나가기를 기다리리라. 하얀리본 우두머리 히스기야가 동지들이 하나씩 쓰러지는 광경을 그저 지켜볼 수밖에 없게 됐다. 따가운 햇빛이 가득 쏟아지는 성전 뜰은 처참한 살육의 마당이 될 것이다.

그때, 예수가 눈에 띄었다. 그의 뒤로 제자들이 줄줄이 계단을 올라오고 있다. 마리아도 보인다. 이방인의 뜰 남쪽에서 3분지 1쯤에 위치한 계단을 그들이 천천히 올라오고 있다. 히스기야는 자기도 모르게 몸을 뒤틀었다. 그러자 어떻게 묶어 놓았는지 등허리와 옆구리에 극심한 통증이 느껴졌다. 조금도 몸을 움직일 수 없도록 단단히 묶은 다음 가로 세로로 조그만 봉 두 개를 끼워 넣고, 몸을 굽히거나 비틀 수 없도록 날카로운 쇠꼬챙이도 끼운 모양이다.

갑자기 가슴이 턱 막혔다. 세상에서 가장 잔인한 고문, 그 고문대에 자신이 올려져 있음을 느꼈다. 철저하게 무력감이 들도록, 그래서 스스로 무너지도록 그를 높이 올려놓은 것이다. 하얀리본 동지들이나 예수가 그를 알아보도록 가장 잘 보이는 곳, 주랑건물 위에 세워 놓은 것이다. 절대로 굴복해서는 안 된다고 아무리 거푸 다짐해도 그가 할 수 있는 일은 아무것도 없다. 스스로 숨을 끊는 수련도 아무 의미 없게 됐다. 그것이 가장 분했다.

성문 앞에서 체포됐을 때 그 상황이 다시 떠올랐다. 히스기야가 눈을 감는 순간까지, 마지막 숨을 내쉴 때까지 결코 잊을 수 없는 실수였다. 불탄 자리에 눈이 팔려 뒤를 소홀히 했기 때문이었다.

"적은 네 눈앞에 있다."

이투레아 현인의 가르침을 잊었기 때문이었다. 배신자까지 앉혀 놓고 움막집에 모여 거사를 상의했던 실수가, 뼈를 조금씩 깎아내듯 아팠다.

그때, 로마군 장교가 병사들에게 무어라 지시했다. 세상에는 참 이상한 일도 많다. 그가 하는 말은 한 마디도 알아듣지 못하는데 뜻은 알 수 있었다.

"성전 뜰 안에서 일어나는 일은 모두 성전 경비대가 일차적으로 책임지고 처리한다. 우리는 성전 문밖을 봉쇄한다. 그다음 일은 내가 신호를 보낼 테니 상황에 따라 대응한다. 알았나! 일단 시작되면 이 사람 저 사람 가릴 것 없이 모두 가차 없이 공격한다."

"예!"

그런 뜻이 분명했다.

성전 뜰에서 일이 벌어진다고 처음부터 로마군이 뜰 안으로 공격해 들어갈 수는 없다. 아무리 이방인의 뜰이라고 해도 붉은 군복을 입은 병사들이 칼을 빼들고, 창을 꼬나들고 성전 뜰에 들어가면 혼란의 책임과 비난이 고스란히 빌라도 총독에게 돌아간다. 그래서 우선 성전 경비대에게 모두 맡기는 시늉을 하며 기다리다가 기회를 잡아 로마군이 성전 뜰 안으로 진입할 계획이라고 판단했다. 일단 성전 뜰에 로마군이 들어가면 성전 가장 깊숙한 곳까지 밀고 들어갈 상황이 될 것은 뻔했다.

로마 군인들이 창과 칼을 번득이며 성전 경내로 쳐들어오는데 이방인의 뜰, 이스라엘의 뜰, 제사장의 뜰과 성소聖所로 구분한 경계는 아무 의미가 없다. 군중도 그러하지만 군대도 통제할 수 없기는 마찬가지다. 쫓기는 군중이나 그 뒤를 쫓는 군대는 이미 생각이 몸을 떠나고 그저 도망가고 쫓을 뿐이다.

히스기야는 로마군의 목적이 무엇인지 충분히 짐작했다. 사람들은 예루살렘 성전 재물창고에 이 세상에서 가장 값진 보물이 가득 쌓여 있다고 믿었다. 예루살렘을 점령한 모든 침략자들은 성전을 약탈하는 것을 언제나 가장 큰 목표로 삼았다. 심지어 6백 년 전 바빌론 제국에 성전이 약탈당할 때 성전 지성소에 모셔 두었던 언약言約의 법궤法櫃가 사라졌을 때도, 법궤는 그 안에 가득 들어 있는 보물과 함께 성전 어딘가에 깊이 숨겨졌다는 소문이 전해져 내려왔다.

"아!"

그는 다시 깊게 신음했다. 그 소리를 듣고 옆에 서 있던 로마군 병사가 비시시 웃었다. 히스기야는 깨달았다. 하얀리본뿐만 아니라 예루살렘 성전과 유대도 로마의 함정에 빠져들 순간이다.

'거사를 중지시켜야 한다.'

'아! 바라바! 어디 있소? 바라바!'

바라바를 찾을 수 없어 안타깝다. 눈에만 띈다면 무슨 수를 쓰든 그에게 뜻을 전할 수 있을 텐데 … . 하얀리본 동지들과 예수와 제자들, 그리고 마리아까지 성전 뜰에서 모두 허무하게 쓰러질 순간이 온다.

'어디서부터 일이 잘못되었는가?'

'왜 일이 이리 꼬였는가?'

성문 앞 화재 현장에서 그가 체포되어서 잘못됐다고 생각할 수만은 없다. 그건 이미 어긋나기 시작한 일의 한 흐름일 뿐이다. 왜 총독 빌라도가 갑자기 전략을 바꿨을까? 총독이 전략을 바꾼 것이 아니고, 언제나 그러했을지도 모른다. 기회를 노리던 총독에게 좋은 빌미를 주었음이 틀림없다. 안타깝게도 하얀리본이 상황을 너무 쉽게 판단했던 모양이다. 어쩌면 예수의 말이 맞다고 느껴졌다. 여리고에서 헤어질 때 예수가 그에게 마지막 남겼던 말이 떠올랐다.

"폭력으로 세상은 바뀌지 않네!"

그런데 성전 뜰이, 모든 움직임이 갑자기 정지된 듯 조용해졌다. 모두 정지돼 있는데 예수, 그 혼자 움직였다. 그는 성큼성큼 걸었다. 서둘지도 않고, 느리지도 않고, 성전 뜰을 가로질러 걸었다. 세상에 오직 그 한 사람만 걸을 수 있는 것처럼, 그는 뜰 서쪽에 모여 있는 장사꾼들을 향해 걸었다. 히스기야는 자기도 모르게 목구멍으로 침이 꿀꺽 넘어가는 것을 느꼈다.

장사꾼들이 모여 있는 앞에서 기다란 줄을 하나 집어 든 예수가 채찍처럼 머리 위에 높이 들어 빙빙 돌렸다. 그리고 천천히 그들에게 다

가간다. 그건 세상이 휘두르던 채찍과 다르다. 고통을 주려는 채찍이
아니다. 물러나라는 명령이다. 주춤주춤 물러나는 사람, 무슨 일인지
알아채지 못하고 멍하니 있다가 깜짝 놀라 몸을 피하는 사람, 히스기
야는 그 모든 광경을 고스란히 지켜보았다.

"어어!"

헝겊 뭉치가 입안에 가득차서 소리가 나오지 않았다. 무슨 일인가?
예수가 무슨 뜻으로 저런 과격한 행동을 하는가? 한편으로는 깜짝 놀
라면서도 또 한편으로는 예수의 마음을 읽어 보려고 마음을 기울였다.

"아! 예수!"

성전 뜰과 건물 사이를 날아다니는 비둘기도 그냥 맥없이 나는 것이
아니다. 아침 햇빛 가득 쏟아지던 성전 뜰이 갑자기 다시 꿈틀댔다.
땅이 푸득푸득 떨렸다. 뜰을 에워싼 주랑건물들이 마치 물에 비친 그
림자처럼 일렁거린다.

예수의 행동을 지켜보자니 가슴속에서 서서히 주체할 수 없는 감동
이 일어났다. 무엇이 그로 하여금 채찍을 들게 만들었는가? 한없이
온화한 사람, 말소리마저 낮고 부드러운 사람, 그가 무엇을 하려는
가? 보지 않아도 예수의 표정과 눈이 어떠하리라는 것을 히스기야는
알 수 있다. 험하게 일그러진 얼굴이 아니고, 연민에 가득한 얼굴임
에 분명하다.

"아! 예수!"

히스기야는 자기도 모르게 몸을 비틀며 신음소리를 냈다. 등에 가
로지르고 세로로 세워 놓은 짧은 봉과 묶은 줄 사이에 끼워 넣은 뾰족
한 꼬챙이가 엄청난 고통을 주며 등과 옆구리를 찔렀다. 꼼짝할 수 없

이 제압당한 채 동무 예수가 성전 뜰에서 벌이는 일을 그는 그저 바라볼 수밖에 없다. 예수가 환전상의 상을 발로 걸어차 엎었다. 쏟아진 돈을 황급히 주워 담는 사람 앞에 그도 같이 허리를 굽혀 돈을 찾았다. 그렇게 찾은 돈을 환전상 손에 쥐여 주더니 비둘기 파는 사람 쪽으로 그는 걸음을 옮겼다.

그건 예수와 함께 세포리스 극장에서 보았던 연극 같다. 한 막이 끝나기 전, 다음 막으로 이야기가 이어지기 전, 커다랗게 터진 천둥소리와 함께 벌어진 장면이 그랬다. 신이 얼마나 격노激怒했는지, 이제까지의 얘기가 어떻게 뒤집어질 것인지 알려주는 상징이었다.

'아, 나사렛 예수! 내 동무 예수! 그대는 하늘 사람이 되었구나 ….'
예수는 상을 둘러엎기도 하고, 땅에 떨어진 돈을 주워 주는 사람이기도 했다. 그는 이미 이럴 경우 어때야 하는 틀을 벗어난 사람이 돼 있다. 그동안 성전 뜰은 놀랍도록 조용했다. 예수를 따라온 제자들은 멀리 떨어져 어쩔 줄 모른 채 서 있고, 이쯤 되면 움직임을 보여야 할 성전 경비대도 하얀리본도 로마 군인들도 모두 조용했다. 그저 모두 예수를 지켜보고 있다. 당연히 그럴 줄 알았다는 듯, 장사꾼 중 아무도 예수에게 대들거나 항의하지 않고 그저 비실비실 주섬주섬 짐을 거둬들이고 뜰을 빠져나갔다.

히스기야는 눈으로 마리아를 찾았다. 그녀가 보였다. 상수리나무 큰 잎을 둘둘 말아 눈에 대고 보는 것처럼 오직 그녀의 모습만 눈에 들어왔다. 그녀는 아직 주랑건물 위에 끌려 온 히스기야를 보지 못한 모양이다. 그는 그녀에게 말을 건넸다. 한 번, 두 번, 열 번도 넘게 말을 걸었다.

'마리아!' '마리아!'

그녀는 눈앞에 벌어진 일 때문에 온통 정신이 빠진 듯 주랑건물을 올려다보지 않았다. 히스기야는 더 이상 아무 말도 보낼 수 없다. 소리 없는 말이 목구멍으로 다시 넘어가 가장 깊은 곳으로 무겁게 떨어져 내렸다. 무엇을 어떻게 할 수도 없는데 햇빛은 맑고 환하고, 성전 뜰은 눈이 부시도록 밝게 빛났다. 갑자기 세포리스성 앞 언덕 위에 있던 널찍한 공터가 생각났다. 거기서, 몸을 심하게 떨던 어머니가 생각났다. 그리고 빈 언덕을 가득 채운 어머니의 울음이 떠올랐다. 그때도 이렇게 햇빛은 밝고 맑았다.

히스기야의 마음이 밀랍처럼 녹아내렸다. 성전 뜰 가득한 사람들이 천천히 아주 천천히 녹아내린다. 모든 것이 정지된 듯, 빠르게 흘러내리던 강물이 갑자기 멈추더니 서서히 거꾸로 흐르는 것 같다. 시간이, 세상이, 그 안에서 내달리며 살았던 날들이 방향을 바꾸고 속도를 바꾼 듯 서로 뒤엉킨다.

예수가 왜 폭력을 행사했는지 얼핏 알 것 같다. 그는 성전과 로마군이 잘 준비해서 마련한 판을 확 뒤집어엎은 셈이다. 그는 아무도 예상하지 못했던 일로 거침없이 성전을 흔들었다. 주랑건물 위에 늘어선 몇백 명의 로마 군사들이 아무것도 아니라며 밀어 넘어뜨린 셈이다. 어찌 생각하면 이미 몰래 숨어들어와 있을 하얀리본에게 틈을 마련해준 일이라는 생각도 든다. 그렇게 그가 먼저 나서서 판을 흔들면서 하얀리본에게 거사를 중지해야 한다고 신호를 보냈음에 틀림없다.

한바탕 성전 뜰을 뒤흔들어 놓은 예수는 아무 일 없었다는 듯, 동쪽에 있는 주랑건물 쪽으로 태연하게 걸어간다. 얼마쯤 거리를 두고 제자들도 그 방향으로 몰려간다. 그중 마리아의 모습도 보인다. 그때, 히스기야는 멀리서 예수와 눈길을 마주쳤다. 예수가 그를 잠깐 올려 다볼 때다. 아마도 예수는 계단을 걸어올라 성전 뜰에 들어서면서부 터 히스기야를 알아보았을 것이다. 어릴 적부터 한번 쓱 훑어보면 모 든 것을 알아보는 그였다.

그때 마리아도 그를 올려다본다. 그렇게 애타게 말을 걸었는데 이 제 그녀가 들은 모양이다. 순간 그녀는 비틀했다.

'마리아!'

'아직 무사하셔서 다행이에요.'

'이건 무사한 게 아니오!'

'그래도 무사하셔서 다행이에요. 그런데 어찌 그곳에?'

'마음과 몸이 따로 떨어졌기 때문이오.'

몇 마디라도 마리아에게 말을 더 건네야 하는데 옆에 서 있던 로마 병사와 성전 경비대 병사가 머리 위에서 가슴까지 다시 자루를 뒤집어 씌웠다. 예수의 행동으로 미루어 보아 하얀리본의 거사가 없을 것으 로 판단한 모양이다.

저항해 봐야 헛수고다. 그는 이미 철저하게 제압당한 사람이다. 그 런 모습을 마리아에게 고스란히 보이는 일은 견딜 수 없는 치욕이다. 하얀리본 동지들도 어디 몸을 숨기고 그를 바라보고 있으리라. 끌고 가는 대로 끌려갔다. 계단을 걸어 내려갔다. 깊은 아래, 깊은 어둠 속 으로 다시 끌려 내려갔다. 다시 지하감옥에 혼자 갇혔다.

한동안 눈앞에 벌어졌던 일이 자꾸 떠올랐다.

'예수!'

히스기야가 부르자 예수가 돌아본다. 그는 조용히 미소를 띤 채 한없이 부드러운 눈으로 히스기야를 바라본다.

'나는 자네 뜻을 알아!'

히스기야의 말을 듣고 예수가 조용히 대답했다.

'그래! 자네가 아직 무사해서 다행이야!'

'또 볼 수 있겠지?'

'그럼! 아직 여러 번 더 … .'

이번 유월절 거사를 위해 하얀리본 결사의 조직원들을 예루살렘으로 집결시키기 시작할 무렵이 되자, 히스기야는 예수를 끌어들일 방안을 마련하기에 더욱 골몰했다. 다른 일과 달리 바라바의 반대가 심했기 때문에 히스기야는 당분간 혼자 계획을 세웠다. 그런데 유다도 예수를 끌어들이자는 히스기야 생각에 크게 찬성했다.

어느 날, 시몬 대신 하얀리본을 찾아온 유다가 히스기야에게 조용히 말했다.

"예수 선생님은 말씀예요, 참 이상한 힘을 가지고 있어요. 그 앞에 서면 마음 문이 스르르 열린다니까요. 말은 부드럽고 움직임은 조용하지만 권능의 깊이와 크기를 가늠할 수 없습니다. 내가 보기에는 분명 큰 권능을 허락받은 분 같습니다. 지금 그 권능의 10분지 1, 100분지 1도 나타내지 않은 듯합니다."

"왜 그렇게 생각했어요?"

"사람의 마음은 지극히 높으신 분, 오직 그분만 아신다는 말이 있지 않습니까? 그런데 예수 선생님은 그 앞에서 말하지 않아도 이미 모두 알고 계시더라고요. 더구나 선생님은 어떤 틀 속에도 가둘 수 없습니다. 지난 일이나 앞으로의 일이나, 여기 일이나 저기 일이나, 들리지 않는 소리, 보이지 않는 모습도 모두 알고 계십니다. 그건 예수 선생님이 늘 얘기하시는 것처럼, 때와 장소를 넘어섰기 때문에 그런 것 같습니다. 내 생각에는 누가 칼을 들고 선생님을 해치려고 달려들다가도 스스로 칼을 내려놓고 그 앞에 무릎 꿇을 것 같습디다."

"그런 능력이?"

"예! 분명 그렇습니다. 따라다니면 다닐수록 놀랄 수밖에 없습니다."

비단 유다만의 얘기가 아니었다. 때때로 하얀리본을 찾아온 시몬도 같은 의견이었다. 심지어 그는 예수가 산을 움직일 수 있는 능력을 가졌지만 그걸 나타내지 않을 뿐이라고 말했다.

히스기야도 예수에게 특별한 힘을 느끼고 있었다. 예수가 가버나움에서 제자들을 모아 가르치기 시작할 때 찾아가 보니 그런 힘을 느낄 수 있었다. 예수가 제자들을 모으기 시작했을 때 먼저 시몬을 합류시켰고, 나중에는 유다까지 보낸 이유도 그러했다.

제자 일행에 끼어든 지 얼마 지나지 않았을 때부터 유다는 예수를 정확하게 파악한 듯 보였다. 다른 제자들은 예수를 선생으로 따랐지만 그는 늘 하얀리본이 하려는 일과 관련하여 생각했기 때문이었다.

"선생님은 늘 때가 온다고 말하거든요. 그때! 모든 일이 뒤집어지고 바뀌고 새로운 세상이 온다는 때! 그런데 내 생각으로는 예수 선생님은 그때에 발휘할 힘을 부여받은 분 같습니다. 그럴 힘이 없다면 때라는 말을 했겠어요?"

유다의 말을 들으면서 히스기야는 언뜻 광야를 떠올렸다. 유대 광야, 한없이 거칠고 뜨겁고 외롭고 텅 비었던 광야에서 예수는 신비의 문에 들어섰음이 틀림없었다. 히스기야는 포기하고 나온 광야에서 예수는 이루었음이 틀림없었다. 따지고 보면 히스기야나 예수나 비슷한 길을 걸었다. 히스기야가 이투레아 눈 덮인 산에서 몸과 정신을 단련했다면, 예수는 유대 광야에서 신비의 문을 열고 능력을 얻었음에 틀림없었다. 예수는 드디어 하느님을 만났고 특별한 임무를 부여받았다고 히스기야는 믿었다.

하느님은 그분이 들어 쓰기로 작정하면 놀라운 권능을 부여하는 분이다. 전해져 내려온 전설적 예언자 엘리야가 그러했고, 그보다 훨씬 전에 히브리를 이집트에서 해방할 때 하느님이 예언자로 삼은 모세가 그러했다. 예언자가 위대한 것이 아니고, 하느님의 권능이 위대하기 때문에 그렇다고 생각했다.

그때부터 히스기야는 이스라엘이 기다리던 두 메시아를 생각하기 시작했다. 들리는 말로는 소금호수 쪽 유대 광야 절벽에 그런 사람들이 모여 산다고 했다. 그들도 하느님이 보내줄 메시아는 제사장이나 예언자 엘리야 같은 메시아, 그리고 다윗왕 같은 메시아 두 사람의 메시아를 기다린다고 들었다.

하느님이 허락하지 않은 일을 사람이 할 수 있으랴! 그때를 위해 나사렛 마을에 히스기야와 예수 두 사람을 하느님이 세상에 내보냈다고 생각하기 시작했다. 고난을 통하여 연단鍊鍛한 후, 하느님이 그들을 들어 쓰는 날, 그날을 히스기야는 거사하는 날로 생각했고, 예수는 '때'라고 불렀음이 틀림없었다. 히스기야는 그렇게 믿었다.

그렇게 생각하니, 어둠이 더 이상 어둠이 아니었다. 예수가 그에게 성전 뜰에서 큰 신호를 보냈다는 생각이 들었다.

'히스기야! 아직 아니네! 기다려!'

그는 어둠 속에서 예수가 내미는 손을 잡았다.

✠

그날 아침, 성전 문이 열리자 하얀리본에서 지도부에 속하는 20명 정도가 성전 뜰에 들어왔다. 두세 사람이 한 조가 되어 각각 성전 뜰 동쪽, 남쪽, 서쪽 주랑건물 속에 들어가 사람들 눈에 띄지 않는 곳에 자리 잡았다. 각각 자리 잡은 장소는 다른 쪽 주랑건물과 성전을 감시하기 적당한 위치였다. 마침 바라바는 뜰 남쪽, 왕의 주랑건물 아래에 몸을 숨기고 있어서 바로 그 건물 위에 히스기야가 끌려 올라온 것을 알 수 없었다.

그는 아침에 동지들에게 신신당부했다.

"동지들! 오늘은 우리 하얀리본은 절대 몸을 드러내지 맙시다. 현장을 파악하고, 사람들이 드나드는 문, 이스라엘의 뜰과 그 안쪽 제사장의 뜰로 들어가는 길, 안토니오 요새에서 성전으로 통하는 길, 북쪽 '양의 문' 밖을 살펴보시오. 그리고 성전 경비대 병력의 배치와 예비대가 대기하는 위치, 또한 주랑건물 위에 배치된 로마군이 성전 뜰로 내려올 수 있는 통로를 확인하시오."

"동지! 성전에서 밖으로 탈출하는 통로를 확인해야 할 겁니다."

"맞아요!"

"동지! 성전 동쪽, 올리브산 쪽으로, 사용하지 않는 문, 사람들이

'수사 문'이라 부르는 문이 하나 있습니다. 성전건물 동쪽 주랑건물에 있는 문입니다. 그 아래 기드론 골짜기가 너무 가팔라서 그 문은 거의 사용하지 않고 늘 닫아 둡니다. 오직 속죄일에만 그 문을 열고 염소를 내보냅니다. 평소에는 늘 닫혀 있어서 거기에 문이 있는지도 잘 모릅니다. 그곳은 내가 잘 살펴보겠습니다. 만일 일이 잘못되면 그 문이 바로 하얀리본이 신속하게 빠져나올 문입니다."

"좋아요. 그건 동지가 맡으세요."

몸을 드러내지 않기로 했지만 그날 성전 뜰에서는 생각 밖으로 여러 가지 일이 잇달아 일어났다. 그건 바로 예수가 일으킨 지진이었다. 무슨 생각에서 예수가 그런 일을 거침없이 일으켰는지 알 수는 없지만, 그렇게 과감하게 행동할 수 있고 그만한 파급력을 가진 사람이라면 하얀리본이 손잡기에 조금도 부족함이 없겠다고 바라바는 생각했다.

그런데 놀라운 일은 예수의 제자들이 아무 역할도 못하고 그냥 서 있다는 점이다. 아마도 예수는 그가 하려는 일을 제자들에게 미리 알려주지 않은 듯 보였다. 아니면 사전에 아무런 계획 없이 들어왔다가 그때그때 상황을 보아 가며 일을 처리하기 때문일 수도 있다. 왜 그런지 그건 좀더 확인해 볼 필요가 있겠지만 예수와 제자들이 한 몸처럼 움직이지는 않았다.

거침없이 행동하는 예수를 보면서 바라바는 히스기야가 예수라는 사람을 정확하게 잘 보았다고 생각했다. 성전 뜰을 온통 뒤흔들어 놓은 예수, 그는 아무 일 없었다는 듯 천천히 동쪽 주랑건물로 걸어갔다. 아무도 예수에게 달려들어 묻지도 따지지도 못했다. 감히 범접할 수 없는 권위가 그의 몸을 감싸고 있는 듯 보였다.

'예수와 예루살렘 대산헤드린을 나란히 앞에 내세울 수 있다면, 만일 그럴 수 있다면 … .'

'예루살렘 주민과 순례자들, 더 나아가 온 유대의 지지를 받을 수 있을 것이다.'

예수가 한 세력을 묶어 성전 뜰만 장악하고 있으면 일이 한결 수월해질 것으로 보였다. 그를 거사에 적극적으로 끌어들이지는 못할 경우라도, 그가 성전 뜰에 군중을 모아 버티고 있으면 로마군의 진입이 쉽지 않으리라. 해가 지면 베다니로 그를 찾아가 상의해 보겠다고 결심했다.

그런 생각을 하고 있는 중에 다른 쪽 주랑건물 아래 몸을 숨기고 있던 동지가 사람들 눈을 피해 그에게 다가왔다. 소곤소곤 작은 소리로 보고하는 내용이 놀라웠다.

"바라바 동지! 이 위에 히스기야 동지가 있습니다."

"어! 뭐요? 히스기야 동지가? 그게 무슨 소리요?"

"예! 이 주랑건물 위에 올라와 있습니다."

"그게 무슨 소리냐니까? 여기 있다니?"

"나가서 직접 보세요. 저쪽에 몸을 숨기고 있는 동지들은 지금 난리가 났습니다. 당장 구출해야 한다고요."

"나가봅시다."

주랑건물을 나가 뜰 가운데로 걸어가니 왕의 주랑건물 위가 보였다. 그런데 성전 경비대 병사가 막 어떤 사내를 끌고 가기 시작했다. 그 주위에는 로마 군인들이 쭉 한 줄로 늘어서서 성전 뜰을 내려다보고 있다.

"저기! 자루를 뒤집어쓰고 끌려가는 사람이 히스기야 동지입니다."

"확실해요?"

"예! 아까는 얼굴을 가리지 않았는데 지금은 자루를 씌웠네요. 저쪽 주랑건물에서는 너무 멀어서 확인하기가 어려워 나랑 몇 사람 동지가 여기까지 와서 두 눈으로 똑똑히 확인했습니다."

히스기야는 별 저항도 하지 않고 끌려갔다. 그냥 함께 걸어가는 것처럼 보였다.

"아!"

바라바는 크게 한숨을 내쉬었다. 성전과 로마군이 왜 히스기야를 주랑건물 위에 내세웠는지 짐작이 갔기 때문이다. 아마도 그들은 히스기야를 통해 무엇을 확인하려 했음이 틀림없다고 믿었다. 그렇지 않다면 그를 주랑건물 위에 내세울 일이 없기 때문이다.

그런데 조금 전까지 히스기야와 함께 서 있었던 로마 군인들과 성전 경비병들이 뜰을 내려다보며 손짓으로 여기저기 가리켰다. 그들이 가리키는 곳은 하얀리본 동지들이 사람들 틈에 몸을 숨긴 지점이다.

"동지! 저들이 우리 위치를 파악한 듯 보이오. 모두 자리를 신속하게 움직여 사람들 속에 섞이라고 하세요. 그리고 볼일을 마친 조는 즉시 철수하라고 전하시오."

"동지는?"

"나는 이쪽 동지들과 예수 저 사람을 좀더 지켜보겠소."

"예, 알겠습니다."

그렇게 보아서 그런지, 그의 눈에 성전 뜰에 들어와 있는 사람들 열명에 두세 사람은 모두 성전 쪽 사람들로 보였다. 성전이 펼쳐 놓은 그물 속에 들어와 있고 그 일에 히스기야가 관련됐다고 생각했다. 만일 계획했던 대로 그날 거사했더라면 하얀리본 결사의 동지 7할은 몰살당할 뻔했다. 등골이 서늘했다. 하얀리본의 거사계획을 성전과 로마군이 알았든 몰랐든 예수가 뜻밖의 소동을 일으키며 판을 흔들어 놓았음을 그는 그제서야 알았다.

그렇게 생각하니 상황을 보는 예수의 눈이 훨씬 넓고 깊고 지혜롭다는 것을 그는 깨달았다. 예수는 히스기야의 말이 아니더라도 바라바에게 손잡을 만한 사람이 되었다.

같은 일을 보면서도 사람들은 제각각 자기가 서 있는 자리에서 보고 생각한다. 예수가 한 일이 그러했다. 바라바는 예수가 벌인 일을 보면서 거사를 성공시킬 수 있다는 희망을 보았고, 제자들은 그들이 어딘지 모르는 가파른 낭떠러지에 섰음을 느꼈다. 성전 뜰에 들어와 그 광경을 놓치지 않고 모두 목격한 사람들에게는 그들이 한 번도 경험해 보지 못했던 일들이 벌어지리라는 예감이 스며들었다. 어떤 사람에게는 아침 해가 떠오르기 전 동쪽 하늘에 밝게 빛나는 새벽별로 느껴졌고, 어떤 사람에게는 하늘을 덮고 우렁우렁 몰려드는 먹구름 같았고, 어떤 사람은 지난 며칠 동안 해 질 무렵 섬뜩하게 붉었던 서쪽 하늘 핏빛 구름을 떠올렸다. 제사장들은 성전 깊은 곳에 모여 눈을 번들거렸다.

올가미

—•—

"경비대장! 그렇게 허겁지겁 달려갈 필요 없어요!"

야손 제사장이 성전 경비대장을 불러 세웠다. 그는 성전 벽에 등을 기대고 뜰을 건너다보고 있었다. 경비대장이 야손을 한 번 힐끔 쳐다보고 내쳐 경비병들을 끌고 이방인의 뜰로 서둘러 달려 나가려는데, 그가 다시 차가운 목소리로 말했다.

"그럴 필요 없다니까?"

"무슨 말씀인지요, 야손 제사장님?"

"일이 재미있게 됐어요."

"예에?"

"예수 혼자 광대놀음을 하는데, 그걸 히스기야가 바라보고, 하얀리본은 어딘가 숨어서 지켜보고 ⋯ ."

"그럼, 여기 지금 다 들어와 있습니까?"

"그럴 거요. 저기, 서쪽 문 옆에 갈릴리의 알렉산더도 지켜보고 있잖아요?"

"아, 그러네요."

"로마에서 온 아레니우스 그 사람도 어딘가 멀리서 내려다보고 있을 거요."

"그 사람이요? 왜요? 만일 보고 있다면 안토니오 요새 위에서 내려 다보겠지요."

"아니오! 거기서는 이쪽 뜰이 잘 안 보이니 아마 남쪽 주랑건물 위 어디에 있을 거요."

"그나저나 제가 나가서 예수라는 그자를 당장 잡아서 … ."

"경비대장! 놔두시오. 지금은 먼저 움직이는 쪽이 속을 내비치는 셈 이 되오. 오늘은 그냥 두고 보시오. 예수라는 저자가 오늘 자기 뜻대 로 안 되었다고 생각했다면 내일 더 큰 도발을 할 게요."

"그런데 야손 제사장님! 왜 저자가 먼저 도발합니까? 숨을 죽이고 어디로 숨어들어야 할 사람인데, 거꾸로?"

"허허! 가늠해 보는 것이겠지요. 누가 들어와 있고, 어떻게 대응하 는지 보려고."

"가늠이라고 하셨습니까?"

"나는 그렇게 봐요. 보세요. 끌고 들어온 제자라는 무리들 중 아무 도 저자 옆에 몰려들지 않잖아요. 이상하지 않습니까?"

"그건 그러네요. 정말 이상하네요."

"저자는 지금 선을 슬쩍슬쩍 넘나들지만 아주 훌쩍 넘어 들어오지는 않고 있어요. 말하자면 우리를 시험하는 셈이오. 더구나, 이방인의 뜰에서 벌어지는 일이니 … ."

186

“그러니 우리 경비대가 나서야 할 것 같은데요?”

“무슨 명목으로? 장사꾼들 장사를 방해했다는 죄목으로? 그래 봐야 채찍 몇 대 맞을 일밖에 안 되고, 또 성전이 장사꾼들 뒤를 봐준다는 것을 공연히 인정하는 꼴이 돼요.”

“아하!”

“알렉산더가 히스기야를 저쪽 주랑건물 위에 끌어다 세워놓은 건 참 훌륭한 생각이오.”

“그런 것 같습니다.”

“경비대장! 아까 저 예수라는 자가 장사꾼들을 쫓아내면서 뭐라고 얘기하던데 …. 그 사람들 중 몇 사람을 이따 따로 좀 불러 주세요. 내가 물어볼 말이 있어요. 좀 이상한 점이 있어요.”

“예! 알겠습니다. 그런데 대제사장 각하께 뭐라고 보고하지요? 물어보실 텐데 ….”

“이따가 같이 들어가서 보고합시다. 그전에 내가 장사꾼들을 좀 먼저 조사하고.”

그러는 중에 경비대장을 따라나섰던 경비병들과 성전 뜰 곳곳에 서 있던 경비병들이 예수에게 가까이 다가간 것이 보였다. 성전 경내에서 소란을 피우는 사람은 그가 누구든 제압하여 처벌하라고 이미 대제사장이 전날 명령했기 때문이다. 그것을 본 경비대장이 옆에 선 부하에게 손으로 지시하자 그는 날카로운 소리가 나는 피리를 불었다. 그러자 예수를 덮치려고 몰려들던 경비병들이 모두 주춤주춤 뒤로 물러섰다.

경비대장은 부하를 시켜 길게 피리를 불도록 시켰다. 그러더니 뜰 안에 배치된 경비대 병력이 모두 볼 수 있도록 몇 걸음 걸어 나갔다.

그리고 두 팔을 올렸다 내렸다, 왼팔 오른팔을 각각 밖으로 휘어 꺾기도 하고 두 팔을 벌렸다 오므려 합치면서 알 수 없는 신호를 보냈다. 대장의 수신호를 보면서 늘 그를 따라다니는 부하 한 사람이 장정 양팔 길이만 한 깃발 두개를 펴서 신호를 보냈다. 그 신호에 맞추어 경비대는 배치된 자리 옆으로 이동하기도 하고, 뒤로 물러나기도 하며 위치를 조정했다. 경비대장이 그렇게 눈에 띄게 경비대를 수신호로 지휘하는 것은 보기 드문 일이다. 뜰에 들어온 그 많은 사람이 보고 있는 중에 경비대 병력이 대장의 신호에 척척 맞추어 움직이는 광경을 신기하게 보는 사람도 있고, 괜히 두려운 눈으로 보는 사람도 있다.

성전 경내에서는 성전 경비대만 무기를 소지할 수 있다. 허리에 짧은 칼을 차고, 로마군이 들고 다니는 방패 크기의 반 정도 되는 방패를 들고, 그리고 거의 언제나 팔 길이만큼 긴 방망이를 들고 다닌다. 그리고 이상하고 날카로운 소리를 내는 피리가 가슴에 대롱대롱 매달려 있다. 알 만한 사람들 얘기로는 경비대 병력의 무장은 로마군의 무기를 감당할 수 없을 만큼만 허용된다고 한다. 그래서 칼도 짧고, 방패도 작다는 얘기다.

성전 경비대는 성전 경내의 질서유지, 성전 출입문 통제, 그리고 대제사장과 제사장, 율법학자, 서기관과 관리들을 경호하는 임무를 맡고 있다. 그리고 성전 모든 시설과 기물을 지키고 경비한다. 성전 재물창고와 금고에는 거둬들인 돈과 금 대접, 은 사발 같은 보물들이, 식량창고에는 보관할 수 있는 과일과 곡식들이 쌓여 있고, 항아리마다 담근 날짜대로 향기로운 포도주가, 산지별로 분류한 올리브기름이 가득가득 들어 있다. 그런 창고 앞에는 밤낮으로 경비병이 몇 사람 붙어 지킨다. 이름은 성전 경비대인데, 예루살렘 성문 경비, 아랫구역 윗구역 순찰과 경계도 성전 경비대의 임무다.

경비대는 출입이 금지된 이방인이 이스라엘의 뜰에 슬쩍 끼어들지 못하도록 감시하는 역할도 맡았다. 이스라엘 사람 혈통을 증명하지 못하는 사람, 건강해 보이지 않거나 몸에 장애가 있는 사람, 미크베 욕조에 들어가 몸을 씻는 정결의식을 치르지 않은 사람, 이방인과 너무 가깝게 접촉하며 지낸 사람, 제사장에게 제대로 경의를 표시하지 않는 사람, 옷을 갖추어 입지 않은 사람을 제지하고, 만일 소란을 피우는 사람은 즉시 체포해 경비대 감옥에 가둔다.

성전 경비대는 명절기간에 도성에 진주한 로마 군인들을 주시하며 지켜보는 일도 맡았다. 별것도 아닌 일로 로마군 병력이 유대인들과 충돌하는 경우가 많기 때문이다. 거만하게 턱을 들고 다니는 로마 병사를 보면, 일부러 더 절그럭거리는 병장기兵仗器 소리를 들으면, 눈에 확 띄는 붉은색 군복을 입은 모습을 보면 가끔 자기도 모르게 피가 끓는 유대인이 있기 마련이다. 로마군을 위협하거나 소란을 피우는 유대인은 성전 경비대가 즉시 체포하여 감옥에 가둔다. 그런데 미처 성전 경비대가 손을 쓰지 못하면 로마군이 무지막지하게 두들겨 패며 체포해서 안토니오 요새 지하감옥으로 끌고 간다. 로마군에게 붙잡혀 가면 운이 좋아야 불구자가 돼서 풀려나오고, 대개는 짐짝처럼 수레에 시체로 실려 나온다.

때로는 성전 경비대 안에서도 로마군에게 적개심을 보이는 사람이 나타난다.

"저런, 저런 저 로마 놈들!"

성전 뜰을 둘러싼 주랑건물 위에 올라간 로마 병사들이 무례한 태도를 보일 때 더욱 그러했다.

"저 봐! 지금 저놈이 창끝으로 뜰을 가리키며 키들키들 비웃잖아!"

"저기 중간에 서 있는 놈은 아예 창으로 성소를 가리키는데?"

그건 성전과 유대인을 모욕하고 도발하는 자세다. 일부러 그런다고 생각할 만큼 로마 군인들은 거칠고 무례했다. 거기에 말려들면, 예상하지 못했던 유혈사태가 벌어질 수 있다. 성전 경비대 병력 중에도 그런 광경을 보면 피가 끓어오르는 사람이 있을 정도이니 경건한 유대인들이야 얼마나 분노할지 뻔한 일이다. 그런 광경을 직접 눈으로 보게 되면 성전 경비대장의 얼굴도 굳어진다.

"으흠! 내가 그렇게 부탁했거늘….."

명절이 되면 성전 경비대장은 로마군 예루살렘 위수대장의 지휘를 받게 된다. 명절 준비를 위해 얼굴을 맞댈 때마다 빼놓지 않고 위수대장에게 요청하는 내용이 바로 주랑건물 위에서 창끝이나 손가락으로 가리키며 사람 수를 세지 말라는 말이었다.

무례하면서도 도발하는 듯한 로마군 병사들 태도 때문에 군중이 술렁거리기 시작하면 성전 경비대장이 재빨리 먼저 손을 쓴다. 보통 경비대는 성전 뜰 가장자리 군데군데, 성전 주요 통로와 건물 앞에 서서 경비하고 별도로 예비대가 대기한다. 로마 병사의 도발이 군중을 격동했다고 판단하면 경비대장은 예비대를 뜰 한가운데로 내보내 행진을 시켰다. 성전건물 쪽에서 남쪽 주랑건물로, 때로는 동쪽 주랑건물에서 서쪽 주랑건물로 경비대가 줄을 맞춰 뜰을 가로질러 행진하면 곧 군중의 시선은 로마군에게서 경비대로 향하고, 뜰에서 끓어오르던 수상한 기운이 서서히 가라앉는다.

"경비대장!"

한참 만에 야손이 성전 경비대장에게 말을 걸었다.

"예, 야손 제사장님!"

"갈릴리 지방 사람들이 유월절을 맞아 성전에 올라올 때가 되지 않았나요?"

"예, 해마다 조금씩 다른데, 아마 내일쯤에는 갈릴리 사람들이 성전에 들어오기 시작할 겁니다. 왜 그러시는지요?"

"경비대장이 지켜보고 있다가 갈릴리 지방 사람들 중 예수가 살았다는 나사렛 마을 사람하고, 그리고 호숫가에 있다는 가버나움 사람들을 좀 찾아봐요. 그 사람들 몇 명을 내게 데려오시오!"

"예, 그거야 어려운 일 아닙니다. 원래 지방에서 도성에 올라올 때는 한 사람 두 사람 따로따로 오는 것이 아니고 마을 사람들끼리 무리지어 올라오니까요. 게다가 그 지방 사람들 사투리가 워낙 거세서 대개 말소리를 들어 보면 압니다."

"그래요. 내가 좀 만나보고 싶어서 …. 그리고 아까 얘기한 대로 예수에게 쫓겨난 장사꾼도 두세 명 내게 좀 데려오세요. 특히 돈 바꿔 주다가 봉변을 당한 사람."

"알겠습니다. 들어가 기다리시지요."

"나나 경비대장이나 이번 유월절을 잘 넘겨야 …."

"알고 있습니다. 야손 제사장님!"

야손이 로마군 예루살렘 위수대장의 힘을 배경 삼아 성전 경비대장을 자기 세력으로 끌어들인 지 이미 오래됐다. 로마의 허락을 받고 성전이 유지하는 5백여 명의 성전 경비대는 평상시에는 성전이 가진 유일한 무력이다. 성안에서 반란이나 봉기가 일어나면 각 대제사장 가문이 별도로 유지하는 비공식 가병家兵들은 즉시 성전 경비대장의 휘하에 편입되어 예루살렘의 치안활동에 투입된다.

　게다가 로마군이 도성에 들어오면 성전 경비대장은 로마군 예루살렘 위수대장의 지휘 아래 들어가고, 대제사장이라고 해도 평소와 달리 성전 경내의 경비 외에는 마음대로 경비대 병력을 이동시키거나 배치할 수 없다. 그건 바로 위수대장과 밀착한 야손 제사장이 성전 경비대 병력 운용에 깊숙이 관여할 통로를 일시적으로 확보한다는 말이다. 마음만 먹으면 야손과 경비대장 두 사람이 위수대 이름을 팔아 성전에 속한 모든 사람들까지 제어할 수 있는 비상권력을 쥘 수 있다는 뜻이다.

　명절기간에 성전 경비대 병력이 대제사장의 뜻에 반하여 로마군대의 보조병력으로 운용될 수 있다는 위험을 가장 심각하게 깨달은 사람이 대제사장 가야바와 마티아스 제사장 부자였다. 그러나 그들도 성전 경비대가 총독의 명령에 따라 예루살렘 치안병력에 편입되는 것에 대해 표 나게 나서서 불만을 표시할 수 없었다. 그러나 그건 성전이 유일하게 보유한 합법적 무력인 경비대에 지휘권을 행사한다는 형식적 문제를 넘어, 예루살렘 성전과 대제사장의 위상에 심각하게 손상을 입히는 조치라고 그들 부자는 깊이 우려하고 있었다. 그리고 그 우려가 현실이 되는 날이 점점 다가오고 있다.

✠

　유월절이 유대인의 명절이지만, 유대인이라고 아무 때나 성전에 들어와 제멋대로 돌아다닐 수 없다. 특히 갈릴리 지방 사람들처럼 성전의 절차나 규칙에 익숙하지 않은 사람들은 경비대의 안내를 받아야 하고, 뜰 남쪽 왕의 주랑건물 아래 자리 잡은 바리새파 선생들로부터 성전 예배와 제사에 대해 사전교육을 받아야 한다.

　이방인의 뜰에서 이스라엘의 뜰로 들어가는 곳에는 성전건물을 빙 둘러싸고 사람 가슴 높이로 돌담을 길게 쌓아 경계로 삼고 경비대 병력이 지킨다. 그 경계를 '소레그'라고 부르는데, 군데군데 열린 통로가 있어 오직 정결의식을 치른 이스라엘 사람만 통과하여 안으로 들어갈 수 있다. 그 담에는 "어떤 이방인도 성소를 둘러 세운 이 경계를 넘어 안으로 들어갈 수 없다. 발견되면 사형에 처할 것이며, 그것은 온전히 그 사람의 책임이다"라고 로마 말과 헬라 말로 경고문을 새겨 두었다.

　정해진 경계를 넘으면 죽음을 받아들여야 하는 사회가 이스라엘이다. 거룩하게 살라는 하느님의 명령이 토라다. 토라를 지키지 않으면 성문 밖에 끌려 나가 유대인들이 던지는 돌에 맞아 죽는다. 거룩은 지켜도 그만 안 지키면 비난을 받는 도덕이 아니다. 거룩은 신의 몫으로, 신의 뜻에 따라 나누어 구별해 놓았다는 말이다. 거룩을 문서화해서 법으로 만들어 놓은 토라는 이스라엘의 민족과 나라와 개개인을 규율하는 법이다. 가장 큰 형벌로 사형이라는 처벌조항까지 따라붙은 법이다.

성전에 오른다는 말은 하느님이 명령한 거룩함의 영역에 들어가는 일이다. 그 명령을 어기면 도덕적 비난이 아니라 죽음의 벌을 받는다. 이방으로부터 거룩한 땅 이스라엘로, 이스라엘에서도 더러움과 접촉할 수밖에 없는 지방에서 거룩한 도성 예루살렘으로, 예루살렘에서도 거룩한 성전으로, 성전에서도 이방인의 뜰을 거쳐 이스라엘 여자의 뜰, 이스라엘 남자의 뜰, 제사장의 뜰, 성소, 지성소로 점점 거룩의 핵심으로 들어가고 올라간다.

성전 뜰 왕의 주랑건물에서 바리새파 선생들이 자기가 맡은 지방 사람들을 모아 가르친다. 한 사람이라도 더 가르치려고 한 사람 두 사람 찾아오는 사람 모두 붙잡고 친절하게 설명해 준다. 그들은 하느님의 뜻을 밝혀 사람들이 눈을 뜨게 하고, 헛길로 들어서거나 구렁텅이에 빠지지 않도록 하는 일이 바리새파 선생의 임무라고 생각했다.

예루살렘 서쪽 30리쯤 떨어진 엠마오라는 마을에서 온 글로바와 그의 아내도 그 지방을 담당하는 바리새파 선생 야이르 앞에 앉아 가르침을 받았다. 글로바는 1년에 3번씩 명절마다 예루살렘 성전에 올라왔지만 그의 아내는 예루살렘이 아주 오랜만이었다. 원래 그들이 사는 엠마오라면 여자는 토라 공부에 참가할 수 없다. 그러나 성전 뜰에까지 같이 올라왔는데 여자라고 아내를 따로 떼어 놓을 수 없어 글로바는 아내까지 데리고 선생의 가르침을 들었다.

"선생님! 오늘은 제 아내까지 가르침을 받을 수 있도록 허락하시니 감사합니다."

"그래요! 잘 듣고 훌륭한 어머니가 되시오."

"벌써 아들이 하나 있습니다. 이번 명절에는 아이를 장모님께 맡겨놓고 오랜만에 아내와 같이 올라왔습니다."

"허허! 그대는 지극히 높으신 분의 은총을 받은 사람이군요."

"예! 선생님!"

"들으시오! 성전에 나오기 전에 정결의식은 치렀지요?"

"예, 예루살렘에 올라오기 전, 엠마오 집에서도 치렀고, 오늘 아침에 실로암 연못에도 들어갔다 나왔습니다."

"잘했어요. 성전에 나아가기 위해서는 이제까지 살던 '보통'과 구별된 모습을 갖추어야 하지요. 내가 보통이라고 말하는 것은 정결하지 않다는 뜻이오. 보통 음식은 정결규정에 맞지 않는 음식, 보통 사람은 정결규정에 맞추어 의식을 치르지 않은 사람이지요."

"예! 저도 보통에서 벗어나 구별과 정결의 절차를 마친 후 깨끗한 몸으로 지극히 높으신 분 앞에 나가야 한다는 것은 압니다."

"성전에 든다는 것은 보통이 거룩으로 변하는 일, 그러니까 성화聖化의 영역으로 들어가는 의식이라고 말할 수 있지요. 지극히 거룩하신 분이 머무시는 곳이니 거룩하지 않은 몸으로는 들어갈 수 없어요."

그때, 글로바의 아내가 무언가 묻고 싶은 표정을 지었다. 그걸 본 야이르가 물었다.

"무엇 궁금한 것이 있소?"

" 선생님! 그런데 제가 여자의 몸으로 나서서 여쭙기가 … ."

"괜찮아요. 말해 봐요."

"선생님! 오늘이 제물로 드릴 양을 미리 가려 놓는 날이라고 알고 있습니다. 유월절 명절을 준비하는 여러 일도 있고."

"그래요. 원래 명절 한 달 전부터 성전에서는 여러 가지 명절 준비를 하지요. 큰일이라면 무너진 길을 수리하고, 다리도 손보고, 여기 예루살렘 사람들에게 도성을 찾는 외지인들이 묵을 숙소를 미리 준비하도록 지정하는 일인데 …."

그는 얘기를 하면서 입맛을 다셨다. 그건 불만스럽다는 표시다. 하기야 바리새파 선생으로서는 알지 못하는 보통 사람을 자기 집에 받아들여 묵게 한다는 일이 마음에 불편하지 않을 리가 없다.

"그건 그렇고, 오늘 니산월 10일은 성전에서 제사를 지낼 제물을 골라 가려 놓는 날이지요. 아까 예수라는 웬 갈릴리 떠돌이 선생이 무리를 끌고 들어와 비둘기 파는 사람과 성전세 바꿔 주는 사람을 성전 뜰에서 내쫓기는 했지만 …. 하여튼 형편이 어려운 사람은 비둘기라도 한 쌍 사서 유월절 전까지 제사를 드리고, 양으로 제물을 바치는 사람은 그 전에 골라 놓았다가 유월절 당일에 제사를 드리지요."

"양을 제물로 바치는 사람들이 많은지요? 저희는 그저 비둘기를 바쳐야 할 형편입니다만 …."

"많지요. 웬만하면 좀 어렵더라도 모두 양을 바치고 싶어 하는 마음이니까. 엠마오는 거리가 가깝지만 먼 거리, 어떤 사람은 가족을 다 이끌고 닷새 엿새 걸어옵니다. 그런 사람은 당연히 좀 제물을 잘 드리고 싶겠지요, 양으로."

"그렇게 양으로 제사드리는 사람이 많으면 유월절 하루에 제사를 다 마칠 수 있는지요? 그 많은 양을 하루에 다 제물로 드리기에 벅찰 것 같아서요."

"맞아요. 그래서, 유월절 하루에 그 많은 양을 다 잡아 제사를 드릴 수 없으니, 유월절 다음 날, 그러니까 무교절 기간 내내 어느 날이든 유월절 제물을 바칠 수 있어요."

아내가 묻고 야이르 선생이 답하는 말을 듣고 있던 글로바가 물었다.

"그런데, 선생님! 저는 그저 비둘기만 제물로 바쳤기 때문에 한 번도 양을 제물로 드린 제사를 눈으로 본 적이 없습니다. 저도 그걸 좀 볼 수 있을까요?"

"제사장의 뜰에서 양을 잡아 제사드리니 제사장 아니고는 아무도 그 뜰까지는 들어갈 수 없고, 다른 사람이 바친 제물로 제사드리는 것을 볼 수는 있다고 합니다. 이스라엘의 뜰에서 안으로 들여다보면 보일 테니까. 그런데, 여자는 그 이스라엘 남자의 뜰까지 못 들어가니 … ."

"아이구, 선생님! 저는 보기가 좀 … 무서워서 … ."

"그럴 거요. 그래서 남자 아이들 중에는 눈을 가린 채 소리를 지르며 뛰어나오는 애들도 있어요. 제사장 뜰에 제물을 드리는 제단이 있고, 제단 북쪽에 양을 도살하는 자리가 있어요. 거기에 고리가 달린 24개의 기둥이 4줄로 죽 늘어서 있는데, 희생 제물로 쓸 양의 목을 그 고리에 넣어 묶어 기둥에 붙들어 매단 채 도살하지요. 그 기둥 옆에는 별도로 좀 짧은 8개의 기둥이 서 있고 기둥 위에는 아주 두껍고 튼튼한 백향목 판이 덮여 있어요. 그 판에 쇠로 된 갈고리가 매달려 있어서 도살한 제물을 그 고리에 매단 채 가죽을 벗깁니다. 이번 유월절이 안식일과 겹치기 때문에 이런 때는 짐승 가죽을 다 벗기지 않고, 젖꼭지 있는 곳까지만 가죽을 벗겨야 해요."

"그런데, 참! 선생님! 제가 늘 궁금했는데, 안식일하고 유월절이 겹치면, 안식하라는 가르침은 어떻게 됩니까? 제사를 안 드릴 수도 없고⋯."

"잘 물었어요. 그런 걸 묻는 사람이 가끔 있어요. 그런데, 유월절 제사를 드리기 위한 일들은 토라의 안식일 규정에 예외로 칩니다. 원래 토라에는 그런 예외를 둔다는 말이 없었는데, 우리 바리새파 선생님들이 그렇게 해도 된다고 해석했지요."

짐승을 잡고, 피를 받아 제단 위에 뿌리고, 가죽을 벗기고, 부위별로 각을 뜨고, 내장을 빼내고, 내장과 기름 그리고 하느님께 바치는 부위를 제단에서 불살라 태우는 일은 제사장들의 몫이다. 레위인들은 주로 제사장 뜰 밖에서 잔심부름을 맡는다. 제사장이 제단을 빙 돌아가며 피를 뿌리고 제물을 불사르는 동안 레위인들은 제사장의 뜰 밖에 따로 마련된 단 위에 올라서서 하느님께 드리는 찬양으로 시편詩篇 노래를 부른다.

"저야 뭐 그럴 형편이 안 됩니다만, 이방 지역에 살다가 온 돈 많은 사람들이 큰 제물로 제사드릴 때는 악기 연주도 곁들여 찬양을 드린다고 들었습니다."

"뭐 꼭 부자만 그럴 것은 아닌데, 하기야 제물도 큰 제물 바치고, 성전에 헌금도 듬뿍 바치면 제사에 좀더 정성을 들이는 셈이니⋯."

"제물을 드린 사람이 유월절 밤을 넘기지 말고 양고기를 다 먹어야 한다고 들었습니다."

"그렇지요. 제물에서 불살라 제사드리는 부위, 제사장 몫으로 넘겨줘야 하는 부위를 뺀 나머지는 제물을 바친 사람에게 돌려주지요. 그런데 그렇게 날고기로 넘겨주면 어떻게 먹을 수가 없으니, 레위인들이 고기를 익혀서 넘겨줍니다. 그러면 같이 올라온 가족이나 친척들이 모두 둘러앉아 누룩 안 넣고 구운 빵과 함께 먹지요. 그런 날은 참 볼만합니다. 성전 뜰에 1만 명 훨씬 넘는 사람들, 1만 명이 뭐요, 2만 명 넘을 때도 있으니까, 제물을 바쳐 제사드릴 형편이 안 되는 사람도 그날은 성전 뜰에 들어오면 고기를 나눠 먹을 수 있지요. 아침 해가 뜰 때까지 고기를 남겨두면 안 되니까 … ."

"아하!"

"여기 예루살렘 사람, 아랫구역에 사는 사람들은 애들까지 데리고 식구가 다 들어와요, 성전 뜰에. 그날 밤에는, 그날 밤은 통행금지가 없으니까 … . 그러면 고기를 좀 나눠 먹을 수 있지."

"제물 가죽은 어찌 합니까? 그게 꽤 귀한 물건인데요."

"가죽은 양을 도살한 제사장 몫입니다. 특히, 짐승을 통째로 불에 태워 제사드리는 번제燔祭의 경우나, 내장과 기름과 일부 고기를 태우는 희생제사의 경우에도 언제나 가죽을 벗겨 제사를 맡은 제사장의 몫으로 넘겨줘야 해요. 그런데, 명절제사의 경우에 제물이 너무 많으면 간혹 제사장들이 제물을 바친 사람에게 가죽을 돌려줍디다."

"집이 예루살렘이나 가까운 곳이면 몰라도, 아까 선생님 말씀처럼 며칠씩 먼 길 걸어 지방에서 올라온 사람은 가죽을 건사해서 가지고 내려가기 어렵지 않겠습니까? 제가 알기로는 가죽을 잘못 다루면 곧 상할 텐데 … ."

"그런 사람들은 잠자리를 내준 예루살렘 주인에게 가죽으로 보답하는 일도 있다더군요. 그러면 그 주인은 가죽을 무두장이에게 넘겨 잘 다듬어서 필요한 대로 쓴대요."

"그렇게 가죽 다루는 일도 더러운 일인데 … ."

"그래서, 무두장이들이 성전 문밖에 기다리고 있다가 가죽을 받아 간답니다."

"그런 일을 제대로 하려면 사람이 보통 많이 필요하지 않겠습니다."

"그러니까 명절마다 지방 제사장들, 그리고 레위 사람들이 모두 성전에 올라와서 각자 순서 맡은 일, 그 사람에게 떨어진 일을 하지요. 그런 일은 대개 심지를 뽑아 결정하지요."

유대인들은 예로부터 심지를 뽑아 어떤 일을 결정하는 일이 많았다. 성전에서 그날그날 일을 맡는 당번을 정할 때도 심지를 뽑았다. 주관하는 사람이 사람 수대로 심지를 들고 있으면 둘러선 제사장들끼리 그리고 레위인들끼리 심지를 뽑아 당번과 순서를 정했다.

성전 제사에서 만일 실수로 어느 순서 하나를 빠뜨리거나 잘못 시행하면 그 해의 대제사장과 제사장들, 담당자들이 두고두고 사람들 입에 오르내린다. 의식의 순서 하나라도 잘못되면 의식 전체가 잘못된 것으로 간주했기 때문이다. 따라서 특별히 어떤 부분에 대하여 의견이 서로 다르고 모호한 부분이 있으면 성전에서는 미리 율법학자나 저명한 바리새파 선생들에게 자문하여 준비했다.

"선생님! 이렇게 자세히, 더구나 제 아내까지 데려왔는데 잘 가르쳐 주셔서 정말 감사합니다."

"뭘! 내 일인데 …. 나는 여기 이 자리에 계속 있을 테니, 혹 궁금한 것 있으면 언제든지 여기로 나를 찾아와요. 참, 동네 사람들은 같이 안 왔어요?"

"아! 내일 많이 올 겁니다. 동네 사람 오면 저도 다시 그 사람들과 같이 오겠습니다. 다 친척들이라서 …."

"처음부터 엠마오에 살지는 않았지요? 다 불타고 무너진 다음 옮겨간 사람들이라던데 … ."

"예! 맞습니다. 예전에 로마 장군이 집이고 뭐고 다 부수고 사람들 모두를 로마로 끌고 가서 종으로 팔고 난 다음, 우리 친척들은 원래 예루살렘 아랫구역에 살았는데 그때 엠마오로 많이 옮겨가서 땅을 차지했습니다. 그래서 아직 여기에 친척들이 좀 살고 있어서 예루살렘 올 때마다 친척집에 묵습니다."

"그래요! 그럼 들어가 봐요. 그런데, 비둘기 사려면 다시 밖으로 나가야 할 텐데? 아까 예수 그 사람이 다 쫓아내서 지금은 없어요, 비둘기 파는 사람이 … . 봐요! 저기에서 팔았었는데."

"아! 참! 왜 쫓아냈답니까? 그 사람이?"

"에이, 나는 몰라! 한참 소동이 일어났으니 … . 저쪽 솔로몬의 주랑건물 안에 사람들 많이 모여 있는 거 보이지요? 그 사람들이오. 그런데 그 곁에 가지 마시오. 위험하기도 하고, 더러운 사람들이 틀림없어요. 그자들, 여자들까지 껴서 우르르 함께 몰려다닌다니, 이건 원 … ."

"예! 잘 알겠습니다. 선생님 감사합니다."

글로바와 아내는 공손히 인사하고 자리를 떴다. 야이르 선생이 지켜보고 있을 것 같아 그들 부부는 서로 눈을 꿈쩍거리며 이방인의 뜰을 지나 이스라엘의 뜰로 들어갔다. 그리고 성전 뜰에 사람들이 많이 모여 있는 틈을 타서 예수가 사람들을 모아 가르치는 자리를 찾아갔다. 비둘기는 다음 날 사서 제사드리기로 마음먹고, 그날은 우선 예수라는 사람이 무엇을 어찌 가르치는지 구경이나 해보기로 했다.

✝

　해마다 유월절이 다가오면 대제사장 가야바는 성전의 제사장들, 서기관과 관리들을 모아 놓고 특별한 지시를 내렸다. 이번 유월절을 맞으면서 이미 그는 며칠 전에도 똑같은 지시를 내렸다.

　"유월절이 다가오는데, 모두 정신 똑똑히 차리고 모든 일에 실수 없기를 바라오. 이번 명절이 중요한 것은, 유월절이 우리 이스라엘의 해방명절이라는 점이오. 지극히 높으신 분께서 우리 조상에게 유월절을 지키도록 명령하셨으니, 정해 주신 법도에 따라 제사의 모든 순서와 절차를 지키기 바라오."

　비록 평범한 지시 같지만 그 속에는 두 가지 중요한 내용이 들어 있다. 첫째는 유월절이 가장 민감한 명절, 해방명절이라는 말이다. 해방의 의미보다 유월절 제사의식에 집중하라는 은근한 지시다. 또 한 가지는 유월절 제사도 기본적으로는 토라에 따라 성전에게 맡겨진 제사이니 제사의식의 절차에 따라야 한다는 말이다. 결국, 제사드리는 의식으로 유월절 명절 행사를 제한한다는 말이다. 차마 대놓고 제사만 드린다고 말할 수 없으니 그렇게 지시했지만 성전에서 일하는 모든 사람들은 대제사장이 하려는 말뜻을 모두 잘 알아들었다.

　"이번 유월절 명절 끝나면 대제사장이 얼마나 나눠 줄까요?"
　제사장들이나 성전에서 일을 맡은 사람들에게는 명절 중간과 끝에 대제사장이 분배해 주는 음식이며 식량이나 재물이 바로 그들의 수입이다. 그렇게 받은 것으로 다음 명절까지 살아야 하니 유월절 수입에 모든 사람들이 깊은 관심을 보일 수밖에 없다.

"뭐 해마다 유월절에 주던 것만큼 주지 않을까요? 가야바 대제사장이 그 자리를 맡은 지 15년째인데, 뭐 특별히 더 주거나 덜 주거나 그런 적 없이 해마다 거의 일정하지 않았어요?"

"그건 그런데, 들리는 소문으로는 이번에는 좀 시끄러운 일이 생길 것 같고, 잘못하면 무사하게 못 넘어갈 수도 있다고 하고 … . 게다가 뭐 특별히 쓸 데가 많아서 좀 줄인다는 얘기도 돌고 … ."

"그럼 안 되는데! 이번에 성전에서 나눠 줄 걸 예상하고 좀 당겨 쓴 것이 있는데 … . 어쩐다?"

성전이 명절 끝에 성전에서 일하는 모든 사람에게 직급별로 얼마씩 나눠 주는 것은 대제사장이 특별히 호의를 베풀고 안 베푸는 문제가 아니다. 지난 5백 년 넘는 세월 동안, 새로 성전을 지어 바친 이후 매년 지켜왔던 일이다. 다달이 나눠 주지는 않았지만 명절 때마다 대제사장 가문들, 제사장들, 서기관들과 관리들에게는 성전에서 나눠 주는 몫이 그들이 살아가는 기본 수입이다. 매일 드리는 성전 제사에서 일을 맡은 사람들의 몫이 있고, 명절마다 들어오는 수입에도 몫이 있고, 성전세, 헌물, 십일조에도 각각 직급과 신분에 따라 몫이 있다.

유대에서는 곡식을 생산하든, 포도주나 올리브기름을 생산하든, 목동들이 키운 양이나 염소든 모두 예루살렘 성전에 세금이나 십일조, 성전 제사의 명목으로 모인다. 성전은 그렇게 거둬들인 것을 직접 생산하지 않고 먹고사는 사람들, 성전 관리와 성전에서 일하는 사람들에게 나눠 주었다. 말하자면 재분배하는 셈이다. 예루살렘성에 사는 사람들은 모두 성전이 실시하는 재분배의 어느 단계에 연결되어야 먹고 살 수 있다.

그래서 명절 무렵이 되면 사람들은 더욱 더 윗사람의 눈치를 살폈
다. 성전에서 일하는 사람은 대제사장의 눈치를 살폈고, 대부분의 예
루살렘 주민들은 성전 눈치를 살폈다. 그중에서도 아랫구역에 사는
사람들은 아침에 눈을 뜨면서부터 저녁에 잠자리에 들 때까지 성전만
바라보며 살 수밖에 없다. 그들은 성전에서 나눠 주는 것으로 먹고살
기 때문이다.

⁜

예수가 예루살렘 성전에 나타나지 않았더라면, 로마황제 티베리우
스 19년의 유월절도 해마다 지키던 명절처럼 평온하게 지낼 수 있을
것이다. 빌라도 총독이든 성전의 가야바 대제사장이든 예년처럼 편안
한 마음으로 느긋하게 명절을 즐기고 그들이 거둬들일 재물을 계산할
수 있었을 것이고, 예루살렘 아랫구역 사람들이나 움막마을 사람들도
성전이 내려줄 빵과 유월절 양고기를 기다리면 될 일이었다.

그런데 갈릴리의 예수가 예루살렘의 평안과 사람들에게 익숙한 유
월절을 흔들었다. 해질 무렵 서쪽 하늘은 가슴이 섬뜩할 만큼 날마다
붉었고, 새들은 괜히 이 나무 저 나무로 후르르 후르르 떼를 지어 날아
다녔다.

그날, 유월절을 닷새 앞둔 니산월 10일, 아침나절에 예수를 따라
우르르 성전까지 들어갔던 움막마을 사람들이 얼마 지나지 않아 허둥
지둥 천막으로 돌아왔다. 얼마나 빨리 달려왔는지 모두 숨을 헐떡거

렸다. 숨이 차서 말도 제대로 안 나왔다.

"어이구, 어이구…, 별일이네!"

"왜? 왜?"

"예수, 그 선생님이 글쎄 … 줄로 채찍을 꼬아 가지고 막 휘두르면서 다 둘러엎었어! 돈 바꿔 주는 장사꾼들 상, 그리고 비둘기 장사도 다 내쫓고 … ."

"왜? 그 사람들이 예수에게 대들었나?"

"그러지도 않았는데, 그냥…, 그냥 성전 뜰에 들어가더니 다짜고짜 뒤엎었어."

"성전 경비대는 뭐하고? 그냥 두고 보던가?"

"몰라! 틀림없이 큰일 나겠다 싶어 나는 뒤도 안 돌아보고 그냥 도망 나왔네. 아마 큰일이 벌어졌을 거야, 지금쯤 … . 로마 군인들이 성전 뜰 주랑건물 위에 얼마나 많이 늘어서서 내려다보는지, 소름이 쫙 끼치고 오금이 저려서 … . 예수 선생은 그런 건 아예 눈에도 안 들어오는 모양이데."

"왜 그랬을까? 그렇게 안 보이던 사람이 … ."

"아이구, 말도 마! 성전에서 누가 나와 물어보면, 나는 따라 들어가지 않았다고 할 테니, 자네도 그리 말을 맞추세."

"그거야 알았네만, 왜 그랬을까? 그런데 제자들이라는 사람들은 어쩌던가?"

"그냥 놀라서 입만 벌리고 … . 글쎄, 구경만 하더라니까. 어찌어찌하자고 미리 얘기가 없었나 봐!"

"그럴 리가?"

"정말이야! 그냥 '어? 어? 저런, 저런!' 하면서 구경하더라고."

곧 움막마을 사람들이 몇 명씩 차츰차츰 모두 돌아왔다. 그들이 하는 말은 거의 똑같았다. 어떤 사람은 예수가 성전을 혼내 주려고 그랬다고 말하고, 어떤 사람은 성전과 시비를 벌이려고 일부러 그랬음이 분명하다고 말했다.

"내 생각으로는, 왜 예수 선생님이 엊저녁 때 처음에도 그랬고 오늘 아침에도 그리 말씀하셨잖아? 저기 저 돌 위에 올라서서. '여러분 눈앞에 우뚝 서 있는 세상의 악은 결국 하느님 심판을 받고 말 것입니다.' 그렇게 말씀하실 때, 나는 선생님이 성전을 적으로 삼는 분이라고, 그렇게 생각은 들더라고. 그런데 아니나 다를까, 오늘 성전에 들어가자마자 곧바로 일을 벌이시더구먼."

"그런데 자네는 왜 나왔나? 거기 좀더 있지? 다윗의 자손이라느니, 거룩한 분의 이름으로 오는 메시아라니 어쩌니 하면서 춤추며 따라 들어간 사람이!"

"그래서 그런지, 어쩐지 나도 오늘은 따라 들어가기가 좀 망설여지더라고…. 뭐, 나만 그랬나? 성안 사람들, 예수 선생님 따라 성전에 들어간 아랫구역 사람들도 다들 같은 생각이었겠지. 그런데 말이야, 내가 나오면서 보니 아랫구역 그 사람들도 모두 몰려 나가더라고, 단단히 놀란 모습으로…."

"성전 사람들이 빵을 나눠 주면서 '성안에는 들어가지 마라' 여러 번 얘기했는데 따라 들어갔다 나와서는 뭘 잘했다고 자꾸 떠들어대?"

"그럼, 자네가 성전 사람한테 일러바칠 텐가? '이 사람은 성전 들어갔다 나왔어요!' 그러고?"

"그런 얘기가 아니고, 우리에게 지금 뭐가 남았어? 집이 있어? 밀자루가 있어? 아무것도 없잖아! 성전에서 내려주지 않으면 당장 굶어 죽게 생겼잖아! 그러니, 내가 자네한테 하는 말은, 성전 비위 거스르지 말자, 당분간 조용히 성전이 하라는 대로 따르자, 그 말이야. 움막마을 사람들 중 누구누구가 예수 따라서 성전에 들어갔었다고 얘기라도 나와 봐! 성전이 우리를 곱게 보겠어? 그러다가 '그 사람들 괘씸하니 빵을 나눠 주지 마라', 만일 대제사장이나 누구 높은 사람이 그리 명령이라도 내리면, 누가 빵을 줘, 우리한테? 그렇게 되면 성전 지시를 잘 지키고, 그냥 조용히 명령대로 여기 엎드려 있던 사람들까지 다 피해를 본다, 그 말이야."

"알았어, 그건. 나도 생각이 있으니까 얼른 뒤돌아 나왔지."

예수가 가슴 아프게 생각하며 끌어안으려던 사람들, 움막마을 사람들이 제일 먼저 등을 돌렸다. 새 세상이 오기를 가장 절실하게 기다리는 사람들이지만 그때까지 기다릴 수 없는 사람들이기 때문이다. 그 사람들이야말로 예수가 무너뜨리려는 성전체제, 그 끄트머리 가지에 매달린 나뭇잎 같은 처지였다.

움막이 불에 타 무너지지 않았더라면 성전은 그들이 굶든 먹든 눈 감고 지나쳤을 것이다. 내심 화재에 대한 책임을 생각해서 빵이라도 내려주기 시작했겠지만, 당장 빵을 받아먹어야 하는 움막마을 사람들로서는 성전이 베푸는 구호가 고마웠다. 그들은 앞으로 무교절 끝날 때까지 열흘 남짓, 성전이 매일 내려준다는 빵에 기대어 살아야 한다.

예수가 이루려는 새 세상의 역설逆說이다. 사람은 당장 먹어야 하고, 마셔야 하고, 졸리면 드러누워 눈 붙이고 잠을 자야 한다. 그 일

을 해결하지 못하면 열흘 후부터 움막마을 사람들은 모두 굶고 앉아
있어야 한다.

　예루살렘성 아랫구역 사람들은 그래도 성밖 움막마을 사람들보다
는 좀 나았다. 당장 성문 앞에서 하루하루 성전이 내려주는 빵을 기다
려야 하는 움막마을 사람들과는 달리 그들에게는 그래도 저녁거리 아
침거리는 있다. 드러누워 눈 붙일 잠자리도 있다. 허드렛일, 심부름,
뒤치다꺼리지만 그래도 성전에서 맡은 일이 있고, 나름대로 성전에
줄을 대고 살아가는 법을 안다.
　아침에 예수를 따라 성전에 들어갔다가 갑자기 예수가 벌인 난동을
직접 눈으로 보면서 그들 대부분은 벌린 입을 다물지 못할 만큼 놀랐
다. 예수가 선언한 하느님 나라가 어떻게 나타날지 눈을 반짝이며 관
심을 보였던 그들이지만 이미 이 땅에 이뤄졌다는 하느님 나라의 시작
은 어설프기 짝이 없었다. 적어도 그 나라가 성전의 대안이라고 믿기
에는 그들 눈으로 보아도 준비도 안 되었고, 세력도 없었다. 더구나
아랫구역 사람들이 현재 살아가는 것보다 하느님 나라가 더 나은 삶을
보장해 줄 것이라는 믿음이 완전히 사라졌다.
　예수가 성전 장사꾼들을 내쫓는 광경에 놀라 후다닥 달아난 움막마
을 사람들과는 달리, 아랫구역 사람들은 성전 경비대와 주랑건물 위
에 늘어선 로마 군인들의 움직임을 주시하면서 예수와 제자들의 행동
을 주목하며 그 주위를 맴돌았다.
　"안 되겠네, 내려가세!"
　"아녀! 좀더 보자고. 무슨 생각이 있어서 저런 일을 벌였겠지. 저쪽

솔로몬의 주랑건물까지 따라가 무어라고 하는지 들어 보세."

"들어 보나 마나, 저거 봐! 제자라는 사람들은 모두 어깨를 늘어뜨리고 축 처져서 걸어가잖아! 저 사람들, 예수 선생이 일을 벌였을 때 한 사람도 자기들 선생 따라나선 사람이 없었어. 그저 놀라서 뻥하고 쳐다보기만 했지."

"그건 나도 알아. 그런데 한번 들어 보자고."

아랫구역 사람들 중에도 몇 사람은 일찌감치 뒤돌아 나갔다. 그러나 대부분의 사람들은 무슨 일인지 알아나 본다는 마음으로 슬금슬금 솔로몬의 주랑건물을 향해 움직였다.

"그런데, 예수가 왜 장사꾼들을 내쫓았을까? 채찍까지 휘두르며?"

"채찍은 어디서 났대? 아예 처음부터 작정하고 가지고 들어왔나?"

"아녀! 저기 장사꾼들 모여 있던 장소 앞에 기다란 줄이 하나 떨어져 있었어. 그걸 집어든 거지."

"채찍을 휘두르며 성큼성큼 걸어가는 모습을 보니 뭔가 내 가슴속이 뭉클하더니 두근두근한데, 웬일인지 … ."

"그런데 이상하다? 성전 경비대하고 저기 주랑건물 위에 늘어선 로마 군사들이 모두 조용하네. 아무 일도 없었던 듯, 아무것도 못 본 듯 … ."

"그러게, 별일이네. 무슨 꿍꿍이속이 있겠지. 아, 그 가야바 대제사장이 얼마나 음흉한 사람인데? 더 큰일을 저지르기를 기다리고 있을지 몰라!"

"그건 그래. 저기 봐! 대산헤드린 회의실 쪽, 그리고 저기 몇 사람 제사장들이 여기 뜰을 바라보면서 뭐라고 서로 얘기하고 있잖아."

"흐음! 예수가 하는 얘기 좀 들어 보고, 이상하다 싶으면 우리도 서

둘러 나가세.”

“그게 좋겠어.”

누구나 그렇겠지만 아랫구역 사람들은 성전 뜰에 올라와서 걸을 때마다 늘 이상한 생각에 빠진다. 성전 이방인의 뜰에 그려진 수많은 사각형, 격자格子 때문이다. 자기가 서 있던 칸에서 다른 칸으로 옮기면 마치 허락된 범위를 벗어나는 것처럼 느낀다. 몇 번째 격자에서 몇 번째 격자로 움직이고 있는지 감시받는 것처럼 느낀다. 어떤 사람은 그 격자야말로 로마군대와 성전 경비대가 사람들을 위축시키기 위한 수단이라고 말했다. 사람 수를 세기 위해 그런다지만 그건 성전 문을 통해 들어오고 나가는 사람만 세면 충분하기 때문이다.

성전 경비대나 로마군이 뜰 안에서 사람들이 움직이는 것을 어찌 관리하고 파악하는지 아랫구역 사람들 중 아는 사람은 아무도 없다. 그러나 자기 움직임을 지켜보는 눈이 있고, 어느 순간 어느 지점에 서 있는지, 그 위치가 감시하는 사람들에게 드러난다는 사실 하나만으로도 성전 뜰에 들어오면 자연히 위축될 수밖에 없다. 아랫구역 사람들은 자기도 모르는 사이 힐끔힐끔 성전 쪽을 바라보거나 주랑건물 위 로마군사를 올려다보았다.

✠

그날 아침, 매일 성전에서 열리는 대大산헤드린 회의 중에 갑자기 분위기가 술렁거렸다. 몇 사람이 일어서더니 이방인의 뜰이 내다보이는 문으로 몰려갔다.

"무슨 일입니까? 회의 중에 왜 갑자기 자리를 뜹니까?"

의장석에 앉아 있던 랍비 가말리엘이 못마땅하다는 듯 물었다. 늘 온화하고 정중한 사람이지만 회의 중에 의장의 허락 없이 자기 자리를 벗어난다면 그건 분명 자신을 존중하지 않는다는 표현이라고 생각했기 때문이다.

"어! 저기, 저기!"

문밖을 내다보던 의원이 놀라면서 손으로 뜰을 가리켰다. 그와 함께 문에 몰려 있던 의원들 여러 명이 제각각 한마디씩 내뱉었다.

"저런! 고얀…."

"아이구! 채찍까지 들고서 날뛰네."

"경비대는 뭐 하누? 평소에는 꺼덕꺼덕 잘도 헤집고 다니더니."

"의장님! 이리와 보세요. 저 저, 예수라는 자가…."

그 말에 의원들이 모두 우르르 일어나 문 쪽으로 몰려가려고 하자 가말리엘이 큰 소리로 외쳤다.

"조용, 조용하세요! 대산헤드린 의원 체통을 지키세요. 모두 자리를 지키고 앉아 계세요."

그런데도 의원 몇 사람은 들은 체도 안 하고 아예 문밖으로 나갔다. 그들은 손짓발짓하고 떠들어 대면서 이방인의 뜰 서쪽 주랑건물 부근을 바라보고 있었다.

"모두 들어오세요!"

가말리엘은 거듭 큰 소리로 진정시키려고 애썼다. 아무리 학식과 덕망이 높은 사람이라고 소문난 의원일지라도 그 모습이 한결같은 사람은 의외로 많지 않다. 때로는 보통 사람과 조금도 다르지 않다. 의장의 제재를 아랑곳하지 않고 나가서 손짓발짓하며 크게 떠드는 그들이 바로 그렇다.

"들어오세요! 자리를 지키세요!"

존경받는 바리새파 지도자 랍비 가말리엘 의장이 그 정도로 언성을 높이는 일은 이제까지 거의 없었다. 그만큼 몇몇 의원들의 경망스러운 태도에 크게 화가 났다는 표시다. 게다가 그렇게 우르르 문으로 몰려간 의원들이 모두 바리새파 중에서도 가말리엘이 수장을 맡고 있는 힐렐파 의원들이니, 늘 힐렐파와 경쟁하는 샤마이파 의원들이 흘겨보는 눈이 그로서는 부끄러웠다.

자리로 돌아와 앉은 의원은 쑥스러워서 그런지 좀 과장된 표정과 말투로 입을 열었다.

"거, 어제 얘기가 나왔던 예수라나 누구라나, 그 사람 같은데, 그자가 채찍을 휘두르며 성전 뜰에서 돈 바꿔 주는 사람들 상을 모두 둘러엎고, 제물로 비둘기 파는 사람들도 다 내쫓았습니다."

"뭐요? 이런 자가 있나!"

"성전 경비대는 그걸 가만두고 있어요, 지금?"

의원들이 제각각 한마디씩 했다. 그래도 가말리엘은 아무 말도 하지 않고 의장석에 앉아 그저 맞은편 의원석을 지켜보았다. 그는 사태가 얼마나 심각한지 잘 알았다. 속으로는 앞으로 벌어질 일에 대하여 생각했다.

전날 대산헤드린 회의할 때 한 번 간단하게 보고한 이후, 예수를 어떻게 처리할 것인지 성전은 대책을 보고하지 않은 채 시간을 끌고 있다. 성전의 보고를 먼저 받지 않으면 대산헤드린이 직접 나서서 할 수 있는 일은 아무것도 없다. 조사권한이 없는 대산헤드린은 성전이 조사하고 결과를 보고해야 재판을 시작할 수 있다.

예수가 제사용 제물을 파는 장사꾼을 쫓아내고, 돈 바꿔 주는 사람에게 폭력을 휘둘렀다는 말에 가말리엘은 내심 크게 놀랐다. 소문으로 듣기로 그는 한없이 온화하고 조용하고 지혜로운 사람이라고 들었는데 무슨 이유로 폭력까지 행사했을까?

가말리엘은 전날 밤에 힐렐파의 바리새 지도자들을 초대하여 상의한 일을 떠올렸다. 일부 사람들은 은근히 예수에게 기대를 걸고 있지만, 근본 없는 그 갈릴리 사람을 유대의 안전을 위해 반드시 제거하자고 모두 의견을 모았었다. 그런데 오히려 예수가 먼저 도발하고 나섰다니…. 가말리엘은 앞으로 일이 뜻밖으로 복잡해질 것을 걱정했다.

'왜? 왜 그가 먼저 폭력을 휘둘렀을까?'

바리새파 눈으로 보면, 예수의 행동은 크든 작든 폭력이다. 그가 먼저 폭력적인 방법으로 그의 뜻을 밝혔으니 하려는 말보다 수단이 문제가 되기 시작했다.

'폭력이 폭력을 부르는 악순환을 그가 왜 먼저 시작했을까? 로마총독이 도성에 들어와 있고, 때는 유월절인데….'

'하기야 성전에서 제물을 사고팔고, 성전세로 낼 세겔을 바꿔 준다며 폭리를 취했으니, 그건 옳은 일이 아니지.'

가말리엘이 생각하기에 이번 소동은 대제사장 가야바가 자초한 일이었다. 예루살렘 대산헤드린 의장 자리에 오르자마자 그는 여러 번 대제사장에게 성전 뜰에서 제물을 파는 일을 중단하라고 요청했는데도 불구하고 탐욕스러운 가야바는 들은 척도 하지 않았다.

원래 토라의 가르침대로 하자면 제사드리러 성전에 올라오는 사람은 자기가 키운 양이나 염소를 끌고 올라와 제사드리는 것이 법이었다. 그런데 살아 있는 짐승이라 그렇게 먼 길 끌려오는 동안에 병이 날 수도 있고, 상처도 생길 수 있어서 제물로 바칠 수 없는 경우가 많았다. 그런 어려움을 풀어 주자는 목적으로 성전 동쪽 기드론 골짜기 건너 올리브산 자락에 시장을 네 군데나 열어 흠 없는 양이나 염소를 사고 팔 수 있도록 조치했다.

그런데 그렇게 골짜기 건너편 시장에서 사온 짐승이라도 제물을 검사하는 제사장이 흠이 있다고 받아들이지 않는 일이 종종 벌어졌다. 짐승을 무르려고 다시 시장으로 끌고 가보면 짐승을 판 사람은 이미 사라진 뒤였다. 대신 다른 장사꾼이 기다리고 있다가 처음 값의 반에도 못 미치는 돈에 짐승을 되사들였다. 성전의 담당 제사장, 처음 짐승을 판 사람, 성전이 받아들이지 않는 짐승을 되사는 사람, 대부분 그들이 미리 짜고 부린 농간이라는 소문이 퍼졌다.

그런 일이 잦다는 핑계로 4년 전 유월절부터 가야바 대제사장이 올리브산 자락에 열리던 시장을 폐쇄했다. 그리고 성전 북쪽 '양의 문' 밖에 흠 없는 양과 염소를 미리 준비해 놓고 성전 제사장이 파는 방식으로 바꾸었다. 가난한 사람들을 위한다는 명분으로 성전건물 남쪽 이방인의 뜰에서는 장사꾼들이 비둘기를 팔도록 허가도 했다.

토라의 명령에 따라 모든 유대인 남자는 1년에 3번 성전에 올라와 제사를 드려야 한다. 유월절과 무교절, 그 50일 뒤 추수를 감사하는 칠칠절, 그리고 축제로 지내는 가을의 장막절이 그 명절들이다. 명절에 드리는 성전 제사를 가야바는 재물을 갈취하는 기회로 삼은 셈이었다.

토라에 따른 성전세에도 문제가 있었다. 이스라엘 민족에 속하는, 20세 넘은 모든 남자는 1년에 한 번, 은으로 반 세겔에 해당하는 세금을 성전에 바쳐야 한다. 그건 장정 한 사람의 이틀 품삯, 2데나리온에 해당하는 가치였다. 세겔은 원래 무게를 나타내는 단위였다. 반 세겔 무게의 은과 맞먹는 가치를 가진 돈이 갈릴리 서북쪽 지중해 해안가에 있는 페니키아 지방 두로 왕국의 반 세겔 은전 한 닢이었다. 그래서 오래전부터 성전은 두로의 은전만 성전세로 받았다.

"두로의 은전 한쪽에는 독수리 형상, 다른 쪽에는 그 지방 사람들이 믿는 신 멜카르트 형상이 새겨져 있습니다. 따라서, 어떤 형상도 새기지 말라는 하느님의 계명을 정면으로 위반하게 됩니다."

경건한 사람들은 두로의 은전으로 성전세로 받는 일을 비난했다. 그러면 성전 사람들은 성전세를 받으라는 법을 어기라는 말이냐며 오히려 그런 사람들을 공격했다. 서로 다른 계명이나 가르침이 충돌할 때 우선으로 적용할 순서를 정하는 일이 해석이다. 토라를 해석하는 일은 바리새파의 몫이었고, 성전의 사제계급을 독점한 사두개파는 바리새파의 해석과 가르침을 거부하고 오로지 기록된 토라에 따라 성전세를 걷었다.

예전에는 이방지역에 흩어져 사는 유대인들은 자기들이 사는 지방의 은전으로 성전세를 낼 수 있었다. 그런데 로마는 제국에 바치는 세금을 제외하고는 다른 지방으로 금이나 은을 반출하지 못하도록 법으로 금지했다. 그때부터 예루살렘 성전은 다른 지방의 은전으로 성전세로 받을 수 없게 됐다는 이유를 둘러 대면서 오로지 두로의 은전만 받았다. 혹, 로마 은전을 지닌 사람도 두로의 돈으로 바꿔 내야 했다.

은 함량이 로마 은전은 8할, 두로의 은전은 9할이어서 은 함량이 높은 두로의 은전만 성전세로 받았다. 그것도 오로지 성전이 지정한 환전상을 통해 성전이 정해 준 고정환율로 바꾸어야 했으니 성전이 장사꾼을 앞에 내세워 환전장사를 독점한 셈이었다.

예수가 왜 폭력을 사용했는지 그 마음을 짚어 보던 가말리엘은 성전제사와 성전세를 거부하는 예수의 뜻을 미루어 짐작했다.

"드디어 … ."

그가 혼잣말처럼 하는 말을 들은 의원이 물었다.

"예? 무슨 말씀을?"

"아닙니다. 자! 의논하던 일 계속합시다. 다들 자리에 앉으세요. 그런데 왜 몇 분은 아직 안 들어오고?"

"예수를 좀 따끔하게 혼내겠답니다. 아! 저기 예수가 사람들하고 앉아 있는 솔로몬의 주랑건물 쪽으로 걸어가고 있네요. "

"어허!"

가말리엘은 생각과 달리 일이 꼬이는 것을 느꼈다. 성전 뜰에서 예수가 소란 떨었다는 얘기를 언뜻 듣고 보니 하루 빨리 예수 문제를 처리해야 한다는 생각이 들었다. 그렇지 않아도 유월절은 늘 조마조마 가슴 졸이며 넘기는 명절이다. 자칫 잘못하면 큰일이 벌어질 수밖에 없을 만큼 상황이 급박했다.

"성전에서는 도대체 무슨 생각으로 이리 시간을 끄는지 … . "

그는 하루쯤 더 두고 보다가 성전의 조치가 없으면 대제사장과 면담을 하겠다고 마음먹었다.

✝

성전에서 예수가 장사꾼들을 몰아내는 그 무렵, 빌라도는 총독궁 접견실에서 아레니우스와 단둘이 앉아 얘기를 나눴다. 그는 이리저리 아레니우스를 가늠했다.

마주 앉아 얘기를 나누다가 아레니우스가 말을 꺼냈다.

"총독 각하! 이건 순전히 제 생각입니다만 … ."

"무엇입니까? 말씀해 보세요, 아레니우스 공!"

"주제넘은 말씀 같아서요 … . 아무래도 카이사레아에 남겨둔 나머지 병력도 불러와야 할 것 같아서요."

"그래야겠지요? 그래서 어제 입성하자마자 이미 명령을 내렸습니다. 전령도 보냈고, 비둘기도 띄웠고, 성문 밖 산 위에 있는 봉화대에서 명령을 보냈습니다. 바로 카이사레아를 출발해서 늦어도 내일 해지기 전까지 성문 밖에 도착한다는 신호도 받았습니다."

"예! 각하! 잘하셨습니다. 역시 빌라도 총독이십니다. 제 생각에도 도적들이 세금 운반선을 노렸다기보다, 아마 우리 로마군을 분산시키려고 계략을 꾸민 것으로 보였습니다."

"내 생각이 그 생각입니다. 이 빌라도가 그깟 도적떼한테 농락을 당했다니 … . 생각하면 부끄러운 일입니다."

"그렇게 생각하실 일은 아닌 것 같습니다. 황제 폐하께 바치는 세금을 운반하는 배는 어떤 경우에도 철통같이 지켜야지요. 그건 절대로 소홀할 수 없는 일이었습니다."

"그렇지요? 사실 내가 걱정한 일이 바로 그랬습니다."

"그런데, 각하! 제가 입성한 지 하루밖에 안 됐지만 가만히 눈여겨 보니 성전 측에서 지금까지 제대로 잘 대응하고 있는 것 같습니다. 대 제사장이 잘 지휘하고 있고, 또 성전에 상당히 수완 좋은 사람이 있는 것 같습니다. 저번 위수대장 보고를 들으니 … ."

"아, 우리 위수대장 말로는 성전에서 정보를 취급하는 무슨 제사장 이라는 사람이 로마에도 충성하고 일을 잘한다고 들었습니다."

"다행입니다. 총독 각하의 복입니다. 하여튼 도적떼의 두목을 잡아 들였다는 말을 들으니, 그 사람들이 일은 야무지게 제대로 잘하는 것 같습니다. 그런데, 지금 대제사장을 맡고 있다는 가야바라는 사람의 인물됨은 어떻습니까? 지난 번 각하께서 황제폐하께 충성을 바치는 것이나 로마의 통치에 대한 복종은 그런대로 괜찮은 것처럼 말씀하셨 던 것을 제가 기억합니다. 그리고 전임 대제사장의 사위라는 말씀도 각하께서 해주셨습니다만, 능력 면에서는 어떻습니까? 이번 명절에 벌어질 이런 민감한 일을 무난하게 처리할 수 있는 사람인지요? 이거 제가 주제넘게 여러 가지 여쭙는 것 같습니다."

"원! 괜찮습니다. 가야바 그 사람 꽤 능력이 있습니다. 그 자리를 15년씩 차지하고 있을 만한 사람입니다. 뭐니 뭐니 해도 예루살렘 대 제사장에 대해 우리 로마가 가장 중요하게 지켜보는 것이 바로 폐하에 대한 충성심 아니겠습니까? 그 면에서는 유대에서 가장 믿을 만한 사 람입니다. 그리고, 대제사장 자리를 놓고 경쟁하는 가문이 있기는 하 지만, 그 경쟁자들과 표 나게 갈등을 드러내지 않고 내부적으로 잘 조 절하는 것 같습니다. 대제사장은 예루살렘 성전에서 가장 높은 사람 입니다. 결국 유대인들이 섬기는 그들의 신을 대리하는 역할이기 때문에, 그 앞에 서면 모든 유대인들이 무릎을 꿇을 수밖에 없는 높은 권위를 누립니다. 그러면서도 한편으로는 우리 로마의 통치를 현실적으로 유대에 시행하는 자리인데, 그 두 가지 면에서 이제껏 황제 폐하를 섬기고 총독을 보좌했던 어느 대제사장보다 뛰어납니다. 그리고 그런 능력을 바탕으로 이번 유월절에 예상되는 소란한 일을 매끄럽게 잘 처리할 사람으로 저는 믿습니다. 다만….."

"예, 각하!"

"가야바 대제사장 후임을 선정할 때는 좀 신중할 필요가 있을 것 같습니다. 우선 그는 자기 아들 마티아스 제사장에게 그 자리를 넘겨주고 싶어 하고, 그 사람 장인은 장인대로 자기 아들들, 아, 그중에 한 사람 이름도 마티아스입니다, 아무튼 자기 아들이 넘겨받기를 원하고, 또 경쟁하는 가문에서도 이번에는 자기들 가문에서 대제사장을 차지하고 싶어 하고…. 언제 후임자를 선정하든 그건 아주 신중하게 다뤄야 할 문제입니다. 자칫 후임자를 선정하는 일로 해서 불온한 공기가 퍼지면 안 되니까요. 그런데 현재 사정으로 보면 가야바가 속한 안나스 가문이 경쟁 가문보다 좀 세력이 강한 편입니다. 그 가문을 제쳐 놓고 다른 가문을 내세우기가 실상은 좀 어려운 편입니다."

총독이 자세한 설명을 해주어서 아레니우스는 뜻밖이라는 생각이 들었다. 더구나 그의 말대로라면 만일 대제사장을 경질하는 경우가 있더라도 가야바가 속한 가문에서 이어받아야 한다는 뜻이다. 그런데, 총독이 설명한 대제사장의 능력이라는 것이 결국은 어떻게 다른 가문과 잘 타협하거나 큰 말썽 없이 그 자리를 잘 지키느냐 하는 일이었다. 백성들의 불만을 사전에 파악하고, 그것이 문제가 될 만큼 커지기 전에 어떻게 해소하는지, 그런 정치적 능력은 전혀 언급하지 않았다. 대제사장과 유대 지배세력에 대한 반감이 로마에 대한 반감으로 커지지 않도록 어떻게 관리하는지, 그 점은 전혀 입에 올리지 않았다. 마치 총독과 좋은 관계를 유지하면 좋은 대제사장이라는 말처럼 들렸다.

"예! 그렇군요."

"실상은 그렇지만 마냥 그대로 놔두면 분수를 넘는 법이지요. 그래서 내가 가끔 한 번씩 흔듭니다. 딴생각 못하도록 …."

"예! 제가 보기에 각하께서 유대를 잘 통제하면서 경영하시는 것 같습니다. 그런데 … 제가 두 가지 청을 드리고 싶습니다."

"아! 그런데, 도적떼 두목 잡아들인 얘기를 아셨습니까?"

"아까 여기 오기 전에 얘기를 들었습니다."

빌라도는 아레니우스가 너무 많은 일, 필요 없는 일까지 알고 있다는 생각이 들어 은근히 마음이 불편했다.

"제가 부탁드리고 싶은 것은, 저번에도 말씀드렸던 것처럼, 기회가 되면 갈릴리 선생이라는 그 사람을 한번 만나보고 싶고, 그리고 도적떼의 두목도 좀 만나고 싶고요."

"아니, 편안하게 예루살렘 구경이나 하시지, 그런 사람들은 무슨 일로 …."

"얘기를 듣고 보니 재미있을 것 같아서요."

"재미라면 …. 허허! 못 만나실 것도 없습니다. 적당한 기회를 보지요."

"도적떼 두목이라는 그자는 오늘이나 내일 저녁 어두워지면 좀 만날 수 있으면 좋겠습니다."

"그러세요. 위수대장을 통해 지시해 놓겠습니다."

"고맙습니다. 각하!"

"원, 별말씀을…. 그런데, 음, 그자들에게서 특별히 확인하고 싶은 일이 있는지요, 아레니우스 공?"

"그런 것은 아닙니다. 그저 여기 유대인들은 무슨 생각을 하는지, 왜 도적떼가 갈릴리에서 일어났고 유월절 명절에 예루살렘으로 몰려들었는지…. 왜 그런 말이 있지 않습니까? '한 사람의 도적이 나타나면 이미 1백 명이나 되는 사람이 도적이 될 생각을 하고 있다'고. 누가 한 말인지는 모르지만 대단히 정확하게 세상을 평가한 말이라고 저는 생각합니다."

"어! 그런 말이 있습니까? 저는 처음 듣습니다."

"그래서 생각한 것이, 무슨 생각으로 도적들이 어떤 일을 꾸미려고 했는지, 뭐 그런 일을 좀 알아두면 나중에 로마에 돌아가서 얘깃거리가 될 것 같아서요. 그냥 먹고살기 어려워서 일어나는 도적떼와는 다르다는 생각이 듭니다."

아레니우스 말을 들어 보니 그의 뜻을 알 것 같았다. 예수든 도적떼 두목이든 만나게 해주는 일이 그에게 별로 해가 될 것 같지 않다는 생각마저 들었다. 어찌 보면 갈릴리 분봉왕이 영지를 잘못 다스려서 그 땅에서 벌어진 일을 빌라도 총독이 잘 수습하더라는 소문을 로마에 널리 퍼뜨릴 수 있는 기회도 되기 때문이다.

"이왕 예루살렘에 내려왔으니, 천천히 많이 구경하세요. 아마 유월절 당일 밤에 성전에 들어가 보시면 볼만한 일이 많을 겁니다. 나는 한 번도 구경하지 않았습니다만 부하들 말로는 대단하다고 합니다. 성전에서 이방인의 뜰이라고 구획을 정해 준 곳까지는 들어갈 수 있답니다. 거기에서 잘하면 성전 안쪽이 보인다고 들었습니다."

"예! 그러겠습니다. 그런데 안전할까요?"

"위수대 병력을 몇 사람 대동하면 괜찮을 겁니다. 다만 너무 표 나는 복장을 하는 것은 서로 좀 거북하겠지요. 아! 필요하면 성전 사람에게 말해서 안내 겸 경호하도록 조치하겠습니다."

"그러실 것까지야… ."

"괜찮습니다. 저번에 군영에서 만났던 마티아스 제사장에게 얘기해 두면 됩니다. 그 사람이 재물관리까지 맡고 있어서 성전에서는 큰 유력자에 속합니다. 그리고 이 참에 그 사람을 좀더 알아 두는 것도 좋겠지요."

빌라도가 슬쩍 떠보았는데도 아레니우스는 그저 덤덤했다. 그러더니 새삼 생각났다는 듯 말했다.

"각하! 제가 유대인들의 가장 큰 명절이라는 유월절에 각하의 배려로 도성 예루살렘에 와서 구경할 수 있게 됐습니다. 참 고맙습니다."

"별말씀을! 마침 저를 찾아 로마에서 먼 길 오셨고, 기회가 닿았으니 같이 도성에 오게 된 거지요."

"유월절이 무슨 명절인가 하는 것은 저도 좀 깨우쳤습니다만, 실제 어떻게 지내는지는 전혀 아는 것이 없습니다. 좀 알고 구경하면 좋을 텐데요."

"지금은 이 사람들이 유월절을 제일 큰 명절로 삼아 지킵니다."

"예!"

그러면서 빌라도는 유월절에 대하여 아레니우스에게 아주 상세하게 설명했다. 로마제국 유대총독 빌라도가 그런 정도로 유대의 역사와 삶을 자세히 알고 있다는 사실은 유대인들 어느 누구도 눈치채지 못했다. 그가 일부러 숨겼기 때문이다. 빌라도는 황제의 얼굴이 새겨진 깃발을 예루살렘 성안으로 들여와 소동이 난 얼마 후, 은밀하게 유대인 율법학자 한 사람을 지중해 바닷가 카이사레아에 있는 총독궁에 불러들였다. 그 학자가 누구인지, 어떤 대우를 받으며 총독에게 무엇을 조언했는지는 아무도 모르는 비밀이다. 그 율법학자는 그 나름대로 총독이 유대를 잘 알아야 유대인 동족이 덜 고생한다는 생각으로 총독궁에 들어갔다.

총독은 유대에 대하여 그렇게 많이 알게 되었으면서도 아무것도 모르는 척, 관심 없는 척, 들어 넘기면서 속으로는 유대인들의 속마음을 꿰뚫어 보며 다스리고 있었다.

"그런데 … ."

빌라도가 다시 설명했다. 그건 아레니우스를 확실하게 끌어들여 로마의 권력자들에게 유대총독의 능력을 알려 주고 싶었기 때문이다.

"내가 거듭 중요하게 생각하는 것은 길고 창창하고 복잡한 이스라엘 민족이나 나라의 역사가 아닙니다. 왜 어떤 일에 목숨을 걸고 저항하며 나서느냐, 그걸 알아야 하겠더군요."

"그러시겠지요. 총독으로서 다스려야 하니까."

"맞습니다. 이들의 역사를 나름 알아보니 이해가 되더군요. 사마리아 지방과 유대 지방이 서로 원수로 생각하며 사는 것도 알 수 있게 됐고, 내가 무엇을 잘못 건드리면, 한없이 순종하는 듯 보였던 이 사람들이 벌집 건드린 듯 쏟아져 나오는지 알게 됐습니다."

"예! 더구나 각하는 옛 남왕국 유다, 북왕국 이스라엘 중 사마리아 지방을 모두 다스리는 분이니 더욱 그렇겠습니다."

"아이구! 공도 남왕국 북왕국을 아십니까?"

"그럼요! 서로 원수로 살았다고⋯."

"이 사람들이 목숨을 걸고서라도 지키겠다고 나서는 것이 세 가지가 있습니다."

"그렇습니까?"

"예! 첫째, 한 분 야훼 하느님을 섬긴다. 둘째, 그 하느님이 내려준 가르침 토라를 지킨다. 셋째, 하느님을 섬기되 오로지 예루살렘 성전에 나와서 제사드리며 섬긴다. 이 세 가지 중 어느 하나라도 대놓고 누르면 그냥 터집니다. 목숨 내놓고, 물불 안 가리고 덤벼듭니다."

"그런데, 사실상 황제 폐하를 섬기고, 로마의 법을 따르고⋯."

"명분을 그들 손에 쥐여 주고 실질로 황제 폐하를 섬기는 일에 총독으로서 나 빌라도나 예루살렘 대제사장 가야바가 서로 한 쪽 눈을 감고 지내는 셈입니다."

"각하는 정말, 놀랍도록 유대를 아주 잘 알고 계십니다! 로마제국 안에서 다른 속주屬州를 다스리는 총독들과는 아주 다르십니다."

아레니우스가 칭찬하는 말을 듣자 빌라도는 기분이 좋았다.

"뭐 내 자랑 같아서 좀 쑥스럽기는 하지만 알 건 알아야 하겠더군요. 아마 공도 얘기를 들어 보신 적 있을 텐데, 내가 여기 부임한 첫해에 좀 시끄러운 일을 겪었습니다. 그 일을 겪어보니 이런 일 저런 일, 유대와 유대 사람들이 눈에 보이기 시작했습니다. 배웠다고 할까요?"

자기 실수를 입에 올리는 빌라도를 보면서 아레니우스는 속으로 놀랐다. 대부분의 사람들은 자기 실수를 인정하거나 입에 올리지 않았다. 그건 스스로 유약한 모습을 보이는 것처럼 생각하기 때문이다. 빌라도가 실수를 입에 올리고, 게다가 실수를 통해서 배웠다고 말하는 모습은 로마에서 듣던 소문과 무척 달랐다. 그래서 소문만 듣고 사람을 판단하기보다는 직접 얼굴을 보며 대화하고 그의 눈을 들여다보는 일이 중요한 모양이라고 아레니우스는 생각했다.

아레니우스가 로마를 떠나올 때, 그를 만나는 사람마다 유대총독 빌라도에 대해 말할 때면 약간 비웃거나 한심하다는 표정을 지었다.

"유대에 간다고?"

"예!"

"유대, 헤롯왕의 나라지. 그런 면에서 볼만한 것이 좀 있지."

"그래서 좀 구경을 하려고요. 견문을 넓힐 겸⋯."

"그건 좋은데, 거기 총독을 맡고 있는 빌라도, 본디오 빌라도가 좀 엉뚱한 사람이니 괜히 잘못 얽혀 구설수에 빠지지 말게."

"그런 사람입니까?"

"그럼! 소문도 못 들었나? 하기야 자네는 모를 수도 있지. 그 사람 세자누스 사람이야! 오늘 자리에서 쫓겨나도 하나 이상할 일이 아니지. 게다가 무모하기가 코뿔소보다 더하다고 소문이 났어."

"코뿔소요? 허허!"

"자네 이집트 사람들이 옛날부터 전쟁터에 코뿔소를 끌고 나와 밀고 들어온다는 말 못 들어봤나? 빌라도가 그런 사람이야! 그냥 무턱대고⋯."

"예! 알겠습니다."

"오죽하면 그 천하의 세자누스가 빌라도를 발탁해서 유대 총독으로 내려 보내며 무모하게 덤벼들지 말라고 그리 신신당부를 했을까!"

"그랬습니까?"

"세자누스 스스로 다른 사람들에게 그런 말을 했다고 하니 사실이겠지."

"그런데, 유대에 구경이나 하러 가는 제게 무슨 구설수가 있을까요?"

"아니야! 조심해! 앞인지 뒤인지 모르는 사람이야! 게다가 그 사람 지금 로마에 끈이 없잖아! 그러니 물이고 불이고 안 가리고 기회라고 생각되면 아무거나 잡으려고 할 걸세."

그런 말을 들으니 아레니우스는 빌라도가 어떤 사람인지 대충 알 수 있을 것 같았다.

"기회를 그대로 흘려보내며 구경만 하는 사람은 남자가 아니다."

대부분 로마 남자들은 그렇게 생각하며 살았다. 세상은 언제나 어수선했고 혼돈에 빠져 있었다. 때문에 먼저 기회를 본 사람이 우선 손에 넣고 보는 일이 일반적이었다. 머뭇거리다가 다른 사람이 먼저 움켜쥐면 세상은 머뭇거린 사람을 비웃었다. 무모하다는 말과 단호하고 결단력 있다는 말을 구분하지 못하는 사람이 의외로 많은 세상이었다. 아레니우스는 유대총독 빌라도도 그렇게 속이 허한 사람임에 틀림없다고 생각했다.

사람들 중에는 무모하다는 말을 '남자답다'는 말로 알아듣는 사람이 있다. 남자는 남자다워야 하는 세상을 살기 때문이었다. 공격적이고 충동적이고 상대방이 완전히 무너질 때까지 거칠게 몰아붙여야 남자답다는 평을 듣는 세상이다. 허세를 부리는 다른 로마 사람들 모습을 빌라도도 지니고 있었다.

아레니우스는 유대로 오기 전에 이미 빌라도 총독에 대해 충분할 만큼 미리 조사했다. 사람들에게는 관광하러 간다고 말했지만 그 나름대로 맡은 일과 계획한 일이 있기 때문이었다.

빌라도가 그처럼 막무가내 무모한 사람이라고 고개를 흔들던 사람들도 그의 아내 클라우디아 애기만 나오면 한결같이 칭찬했다.

"어찌 빌라도 같은 사내가 그리 아름답고 현숙한 아내를 맞이했을까?"

"클라우디아 아버지가 빌라도를 직접 사윗감으로 골랐다고 하더구먼 … ."

"왜 그런 … . 마치 돼지 목에 진주 목걸이를 걸어준 꼴인데. 게다가 세자누스에게 부탁해서 빌라도를 총독으로 내려 보내준 것도 장인이라며?"

"하나밖에 없는 딸이니 사위에게 잘해 주고 싶었겠지."

"그런데 왜 꼭 빌라도냐고? 그 아름다운 딸을 그 코뿔소에게?"

사람들은 그러면서 빌라도를 부러워도 하고 시기도 했다. 그만큼 클라우디아는 아름다운 여자로 소문이 났다. 처음 그런 애기를 들을 때는 아레니우스는 호기심도 호기심이지만 이상하다는 생각을 떨칠 수 없었다. 아름다운 아내나 여동생이나 딸이 있다면 로마에서는 크게 출세할 기회를 잡을 수 있기 때문이었다.

그런데 카이사레아에 와서 그녀를 만나보고 난 이후 알게 됐다. 빌라도가 총독궁 관저에 그의 숙소를 마련해 주고 환영하는 만찬을 베풀었을 때였다. 소문대로 그녀는 아름다운 여인이었다. 타고난 미모에 도저히 범접할 수 없는 고상함과 우아함이 더할 나위 없이 어우러진 여자였다.

사람들은 세월이 지나면 아름다움도 시든다고 말한다. 다시없을 만큼 예뻤던 꽃이 어느 날 갑자기 고개가 꺾이고 꽃잎이 시들고 거무스름한 색을 띠기 시작하면 사람들은 다른 꽃으로 눈을 돌린다. 눈치 빠른 사람이라면 이미 그 이전부터 알아챈다.

"아무리 아름다워도 열흘 가는 꽃은 없다."

그러면서 탄식한다. 아름다움을 뽐내며 눈을 내리깔던 여인들은 사람들의 시들한 눈길을 의식하면서 무너져가는 자존을 채우려고 애쓴다. 아무리 좋은 향수를 뿌려도 나이 냄새를 지울 수는 없다.

그런데 클라우디아는 달랐다. 그녀는 세월을 받아들여 자기 것으로 만든 여인처럼 보였다. 타고난 아름다움과 세월로 우아함을 빚어낼 줄 아는 여자였다. 그때, 아레니우스는 그녀의 아버지가 왜 빌라도를 사위로 선택했는지 어렴풋이 깨달을 수 있었다. 세상에서 가장 귀한 것을 지킬 수 있는 남자로 빌라도를 점찍은 셈이었다. 세상 어떤 남자든 처음 아내를 맞아들였을 때는 온갖 정성을 다해 아내를 아끼고 돌봐 준다. 더구나 아내가 세상에서 가장 아름다운 여자라면 더욱 그러할 것이다. 그러나 그것도 5년 지나고 10년 지나면, 그저 늘 옆에 피어 있는 꽃처럼 무덤덤하기 마련이다. 여자를 보는 남자의 눈이 아름다움에만 꽂혀 있으면 그럴 수밖에 없다. 남자는 아름답지 않은 것을 두고 입에 발린 말로 아름답다고 말할 수 없기 때문이다. 만일 정말 그런 사람이 있다면 하늘 눈을 가졌거나 야비한 짐승이거나 둘 중 하나다.

빌라도는 달랐다. 그는 아내를 지킬 수 있는 남자였다. 무모하고 헛바람이 잔뜩 든 사람 같지만 아내에게는 진심으로 대했다. 어떤 경우에도 자기 출세를 위해 아내를 사람들 앞에 내세울 사람이 아니었다. 아내를 지키기 위해 목숨이라도 버릴 각오가 되어 있는 사내였다.

황제의 아내가 되었다 한들 여자가 행복할까? 시중드는 남종, 여종 1백 명이 늘 따라붙고, 다른 사람은 평생 구경도 못할 귀하고 맛있는 음식을 아침저녁으로 먹고, 머리끝에서 발바닥까지 보석으로 휘감는다고 여자가 행복할까? 여자는 잘 가꾼 꽃처럼 늘 활짝 피어 있어야만 아름다운 존재가 아니다. 클라우디아는 빌라도 옆에 앉아 있는 동안 세상에서 가장 행복한 여자였다. 그녀의 눈은 한시도 남편에게서 떠나지 않았다. 그녀의 귀는 남편에게만 열려 있었다. 음식 한 가지 한 가지에 그녀의 정성과 사랑이 담겨 있었고 빌라도는 지켜보는 아내의 눈길에 따라 그녀의 사랑을 맛있게 음미하며 귀하게 목으로 넘기는 남편이었다. 코뿔소 같다고 소문난 빌라도와 그 아내 클라우디아가 빚어낸 잊을 수 없는 광경이었다.

아레니우스는 그들 부부의 모습을 보면서 그가 참 잔인한 일을 해야 한다는 것을 느꼈다. 해야 할 일과 하고 싶지 않은 일 사이에서 남몰래 한숨을 쉬었다. 사람은 누구나 운명의 손에 끌려 다닌다. 운명은 짓궂어서 때로는 당당하게 앞문을 두드리기도 하고, 가장 큰 행운 등 위에 슬쩍 올라타고 들어오기도 하고, 반갑게 기다리던 사람의 모습으로 나타나기도 하고, 슬그머니 꼬리만 보이면서 암시하기도 하고…. 운명을 깨닫는 사람은 그래서 슬프다.

그런데 아레니우스를 바라보는 클라우디아 눈 깊은 곳에 슬픔이 배어 있었다. 일부러 명랑한 척 얼굴에 밝은 미소를 띠었지만 그녀가 가늘게 떨고 있다는 것을 아레니우스는 알 수 있었다. 그녀의 아름다운 자태와 부드러운 마음 씀을 보면서 마치 누이라도 만난 듯 아레니우스는 마음이 흔들리는 것을 어쩔 수 없었다. 아름다운 사람에게 슬픔을 안겨 주어야 한다는 일이 얼마나 고통스러운지 맡은 일을 그저 벗어던지고 싶었다.

빌라도가 잠시 자리를 뜬 사이에 그녀가 물었다. 깊은 눈으로 나지막하게 물었다. 대답해줄 수밖에 없는 물음이었다.

"아레니우스님! 3년의 시간이 있겠습니까?"

"3년을 원하십니까?"

"예! 3년만 ···."

"알겠습니다. 제가 할 수 있는 일은 아닙니다만, 부인을 위해 노력해 보겠습니다."

"감사합니다. 정말 감사합니다. 아레니우스님!"

애기는 그것으로 끝났다. 빌라도가 부하에게 지시를 한 후 금방 다시 자리에 돌아왔기 때문이었다.

마주 앉은 아레니우스가 갑자기 말없이 깊은 생각에 빠져 드는 것을 보면서 빌라도는 슬쩍 정원을 내다봤다. 늘 거기 서 있던 나무들과 분수가 보였다. 정원 너머, 총독궁을 빙 둘러싼 요새 건물이 보였다. 햇빛은 늘 그렇듯 정원을 가득 채웠다. 갑자기 그런 모든 일들과 자기가 상관없는 사람처럼 느껴졌다. 군대를 이끌고 유대총독으로 당당히 입성하고 궁에 들어올 때마다 모두 자기 것처럼 느껴졌는데, 점점 다른 사람의 것처럼 멀어지는 듯 느껴졌다. 그러면서 훅 불안한 생각이 스쳐 지나갔다.

'이거 … . 조금 더 지켜야 하는데 … .'

'그러려면?'

빌라도는 로마에 보낼 선물에 생각이 미쳤다. 2년 전에 한번 쓰디쓴 경험을 했고, 문제가 생기면 뒤를 봐줄 세자누스도 사라진 형편이니, 또다시 공사를 일으켜 이권을 챙길 형편이 아니다. 더구나 마주 앉은 아레니우스 편에 보내려면 오랜 시간이 걸리지 않는 방법이어야 했다. 그렇다면 빌라도에게는 대제사장 가야바를 꽉 잡고 한번 흔들어 대는 방법밖에 없다. 그렇다고 대제사장을 갈아치우는 일은 바람직하지 않았다. 이익은 불확실하고 위험은 확실하기 때문이다. 더구나 갈릴리 무리들 때문에 뜻밖으로 유월절 기간에 불안정이 커지고 소동이 벌어진다면 현직 대제사장 가야바를 앞세워 대처하는 것이 위험을 줄일 수 있겠다고 판단했다. 대제사장을 교체하든 유지시키든 그건 유월절을 무사히 넘긴 후에 결정하겠다고 마음먹었다.

위험을 최소화하기 위해 현 대제사장을 그 자리에 그대로 유지시키고, 이익을 키우기 위해 대제사장이 위협을 느낄 만큼 휘어잡고 흔들기로 했다. 세상일에는 언제나 아주 미묘한 균형의 선이 있는 법이다. 그 선을 넘으면 너무 과한 일, 못 미치면 하나 마나 한 일이 된다. 흔들어야 할 만큼 흔들면서 가장 큰 이익을 차지할 수 있는 적정한 선을 찾아야 한다.

그런데 마침 갈릴리에서 몰려온다는 무리들이 성전에서 소란을 피운다면, 훨씬 안전하게 성전과 대제사장 가야바를 흔들 기회를 잡을 수 있겠다는 생각이 들었다. 다만 갈릴리 무리가 일으킬 소동이 총독과 대제사장이 통제하고 관리할 수 있는 수준이어야 한다는 점이 중요했다.

'흠! 일은 갈릴리의 안티파스 쪽에서 시작됐는데, 뒤치다꺼리는 내가 맡았군.'

'그냥 뒤치다꺼리만 맡을 수는 없지! 갈릴리가 무엇이든지 보상을 해야지.'

'무얼 내놓으라고 한다? 선대 황제 폐하께서 결정하여 내려주신 땅이니 영지를 좀 떼어 달라고 할 수도 없고.'

그러다가 퍼뜩 갈릴리 호수에 생각이 미쳤다. 호수를 내놓으라고 할 수는 없지만 호수에서 잡아 올리는 물고기, 갈릴리에서 생산하여 로마로 보내는 말린 생선, 절인 생선, 생선 기름, 생선 양념 …. 그중 일부를 양도받는다면 그건 해볼 만한 거래가 될 수 있다. 더구나 그런 일은 모두 분봉왕의 부하 알렉산더가 맡고 있다고 했으니, 말을 한번 붙여볼 수 있겠다는 생각이 들었다.

'어디 한번 시작해 보자!'

'무엇부터?'

'갈릴리에서 시작된 위협을 내가 제거해 주는 일이니 분봉왕에게 손을 내밀 수 있지.'

'분봉왕을 한번 만나보자!'

윗사람 아랫사람의 구분이 애매하고 비슷한 수준에 있는 사람들은 서로 필요한 것을 주고받는 거래가 가능하다. 줄 것이 없이 받을 생각만 한다면 거래는 결코 성립될 수 없다. 빌라도의 문제는 그가 갈릴리 분봉왕 안티파스에게 줄 수 있는 것이 아무것도 없다는 사실을 모른다는 점이다. 더구나 그가 거래의 지렛대로 생각하는 갈릴리 무리들은 이미 그들이 유대 땅에 들어와 있으니 갈릴리의 문제가 아니라 이제는 유대의 문제로 바뀐 상태였다. 그 문제는 결코 그가 생각하는 대로 분봉왕을 압박할 수단이 될 수 없다.

빌라도와 아레니우스는 한자리에 앉아 있어도 한참 떨어진 어느 먼 곳을 제각각 더듬고 있었다. 그런데 빌라도가 불쑥 입을 열었다.

"그런데 … ."

"예, 각하!"

"공은 아주 유대에 관심이 많으십니다!"

"제가, 로마로 돌아가면 좀 자랑할 만한 얘기를 많이 알아둬야 하지 않겠습니까? 유대까지 왔다가 먹고 자고, 다음 날에도 먹고 잤다고만 얘기하면 뭐 좀 싱거워서요. 더구나 저는 유대인들이 지키는 유월절이라는 명절에 그런 깊은 사연이 있다는 것은 이번에 처음 들었습니다. 아주 중요하면서도, 우리 로마가 잘 지켜봐야 할 명절이라는 것을 깨달았습니다. 그런데 각하, 사마리아에 가실 계획은 없으신지요?"

"이번 유대 지방 일이 끝나고 카이사레아에 돌아갔다가, 시간 되면 한번 가볼 생각입니다. 그건 그렇고, 숙부 되시는 원로원 의원께서는?"

"각하! 숙부께서 '내가 누구라고 절대 떠들고 다니지 마라! 네가 잘못하면 내가 욕을 먹는다'며 하도 엄하게 명령을 하셔서, 제가 제 입으로 숙부님에 대해 이런저런 말씀을 드릴 수는 없습니다. 다만 … 로마에 돌아가면, 총독 각하께서 얼마나 잘 유대를 다스리고 계신지, 그건 소상히 말씀드리겠습니다."

"고맙습니다. 그런데, 원로원의 다른 의원님들도 잘 알고 지내지요, 아레니우스 공은?"

"숙부님께서 말씀해 주셔서 몇 분은 직접 뵈었습니다. 카프리섬에 갔을 때요."

"카프리섬에요?"

"으! 예, 뭐…, 그런 적이 있습니다."

아레니우스가 카프리섬을 입에 올리자 빌라도는 번쩍 정신이 들었다. 몇 가지 더 묻고 싶은데 아레니우스가 꽁무니를 빼기 시작했다.

"괜찮으시면 저는 물러가서 좀 쉬겠습니다. 웬일인지 예루살렘에 오니 낮이고 밤이고 좀 졸리고 피곤하고. 각하는 밤낮 일하시는데, 저는…, 피곤하다고, 이거 원, 죄송합니다."

"그러세요. 쉬세요."

"각하! 물러가겠습니다. 아까 말씀드린 것은 좀 챙겨 주시면 감사하겠습니다."

"아까? 아, 예! 위수대장에게 지시하겠습니다. 준비되는 대로 그 사람이 공에게 말씀드리도록 하겠습니다."

아레니우스가 물러가자 빌라도는 혼자 곰곰이 생각했다. 아레니우스가 말끝에 언뜻 카프리섬 얘기를 꺼냈다가 황급히 얼버무리고 주워 담는 것으로 보아, 그는 티베리우스 황제와 연관이 있는 사람이 분명했다. 황제는 벌써 오랫동안 거의 은퇴한 사람처럼 카프리섬에 머물고 있었다. 필요한 일이 있으면 원로원 의원이나 집정관들을 섬으로 불러 지시하고, 다시는 로마에는 나오지 않았다.

아레니우스가 원로원 의원의 편지를 들고 찾아왔을 때, 빌라도는 편지에 쓰인 대로 그를 의원의 조카, 아니면 드러내기 어려운 아들로 알았다. 그런데 카이사레아에서 예루살렘까지 동행하면서 살펴보니 조금씩 의문이 생겼다. 입성하기 전날 밤 야영 군막에서 사자使者들의 보고를 받을 때 다른 사람과 마찬가지로 그도 군대식 의례를 취하는 것을 보며 그런 생각이 들었고, 갈릴리 무리에 대한 대책회의를 할 때도 그랬다. 그는 상당한 식견을 가진 사람처럼 말했다. 군대를 지휘해 본 경험이 있는 사람이 분명했다.

로마에 가서 총독에 관해 잘 얘기하겠다고 몇 번씩 그가 말은 했지만 예루살렘까지 동행한 것이 좋은 일만은 아니라는 생각이 들었다. 이 길이 그 길이겠거니 믿고 한참 걸어 들어간 골목이 막다른 길이었을 때처럼 막막한 느낌이다.

빌라도는 한동안 그 자리에 그대로 앉아 정원을 내다봤다. 연신 무어라 지걸이며 이름 모를 새들이 이 나무 저 나무로 떼 지어 날고 쫓기고 쫓았다. 그동안 무심히 보았던 일들이 다 뜻이 있었던 듯 느껴졌다.

아레니우스의 신분에 대해 의아하게 생각하기 시작하자 빌라도의 마음속에 서늘한 바람이 불었다. 그는 단순히 유대 구경을 온 사람이 아니라 무언가 은밀한 임무를 띠고 내려온 사람이리라는 생각이 점점 굳어졌다.

빌라도는 등 대고 기댈 벽이 없다는 것을 깨달았다. 유월절과 그 이후 무교절 기간, 앞으로 열흘 남짓한 기간에 예루살렘에서 벌어질 일들이야 유대총독으로서 처리할 수 있겠지만, 로마에서 슬그머니 다가오고 이상한 조짐에 대해서는 그저 막막할 뿐이다. 황제가 파견했든, 원로원이나 어느 정치가가 보냈든 아레니우스를 유대에 내려보낸 의미를 빌라도는 안다. 등 뒤가 무너지는데 앞만 보고 내달렸다는 생각이 들자 그는 아주 깊은 물속으로 빠져드는 느낌이다.

남자는 때로 전혀 생각하지 못했던 일로 무너진다. 칼을 뽑아 들고 앞에서 덤벼드는 적에게는 강해도, 어둠 속에서 은밀히 진행되는 음모에는 약할 수밖에 없다. 크고 굵은 상수리나무 같던 사람이 벌렁 나자빠지는 것은 전투에 졌을 때보다는 발 디디고 섰던 땅이 무너졌을 때다.

깨닫지 못한 사이에 성큼 등 뒤까지 다가온 불운이 풍기는 불길한 기운을 빌라도는 느꼈다. 아무도 그에게 미리 경고해 주지 않았고, 대비하도록 손을 내밀어 돕지도 않았다. 그저 친구 하나 없는 유대 땅 예루살렘에 덩그러니 던져져 있음을 알았다.

그저 갑자기 쉬고 싶어졌다. 세상사람 누구든 때로는 어느 곳에 물러나 혼자 자기를 돌아볼 시간과 장소가 필요하다. 지금 빌라도가 그렇다. 앞만 보고 달려온 일을 모두 뒤로하고 조용히 쉬고 싶다. 그는 안으로 들어갔다. 침대에 벌렁 누워 멀거니 높은 천장을 올려다본다. 그러나 그의 눈은 천장이 아니라 그가 걸어온 길, 앞으로 걸어갈 길을 보고 있다.

무너지는 남자는 여자가 일으켜 세울 수 있고, 깊게 가라앉은 남편은 아내가 건져 끌어낼 수 있지만, 그보다 먼저 남자 스스로 일어설 다짐을 해야 한다. 모든 아내는 남편의 자존심을 건드리지 않고 일으켜 세울 방법을 안다. 남자는 모두 여자의 아들이기 때문이다. 모든 여자에게는 어머니가 스며들어 있기 때문이다. 묻지 않고도 아는 어머니, 그래서 지혜의 신은 여자다. 어머니다. 지혜는 쏟아 붓고 퍼붓지 않고 은근히 스며든다. 어머니도 그렇다. 세상 아내들도 그렇다. 클라우디아는 남편이 조용히 자기 시간을 보내도록 배려했다.

한참 그러고 있더니 빌라도가 슬그머니 일어났다. 그런 남편을 보며 클라우디아가 조용히 말을 건넸다.

"언제 손에서 일을 놓든 후회하지 않도록 준비하세요."

"아직은…."

"사람이 할 수 있는 일과 할 수 없는 일이 있대요. 3년보다 더 길게 보지 마세요!"

"왜 3년?"

"매일 달이 뜨고 지지만, 늘 차고 기울잖아요. 차면 기울고 기울면 또 차고…. 사람은 내려놓고 떠나고…."

"괜찮겠소?"

"나는 여기든 로마든 다 괜찮아요. 당신이 내 옆에 있으면. 그러니 무리하시지 말고, 남은 날이 3년이라고 생각하시고 마무리하세요. 앞당겨져도 괜찮고요."

그녀는 빌라도가 무엇을 걱정하는지, 왜 그렇게 깊게 가라앉았는지 정확하게 짚어낸 셈이다. 빌라도는 천천히 침실을 걸어 나왔다. 문밖을 나서다가 문득 한 가지 생각이 떠올랐다.

'헤롯왕!'

총독궁은 헤롯의 왕궁이었다. 조금 전까지 누워 있었던 침상은 헤롯이 누웠던 곳이었다. 헤롯이 쓰다 놓고 떠났고, 빌라도 이전 총독들이 남겨 놓고 떠났고, 그도 언젠가 떠날 날이 오리라. 그리 생각하니 사람 사는 일이 그리 크게 걱정할 일 아니라는 느낌이 들었다. 클라우디아 말대로 어떤 사람도 달이 뜨고 지고, 차고 기우는 것을 막을 수 없다면 그걸 보면서 가늠하면서 살 일이다. 그는 시간을 떠내려가는 배를 생각하며 천천히 집무실로 걸어갔다.

 빌라도가 총독 집무실에 다시 나오자마자 기다리고 있었던 듯 부하가 조심스럽게 들어왔다. 무슨 잘못이라도 저지른 사람처럼 조심스러운 태도를 보자 혹 불안한 생각이 들었다.

 "각하! 얼마 전에 위수대에서 보고가 들어왔습니다. 갈릴리 선생이라는 그자가 제자들과 무리를 잔뜩 끌고 성전에 들어와, 예, 성전 뜰이랍니다, 성전 뜰에 들어와 난동을 부렸다고 합니다."

 "난동?"

 "예! 성전 뜰에서 장사하는 사람들에게 채찍을 휘두르고, 장사꾼 상을 둘러엎고, 다 내쫓았답니다."

 "성전 뜰이면 대제사장이 처리하겠지."

 "우리 병력이 성전 뜰을 둘러싼 건물, 예, 주랑건물 위에서 그 광경을 처음부터 끝까지 모두 보았습니다. 각하께서 이미 포고령까지 내렸는데, 아무리 성전 뜰이지만 포고령을 위반한 것입니다. 게다가 우리 로마군 앞에서 그랬습니다."

 그제야 빌라도는 그 부하가 하려는 말의 핵심을 알아챘다. 포고령을 위반했다는 문제와 로마군 앞에서 버젓이 일을 저질렀다는 문제가 한 가지 사건 속에 섞여 있었다.

 "각하! 어찌할까요? 포고령 위반으로 체포하여 넘기라고 성전에 지시할까요?"

 "성전에서는 어찌하고 있나?"

"잠잠합니다. 이상하게 조용합니다. 아무 움직임이 없습니다."

"음! 알겠네. 나가 있게. 내가 좀 알아보고 필요한 만큼 조치하겠네."

그는 총독의 명령이 뜻밖이라는 듯한 표정을 지으며 물러갔다.

빌라도는 성전 안으로 또 한 번 병력을 풀어 넣는 일만은 피하고 싶었다. 유대인들과 여러 번 충돌하면서 겪었던 일을 또다시 겪기는 싫었다. 더구나 신분이 아리송하고 동행 목적도 의심스러워 보이는 아레니우스가 예루살렘에 들어와 있는데 일부러 일을 키울 필요는 없었다. 오늘 일은 안 본 체 못 들은 체 무시하기로 했다. 무시하는 것도 도발에 대한 훌륭한 대응방법의 하나다. 성전 경내에서 일어나는 일은 성전이 해결하도록 일단 맡겨 두었으니 두고 볼 일이다.

그런데 지나가는 말처럼 아레니우스가 던진 말이 자꾸 귓속을 맴돌았다.

"한 사람의 도적이 나타나면 이미 백 명이나 되는 사람이 도적이 될 생각을 하고 있다."

그건 어쩌면 빌라도에게 넌지시 알려주는 경고였다는 생각이 들었다. 눈에 보이지 않았지만 잔잔한 물결 아래 커다란 변화가 꿈틀거리기 시작했다는 뜻일 수도 있었다. 그것도 빌라도가 총독이 되어 다스리고 있는 유대 땅에서 ….

빌라도에게 유대는 아무리 생각해 봐도 알 수 없는 땅이다. 총독으로 부임한 지 7년, 이미 알 만큼 알았다고 생각했던 일도 지나고 보면 제대로 안 것이 아니었다. 유대인들이 섬기는 야훼라는 신, 신을 모셨다는 성전, 그리고 야훼가 내려줬다는 토라라고 부른다는 가르침 … .
겉으로는 가장 안정된 사회 같지만 이제 그 기반이 서서히 흔들리기
시작했는가? 예수라는 갈릴리 그 사내가 그런 변화의 전조前兆인가?

 "빌라도! 유대 땅이 자네에게 일어서는 땅이 될지 무덤이 될지 모두
자네 하기에 달렸네."

 갑자기 세자누스가 처음 그에게 했던 말이 떠올랐다.

 "세상에서 가장 간교하고 믿을 수 없는 사람들이 유대인이야."

 유대인을 믿지 말라고 거듭거듭 경고하면서, 한껏 유대인을 낮추고
경멸하던 그의 표정이 떠올랐다. 그런데 지금 빌라도에게 중요한 것
은 들쥐 같은 유대인을 믿고 말고의 문제가 아니다. 예수라는 사람과
도적떼가 갈릴리 사람이니 유대 사람이니 하는 그들의 출신지 문제가
아니고, 분봉왕 안티파스의 잘못 때문인지 아닌지 하는 책임의 문제
도 아니다. 성전의 문제다. 예루살렘 성전과 유대인들이 섬기는 신과
신의 뜻이라고 믿고 따르는 가르침의 문제다. 유대가 발을 딛고 서 있
는 근거의 문제로 보였다.

 '흐음! 성전이 제대로 대응할 수 있을까?'

 성전이 얼마나 허약한 체제인지 유대인은 몰라도 로마총독은 속속
들이 잘 안다. 성전 체제가 무너지면 유대와 온 이스라엘이 어떤 혼란
에 빠지게 될지 빌라도는 누구보다 잘 안다. 지난 1백여 년 동안 그런
대로 자리 잡았던 로마의 유대 경영이 대혼란에 빠진다는 말이다. 그
런 혼란을 방지하기 위해 시리아총독 겸 로마군 사령관이 개입하게 되
고, 그건 유대총독 빌라도의 몰락을 의미한다.

 '예루살렘 성전을 지탱해 주는 방법 외에 다른 대안이 없구나.'

아무리 생각해도 다른 길이 보이지 않는다. 성전은 그냥 제사만 드리는 신전이 아니고 로마가 유대를 통치하는 공식기구이기 때문이다. 정치와 종교가 하나로 통합된 기구였다. 설사 정치에 불만이 있는 유대인이 있다고 하더라도, 자기들이 섬기는 신이 머문다는 성전에 대항할 수는 없었다. 성전을 통해 이뤄지는 정치를 거부하면서 동시에 성전에 모신 신까지 믿지 않겠다고 나서지 않는다면 모두 성전을 따를 수밖에 없다.

예루살렘 성전이 없었다면 로마제국 안에 있는 다른 속주屬州와 마찬가지로 유대에서도 민란이든 봉기든 끝없이 일어날 수밖에 없었을 터였다. 그럴 때마다 로마가 병력을 동원해서 진압하고, 몇 년, 몇십 년마다 그런 일이 반복됐을 것이다. 지금처럼 2천 명 조금 넘는 병력이 아니라 적어도 1개 정규군단, 6천 명은 있어야 유대에 안정을 유지할 수 있을 것으로 보였다.

그렇게 생각하니 빌라도는 조금 전까지 대제사장을 흔들어서 좀더 큰 선물을 받아내자는 계획이 뜻대로 이뤄질 수 있을지 은근히 걱정이 되기 시작했다. 아레니우스가 무슨 뜻으로, 어떤 임무를 띠고 유대에 내려왔든 그가 로마로 돌아갈 때에는 그의 편에 커다란 선물을 보내야겠다고 생각했는데, 뜻밖으로 아레니우스의 몫도 두둑하게 챙겨 주어야 할 형편이 됐다. 그가 어떤 사람이든, 맨손으로 돌려보내는 것보다는 두고두고 잊지 못할 만큼의 큰 선물을 안겨주어 그의 마음을 돌리겠다고 다짐했다.

입성 전날 밤 야영지 군막에서 잠을 못 이루며 흥분했던 일, 총독 영지를 갈릴리까지로 확장시킬 수 있는 기회라고 생각했던 일이 겨우 이틀 사이에 참으로 허망한 꿈이 됐다. 사람은 때로 하루 앞을 내다보지 못한다. 하루 앞은 고사하고 한나절 앞도, 한치 앞도 보지 못한다. 욕심이 눈을 가리면 눈앞에 뻔히 보이는 일에 눈을 감는다.

"하느님이 다시 광야에서 백성을 만나시는 겁니다."

"성전에 모시기 이전의 하느님, 히브리의 하느님 …. 히브리를 이집트 종살이에서 해방시킨 하느님입니다."

그 말을 입에 올리던 알렉산더의 아주 심각했던 얼굴이 눈앞에 떠올랐다. 예수와 그 무리들이 예루살렘에서 소란을 일으킨다면 잃을 것이 있는 사람은 갈릴리 분봉왕 안티파스가 아니라 유대총독과 성전 대제사장이다. 지나 놓고 보니 그 말을 너무 안일하게 생각했다.

예수는 성전을 무너뜨리려는 사람이다. 예수는 유대가 믿고 따르고 지키는 모든 질서를 거부하는 사람이다. 예수는 이스라엘을 로마의 압제에서 해방하려는 사람이다. 예루살렘 성전에서 모시는 그들의 하느님과 다른 하느님을 만나야 한다는 사람이다. 그러니, 그는 이번 유월절 명절에 가장 위험한 사람이다. 알렉산더가 입에 올렸던 그 중요한 말들을 왜 허투루 들었던가? 왜 유대인들 내부의 문제로만 생각했던가? 생각하면 그 일이 후회스러웠다.

빌라도는 클라우디아가 했던 말을 떠올렸다.

"남은 날이 3년이라고 생각하고 준비하세요."

아내는 세상 돌아가는 일을 아는 여자다. 아들 없이 외동딸만 두었던 장인은 딸을 로마의 정치가로 키울 수는 없었지만 그녀의 한 몸과 남편과 가정을 지키며 살아갈 수 있도록 세상 보는 눈을 뜨게 해주었다. 아내 말대로 3년을 생각한다면 너무 서두르지도 않고 너무 늦지도 않게 준비할 수 있을 것 같았다. 그는 아내가 입에 올리지 않았던 말을 깨달았다. 분명 그녀는 그 말도 하고 싶었을 것이다.

'준비 없이 물러나면 실패요 패퇴敗退지만, 미리 준비하고 물러나면 그건 승리예요.'

그런데 빌라도는 깨닫게 됐다. 갑자기 나타난 예수라는 사내가 자신이 명예롭게 유대총독에서 물러날 수 있는 길을 가로막고 나섰다. 그를 그대로 놔두고는 3년이 아니라 당장 총독 자리에서 쫓겨나 로마에 소환되고, 황제와 원로원에 의해 처벌받을 수밖에 없을 것이다. 아레니우스는 예루살렘에서 벌어지는 모든 일의 증언자로서 황제 앞에서 그를 고발할 것이다. 빌라도에게 신속하게 예수를 제거하는 일 외에 다른 길은 없게 됐다.

"여봐!"

빌라도는 당장 부하들을 소집했다. 이왕 마음먹었으니 시간을 보내며 일이 커지기를 기다릴 필요가 없다고 생각했다.

"위수대장도 불러들여! 당장!"

총독궁에 있던 부하들이 우르르 그의 집무실로 불려 들어왔다. 심상치 않은 그의 표정을 보고 모두 긴장했다.

"자! 잘들 들으라고. 당장 성전에 나가 있는 군사와 위수대에 명령해서 예수를 잡아들여! 그리고 지금 당장 위수대장 들어오라고 해!"

"예? 각하!"

"그대로 그놈이 휘젓고 소란 피우도록 놔둘 수 없어! 즉시 시행하도록!"

"각하! 각하! 잠깐 드릴 말씀이 있습니다."

"뭐야! 지금 당장 시행하라니까!"

"각하! 좀 고정하십시오. 우리 로마군이 나설 일이 아닙니다."

"뭐가 아냐! 그래서 포고령을 내렸잖아! 포고령!"

"각하! 각하께서 진노하시는 것이 백 번 지당합니다. 그런데, 우리 병력보다는 성전에게 맡겨 두시는 것이 … ."

빌라도가 눈을 무섭게 뜨고 노려보자 그는 말을 끝맺지 못하고 우물우물했다. 코뿔소라고 불렸다던 총독의 무모한 돌출행동을 다시 또 눈으로 보았기 때문이다. 그런 때 잘못 나서면 온갖 욕을 다 먹고, 면박을 받고, 심지어는 맡은 보직에서 쫓겨나는 일도 있었다. 그러는 동안에 빌라도는 다시 서서히 제정신을 차렸다.

"각하!"

부하들 중 가장 선임인 장교가 조심스럽게 입을 열었다.

"각하! 우선 자리에 앉으십시오. 소관이 말씀드릴 일이 있습니다."

그러고 보니 어찌나 흥분하며 서둘렀던지 부동자세로 서 있는 부하들 앞을 왔다 갔다 하고 있었다.

"그래! 모두 앉지!"

"각하!"

선임 장교는 차근차근 입을 열었다.

"각하께서 왜 진노하셨는지 저도 잘 압니다. 그런데, 제가 생각하기로 로마군이 성전 뜰에 들어가서 그자를 지금 당장 체포해 끌고 오라는 명령은 거두어 주십시오. 아까 성전에 맡겨 두겠다고 하셨다는 보고를 듣고 저는 안심하고 있었습니다. 예수 그자는 지금 성전 뜰에 들어 있고, 성전 내부에 유대인들이 아무리 적게 잡아도 1만 명쯤 들어 있을 겁니다. 병력을 동원해서 끌어내자면 우리 로마군이 그까짓 유대인들의 저항을 제압하고 못 끌어낼 일도 아닙니다. 그런데, 성전 측에서 차곡차곡 올가미를 준비했고, 나름대로 함정도 파놓고, 조용하게 그자를 제거할 수 있는 방안을 시행하고 있는데 주랑건물 위에 있던 병력을 뜰 안으로 진입시킬 필요는 없다고 봅니다. 더구나….."

"음!"

"로마에서 내려오신 손님도 있는데, 혹 책잡힐 일일지도….."

"아레니우스 공?"

"예! 각하!"

"알겠소. 그러나 절대로 예수를 이대로 그냥 둘 수는 없어! 그자가 묵고 있다는 마을도 철저하게 감시하고, 절대로 어디로 달아나지 못하도록 감시 잘 해! 오늘이 아니더라도 반드시 체포해서 처벌하도록!"

"예! 각하! 명령을 받들어 조금도 실수 없도록 하겠습니다. 그리고, 위수대장은 지금 성전에서 일어나고 있는 여러 상황을 위수대에서 통제해야 하니, 그냥 그 자리 지키고 있도록 조치하겠습니다."

"그러시오!"

하기야 유월절 명절기간 내내 성전 경내의 치안유지는 성전의 책임이다. 더구나 성전을 통제하는 뜻에서 주랑건물 위에 로마군 병사를 배치하며 성전과 성전에 올라온 모든 유대인들을 압박한다. 그건 빌라도가 정한 일이 아니었다. 그 이전, 초대 유대총독 때부터 늘 있었던 일이다. 그런데, 로마군이 성전 경내로 진입한다면, 그건 바로 성전을 불신임한다는 뜻으로 보일 수 있다. 예수를 체포하면서 벌어질 혼란뿐만 아니라 성전의 권위를 총독 스스로 나서서 짓밟는 일이다.

빌라도는 곧 자기가 과하게 흥분했다는 것을 깨달았다. 빌라도는 못이기는 체 부하들의 만류를 받아들였다. 자칫 또 한 번 유혈사태가 일어날 뻔했다. 차근차근 조심조심 처리해야할 일을 거칠게 뒤집을 뻔했다. 빌라도의 집무실을 나서면서 부하들도 가슴을 쓸어내렸다. 그리고 다행이라는 듯, 큰일 날 뻔했다는 듯, 서로 눈을 마주치며 고개를 끄덕이고 각자 자기 자리로 돌아갔다.

☩

그날 아침 성전 뜰에서 예수가 장사꾼들을 쫓아낼 때 알렉산더는 처음부터 끝까지 그 광경을 지켜보았다. 그때 그는 성전 이방인의 뜰로 통하는 성전 서쪽 문을 막 들어서는 참이었다.

"어어?"

"저런! 저 사람 그 사람, 예수 아니야?

부하들이 갑자기 놀라 짧게 신음소리를 냈다. 예수가 채찍을 휘두르며 장사꾼들에게 다가가고 있었다. 그 광경을 보자 오래 뒤쫓은 사냥감을 마침내 발견한 사람처럼 알렉산더는 가슴이 빠르게 뛰기 시작했다.

"옳지! 옳지! 예수 그대! 이제 꼼짝할 수 없는 올가미에 걸려들었군. 그건 그대 스스로 올가미에 목을 들이민 거야!"

그는 성전 경비대가 즉시 달려가 예수를 체포할 것으로 믿었다.

그런데 곧 그가 스스로 생각해도 전혀 알 수 없는 이상한 일이 벌어졌다. 가슴이 몹시 쿵쿵거리더니 거대한 수레가 세상을 향해 서서히 굴러오는 것처럼 느꼈다. 미리 준비했던 사람처럼 거침없이 그럴 수 없는 일을 해치우는 예수를 바라보면서 왠지 자기 모습이 그 위에 겹쳐 보였다. 그건 도저히 있을 수 없는 감정이다. 예수가 뜰에 떨어진 줄을 집어 들어 채찍으로 삼아 머리 위에서 빙빙 돌리기 시작할 때부터 그랬다.

그는 예수가 채찍을 거칠게 휘두를 것으로 믿었다. 돈 바꿔 주는 환전상의 상을 발로 차 뒤집을 때까지 그런 생각으로 지켜보았다. 괜히 보고 있는 그의 오른손이 움찔거렸고, 오른발에 힘이 들어갔다. 알 수 없는 일이었다. 심지어 목구멍으로 침이 꼴깍 넘어갔다.

'자! 다음은 비둘기 파는 사람들⋯.'

그런데 예수는 거기까지뿐이었다. 허리를 굽히고 흩어진 돈을 찾으려고 돌을 뒤적이기 시작했기 때문이다. 쿵쿵 박자를 맞추어 뛰던 가슴에 엇박자가 들어왔다. 그건 알렉산더로서는 도저히 맞출 수 없는 박자다. 그런 박자는 들어 본 적도 없고, 경험해 본 적도 없었다. 예수가 허리를 펴고 일어나며 환전상 손에 그가 찾은 돈을 쥐여 주었다. 그러더니 팔을 머리 위에 치켜들고 채찍을 다시 빙빙 돌리기 시작했다. 다시 가슴이 뛰기 시작했다.

"옳지! 비둘기 초롱을⋯."

알렉산더는 예수를 응원하는 사람처럼 다음 할 일을 입에 올렸다. 그 말을 따르는 듯 예수는 비둘기 파는 사람에게 다가갔다. 그런데, 그는 비둘기 초롱을 발로 걷어차지도 않고, 장사꾼을 떠밀지도 않고, 그저 물러가라는 신호처럼 천천히 다가갈 뿐이었다.

"휴!"

자기도 모르는 새 긴장의 끈이 풀어지는 숨이 터져 나왔다. 예수의 모습 속에 겹쳐졌던 알렉산더가 갈릴리 분봉왕의 신하 알렉산더로 돌아왔다. 잠깐이지만 그건 놀라운 경험이었다. 도대체 무엇이 그를 예수와 겹치도록 만들었을까?

그런데 아쉬웠다. 알렉산더 생각으로 예수는 한 발짝 더 나가야 했다. 돈 바꿔 주는 사람의 상을 걷어차 엎은 다음, 재빨리 움직여 비둘기 초롱도 몇 개 차서 뒹굴려야 했다. 좋기로는 초롱 문이 열려 비둘기가 모두 푸드득거리며 성전 뜰 위를 날아 올라가고 장사꾼들이 소리소리 지르며 그에게 싸우자고 덤벼야 했다. 그래야 예수가 당당하게 성전과 마주 선 모습으로 보일 수 있었고, 그래야 성전이 예수를 확실하게 옭을 수 있는 명분을 찾을 수 있을 것을, 알렉산더가 보기에 예수는 아쉬웠다. 그때 당장 몰려오지 않고 꾸물거린 성전도 아쉽기는 마찬가지였다.

그런데 달리 생각해 보면 결과적으로 성전과 로마군이 준비해 놓은 마당을 예수가 확 흔들어버린 셈이 됐다. 하얀리본은 몸을 감추어 숨고, 로마군은 뜰을 내려다보며 구경만 했고, 성전은 다시 새로운 마당을 준비해야 한다. 그렇게 보니 예수는 아주 신중했다. 더도 덜도 아니고 꼭 필요한 만큼 판을 먼저 흔들고 나섰기 때문이다. 히스기야를 성전 주랑건물 위에 세워 놓았는데, 예수와 하얀리본 어느 쪽도 걸려들지 않았다. 하얀리본은 전혀 움직이지 않았고, 아무 일 없었다는 듯 예수는 태연하게 성전 뜰을 가로질러 걸어갔다. 마치 여러 겹 올가미를 쳐 놓고 기다렸는데 그 올가미 하나하나를 다 안다는 듯 요리조리 피하더니 새끼들을 데리고 유유하게 빠져나가는 여우 같았다. 그런데 예수의 벌어진 어깨와 키와 걸음걸이가 왠지 알렉산더 마음에 슬쩍 들어오더니 조용히 가라앉았다.

성전을 나서 분봉왕 궁전으로 돌아올 때, 그는 성전과 예루살렘 윗구역을 연결하는 다리 위에서 한참 성전을 올려다보았다. 그러자 예수가 난동을 부리는 동안 성전 경비대가 움직이지 않은 것을 조금씩 이해할 수 있었다. 성전도 결정적 때를 기다리고 있음이 분명했다. 얼굴을 마주하기도 불편한 야손의 괴기한 모습을 떠올리니 더욱 그렇게 생각됐다. 그가 성전 경비대의 줄을 당겼다 놓았다 제어하고 있음이 분명하다. 그러면 예수가 벌인 일로 경비대 병력을 풀지 않으리라. 풀숲을 쳐서 예수를 유대로 쫓아낸 알렉산더처럼 예수가 거기 있는 것을 알면서 괜히 건드려 다른 곳으로 쫓아낼 야손이 아니다.

다리에서 바라본 예루살렘 성전은 그 안에서 무슨 일이 일어나고 있든 거대하고 장엄했다. 백성을 따라 이동하던 장막의 하느님이 땅 위에 고정 거처를 정한 곳이다. 사람들은 유대 땅 예루살렘 성전산 위에 세워진 성전은 움직일 수 없는 성소로 섬겼다. 무너지고 불타고 다시 세우기는 했지만 이스라엘의 심장이 됐다. 하느님과 세상이 연결된 배꼽으로 믿었다.

성전을 생각할 때마다 알렉산더는 '분리'라는 말을 떠올렸다. 배꼽에 연결되어 있는 한, 이스라엘은 세상을 헤치고 살아나갈 힘을 갖지 못한다고 생각했다. 사람이 세상에 나오면 어머니와 연결된 배꼽을 떼어야 하기 때문이다.

그는 여러 번 사람들에게 얘기했다.

"세상 모든 어머니가 왜 아기를 낳는지 알아?"

"때가 됐으니까 그렇지."

"그러니 왜 아기를 세상으로 내보내느냐고? 내 생각으로는 세상을 살아가려면, 사람이 되어 살아가려면, 어미와 분리돼야 하거든. 태어나면서 분리되고, 자라서는 떠나고."

"그래서 그게 어떻다고 얘기하시는 건가? 우리 지혜로우신 알렉산더 공은?"

"우리 이스라엘이 살아갈 길 ⋯."

"배꼽을 떼고?"

"모든 생명이 그러하지 않던가? 분리와 홀로서기!"

"우리라고 안 그렇던가?"

"안 그렇지. 우리는 예루살렘 성전을 벗어나 본 적이 없지."

"그건 바로 성전에 하느님이 머무시니까 ⋯. 아! 무슨 얘기를 하는지 알겠다. 그런데, 이제 보니 자네 위험한 사람이네! 큰일 날 얘기를 다 하고!"

"자네니까 내가 믿고 하는 얘기일세!"

"나, 안 들은 것으로 하세."

로마에서 유학할 때, 그런 생각이 마음속에서 떠나지 않았다. 그건 하느님 섬김을 벗어나자는 얘기가 아니고, 성전에만 매인 섬김에서 벗어나자는 생각이었다. 어느 나라 어느 민족이고 신전을 짓고, 때맞추어 신전을 찾고 희생제물을 바치고 제사드리며 산다. 당연하게 그래야 한다고 사람들은 믿고 따른다. 로마 사람들도, 헬라 사람들도, 이집트 사람들도, 이스라엘 사람들도 모두 그렇다. 그런데 알렉산더는 신전에 신을 모시고 그 신을 때때로 찾아가는 일이 우습게 여겨졌다. 아직 어머니 자궁 속을 벗어나지 못한 것처럼 보였다. 그리고 그건 신의 뜻이 아니라고 믿었다.

그때, 알렉산더는 여러 가지, 묘하게 색깔이 다른 생각들이 가슴속에 떠오르고 지나가는 것을 느꼈다. 그가 지켜야 한다고 생각했던 질서가 얼마나 허약한 기반 위에 세워져 있는지 깨달았다. 그 질서를 지키고 예루살렘 윗구역 아랫구역 사람들이 아무 일 없는 듯 잠자리에 들고 아침에 기지개를 켜며 일어나는 일이 그만한 가치가 있는 일인지 슬그머니 의구심이 솟아올랐다.

'아니야! 그건 내가 지켜야 해! 잘못되게 놔둘 수 없어!'

다시 마음을 다잡았다. 갈릴리에서 차근차근 예수를 몰아내 예루살렘으로 쫓은 일은 아주 잘한 일이라고 그 스스로 굳게 믿었다. 이제 예루살렘 성전에서 예수를 올가미에 잡아 올리는 것은 성전 대제사장을 위해서가 아니고, 눈도 못 뜨는 어린애 같은 이스라엘을 위해서 그가 나서야 할 일이라고 다시 다짐했다.

빌라도 총독이 지나가듯 슬쩍 부탁한 일, 분봉왕과 만나는 일을 주선하기 위해 그는 안티파스의 궁전으로 발을 옮겼다.

이번 유월절에 알렉산더는 두 가지 목표를 세웠다. 갈릴리에서 시작한 예수운동과 하얀리본을 분쇄하는 일이 제일 급한 일이고, 분봉왕 안티파스가 이스라엘 전체를 다스리는 왕이 될 수 있는 기회를 찾는 일이 다음 목표였다. 그 두 가지는 서로 아주 깊게 연관되어 있었다.

예수를 제거할 계획은 차곡차곡 잘 진행되고 있고, 분봉왕의 야망에 다시 불을 붙이는 일은 헤로디아가 예루살렘에 올라오면 그녀에게 맡길 일이다. 그녀라면 틀림없이 안티파스를 성공적으로 일으켜 세울 것으로 믿었다. 알렉산더는 앞으로 걸어갈 디딤돌을 하나하나 점검했다. 갈릴리에서 시작한 예수 제거계획은 유월절 명절 전에 끝날 것이다. 예루살렘, 유월절, 성전 뜰, 겹겹으로 올가미를 펼쳐 놓고 걸어 놓은 마당으로 예수는 걸어 들어왔다. 함정도 몇 개씩 파놓았다. 어느 함정으로 밀어 넣고, 어느 올가미로 언제 잡아채느냐 기회를 노렸다.

그런데 성전 뜰에 들어오자마자 예수는 갑자기 올가미 하나를 덜렁 집어 들더니 스스로 자기 목에 건 셈이었다. 무슨 뜻인지 알 수는 없지만 그 뜻이 중요한 것이 아니라 그가 한 짓이 중요했다. 예수의 그 소동을 성전 측에서 결코 허투루 보아 넘기지 않을 것을 알렉산더는 안다. 따지자면 하느님의 가르침 토라를 정면으로 거부했다는 죄목을 걸 수 있는 일이었다. 예수의 알 수 없는 소동을 빼놓는다면 모든 일이 그가 예상한 대로였다. 히스기야를 성전 뜰 위에 세워 놓은 일로 하얀리본이 무척 혼란스러워 할 것이 뻔했다.

문제는 마리아다. 올가미를 잡아채면 예수와 함께 마리아도 올가미에 걸릴 것이 분명했다. 함정에 밀어 넣으면 그녀도 예수 옷자락을 붙잡고 같이 떨어지리라. 그녀가 다치는 것도 원치 않았지만 문제는 사람들이 그녀와 예수와 알렉산더, 세 사람 이름을 한 번에 엮어 얘깃거리로 삼는 일을 참을 수 없다.

그건 모든 사람에게 흥미로운 얘깃거리가 될 것이다. 여자를 데리고 살다가 내보내는 일이야 누구도 문제 삼을 일이 아니다. 더구나 마리아는 알렉산더 아버지에게 빚으로 팔려온 종이었고, 종살이 기간이 끝나고 7년째 접어들자마자 자기 발로 부모를 찾아 떠난 여자였다. 따지고 보면 사람들이 알렉산더를 비난할 이유가 전혀 없다.

사정은 그렇더라도 예수와 여자로 얽혀 사람들 입에 오르내리는 일만은 반드시 막아야 한다. 그건, 갈릴리의 떠돌이 선생, 이번 유월절에 가장 비참하게 제거될 사람 예수와 갈릴리 제일의 명문가로 일어선 그가 한 마당에 서는 일과 마찬가지다. 그 일을 생각하는 것만으로도 알렉산더는 얼굴이 화끈거렸다.

알렉산더는 옹이가 되어 가슴속에 박힌 마리아를 어찌해야 할지 난감했다. 그냥 확 빼어 버릴 수도 없고, 놔둘 수도 없고. 그렇게 불편한 마음으로 앉아 있는데 부지런히 돌아다니며 정보를 모아오는 하인이 들어왔다.

“총독궁에서 좀 뵙자고 연락이 왔습니다.”

“총독이?”

“아닙니다. 로마에서 오신 손님이랍니다.”

“무슨 일로? 왜?”

“그건 제가 … . 다만 은밀하게 만나자고 합니다.”

그 사람, 총독의 군영에서 만났던 로마 원로원의 조카, 아레니우스가 만나자고 연락했음이 분명했다. 갑자기 여러 생각이 떠올랐다.

‘은밀하게? 그럼 그는 총독 사람이 아니라는 말인가?’

‘흠! 일이 재미있게 돌아가는군.’

총독은 분봉왕을 만나고 싶다 말하고, 아레니우스는 은밀하게 알렉산더를 만나자고 접촉하고. 여러 가지 일이 동시에 꿈틀거렸다. 어떤 일은 알렉산더가 시작했고, 또 어떤 일은 기회의 모습으로 다가온다. 기회는 잡아야 한다. 그는 한 번도 기회를 놓치고 나중에 후회한 적이 없다. 길이 없으면 찾아야 하고, 꽉 막혀 있으면 무슨 방법을 쓰든 구멍을 뚫으며 살았다. 기회의 실마리를 잡고 조금씩 접근하다 보면 생각보다 큰일을 손에 넣을 수 있었다.

알렉산더는 마리아의 일은 곧 잊어버리고 아레니우스 일에 생각을 집중했다. 유월절은 눈에 보이는 담을 훌쩍 뛰어넘어야 하는 때다.

✠

갈릴리 분봉왕 안티파스는 나른한 몸을 좀 추스르려고 궁전 뜰에 나가 천천히 거닐었다. 궁전 동쪽 가까이 있는 튀로포에온 골짜기 너머 성전을 바라보았다. 성전을 바라보고 난 후에는 언제나 습관처럼 몸을 돌려 서쪽 헤롯 왕궁도 바라본다. 아버지 헤롯왕은 참 놀라운 사람이었다. 아버지는 안티파스 나이에 로마황제와 당당히 마주 서서 자기 뜻을 설득한 사람이었다. 천하를 다투는 영웅들과 세상을 논하던 사람이었다. 거칠고 험난했던 생애 70여 년 동안에 아버지가 이루어 놓은 보물이 바로 헤롯 왕궁과 예루살렘 성전이다. 로마제국 안에서 사람들이 으뜸으로 치는 구경거리다. 명절 때마다 지중해 연안 여러 지방에서 수많은 관광객들이 모여든다. 이번 유월절에도 어김없이 몰려든 관광객들은 입을 못 다물고 칭찬할 것이다.

그렇게 자랑스러운 아버지지만 사람들이 아버지와 그를 비교할 때면 안티파스는 걷잡을 수 없을 만큼 깊은 절망감에 빠져든다. 아무리 발버둥 쳐도 그는 아버지를 따라갈 수 없다. 아버지와 나란히 설 수 없으니 아예 포기하고 그저 편안하게 지내는 것이 좋겠다는 생각까지 든다. 굳이 큰 업적을 남기거나 위대한 왕으로 칭송받고 싶은 생각도 없다. 세월이 흐르고 나이를 먹으니 한발 물러나서 세상 돌아가는 일을 조용히 지켜보는 것도 괜찮다는 생각이 들었다.

오랜만에 천천히 궁전 뜰을 걷고 있는데 깜짝 놀랄 일이 생겼다.

"어어! 언제? 어찌 ….”

"예, 지금 막 궁성 문을 들어오셨습니다.”

갈릴리 티베리아스에 남겨 두고 떠나온 아내 헤로디아가 궁전에 들어왔다는 보고를 받았다. 안티파스는 놀라면서도 과연 그녀답다고 생각했다. 아무리 아내라도 왕이 부르지 않았는데 불쑥 왕 앞에 나타날 수는 없는 법이다. 때로는 그 죄 하나만으로도 아내를 내치거나 감옥에 가둘 수 있다. 그런데 헤로디아는 어찌된 여자인지 언제나 막무가내였다.

그녀는 분봉왕이 자기를 내치거나 벌을 내릴 수 없다는 점을 너무 잘 알기 때문이리라. 헤로디아는 안티파스에게 조카였다. 아버지 헤롯왕과 왕의 두 번째 아내 마리암네 왕비의 손녀고, 왕비 쪽 혈통으로 따지면 옛 하스몬 왕가의 후손이다. 아버지 헤롯왕이 마리암네 왕비를 처형했는데, 그 아들 안티파스가 아버지처럼 하스몬 왕가의 손녀를 내칠 수는 없다. 그런 점을 믿어서 그럴 수도 있겠지만, 그런 점을 제쳐 두고라도 원래부터 그녀는 제멋대로다.

"웬일로 갑자기 예루살렘에? 언제?”

뜨악한 얼굴로 바라보는 안티파스의 속마음을 아는지 모르는지, 아니면 일부러 더 그러는지 마냥 밝은 표정으로 생글생글 웃으면서 그녀는 안티파스 앞에 나타났다.

"너무 보고 싶어서요. 참을 수가 없었어요. 깜짝 놀래 주려고 일부러 연락도 안 하고 서둘러 올라왔어요. 경비대가 앞뒤로 수레를 둘러 싼 채 밤낮을 가리지 않고 사마리아 길로 달려왔지요. 그런데, 어째 저하 얼굴이 많이 수척해지셨습니까?"

그녀는 그 예쁜 눈을 살짝 치뜨며 안티파스 얼굴을 요모조모 살폈 다. 하기야 밤마다 과도하게 여자를 탐했으니 그럴 만도 했다. 마음을 들키지 않으려고 그는 짐짓 그녀의 눈길을 부드럽게 받았다.

"잘 왔어요. 나도 보고 싶었소."

그렇게 대답할 수밖에 없다. 당장 그날 밤에 다시 불러들이기로 했 던 여자가 눈앞에 어른거린다. 헤로디아가 올라왔으니 … 마음 한구 석에서 서운한 마음이 일어났다.

"그런데 예루살렘성으로 들어오며 보니 분위기가 어째 좀 이상하던 데요?"

"뭘 … , 늘 그렇지요."

그녀의 눈썰미나 세밀함은 언제나 놀랍다. 수레를 타고 성문을 들 어와 궁에 올 때까지 그 짧은 시간에 예루살렘 성안의 곧 터질 듯한 분 위기를 느낀 모양이다. 그래서 안티파스는 그녀를 다룰 때 늘 조심했 다. 딱 잡아뗄 일은 잡아떼고, 어느 정도 밝혀야 할 일은 밝혀 놓아야 안전했다. 이미 그녀와 얼굴 맞대고 살 만큼 살아 보니 서로 어찌 살아 야 문제없이 넘어갈 수 있는지 그 선을 알게 된 셈이다.

"그런데, 살로메는?"

"아! 굳이 이번에 찾아볼 일은 아닌 것 같아서 … ."

이미 그런 물음이 있을 줄 알았다는 듯, 헤로디아는 덧니를 살짝 드 러내고 배시시 웃으며 말했다.

그녀가 갑자기 예루살렘에 나타났으니 이제부터 여러 가지가 불편하게 됐다. 행동의 자유는 반으로 줄고, 성가신 잔소리를 밤낮으로 들어야 하기 때문이다.

조금 있으니 알렉산더가 들어왔다.

"아이고! 언제 올라오셨습니까? 먼 길 고생하셨겠습니다."

"아닙니다. 편하게 왔습니다. 뭐 저하께 드릴 말씀이 있는 모양이지요? 제가 자리를 피해드릴까요?"

"아닙니다. 저하만 괜찮으시다면 저는 상관없습니다."

매사 심드렁하니 의욕을 잃고 처져가는 안티파스를 일깨우기로는 헤로디아만 한 사람이 없다. 그래서 알렉산더는 헤로디아에게 연락을 보내 예루살렘으로 올라오게 했다. 그런 내막을 알 턱이 없는 안티파스는 알렉산더의 교묘한 말솜씨 때문에 헤로디아를 따돌릴 기회마저 잃었다.

"예! 그럼 제가 몇 가지, 저하께 말씀 올리겠습니다."

"어? 그거…, 그러시오!"

"저하! 제 생각으로는 빌라도 총독이 이번에 문제가 생기면 가야바 대제사장을 쫓아낼 가능성이 있습니다."

"그래요?"

안티파스는 별로 관심 없다는 듯, 느릿느릿 대답했다. 오히려 헤로디아가 눈을 반짝였다. 그녀를 내보내지 못해 엉겁결에 같이 얘기를 나누는 자리가 됐지만, 이제 그녀가 끝없이 묻고 간섭하고 휘저을 형편이 됐다. 안티파스는 일부러 천천히 말을 이었다.

"그거야, 뭐 … 총독 권한이니 내가 뭐라고 나설 일도 아니고 … ."

"아니에요, 저하! 그리 볼 일은 아닌 것 같은데요?"

아니나 다를까, 헤로디아가 대뜸 끼어들었다. 그녀를 예루살렘으로 불러 올린 일이 참 잘한 일이라고 알렉산더는 거듭 생각했다.

"변화가 생긴다면 저하께서 어찌 대응하시는 것이 좋을지 생각하셔야지요. 무엇이 유리하고 무엇이 불리한지. 우리 쪽에서 조치해야 할 일이 무엇인지. 그리고 왜 총독이 대제사장을 바꾸려고 하는지⋯."

"글쎄, 그건 내가 관여할 일이 아니고 총독 권한이라니까⋯."

"그러니까 좀 알아봐야지요!"

알렉산더가 나섰다.

"저하! 지금 이 시기에 대제사장을 바꾸는 일이 작은 일은 아닙니다. 저도 판을 한 번 흔드는 것이 좋겠다고 생각은 했습니다만, 그게 어느 때가 좋을지 시기가 중요하다고 봅니다. 아마도 이번에는 예루살렘에서 일이 벌어지기 전에 대제사장을 교체하기는 어려울 것 같습니다. 대응하는 일이 우선 중요하니까요. 그런데 일이 벌어졌을 때는 얼마나 번져가느냐, 그 상황에 따라 크게 수습할 일도 필요하겠고, 아니면 그냥 아무 일 없던 듯 넘어갈 수도 있겠고."

'당장 총독이 대제사장을 바꿀 낌새가 없다면 왜 그런 얘기를 지금 불쑥 꺼내 가지고, 아이구⋯.'

안티파스가 속으로 그런 생각을 하는데 벌써 헤로디아가 또 끼어들었다.

"일이라고요? 일이 벌어진다고요?"

"아, 무슨 그런 일이 있어⋯."

안티파스가 말을 채 끝내기도 전에 알렉산더가 먼저 말했다.

"예! 갈릴리에서 올라온 무리들 얘기입니다."

평소에는 신중하던 알렉산더였다. 그런 사람이 헤로디아도 있는 자리에서 일부러 그러는 듯 왜 자꾸 문제될 얘기를 입에 올리는지 안티파스는 속으로 불편했다. 그렇다고 말을 가로막을 수도 없고. 할 수 없이 안티파스가 그녀에게 대충 상황을 설명해 주었다. 그렇게 불쑥 말을 꺼내 놓고 알렉산더는 입을 닫고 있었다.

"그렇다면 중요한 일이네요. 더구나 그 무리가 갈릴리 사람들이라니. 저하에게 책임이 돌아올 수도 있지 않겠어요? 저하가 관여 안 하신다고 그냥 넘어갈 일이 아닙니다. 갈릴리 분봉왕이시잖아요?"

"에구! 뭘 나한테까지 일이 번져?"

"아니에요! 틀림없어요. 잘못 어물어물하면 총독이 황제 폐하께 저하를 모함할 수도 있어요."

알렉산더는 속으로 그 자리를 즐겼다. 헤로디아는 알렉산더가 예상한 대로 이미 자기 마음껏 안티파스를 몰고 쫓기 시작했다. 그래서 로마 사람들은 연못이 조용하면 다른 종류의 물고기를 일부러 넣어 함께 길렀던 모양이라고 알렉산더는 생각했다.

"저하! 우선 대제사장이 교체되느냐 안 되느냐, 그 점도 중요하지만, 저하에게 어떤 것이 더 유리한지 그걸 먼저 잘 따져보아야 할 것 같습니다."

헤로디아는 이것저것 중요한 문제를 짚고 나섰다.

"가야바 그 사람이 그냥 대제사장으로 있는 것이 낫지요. 다음에 누가 될지 아직 알 수 없는데, 누가 될지도 모르는 사람보다는 이미 우리가 잘 아는 사람과 싸워도 싸워야 하지 않겠어요? 저하가 대제사장을 임명한다면 몰라도 총독이 임명하는데. 그런데 길게 보면 저하가 유대까지 다스려야 한다고요, 무슨 수를 써서라도 … . 또 하나, 대제사장이 괘씸해요. 저하를 싹 무시하고 있는 것이 분명해요. 제가 예루살렘에 들어오는데 인사 나오는 사람이 한 사람도 없었어요. 그게 말이 돼요? 그럼 안 되지 않아요?"

"아, 그건 … , 당신 오는 건 나도 몰랐는데 뭘 … ."

"그래도 그렇지요."

오고 가는 말을 듣고 있던 알렉산더가 나섰다.

"저하! 제 생각으로는 우리가 대제사장 편을 좀 들어주면 가야바 대제사장이 자리를 유지할 수 있을 것 같고, 달리하면 교체될 것 같고 그렇습니다."

"무슨 근거로?"

"일의 수습에 협조하느냐 마느냐, 그 일에 달렸습니다."

"그래, 공은 어찌하는 것이 좋겠소? 나는 잘 판단이 … ."

또 헤로디아가 촐싹거리며 나섰다.

"저하! 그냥 이번에는 대제사장을 유지시키세요. 우리가 좀더 준비될 때까지 … ."

안티파스는 만사가 심드렁했고, 헤로디아는 부지런히 생각을 굴렸고, 알렉산더는 계획했던 대로 한 걸음씩 걸었다. 총독이 이번 일을 갈릴리에서 시작된 문제라고 생각하지 않도록 하는 일이 중요했다. 근본적으로 이스라엘의 문제, 예루살렘 성전의 문제, 대제사장이 책임지고 있는 성전의식에 관한 문제로 방향을 틀 궁리를 했다.

알렉산더는 총독 빌라도와 회동하는 문제를 상의할 기회를 엿보았다. 그 일까지 헤로디아가 있는 자리에서 펼쳐 놓기에는 좀 민감하다고 생각했기 때문이다. 안티파스가 헤로디아와 함께 안으로 들어갔기 때문에 그는 할 수 없이 그냥 물러나왔다.

그날 예수가 성전 뜰에서 군중에게 가르침을 펴고 있을 때다. 갈릴리에서부터 예수 제자 무리에 끼어 따라다니던 므나헴이 슬쩍 알렉산더를 찾아왔다.

"그동안 안녕하셨습니까?"

"오! 므나헴! 수고 많았네. 고생이 많았지?"

"아닙니다. 저는 괜찮습니다."

"그런데 웬일로?"

"저 …."

므나헴은 입을 열지 못하고 머뭇거렸다.

"무슨 얘기인데 그러나? 지원이 부족한가?"

"그건 아닙니다. 한 가지 부탁 올리고 싶어서 …."

"얘기해 보게. 웬만한 거면 내가 들어주고 싶네. 사실 자네가 그동안 때맞추어 보내준 소식이 아주 긴요했네. 예수에 대해 내가 완벽하게 파악했고 그가 다음에 어찌 행동할지 모두 예측할 수 있었으니까. 그건 모두 자네의 공일세."

"허락해 주신다면, 저는 이쯤에서 예수 선생님을 따라다니는 일을 그만두는 것이 좋겠습니다."

"왜 그러나? 무슨 일이 있나?"

"이미 예수 선생님의 계획에 대해서는 파악할 만큼 파악해서 보고도 드렸고, 저도 선생님을 더 이상 따라다니며 지켜보기 좀 거북한 형편이 됐습니다."

"그래?"

알렉산더는 몸을 뒤로 젖히면서 천천히 길게 대답했다.

"예수 선생님께서는 오래전부터 저의 정체를 눈치채신 모양입니다. 그런데도 아무 말씀도 하시지 않고 저를 그냥 데리고 다니셨습니다."

"허허! 자네가 이제 진짜 예수의 제자가 된 모양이네?"

"예? 무슨 말씀인지 … ."

"그럴 수도 있지. 그러나 지금은 자네의 청을 받아들일 수 없네. 며칠 더 일을 하게. 늦어도 유월절 명절 시작되기 전까지는 끝내야 할 일이니까, 그때까지 … . 알겠지?"

므나헴을 내보낸 후 알렉산더는 혼자 계속 머리를 끄덕였다. 그는 므나헴이 예수를 마음속으로 깊이 따르고 있음을 이미 알고 있었다. 예전에 갈릴리 티베리아스 왕성으로 직접 찾아와 보고할 때와 달리 그는 많이 변해 있었다. 예수를 꼬박꼬박 선생님으로 부르면서 존경을 표시했기 때문이다. 그렇다고 그가 자기 임무를 저버릴 사람은 아니라는 것도 알렉산더는 안다. 다만, 흔들리는 그를 다잡고 계획에 차질이 없도록 단속하면서 며칠 더 끌려면 추가조치가 필요해 보였다.

안티파스를 만나고 처소로 돌아온 알렉산더는 잠시 눈을 감고 아침나절 일을 생각했다. 불쑥 마리아의 모습이 떠올랐다. 예수의 제자들과 함께 성전 뜰에 서 있던 그녀의 모습, 그녀의 몸놀림은 예전과 다름없었다. 그런데 모를 일이었다. 왜 그녀 모습이 눈에 들어오자 갑자기 가슴이 울렁거렸는지 ….

'다 지난 일인데, 내가 왜 ….'

스스로 생각해 봐도 어이가 없다. 보따리 하나 가슴에 끌어안고, 막 달라 먼 길을 타박타박 걸어가는 그녀의 뒷모습이 떠올랐다. 호수를 오래오래 내다보는 뒷모습, 그 어깨가 떠올랐다. 왜 뒷모습은 언제나 슬픈지 알 수 없다. 아무것도 들어 있지 않은 듯 텅 빈 눈도 떠올랐다. 생각을 떨치려는 듯 알렉산더는 머리를 크게 흔들다가 끝내 하인을 불렀다. 전날 여리고에 내려 보냈던 하인이다.

그는 괜히 애매한 하인에게 화부터 냈다.

"왜? 왜 못 떼어 놔?"

"그게, 얘기를 했는데도 …."

"다시 기회를 주겠다. 이번에는 마리아를 그자에게서 확실히 떼어 놓도록. 내일 저녁까지 시간을 준다. 모든 방법을 다 써라!"

"모든 방법이라고 하셨습니까?"

"알아서 해!"

그 한 마디를 내뱉더니 그는 눈을 꽉 감았다. 그건 알렉산더가 모진 결정을 내릴 때 보이는 표정이다. 그런데 그의 눈꺼풀이 파르르 떨렸다. 하인은 그걸 놓치지 않고 보았다.

하인이 방을 나가자 알렉산더는 벌떡 자리에서 일어났다. 다시 불러들여 마리아를 해치지는 말라고 지시하려다 마음을 돌렸다. 세세히 말 안 해도 주인의 뜻을 다 잘 아는 하인이기 때문이다.

쉘라마! 평화의 인사

—·—

니산월 10일, 정오 무렵이 되자 사람들은 점점 더 많이 몰려들었다. 앞으로 유월절 제사 때까지 매일 3만 명에서 5만 명 정도 성전에 들어오고, 어느 한순간에 성전 경내에 머무는 사람이 최소 5, 6천 명이 넘는다. 그 시간에 뜰에 들어온 사람들은 아침에 예수가 소란을 피운 일을 들어 아는 사람도 더러 있지만 대부분 모르는 사람이다.

예수는 이번 유월절에 성전으로 모여드는 사람들에게 가장 큰 관심을 받는 인물이 되었다. 어떤 사람은 그가 갈릴리의 떠돌이 선생이라는 소문을 들었고, 다른 사람은 그를 병을 잘 고치는 의원으로 알았다. 원래 어느 지방, 어느 마을이든 병을 잘 고쳐 주거나 점을 치거나 심지어 마술을 부리는 사람도 있기 마련이다.

마을 의원들은 병자들과 평소 잘 알고 지냈고, 무슨 일로 무슨 병이 들었는지 이미 대부분 잘 알고 있는 경우가 많았다. 그런 의원들은 전해져 내려온 방법대로 병을 다뤘다. 기침이 끊어지지 않으면 무슨 풀을 뜯어 불에 태우며 연기를 쐬라든지, 종기가 나고 고름이 끊이지 않으면 어떤 물고기 부레를 태워 가루를 뿌리라든지, 그런 방법이 듣든 안 듣든, 전해 내려온 처방을 따르는 사람들이 많았다.

기적을 일으키는 사람이라고 널리 알려졌던 사람들도 있었다. '원을 그리는 사람'이라는 호니는 비가 올 때까지 하느님에게 기도한다며 땅바닥에 원을 그려 놓고 그 안에서 기도해서 비가 오게 했고, 빗방울이 굵어져 폭우로 쏟아지자 원을 다시 그리고 기도해서 적당하게 촉촉한 단비가 내렸다는 얘기도 널리 알려졌다.

어떤 선생은 멀리 떨어진 곳에서 단지 기도만으로 환자를 고친다고 소문이 났고, 경전 기록에 따르면 북왕국 이스라엘의 아합왕 때의 예언자 엘리야는 사르밧 과부의 죽은 아들을 기도로 다시 살려냈다는 얘기도 전해져 내려왔다. 병을 고치는 사람, 기적을 일으키는 사람, 귀신을 쫓아내는 사람, 마을마다 지방마다 그런 능력을 가진 사람들에 대한 얘기는 늘 입에서 입으로 많이 떠돌았다. 사람들은 예루살렘 성전에 들어왔다는 갈릴리의 예수도 그런 사람 중 하나로 생각했다.

예수가 메시아일지 모른다는 기대를 품은 사람들도 있었다. 그들은 성전에 올라오면서, 성전 뜰에 들어서면서 사람들이 모여 있는 곳이면 눈을 두리번거리며 예수를 찾았다. 그들 눈으로 확인하고 싶었다.

"이제 메시아가 나타날 때가 됐지."

"그럼! 생각해 봐! 우리 민족이 얼마나 오랫동안 고난을 받았어? 고난을 견디며 이만큼 믿음을 지켰으니 지극히 높으신 분께서도 이제 우리를 돌아보실 거야."

"그런데 메시아는 한 사람이야, 두 사람이야?"

266

"한 사람의 메시아가 다윗 가문에서 나타난다는 예언도 있고, 예언자와 제사장 역할을 하는 메시아 한 사람, 이스라엘을 해방시키고 왕이 될 메시아 한 사람, 2명의 메시아가 함께 나타날 것이라는 예언도 있고…. 저기, 소금호수 쪽에 있는 에세네파 사람들은 그렇게 2명의 메시아를 기다리고 있다던데?"

"아, 그 사람들! 세상 마지막 날에 빛의 아들들과 어둠의 아들들 사이에 한바탕 큰 전쟁이 일어난다고 믿는 사람들?"

그때 한 사람이 조심스럽게 입을 열었다. 괜히 성전을 힐끔힐끔 쳐다보는 모습이 좀 어려운 얘기를 하려는 것 같았다.

"그런데 말이야. 예언자와 제사장의 역할을 하는 메시아가 나타나면 성전은 어찌 되나? 대제사장은, 그리고 저 많은 제사장들은? 모두 쫓겨나나, 아니면 메시아를 따르고 모시나? 나는 그게 궁금한데?"

다른 사람들도 성전 쪽을 쳐다보며 목소리를 낮추었다.

"그건 생각해 보면 뻔한 일이야! 지금 성전에 버티고 있는 대제사장, 제사장들이 잘하고 있으면 메시아가 왜 나타나? 그 사람들이 지극히 높으신 분의 뜻에 어긋났으니 메시아를 그분께서 보내주시는 것 아냐? 대제사장, 제사장, 그 밑에서 유세 부리고 뜯어먹고 살던 무리들부터 모두 몰아내지, 메시아가 그자들을 어떻게 그냥 끌고 가?"

"그러면, 그렇다고 생각하면 가야바 대제사장한테는 자기 목이 걸린 일이네? 메시아가 나타나면?"

"그럼! 그렇지. 그렇다면 메시아를 대적하고 나설 사람이 바로 대제사장이고, 성전이구먼….."

"그런데 메시아는 누가 메시아라고 인정해야 되나?"

"사람들이 알아채야지!"

"어떻게? 우리가 무슨 재주로 메시아인지 아닌지 구별할 수 있어?"

"그럼 대산헤드린이 … ."

"아하! 대산헤드린에서 메시아를 불러들여 물을 것 물어보고 그 대답을 듣고 나서 메시아라고 선언한다? 그것도 이상한데 … ."

"그것도 그러네. 그나저나, 만일 이때 메시아가 나타나면 처음에는 혼란이 일어날 거라, 분명 … ."

"더구나 빌라도가 군대를 끌고 들어왔잖아, 어제 아침나절에."

"군대가 엄청나게 많대!"

"그거? 반으로 줄여서 끌고 온 거래."

"성전만 생각해도 복잡한데, 총독까지 끌어다 놓고 생각하니 너무 복잡하네. 이건 우리 같은 사람들이 마음 쓸 일이 아니구면 … ."

"그런데 내가 들으니 조심해야 된대. 성전이 무슨 수를 꾸민다는 소문을 들었어. 성전에서 예수 그 사람을 아주 고약하게 보고 있대요. 그러니, 눈치를 보다가 무슨 일이 생기면 후다닥 피해야 돼."

"피할 일도 생겨?"

"아까 얘기했잖아! 메시아가 나타나면 대제사장은 목이 달아난다고 … . 가야바가 가만히 앉아 있다가 당할 사람이야? 그래서 예수 그 사람을 잡아들이려고 미리부터 벼르고 있었대요. 그러니 괜히 그 사람 옆에서 어슬렁거리다가 잘못하면 한 패거리로 몰려 큰일을 당할 수 있어. 조심해야 돼!"

"그렇다면, 그 사람이 메시아라고 확실하게 알 수 있을 때까지 … ."

"그게 문제야. 어떻게 아느냐고? 그러니 조심조심 지켜보자고. 어!

저기 저 사람 같네. 사람들이 우르르 모여 있는 것을 보니 … ."

"가보세."

그렇게 소문을 듣고 찾은 사람, 그저 기웃거리는 사람, 간절한 마음으로 기다리던 사람, 혹은 성전의 지시를 받은 사람들이 점점 예수 옆에 많이 모였다. 마치 나무에 매달린 벌집처럼, 셀 수 없이 많은 사람들이 모였다. 솔로몬의 주랑건물이 비좁을 지경이었다. 예수가 그들을 이끌고 뜰 가운데로 나왔다. 줄잡아 1천 명이 넘었다. 사람들이 모여들자, 여기저기 구경하던 사람들, 이스라엘의 뜰로 들어가려던 사람들까지 발길을 멈추고 끼어들었다.

사람들은 단순히 호기심만으로 예수에게 몰려온 것은 아니다. 그들은 가르침에 목이 말랐다. 그 얘기가 그 얘기 같은 토라의 가르침만 되뇌는 바리새파도 싫었고, 성전에서 대제사장이며 제사장 높은 자리다 차지하고 거들먹거리면서 사람들이 겪고 있는 고통은 나 몰라라 눈감는 사두개파도 싫었다. 예언자의 목소리가 끊어진 지 오래됐고, 스스로 메시아라고 주장하는 사람들도 여럿 나타났지만 때가 되면 모두 허망하게 사라졌다.

"그가 누구든지 우리 고통받으며 살아가는 삶을 좀 어루만져 주고 위로해 주었으면 좋겠어."

"그래! 맨날 우리더러 뭐 잘못했다, 뭐 고쳐라, 무슨 죄를 지었으니 회개하라 … , 그런 말은 좀 그만 하고, 좋은 세상 온다고 희망을 주었으면 … ."

"이게 말이야! 뭐 하나 딱 집어서 고친다고 해결될 일이 아냐! 저 로마 놈들은 성전 목을 움켜쥐고 세금 걷어가고 공물 뜯어가고, 백성들을 억누르는 건 로마 놈들이나 성전이나 다 마찬가지고, 우리는 옴짝달싹 하지도 못하고 억눌려 살잖아? 이건 조금씩 여기저기 뜯어 고쳐서 될 일이 아니고, 그저 확 뒤집어야 해!"

예수의 가르침을 들어 보자는 것은 성전이나 바리새파 선생들이 하지 않았던 얘기를 그가 해줄 거라는 기대 때문이다. 당장 이 세상이 뒤집어지고 좋은 새 세상이 오지는 않는다고 해도, 희망을 주는 소리를 듣고 싶었다. 답답하고 아픈 마음을 쓰다듬어 주는 위로의 말도 듣고 싶었다.

예수는 사람들을 뜰 바닥에 앉혔다. 맨땅이면 흙에 옷이 더러워져서 꺼리겠지만 사람들은 하얀 잔돌이 깔린 바닥에 편하게 앉았다. 자연스럽게 예수가 커다란 원의 중심에 섰다. 그 옆에 제자들이 둘러서고, 그 밖에 사람들이 둥그렇게 둘러싸고 앉아 그의 말을 기다렸다.

그럴 때면 마리아는 처신하기가 참 거북했다. 제자들과 함께 서 있자니 여자로서 너무 눈에 띄고, 그렇다고 다른 남자들 틈에 자리 잡고 앉아 있을 수도 없고, 할 수 없이 서 있는 제자들과 앉아 있는 사람들 중간에 조용히 자리 잡았다. 그건 구사의 아내 요안나도 마찬가지였던 듯, 그녀도 마리아 옆에 와서 앉았다. 어느 정도 자리가 정리되기까지 기다리다가 제자들도 모두 앉고 예수가 군중에게 인사했다.

"쉘라마!"

모여든 사람들이 한목소리로 대답했다.

"쉘라마!"

서로 평화를 빌어 주는 인사다. 그저 평범하게 주고받는 인사였지만, 예수가 하는 인사말을 들으니 모두는 특별한 느낌을 받았다. 예루살렘 토박이 사람들은 '쉘라마' 대신 '샬롬'이라는 말을 더 많이 썼다. '샬롬'도 평화라는 뜻을 가지고 있고, 예루살렘이라는 이름 자체가 '평화의 도시'라는 뜻을 가지고 있다고 사람들은 알고 있다. 예수가 평화의 도시 예루살렘에 들어와 성전 뜰에서 평화를 빌어 주는 인사를 한 셈이다.

평화는 말로 건네는 인사로 이뤄지지는 않는다. 마음속에 품고 있는 증오, 서로에 대한 미움을 버리라고 말해도, 서로 형제처럼 사랑해야 한다고 아무리 도덕 선생처럼 말해도 평화는 이뤄지지 않는다. 평화는 존재에 관한 문제이기 때문이다. 예수는 그걸 깊이 알고 있었다.

"여러분! 방금 전에, 서로 '쉘라마' 하고 인사하고 '샬롬' 하고 인사하니 마음이 좀 따스하지 않습니까?"

사람들은 그저 웃었다. 그건 그저 늘 하던 인사였다. 평화를 빌어 주는 인사는 했지만 상대에게 그런 인사를 한다고 내가 살아가는 일에 손해 가는 일은 없다. 그 인사가 만일 '내 재산을 나눠 준다'는 말이거나, '내 집에 들어와서 지내고 싶은 만큼 지내도 좋다'는 초대라거나, '지금부터 나의 형제로 받아들이겠다'는 선언이라면 누구도 그 인사를 주고받은 다음 편안하게 앉아 있을 수 없을 것이다.

"나는 갈릴리 사람입니다. 여러분 중 많은 사람은 유대 지방 출신이고, 먼 이방 지역에서 유월절을 맞아 성전을 찾은 사람도 있고, 몇 사람은 나처럼 갈릴리 사람도 있을 것입니다."

사람들은 예수가 무슨 얘기를 하려고 대뜸 출신 지방 얘기를 하는지 알 수 없어 궁금했다. 그러면서 그들은, 사람들이 예수를 '갈릴리에서 나온 선생'이라고 부른다는 사실을 새삼 떠올렸다.

"여러분! '원수 중 원수는 형제'라는 말을 들어 본 적이 있습니까?"

"예! 들어 봤습니다."

"실제 그런 경우 많습니다. 우리 동네에도 …."

어떤 사람은 그런 얘기를 들어 보았을 것이고, 어떤 사람은 실제로 형제와 원수처럼 지내는 경우도 있을 것이다.

형제가 원수로 바뀌는 역사는 세상 어느 곳에서나 늘 있다. 그건 먼 옛날 얘기가 아니고, 현재도 그런 일이 있고, 미래에도 일어날 일이다. 가까운 사람, 형제에게서 피해를 보고 자조 섞인 한탄으로 그런 말을 내뱉을 수도 있고, 가까운 사람을 경계하라는 뜻으로 입에 올리는 말이다.

"하느님 나라는 형제와 불화하고서도 이룰 수 있는 나라가 아닙니다. 형제가 한 아버지의 자식으로 손잡고 살아가는 나라입니다. 평화를 이루지 않고 하느님 나라를 이룰 수 없습니다. 평화를 이루는 일은 하느님 나라를 이루는 일과 언제나 같은 보폭으로 같은 길을 걷는 일이기 때문입니다."

'쉘라마'라고 인사하면서 서로 평화를 빌어 주었던 일이 듣고 있던 사람들 마음속에서 작은 가시가 되어 까끌거렸다. 그건 눈감고 지나쳤던 일상이 조금씩 다시 눈에 들어오기 시작한 것과 같다.

"나는 여러분을 이스라엘의 형제라고 부르겠습니다. 유대, 갈릴리, 사마리아, 이두매, 그렇게 지방 따라 부르면 내가 갈릴리 사람이 되지만, 이스라엘이라고 부르면 우리 모두가 한 형제가 되기 때문입니다. 그래서 나는 우리가 이스라엘이라는 이름을 가졌다는 것에 대해, 참 위대한 전통을 함께 가지고 있다고 생각합니다."

사람들은 고개를 끄덕였다. 이스라엘은 그들이 회복해야 할 이름이라고 생각했다. 이름뿐만 아니라 이스라엘은 회복해야 할 정신이라고 사람들은 믿었다.

"그런데 여러분, 다른 나라 사람들이 우리를 유대라고 부르고, 유대인이라고 부른다는 것을 여러분 알고 있지요?"

예수가 묻자 한 사람이 큰 목소리로 대답했다.

"예! 다들 그렇게 부릅니다. 로마에서도 그렇게 부르고, 헬라에서도 그렇게 부르고, 파르티아, 이집트에서도 그렇게 부릅니다."

"그게 문제야! 왜 우리가 모두 유대냐고 …."

"아, 그건 그렇게 그 사람들이 부른다고."

드디어 사람들 사이에 이런 얘기 저런 얘기 소란스럽게 말이 오고 가기 시작했다. 그건 예수가 기대했던 일이다. 무엇이 문제인지 알아야 문제를 해소할 방법을 찾을 수 있기 때문이다.

이름은 명예의 기본이다. 그래서 후손들은 조상의 이름을 존중한다. 좋은 이름은 그 이름이 상징하는 명예다. 특히 이름이 중요한 세상에 살고 있는 사람들에게는 이름이 곧 자기 존재를 나타낸다.

두 나라 접경 지역에 있는 조그만 마을을 번갈아 점령하면서 서로 자기들 쪽에서 부르는 이름을 붙이는 것도 마찬가지다. 그 땅을 어느 쪽 이름으로 부르고 어느 쪽에 세금을 내느냐, 어느 쪽 깃발을 내걸고 사느냐, 그것으로 나라의 영토를 인식할 수 있기 때문이다.

이스라엘의 역사를 조금이라도 아는 사람이라면 이스라엘 사람을 모두 유대인이라고 부르는 일이 얼마나 듣는 사람들에게 불편할지 충분히 안다. 그건 이스라엘 땅을 지배한 제국들이 남긴 유산이다. 그 땅에 이스라엘 스스로 세웠던 왕국도 마찬가지였다. 유대라는 이름 속에는 형제에 대한 압제와 배신, 몰인정의 역사가 스며들어 있다.

유대인들이 스스로 모든 이스라엘 사람들을 유대인이라고 부를 때, 그리고 로마가 온 이스라엘을 유대로 부르는 한, 갈릴리와 다른 지방들은 유대에게 더욱 남이 될 수밖에 없다. 통합이 아니고 갈릴리라는 개별성을 배제했기 때문이다.

그건 70여 년 전, 로마 원로원에서 헤롯을 '유대의 왕'으로 임명할 때부터 잘못된 일이었다. 헤롯은 유대 지방의 유대인 출신이 아니라 이두매 지방 출신이니 이두매 사람이었다. 차라리 유대가 아니고 이스라엘이라고 불렀다면 민족 내부에 숨어 있는 갈등을 완화할 수 있었을지도 모를 일이었다. 그래서 어떤 사람들은 외부에서 이스라엘을 유대라고 부르는 일은 내부 깊숙이 깔려 있는 분열을 부추기는 교묘한 정책이라고 생각한다. 말하자면 고만고만한 아들 다섯이 있는 집에 대고, 늘 셋째나 넷째아들 이름으로 나머지 네 아들 이름을 부르는 것과 같다.

사람들이 소란스럽게 서로 얘기를 주고받는 것을 지켜보고 있던 예수가 한 발 앞으로 나섰다. 그의 움직임을 보고 사람들은 점점 조용해졌다. 이제 예수가 하려는 말을 들어야 할 때라고 생각했다.

"사람을 부르든 민족을 일컫든, 그 사람이나 민족을 다른 사람이나 다른 민족과 구별할 때 이름으로 부릅니다. 따라서 그 사람이나 민족이 세상에서 한 사람이나 민족으로 살아가는 데, 존재로 인정받고 살아가는 데 대단히 중요합니다. 한 존재로 다른 사람이나 민족이 인정한다는 얘기는 그 한 존재가 가지는 몫을 인정한다는 말이기 때문입니다."

예수는 때로는 쉬운 얘기를 먼저 던지고 차차 중요한 결론을 찾아가기도 하고, 때로는 사람들이 금방 알아듣기 어렵겠지만 중요한 결론을 먼저 얘기하고 차근차근 설명하는 방법을 택하기도 한다. 그건 바로 나사렛에서 아버지와 얘기를 나누면서 터득한 방법이었다. 아버지 요셉이 예수와 얘기를 주고받으면서 그렇게 가르쳤다.

"한 사람이나 한 민족이 자기 몫을 인정받는다는 것, 그 몫을 누리며 산다는 것, 그건 대단히 중요한 일입니다. 하늘 아버지, 그분의 뜻이 그러하기 때문입니다. 그런데, 하느님의 뜻을 깨닫지 못하면 미움이 생기고 다툼이 일어납니다. 그래서 원수 중의 원수가 형제라는 생각이 듭니다."

"그건 왜 그렇습니까?"

"여러분은 첫 사람 아담의 얘기를 들어 알고 있을 겁니다."

"예! 에덴동산에서 쫓겨났습니다."

"하느님의 말씀을 거역했습니다."

"경전에 그렇게 기록돼 있습니다. 그런데 아담의 아들이 다른 아들을 들에서 돌로 쳐 죽였습니다."

"예! 선생님, 하느님이 아벨의 제사만 받으시고 카인의 제사는 받지 않으셔서 카인이 동생 아벨을 죽였습니다."

"그래요. 경전 내용을 아주 자세히 알고 있군요. 그런데 여러분, 같은 얘기를 조금 달리 생각해 보면 어떨까요? 지금 여러분은 모두 카인과 아벨의 제사를 먼저 생각하고, 그 다음에는 하느님이 제사를 받으시고 안 받으신 얘기를 생각하고, 그래서 카인이 아벨을 들로 불러내서 돌로 쳐 죽였다. 그리고 하느님이 카인에게 벌을 주셨다. 그렇게 순서대로 생각하지요?"

"예, 경전에 그리 쓰여 있습니다. 예언자 모세가 하느님의 뜻을 받아 기록한 토라에 … ."

"그러니까 카인이 동생 아벨을 죽인 이야기를 오랜 세월 후에 하느님이 모세에게 말씀하셔서 모세가 토라로 기록했다고 생각할 수 있지요? 한참 후에 … ."

그 얘기를 듣던 제자들 마음속에 걱정이 생기기 시작했다. 듣고 있는 대부분 사람들은 눈치채지 못했지만 예수가 또다시 토라의 기록에 대해 의문을 제기하기 시작했다는 것을 제자들은 안다. 몇 사람 제자들이나 따르는 사람을 모아 놓고 앉아서 조곤조곤 가르칠 때 하는 말이 아니고, 유월절을 앞두고 성전 뜰에서 예수는 위험한 일을 다시 벌이기 시작했다. 다른 제자보다 요한이 특히 더 불안했다. 이미 아침나절에 한 번 성전 뜰에서 소란을 일으켰던 선생이 다시 또 큰 소란을 자초하고 있다고 믿었다.

예수는 말을 이어 갔고, 모여든 사람들은 예수의 얘기에 점점 빠져들었다. 그들로서는 처음 듣는 얘기다. 같은 얘기를 달리 생각해 보자는 예수 얘기는 바리새파 선생들이 가르치는 방법과 전혀 달랐다. 사람들은 어머니 몰래 꿀단지를 열어 보는 마음으로 예수의 말을 들었다.

"카인이 아벨을 돌로 쳐 죽였다는 얘기부터 시작해 봅시다. 형 카인이 동생 아벨을 들로 데리고 나갑니다. 그날도 오늘처럼 아주 맑은 햇빛이 들판에 가득 쏟아지고 있는 날이었겠지요. 하늘도 오늘처럼 푸르고, 들에 나갔으니 풀도 많고 꽃도 많고, 바람도 살랑살랑 불어오고. 들 한가운데로 걸어갈 때 아벨이 형에게 물었겠지요.

'형! 우리 어디 가?'

'응, 저기!'

'거기에 뭐 있어? 좋은 거야, 형?'

'좋은 거야.'

'야! 신난다! 역시 형은 좋은 사람이야! 나한테 좋은 것도 보여 주고….'

아버지 아담과 어머니가 보지 못할 만큼 꽤 멀리 들 가운데로 동생을 데리고 걸어 나간 카인이 동생을 돌로 쳐 죽이고, 풀을 뜯어 덮었습니다."

예수는 마지막에 카인이 동생 아벨을 돌로 치면서 무어라고 했는지, 동생이 저항했는지 아니면 한번 돌을 맞고 쓰러졌는지 전혀 설명하지 않았다. 그렇지만 이제 모든 사람들은 그 들에서 무슨 일이 일어났는지, 마치 자기들 두 눈으로 본 것처럼 똑똑히 알 수 있게 됐다.

"동생을 돌로 쳐 죽이고, 풀을 뜯어 덮었습니다."

그렇게 말을 마친 예수는 더 말을 하지 않고 조용히 서 있다. 마치 모든 사람에게 그 광경을 빼놓지 말고 잘 보아 두라는 것처럼. 사람들은 그들이 들어 알고 있던 경전의 내용을 잊었다. 대신 예수가 보여준 광경, 형의 돌에 맞아 피 흘리고 쓰러져 죽은 동생 아벨과 그 위에 덮이는 풀이 눈에 들어왔다. 동생을 돌로 쳐 죽인 카인이 점점 미워졌다. 동생을 죽이다니…. 동생이 설사 무슨 잘못을 저질렀다면 타일러야지 죽이기까지 하다니.

"나는 실제 이런 일이 있었는지, 전해 내려온 옛 얘기인지 알지 못합니다. 다만 한 가지, 왜 이 이야기를 모세에게 전해주시면서 토라의 길고 긴 가르침의 첫머리 부분에 기록하도록 명령하셨는지 하느님의 뜻을 생각해 봅니다. 동생을 죽이는 끔찍한 일을 저지른 형, 왜 그랬는지 생각해 봅니다. 동생을 죽인 카인에게 내린 하느님의 벌은 여러분이 모두 잘 압니다. 땅에 엎드려 힘들게 일해도 땅이 소출을 내지 않고, 땅을 떠돌며 살아야 한다는 벌입니다. 우리가 이렇게 힘들게 사는 것이 조상 카인과 아담이 지은 죄 때문이라고 배웠습니다."

그러더니 예수는 물었다.

"왜? 왜 카인은 동생 아벨을 돌로 쳐서 죽였을까요?"

토라에서 가르쳐준 오직 한 가지 설명만 받아들이지 말고, 듣는 사람 스스로 왜 그랬는지 묻고 스스로 그 질문에 대답을 찾아보라고 말하는 것으로 사람들은 알아들었다.

"카인이 동생을 죽일 만큼 미워한 것은 하느님이 카인의 제사보다 동생 아벨이 드린 제사를 더 기쁘게 받으셨기 때문이라고 경전에는 기록돼 있습니다. 양의 첫 새끼와 기름으로 드린 제사를, 농사지어 얻은 땅의 소산으로 드린 카인의 제사보다 더 좋아하셨다는 말입니다. 여러분이 배운 토라에 그렇게 쓰여 있으니, 사람은 하느님께서 기쁘게 받으시는 제사를 드려야 한다고 믿습니다."

"선생님!"

한 사람이 손을 들고 예수를 불렀다. 그러다가 자기 목소리가 너무 크다고 생각하는지 좀 쑥스러운 표정을 지었다. 사람들이 살아가면서 자기 의견을 낼 수 있는 경우는 거의 없었다. 장로가, 선생이, 아버지가, 윗사람이 가르치는 내용을 받아들이고 힘써서 따르는 일이 가장 신실하게 사는 사람들의 태도였다. 어떤 일에 대하여 그것이 무엇이고, 왜 그렇게 되었고, 앞으로 어찌하여야 할지 모두 이미 밝혀졌고 정해져 있다고 토라는 가르쳤기 때문이다. 가르침대로 믿고 따르며 살아야 하는 세상을, 사람들은 묻지 않고 살아간다.

예수는 그가 누구든, 무슨 생각으로 질문했든, 그렇게 묻는 사람을 무척 귀하게 생각했다. 질문하는 사람은 이미 그가 오랫동안 앉아 있던 자리에서 일어서는 일이라고 생각했다.

"선생님! 하느님은 왜 카인이 농사지어 얻은 땅의 소산으로 바친 제물은 받지 아니하시고, 아벨이 드린 양의 첫 새끼와 그 기름으로 드린 제물은 받으셨는지요?"

그 얘기를 들어 기억하는 사람들이면 누구나 갖는 의문이었다. 하느님도 더 좋아하는 것이 있고 덜 좋아하는 일이 있다는 것처럼 들렸기 때문이다. 듣기에 따라서는 아벨을 카인보다 좋아했다고 생각할 수도 있고, 고기를 곡식보다 좋아했다고 생각할 수도 있는 얘기였다.

율법 선생들은 하느님이 기쁘게 받는 것으로 제사드리고, 하느님이 기뻐하도록 살자고 가르쳤다. 하느님이 기뻐하는 제물은 정해져 있다. 제물로 바칠 수 있는 것과 금지되는 것, 당연히 사람이 먹을 수 있는 것과 먹으면 안 되는 것이 구분되어 있다. 그리고 제사드리는 의식과 제물이 모두 하느님의 뜻에 맞아야 한다고 가르친다.

"참 좋은 질문입니다. 아마 모든 사람들이 궁금하게 생각하는 일이겠지요. 그리고 예언자들, 선생들, 제사장들, 장로들이 여러분에게 늘 가르쳤던 내용이겠지요. 그런데, 왜 그랬을까? 이유가 궁금했지요, 속마음으로?"

그 사람은 예수의 말을 듣고 고개를 끄덕였다. 다른 선생한테는 물을 수 없는 질문이었기 때문이다.

"아까 얘기한 대로, 나는 이 얘기가 왜 토라에 기록됐는지 그 뜻을 생각해 본다고 말했습니다. 그리고 이야기의 순서를 거꾸로 거슬러 올라가며 생각해 보자고 말했습니다. 자! 같이 생각해 봅시다."

그러더니 예수는 모든 사람이 다 참여하라는 듯 사람들을 둘러보았다. 뒤쪽에 앉은 사람, 그 뒤쪽에 서 있는 사람, 오른쪽 왼쪽 모두 천천히 둘러보았다.

"카인이 동생 아벨을 왜 죽였을까요?"

예수가 다시 묻자 사람들이 한 목소리로 대답했다.

"동생을 미워해서요."

"왜 미워했을까요?"

"하느님이 동생의 제물만 받으셨으니까요."

그런데 예수가 뜻밖의 질문을 던졌다.

"다른 이유는 없었을까요?"

"예에? 그건, 그렇게 기록돼 있다던데요?"

"다른 이유라면, 혹 아담이 아벨만 사랑했을 수도 …. 작은아들이니까요."

한 사람이 아주 작은 목소리로 자신 없다는 듯 대답했다. 그건 중요한 말이다. 경전에 기록된 원인 외에 다른 원인을 생각하는 일이기 때문이다. 예수는 문턱 하나를 없앤 셈이다.

"그래요. 동생을 미워한 원인이 경전에 기록된 대로 제물을 바치는 일로 시작됐을 수도 있고, 다른 이유도 있을 수 있지요. 그것이 무엇인지 알 수 없지만."

그리고 예수는 말을 이었다.

"카인이 동생을 미워한 원인을 곰곰 생각해 보면 한두 가지가 아닐 수 있습니다. 몇 가지가 겹쳤을 수도 있고, 우리가 알지 못하는 다른 큰 이유도 있을 수 있고, 기록된 대로 제물 때문에 그랬을 수도 있습니다. 자! 그럼 다음 얘기를 해보지요. 기록대로 제물 때문이라고 한다면 …."

때로는 목소리를 크게, 때로는 작게, 때로는 손짓도 섞어가며 예수는 얘기를 이끌었다. 그는 사람들에게 답을 알려 주는 사람이 아니다. 사람들과 같이 질문을 붙잡고 씨름하는 사람이다. 사람들이 예수의 걸음걸이를 따라올 수 있도록, 같이 걸을 수 있도록 때때로 서서 기다려주는 사람이다.

"하느님이 카인의 제물은 안 받고 아벨의 제물은 기뻐 받으신 것을 어떻게 알았을까요? 왜 그러셨는지 기록에는 없습니다. 다만 카인이 몹시 화가 나서 얼굴빛이 달라졌을 때 하느님이 카인에게 말씀하셨습니다.

'어찌하여 네가 화를 내느냐? 얼굴빛이 달라지는 까닭이 무엇이냐? 네가 올바른 일을 하였다면, 어찌하여 얼굴빛이 달라지느냐? 네가 올바르지 못한 일을 하였으니, 죄가 너의 문에 도사리고 앉아서, 너를 지배하려고 한다. 너는 그 죄를 잘 다스려야 한다.'"

예수의 말이 끝나기 무섭게 사람들이 질문했다.

"선생님! 화를 내어 얼굴빛이 달라진 것이 올바른 일이 아니라는 말씀인지, 농사지어 거둔 소산으로 제물을 바친 것이 올바른 일이 아니라는 말씀인지 애매합니다."

"선생님! '죄가 문 앞에 도사리고 있다'고 말씀하시고 '죄를 잘 다스리라'고 하느님께서 말씀하셨다는데, 그럼 하느님은 이미 카인이 동생 아벨을 쳐 죽일 것을 알고 계셨습니까?"

"그럼, 그렇다면, 우리 농부들은 처음부터 하느님 눈에 안 들었나 봅니다. 목동들만 사랑하시고."

"에이! 그럴 리가? 하느님이 그럴 분 아니지!"

예수가 다시 질문을 던졌다. 같이 생각해 보자는 뜻이다.

"하느님이 제물을 기쁘게 받으시는 것하고 그렇지 않은 것을 어찌 알았을까요? 왜 그러셨는지도 생각해 보아야 하겠지만, 그걸 카인이나 아벨은 어찌 알았을까요? 무슨 표시로?"

"선생님! 그건 불에 태웠을 때 연기가 똑바로 잘 올라가느냐, 흩어지느냐, 그걸 보고 안다던데요?"

"그것도 이상하긴 이상하네요. 바람이 불었나? 똑같은 장소에 제단을 쌓고 제물을 바쳤나? 같이 동시에 바쳤나, 따로따로 날을 잡아 바쳤나?"

이제 그들은 두 가지 질문을 놓고 씨름하기 시작했다. 왜 하느님이 카인과 아벨의 제사를 달리 생각하셨는가? 제물을 받고 안 받고 어떻게 알았는가? 그들은 이제 토라가 가르쳐 준 길을 따라가면서도 곳곳에서 갈림길을 만나는 사람으로 살아갈 것이다. 그건 토라라는 절대적 가르침에 작은 문을 내는 일이다. 오직 정해진 문으로만 들어가고 나올 수 있던 성城에 여러 문이 생긴다는 의미였다.

이제 예수는 처음 얘기로 돌아갈 때가 됐다고 생각했다. 그들에게
열어 준 길은 그들이 걸어갈 것이다. 이 사람은 이 길로 걷고, 저 사람
은 저 길로 걷고. 그러면 그들은 오직 한 가지 길밖에 없다고 한쪽 길
로만 내몰던 세상을 살지 않아도 되리라. 정해진 시간에 정해 준 문으
로만 드나들지 않아도 되리라.

"여러분! 카인이 아벨과 경쟁한 것은 아버지 아담과 어머니 하와의
사랑이 아니라 하느님이 제물을 기쁘게 받으시는 것이었습니다."

"예! 맞습니다. 그랬습니다."

"그럼, 여러분 생각해 보십시오. 왜 아버지 어머니의 사랑이 아니라
하느님이 제물 받으시는 것을 두고 경쟁했을까요?"

"선생님! 부모의 사랑보다 하느님의 사랑이 더 중요해서 그런 것 아
닐까요? 저는 그렇게 봅니다."

"하느님이 제물을 받으시면 이 세상에서 제일 큰 축복을 내려주실
테니까요."

"저는요 …."

한 사람이 주저주저하며 조심스럽게 입을 열었다.

"아버지 어머니 사랑은 이미 동생 아벨에게 빼앗겼고, 이제 하느님
밖에 기댈 분이 없었다고 …."

그는 근본적으로 형제 사이에 벌어지는 갈등을 잘 아는 사람이 분명
했다. 이미 사람들은 그들이 이제까지 듣고 배웠던 가르침의 틀을 훨
씬 벗어나 있었다. 갈림길에 이르렀을 때 토라가 정하여 둔 길이 아니
라 스스로 앞길을 더듬어 보고 생각하게 되었다. 궁금하게 생각했던
일에 대하여 스스로 설명할 수 있는 길을 찾아 떠날 수 있게 됐다. 자

기가 찾은 대답에 따라 살아갈 것이다.

"하느님이 제물을 받으신다는 것은 하느님이 사랑하시는 표현이라고 믿었겠지요. 동생이 하느님의 사랑을 받으면 카인은 그가 받을 몫이 없다고 생각했겠지요."

한 사람이 아주 깜짝 놀랄 만한 생각을 밝혔다. 그건 예수의 생각과 같았다. 가슴속에 커다란 호수나 강을 담고 있는 사람도 있고, 화산을 품고 있는 사람도 있다. 물기가 비치는 곳을 깔짝깔짝 긁어 열어 주면, 박혀 있는 돌 하나를 빼내 주면, 물이 흘러나오기 시작한다. 그건 하느님이 사람 속에 심어 둔 신비다.

"아주 좋은 얘기입니다. 나도 그렇게 생각했습니다."

칭찬을 받은 그 사람은 멋쩍어 하면서도 환하게 웃었다.

"대개 사람들은 스스로 살아온 경험에 비추어 생각합니다. 내가 원하는 것은 다른 사람도 원하고, 내게 필요한 것은 다른 사람에게도 필요하지요. 그런데, 누구나 마음껏 쓰고 받고 가져갈 수 있을 만큼 무한하게 있는 것이 아니고, 대부분 얼마 지나지 않아 떨어지고 끊어지고 말라버립니다. 마치 아무리 퍼내고 또 퍼내도 마르지 않는 우물은 드문 것처럼 말입니다. 내가 먼저 퍼내면 다음 사람은 한참 기다려야 하지요. 풀밭에 다른 양 떼가 먼저 들어가면 다른 목동은 자기 양을 먹이기 위해 다른 풀밭을 찾아야 하지요."

"예! 선생님, 맞습니다."

"사랑도 그렇다고 생각합니다. 그런데 작은아들만 사랑하고 다른 아들은 미워하는 부모는 없습니다. 그건 부모가 돼보면 모두 알 수 있는 일이지요. 부모 눈에는 바로 그 작은아들이 아직 약해 보이고 어려 보이기 때문에 더 관심을 가지고 돌보게 됩니다. 나는 8남매의 맏이입니다. 밑으로 동생이 일곱이나 있습니다. 남동생 넷, 여동생 셋, 그중 맨 아래 동생, 그 예쁜 요한나와 그 위 여동생은 병을 앓다 죽었습니다. 아버지 어머니는 어린 동생들을 언제나 더 아끼고 돌보고 사랑해 주셨습니다. 아버지 어머니가 그 동생들 물끄러미 바라보면서 '내가 죽고 없어지면 저 아이가 어찌 살꼬!' 걱정하시는 것을 여러 번 보았습니다."

예수의 말을 듣던 요한이 형 야고보를 한 번 바라보더니 푹 고개를 숙였다. 작은 야고보는 형 레위를 쳐다보고, 안드레는 시몬을 쳐다보았다. 그들은 서로의 마음을 이해한다는 듯 고개를 끄덕였다.

"들으십시오. 어머니가 일곱 자식, 여덟 자식 모두 낳은 것과 마찬가지로 하느님은 누구에게나 똑같이 생명을 주셨습니다. 하느님도 부모 마음과 마찬가지로 아픈 자식, 못난 자식, 약한 자식, 잘못된 자식, 더 어렵게 사는 자식, 그 자식에 더 마음 쓰십니다. 그건 하느님 사랑은 낮은 곳으로, 더 낮은 곳으로 물처럼 흘러가기 때문입니다. 그래서 나는 얘기합니다. 하느님 마음 쓰시는 그곳에 여러분도 마음 쓰세요. 그건 질투할 일이 아닙니다. 하느님 큰 강이 흘러 내려갈 때, 개울물이 강으로 흘러가듯 여러분도 하느님과 함께 흘러가십시오."

"그런데, 선생님! 생명도 공평하게 골고루 주셨으니 사랑도 그렇게 골고루 주시면 좋지 않을까요?"

"사람이 태어나서 첫 숨을 들이쉴 때 하느님이 그 숨 따라 들어오시고, 마지막 숨을 내쉴 때 하느님도 그 숨 따라 나가십니다. 내가 하느님을 숨으로 받아들여 모셨는데, 이미 내 속에 꽉 차서 운동하고 계시는데 무엇이 더 필요하겠습니까? 어려운 사람 고통받는 사람, 그 사람들 따라 흘러가시는 하느님 마음을 따라 우리도 흘러가면 되지요."

사람들은 예수의 말을 알아들었다. 어떤 사람은 혼잣말로 그가 한 말을 입으로 되뇌었다.

"첫 숨 따라 들어오고, 마지막 내쉬는 숨 따라 나가고 …."

사람들은 하느님이 늘 함께하신다는 말로 다 알아들었다. 죽은 다음에는 하느님과 상관없다고 생각하는 사람은 없었다.

"형제가 원수 중의 원수라는 말을 다시 생각해 봅시다. 나에게 가장 가까이 있으니, 내가 필요한 것을 먼저 차지하고 있다고 생각하니 밉고 싫고 심지어 원수처럼 생각도 됩니다. 사람은 형제 사이의 불화를 오래오래 기억하며 삽니다. 카인은 동생 아벨을 죽였다고 기록됐고, 야곱은 쌍둥이 형 에서의 발꿈치를 붙잡고 태어났고, 야곱의 아들들은 동생 요셉을 미워해서 종으로 팔았고, 다윗왕의 아들들은 서로 죽이고 죽었습니다. 눈을 뜨면 만나는 사람이 형제였으니 미울 수도 있고, 싫을 수도 있습니다. 또 세상에서 제일 귀하고 사랑스럽고 자랑스러운 형제일 수도 있습니다."

예수는 사람들을 향해 두 팔을 벌렸다.

"그런데 여러분, 들으십시오. 하느님은 여러분이 모든 사람의 형제라고 말씀하십니다. 속상해서 서로 투덜거렸더라도 같은 자리에 둘러앉아 함께 빵을 떼라고 말씀하십니다. 배고프면 먹여 주고, 추우면 덮어 주고, 아프면 돌봐 주고, 눈물 흘리면 그 눈물 닦아 주고, 고통받고 있으면 그 고통 나누라고 말씀하십니다. 그러지 않으면 나쁜 형제가 아니라, 죄라고 말씀하십니다. 미워하는 마음이 있으면 '문 앞에 죄가 기다리고 있다'고 말씀하십니다."

그리고 말을 이었다.

"이스라엘은 한 형제로 살았던 때도 있고, 나뉘어 서로 미워하며 싸웠던 때도 있습니다. 그래서 나는 여러분에게 말합니다. 여러분, 서로 '내 형제 이스라엘'이라고 부르십시오. 내가 크다, 네가 크다 다툴 일이 아니라 서로 형제로 부르십시오. 하늘을 날아다니는 새가 유대 땅에서 갈릴리는 날아갈 수 없습니까? 하늘에는 벽이 없는데 사람은 땅에 벽을 쌓고 성을 세우고, 국경을 지키며 삽니다."

예수는 사람들을 바라보며 천천히 선언하듯 말했다.

"여러분! 하느님이 세상에 오직 한 생명만 내시지 않고, 모든 생명을 내신 뜻을 생각하십시오. 그 생명 하나하나가 바로 하느님에게는 귀한 존재입니다. 그 존재와 더불어 살아가라는 것이 하느님의 뜻입니다. 더불어 살아간다는 말은 그냥 너는 네 자리, 나는 내 자리에 살아가도록 서로 인정한다는 말이 아닙니다. 그러면 둘 사이에 관계가 없습니다. 네가 그 자리에 살면 내가 내 발을 오므리고 네가 살 자리를 넘겨주겠다고 생각해야 더불어 살아가는 관계가 됩니다. 내 것은 지키고 너는 너대로 살아보라는 얘기가 아니고, 서로 내 몫을 줄이면서 함께 살아가는 사이가 되는 일입니다. 네 몫을 빼앗지 않겠다는 다짐이고, 네 몫을 지키는 데 힘을 보태겠다는 약속입니다. 한 사람이 혼자 떨어져 있으면 한없이 외로워도 서로 손을 잡으면 모든 사람이 연결되고, 그 마음이면 모든 생명과 연결됩니다. 하늘 아버지가 주신 생명을 우리가 품었고, 하늘 아버지를 숨 쉬며 살고 있으니 하늘 아버지 흘러가시는 그곳을 우리도 따라 흘러갑시다."

그러더니 예수는 하늘을 우러러 보았다. 사람들도 예수를 따라 모두 하늘을 올려다보았다. 하늘을 맑고 푸르렀다. 오직 해만 떠 있다.

"들으십시오. 나는 하느님이 천지를 창조하신 얘기 중에서 카인과 아벨의 얘기가 왜 중요한지 깨닫습니다. 그런 일이 실제로 있었든 없었든, 왜 사람이 사람을 죽인 이야기를 그 길고 긴 토라 앞부분에서 얘기하는지 깨닫습니다. 사람이 첫 번째로 생명을 잃은 사건, 그건 생명을 내신 하느님이 생명을 거둬 가신 것이 아닙니다. 바로 한 어머니에게서 태어난 형제가 다른 형제를 죽였고, 사람이 사람을 죽인 이야기입니다."

그 얘기를 들으면서 사람들은 무언가 슬픈 운명과 예감을 느꼈다.

"불행하게도 하느님을 섬기는 일 때문에 죽임이 일어났다고 얘기는 전합니다. 하느님을 섬기는 일 때문에 서로 죽일 수 있는 인간 세상을 하느님이 슬퍼하신다는 말 아니겠습니까? 같은 하느님을 섬기는 형제끼리도 죽이는데 서로 다른 신을 섬긴다면 얼마나 더 잔인해질 수 있겠습니까? 카인이 동생 아벨을 죽여 풀로 덮었다는 얘기를 통해서 하느님이 사람에게 내려주신 경계의 말을 듣습니다. '생명을 빼앗지 말라! 땅 위에 흘린 피가 나에게 울부짖으리라!' 귀 있는 사람은 들으십시오! 하느님이 지으신 생명을 사람이 죽입니다."

그렇게 예수는 긴 이야기 하나를 마쳤다. 그 이야기 속에 예수가 심어 놓은 아주 많은 씨가 들어 있다. 예수는 그는 한 움큼 쥐고 있던 씨를 들판에 확 뿌린 셈이다. 그중 일부는 좋은 땅에 떨어져 싹이 나기도 하고, 일부는 덤불 아래 떨어져 싹은 나도 제대로 크지 못하기도 하고, 또 일부는 돌 위에 떨어져 말라비틀어지거나 날아다니던 새가 쪼아 먹기도 하겠지만, 씨 뿌리는 사람은 씨를 뿌려야 한다. 예루살렘 성전 뜰은 잘 갈아 흙이 부드러운 좋은 밭 같지만, 예수에게는 어느 들판보다 거친 들이다.

인류 역사 최초로 한 생명이 다른 생명을 끊었다는 토라의 얘기가 무엇을 경계하기 위한 가르침이었는지 깨닫는다면 왜 서로 돌보며 살아야 할지 알게 되리라. 예수의 가르침에 눈을 뜨면 그들이 받은 씨가 싹이 트는 것이다. 깨달은 사람은 그 스스로 땅이 되어야 한다. 그도 받은 씨를 싹틔우고 결실을 맺어야 한다. 씨가 밭이 되고 밭이 씨가 되는 생명의 신비다. 생명에 눈을 뜨면, 다른 생명에게 더불어 살아갈 자리를 내어 주어야 한다. 덤불로 덮지 말고 씨가 싹을 틔울 수 있도록 내 속살을 내어 주어야 한다.

뜰 안에 앉아 있는 사람들에게 햇빛이 부드럽게 쏟아져 내려 골고루 비췄다. 구름 한 점 없는 파란 하늘, 손을 대면 파란색이 주르르 손을 타고 흘러내릴 것 같다. 그렇게 많은 사람들이 어깨와 어깨가 마주 닿도록 가깝게 모여 앉아 생명의 귀중함을 깨닫고 옆사람이 얼마나 소중한지 깨달으니 성전 뜰을 둘러싸고 있는 주랑건물도, 그 위에 촘촘하게 늘어서 있는 로마군 병사들도 별것 아닌 듯 느껴졌다. 이방인의 뜰 북쪽, 소레그를 지나 하얀 대리석 건물의 성전과 마주 설 만큼 군중에게 힘이 생긴 것처럼 느꼈다. 성전 이스라엘의 뜰로 들어가던 사람들의 발걸음을 예수가 성전 뜰에서 붙잡은 셈이다.

예수는 파란 하늘을 다시 올려다보았다. 그렇게 모여든 사람들은 자기도 모르는 사이 어떤 사람이 하는 행동을 따라 하기 마련이다. 그들도 예수처럼 하늘을 보았다. 사람들 마음속에 파란 하늘이 스며들었다. 하늘은 누구에게나 열려 있다. 이방인 뜰의 하늘과 이스라엘 뜰의 하늘을 나누는 구획도 없고 담도 없고, 높은 곳 낮은 곳도 없고, 누구의 것도 아니고 그렇다고 내 것이라고 할 수도 없다.

이제 예수는 해방을 위한 다음 걸음을 걸어야 할 때가 왔음을 알았다. 희년禧年의 선언 없이 해방을 이룰 수 없음을 그는 누구보다 잘 안다. 희년은 그에게 쓰디쓴 기억을 불러 일으켰다.

"가난한 사람들에게 기쁜 소식을 전하고 …. 주님의 은혜가 내리는 해라고 선언하고 …."

예수가 예언자 이사야가 선언한 희년 부분을 암송했을 때, 갈릴리 언덕마을 나사렛 회당에서 마을 사람들이 모두 들고 일어나 예수를 추방했었다. 희년, 야훼 하느님이 이스라엘에 보낸 메시아가 선언할 내용을, 감히 예수가 나서서 '그 예언이 실현됐다'고 밝혔기 때문이었다.

예루살렘 성전 뜰에 1천 명도 넘는 사람들이 모였다. 그들은 이미 예수의 가르침을 받아들일 준비가 된 사람들이다. 모두 예수의 다음 말을 기다렸다. 웬일인지 이번 가르침은 한 번도 들어 본 적 없는 혁명적 선언일 것 같은 느낌이 들었다. 사람들 사이에 조용한 술렁임이 물결처럼 번져갔다. 주님의 은혜가 내릴 해, 사람들이 기다렸지만 한 번도 이뤄진 적 없는 그 해를 예수는 선언하기로 마음먹었다.

예수는 조용히 서서 천천히 사람들을 둘러보더니 입을 열었다.

"여러분, 희년禧年이라는 말, 들어봤지요?"

예수가 물었다. 그의 갑작스러운 질문에 사람들이 술렁거렸다. 하늘을 끌어내려 사람들 눈앞에 확 펼쳐 보이듯, 그가 이제까지 살던 세상과 다른 세상이 있다고 사람들에게 말하는 것 같다.

예수는 희년이 성전에게 얼마나 치명적인 일이 될지 잘 안다. 사람들은 이미 갈릴리에서부터 예수를 부를 때 '희년을 선언하는 사람'이라고 불렀다. 성전 뜰에서 희년을 선언하면 그에게 어떤 비난이 씌워질지 그는 안다. 그러나 그는 그런 비난이나 위협이 두렵지 않다.

유대 광야를 벗어날 때, 그는 이미 누구도 무엇으로도 가로막을 수 없는 사람이 됐다. 더 이상 광야에 머물 이유가 없는 자유로운 사람이 됐다. 모든 것을 가졌고, 모든 것을 놓을 수 있게 되었다.

희년은 시행된 적도 없고, 시행하자고 주장한 사람도 없던 말, 까마득하게 잊고 살았던 말이다. 그런데 예수가 성전 뜰에서 되살려 낸 말이 됐다. 오래전에 죽은 줄 알았던 의미 없는 말, 희년이 다시 살아나 꿈틀거리며 일어선다. 때로는 어떤 말 한마디가 단순히 자기 의견을 전달하는 수준을 넘어 사람들 마음을 거세게 휘젓고, 사람들을 끌고 산봉우리에도 올라가고 들판을 내닫기도 한다. 사람들이 술렁거리기 시작했다.

"나는 여러분에게 얘기합니다. 희년은 하느님이 사람들 사는 세상에 중심줄로 삼으라고 내려주신 다림줄입니다. 그 줄이 닿은 땅, 그 땅을 평평하게 다듬고, 무엇이든 다림줄에 비추어 바로 세우라는 하느님의 뜻입니다. 사람과 사람이 서로 가깝게 손잡고 살라는 하느님의 명령입니다."

한 사람이 나서서 물었다.

"희년이 하느님의 뜻이라고요? 땅을 돌려받는 일이?"

"그렇습니다."

사람들이 서로 둘러보며 희년에 대해 주거니 받거니 어느 정도 얘기가 오간 다음 예수가 드디어 입을 열었다. 그의 어조는 단호했고, 표정은 무척 엄숙했다.

"내가 여러분에게 하느님의 뜻을 받들어 말합니다. 하느님은 지금 이 땅에 희년을 선포하셨습니다. 50년마다 희년을 선언하고 원주인에게 땅을 돌려주라는 하느님의 명령입니다."

사람들은 고개를 끄덕였다. 고개를 끄덕인다는 말은 그들도 희년의 뜻을 알고 있다는 표시였다.

"내가 여러분에게 말합니다. 하느님은 희년을 실시하라고 지배자, 통치자, 가진 자, 움켜쥔 자에게 부탁하거나 명령하시지 않고, 직접 그분의 이름으로 선언하셨습니다. 그건 하느님께서 직접 실시하겠다는 선언입니다. 그 희년을 가로막거나 거부하는 사람은 그가 누구든지 하느님을 거스르는 사람입니다. 이집트에서 이스라엘의 조상 히브리의 울부짖음을 들으셨던 하느님이 여러분의 한숨과 탄식을 들으셨습니다. 땅이 우는 소리도 들으셨습니다. 압제의 땅에서 광야로 히브리를 이끌어 내셨던 하느님이 이 땅에서 신음하는 여러분을 해방하고 새로운 세상을 이루기 위해 일으켜 세우십니다. 이제부터 땅에 세워졌던 모든 권리는 무효입니다. 이스라엘뿐만 아니라, 어느 나라, 어느 민족 그가 누구이든 땅을 두고 우는 사람, 압제에 눌려 엎드린 사람, 그 모든 사람에게 하느님은 희년의 빛을 비추셨습니다."

예수 옆에 우르르 몰려든 사람들을 보면서, 무슨 엄청난 권위라도 부여받은 사람처럼 그 한가운데 서 있는 예수를 보면서, 예수 주위를 둘러싸고 있는 제자들이라는 갈릴리 사람들을 보면서, 경건한 사람들은 코웃음을 치며 지나갔다. 어떤 사람은 성전건물을 바라보며 두 손

벌리고 기도했다. 더러운 사람들이 우그르르 몰려든 성전 뜰을 깨끗하게 해달라고 기도했다.

그러나 비록 그런 사람들이라고 해도, 성전 뜰을 덮은 새로운 힘에까지 눈감을 수는 없다. 그건 예수와 그를 둘러싼 1천여 명의 사람들이 내뿜는 기운이었다. 예루살렘 성전 뜰에서 하느님과 사람들이 하나가 되는 뜨거운 열기였다.

"희년은 ⋯ ."

예수는 말을 끊고 주위를 천천히 둘러보았다.

"희년은 단순하게 땅을 원주인이 돌려받는 일만 말하는 것이 아닙니다. 그건 우리 조상 히브리가 이집트 땅에서 경험한 첫 해방에 이어 이 시대 우리 이스라엘이 경험하는 두 번째 해방을 시작하는 일입니다."

사람들이 모두 눈을 반짝이며 예수의 얼굴을 쳐다본다. 저 사람은 누구인가? 감히 예루살렘 성전 뜰에 서서 하느님의 뜻을 선언하는 그는 누구인가? 사람들은 예수가 누구일지 속으로 생각하기에 바빴다.

"희년은 사람이 넘어졌을 때 손 내밀어 일으켜 세워 주는 일입니다. 희년은 굴러 떨어진 바위에 깔려 숨이 넘어가게 생겼을 때 바위를 밀어 치워 주는 일입니다. 희년은 물에 빠져 허우적거릴 때 밧줄을 던져 주는 일입니다. 그것이 희년을 시행하는 일입니다. 밧줄을 든 사람이 그걸 던지지 않으니, '내가 던지마!' 하느님이 나서신 겁니다. 바위에 깔린 사람에게 '언제부터 깔렸냐, 무슨 짓 하다가 깔렸냐, 바위를 치워줄 테니 앞으로 어찌어찌 살아라' 묻고 다짐받는 것보다, 우선 바위 아래 깔린 사람을 구해 내는 일입니다. 결국, 세상에 세워진 어떤 가치나 제도보다 생명이 우선이라는 선언입니다."

희년을 선언하는 예수를 보면서 성전 뜰에 모인 사람들은 그를 예언 자라고 생각했다. 그래야 그의 가르침이 의미가 있다. 아무것도 아닌 사람이 하는 말은 누구도 마음속에 담아 두지 않는다. 아무리 산을 쪼 개고 바다를 가르는 일을 보여 줘도, 사람들에게 중요한 것은 그 일을 한 그 사람이 누구인지, 그런 일을 할 수 있는 자격이 있는지, 신분과 가문이 더 중요했다. 그런 사람이라고 인정해야 그다음에 그가 하는 말이 귀에 들어오고 그가 하는 행동이 눈에 들어온다. 행동이나 가르 침이 아니라 그 사람이 더 중요하기 때문이다.

예수를 예언자라고 생각하자 그의 가르침이 사람들 가슴속에서 꿈 틀거리며 일어났다. 그저 들어 넘겼던 희년 얘기가 그들에게 새롭게 느껴졌다.

"희년은 사람들이 꿈을 꾸며 살아갈 수 있어야 한다는 말입니다. 그 건 다만 땅을 회복한다는 말이 아니고, 모든 사람은 하느님 앞에 똑같 은 모습으로, 생명을 받은 모습으로 선다는 말입니다."

사람들이 가장 중요하게 받아들인 것은 땅을 다시 소유할 수 있게 된다는 얘기였다. '희년을 선언하는 자'라고 불렸던 예수가 그들의 눈 앞에서 왕궁이 소유한 토지, 지배자들이 소유한 토지, 성전이 가지고 있는 토지, 부자들이 사 모아 경계석을 옮긴 토지, 그런 토지 위에 세 워진 어떤 권리도 무효라고 선언하고 있기 때문이다. 모든 사람이 야 훼 하느님에게서 허락받은 몫의 기초로 되돌아가야 한다는 말이다. 50년 동안 그 땅 위에 매겨지고 얹어졌던 모든 부담과 의무도 소멸하 고 원래 그 땅을 받은 사람이 권리를 회복한다는 말이다.

해마다 늘어나는 빚과 높은 이자, 세금, 공물을 감당할 수 없어 사람들은 토지를 팔거나 빚으로 밭을 넘길 수밖에 없게 되었다. 빚으로 땅을 넘긴다는 말은 마을 이웃이나 친척 중에 그런 곤궁한 처지에 빠진 사람을 부조할 사람이 아무도 없다는 얘기다. 대대로 내려오던 마을이나 친족 공동체가 이미 무너졌다는 말이다. 누가 누구를 도와줄 수 있는 형편이 안 될 때, 자기의 장래도 언제 그렇게 나락에 떨어질지 불확실한 위험에 빠지면 마을 공동체나 가문이 해체된다.

희년은 해마다 그렇게 차곡차곡 50년에 걸친 적폐積弊를 청산하고 새로 시작하는 제도다. 결국 지배세력과 그들이 세운 체제를 부정하고 지배체제가 운영한 사회를 부정하는 운동이 될 수밖에 없다. 희년은 예루살렘 성전에서 예수가 선포하는 하느님 나라의 가장 큰 부분이다. 예수에게 희년은 그저 땅에 관한 일이 아니다. 그건 하느님이 선포하는 해방이다. 희년禧年이 해방解放이라면 땅 위에 세워졌거나 세워질 어떤 압제도 인정하지 않는 말이다. 이스라엘이 잊고 살았던 50년 주기週期를 되살리는 일이다. 주기를 회복한다는 말은 사람 살아가는 일에 하느님의 뜻이 다시 뿌리박는다는 말이다.

일정한 간격을 두고 반복되는 일에 사람들은 익숙하다. 하느님의 역사役事를 반복하는 주기를 통해 확인할 수 있기 때문이다. 늘 눈으로 보고 귀로 듣고 온몸으로 느끼며 사는 일, 사람들이 반복으로 몸에 새기며 사는 주기다.

사람이 경험하는 시간의 가장 긴 주기는 한 사람의 일생이다. 아기로 태어나고, 자라고, 시집가고 장가들고, 또 아이를 낳고, 그러다가 나이 먹어 죽으면 한 사람의 일생이 끝난다. 하루나 계절은 끊임없이 다시 돌아오고 반복되지만 떠난 사람은 다시 돌아오지 않는다. 사람들은 다시 돌아오는 것과 영원히 떠나는 것의 차이를 안다. 사람들은 영원히 떠나는 것을 다시 돌아오는 것, 되풀이되는 것에 붙들어 매려고 애를 쓴다. 그래서 새로 온 것이 옛 어느 것이 되풀이된 결과라고 해석하고 싶어 하고 끊어진 되풀이의 고리를 다시 연결한다. 그런 주기를 관장하는 분이 하느님이라고 믿는다.

"희년은 … ."

예수의 얘기를 듣던 사람, 나이가 예수 또래인데 벌써 이가 다 빠져 턱이 홀쭉한 사람이 예수를 쳐다보며 물었다.

"희년은, 선생님, 분명 하느님의 뜻이지요?"

"그렇습니다. 그래서 하느님이 선언하는 은혜의 해라고 말합니다. 사람이 마음대로 정하는 것이 아니고 하느님의 뜻이라는 말입니다."

"그러면, 나도 돌아갈 수 있습니까? 내 아버지가 젊어서 빼앗겼던 땅을 도로 찾을 수 있습니까? 그런데, 지금 주인이 안 된다고 하면 어찌하지요?"

"생명을 내신 하느님을 섬기는 사람이면 하느님이 세우신 50년 주기를 부인할 수 없습니다. 사람이 하느님의 뜻을 어길 수 있겠습니까? 하느님의 뜻을 어떤 말씀은 따르고 어떤 말씀은 외면할 수 있습니까?"

"그래도, 누가 나서서, 예! 성전이라도 나서서 '희년이 됐으니 모두 돌려주고 물러나라!' 이렇게 말이래도 해줘야 … ."

"아닙니다. 성전은 희년을 확인하거나 부인하는 일을 할 수 없습니다. 하느님의 뜻을 어떻게 성전에게 다시 확인받을 수 있습니까? 그래서 내가 얘기합니다. 희년이 되었다고 선언하신 분이 바로 하느님이

시라고. 이미 이스라엘이 지키는 토라에 희년은 어느 때고, 희년에는 무엇이 어떻게 회복돼야 하는지 선언하셨기 때문입니다. 이미 선언하셨던 희년을 이제는 시행하라고 명령하시는 겁니다."

"그런데, 선생님 …."

맨 앞줄에 앉은 사람이 손을 들더니 조심스럽게 입을 열었다. 그는 눈으로 자꾸 성전건물을 쳐다보았다.

"저도 저 사람하고 같은 생각입니다. 방금 하신 그 말씀이 신나고 기쁘고 좋은 말씀이긴 한데요. 제가 걱정하는 것은 ….."

그는 머뭇거렸다. 무엇을 염려하는지 예수는 알 수 있었다.

"괜찮아요. 말해 보세요."

"하느님이 직접 희년을 선포하셨다고 하셨는데, 그럼 이뤄 주는 것도 하느님이 직접 해주시는 건지요? 저기, 저 사람들은 도무지 말을 들을 것 같지 않아서요. 아니면 우리가 모두 칼 들고 몽둥이 들고 일어나야 하나요?"

그는 눈으로 성전을 가리켰다. 그뿐만 아니라 모든 사람이 마음속에 가진 걱정이 그러했다. 성전이 사람들을 돌보라는 하느님의 뜻을 따르지 않는다는 사실을 모두 잘 알기 때문이다.

"잘 물었습니다. 바로 그 점이 중요합니다. 그 일을 위해 우리가 부름받았기 때문입니다. 바로 하느님 나라를 이루는 일입니다."

그러면서 지배자들이, 성전이 해야 할 일, 사람들이 해야 할 일을 설명하려 할 때였다. 예수가 다음 말을 채 시작하기도 전에 중간에 앉아 있던 한 사람이 벌떡 일어났다. 그는 보통 사람보다 훨씬 키가 컸다. 체격도 우람했다. 목소리는 굵고 우렁찼다. 모여든 모든 사람이 다 알아들으라는 듯 큰 목소리로 말했다.

"선생님! 그 말씀 잘 알겠습니다. 성전이 희년을 실시하지 않을 것은 물어보지 않아도 분명합니다. 이제 우리는 선생님을 우리 지도자로 모시고 따르겠습니다. 우리를 이끌어 희년을 이뤄 주십시오. 선생님을 따르겠습니다."

그러더니 모여 있는 군중을 향해 큰 소리를 외쳤다.

"여러분! 들으셨지요? 예수 선생님을 모시고 희년을 이룹시다. 여러분, 성전 가장 깊은 곳까지 들리도록 외칩시다."

그러더니 갑자기 주먹을 불끈 쥐고 흔들면서 큰 소리로 외쳤다.

"희년을 시행하라!"

그는 머뭇거리는 사람들을 보면서 더 큰 목소리로 다시 외쳤다.

"희년을 시행하라!"

그러자 그 주위에 앉아 있던 10여 명의 사람들이 우르르 일어났다. 그리고 그들도 모두 주먹을 치켜들어 휘두르며 따라 외쳤다.

"희년을 시행하라!"

그들이 먼저 시작하자 용기를 얻은 듯 많은 사람들이 따라 외치기 시작했고, 나중에는 군중이 모두 일어나서 목청껏 외쳤다.

"희년을 시행하라!"

"당장 시행하라!"

한목소리로 외치면서 사람들은 점점 더 신이 났다. 뜨거운 열기를 서로서로 느꼈다. 이 기세면 무슨 일이라도 할 수 있을 것 같은 생각이 들었다. 그러자 목소리는 더 커지고, 어떤 사람들은 그 자리에서 펄떡 펄떡 뛰기까지 했다.

"희년을 시행하라!"

"당장 시행하라! 당장 시행하라!"

제자들은 모두 깜짝 놀랐다. 그리고 덜컥 겁이 났다. 성전 뜰을 둘러싼 주랑건물과 북쪽에 서 있는 성전건물이 사람들이 외치는 함성에 부르르 울려 떨렸다. 제자들이 감당할 수 없는 일이 벌어지고 있다. 그들은 1천 명은 고사하고 50명도 이끌어 본 적 없는 사람들이다. 군중을 이끄는 것이 아니고 마치 군중 속에 포위되어 갇힌 듯 그들은 숨이 콱 막혔다.

그중 마리아는 몸에 소름이 돋을 만큼 두려움을 느꼈다. 그녀는 알았다. 맨 처음 자리에서 일어나 큰 소리로 외치기 시작한 사람, 그리고 그의 주위에 몰려 앉아 있던 건장한 사람들, 그들이 누구인지 묻지 않아도 알 수 있었다. 마리아는 걱정이 돼서 예수를 바라보았다.

그러나 놀랍게도 예수는 담담했다. 그는 전혀 동요하지 않았다. 그는 엷게 미소까지 띤 채 큰 소리로 외치는 군중을 조용히 지켜보며 서 있다.

"희년을 시행하라!"

"당장 시행하라!"

그건 세상을 향해 던지는 하느님의 명령이다. 무슨 뜻으로 성전에서 군중 속에 사람을 심어 선동했든, 군중은 이제 그들이 마음속 깊이 간직하고 있던 요구, 예수가 깨우친 해방의 시작을 외친다. 예수는 누가 어떤 목적으로 시작했든 결국은 하느님의 뜻을 이루는 일이라고 믿는 사람이다. 그런 일이 그 자신에게 위험을 초래한다는 점은 전혀 마음에 두지 않는 사람이다. 하느님의 해방을 이루는 일이라면 그것이 누구의 입을 통해서 나온 말이든, 누가 시작한 행동이든 상관없다고 믿는 사람이다. 한 번 입에 그 말을 올리면, 가슴을 울리고 마음에 새겨지고 언젠가는 그 말을 따라 살아가게 된다고 믿는 사람이다. 비록 거짓으로 말하기 시작했더라도.

군중의 외침이 올가미가 되어 성전이 그를 옭아맬 것을 예수는 잘 안다. 더구나 주랑건물 위에는 로마군이 늘어서서 내려다보고 있다. 저들은 언제든 잡아당길 수 있는 올가미를 씌웠지만 예수는 군중의 외침으로 성전산을 흔들었다. 그들은 그들의 목적을 달성했고, 예수도 그의 길을 또 한 걸음 걸었다.

조용히 군중을 주시하면서 앞줄에 앉은 사람들, 그 뒤에 앉은 사람들, 그 뒤, 다시 그 뒤, 군중을 천천히 둘러보며 눈을 맞추던 예수가 두 팔을 양쪽으로 길게 뻗었다. 그리고 아무 말 없이 그 자리에서 천천히 한 바퀴 돌았다. 두 팔을 길게 뻗은 예수의 모습을 모든 사람들이 볼 수 있다. 앞줄에 있던 사람들, 그 뒷줄에 있던 사람들, 일어나서 두 손을 흔들며 외치던 사람들이 입을 다물고 그를 주시하기 시작했다. 그리고 다시 조용히 자리에 앉기 시작했다. 얼마 지나지 않아 모든 사람들이 예수를 중심으로 다시 둥글게 자리 잡고 앉았다. 그리고 예수의 입을 주시했다.

무슨 말을 할 것인가? 예수가 이 군중을 어떻게 이끌 것인가? 어떻게 하자고 말할 것인가?

"쉘라마!"

예수는 두 팔을 길게 뻗은 채 뜻밖에 평화의 인사를 건넸다. 이미 처음 군중에게 던졌던 평화의 인사, 다시 그 인사를 하는 이유가 무엇일까? 사람들은 순간 의아하다는 듯 조용했다. 왜 예수는 이 순간에 평화를 외치는가?

"쉘라마!"

예수가 다시 큰 소리로 외쳤다. 그제야 군중도 대답했다. 같은 말로 인사했다.

"쉘라마!" "쉘라마!"

예수가 다시 외치자 그들도 다시 외쳤다.

"쉘라마!" "쉘라마! "쉘라마!"

예수가 팔을 내렸다. 두 손을 앞으로 가지런히 모아 가슴까지 올리더니 천천히 허리를 굽혔다. 숨을 네 번, 다섯 번 쉴 동안 오래오래 그렇게 인사했다. 그리고 몸을 돌려 뒤쪽에 있던 사람에게도, 그리고 같은 방법으로 왼쪽 오른쪽에 있는 사람에게도 인사했다.

그 인사를 받은 사람들은 자기도 모르게 앉은 자리에서 고개를 숙여 예수에게 답례했다. 마음속에 칼을 품고 그를 쓰러뜨리려고 나섰던 사람도, 그저 구경거리라고 생각하고 모였던 사람도 그렇게 예수의 인사를 받고 자기도 인사했다. 예수가 마음을 여니 그들도 마음을 열었다.

군중은 예수가 무슨 말을 더 하기를 기다렸지만 예수는 입을 다문 채 조용히 자리에 앉았다. 제자들이 예수 옆에 둥글게 모여들었다.

"선생님!"

군중과 주랑건물 위 로마군, 성전 쪽에서 혹 경비대 병력이 몰려오

는지 살펴보고 있던 유다가 불만스러운 눈으로 예수를 불렀다. 예수
가 그를 바라보았다.

"저 군중을 이대로 흩을 생각이십니까?"

"그래요. 오늘은 그래야 돼요."

"이만큼 사람을 모으고, 호응을 받기가 쉬운 일이 아닙니다. 이대로
는…."

"유다! 나는 전쟁을 하려고 온 사람이 아니오."

"예?"

"여기서 한 발짝 잘못 더 나가면 저 많은 사람들은 피를 흘릴 거요.
그걸 노리는 사람들에게 빌미를 줄 수 없어요. 왜 사람을 심어 선동했
는지 알면 다음 일이 보이지요."

도마가 말을 받았다.

"선생님! 저도 같은 생각입니다. 처음 희년 구호를 외치던 무리가
참 수상했습니다."

"잘 보았어요. 분위기에 휩쓸려 군중이 함께 구호를 외쳤지만, 지금
은 거기까지….""

"예!"

흩어지는 군중을 아쉬운 듯 한참 바라보던 유다도 수긍했다. 그걸
지켜보면서 마리아는 가슴을 쓸어내렸다. 시몬 게바는 나름대로 무언
가 깊은 생각에 빠져 있다. 요한은 흩어지는 군중을 바라보면서 불안
한 표정이다. 작은 시몬은 눈으로 주랑건물 위에 늘어선 로마 병사들
을 연신 훑어보았다.

예수는 제자들의 마음을 잘 알았다. 모여든 군중을 이끌고 다음 단

계로 나가지 않은 일에 불만스러운 사람도 있고, 1천여 명 군중이 한 목소리로 희년을 시행하라고 외쳤던 일에 고무된 사람도 있고, 그 일에 겁을 먹은 사람도 있다. 그러나 군중의 그런 반응은 예수가 원했던 것이 아니다. 우우 일어서서 성전으로 몰려간다고 될 일이 아니다. 희년은 선언만으로 시행할 수 있는 일이 아니다. 유대에서 희년 시행을 가로막는 힘, 그건 로마와 예루살렘 성전과 유대의 명문 귀족들과 부자들이었다. 군중을 이끌고 희년을 강제하면 반드시 피를 부르게 된다는 것 정도는 누구라도 알 수 있다.

예수는 그가 하려던 말을 끊고 구호를 외쳤던 사람들의 노림수를 금방 알아챘다. 그건 커다란 올가미였다. 함정이었다. 예수 한 사람뿐만 아니라 1천여 명의 군중까지 함께 빠뜨릴 함정이었다. 결국 피가 튀고 칼이 번쩍이는 사건으로 끌고 가려는 음모였다. 희년을 선언한 사람으로 기억되기보다 군중을 이끌고 성전을 공격한 사람으로 예수를 이름 붙이려는 사람들이 꾸민 도발이었다.

✠

성전 뜰에서 예수가 희년을 선언하면서 사람들을 가르치고 있는 그때, 대제사장 가야바는 마티아스, 야손, 성전 경비대장을 불렀다.

"그래! 바깥뜰에 얼마나 모였다고?"

"예! 족히 1천 명은 좀 넘습니다."

"그래서?"

"예상했던 대로 희년이 됐다면서 군중을 선동하고 있습니다."

성전 경비대장이 말을 마치자 바로 제사장 야손이 나섰다.

"각하! 크게 염려하실 일은 아닙니다."

"1천 명 넘게 모였다면서? 그자가 군중을 선동하고."

"그러나 각하! 이미 조치를 해놓았습니다."

"조치? 무슨 조치?"

"아마 오늘은 감히 예수가 어쩌지는 못할 겁니다."

"야손 제사장! 그대답지 않게 오늘은 그리 장담까지 하는 게요?"

"예수는 그렇게 어리석은 사람이 아닙니다. 다른 날이면 몰라도 오늘은 어쩌지 못하도록 손을 써 놓았습니다."

"확실해요?"

"예! 각하!"

평소와 달리 야손이 서두르지도 않고, 게다가 큰소리까지 치며 장담하자 가야바는 속으로 이상한 생각이 들었다. 그러나 그건 나중에 천천히 다시 확인해 보면 될 일이라 더 이상 묻지 않았다.

"아버지! 야손 제사장이 적절하게 사전조치를 해놓았다고 하니 마음 놓으세요."

마티아스까지 나섰다.

"그럼 다행이고 … . 인원이 많다고 해서 … ."

그때 엄청난 함성이 울렸다. 성전이 들썩거릴 만큼 큰 소리였다. 마치 성전 뜰에 들어선 사람들이 모두 나서 한목소리로 외치는 것 같았다. 방안에 있어서 잘 들리지는 않았지만 '희년'이라는 말도 들렸다.

"저건 무슨 소리야? 갑자기?"

"예! 각하! 일이 잘 되고 있다는 징조입니다."

"그런데 저렇게 소리를 질러 성전 뜰에서? 성소가 다 울리도록? 어허! 이런 고얀… ."

"괜찮습니다. 각하."

여전히 야손은 태평스럽다.

"저거! 저러다가 로마군대가 위에서 쏟아져 내려와 성전 뜰에 들어오는 것 아니야? 총독궁까지 들리겠는데? 경비대장! 당장 나가서 알아봐요!"

"예, 각하!"

경비대장은 가야바의 명령을 받고 부리나케 나갔다. 야손이 은근한 목소리로 가야바에게 말했다.

"각하! 군중 속에 제가 사람을 좀 심어 놨습니다. 그리고 위수대장에게는 사전에 얘기해 두었습니다. 로마군도 오늘은 움직이지 않을 겁니다. 저건 예수 무리에게 우리가 보내는 경고입니다. 그자가 분명 그걸 눈치채고 오늘은 더 이상 소란 떨지 않을 겁니다. 만일 소란을 피우고 나선다면 진압할 준비를 다 갖추어 놓은 상태입니다."

"그럼, 저렇게 소란을 피웠는데 오늘은 조용히 물러갈 거다?"

"예! 그리고 지금쯤 각하께서 어제 지시하신 대로 예수를 옭아맬 사람들이 뜰로 나갈 겁니다. 지켜보시지요."

"총독궁에 사전에 연락해 준 일은 잘했소."

"혹 놀라서 다른 조치를 취하고 나서지 않도록 위수대장에게 여러 번 얘기했습니다. 그 사람이 직접 총독에게 보고할 겁니다. 어쩌면 벌써 보고했을 수도 있습니다."

"갈릴리 분봉왕 측은?"

"거기는 미리 연락하지는 않았습니다. 그러나 무슨 일이든 성전이 대응하는 것을 양해하고 동의한다는 약속은 받아두었습니다."

"그 도적떼는 들어왔나요?"

"예! 꽤 많이 들어와 있습니다. 제가 파악한 바로는 두목급만 한 20명 정도 들어온 것 같습니다. 조무래기들이 얼마나 들어와 있는지 그건 파악이 안 됩니다만, 오늘은 도적떼들도 감히 움직이지 못할 겁니다. 전날 잡아들인 두목을 성전 주랑건물 위에 떡 끌어다 올려놨습니다. 아마 우리 계획을 모르는 상태라 그저 정탐만 하고 있습니다. 저들 계획대로 끌고 갈 수 없도록 상황을 우리가 관리하고 있습니다. 저들이 움직일 수 있는 날짜를 줄이면 분명 무리하게 될 것입니다. 그러면 진압이 훨씬 더 쉬워집니다."

"잘했소. 그런데 마티아스! 대산헤드린은 오늘 조용한가?"

"예! 랍비 가말리엘이 순순히 잘 협조합니다. 그리고 바리새파 전체가, 힐렐파든 샤마이파든 이번에는 서로 손을 잡고 성전과 협력할 겁니다."

"잘하고 있군. 그럼 차질 없이 준비하도록!"

"예! 총독궁과 조율해야 할 일이 아직 좀 남아 있습니다. 유월절 전에 조치를 할 예정입니다."

"그래! 다들 수고했어요. 그런데 ….."

"예! 각하!"

"잘들 들어요. 하얀리본인가 하는 도적떼가 움직이기 시작하면 즉시 잡아들이면 되는데, 예수라는 그자는 사전에 준비를 잘 해서 산헤드린 재판에 넘겨야 해요."

"예, 각하!"

"대산헤드린이 사형선고를 내려야 하는데…. 그런데 원래 대산헤드린 의원이라는 사람들은 사형선고 내리는 일만은 웬만하면 피하려고 한다고. 내가 알기로는… 예전에 헤롯왕 때 마리암네 왕비에게 사형선고를 내린 이후로는 대산헤드린이 사형을 선고한 일은 아마 없었을 거요, 잘 기억은 안 나지만…."

"예! 각하! 대산헤드린 재판에 넘기려는 각하의 뜻을 저도 잘 알고 있고, 그래서 저도 여러 가지 생각하고 있습니다."

야손의 말을 받아 마티아스 제사장이 입을 열었다. 대제사장의 말뜻을 아직 잘 모르는 듯, 아니면 알면서도 딴청을 부리는 듯 생각이 들어서다.

"그래서 잘 준비하라고 말씀하시는 것이지요."

"각하! 그런데 준비라고 하심은? 특별히 별도로 지시하실 일이…."

야손의 말이 다 끝나기 전에 가야바가 입을 열었다.

"그자에게 추궁할 죄목을 먼저 정하고, 그 죄를 입증할 수 있는 증거와 증인들을 확보하고. 사형을 선고할 죄목으로."

"예!"

"그러니까, 그자가 토라의 가르침을 위반한 죄, 성전에 대해 저지른 죄, 병든 사람이나 나쁜 영에 붙잡힌 사람들을 고쳐 준다면서 저지른 잘못, 가르칠 자격이 없는 사람이 사람들을 가르친 죄, 이런 죄에 대하여 그자가 한 일, 했던 말, 그리고 그로 인해서 일어난 소동과 피해, 이런 것들을 정리해서 대산헤드린 재판에 넘기도록."

"예!"

"그리고, 대산헤드린 재판과는 별도로 빌라도 총독에게 넘겨 로마
법에 따라 재판을 받도록 추가로 준비해요. 말하자면 총독이 내린 포
고령을 위반했다거나, 로마가 금지하는 행위를 했다거나, 황제 폐하
에 대한 반역이나 불충한 뜻을 밝혔다거나, 세상을 소란케 했다는 죄
목을 적용하고 그런 죄를 입증할 수 있도록 준비하고."

"아하! 알겠습니다, 대제사장 각하!"

"제일 좋기로는 대산헤드린에서도 사형을 선고하고 총독이 여는 재
판에서도 동일하게 사형을 선고하는 거요. 그런데 대산헤드린과 총독
의 재판결과가 서로 다르거나, 아예 총독이 재판도 안 하고 풀어 줄 경
우가 문제요."

"총독 각하가 재판 없이 풀어 주지는 않을 겁니다."

"모르는 일 … . 그동안에 무슨 일이 생길지 … ."

"예, 조심해서 살펴보고 준비하겠습니다."

"갈릴리 분봉왕 쪽과도 상의해 봐요. 우리에게 얘기 안 한 부분도
있을 거요."

"예! 각하!"

"우선 한 가지 분명히 해놓으시오. '어느 한쪽이 다른 쪽에게 책임을
모두 넘기고 자기들은 쏙 빠져서 뒤로 이익만 챙기는 일은 안 된다.'
말하자면, '이번 일을 빌미로 서로 공격하는 일은 하지 말고 오로지 협
력만 하자.' 그렇게 합의하고 일을 시작해요."

"총독에게 그렇게 요구하기는 좀 … ."

"아니오. 총독 부하들에게 단단히 얘기해 놓으시오. 특히 갈릴리 분
봉왕에게 이 점을 분명하게 밝혀 놓고, 따라서 갈릴리가 알고 있는 모

308

든 내용을 우리에게 공개해서 공동으로 대응하자고 해요. 그리고 야손 제사장! 갈릴리 쪽에 관해 들은 얘기가 있을 텐데?"

"무슨 말씀이신지요?"

"분봉왕이 요단강 건너 베뢰아에 병력을 집결시켜 놓고 도성에 들어온 이유가 무엇이겠소?"

"아, 예!"

야손은 깜짝 놀랐다. 그 소식은 그도 그날 아침에 들은 내용이었다. 적당한 기회에 적절하게 활용할 생각으로 아직 누구에게도 밝히지 않은 내용이다. 정보 책임자가 모든 정보를 다 까발리면 정보의 힘을 잃는다. 특별한 경우가 아니면 시기를 보아 가며 필요한 만큼만 최소한으로 공개해야 한다. 무엇을 알고 있고 무엇을 모르는지 아무도 몰라야 정보의 힘이 발휘된다.

그런데 야손이 보고하지 않은 정보를 대제사장이 파악하고 있다니, 놀라운 일이다. 그건 분명 야손이 보고하는 정보를 별도로 재확인할 수 있는 정보망이 있거나 그 나름대로 정보를 수집하는 다른 수단이 있다는 말이다. 대제사장이 그를 못 믿고 은밀하게 지켜보고 있었는가? 대제사장 가야바는 생각보다 훨씬 무서운 사람이라고 생각했다.

"각하! 아직 두세 가지 더 확인할 점이 있습니다. 잘못 다루면, 각하와 총독과 분봉왕 사이에 되돌릴 수 없을 만큼 불편한 일이 생길 염려가 있습니다. 그래서 보고드리기 전에 확인 중입니다. 마침 각하께서 제게 먼저 말씀해 주시니 다행입니다. 제가 하루나 이틀 좀더 조사하여 보고드리겠습니다."

"야손 제사장이 그 정보를 알고 있다니 다행이오. 그래서 내가 하는 말이 바로 '서로 뒤에 감추고 숨기지 말고 같은 목적을 위해 협력하고 손잡자' 그 말이오."

"예, 각하! 알겠습니다."

가야바의 방을 나오면서 야손은 그의 등에 꽂히는 대제사장의 날카로운 눈길을 느꼈다. 가야바가 마지막에 입에 올린 말은 갈릴리 분봉왕에게 전하라는 말이지만, 한편으로는 야손에게 던진 경고였다. 야손은 그 경고를 무겁게 받아들이기로 했다. 따지고 보면 그가 대제사장에게 보고 안 하고 처리했던 일이 있는 것처럼 대제사장도 야손이 모르는 무언가를 알고 있으리라는 생각이 들었다.

정보란 불이나 마찬가지다. 불은 무엇이든 태울 수 있다. 어디든 옮겨 붙을 수 있다. 잘못 다루면 정보가 자기 자신을 삼킨다, 불처럼. 이번 유월절에 예측하지 못한 일이 얼마나 많이 일어날지 모른다는 생각이 들자 성전에 드리운 무겁고 불길한 기운이 느껴졌다.

야손은 서둘러 자기 방으로 돌아갔다. 기다리는 사람이 있기 때문이다.

✠

희년을 실시하자고 들고 일어나려던 사람들을 가라앉혀 조용히 흩어지게 한 그때, 예수는 그에게 네 사람이 다가오고 있는 것을 이미 보았다. 성전에서 나온 그 사람들은 이스라엘의 뜰을 지나 이방인의 뜰로 들어오고 곧장 예수에게 다가왔다. 예수는 성전이 그에게 다른 올가미를 던지려 한다는 것을 알아챘다. 조금 전 군중이 외쳤던 희년에 대하여 성전이 보이는 첫 반응이다.

예수와 제자들 주위에서 서성거리며 지켜보던 사람들이 그 네 사람에게 길을 터주었다. 예수 주위에 아직 많은 사람들이 모여 있기 때문인지 그들은 조심하는 모습이다. 네 사람 중 한 사람이 아주 정중하고 공손하게 입을 열었다.

"예수 선생님!"

그는 예수를 선생이라고 불렀다. 그의 뜻을 이미 미루어 짐작한 예수는 빙그레 웃었다. 예수의 웃음에 당황했는지 그의 눈이 갑자기 흔들렸다. 멈칫거리더니 용기를 내려는 듯 크게 숨을 들이쉬더니 입을 열었다.

"로마황제에게 우리가 세금을 바치는 것이 옳은 일입니까? 아니면 거부해야 합니까?"

그가 말을 마치자 같이 온 사람들은 잘했다는 듯 그에게 고개를 끄덕였다. 눈치 빠른 요한, 세금 걷는 일을 맡았던 레위, 그리고 도마나 빌립은 예수가 얼마나 큰 위기를 맞게 되었는지 즉시 알아챘다. 늘 알아듣는 일에 더딘 시몬 게바마저 무언가 심각한 일이 벌어졌다고 느꼈는지 얼굴이 굳어졌다. 또 하나의 올가미, 예수에게 치명적인 죄목을 붙일 수 있는 올가미를 성전이 던졌다.

보통 상대에게 질문하고 그에 따라 대답하는 일은 상대가 누리는 명예에 대한 도전의 방식이다. 그건 언제나 비슷한 수준의 명예를 누리는 사람들 사이에 일어난다. 그런데 그들은 명예도전이 아닌 다른 방식으로 물었다. 묻는 사람에게 어떤 책임도 물을 수 없는 교묘한 술수였다. 그들은 스스로 대등한 사람이 아니라는 뜻으로 정중하고 공손하게 예수를 '선생'이라 불렀다. 그리고 가르침을 청하는 양 물었다. 그 물음은 로마제국 황제의 통치 아래 살아가는 모든 사람, 모든 속국, 모든 왕들에게 해당하는 질문이다.

어떻게 대답하든 예수를 함정에 빠뜨릴 수 있는 물음이다. 세금을 내라고 하면 그건 이제까지 예수의 모든 가르침을 스스로 부정하는 말이 된다. 세금을 내지 말라고 대답하면 반란을 선동하는 사람으로 처벌받게 된다. 로마는 세금을 제때 내지 않거나 제대로 금액을 맞추지 못하면 언제나 반란으로 간주하고 처벌했다. 세금을 내지 않는 속주屬州는 철저하게 파괴하고, 모든 주민을 처형하든지 사로잡아 로마로 끌고 가서 노예로 판다. 바로 로마가 정복지나 속주를 다스리는 공포와 충격 정책이다.

더구나 그는 '우리'라는 말을 썼다. 그 말을 따라 대답하면 사람들을 선동했다는 죄목을 피할 수 없다. 교묘한 함정이다. '로마총독의 포고령을 어기고 성전 뜰에서 황제에게 바치는 세금을 거부하자고 선동한 사람 예수', 그건 성전 경비대가 그를 즉시 체포해서 로마군에게 넘길 수 있을 만큼 커다란 죄목이다. 예수를 로마제국 앞에 떠미는 질문이다.

예수는 아무렇지도 않은 듯, 태연하게 말을 받았다.

"돈을 가지고 있나요?"

"예? 돈요? 돈을 말씀하셨습니까?"

"예! 돈 가지고 있으면 좀 보여 주세요."

그는 머뭇머뭇하더니 허리 춤 안에 차고 있던 돈 주머니를 끌렀다. 주머니 속을 뒤지더니 그중 한 개를 꺼내 들었다. 1데나리온 동전이다. 장정 하루 품삯에 해당하는 큰돈을 그는 여러 개 지니고 있었다.

"이쪽에 무어라고 돼 있나요?"

그는 손바닥에 돈을 올려놓고 들여다봤다.

"1데나리온이라고 새겨져 있네요."

"그럼, 뒤집어 보세요. 반대쪽에는?"

"여기에는…, 음, 황제, 황제 폐하의 초상이 새겨져 있습니다."

"예! 고맙소. 넣어 두시오."

그는 이상하다는 듯 고개를 갸웃거리며 돈 주머니에 돈을 넣었다. 예수는 말없이 그 모습을 지켜보았다. 사람들도 모두 숨을 죽이고 지켜보았다. 지켜보는 여러 사람의 눈을 의식했는지 주머니에 돈을 넣고 끈으로 묶는 별일 아닌 일에도 그는 더듬거렸다. 돈을 간수하고 나서 그는 예수를 바라보았다.

이제 당신이 대답할 차례라고 말하는 표정이다. 그런데도 예수는 입을 열지 않고 조용히 서 있다. 무슨 말로 대답할지 궁리하는 사람의 표정이 아니다. 대답할 질문이 아니라는 듯, 아니면 모든 사람이 다 아는 일이라는 듯 예수는 태연했다. 그렇게 침묵이 흘렀다.

"예수 선생님 … ."

그가 독촉하듯 예수의 이름을 불렀다. 그러자 예수가 나지막한 소리로, 그러나 천천히 또박또박 말했다.

"황제에게 속한 것은 황제에게, 하느님의 것은 하느님에게 드리세요!"

"선생님! 세금 말씀이에요, 세금! 세금은?"

그가 다시 물었다. 예수는 같은 말로 대답했다.

"황제의 것은 황제에게. 하느님께 속한 것은 하느님께 드리세요!"

"황제에게? 하느님께?"

그는 혼잣말로 예수가 한 말을 되물었다.

예수가 한 말은 세금은 로마황제에게 바치고, 예배는 하느님께 드리라는 말이 아니다. 정치는 황제의 일이고, 성전 제사는 하느님의 일이라는 말도 아니다. 성전에서는 하느님을 섬기며 살아가고, 다른 일에서는 로마제국 황제에게 복종하라는 말도 아니다. 이스라엘의 자손이라면, 유대인이라면 누구나 아는 일을 예수가 다시 확인한 말이다.

사람들은 입을 달싹거리며 예수의 말을 되뇌었다.

"하느님의 것 …, 황제의 것 …."

그건 예수가 아주 현명하게 올가미를 벗어난 일 그 이상이다. 예수를 옭아매려고 애써 준비한 그 올가미에 성전이 스스로 얽혀 들었다. 예수는 이스라엘이 늘 입에 올렸던 가르침을 들어 성전의 교묘한 함정을 피했을 뿐만 아니라, 이스라엘이 어찌 살아야 하는지 선언한 셈이다. 성전산 위에 도도하게 위엄을 과시하며 서 있는 성전이 어떤 일을 해야 하는지 선언한 셈이다. 눈을 번쩍 뜨고 일어나라고 이스라엘을 일깨우는 말이다.

하느님에게 속하지 아니한 것이 세상에 있으랴? 하느님과 황제 둘 중에서 형편대로 선택하라는 말이 아니고, 세상의 주님은 오직 하느님 한 분이라는 사실을 다시 깨달으라는 말이다. 황제에게 바치는 세금은, 하느님의 것, 하느님이 그분의 백성에게 나눠 주신 것을 빼돌린 장물이라는 말이다. 부끄러워하라는 말이다. 돌이키라는 말이다. 하느님의 뜻을 거스른 성전이 부끄러운 줄도 모르고 그들을 따르라고 사람들에게 강요한다는 꾸짖음이다.

예수는 세금을 바치지 말라고 말하지 않았다. 그러나 누구나 그가 한 말의 뜻을 알 수 있다. 성전 뜰에서 제국과 하느님 나라가 맞겨룬 듯 보였지만 제국은 사라져야 할 운명이고, 세상에 하느님 나라가 시작된다는 사실을 사람들이 알게 됐다. 황제에게 세금을 바치지 말도록 선동했다고 예수의 말뜻을 해석한 사람은 역설적으로 모든 것이 하느님 소유라는 사실을 깨달은 사람이다.

그러나 귀 막은 사람, 역사에 눈감은 사람은 언제나 있는 법이다.

"하느님의 것은 하느님에게. 황제의 것은 황제에게."

하느님에게 제사드리고, 황제에게도 세금 바치고, 편안하게 손을 털고 집에 돌아가 그날 밤 안심하고 잠자리에 드는 사람은 언제나 어디에나 있기 마련이다.

"아!"

예수는 이스라엘, 유대가 살아가는 현실을 생각할 때면 저절로 깊은 탄식이 나온다. 사람이란 발 디디고 선 땅을 내려다보면 자기 존재의 뿌리를 생각하기 마련이다. 그리고 옆으로 눈을 돌리면 다른 사람과의 관계에 눈을 뜨게 된다. 어쩌자고, 가슴속에 깨달음이 들어왔는지, 왜 광야에서 만난 그분은 갈릴리 나사렛 예수에게 해방을 선언하도록 이끄는지 그 깊은 뜻을 알 수 없다. 그러나 그건 어쩔 수 없이 그가 짊어져야 할 짐이고, 그가 걸어야 할 길이다.

예수는 눈앞에 어른거리는 가증可憎한 것을 본다. 옷자락을 펄럭이며 예루살렘 서쪽 헤롯 왕궁 꼭대기에 도도하게 서서 성전 뜰을 힐끔

거리며 바라보더니 어느새 훌쩍 성전 지붕 위로 날아와 내려다본다. 성전을 한 발로 움켜쥐고 서서 예수에게 말을 건다.

"예수! 네 뼈에 한 점 살도 붙어 있지 못하리라!"

그러더니 번뜩 날아 내려와 예수 앞에 떡 버티고 선다. 그 모습은 왕처럼 보이기도 하고 화려한 옷을 입은 대제사장 같기도 하다. 그 가증한 것이 입을 열 때마다 날생선을 먹은 것처럼 비릿한 냄새가 풍겼다.

"예수! 너로 인해 온 백성이 피를 뒤집어쓰고 칼에 엎어지리라."

협박이다. 예수로 인해 사람들이 피 흘리고 쓰러진다고 윽박지른다. 시작도 안 했는데 이미 패배할 운명이라고 예수에게 독한 저주를 퍼붓는다.

예수는 안다. 제국이 물러간다고 해서 이스라엘 민족이 겪는 억압과 수탈이 사라지지 않을 것을. 유월절 해방을 통하여 이집트에서 탈출한 히브리가 광야를 헤매면서 이스라엘 민족을 이루었고, 약속의 땅이라는 가나안을 침공했다는 역사가 무엇을 얘기하는가? 제국의 억압에서 해방된 사람들이 사정이 바뀌었다고 스스로 억압하는 왕국을 세웠다.

사람들은 이스라엘의 독립과 해방을 위해 예수가 로마황제, 로마제국에 저항한다고 생각하며 따랐다. 그러니, 그들이 등을 돌릴 날이 반드시 다가온다. 그때는 모든 사람이 적의敵意로 번득이는 눈을 치켜뜨고 그를 쳐다보리라. 예수가 얘기하는 해방과 그들이 기다리는 이스라엘의 독립과 회복이 같지 않기 때문이다. 한 민족이 독립하여 나라를 세운다고 세상이 해방될 수 있는가? 그건 이스라엘을 야훼 하느님이 다스리는지 로마황제가 다스리는지 그런 문제가 아니다.

예수가 성전에 서서 사람들에게 눈을 뜨고 마주하라고 깨우치는 그 하느님은 사람의 하느님이다. 모든 생명의 하느님이다. 모든 존재의 근원이다. 이스라엘 민족 안에 가둘 수 없는 하느님이다. 그래서 예수는 광야에서 눈을 뜬 일은 수련이 아니라 수행의 과정이라고 믿었다. 광야에서 완전해진 것이 아니고 완전을 향해 걸어가야 한다는 것을 깨달았기 때문이다. 그건 하루하루 근원으로 돌아가는 길이다.

'이미 봄이 언덕 너머에 이르렀는데, 나 하나 제거한다고 오던 봄이 물러가랴!'

하느님을 내 하느님, 우리 하느님, 이스라엘의 하느님이라고 편협하게 섬기는 사람들을 일깨워야 한다. 예수는 제자들과 군중들을 단단히 덮어씌운 틀 하나를 더 깨뜨리기로 했다.

"내가 얘기 하나 하리다."

제자들은 그런 예수가 좋았다. 그는 큰 가르침을 쉽게 풀어 얘기로 전달해 주기 때문이다. 아직 그의 주위에 모여 있던 사람들도 눈을 반짝이며 다음 말을 기다렸다.

"내가 열 살 때쯤 어느 날, 아버지와 나눈 이야기입니다."

예수의 얼굴에 아련한 그리움이 피어난다. 다른 사람들은 아버지를 무섭고 어렵게만 기억하는데 아버지를 마음속에서 늘 그리워하는 예수를 볼 때마다, 마리아는 그의 아버지를 자기도 여러 번 만났고 잘 아는 듯 생각됐다.

사람들은 어떤 사람이 자기 어릴 적 얘기하는 것을 별로 본 적이 없다. 어린애는 아직 사람 구실을 못한다고, 심지어 사람 수에도 넣지 않는 관습도 있지만 한편으로는 어른의 모습으로 어린 시절을 미루어 짐작하기 때문이다. 나이 서른일곱 될 예수의 모습을 그의 어린 시절에 투영한다는 말이다.

사람들은 누구든 커가면서 자란다는 사실이야 믿지만, 사람의 성격이나 생각이 바뀌고 발전한다는 것을 믿지 않았다. 위대한 사람은 어릴 적부터 아예 위대한 사람으로 태어나고, 악한 짓을 하는 사람은 원래 악한 사람으로 태어난다고 생각한다. 그건 세상에 악한 아기가 있다고 믿는 것과 마찬가지다.

현재 천한 일이나 더러운 일을 하는 사람은 태어나기를 그렇게 태어났다고 믿는다. 왕은 왕이 될 가문, 제사장은 제사장 가문, 귀족은 귀족의 가문에서 그에 합당한 인물로 태어난다고 생각하는 사람들에게 예수는 특별한 사람으로 보인다. 뽕나무에 올리브 열매가 열린 것처럼 있을 수 없는 일이다. 갈릴리 나사렛 사람 예수는 그 자체가 기적이거나, 세상을 크게 속이는 거짓말쟁이 둘 중 하나로 보일 수밖에 없다. 그가 진정 나사렛 사람이라면 그들 앞에 저렇게 서서 사람을 가르치는 예수가 될 수 없기 때문이다.

그런데 예수는 어릴 적 얘기를 사람들 앞에서 여러 번 서슴없이 입에 올렸다. 가난한 집안의 아들이라는 것도 숨기지 않았고, 제일 아래 계층 사람들 일이라고 낮춰 보는 목수, 석수 일도, 갈릴리 호수에서 밤새 고기 잡았던 일도 감추지 않았다. 어떤 사람은 예수의 얘기를 들으면서 감동하고, 어떤 사람은 처음 몇 마디 들어 보다 말고 고개를 흔들며 떠나갔다.

예수에게 가난은 부끄러운 일이 아니다. 돌에 걸터앉아 땀 흘리며 쪼아 진리를 드러내고, 배에서 그물을 올리면서 깨달음을 거둬 올렸기 때문이다. 아버지 어머니가 떼어 나눠주는 보리빵 한 조각에 염소 젖 치즈를 얹고 올리브기름에 찍어 꼭꼭 씹어 삼키며 오순도순 얘기를 나누는 가족, 그렇게 웃고 서로 돌보고 둘러앉은 가정이 바로 이루어야 할 하느님 나라라고 믿기 때문이다.

"아버지는 언덕 아래 마을, 그리고 저 산 아래 멀리 들판을 내려다보며 말씀하셨습니다. 그런데 그날은 왠지 아버지가 어려운 말을 많이 얘기했습니다. 권력자, 착취, 기회라는 말은 어린 나이의 내가 늘 듣던 말이 아니었지요."

예수는 그 옛날을 더듬었다. 그럴 때 그의 눈은 시간을 넘어, 공간을 넘어 그때 그곳을 더듬고 있다. 때로는 혼잣말 같고, 때로는 사람들에게 들려주는 말 같다. 흩어지지 않고 예수 주위를 맴돌던 사람들이 조금씩 다시 모여 숫자가 크게 불어났다.

"내가 물었지요.

'아버지, 무슨 말씀이에요?'

'옛 요셉 할아버지 얘기다.'

'아버지 이름과 같네요?'

'그래, 내 이름도 그 할아버지 이름을 따라 지었단다.'

그러면서 아버지는 옛날 얘기를 하나 들려주었습니다. 어린 나이에 이집트라는 먼 나라에 종으로 팔려간 요셉 할아버지 얘기였습니다."

그 얘기를 듣자 제자들이나 뜰에 모인 모든 사람들이 무슨 얘기인지 알겠다는 듯 고개를 끄덕였다. 야곱의 열두 아들들, 이스라엘의 열두 지파 조상이 됐다는 그 아들들 얘기는 누구나 알고 있는 얘기다. 요셉은 '이스라엘'이라고 불렸던 야곱의 열한 번째 아들이었다. 요셉을 미워한 형들은 동생을 이스마엘의 미디안 대상隊商들에게 은 20냥에 팔았고, 대상들을 따라 이집트로 끌려간 요셉은 이집트의 왕 파라오의 경호대장 보디발에게 팔렸다.

보디발의 아내에게 모함을 받은 요셉은 감옥에 갇혔는데 그때 이집트 왕의 꿈을 해몽할 기회를 얻었다. 이집트에 7년간 큰 풍년이 든 다음 7년간 아주 극심한 흉년이 든다고 계시啓示해 주는 꿈이었다. 꿈을 해몽한 요셉에게 이집트 왕은 대비책을 세우는 권한을 주었다. 요셉은 7년 풍년 동안에 매년 이집트에서 생산한 모든 먹거리의 5분지 1씩 거둬들여 각 성읍에 커다란 창고를 짓고 저장해 두었다. 7년의 풍년 동안에 그렇게 거둬들였더니 이 이집트 전체에서 1년에 생산하는 모든 먹거리의 한 배 반이나 되는 엄청난 양이 창고에 쌓이게 됐다. 모든 이스라엘 사람들이 어려서부터 듣고 또 들었던 얘기였다.

"그런데 그다음 얘기부터 아버지의 모습이 뜻밖이었습니다. 주먹을 불끈 쥐고 목소리를 높이더니 분한 듯 가슴을 쾅쾅 쳤습니다. 늘 조용하고 부드럽던 아버지의 격한 태도가 오랫동안 내 마음속에 남아 있습니다. 그리고 어른이 된 이후에야 아버지가 가슴을 친 이유를 알았습니다."

그랬다. 그건 예수도 분노할 수밖에 없는 일이었다.

"7년 연속 큰 풍년 다음에 7년 동안 거푸 흉년이 들었습니다. 해마다 이어지는 흉년, 늘 풍족하게 흘러내리던 나일강물도 점점 줄어들더니 마르기 시작했습니다. 상류에 비가 안 오면 아무리 나일강이라도 마르기 마련입니다. 굶주리며 고통받던 백성은 요셉이 끌어모아

320

창고마다 가득가득 쌓아 놓은 식량을 얻으려고 몰려와 사정했습니다.

'대인, 대인! 식량을 좀 나눠 주십시오'

'그대가 가진 재물을 내놓으시오.'

그렇게 구한 식량이 떨어지면 다시 또 요셉에게 찾아와 무릎을 꿇었습니다.

'대인! 식량을 조그만 더 주십시오.'

'가축을 다 넘기시오.'

그다음에는 땅을 넘기고 식량을 받아갔습니다.

'대인! 식량이 또 떨어졌습니다. 이제 잡힐 것이 아무것도 남아 있지 않습니다. 제발….'

'아직 몸뚱이가 있지 않소? 그대 몸과 자식과 아내를 종으로 넘기면 식량을 주겠소. 싫으면 말고….'

'예! 대인, 그렇게 하겠습니다.'

요셉은 모든 백성을 이집트 왕의 종으로 삼았습니다. 왕이 꾼 꿈을 해석하여 하느님이 계시한 풍년과 흉년을 미리 알게 된 요셉이 결국 이집트 백성을 모두 왕의 노예로 삼아서 왕은 아주 부유해졌고, 왕의 사랑을 받아 요셉은 높은 자리에 올랐습니다."

예수의 얘기를 듣던 사람들 중, 많은 사람들은 왜 그 일이 문제가 되는지 알 수 없었다. 어려서부터 그들이 늘 들었던 얘기였다. 얘기를 들으면서 어떤 사람은 예수의 말투에서 요셉을 비난하는 듯한 느낌을 받고 걱정스러운 마음으로 예수의 다음 얘기를 기다렸다.

"흉년에 백성을 먹여 살릴 수 있는 자리에 앉아 있는 사람이 그 기회를 틈타 백성을 모두 왕의 노예로 삼았습니다."

예수는 얘기를 끊고 사람들을 바라보았다. 다음 얘기를 이어가기 위해서는 그들이 지금까지 들었던 얘기를 제대로 따라와야 했기 때문에 잠시 숨을 고르며 기다렸다. 그리고 엄숙한 표정으로 입을 열었다.

"식량은 바로 생명입니다. 하루치 식량은 하루 생명이고 한 달 치 식량은 한 달 생명입니다. 요셉은 백성들의 생명을 위협하여 백성들을 왕의 노예로 삼은 사람이었습니다."

그의 어조는 보기 드물게 격렬했다. 예수의 얘기를 듣던 사람들은, 그들이 제자든 성전 측 사람이든 아니면 어슬렁거리다가 모인 사람이든, 예수가 이제까지 그들이 알았던 얘기와는 전혀 다른 얘기를 쏟아 놓자 바짝 긴장했다.

"나는 그 일이 실제로 일어났는지, 그냥 기록에만 있는 일인지 알 수 없습니다. 그러나 제국이나 왕국이 백성을 어떻게 다루는지, 힘을 가진 지배자라는 사람들이 헤어날 수 없을 만큼 큰 곤경에 빠진 사람들에게 무슨 짓을 하는지 생각해 보면, 최소한 비슷한 일 정도는 있었다고 생각합니다."

다른 때와 달리 돌로매의 아들 나다나엘이 말했다. 그는 경전에 대해서 어느 정도 알고 있는 제자였다.

"아마, 실제로 그랬을 것입니다, 선생님! 저는 그렇게 생각합니다."

"나다나엘! 그런 일이 있었을 겁니다. 나도 그렇게 믿고 있어요."

그러더니 예수가 큰 소리로 외쳤다.

"경전에 기록됐다는 옛 조상들의 얘기를 우리 조상이니까 모두 정당하고 옳고 훌륭했다고 말할 수 없다는 점을 깨달아야 합니다. 옳지 않은 일이 분명한데 우리 조상이 한 일이니까 그냥 넘어가자고 말할 수 없습니다. 옳지 않은 일까지 하느님께서 축복했다고 믿을 수 없습니다. 하느님은, 이스라엘이 섬긴 하느님은, 히브리만의 하느님이 아니라 모든 사람의 하느님이시기 때문에 그렇습니다. 사람만의 하느님이 아니라 모든 존재, 땅 위에서 기거나 하늘을 날거나 물속에 헤엄치는 모든 생명이 하느님의 것이기 때문에 그렇습니다. 천년만년 자리를 지키고 있는 바위도, 마을을 내려다보며 산등성이에 서서 늙어가는 나무도, 골짜기를 흘러내리는 개울도 모두 하느님이 거기 있도록 마련하셨습니다.”

예수는 천천히 또박또박 말했다. 경전을 떠나, 토라를 떠나, 성전을 떠나 이제부터 그는 오로지 하느님을 향해 걸어간다는 선언처럼 들렸다. 그 하느님을 찾아간다고 말하는 것처럼 들렸다. 그 하느님은 이제까지 사람들이 믿던 하느님과 다른 하느님이라고 밝혀 말한 셈이다.

“생명을 억누르고 옭아매는 일은 하느님의 뜻을 배반하는 일입니다. 이집트 사람이라고 해서 그 백성이 왕의 노예가 되는 일을 하느님이 눈감은 채 인정하거나 축복했다고 말할 수 없습니다. 우리 조상 요셉에게 꿈을 해석하는 지혜를 주고 높은 자리를 차지하고 앉아 드디어 그 자리를 이용해서 악한 일을 할 수 있도록 축복했다고 받아들인다면 바로 그건 하느님을 모독하는 일입니다. 참람(僭濫)한 말입니다. 하느님의 이름을 높이는 일이 아니라 하느님에게 커다란 수치를 안겨드리는 말입니다.”

그러더니 예수는 큰 목소리로 외쳤다. 우렁찬 소리는 아니었지만 그 자리에 모여든 모든 사람들의 귀에 옆사람이 얘기하듯 쏙쏙 들어갔다.

"여러분! 들으십시오. 요셉에게 그런 악한 지혜를 불어넣어 준 존재는 하느님이 아니라 하느님을 대적하는 악한 영▓입니다. 그 악한 영은 지금도 여러분을 낚아채려고, 여러분 주위를 기웃거립니다. 악한 영의 목적은 하느님에게 수치를 안겨드리겠다는 것, 오직 그 한 가지입니다. 악한 영이 직접 나서서 하느님을 모욕할 수 없으니 하느님이 사랑하고 아끼던 생명, 하느님이 숨결을 불어넣어 이 땅에 내신 그 귀한 생명을 짓밟습니다. 들으십시오. 어떤 생명이든 생명을 위협하는 일은 하느님께 대적하는 일입니다. 하느님께 대적하고 나서는 악한 영, 그 영은 가지가지 모습으로 여러분 앞에 모습을 드러냅니다. 그 악한 영을 분별하십시오."

제자들을 비롯하여 모든 사람들은 가슴 서늘한 두려움을 느꼈다. 훌륭한 조상이었다고 이스라엘이 받들고 칭찬하는 요셉, 하느님의 계시를 해석해서 지혜롭게 흉년을 넘길 수 있도록 대비했다는 조상, 토라에 기록된 그 얘기를 자랑스럽게 기억했던 사람들에게 예수는 그 조상을 단호하게 비난했다.

이집트에서 왕의 눈에 들어 높은 자리를 차지하고 풍년과 흉년 기간에 왕의 재산을 늘려 주었고, 나중에 이집트로 찾아온 아버지 야곱과 11명의 형제를 받아들여 좋은 땅에서 좋은 대우를 받고 살 수 있도록 마련해 주었다는 요셉, 그 자랑스러운 조상을 예수는 악한 영의 꾐에 빠져 하느님에게 수치를 안겨준 조상이라고 불렀다.

요셉에게 의지해서 이집트로 이주한 야곱과 열두 아들의 자손들이 대대로 고센 땅에서 살았다고 토라는 전했다. 그 땅에서 숨을 거두기 전, 야곱은 열두 아들을 불러 축복하면서 요셉에게도 큰 축복을 내렸다. 요셉의 두 아들, 므낫세와 에브라임도 축복했다. 열두 아들의 후손들이 430년 동안 이집트에서 살았고 그들이 나중에 이집트 왕의 노예가 되어 '히브리'로 불렸다고 경전에는 기록돼 있다. 히브리가 고통스러워 울부짖으니 야훼 하느님이 모세를 내세워 해방했다는 이집트 탈출이 해방명절 유월절 얘기였다. 유월절 사건의 근원이 종으로 이집트에 팔려간 그 요셉이었다.

요셉의 두 아들 므낫세와 에브라임의 후손들은 4백 년 후 이스라엘이 약속의 땅 가나안에 돌아왔을 때 각각 땅을 분배받는 큰 지파가 되었다. 남북 왕국으로 분열할 때 유다 지파의 유다 왕국에 저항한 북쪽 10지파가 사마리아 지방에 있는 옛 도시 세겜을 수도로 정해 북왕국 이스라엘을 세웠다. 북왕국 이스라엘을 세운 여로보암왕이 요셉의 작은 아들 에브라임의 후손이었다. 말하자면 유월절 얘기도, 북왕국의 건립도 이집트의 요셉에게서 시작된 얘기였다.

그날 예수는 성전 뜰에서, 유월절 명절을 앞두고 유월절의 뿌리 요셉마저 건드린 셈이다. 벌써 그날 하루에 거듭거듭 토라의 가르침과 성전의 권위를 흔들었다. 예수는 담대하게 외쳤다.

"여러분, 하느님은 그런 분이 아닙니다. 하느님이 허락한 지혜를 이용해서 백성을 노예 삼는다면 그건 하느님의 뜻을 악용한 사람입니다. 사람을 종으로 삼는 일에 하느님은 언제나 반대하십니다. 하느님은 언제나 누구에게나 선하신 분입니다. 하느님은 착한 사람이나 악한 사람에게나 고르게 비를 내리는 분이고 햇빛을 허락하는 분이라고 믿으십시오."

"그래도 악한 사람은 처벌해야 공평한 것이 아니겠습니까?"

"하느님에게 공평의 기준은 생명입니다. 하느님에게 생명보다 더 귀중한 것이 없기 때문입니다. 그걸 깨닫지 못하면 아무리 경전에 좋게 기록되었고, 아무리 하느님이 특별히 사랑하셨다고 주장한다고 해도 그건 거짓말입니다. 생각해 보십시오. 이스라엘의 역사를 뒤돌아보십시오. 어느 왕이 백성 굶주리는 것이 가슴 아파 자기도 굶었습니까? 다윗왕이 그랬습니까, 솔로몬왕이 그랬습니까? 오히려 가장 잔인하다는 폭군 헤롯왕도 대흉년 때 백성이 굶주려 울부짖는 소리를 듣고 왕의 재산을 풀어 이집트에서 사들여 온 곡식으로 백성을 먹였습니다. 그런데, 하느님이 사랑했다는 왕이 귀를 막았다면 그 왕은 하느님의 사랑을 배반한 사람입니다. 백성은 헐벗고 굶주리는데 하느님만 날마다 기름진 고기와 향기 좋은 포도주, 고운 가루로 만든 빵으로 성전 제사 받으신단 말입니까? 아닙니다!"

예수의 얘기를 들으면서 사람들은 자연스럽게 성전건물을 바라보았다. 그의 가르침이 무슨 얘기인지 모두 알아들었기 때문이다. 예수는 그가 발 디디고 선 자리가 성전 뜰이 아니라 하느님의 땅이라고 생각하는 사람이다.

"그렇다고 하느님은 배반한 왕을 벌주시는 분도 아닙니다. 하느님의 뜻을 잘못 알고 있는 성전을 돌 위에 내던지시는 분이 아닙니다. 하늘 아버지는 돌이키기를 기다리시는 분입니다. '내 아들아! 내 아들아!' 부르면서 손잡아 일으켜 세우시는 분입니다. 몰라서 돌이키지 못했으면 몇 번이라도 깨우치시는 분입니다."

다른 사람들은 그저 입만 벌린 채 예수의 얘기를 듣기만 했다. 생각은 많았지만 어떻게 말로 물어야 할지 모르기 때문이다. 그때 제자 중에서 도마가 불평하듯 나섰다.

"선생님! 하느님이 그러하신 것은 저도 믿겠는데, 세상이 공평하지 않아 저는 너무 분합니다."

그러자 유다가 불쑥 끼어들었다.

"그런 세상이니까 뒤집어엎어야 돼! 그게 다 왕이니 대제사장이니 그 로마 놈들에게 빌붙은 나쁜 놈들 때문이야."

"그럼! 그렇고말고 …."

작은 시몬까지 거들고 나섰다. 시몬을 바라보며 예수가 다시 이야기를 이어갔다.

"한 가지 더 생각해 봅시다."

성전 사람들이 처음 로마황제에게 세금을 내는 것이 옳으냐 그르냐 물었을 때 황제의 것 하느님의 것을 들어 세상을 억압하는 권세를 예수는 고발했다. 그 다음에는 권세를 이용해 백성을 착취하여 왕의 노예로 삼았던 조상 얘기를 통하여 이스라엘이라는 틀에 갇혀, 토라라는 가르침의 눈만으로 하느님을 섬기지 말라고 예수는 얘기했다. 이제 예수는 새로운 얘기로 '하느님의 정의正義'를 가르치기로 했다.

"여러분! '부유한 사람에게서 덜어 내어 가난한 사람을 채워 준다', 그런 말을 들어봤지요?"

그건 옛 기록에 있는 얘기였다.

"웬걸요? 그런 일은 없습니다. 세상은 오히려 그 반대입니다."

몇 사람이 거의 한목소리로 대답했다.

"그렇지요? 오히려 '가난한 사람에게서 빼앗아 부유한 사람에게 더 해준다'는 말이 맞는 세상이지요?"

"예, 선생님! 실제로 그렇습니다."

"왜 가난한 사람이 더 가난해지고, 불쌍한 사람들이 더 병에 걸리는지 … ."

대제사장 제사장 귀족들과 부자들은 자기 집에 옆집을 합쳐 넓혔다. 농토에 농토를 연달아 이어 큰 토지를 만들어 소유하지만 스스로 밭을 갈고 씨 뿌리고 농사짓지 않았다. 마침내 다른 사람 땅이 하나도 없는, 그들 소유의 거대한 토지를 형성했다. 그런 다음 어김없이 울타리를 세워 토지를 둘러싸고, 예전부터 세워져 있었던 토지 경계석을 새로 확장한 토지 경계에 옮겨 세웠다.

가난한 사람은 하루 벌어 하루 먹고사는 일에도 허덕였다. 자기 땅을 지키며 농사짓는 사람이라고 형편이 훨씬 나은 것도 아니다. 원래 농사란 딸린 식구들이 먹고 살 양식만큼 곡식을 거둬들이는 것이 보통이다. 혼자 힘으로는 농사지을 수 있는 한계가 있기 때문이다. 씨 뿌린 종자의 3배나 4배, 풍년이면 좀더 추수한다. 그런데 세금과 공물, 십일조를 떼어 바치고, 종자를 꾸어 농사지었으면 종자도 갚아야 하고, 빚도 갚고 이자도 갚으면 다음 추수할 때까지 살아갈 양식은 고사하고 당장 한두 달 지나면 식량이 떨어질 처지에 빠진다. 대농장을 만들어 소작농에게 세를 주거나 품꾼을 사서 농사지은 부자들을 제외한 모든 농부들이 해마다 겪는 일이다.

이미 가난해진 사람은 도저히 가난의 굴레에서 벗어날 방법이 없다. 야속하게도 재물이란 이미 모을 만큼 모았고 쌓을 만큼 쌓아 놓은 사람에게 흘러 들어간다. 그나마 조금 가졌던 사람의 재산도 골짜기 물이 흘러가듯 큰 물줄기에 끌리어 오직 한 곳으로만 흐른다. 어제까지 그런대로 지낼 만하던 사람도 곧 가난해질 뿐이다.

"내가 얘기 하나 하리다."

제자들과 성전 뜰에 모인 사람들에게 예수는 얘기를 들려주었다.

"어떤 사람이 볼일이 있어 먼 나라로 여행을 떠났습니다. 그는 아주 큰 부자였습니다. 자기가 떠나 있는 동안 재산을 관리하라고 그 집에 부리는 종들 중, 제일 믿는 종 세 사람을 각각 불러들였습니다. 그리고 첫 번째 사람에게는 금 5달란트, 두 번째 사람에게는 금 2달란트, 세 번째 사람에게는 금 1달란트를 맡겼습니다."

그 얘기를 듣자마자 사람들이 웅성거렸다. 생각할 수도 없는 어마어마한 금액을 예수가 입에 올렸기 때문이다.

"어휴! 1달란트면 6천 데나리온이 넘는데⋯. 1데나리온이 내 하루 품삯이라고 치면, 가만있자! 내가 쉬지 않고 꼬박 20년 가까이 일해야 모을 수 있는 돈이네."

제자들 쪽에 앉아 있던 시몬 게바가 입을 열었다. 그 말을 듣자마자 세베대의 아들 요한이 얼른 나서서 그의 말을 받았다.

"어이구, 게바! 하루 품삯을 모두 모아 두기만 하면 식구들은 어찌 살아요? 아내에 아들 둘, 게다가 장모까지 함께 살면서⋯. 원래 하루 벌어 식구들 하루 먹고 사는 사람은 돈을 벌 수가 없어요. 그러니 1달란트라는 돈은 아예 게바는 생각할 수도 없는 돈이에요. 나는 아버지가 먹여 주고 재워 주니 내가 버는 돈 안 쓰고 모으면 그만한 돈 모을 수도 있지. 그래도 20년은 너무 길어⋯."

"어이, 이 사람 요한! 왜 사람 마음 아프게 그렇게 콕 찔러? 나는 뭐 생각도 못 해 봐? 그래 아버지가 고깃배 다섯 척이나 부린다고 그렇게 재고 나설 거여? 그게 요한 배여? 아버지 배 아녀?"

그렇게 옥신각신하는 두 사람을 여러 사람들이 실실 웃으며 바라보았다. 요한의 형 야고보가 나서서 말렸다.

"뭘 그렇게까지 고깝게 생각하시나? 게바! 저 요한이 좀 어려서 그렇다고 생각하고 넘어가! 그리고 요한 너는 그렇게 생각 없이 불쑥불쑥 나서지 좀 말고. 사람 맘을 좀 생각해야지 … ."

예수도 다른 사람들도 그들이 하는 말이 바로 현실이라는 것을 안다. 그 두 사람이 그렇게 티격태격하는 일은 그동안 한두 번이 아니었다. 늘 세베대의 아들 요한이 시몬 게바에게 농담이든 진담이든 속을 긁어 놓는 말을 던지고 나서기 때문이었다. 그럴 때면 갈릴리를 떠나와서도 가버나움 출신 요한이 벳새다 출신 시몬 형제를 누르려고 그런다고 다른 제자들은 생각했다.

그런 제자들의 모습을 보면서 사람들은 참 이상하게 생각했다. 예루살렘에서는 선생이 말하는 중에 툭 나서서 자기들끼리 이러니저러니 하는 제자는 한 사람도 구경할 수 없다. 이스라엘을 통틀어 어떤 선생도 제자들이 그렇게 말을 끊고 나서도록 허락하지 않기 때문이다.

그런데 예수는 아무렇지도 않은 듯 말을 이었다.

"돈이 엄청 많지요? 깜짝 놀랄 만큼?"

"예! 선생님, 5달란트, 2달란트 그리고 1달란트. 합하면 8달란트, 그것도 금으로. 아이구 … ."

"재물은 이미 충분히 부유한 사람에게 모이는 법입니다. 내가 하던 얘기 계속할게요. 멀리 떠났던 주인이 오랜만에 집에 돌아왔습니다. 그리고 돈을 맡겨 두었던 종들을 한 사람 한 사람 따로 불러들였습니다. 그리고 그동안 종들이 어찌 했는지 물었습니다."

사람들은 고개를 끄덕였다. 그건 당연한 얘기였다. 그렇게 많은 돈을 맡겨 두고 떠났었으니 제대로 잘 간수했는지 확인하는 것은 누구나 예상할 수 있는 일이다.

"첫 번째 종이 말했습니다. '주인님, 저는 맡겨 주신 돈으로 밀 장사를 했습니다. 추수 때 그 돈을 풀어 밀을 사들였고, 사람들 식량이 떨어질 때쯤 값을 2배로 받고 팔았습니다. 그래서 주인님이 주신 5달란트, 그리고 제가 더 모은 5달란트, 합 10달란트를 여기 가져왔습니다.' 그 말을 들은 주인은 아주 흡족해서 그 종을 많이 칭찬해 주었습니다. 그리고 앞으로도 그 돈을 맡아 더 늘리라고 말했습니다."

사람들이 서로 돌아보며 수군거렸다.

"5달란트가 10달란트로…."

"돈이 저절로 늘어나? 장사를 잘해서 늘렸다잖아!"

"주인은 점점 더 부자가 되네."

예수가 다시 얘기를 계속했다.

"주인은 2달란트를 맡았던 두 번째 종을 불러 들였습니다. '자네는 어찌했나?' 종은 대답했습니다. '예, 주인님! 저는 맡겨 주신 2달란트로 빚놀이를 했습니다. 이 부근 마을에서 돈이 필요한 사람들은 모두 저에게 와서 돈을 꾸어 썼습니다. 저는 빌려 주는 기간을 아주 짧게 했습니다. 두 달 쓰겠다는 사람에게는 한 달 쓰게 하고, 여섯 달 쓰자는 사람에게는 세 달만 빌려주었습니다. 세 달 후에 갚고 다시 세 달 빌려가도록 했습니다. 그렇게 돈을 굴렸더니 곧 2배로 불어났습니다. 여기 주인님이 주신 2달란트와 늘린 돈 2달란트가 있습니다.' 그 말을 들은 주인은 크게 기뻐하며 종을 칭찬했습니다. '그 돈 자네가 가지고 있으면서 계속 굴리게.'"

듣는 사람들은 두 번째 종이 어찌 돈을 늘렸을지 훤히 알 수 있다. 그건 주로 돈 많은 사람들이 돈을 늘리는 방법이다. 갈릴리에서는 분봉왕의 왕성 관리에게, 유대에서는 예루살렘 성전에 줄을 댈 수 있는 사람이래야 그 줄을 타고 목돈을 빌려 빚놀이를 할 수 있다. 그렇게 빚놀이해서 불린 돈의 2할이나 3할은 자기가 갖고 나머지는 궁성이나 성전에 돌려주면 자기 밑천 들이지 않고 큰돈을 벌 수 있다. 말하자면 궁성이나 성전은 돈놀이꾼을 앞세워 돈장사를 하는 셈이다. 두 번째 종이 한 일이 크게 이상하게 들리지 않았다.

"주인은 세 번째 종을 불러들였습니다. '그래! 자네는 얼마나 늘렸나?' 그 종은 주저주저하다가 대답했습니다. '주인님! 여기 주인님에게서 받은 1달란트 그대로 가져왔습니다.' '자네는 왜 1달란트 그대로야?' '주인님, 저는 그 돈을 가지고 할 수 있는 마땅한 일을 찾을 수 없었습니다. 이걸 해보려면 저게 걸리고, 저걸 해보려면 차마 못하겠고…. 그래서 땅에 깊이 파묻어 두었다가 그대로 가져왔습니다.' 그 말을 들은 주인은 크게 화를 냈습니다. '은행에 맡겨 놓기라도 했으면 내가 이자라도 받지, 그 돈을 그냥 그렇게 묵혀? 이런 게으르고 나쁜 놈 같으니….'"

그 말을 듣던 사람들의 마음이 점점 불편해지기 시작했다. 예수가 말하려는 뜻을 이해했기 때문이었다.

"주인은 세 번째 종에게서 돈을 빼앗듯 거두어들이고 그 종을 내쫓았습니다. 그리고 빼앗은 1달란트를 첫 번째 종, 그러니까 5달란트 맡은 것으로 밀 장사를 해서 2배로 늘렸던 종에게 주었습니다. '자네가 이 돈도 맡아 관리하게.' 그러고서도 주인은 분이 풀리지 않아 한동안 식식거리다가 세 번째 종이 아예 그 동네에서 살지 못하도록 멀리멀리 쫓아 버렸습니다."

'쫓아 버렸다'는 말을 천천히 입 밖에 내고 예수는 입을 다물었다.

얘기를 듣던 사람들도 무어라 더 할 말이 없었다. 그런 세상에 그들은 살고 있다. 만약 자기가 그런 경우라면 어찌할 것인가? 첫 번째, 두 번째 종처럼 수단 방법을 가리지 않고 악착같이 돈을 늘려 주인에게 칭찬받을 것인가? 그렇게 하면 주인집에 붙어 살 수 있고, 계속 주인의 신임을 받아 돈놀이를 하든 밀 장사를 하든 주인 돈을 불려 주며 살아갈 수 있을 것이다. 세 번째 종처럼 가난한 사람을 울리지 못해서, 배고픈 사람 차마 등쳐 먹지 못해서 받은 돈 그대로 돌려주고 쫓겨날 것인가? 쫓겨나는 것은 두려웠다. 나쁜 줄 알면서도 그냥 주인집에 붙어 있을 수 있는 방법을 찾아야 할 것 같다.

"휴!"

앞줄에 앉았던 사람이 길게 한숨을 쉬면서 고개를 가로저었다. 그러더니 예수를 바라보며 무겁게 입을 열었다.

"선생님! 저는 엠마오, 여기서 서쪽으로 30리 떨어진 곳에 사는 글로바입니다. 이번에 제 아내와 같이 성전에 올라왔습니다. 그런데, 저는 아무리 생각해 봐도 첫 번째 종이나 두 번째 종처럼 그런 일은 할 수 없습니다."

"그래요?"

"억울하지만, 답답하지만, 저는 세 번째 종처럼 할 수밖에 없겠습니다. 그 종의 마음이 제 마음입니다."

"그래요. 그대 글로바! 큰일을 깨달았어요."

그 말을 끝내고 예수는 두 손을 크게 벌렸다. 세상을 끌어안는 자세였다.

"내가 여러분에게 얘기합니다. 하느님의 말씀을 따르는 것은 세 번째 종이 되는 겁니다. 세 번째 종의 마음으로 새 세상을 이루는 것입니다. 가난한 사람에게서 덜어내서 부유한 사람을 채워 주는 세상이 아니라, 부유한 사람을 변화시켜 가난한 사람에게 채워 주는 세상을 만드는 일입니다. 그것이 하늘 아버지의 뜻입니다."

그때, 제자들 중에서 요한이 물었다.

"그런데 선생님! 세 번째 종은 자기가 나쁜 일을 직접 하지는 않았지만 주인이 하는 나쁜 짓을 막지는 못하지 않았습니까? 선생님은 그런 나쁜 일이 계속 벌어지는 세상을 바꾸시려고 하는 것 아닙니까? 나쁜 짓으로 돈을 긁어모으고, 날마다 재산을 불리는 사람을 그대로 놔두고 하느님 나라를 이룰 수 있겠습니까? 그건 정의正義가 아니잖습니까?"

역시 요한이었다. 요한은 '정의'라는 말을 입에 올렸다. 하느님의 정의를 이루는 일을 예수에게 묻고 나선 셈이다. 요한의 질문을 듣던 사람들이 고개를 끄덕였다. 그들도 같은 생각이라는 표시였다.

하느님 나라가 어떠해야 한다는 것은 알 수 있지만 그 나라를 이루는 방법은 또 다른 문제였다. 사람들 어려울 때 그걸 기회 삼아 재산을 늘리고, 결국 빚을 늘려 주어 빚쟁이를 종으로 삼는 세상에 그들은 살기 때문이다. 마치 요셉이 모든 이집트 백성을 왕의 종으로 삼았던 것처럼. 그렇게 재산을 불리고, 그 재산으로 사람들을 얽어매 종으로 삼는 세상의 권력, 권세의 문제였다. 억압하는 제도 문제였다.

 "모든 사람들이 서로서로 사랑으로 받아들이고 끌어안아 주는 가정을 되찾는 일, 그 일이 바로 하느님 나라를 이루는 일의 시작입니다. 그런데, 그 일은 나 혼자 하는 일이 아니고 여러분 모두 함께 이루어야할 일입니다, 내가 처음부터 얘기했던 것처럼."

 예수는 하느님 나라가 사람들의 생각을 뒤엎는 역설逆說이라는 점을 알고 있다. 그들이 알아듣든 아직 못 알아듣든 씨를 뿌리기로 했다. 때가 되면 그 씨가 싹을 틔울 것을 굳게 믿기 때문이다. 그건 하느님의 신비이기 때문에 그러했다. 그는 둘러선 사람들 얼굴을 찬찬히 바라보았다. 제자들이야 그렇게 선생과 눈을 맞추는 일에 익숙하지만, 성전 뜰에 들어온 다른 사람들이야 처음 겪는 일이었다.

 예수의 눈길을 받으면서 어떤 사람은 움찔했고, 어떤 사람은 마치 꿈꾸는 사람의 표정을 지었다. 예수는 마음을 열고 들어오는 사람이다. 그의 눈길을 받으면 스르르 문이 열리고, 가슴 깊은 곳 단단한 딱지 아래 애써 감추었던 상처가 먼저 벌렁거린다. 소리 지르지 못한 아픔을 예수는 부드럽게 어루만지고 싸맨다. 어머니 곁을 떠난 이후, 누구에게도 받아 보지 못한 그 눈길 앞에 사람들은 당황스럽지만 조심스럽게 마음을 연다.

 예수는 조용하게 말을 이었다. 그가 목소리를 낮추자 사람들은 한 발짝 더 앞으로 다가와 귀를 바짝 기울였다.

"기억하십시오. 1달란트를 받았던 종은 악하고 게으른 종이라고 주인에게 욕을 먹고 쫓겨났습니다. 주인은 그 종을 마을에서도 쫓아냈습니다. 그 마을은 주인에게 돈을 벌어 주지 못하는 종은 누구도 견디고 살 수 없는 마을로 바뀌었습니다. 주인이 나눠 준 돈을 들고 다니며 재주껏 수단껏 돈을 늘리는 사람만 붙어 살 수 있는 마을로 변했습니다. 주인에게 착한 종은 악착같이 돈을 굴려 늘려 주는 사람이고, 그렇지 못한 사람은 악한 종으로 불리게 되었습니다. 밭을 갈고 열심히 땅을 파는 사람이 아니라 이곳저곳 다니면서 돈을 긁어모아야 부지런한 사람으로 불리게 됐습니다. 악하고 선하다는 기준, 부지런하고 게으르다는 기준이 주인 재산을 얼마나 늘려 주느냐, 그런 새로운 기준으로 바뀌었습니다."

"그래서요, 선생님! 저는 세상이 참 불공평하다고 생각합니다. 그런데, 왜 세상이 그리 불공평하게 변했습니까? 왜 '가난한 사람에게서 빼앗아 부유한 사람에게 더해주는 세상'으로 변했습니까?"

예수는 얘기의 핵심으로 옮겨가기 전에 뜻밖의 질문을 던졌다.

"여러분! 왜 그랬는지, 왜 그런지 속상해서 묻는 마음을 압니다. 그런데, 왜 그럴까요?"

"아이구, 선생님! 선생님께 제가 바로 그걸 여쭈었는데 저희에게 다시 물어보시네요? 허, 참!"

"여러분 생각을 묻습니다. 왜 그럴까요?"

사람들은 서로 얼굴을 둘러보았다. 갑작스러운 예수의 질문에 나름대로 생각에 빠졌다. 예수는 늘 그랬다. 답을 손에 쥐어 주지만 때로는 끝없는 의문까지 같이 안겨 주는 선생이었다. 예수가 제자들과 함께 앉아 있던 시몬 게바를 쳐다보았다.

"그건 … ."

시몬은 좀 어렵다는 듯 우물댔다. 요한은 눈을 반짝이며 무언가 골똘히 생각했다.

"선생님께서 늘 말씀하셨던 대로 세상을 지배하는 권세, 그들에게 억눌려 사는 불쌍하고 가난하고 힘없는 사람들, 세상이 그렇기 때문에 그런 것 아니겠습니까?"

유다가 역시 그답게 대답했다. 제자들 중, 선이니 악이니, 죄라느니 거룩하다는 말을 세상 제도나 체제라는 면에서 이해하는 사람이 그였다.

"저는요 … ."

시몬 게바가 오랜만에 자기 의견을 말하고 싶다는 듯 좀 멋쩍은 표정으로 입을 열었다.

"왜 갈릴리 호수에서 물고기 잡을 때 있잖아요? 어떤 때는 밤새 그물을 내려도 한 광주리도 못 잡고, 어떤 때는 배가 가라앉을 만큼 잡기도 하고. 참, 그때 선생님이 금지구역에 들어가 그물 내리라고 하셨을 때 그때는 정말 엄청 잡았어요. 큰 놈, 작은 놈. 정말 제가 배 타고 고기 잡은 중에 제일 많이 잡았거든요. 그렇지, 안드레?"

말주변 없는 시몬은 또 두서없이 이 얘기 저 얘기 끌어들이다가 무슨 얘기를 하려고 했는지 잊은 듯 동생 안드레를 바라보면서 도움을 청하는 눈빛이었다. 예수는 미소를 띠고 조용히 기다렸다.

"형! 그렇게 고기를 많이 잡았던 일은 이미 다 잘 아는 얘기이고, 선생님이 물어보신 것은 왜 세상이 그러냐⋯."

"아! 알았다. 이제 생각났다. 예! 그렇습니다. 물고기도 큰 놈 작은 놈, 종류도 많고 잡히는 곳도 다르고. 그것처럼, 그건 세상이 애당초 그리 돼 있다, 그런 생각입니다. 왜 그 넓은 호수, 같은 물이라고 해도 물길마다 물 깊이마다 그리고 위치마다 많이 잡히는 고기가 따로 있잖습니까? 그런 것처럼, 예⋯ 바로 그런 것과 같다, 저는 이렇게 말씀드리고 싶습니다."

"그래요, 게바가 아주 자세히 잘 보았고 깨달았군요."

"저는요⋯."

도마가 입을 열었다.

"그래요, 도마!"

"그건 다 하느님이 그리 마련하신 거다, 그런 생각이 듭니다. 선생님이 말씀하셨잖아요? '모든 생명을 주신 분이 하느님이시다' 그러니 생명을 주신 분이 그 생명이 살아가는 일도 그렇게 정해 주신 것 아닐까요?"

"에이! 어찌 하느님이 그렇게 불공평하실 수 있어?"

제자들이 모두 나서서 한마디씩 하면서 도마의 얘기에 대해 반대의 의견을 냈다. 그들로서는 하느님이 이미 그렇게 불공평하게 정해 두었다는 말을 그대로 받아들일 수 없었다. 그때 레위가 오랜만에 얘기에 끼어들었다.

"공평하다, 불공평하다, 그런 얘기는 결국 정의正義냐 불의不義냐, 그런 얘기 같습니다."

"레위가 잘 말했어요. 그건 하느님의 정의에 관련된 일입니다. 하느님의 정의라고 생각한다면 하느님을 섬기는 사람으로 정의를 실현해야 할 의무도 따르게 됩니다."

그러면서 한동안 이런 얘기 저런 얘기가 오고 갔다. 있는 듯 없는 듯 늘 조용히 듣기만 하던 므나헴까지 예수의 눈길을 받자 자기 의견을 조심스럽게 내놓았다. 제자들이 내놓은 의견은 매우 다양했다. 많이 가진 사람이 나누어야 한다는 얘기, 그런 것은 몽땅 거둬들여 공평하게 골고루 나누어야 한다는 얘기, 그런 세상은 뒤집어야 한다는 얘기, 하느님이 허락하신 일이니 그대로 받아들여야 한다는 얘기까지 나왔다. 제자들과는 달리 그날 처음 성전 뜰에서 예수를 만나 얘기를 들은 사람들은 그저 오가는 얘기를 듣기만 했다. 그렇게 얘기를 나누는 일에 전혀 익숙하지 않기 때문이다.

그런데 예수는 부자와 그 종에 대하여만 얘기했다는 것을 사람들은 알아채지 못했다. 돈을 나눠 준 부자, 그 돈을 받아 2배로 재산을 늘린 두 사람의 종, 그리고 또 한 사람, 차마 다른 두 종처럼 할 수 없어서 주인에게 쫓겨난 사람의 얘기로 알아들었기 때문이다. 그건 부자와 그의 종들 얘기일 뿐이었다. 예수가 반쪽만 얘기해준 것을 생각하지 못했다.

"여러분! 여러 얘기가 나왔습니다. 그리고 그것이 바로 우리가 세상을 살아가는 것과 같습니다. 우리는 얘기하는 것만 듣고, 보여주는 것만 듣지요. 다른 반쪽에 눈길을 주지 않고 삽니다."

"무슨 말씀인지요?"

글로바라는 사람이 다시 물었다. 그는 예수가 하는 말을 한 마디도 안 놓치려는 듯 열심히 듣고 있었다.

"우리는 부자와 세 사람의 종에 대해서만 얘기했습니다. 물론 두 사람의 종이 어떻게 돈을 불렸는지 알게 됐고, 나머지 한 사람의 종이 어떤 사람인지도 알게 됐습니다. 그리고 앞으로 그 마을이 어떻게 변할지 그것도 미루어 알 수 있습니다. 그런데, 여러분, 생각해 보십시오. 그 마을은 어떻게 되겠습니까? 마을 사람들은 어떤 마음으로 살아가겠습니까? 그 부자와 두 사람의 종이 그 마을에서 계속 살아갈 수 있을까요?"

뜻밖이었다. 예수는 사람들에게 마을 전체를 보도록 갑자기 문을 활짝 열어젖혔다. 그러자 그들의 눈에도 보였다. 굶어 죽을 수밖에 없는 형편이라서 할 수 없이 있는 재산 모두 팔아서 밀을 사 먹으며 한때를 넘기는 사람들이 보였다. 그 사람들은 바로 요셉이라는 조상이 이집트에서 했던 일을 똑같이 당한 사람들이다. 또 다시 굶어 죽을 형편이 되면 이제는 팔 재산도 없고, 이집트 백성들이 그러했듯 자기 몸과 아내와 자식들을 부자에게 종으로 팔 수밖에 없는 처지가 됐다.

부자의 하인에게서 돈을 꿔 쓴 사람들도 마찬가지다. 한두 번은 어찌어찌 기한 내에 꾸어 쓴 돈을 갚았으나 앞으로는 더 이상 갚을 방법이 없는 사람들이 됐다. 지난번에는 여섯 달 꾸어 달라고 했다가 높은 이자를 주고 겨우 세 달 쓰고 갚고, 다시 세 달 꾸어 쓰고 갚았다. 이제는 그런 조건으로도 더 이상 거래할 수 없는 상태가 될 것이다.

"여러분! 들으십시오. 세상에 있는 모든 재화財貨는 그 양이 한정되어 있습니다. 그래서 필요한 사람은 많아지고 그 재화를 내줄 수 있는 양이 한정돼 있으면 재화가 가진 본래 가치보다 더 높은 가치로 거래될 것입니다. 밀 한 자루에 1데나리온 주고 사 먹다가 2데나리온을 지

불해야 사 먹는 세상이 될 것입니다. 그러면, 부자는 더욱 부자가 될 까요?"

"예, 해마다 2배로 더 돈을 벌 것 같습니다."

"두 배는 몰라도 엄청 부자가 되고, 가난한 사람들은 모두 거지가 되어 떠돌아다닐 수밖에 없겠네요, 선생님!"

"그러면 내가 여러분에게 묻습니다. 어떻게 해야 될까요?"

"아이구, 선생님! 그걸 또 물으십니까? 아까 물으신 것도 제대로 대답할 수 없던데 … ."

"그냥 콱 굶어 죽을까요? 부자보고 '너 혼자 잘 먹고 잘 살아라' 그러고 … ."

사람들은 절망적이라는 표정이었다. 그러나 사실 많은 사람들이, 유월절을 맞아 예루살렘 성전에 제사드리러 올라온 많은 사람들이 바로 그런 형편에 빠진 사람들이다. 돈이 남아돌아 제물을 사서 성전 제사를 드리러 온 사람은 거의 없다. 그 먼 길 성전까지 걸어오면서 그들은 간절한 마음으로 하느님께 기도했다. 그들이 믿고 섬기는 하느님은 축복도 내리지만 저주도 내리고 벌도 내리는 하느님이기 때문이었다.

하느님의 축복을 받으면 농사도 잘되고, 양도 건강하게 새끼를 잘 낳아서 금방 숫자가 불어나고, 집안에 아파 몸져눕는 사람도 없고, 자식들도 건강하게 잘 큰다고 믿었다. 하느님의 저주를 받거나 벌을 받으면 애써 땀 흘려 농사지은 밭에 메뚜기 떼가 몰려들어 밀이든 보리든 다 먹어치우고, 키우던 양도 짐승이 물어 가거나 구덩이에 빠져 다리가 부러지거나 새끼 낳다 죽고, 집안 식구마다 열병 귀신에 들려 앓아눕고, 장가들이려던 아들 혼담이 깨진다.

그들은 1천 2백 년, 1천 3백 년 전 까마득한 옛날에 있었다는 해방을 기념하기보다 당장 살아가는 데 절박한 문제를 안고 성전에 나왔다. 이번 유월절에 성전에 올라 제사드리지 않으면 당장 닥칠 저주와 벌이 무서워 나왔고, 하느님의 축복을 받아 생활형편이 나아지기를 기원하기 위해 나왔다.

그런데 예수의 얘기를 듣고 보니 강도질 당하듯 부자에게 빼앗기고 산다는 그 마을 사람들 얘기가 바로 자기들 얘기였다. 하루에도 열두 번씩 죽고 싶은 마음을 누르고 살았는데, 예수가 들려준 그 마을 사람들 얘기가 바로 자기들 사정이라는 것을 깨달았다. 1년에 3번 성전에 올라와 제사를 드려도 생활이 나아지지 않아 그렇지 않아도 답답한 사람들이다.

"선생님! 그럼, 어떻게 해야 합니까?"

"앞으로 어찌 살아간단 말입니까?"

이제 사람들은 예수가 얘기해 준 그 마을 사람들 살아가는 문제가 아니라 그들의 삶을 묻기 시작했다.

"욕심 많은 부자는 그날 밤 잠자리에서 하느님에게 불려가고, 하느님이 보내준 사람이 나서서 그 집 재산 골고루 마을 사람들에게 나눠주면 좋겠지요?"

"예! 그럼 좋겠습니다."

"그 나쁜 부자는 분명 하느님의 벌을 받을 겁니다. 저는 그렇게 믿습니다, 선생님!"

"그렇게 될 수는 없습니다. 부자에게는 상속자도 있고, 친척도 있습니다. 부자가 죽는다고 해도 마을 사람들에게 재산이 골고루 나눠지는 일을 없습니다. 그리고 하느님이 부자를 그날 밤 안으로 데려가지도 않습니다. ”

예수의 말을 듣고 있던 사람들이 모두 깊게 실망한 표정이다.

“선생님은 그런 일을 하실 수 있는 분이 아닌지요? 어떤 사람들은 ‘예수 선생은 분명 그런 능력을 가진 사람이다. 그래서 하느님이 보낸 분이다’ 그렇게 얘기하던데요 … .”

“그러면 선생님이 얘기하신 그 마을 사람들, 아 … 예, 우리들은 어찌해야 합니까?”

“선생님! 우리가 똘똘 뭉쳐 낫을 들고 칼을 들고 일어나야 할까요? 부자네 집도 쳐들어가고, 왕궁도 쳐들어가고?”

“에이! 그런 건 우리가 할 일 아니고 … .”

“그럼 누가 해? 누가 우리 사정을 알아줘? 굶어 보지 않은 사람이 어떻게 못 먹으면 배고프다는 걸 아냐고?”

예수는 그들끼리 주고받는 얘기를 듣고 있다. 꽤 많이 모인 사람들이 자리에서 일어서지 않고 그냥 앉아 있다. 그들은 예수가 그들에게 속이 시원하게 무슨 해결방법을 내놓고 이끌기를 기다리는 사람들이다. 예수는 그들이 겪는 고통에 대해 더 얘기해 주기로 마음먹었다. 고통의 원인을 똑바로 볼 수 있어야 헤치고 나갈 길을 찾을 수 있기 때문이다.

“여러분! 조금 더 생각해 봅시다. 어떤 사람이 도저히 살아갈 길이 막막한 처지가 됐다고 생각해 봅시다. 그런 처지에 이르게 된 이유를 생각해 봅시다. ”

"선생님! 그건 그냥 닥치는 일입니다. 저희는 이유 같은 건 모릅니다. 성전이나 율법 선생이나 마을 어른들은 저희가 죄를 지어서 벌을 받아서 그렇다고 합니다."

"그렇게 얘기하지요. 하느님의 축복을 받으면 모든 것이 풍족하고 잘되고, 하느님에게 벌을 받거나 악한 귀신이 훼방을 놓으면 고통을 받는다고 하지요. 악한 귀신이 들어오는 것도, 결국 하느님 앞에 죄를 지어서 하느님의 보호가 취소되고 그 틈을 타서 귀신이 들어왔다고 설명해 주지요?"

"예! 맞습니다. 선생님, 그런데, 저는 무슨 죄를 지어서 그런지 사실 잘 모를 때가 많습니다. 그냥 사는 대로 살았는데 … ."

"그렇겠지요."

예수는 마음이 아팠다. 모든 고통의 원인이 자기에게 있다는 죄책감에 사로잡혀 사는 사람들, 점점 고통스럽게 억압의 굴레를 조여 오는 세상 지배자들 앞에, 권세와 약탈 앞에 서서 자기 가슴만 칠 뿐, 다른 방법이 없는 사람들이다.

"우리가 고통을 받는 원인을 생각해 봅시다. 가뭄이 들거나 홍수가 나거나 사람이 어쩔 수 없는 일 때문에 그럴 수도 있고, 집안 식구 누가 죽어서 장례를 치르거나, 몸이 아파 일을 못 하거나, 딸이 시집가게 돼서 그럴 수도 있습니다. 추수해서 끌어 들여 놓은 식량자루를 도둑이 들어 몽땅 가져갔을 수도 있고, 항아리에 곡식을 담아 두었는데 벌레가 생겨 먹지 못할 수도 있습니다. 갈릴리 호수에 배를 띄워 고기를 잡는 사람 같으면 갑자기 불어 닥친 풍랑에 배가 호수 깊은 바닥에 가라앉을 수도 있습니다."

그건 누구라도 겪을 수 있는 불행이다.

"생각해 보면 불행을 비껴갈 수 있는 방법은 없습니다. 예고 없이 들이닥치고, 정신이 아찔해 어쩔 줄 모르는 사이 휩쓸고 무너뜨리고 가라앉히고 지나가기 때문입니다. 아무 생각도 할 수 없을 만큼 커다란 충격을 받고 나서 한참 만에 정신을 차리고 다시 눈을 뜨면, '이게 무슨 일이람! 이게 무슨 일이야! 왜 내게 이런 불행이 찾아왔지?' 먼저 자기 자신부터 돌아봅니다. 그런데 내게 닥친 불행의 원인, 왜 내가 고통을 당하게 됐는지 원인을 찾아 고치고 되돌리고 회개하는 것보다 더 급한 일이 있습니다. 우선 눈앞에 벌어진 비참한 이 현실을 어찌 이겨낼지, 아무리 애를 써도 수습할 길이 전혀 보이지 않을 때가 대부분입니다."

그랬다. 때로는 그 혼자 당하는 고통도 있지만 대부분 마을 사람들, 지방 사람들, 모든 사람들이 똑같이 겪을 때가 많았다. 그럴 때면 내 고통이 더 크다고 내세울 수 없고, 너는 그래도 나보다 형편이 낫다고 말할 수도 없다. 비슷한 일을 겪는다고 모든 사람이 겪는 고통이 비슷한 크기라고 말할 수 없다. 그건 서로 견줘 비교할 수 있는 일이 아니다.

예수의 얘기를 듣고 있는 중에 제자들이나 그저 모여든 사람들이나 그들의 지난 어느 날, 어느 때를 떠올렸다. 얼마나 답답했던가? 얼마나 세상이 원망스러웠던가? 날마다 어김없이 떠오르는 해도 야속했고, 밤하늘 조용히 흘러가던 달도 슬펐다.

"그럴 때, 누가 여러분에게 손 내밀어 주었습니까? 옆에 다가와 어깨를 끌어안고 '그래도 힘내! 우리 모두 당신을 응원하고 있으니 다시 일어서 봐! 같이 이겨내 보자'고 위로하고 격려했던 사람 있습니까?

아니면, '자, 우리 모두 겪고 있는 고통이니 힘을 합쳐 이겨내 보자!' 고 힘을 북돋워 주던 사람이 있었습니까?"

"웬걸요! 없습니다, 전혀 … . 참 서럽고 외로웠습니다."

뜻밖에 유다가 먼저 입을 열어 대답했다. 늘 단단해 보였던 그도 남몰래 겪은 아픔이 있었기 때문이다.

"예로부터 우리가 배우고 따랐던 가르침에는 그런 궁핍한 경우가 생기면 이웃이 나서도록 정해져 있습니다. 한마을에 같이 사는 이웃, 아니면 멀리 떨어져 살더라도 피붙이라면 나서야 했습니다. 하기야 한마을 이웃은 대개 친척이지요. 친척이 아니라고 하더라도 어느 집이 겪는 참담한 고통에는 서로 손 내밀고 잡아주도록 가르침에 정해져 있습니다. 그건 바로, 하느님께서 궁핍이 감히 하느님 지으신 생명을 마을 밖으로 끌어내 무덤 속에 가두지 못하도록, 그런 일이 없도록 마련해 두신 가르침입니다. 마을 사람들이 모두 같은 고통을 당하고 있다면 이웃 마을 사람들이 나서서 도와줘야 하고, 이웃 지방, 다른 지방이 나서야 하고, 서로 힘을 합쳐야 합니다."

예수의 말을 들으면서도 사람들은 모두 고개를 저었다. 토라의 그런 가르침, 모든 이웃에게 지워진 의무가 사라진 지 이미 오래됐기 때문이다.

"여러분, 그렇게 서로 돕고 돌보는 일은 이웃사람, 마을 공동체에 부여된 의무였지만, 따지고 보면 그런 처지에 빠진 사람으로서는 도와달라고 당당하게 요구할 수 있는 권리이기도 합니다."

"권리라고 말씀하셨습니까?"

"예! 그건 권리입니다."

"아이고, 도와주면 모를까 도와달라고 요구할 권리가 있다는 말씀은 좀 … ."

"왜냐면, 그 공동체는 이웃이든 친족이든 마을이든 지방이든 하느님이 마련해 주신 두 가지 커다란 원칙을 지키며 살아야 하기 때문입니다. 마을에 사는 한 사람 한 사람이 각자 소유하고 누리며 사는 재산은 그 마을 몫으로 주어진 재산을 마을 사람들에게 각자의 몫으로 분배한 것이라고 말할 수 있습니다. 그러니 그 사람은 자기에게 주어진 몫을 누리며 살 권리가 있습니다. 누구에게도 강제로 빼앗기지 않을 권리가 있고, 강제로 빼앗아가는 사람을 하느님께 호소도 하고, 재판에 넘길 수도 있습니다."

사람들은 크게 고개를 끄덕이며 예수의 얘기를 주의 깊게 들었다. 이스라엘의 선생이라 불렸던 어느 누구도 그렇게 얘기하지 않았기 때문이다.

"마을 사람 각자에게 몫으로 주어진 재산이 한편으로는 마을에 공동으로 주어진 재산이었다는 점을 잊지 마십시오. 재산은 내 것이기도 하지만 이웃과 같이 쓸 의무도 내 재산 속에 포함돼 있습니다. 그래서 어떤 사정 때문이든, 무슨 이유에서든, 궁핍에 빠진 모든 사람에게 그 사람이 생명을 유지하기 위해 필요한 것을 주어야 합니다. 어떤 사람이 가지고 누리는 것은 한편으로는 그가 누리도록 배분된 것이고 그래서 그에게 권리도 있지만, 그가 누리는 권리 속에는 공동체 전체에게 주어진 의무도 받아들여야 한다는 뜻이 들어 있다는 말입니다. 그래서 권리와 의무가 한 몸이 되었다고 말할 수 있습니다."

"아하! 아하!"

많은 사람들이 고개를 끄덕였다. 무엇이 잘못되었는지 그들 눈에 보였다. 그런데 글로바가 또 물었다.

"왜 그렇게 권리와 의무가 한 몸이 되었는지요?"

예수가 보니 요한이 무언가 얘기하고 싶은 표정이었다. 그는 하고 싶은 말이 있으면 해야 하고, 묻고 싶은 것이 있으면 물어야 하고, 잘 알아들을 수 없으면 다시 묻고, 처음 물었던 질문에 대답을 못 들었으면 다시 묻는 사람이다.

"요한! 하고 싶은 말이 있어요?"

"예! 선생님! 저분이 물은 질문에 대해서 말씀인데요. 저는 모든 것이, 모든 재산이, 원래 하느님의 소유다, 하느님이 어떤 사람에게 그 재산을 사용하도록 몫을 정해 권리로 주셨다면, 하느님의 뜻에 따라 하느님 마음 쓰시는 사람을 위해 내놓을 의무도 있다, 그런 생각이 들어서요. 어떨지 모르지만, 아버지가 제 몫으로 주신 고깃배, 시몬 게바가 꼭 써야 할 형편이면 내놓아야 한다는 생각이 들었습니다. 그게 의무이기 때문만은 아니고, 게바에게 그 배가 필요해 보이면 기쁜 마음으로 쓰도록 빌려줄 수 있습니다."

"오!"

제자들 쪽에서 탄성이 쏟아졌다. 글로바도 요한의 말을 듣더니 의문이 풀렸는지 환하게 웃었다. 예수가 바라보니, 시몬 게바가 요한의 어깨를 툭툭 치며 가볍게 끌어안았다. 요한의 형 야고보는 동생이 자랑스럽고 대견하다는 듯 흐뭇한 눈길을 보냈다.

사람들은 궁핍한 사람에게 나눠 주는 것이 착한 사람의 자선^{慈善}이라고 생각했다. 그런데 예수는 성전 뜰에 서서, 그건 자선이 아니라

348

의무라고 선언한 셈이다. 자선을 거부하는 것은 선한 일에 눈감는 일, 그저 손가락질을 받고 도덕적으로 비난받고 끝날 일이 아니고 하느님이 그에게 지워준 의무를 저버렸다는 말이다. 제자들 중에는 요한처럼 예수의 가르침을 빨리 받아들이는 사람도 있고, 더디게 받아들이는 사람도 있다. 그러나 그들 모두 한 걸음씩 예수가 인도하는 길을 걸어왔고, 앞으로도 걸어갈 사람들이다.

마리아는 그날 예수의 가르침이 흘러온 과정을 더듬어 봤다. 희년을 선언하였고, 황제에게 바치는 세금 얘기를 하면서 세상 모든 것이 하느님의 것이라고 짚었고, 그래서 희년은 하느님의 뜻이라고 다시 밝힌 셈이었다. 이집트로 팔려간 요셉 얘기를 하면서부터 사람이 먹고 사는 일, 생명을 억압하는 압제를 비난하더니 그 요셉과 마찬가지로 탐욕스럽게 재산을 모으며 사람들의 고통을 외면한 부자와 종의 얘기에 이르렀다. 깊이 들이마신 숨을 내쉴 때 자기도 모르는 사이 한숨이 되어 나오는 것을 마리아는 깨달았다.

"아!"

그건 므나헴도 마찬가지였다. 그는 몸이 조금씩 떨려오는 것을 느꼈다. 선생은 그냥 이것저것 생각나는 대로 얘기를 던지는 사람이 아니라는 것을 다시 한 번 깨달았다. 예수는 사람들이 눈을 뜨고 깨어나도록 차근차근 일깨우는 사람이다. 먼저 그들이 처해 있는 현실을 다시 돌아보도록, 고통의 원인이 무엇인지 깨닫도록 차근차근 풀어 설명한다. 그는 안다. 선생은 사람들이 겪는 고통이 하느님의 저주나 벌 때문이 아니고 잘못된 세상 제도와 권세와 압제 때문이라고 말하고 있다는 것을. 그리고 그런 제도는 하느님의 뜻을 배반한 것이라고 선언하면서 세상 질서를 새로 세워야 한다고 말할 것을. 이제까지 선생이 차곡차곡 풀어 설명한 얘기를 생각해 보면 다음 얘기가 보인다. 점점 벗어날 수 없는 함정으로 걸어 들어가는 선생이 한없이 안타까웠다. 올가미를 던질 사람들이 기다리고 있는데 걸음을 바꾸지 않는다.

　예수는 말을 이었다.
　"따라서, 자선은 해도 그만, 안 해도 괜찮은 일이 아닙니다. 가장 중요한 의무입니다. 마을 사람은, 이웃은, 같은 공동체에 속한 사람은 그가 가지고 있는 자원을 심각한 궁핍에 처한 사람과 나누어야 합니다. 자기가 가지고 있는 것 중 일부를 자선으로 내놓고 나머지는 계속 움켜쥘 수 있다는 말이 아닙니다. 우선 급한 것을 먼저 내놓아 고통받는 사람이 숨을 쉴 수 있도록 해주고, 그리고 그 사람의 몫을 돌려주어야 합니다. 그뿐 아닙니다. 가난한 사람, 궁핍한 처지에 빠진 사람이 자기가 짊어지고 살아가는 고통 때문에, 그중에서 특별히 빚, 그 빚을 어떤 방법으로도 갚을 수 없고 헤어날 수 없고 그래서 사람으로 살아갈 수 없을 만큼 비참하게 될 형편이라면, 말하자면 그가 원래 가지고 있던 것들 중 사람으로 살아가는 데 꼭 필요한 기본을 상실할 처지에 빠졌다면, 우선 그 빚은 면제해 줘야 합니다. 사람이 사람으로 살아갈 수 없는 부채에서 놓여나야 하고, 사람으로 살아갈 수 있도록 원래 그에게 주어졌던 것들을 회복시켜 주어야 합니다."
　제자들에게는 이제까지 예수를 따라다니면서 들었던 얘기 중에 가장 놀라운 얘기였다. 그건 제자들뿐만 아니고 호기심으로 예수 앞에

350

모여들었던 사람들 모두 깜짝 놀랄 얘기였다. 그저 채권자의 처분을 기다리거나, 은혜를 베풀어 달라고 사정하거나, 꼼짝없이 빼앗기고 빈 손으로 떠날 수밖에 없던 사람들에게 임금이 새로 바뀌고 대제사장이 바뀌는 것보다 더 크고 중요한 일을 예수가 말한 셈이다.

으레 가난의 가장 끄트머리에는 몸뚱어리와 생명만 남는다. 그동안 맺었던 모든 관계는 흐르는 물에 씻긴 듯 흔적 없이 사라진다. 마치 개울물 속에 잠긴 자갈 같다. 남편이 더 이상 아내를 돌볼 수 없고, 아비가 자식을 먹이고 키울 수 없게 된다. 뿔뿔이 흩어지고 흩어진 가족은 겨우 자기 몸뚱어리 하나 건사하기 힘든 세상을 살아간다. 오직 자기 혼자 덩그러니 남을 뿐이다. 그렇게 가정이 해체되고 무너지면, 오직 목구멍에 풀칠하기 위해 하루를 살게 되면 그도 원래 사람이었다는 생각마저 까마득하게 잊는다. 그때가 세상 마지막 날이고 그곳이 세상 끄트머리다.

더구나 더 이상 물러설 곳 없이 떠밀리며 발버둥치는 사람에게 세상은 거룩함과 정결의식을 지켜야 한다고 차가운 눈으로 강요한다. 그건 감당할 수 없는 멍에다. 이미 무거운 짐을 지고 헐떡이는 백성에게 성전과 제사장과 왕과 바리새인은 멍에를 씌우고 코뚜레까지 꿴다. 사람들은 멍에를 지고 코뚜레에 끌려 하루하루 살게 된다. 그리고 그들은 당연히 죄인이라 불린다. 죄인으로 불리는 사람은 희망을 빼앗긴 사람이다. 이미 거룩함의 강 저쪽으로 떠밀려간 사람에게 다시 돌아올 수 있는 방법은 없다. 성전과 율법학자들과 경건하다는 사람들이 모두 한패가 되어 눈을 부릅뜨고 강 이쪽에서 횃불을 들고 지킨다. 그들은 하느님의 백성을 늘리기보다 거룩함의 밖으로 내쫓아 숫자를 줄이는 일에 더 열심이었다.

"그래서 내가 얘기합니다. 그건 사람들이 나서서 바꿔야 하는 세상입니다. 하느님의 뜻은 그런 것 아니라고 외쳐야 합니다."

그 말을 듣다가 작은 시몬이 감격이 솟구치는 듯 외쳤다.

"예! 선생님! 그렇습니다. 그런 세상은 무너뜨려야 합니다. 우리가 들고 일어서면 하느님이 우리와 함께하실 겁니다. 저는 선생님 말씀을 다 알아 들었습니다."

도마까지 나섰다.

"하느님이 우리를 도우시고, 선생님이 우리를 이끄시는데, 그 누가 우리 앞길을 막을 수 있겠습니까? 불가능을 가능케 하시는 하느님이 왕의 금고에서, 성전의 창고에서 썩어가는 재물을 백성들에게 나눠 주는 일에 우리를 이끄실 겁니다. 저는 그날까지 변함없이 선생님을 따를 것입니다."

늘 말이 없던 세베대의 아들 야고보까지 나섰다.

"하늘이 두루마리처럼 말려 내려앉고, 땅이 갈라져 입을 벌리고, 산이 무너져 골짜기를 메우는 일이 일어나고 말 것입니다. 그날이 되면 세상 임금들은 혼비백산 달아날 것이고, 성전의 제사장들은 모두 옷을 찢고 재를 뒤집어쓰며 슬피 울 것입니다."

제자들은 모두 신이 났다. 없던 힘이라도 솟는 듯 불끈불끈 열기가 솟았다. 제자들이 기다린 것은 하늘의 개입이었다. 숱한 예언서에 기록되었던 대로 하느님이 직접 개입하여 세상이 뒤집어지고, '하느님의 아들', '사람처럼 보이는 존재'가 하늘 뜻을 받아 나타나 최후의 심판자가 되는 날, 한 우리에 섞여 있던 양과 염소를 가려내고, 악을 심은 사람에게는 악으로, 선을 심은 사람에게 선으로 갚아 주는 날이 온다고 믿기 때문이다.

사람이 시작하는 새 세상이 아니라 하느님이 시작하는 새 세상을 따르겠다는 의지가 제자들 마음속에서 불타올랐다. 시대를 보면 예언으로 전해져 내려온 종말의 날에 가깝고, 예수는 예언을 실현하는 사람 바로 메시아로 보였다. 아무리 여러 번 메시아가 아니라고 예수 스스로 거듭거듭 부인했지만 제자들은 그에게서 예언된 메시아의 징표만 보았다.

메시아를 기다리는 그 마음을 나무랄 수는 없다. 메시아를 요구하는 시대에 예수가 서 있기 때문이다. 어떤 사람들은 성전 뜰에서 예수가 일으키는 작은 회오리바람을 느꼈다. 하늘을 덮는 폭풍이 될지, 뜨거운 사막 바람이 될지, 그저 살랑살랑 불다 사라질 바람일지, 아직 아무도 가늠할 수 없다.

갈릴리에서, 유대에서 그리고 성전 뜰에서 예수는 그가 이루려는 세상과 현실 사이에 놓여 있는 깊은 골짜기를 보았다. 가르침만으로는 넘을 수 없는 골짜기다. 그럴 때면 광야 수행을 할 때 그를 찾아왔던 세 번째 시험자가 던졌던 말이 모두 다시 생각났다. 이미 떨쳐버린 줄 알았던 유혹은 그림자처럼 성전 뜰까지 따라와 끈질기게 그를 붙잡고 있음을 깨달았다.

"하느님의 아들이거든 ⋯ ."

예수는 예루살렘 성전 뜰에서 또 한 번의 실패를 맛보았다. 그의 표정은 어두웠다. 비가 내리기 시작할 무렵 더할 수 없이 컴컴하고 어두운 갈릴리 호수 빛깔 같았다.

예수는 제자들을 이끌고 성전건물을 왼쪽으로 끼고 이방인의 뜰을 돌아 건물 북쪽으로 걸어갔다. 성전 건물은 동쪽에서 서쪽으로 길게 지어진 건물로 그 안에 몇 개의 뜰이 있고 가장 서쪽 높은 곳에 성소건물이 서 있다. 성전 건물에는 9개의 출입문이 있는데 동쪽 문은 1년 내내 열어 둔다. 에덴동산 동쪽으로 쫓겨난 첫 사람 아담이 언젠가 그 문을 통해 들어오는 날을 기다린다는 뜻이다.

건물 북쪽 벽 '여자들의 뜰'에도 헌금통이 있다. 헌금통은 성전건물 남쪽 동쪽 북쪽 벽을 따라 13개나 놓여 있다. 어떤 헌금통에는 십일조를 넣고, 어떤 통에는 속죄의 헌금을 넣는다. 각각 몫이 다른 헌금을 지정된 헌금통에 넣어야 한다. 밖에서 나팔 아가리처럼 생긴 통에 헌금을 넣으면 스르르 안으로 흘러 내려가 그 아래에 있는 함에 돈이 들어간다. 건물 북쪽에서 모퉁이에 이르자 예수는 뒤따르던 제자들에게 얘기했다.

"저기 여자의 뜰 헌금통에 돈을 넣는 여자를 보시오. 아주 형편이 어려운 사람으로 보입니다. 그녀는 마치 다른 사람이 볼까 부끄러운 듯 주위를 둘러보더니 주머니에 꼭 쥐고 있던 렙돈 두 닢, 그러니까 한 고드란트를 조심스럽게 넣은 다음 고개를 숙이고 기도하고 나서 서둘러 자리를 뜨네요."

렙돈은 사람들이 사용하는 동전 중 가장 작은 돈이다. 가치로 따지자면 한 사람 하루 품삯의 60분지 1보다 조금 더 나가는 돈이다. 예수는 그 작은 돈을 헌금통에 넣고 서둘러 자리를 뜨는 가난한 여자의 모습에 찌르르 가슴이 저렸다. 대리석을 입히고 군데군데 금으로 치장하여 번쩍거리는 성전, 치렁치렁한 옷을 입고 기름기 번들거리는 얼굴로 거드름 피우며 천천히 성전 뜰을 걷는 제사장들이 우글거리는 성전, 그런 성전에는 들어올 수도 없을 만큼 낮고 가난한 사람이라고 스스로 생각하는 여자가 분명했다.

"여러분, 저쪽으로 가서 앉아 얘기합시다. 내가 옛 얘기를 하나 들려주리다."

성전건물 북쪽에 있는 뜰을 둘러보고, 뜰 북서쪽 끝에 높게 서 있는 로마군 위수대 요새도 올려다본 예수는 휘적휘적 앞장서서 다시 성전 건물 남쪽 이방인의 뜰로 돌아왔다. 제자들과 사람들은 예수 몇 걸음 뒤에서 줄레줄레 따라 걸었다. 예수가 다시 모습을 드러내자 성전 뜰에서 서성거리던 사람들이 모여들었다. 마침 솔로몬의 주랑건물 아래 일행이 앉을 만큼 자리가 비어 있었다. 예수는 제자들과 따라온 사람들이 모두 자리를 잡고 앉거나 설 때까지 조용히 기다리며 서 있다. 뜰에 있던 사람들도, 주랑건물 안에 있던 다른 사람들도 무슨 일인가 모여들어 다시 큰 무리가 됐다.

"나는 … ."

예수가 말을 끊고 주위를 둘러보았다. 모든 사람들이 그의 입에서 무슨 말이 나올까 눈을 반짝이며 쳐다보고 있다.

"나는 그 가난해 보이는 여자가 얼마 안 되는 돈을 넣으면서 주위를 살펴보는 광경을 보며 두 가지 생각을 했습니다. 첫째, 왜 그 여자는 렙돈 두 닢을 넣으면서 부끄러워했을까? 아무도 없이 혼자 성전에 들어온 여자, 그래요, 그 여자 옆에는 남자가 없었습니다. 그리고 보면 남편도 없고, 그녀의 수치를 지켜 줄 아들도 없는 모양이었습니다. 가난한 과부가 틀림없었어요. 다른 사람 눈에는 있으나 마나 한 적은 돈이었겠지만 그 여자에게는 아마 마지막 남은 돈일 수도 있습니다. 그 돈을 헌금함에 넣으면서 부끄러워하는 그 마음이 많이 안타깝게 느껴졌습니다. 그 여자는 왜 부끄럽게 생각했을까요?"

한 번도 그런 생각을 해본 적 없던 제자들도 그 순간에는 눈으로 보이는 일의 뒷면을 들여다볼 마음의 눈이 열렸다.

"내가 말합니다. 세상 다른 사람에게는 하찮은 돈이지만 그 여자로서는 조금도 부끄러워할 일이 아닙니다. 그런데 왜 부끄러워합니까? 누가 그 정도 돈이면 부끄러운 금액이라고 말합니까? 바로 성전이 그러했고, 다른 사람 보라는 듯 뻐기면서 많은 돈을 내는 사람이 그러했습니다."

그의 목소리가 점점 커졌다.

"가난한 과부의 돈, 그녀에게 남아 있는 전 재산일 수도 있는 돈, 하느님은 그 돈을 받아야 부유해지는 분이십니까? 그녀의 렙돈 두 닢에 눈독들이시는 분입니까? '네가 가진 모든 것을 내놓아라, 그러면 내가 너를 축복하리라' 그렇게 말씀하시는 분입니까? 아닙니다!"

주위에 모였던 사람들도 그 얘기를 듣고 고개를 끄덕였다.

"여러분이 보았던 가난한 그 여자는 그 돈을 헌금함에 넣는 대신에 성전을 향해 외쳐야 합니다. '나를 먹여 주시오! 나에게 밀가루와 기름을 주시오!' 대리석으로 세우고 금으로 덧입힌 성전을 향하여 당당히 외칠 권리가 있습니다. 그것이 하느님의 뜻입니다. 그리고⋯."

예수는 둘러선 사람들의 반응을 예민하게 살폈다. 성전 뜰에 들어와 있기 때문이다. 아침나절에는 성전 뜰에서 장사하는 사람들을 내쫓았고, 이제 성전에 바치지 말고 오히려 성전에게 내놓으라고 요구하라는 가르침을 펴기 때문이다.

"나는 그 가난한 여인이 무엇을 하면서 먹고살아 가는지 모릅니다. 그러나 묻지 않고도 짐작은 할 수 있습니다. 그녀에게 성전은 감히 눈을 들어 쳐다볼 수도 없을 만큼 거룩하고, 성전 지도층은 직접 대면하여 무엇을 부탁할 수도 없을 만큼 고귀하게 보였겠지요. 성전 헌금함에 그 여인이 왜 돈을 넣어야 합니까? 그런 돈이 한 닢 두 닢 쌓이고 모여 성전 재물창고에 들어가고 대제사장 제사장 성전 관리들이 먹고 살고, 마음속으로는 자기들도 믿지 않으면서 감히 하느님을 달래고 어르려고 매일 빠지지 않고 제단에 제물을 바치고 제사를 드립니다. 그 사람들이 하느님을 믿는 사람이라면 그렇게 살지 않았을 것입니다. 하느님이 세상을 주재하는 분이라고 그들 스스로 믿었다면 로마제국 황제를 주님으로 모시지 않았을 테고, 로마총독에게 달려가 머리 조아리지 않았을 겁니다. 그들은 하느님의 위엄을 빌려 가난한 여인의 렙돈 두 닢까지 바치도록 강요하는 사람들입니다. 손목 비틀어 뺏어 간 것이나 마찬가지입니다."

"선생님! 자꾸 같은 질문을 드리는 것 같아 죄송합니다. 그런데 저는 마음이 참 답답해서 또 여쭐 수밖에 없습니다. 어떻게 하여야 이렇게 잘못된 모든 일들을 바로잡을 수 있겠습니까? 봉기蜂起라도 해야 합니까? 제 생각에는 결국 그 방법밖에 없는 것 같아서요."

그 질문을 받은 예수는 그 사람을 한참 바라보았다. 그의 답답한 마음이 예수의 가슴을 아프게 했다. 그러더니 예수가 입을 열었다.

쉘라마! 평화의 인사   357

"내가 얘기 하나 하리다. "

질문에 직접 대답하는 대신에 어떤 비유를 들어 얘기하겠다는 신호다. 그 얘기를 들으면 예수가 그들을 어디로 인도하는지 깨달을 수 있다. 예수는 답을 손에 쥐여 주는 사람이 아니다. 끝없이 물으며 답을 찾아 길을 떠나도록 일으켜 세우는 사람이다. 오늘 찾은 답에 스스로를 가두고 그 안에서 살아야 한다고 말하는 사람이 아니다. 오늘 손에 쥐었던 답을 내려놓고 내일은 새로운 답을 찾으라고 말하는 사람이다. 그것이 사람 사는 일이기 때문이다.

"어떤 사람이 큰 포도원을 장만했습니다. 새 포도원에 울타리를 빙둘러 치고, 포도즙을 짜서 포도주를 거르는 틀도 만들어 설치했습니다. 그리고 포도원을 지키는 망대도 높이 세웠습니다. "

그 얘기를 들은 사람들은 모두 어떤 광경을 눈으로 그려낼 수 있다. 그건 그들이 늘 보아 왔던 광경이다. 산자락에서 시작해서 비탈을 타고 산꼭대기에 이르기까지 넓은 포도밭이 훤하게 눈앞에 나타난다. 땅을 사들인 주인이 그렇게 포도밭을 만들 때 사람들은 일거리를 얻어 밭에 들어가 일하며 품삯을 벌 수 있었다. 포도밭으로 바뀌는 그 땅은 얼마 전까지 품꾼으로 일하는 그 사람들이 밀도 심고 보리도 심어 식량을 얻던 밭이었다. 그 식량으로 온 가족이 먹고살았다.

원래 포도 농사는 어린 묘목을 심고 부지런히 거름 주고 가꾼다고 바로 수확할 수 있는 농사가 아니다. 심은 나무를 돌봐 주어야 하고, 열매가 열려도 그냥 맺혔다 떨어지고 또 다음 해에도 맺혔다 떨어지도록 4년 정도 기다려야 먹을 만한 포도를 수확할 수 있다. 그 밭에서 농사지어 나오는 밀과 보리를 식량 삼던 사람들은 그저 포도가 열었다 떨어지는 것을 바라보며 식량을 구하러 다른 마을을 찾아 다녔다.

포도밭은 식량을 생산하는 밭이 아니다. 포도를 키우고, 포도를 거둬들이고, 포도주를 담고 즙을 짜서 술을 걸러내서 팔아 목돈을 만드는 부자들의 돈벌이 수단이다. 그런 부자들은 대개 도시에 살았다. 그래서 사람들은 포도원이라는 말만 들어도 벌써 무슨 얘기인지 훤하게 알아들었다. 포도원은 그들이 쫓겨난 삶의 현장이었기 때문이다.

"포도원 주인은 농부들에게 세를 주고 멀리 떠났습니다."

원래 농토를 세로 주는 주인은 이미 자기 나름대로 정확히 계산한 후에 세를 결정한다. 때마다 일꾼에게 일을 시키고 품삯을 주는 것과 밭을 아예 세 놓는 것을 비교해서 조금이라도 자기에게 유리한 쪽으로 결정한다. 일꾼에게 품삯 주고, 일꾼들을 관리하는 집사에게 삯을 주고서도 세 받는 것보다 이문이 남으면 일꾼을 부리고서라도 농사를 짓고, 오랜 기간 멀리 떠나가 있어야 해서 관리하기가 어렵거나, 포도원에서 세를 받는 것이 이익이라고 생각하면 세를 준다. 동네 사람들을 생각해서, 일꾼들을 생각해서 그런 결정을 하는 주인은 한 사람도 없다. 주인이 세를 주고 멀리 떠났다는 말은 곧 돌아오기 어려운 일로 멀리 떠났다는 말과 같다.

예수는 사람들이 얘기를 따라올 때까지 기다리며 천천히 이어 갔다.

"때가 돼서, 농부들에게 세를 받으려고 자기가 데리고 있던 종 한 사람을 포도원에 보냈습니다."

사람들 눈에 보였다. 주인을 대신한다는 종이 마을에 들어오고 있다. 먼 길, 나귀를 타고 마을에 들어왔다. 마을에 들어오자마자 농부들을 먼저 찾지도 않고 꺼덕거리며 포도원부터 올라가는 모습이 보인다. 종은 마치 자기가 주인이나 되는 듯, 코를 킁킁거리거나 미간을 찌푸리고 고개를 갸웃갸웃, 발로 툭툭 포도주 짜는 틀도 건드려 보고, 포도나무도 붙잡고 흔들어 본다. 무엇이든 흠을 잡아 한바탕 소란을 떨 기세다. 대개 종이 주인보다 더 유세를 떠는 법이다. 주인의 집에서 종노릇하며 살지만 햇볕에 까맣게 그을리도록 포도밭에 엎어져 일하는 농부들보다는 자기가 훨씬 높은 사람인 것처럼 생각한다.

"여기! 이 포도원 맡아 농사지은 사람 누구야?"

"예, 접니다!"

"아니 밭을 이렇게밖에 건사 못 해? 저기 울타리도 무너졌고, 포도나무 밑에 풀이 수북하잖아! 그러니까 포도가 시원찮을 수밖에. 이런, 이런! 내가 가서 주인 나리한테 자세히 보고할 수밖에 없겠군."

예수의 애기를 듣는 사람들 중 여러 사람이 자기가 직접 그런 경우를 겪으면서 사는 사람들이다. 그건 처음 포도원 애기가 나올 때부터 그런 생각이 들었다. 유월절 명절제사를 드리려고 예루살렘에 올라왔지만 그들이 사는 마을이 그러했다.

"그렇지 않아도 가슴속에 불과 화가 가득 들어 있는 농부들은 도저히 더 이상 참을 수가 없었습니다. '뭐라고? 그래! 가서 일러라, 일러!' 그러면서 그 종을 실컷 두드려 패고 내쫓았습니다. '얼씬도 하지 마! 뭐가 잘났다구 …. '"

그 애기를 듣던 제자들이나 모여든 사람들은 속이 다 시원했다. 눈앞에 아무리 탐스럽게 잘 익은 포도송이가 주렁주렁 매달려 있어도 그건 식량이 아니다. 포도농사가 잘되면 잘될수록, 그 밭에서 때마다 거뒤들이던 밀단, 보릿단이 생각난다. 어디에다 분풀이하듯 소리를 지르며 막 몽니부리고 싶은 마음을 누르며 살던 사람들이다.

"주인은 다음에는 좀더 다부진 종을 보냈습니다."

농부들 태도가 거칠다는 보고를 받고 주눅 들어 그냥 넘어갈 포도원 주인은 한 사람도 없다. 주인은 세를 받을 때까지 사람을 보내고 또 보낼 것이 분명했다.

"농부들은 점점 더 화가 났습니다. 이왕 한번 시작하고 보니 주인이 눈앞에 있다면 그를 붙잡고 막 화풀이를 하고 싶은 정도였습니다.

'포도농사 짓는다고 우리 밭을 다 파 엎었으니, 우린 무얼 먹고 살라는 말이오?' '우리 밭?' '예! 우리 밭!'"

예수의 말을 들으면서 그들은 깨달았다. '우리 밭?' 하며 주인이 묻는 뜻과 '우리 밭'이라고 대답하는 농부들 마음을 알 수 있었다. 눈앞에 펼쳐진 현실을 깨닫게 된 농부들의 마음을 얘기를 듣는 그들도 느낄 수 있었다. 그 밭을 아직 '우리 밭'이라고밖에 부를 수 없는 농부의 마음이 절절하게 느껴졌다. 우리 밭이 아니면 무엇이라고 불러야 한단 말인가? '주인님 밭'이라고 부를 수는 없다. 그렇게 부르는 순간 그들은 끈 떨어진 사람들이 될 수밖에 없다. 주인은 '내 밭'이라고 부르지만 그들은 아직 '우리 밭'이라고 부를 수밖에 없다. 내 것을 잃은 사람들이 아직 '우리'라는 말을 내세울 때, 그건 낭떠러지로 밀려 떨어지기 전, 마지막으로 확인하는 세상과의 관계다.

"주인은 분명 말할 겁니다.

'그게 내 밭이지, 어찌 아직 너희 밭이야?'

그렇게 물을 것입니다. 그는 '나'와 '너'는 알지만, '우리'라는 말을 모르기 때문이겠지요."

포도원의 얘기를 통해서 제자들은 깨달았다. 그 얘기를 듣던 사람들 모두 깨달았다. 예수는 '너'와 '나'를 아우르는 '우리'를 얘기하고 있다는 것을⋯.

"주인이 보낸 종도 완고하기는 주인과 마찬가지였습니다. 그는 자기를 믿고 그 일을 맡긴 주인을 잘 섬기는 일만 중요했지, 포도원에서 농사짓는 농부들이 예전에는 그 땅의 주인이었다는 사실에는 눈을 감았기 때문입니다. 그에게 포도원은 주인에게 이익을 안겨 주는 수단일 뿐입니다. 포도원에 엎어져 허리도 못 펴고 일했던 농부들은 포도 농사의 이익을 나누어야 할 협력자가 아니고, 포도밭을 누비고 돌아다니는 두더지보다 나을 것 없는 존재였습니다. 종은 눈을 부라렸지요. 그에게는 그 농부들이 포도밭을 맡기고 멀리 떠난 주인의 은혜를 잊어버리고 욕심을 내세우는 불한당이나 도적떼로 보였기 때문입니다."

"선생님! 그래서요?"

사람들은 이제 점차 예수가 무슨 얘기를 하려는지 조금씩 알아듣기 시작했다.

그중에서도 마리아는, 포도원이 바로 세상이라고 선생이 얘기하고 있다는 것을 깨달았다. 아마 사람들은 포도원에서 일할 수 있도록 일거리를 맡겨 주고, 더구나 포도밭을 맡아 가꾸고 세만 얼마씩 내라고 허락해 준 주인의 너그러움과 배려에 눈길을 두겠지만, 마리아는 그럴 수 없었다. 예수가 넌지시 보여주는 광경은 이제까지 사람들이 보며 살았던 세상을 다른 눈으로 보도록 눈을 뜨게 한 셈이다. 농촌 마을 밭을 사들여 포도원을 만든 사람의 번들거리는 눈을 보여 주었다. 눈을 지그시 감고 맛을 즐기는 포도원 주인의 모습이 떠올랐다. 자기 밭에서 식구들 먹을 식량을 생산하던 농부들이 결국 포도원에서 일하는 일꾼으로 바뀐 모습도 보여 주었다. 허기진 배를 붙잡고 울타리 너머 포도밭을 넘겨보는 사람들의 눈길도 보았다.

"동네에 사는 농부들이 모두 모여들었습니다. 그리고 힘을 합쳐서 주인이 보낸 일꾼을 마음껏 두드려 패서 쫓아 보냈습니다."

"어이! 속이 다 시원하다."

시몬 게바가 말했다.

"그래도 죽이지는 않았군요!"

작은 시몬이 말했다.

"원래 농부들은 좀 순하거든 … ."

유다가 말을 받았다.

"그런데, 다음 일이 걱정이네 … ."

남달리 영리한 요한은 다른 제자들과 달리 앞으로 벌어질 일을 걱정하기 시작했다. 종을 두드려 패 쫓아 보낸 일로 시원하다는 제자, 그래도 죽이지는 않아서 다행이라는 제자, 그리고 요한처럼 그 다음에 닥칠 일을 걱정하는 제자로 나뉘었다. 다른 사람들도 마찬가지였다. 어떤 사람은 시원하다고 생각했고, 어떤 사람은 걱정이 앞섰다. 예수의 얘기를 들으면서 벌써 그들은 농부들과 한마음이 되었다. 누구도 포도원 주인처럼 생각할 수 없었다. 그들은 농부들이기 때문이다. 그들도 빼앗긴 사람들이기 때문이다.

"예! 요한이 잘 말했어요. 다음 일이 걱정이지요. 쫓겨 온 종의 보고를 받은 주인은 드디어 결심했습니다. 그는 만일 자기가 직접 포도원에 갔었더라면 감히 자기 포도원에서 품삯을 받아 먹고사는 농부들이 배신하지는 못했을 것으로 생각했습니다. 밭을 사들일 때, 그리고 포도원을 만들 때 자기에게 꼼짝 못하고 고개 숙이던 그 농부들의 모습이 생각났습니다. 포도원을 맡기고 먼 길 떠날 때, 굽실거리던 그들의 모습도 떠올랐습니다. 마음 같아서는 당장 일꾼들과 부하들과 종들을 끌고 가서 괘씸한 농부들을 처벌하고 싶었지만 그럴 수 없었습니다. 그래서 그는 아들을 보내기로 마음먹었습니다. 농부들이 종이야 때려 쫓았겠지만 자기 상속자로 내세운 아들 말은 들으리라고 생각했습니다. 적어도 주인의 상속자, 아들은 존중하리라고 생각했습니다. 그래도 혹시 몰라 아들에게 몇 명의 종을 딸려 보냈습니다."

그 얘기를 들으면서 사람들 마음은 벌렁거리기 시작했다. 드디어 결판낼 일이 벌어진다고 느꼈기 때문이다. 더구나 예수는 그들 한 사람 한 사람의 얼굴을 훑어보기 시작했다. 그들이 무엇을 원하는지, 무엇을 이루고 싶어 하는지 잘 알기 때문이다.

"포도원 주인의 아들, 유일한 상속자가 마을에 들어왔습니다. 혼자 온 것이 아니고 제법 여러 사람을 끌고 들어왔습니다. 그렇게 사람들을 모아 떼로 몰려왔지만 마을 사람들 생각으로는 농부들이 한마음으로 굳게 뭉친다면 주인의 아들을 물리치기는 크게 어려운 일이 아닐 것 같았습니다. 마을 사람 중에 제법 똑똑하다는 사람이 나섰습니다. 그는 사람들을 부추기면서 나름대로 자기 계획을 설명했습니다."

그리고 예수는 제자들의 마음을 휘젓기 시작했다. 마치 그가 마을 사람들을 모아 선동하는 사람처럼, 격렬한 목소리와 태도를 보였다. 가끔 손짓 몸짓까지 섞었다.

"그 사람이 외쳤습니다.

'마을 여러분, 내 얘기 좀 들어 보시오. 이제 우리가 기다리던 기회가 왔습니다. 저 포도원 주인의 아들을 죽입시다. 우리가 저 사람을 죽이면 포도원은 우리 손으로 넘어올 것입니다.'

그 말을 듣고 한 사람이 나서서 물었습니다.

'저 사람은 주인이 아니고 겨우 그의 아들, 상속자일 뿐입니다. 그를 죽인다고 어떻게 포도원이 우리 손으로 넘어온다는 말입니까?'

'들어 보세요.'

선동하던 사람이 말했습니다. 그 나름 깊게 생각하고 궁리했음이 분명했습니다. 그는 단호한 어조로 강하게 말했습니다.

'들어 보세요, 여러분! 주인이 누구든, 지금 포도원 주인이든 그의 아들, 바로 저 사람 상속자든, 그가 여기 있는 밭을 떼어 둘러메고 어디 다른 마을로 옮겨 갈 수 있습니까? 자기 사는 동네로 밭을 가져갈 수가 있습니까? 그저 멀리서 이 밭은 제 밭이네, 입으로 떠들 수밖에 없습니다. 사람은 여기저기 옮겨 살아도 밭은 옮길 수 없기 때문입니다. 사람은 태어나고 늙고 죽어도 땅은 여기 그대로 이 마을에 있기 때문에 그렇습니다. 그러니, 우리가 저 상속자라는 사람을 죽이고 밭을 차지합시다. 그러면 이제까지 주인이라고 세를 받아먹던 사람은 더 이상 다른 방법 없으니 포기하고 우리에게 밭을 물려주고 물러날 수밖에 없습니다. 스스로 나서서 물려주지는 못해도, 더 이상 제 밭이라고 나서지는 않을 겁니다.'

사람들은 그 사람 말이 그럴싸하다고 생각했습니다. 그리고 모두 힘을 합쳐 포도원 주인의 아들과 그가 데리고 왔던 종, 일꾼을 모두 죽였습니다. 그 마을 사람들이 모두 힘을 합치니, 그건 생각보다 어렵지 않았습니다. 사람을 죽이기로 마음먹고 나서니 못할 일도 아니었습니다. 농촌 마을에서 밭에 엎드려 일만 하던 농부들이 손에 피를 묻혔습니다. 처음으로 살인을 해보았습니다. 덜덜 떨리고 끔찍하기는 했습니다. 칼에 찔리고 낫에 찍혀 쿨렁거리며 피를 토하며 쓰러졌던 사람들이 눈을 감지도 못하고 숨을 거두는 장면을 바라보면서 이제 무슨 일도 할 수 있는 사람들로 변했습니다. 불을 지르라면 불을 지르고, 집을 허물라면 허물고, 칼로 사람을 찌르라면 찌를 수 있는 사람들로 변했습니다. 겁을 집어먹고 두려움에 떨던 눈은 한 번 피를 보고 직접 사람을 찌르고 난 후에는 무서울 만큼 번들거리기 시작했습니다.”

“그렇겠습니다. 처음 한 번 저지르기가 어렵지, 칼을 들고 나면 그 다음부터는 크게 두렵지 않게 됩니다. 못할 일이 없게 됩니다.”

유다가 말했다. 그럴 때 그의 눈은 얘기 속에 나왔던 마을 사람처럼 무섭게 변해 있었다. 마치 막 피를 본 사람처럼 번들거렸다. 작은 시몬도 옆에 앉아 고개를 끄덕였다.

“그런데 ….”

예수가 어떤 얘기를 한 후에 ‘그런데’ 하고 말을 이으면 제자들은 언제나 바짝 귀를 기울였다. 그건 사람들이 생각한 것과 전혀 다른 결과를 예고하는 말이기 때문이다. 선생을 따라 다니면서 듣고 배우는 과정 중에 이미 그들도 예수를 알 만큼 알게 됐다. 예수는 그저 실없는 소리를 하는 사람이 아니었다. 그의 얘기 속에는 사람들이 예상하지 못했던 가르침이 담겨 있었다. 그는 마치 깊은 우물 속에 두레박을 내려 물을 길어 올리듯 교훈을 길어 올리는 사람이다. 제자들과 함께 예수의 얘기를 듣던 사람들도 꿀꺽 침을 삼키며 긴장했다. 그러면서 속으로는 자기들도 마을로 돌아가서 어떻게 하는 것이 좋을지 부지런히 생각했다.

"그런데 여러분! 세상은 그렇게 쉽게 포기하고 물러서지 않습니다. 종들이 두들겨 맞고 쫓겨 왔어도, 마지막에는 유일한 상속자였던 아들이 포도원 농부들에게 살해됐어도, 포도원 주인은 쉽게 포기할 사람이 아닙니다. 그런 사람이면 처음부터 포도원을 만들지 않았을 겁니다. 수단 방법 가리지 않고 땅을 사들이고, 울타리를 세우고, 망루까지 짓고, 울타리 주위에 깊게 도랑을 팔 사람이 아니었습니다."

제자들의 마음은 점점 불안해지기 시작했다. 예수의 말은 주인이 반격하리라는 신호다. 주인이 반격한다면, 이제까지 마을 사람들이 소박하게 기대했던 일, 포도원이 그들 손에 넘어오는 일은 이뤄질 수 없다는 말이다.

"주인은 왕에게 얘기해서 군대를 빌려 끌고 왔습니다. 그리고 다른 마을에서 농부들도 모아 데리고 왔습니다. 포도원 주인은 마을에 들이닥치자마자 군대를 시켜 농부들과 가족을 모두 칼로 쳐 죽이고 그들이 살던 집을 빼앗았습니다. 그리고 데리고 온 농부들에게 포도원을 맡겼습니다."

그 말을 마치자 예수는 눈을 들어 하늘을 바라보았다. 한참 하늘 저쪽을 바라보았다. 그러더니 주위에 있던 사람들과 제자들 한 사람 한 사람 얼굴에 눈길을 주었다. 예수의 눈길을 받으면서 사람들은 참으로 허망하다는 생각이 들었다. 속이 시원하다던 시몬 게바도, 한 번 피를 보면 사람이 달라진다고 믿던 유다나 작은 시몬도 마찬가지였다.

"선생님은 … ."

한참 만에 요한이 무겁게 입을 열었다. 예수가 요한을 바라보았다.

"농부들이, 결국 포도원을 다시 차지할 수 없다는 말씀이시군요?"

"그래요. 요한! 땅에 피를 흘리는 일로 해결할 수 있는 일은 아무것도 없어요. 그런데, 내가 여러분에게 얘기하고 싶은 것은 … ."

예수가 다시 말을 끊었다. 그리고 그는 므나헴을 바라보았다. 예수가 무슨 말을 하려고 하는지 알겠다는 듯 므나헴이 고개를 끄덕이고 있었기 때문이다.

"들으십시오! 여러분들 중에 포도원 주인이 보낸 종을 두드려 패서 쫓아 보냈을 때, 주인의 아들이며 상속자를 죽였을 때 속이 시원하게 생각하는 사람도 있었습니다. 그러나 여러분, 그건 바로 피의 보복을 불러일으키는 일이었습니다. 마을 사람들 모두 죽임을 당했고, 그들이 살던 집은 주인이 데려온 다른 농부들에게 주어졌고, 포도원은 여전히 주인의 재산으로 남아 있습니다."

"그럼, 선생님! 어찌해야 합니까? 농부들에게 무슨 방법이 있습니까? 그냥 모든 것을 받아들이고, 하루 종일 뜨거운 햇빛 아래 포도밭에 엎드려 일만 하고 살아야 합니까?"

"그럴 수는 없습니다. 나는 여러분에게 세상 잘못된 것을 그냥 참고 넘어가라고 말하는 것이 아닙니다."

"그럼 어찌하라는 말씀입니까? 저희는 참으로 답답한 마음입니다. 길이 보이지 않습니다."

"여러분은 '건축자들이 버린 돌이 머릿돌이 되었다'는 말을 기억합니까?"

"예! 선생님, 기억합니다. 아무짝에도 쓸모없어 버린 돌을 주워 건물의 머릿돌, 주춧돌로 세웠다는 말이 아닙니까? 그런데, 세상에 그런 일이 있을 수 있습니까? 저는 생각할 수도 없고, 믿을 수도 없고, 그런 일이 있으리라고 기대할 수도 없습니다."

"여러분! 그 일이 일어납니다. 여러분은 그 일을 위해 부름받았습니다. 반듯한 돌, 큰 돌, 아름다운 돌로 세워야 하는 건물이 아니고 버린 돌도 들어 쓸 수 있는 세상을 위해 여러분은 부름을 받았습니다. 여러분을 부르신 분이 그분입니다. 부르셨으니 그분을 섬겨야 한다고 생각하겠지만, 그분은 누구의 섬김을 받는 분이 아니고 스스로 여러분 곁에 오셔서 여러분과 함께 모든 아픔 고통을 겪으면서 이겨 내시는 분입니다."

"그분이 포도원을 찾아 주십니까? 농부에게 그 밭을 돌려주십니까? 식량으로 삼을 수 없는 포도나 주렁주렁 열리는 밭, 포도주나 생산할 수 있는 포도밭을 갈아엎고 밀 심고 보리 심는 밭으로 바꿔 주십니까?"

"아닙니다."

"그러면 선생님! 5달란트를 10달란트로 불리고, 2달란트를 4달란트로 늘리면서 마을 사람들을 다 종으로 만드는 탐욕스러운 부자를 그분이 벌주십니까?"

"아닙니다."

"제가 성전에 유월절 제사드리러 올라왔는데, 간절한 마음으로 그분 앞에 엎드리면 들어 주십니까?"

"제사를 받으시는 분이 아닙니다."

"어허! 선생님!"

다른 사람이 나섰다. 그만큼 그들은 괴롭고 절박했다.

"아하! 선생님! 때가 찼으니, 우리의 울부짖음을 들으셨으니 이집트에 모세를 보내듯 우리 이스라엘을 해방해 줄 메시아를 보내 주십니까? 메시아가 나타나서 저기 성전을 오만하게 내려다보고 서 있는 로마 군인 놈들, 헤롯 왕궁을 차지하고 거들먹거리는 로마총독, 모두 몰아내 큰 바다에 빠지도록 하실 때가 된 거지요?"

"그런 메시아는 오지 않습니다. 아예 처음부터, 여러분이 생각하던 그런 메시아는 없기 때문입니다."

"버린 돌이 모퉁잇돌이 된다 하셨는데, 그러면 우리 같은 무지렁이도 할 일이 있고, 사람대접을 받는 새 세상이 온다는 말씀인지요?"

"여러분만 모퉁잇돌이 되는 것이 아니라, 모든 돌이 모퉁잇돌이 될 수 있는 세상입니다. 여러분만 대접받는 세상이 아니라 모든 사람이 다 서로 대접하는 세상입니다."

"그래도, 우리가 제일 고생했으니, 제일 억울한 일을 당했으니, 제일 많이 뜯기고 빼앗겼으니 새 세상이 되면 앞줄에 앉아야 하지 않겠습니까? 하느님을 섬기다 순교 당한 사람들이 제일 앞줄에 앉고?"

"그 세상은 번뜩 하늘이 바뀌고, 땅이 바뀌고, 산도 바뀌고, 강도 바뀌고, 여러분이 몸으로 살고 있는 지금 이 세상을 순식간에 갈아 치우고 들어서는 세상이 아닙니다. 빛이 모두 사라져 온 세상이 깜깜하다가 번쩍 빛이 비치니 새 세상이 되는 일은 없습니다. 보리밭에 보리 익고 밀밭에 밀이 익듯, 그렇게 이뤄집니다."

"그럼 그건 너무 느립니다. 저희는 그때까지 견딜 수 없습니다. 땅이 갈라지고 하늘이 두루마리처럼 말려 내려앉고, 우리를 압제하던 세상 임금들이 칼에 엎어지고, 온 세상사람들이 하느님을 경배하러 시온 성전으로 올라오는 날이 오지 않습니까?"

"그런 일은 없습니다. 하느님은 세상을 쳐서 무너뜨리고 이스라엘을 높이 올려 세우시는 분이 아닙니다."

금방이라도 울음을 터뜨릴 것 같은 사람들, 앉아 있던 자리에서 자기 두 발로 일어날 힘을 잃은 사람들, 어머니 품에서 자라던 아들이 아홉 살이 되고 열 살이 되어 남자들의 세계로 끌려 나올 때처럼 그들은 망연한 표정을 지었다.

"그럼, 새 세상은 언제 이루어지고, 하느님 나라는 언제 옵니까?"

"하느님 나라는 사람이 찾아가는 나라가 아닙니다. 하느님 나라는 올 나라가 아닙니다. 이미 여기 여러분 사이에 와 있습니다. 눈을 뜨면, 이미 하느님 나라의 백성입니다."

사람들은 알아듣지 못하겠다는 표정이다. 제자들은 다 알고 있다는 듯, 이미 수도 없이 그 얘기를 들었다는 듯 시큰둥했다. 눈치 빠른 사람이라면 예수를 따른다는 제자들도 그의 얘기를 선뜻 받아들이지 않는다는 것을 알 수 있다.

"들으십시오."

예수가 입을 열었다. 하느님에게 기대는 사람들에게 단호하게 고개를 저었던 예수, 그에게 무슨 할 말이 남아 있을까? 예수가 했던 말을 생각해 보면 하느님은 무슨 이유인지 끝까지 능력을 감추거나, 아예 아무 힘도 없거나, 로마가 섬기는 여러 신들과 황제보다 힘이 약한 분이 분명했다. 아니면 하느님도 때를 기다린다고 말할 것이 뻔했다.

　하늘에서도 천사와 악마가 전쟁을 치르고 있다고, 예언자들은 말했다. 하늘 전쟁에서 승리하면 그다음에는 하느님이 세상을 돌보신다고 예수도 말하려는가? 그들에게는 예수가 하는 말이 더 이상 귀에 들어오지 않았다. 세상이 빙그르르 돌더니 뒤집어지는 것처럼 어지러울 뿐이었다.

　"들으십시오."

　예수가 다시 외쳤다.

　"조그만 연못이 있습니다."

　하느님이 어떤 분이고 언제 어떻게 능력을 펼쳐 새 세상을 이룬다는 설명 대신, 예수는 또 비유를 들어 얘기를 시작했다. 이왕 그의 가르침을 받고 여태까지 앉아 있었으니, 어디 한 번 더 들어 보자는 마음으로 사람들이 그를 쳐다보았다.

　"연못 속에 아주 욕심 많고 험상궂게 생긴 물고기가 살고 있습니다. 사납고 힘이 셌는데, 몸집도 엄청 컸습니다. 그 연못에 살고 있던 다른 물고기를 잡아먹으며, 점점 그렇게 커진 물고기입니다."

　얘기의 결이 달라졌다. 사람들이 관심을 보이기 시작했다.

　"욕심 많은 물고기는 알밴 물고기도 잡아먹고, 알 안 밴 물고기도 잡아먹었습니다. 어린 물고기, 다 큰 물고기도 가리지 않고 자기보다 작은 물고기를 차츰차츰 잡아먹었습니다. 연못이 작다 보니 다른 물고기들은 숨을 곳이 없었습니다. 돌 틈에 숨어도 잡혀 먹히고, 흙 속으로 숨어도 잡혀 먹히고, 도망갈 곳도 없고, 숨을 곳도 없습니다."

　"선생님! 꼭 저희들 신세 같습니다."

"그렇습니다. 여러분이나 나나 세상 억눌리고 빼앗기기만 하면서 살던 우리 모두의 모습입니다. 똑같습니다."

"그래서요? 모두 잡아먹혔습니까?"

"예! 안타깝게도 마지막으로 살아남아 도망 다니던 제일 작은 물고기까지 잡혀 먹히니 연못 속에는 이제 욕심 많은 물고기를 빼놓고는 단 한 마리의 물고기도 남지 않았습니다."

그리고 예수는 다시 입을 닫았다. 그가 마지막으로 입에 올렸던 말, '한 마리도 남지 않았다'는 그 말이 마치 세상의 끝이라고 선언하는 것만큼 안타깝게 들렸다. 그렇게 해서, 연못 얘기는 끝났다.

험상궂고 욕심 많은 물고기가 잡아먹으려고 쫓아다닐 때, 연못 속에 사는 불쌍한 물고기들은 어디로 도망갈 것인가? 발도 없고 날개도 없고. 호수에도 살고, 강에도 살고, 작은 개울에도 살고, 큰 바다에도 살지만 물고기는 물을 떠나서는 살 수 없다. 그건 세상 모든 사람이 다 아는 일이다. 젖 떨어질 나이의 어린아이도 아는 일이다. 로마황제라고 다른 방법이 없고, 대제사장이라도 뾰족한 수가 없다. 물고기는 물에서 산다.

"그런데 …."

예수가 다시 말을 이었다. 천천히, 그러나 또박또박 얘기했다.

"욕심 많은 물고기도 죽었습니다."

죽다니 …. 그렇게 연못 속에 있는 다른 물고기를 욕심 사납게 다 잡아먹고 몸집을 키웠던 그 물고기가 죽다니 ….

"선생님! 그 물고기가 좀 일찍 죽었으면 좋았을 텐데요. 이제 너무 늦었네요."

"그러게요."

예수는 그들이 스스로 눈을 뜨기를 기다렸다. 아직 그들은 어머니의
품에 안긴 어린 소년이다. 아버지가 사는 남자의 세계에 들어가기 위
한 의식을 치르지 않았기 때문이다. 제자들이 모여 앉은 쪽에서 작은
움직임이 일어났다. 예수가 하려는 얘기가 무슨 뜻인지 몇몇 제자가
깨달은 듯 보였다. 그런데 이번에는 제자들 중 아무도 먼저 나서서 입
을 열지 않았다. 그저 고개만 끄덕였다, 늘 앞서 나서던 요한마저도.

조금 있으니 사람들 모여 앉은 중간쯤에서 낮게 흐느끼는 소리가 들
렸다. 그들도 한 사람 두 사람 눈을 떴다. 눈을 뜬다는 말은 못 보던
일을 본다는 말이다. 그동안 안 보였던 쪽이 보인다는 말이다. 세상
모든 일에는 앞면만 있는 것이 아니고 뒷면도 있고, 무게도 있고 크기
도 있다. 그저 한 가지만으로는 무엇을 알았다고 말할 수 없다. 처음
에는 흐느끼는 사람을 멀뚱멀뚱 이상하다는 듯 바라보던 사람도 곧 고
개를 끄덕이거나 소리 없이 눈물을 흘리기 시작했다.

'그 물고기도 죽었습니다.'

예수의 마지막 그 말은 듣는 사람들 가슴속에 영원히 들어낼 수 없
는 가르침이 되어 깊게 가라앉았다.

"여러분! 하느님께서 생명으로 세상에 내신 모든 존재는 하나도 빠
짐없이 서로 연결되어 있습니다. 그게 바로 하느님의 신비입니다. 한
생명이 죽으면 모든 생명이 죽는 거라고 말씀하십니다. 한쪽이 무너
지면 세상이 무너진 거라고 말씀하십니다. 한 생명이 깨달으면, 모든
사람이, 모든 생명이 깨달을 수밖에 없습니다. 깨달으면, 생명 속에
하느님의 숨결이 깃들어 있다는 것을 알게 되면, 그러면 세상에는 희

망이 있습니다. '내가 잡아먹은 생명은 결국 나였구나, 내가 나를 잡아먹은 것이구나' 깨달으면 아직 희망이 있습니다."

말을 멈추고 예수는 사람들을 둘러보았다. 그들이 따라오기를 기다려 주고 있다.

"하느님을 섬긴다는 말은 나 한 사람, 개인이 하느님과 맺는 관계가 아닙니다. 나와 우리 모두가 더불어 살아가는 세상이 하느님과 관계를 맺는 겁니다. 하느님을 섬긴다는 일은 세상 모두에게, 모든 생명에게 좋은 일이어야 합니다. 나 혼자 생명을 누리는 것이 아니고, 세상 모든 생명이 각 생명에게 주어진 자리에서 누리고 살아가는 일입니다."

사람들의 마음이 조용히 움직이기 시작했다. 그들은 자기가 어디에 있는지 잊었다. 그저 눈앞에 서서 조용조용 하느님 섬김과 생명의 세상을 얘기하는 예수의 모습만 보였다.

"그러니, 모든 생명이 함께 누리고 살아가는 세상은 전차를 앞세우고 군대를 이끌고 북 치고 나팔 불며 쳐들어가서 차지할 수 있는 나라가 아닙니다. 성을 뺏고 나라를 정복하는 일이 아니기 때문에 칼을 내려놓아야 합니다. 칼과 창과 전차와 증오로 쳐들어가 빼앗아 내 것으로 만들 수 있는 일이 아닙니다. 적이라면 모두 쳐 죽이고 싶은 미움을 내려놓아야 합니다. 너무 늦기 전에, 내가 가장 미워했던 사람도 눈을 뜨도록 생명의 신비, 하느님의 신비, 하느님의 사랑을 내가 전해야 합니다. 전해진 신비와 사랑을 그가 받아들이면 그는 생명의 세상으로 한 발 옮겨 올 것입니다. 받아들이지 않으면 그도 죽고 결국 우리도 죽을 수밖에 없습니다. 한 생명이 죽으면 그 생명과 연결된 모든 생명이 죽는 일이 시작되기에 그렇습니다."

말을 마치자 예수는 두 팔을 크게 벌렸다. 그러더니 천천히 아주 천천히 팔을 오므려 사람들을 껴안는 모양을 만들었다.

"여러분에게 평화를 빕니다. 내일 다시 만납시다."

그 자리에 모였던 사람들은 그 밤 내내 씨름할 것이다. 그러다가 문득 깨달을 것이다. 하느님을 붙잡고 밤새 씨름했다는 것을.

예수는 다시 모든 사람에게 평화의 인사를 보냈다. 그건 그 자리에 있는 사람뿐만 아니라 성전 뜰을 굽어보는 로마 병사에게도, 킁킁 콧방귀를 뀌며 지나가는 경건한 사람들에게도, 성전 깊은 곳에서 눈을 반짝이며 기회를 노리는 사람들에게도, 아침나절 머리 위에서 채찍을 휘두르는 예수 모습을 보고 사라진 움막마을 사람들과 예루살렘 아랫 구역 사람들에게도, 유월절 명절에 성전에도 못 올라오는 모든 사람들에게도, 이스라엘을 미워하는 사람들에게도 예수가 전하는 평화의 인사였다.

"쉘라마!"

그들도 그 인사를 받았다.

"쉘라마!", "쉘라마!"

그건 정말 평화의 인사였다. 모든 사람에게 평화를 빌어주는 축복이었다.

다시 광야에서

———.———

긴 하루가 지나고 해가 한 발쯤 남아 있을 무렵 예수 일행은 예루살렘 성전을 나왔다. 그들 뒤를 따르는 사람들은 갈릴리부터 따라 내려온 제자들뿐이었다. 아랫구역 사람들도, 움막마을 사람들도, 여리고에서 따라붙었던 사람들도 예수가 성전에서 장사꾼들을 쫓아내는 광경을 보자 모두 떨어져 나갔다. 사람들 틈에 끼어 성전 뜰에서 예수의 가르침을 듣는 일이라면 몰라도, 표 나게 예수 뒤를 따라 우르르 성전에 들고 나는 일이 얼마나 위험한지 그들도 깨달았기 때문이리라.

성전 언덕을 걸어 내려오고 튀로포에온 골짜기를 걸어 성문에 이르는 동안, 그리고 눈을 부라리며 위아래로 훑어보는 로마군 병사들 앞을 지나 성문을 나서면서, 제자들 모두 서둘러 예루살렘성을 빠져나가자는 생각뿐이었다. 성전 뜰에서 예수가 가르친 여러 얘기, 그중에 특히 희년을 선언했을 때 1천 명도 넘는 군중이 뜨겁게 호응하고 나선 일은 성과 중에서도 놀랄 만큼 큰 성과였다. 그러나 그런 일들보다 아침나절에 예수가 성전 뜰에서 장사꾼들을 채찍 휘둘러 내쫓은 일이 아직 그들 가슴을 무겁게 짓누르고 있었다. 비록 성전이나 로마군 쪽에서 아직 특별한 움직임이 없지만 아무 일 없었던 듯 그대로 넘어갈 일은 아니라는 것쯤은 그들도 다 알고 있다. 적어도 아직 해가 많이 남아 있을 때 빨리 올리브산을 넘어가야 안전하다는 생각뿐이었다.

"저런, 저런 ⋯ ."
"아! 결국 이리 됐구나!"

기드론 골짜기를 건너 산자락을 올라 움막마을 사람들이 임시로 모여 지내는 천막 옆을 지날 때 제자들은 놀라운 일을 보았다. 그날 아침과 달리 천막 안에 무더기무더기 모여 앉아 있던 사람들 중 어느 한 사람도 아는 체 나서지 않았다. 그들은 대부분 고개를 돌리고 어떤 사람은 아예 등을 보이며 돌아앉았다. 천막 저쪽 끝에 아이들 몇 명이 서서 일행을 바라보며 손을 흔들 뿐이다.

걸음을 멈추고 천막을 바라보던 예수는 고개를 끄덕이더니 아무 말 없이 그 앞을 지나 올리브산 중턱으로 걸음을 옮긴다. 그는 안타까워하거나, 서운해 하거나, 분한 기색이 하나도 없었다. 그저 고개만 끄덕였다. 오히려 제자들이 민망한 표정으로 예수의 얼굴을 살폈다.

모두 말없이 힘들게 걸어올라 산마루턱에 이르렀다. 예수는 길 옆에 있는 바위에 걸터앉았다. 자연스럽게 제자들도 그 앞에 여기저기 자리를 잡고 앉았다. 예수는 석양을 받아 눈부시게 빛나는 성전을 말없이 내려다본다. 제자들은 안다. 그럴 때면 선생은 까마득히 먼 옛날 어느 때를 더듬거나 먼 땅 위를 혼자 걷고 있음이 분명하다고. 그러면

378

예수가 눈을 돌려 제자들을 바라볼 때까지 그저 기다릴 수밖에 없다.

선생이 눈길을 주며 바라보는 성전을 제자들도 내려다보았다.

"야! 참 멋지네! 얼마나 아름다운 성전인가?"

한 사람이 무거운 분위기를 바꾸려는 듯 자리에서 벌떡 일어나더니 일부러 밝은 소리로 성전의 아름다움을 입에 올렸다. 기다렸다는 듯, 다른 제자가 말을 받았다.

"그럼! 이 세상에서 제일 훌륭한 성전이라고 소문났다잖아? 로마나 헬라 사람들도 구경하러 찾아오고. 그러고 보면 헤롯왕이 성전 하나는 제대로 잘 지어 놓았어. 옛날에 솔로몬 임금이 지은 성전보다 더 훌륭하게 지었다던데? 돈을 아주 많이 들였는데, 아직 마무리 공사가 끝나지 않은 곳도 있대요."

"헤롯왕이 시작했는데 아직도 공사 중이라고? 왕이 죽은 지가 얼만데?"

"그건 그렇고, 내가 아까 성전 기단 돌을 보니 뭐라고 말이 안 나오더구먼. 그 큰 돌을 어디서 어찌 떠서 운반해 오고 깎고 다듬고 세웠나? 도대체 무슨 방법으로 … ."

제자들이 성전을 내려다보며 감탄하고 놀라고 칭찬하고 있을 때였다. 무심한 듯, 정신이 어디 먼 곳을 더듬는 듯 조용히 앉아 있던 예수가 입을 열었다.

"내 말을 가슴속 깊이 기억해 두시오. 하느님은 사람이 손으로 세운 성전에 머무시는 분이 아니오. 더구나 … ."

예수가 입을 다물었다. 그리고 다시 성전을 내려다본다. 때로는 백마디 천 마디 말로 설명하는 것보다 더 잘 알아들을 수 있는 말이 있다. 그건 말 없음으로 건네는 말이다. 일방적으로 쏟아내는 말보다 마음으로 건네는 말이 훨씬 더 깊은 울림으로 전해진다. 예수가 그랬다. 예수가 입에 올린 말을 생각하며 성전을 내려다보면서 제자들은 각자 자기대로 예수의 말을 받아 새긴다.

"사람의 손으로 세운 성전."

"하느님."

"머무신다."

자연스럽게 하느님이 머무시는 자리가 생각났다. 그동안 예수는 여러 번 제자들에게 얘기했다.

'하느님은 그분의 뜻 안에 사는 사람과 함께 하십니다.'

'하느님을 모셔 들인다 말하지 마십시오. 하느님은 어디 따로 계신 분이 아닙니다.'

그 말대로라면 성전산 위에 위엄 있게, 찬란하게 서 있는 저 성전은 무엇이란 말인가? 그때 예수가 한마디 덧붙였다.

"여러분! 믿음을 가지십시오. 끝없이 주저하고 의심하고 머뭇거리면서 세상을 바라보는 일이야말로 하늘 아버지가 가장 안타까워하시는 일입니다."

어쩌면 제자들뿐만 아니라 그 스스로 혼자 다짐하는 말 같기도 했다. 그는 목소리를 좀 낮추어 말을 이었다.

"지금 하려는 일이 과연 이루어질 수 있을까? 괜히 나와 우리 가족, 친지들을 위험에 빠뜨리게 될 일은 아닐까? 나 같은 사람 하나가 나서서 세상이 바뀔 수 있나? 그런 일은 내가 할 일이 아니고 하느님이 보내 주신 위대한 인물, 메시아나 왕이나 그런 큰 인물이나 할 수 있는 일이지 … , 나 같은 사람이 무슨 … ."

그러더니 바위 위에 앉은 채 성전산과 성전을 한참 내려다보았다.

"그럴 때, 기도하십시오. 기도는 하느님의 음성을 듣는 일입니다. 기도할 때 하느님이 내 안을 채우십니다. 두려워 말고, 무서워 덜덜 떨지 말고, 하느님의 뜻을 들으십시오. 하느님은 언제나 여러분에게 말을 거십니다. 그 말을 알아듣는 사람은 하느님과 함께 할 수 있게 됩니다. 그러면 … ."

말을 마치고 예수는 요한, 야고보, 시몬 게바, 안드레 등 제자들의 얼굴을 한 사람 한 사람 바라보았다. 그런데 예수의 눈길을 똑바로 받는 사람이 한 사람도 없었다. 그 제자들 얼굴을 안타깝다는 듯 바라보던 예수가 다시 성전을 내려다보며 아주 천천히 말했다. 한 마디 한 마디 듣는 사람의 가슴속에 꼭꼭 심어 주는 말처럼 들렸다.

"그러면, 이 산더러 '들려 바다에 빠져라' 하여도 이뤄질 것입니다."

무슨 말인지 깨닫지 못한 듯, 제자들은 그저 듣고 앉아 있다. 아마 기도라는 말을 각자 생각하고 있음이 분명했다. 믿음이 크면, 하느님께 기도하면 상상할 수 없는 능력을 얻는다는 말로 알아들었기 때문이리라. 그런데, 마리아는 두려움이 머리에서부터 몸을 내리누르며 잡고 흔드는 듯 느꼈다. 얼마나 무서운 말을 예수가 입 밖에 내었는지 깨달았기 때문이다. 예수가 말한 '이 산', 그건 올리브산이 아니다. 성전이 서 있는 성전산을 말함이다. 예수는 성전산으로 표상되는 이스라엘의 믿음을 뒤집는 말을 입 밖에 낸 셈이다.

마리아는 여리고 삭개오의 집 뜰에서 예수가 그녀에게 해주었던 말을 떠올렸다. 왜 선생이 성전과 성전이 서 있는 성전산을 입에 올렸는지 깨달았기 때문이다.

그때, 여리고 서쪽, 멀리 예루살렘 올라가는 산길을 눈으로 더듬던 예수가 그녀에게 말했다. 그날은 삭개오의 집에 묵던 마지막 날, 안식일이었다.

"오늘이 안식일인데, 따지고 보면 이스라엘은 하느님 섬기는 일에 두 산을 중심에 놓고 살았지요. 그 하나는 야훼 하느님과 나중에 이스라엘이라 불린 히브리가 만난 산, 하느님과 이스라엘이 첫 약속을 맺은 장소라고 불리는 시나이산이고, 두 번째 산이 바로 시온산입니다."

"선생님! 시온산이라고 하셨습니까?"

"시온산, 유다왕국이 멸망하고 포로로 바빌론에 끌려가 사는 동안 유대인들은 바빌론에 있는 그발강가에 앉아 시온을 생각하며 울었다지요. 나라가 있든 없든 어디로 흩어졌든 다시 돌아가 하느님을 섬기며 살아갈 곳, 정신적 본향本鄕이 시온이라고 유대인들은 믿고 살았지요. 그 시온산 ···."

"예!"

"이스라엘이 어떻게 특별한 언약을 맺고 하느님의 백성이 되었는지 보여주는 역사의 중심이 시나이산이라면, 그 이후, 이스라엘이 하느님을 섬기며 살아온 역사는 시온산을 중심으로 펼쳐진다고 믿었지요. 나에게는 이스라엘이 걸어온 역사歷史, 하느님의 역사役事가 달리 보입니다. 시나이산에서 진정한 해방을 이루지 못했던 이스라엘이 이제 시온산에서 비로소 해방의 길로 들어서게 될 것입니다."

며칠 전 여리고에서 선생과 나눴던 얘기를 떠올리자 마리아는 그날 하루 예수가 했던 모든 일을 확연히 깨달을 수 있었다. 아침나절에 성

382

전 뜰에서 장사하는 사람들을 내쫓은 예수가 해 저무는 올리브산 중턱에 앉아 '성전산이 들려 바다에 빠진다'는 말을 태연하게 입에 올린 이유를 알게 됐다.

'토라의 가르침에 따른 성전 제사와 성전의 권위에 도전한 선생님은 이스라엘과 하느님이 유일하게 만나는 거룩한 장소를 거부한 셈이구나! 시나이산에서 하느님과 만나 이루어진 토라에 의문을 제기하시더니, 성전산에서 하느님 만나는 일에도 의문을 제기하셨구나!'

그런 생각이 들자 일찍이 예수가 단호한 어조로 여러 번 입에 올렸던 말이 다시 떠올랐다.

"하느님 섬김은 오직 한 장소에서 오직 한 가지 가르침을 따르는 일이 아닙니다."

그러자 마리아는 자기도 모르게 한숨이 나왔다. 무슨 일이었는지 볼 수 있었고, 왜 그랬는지 깨달을 수 있었다.

"아!"

그녀는 자기도 모르게 한숨을 쉬었다. 그런데, 또 한 사람이 마리아처럼 깊은 숨을 내쉬었다. 므나헴이다. 예수는 눈을 들어 마리아와 므나헴을 바라보더니 무슨 뜻인지 천천히 고개를 끄덕였다. 그리고 조용히 무서운 말을 입에 올렸다.

"내가 얘기합니다. 여러분이 감탄하는 저 성전, 돌 위에 돌 하나도 남지 않고 모두 무너지는 날이 올 것입니다."

어쩌면 제자들이 들었던 말 중 가장 무서운 말이다. 만일 성전 사람이 들었다면 당장 사람들을 이끌고 와서 돌을 던질 말이다. 이스라엘

은 하느님의 뜻과 성전을 모독하면 돌로 쳐 죽이라는 토라의 명령을
따르며 사는 사람들이다.

"예에? 선생님 …, 그건!"

"아이구, 선생님이 또 … ."

"언제요? 언제 말씀입니까, 선생님?"

"저 큰 돌을 어찌 모두 굴려 무너뜨린단 말입니까? 누가요?"

제자들은 금방 소란스러워졌다. 그리고 각자 생각나는 대로, 중요
하게 생각하는 대로 두서없이 물었다. 놀란 사람, 당황한 사람, 예수
가 왜 자꾸 이상한 소리를 하면서 점점 위험한 길로 걸어 들어가는지
알 수 없다는 듯 고개를 가로젓는 사람, 한동안 소란스러웠다. 그때,
요한이 무엇인가 큰 결심을 한 듯 입을 열었다.

"선생님! 제 생각으로는 계속 그러시면 … ."

그가 채 말을 끝내기 전에 시몬 게바가 나섰다.

"선생님! 베다니로 넘어가시지요. 해가 지기 전에 … ."

"그럽시다, 게바!"

예수는 예루살렘성을 다시 한 번 내려다보며 한숨을 쉬었다. 그리
고 두 손으로 무릎을 짚으며 힘들게 일어서더니 몇 걸음 옮기다가 말
을 이었다.

"저 성뿐만 아니라 성곽으로 둘러싸여 안전하다고 생각하던 모든 성
이 목 놓아 우는 날이 오고 있소!"

예수의 그 말은 다만 예루살렘성을 두고 한 말이 아니다. 끌어모아
스스로 굳어진 도시, 성곽으로 둘러싸인 모든 성을 두고 한 말이다.

"선생님! 언제 그런 일이 일어납니까?"

384

므나헴이 바짝 예수 곁에 다가서며 물었다. 예수는 그 자리에 섰다. 자연히 제자들이 모두 베다니로 내려가는 내리막길 예수 앞에 모여 섰다. 그는 제자들 등 위로 뻗어 있는 여리고 내려가는 길을 눈으로 더듬다가 그들이 알기 쉽게 설명하기 시작했다.

"사람 몸 속에 들어갈 수 있는 것과 들어가지 못하는 것이 정해져 있지요?"

"먹는 것을 말씀하십니까?"

"그래요! 먹는 것, 듣는 것, 보는 것, 그리고 사람이 사람과 더불어 살아가는 것 … . 그렇게 구분하는 것처럼 허락된 사람만 정해진 시간에 드나드는 곳, 바로 성城이 그러하지요."

"듣고 보니 그 말씀이 맞습니다."

"예! 성문을 지키며 못 들어가게 막고, 들어간 사람들이 모두 다시 밀려 나오고 … . 정말 그렇습니다, 선생님!"

"먹을 수 있는 것은 모두 입으로 들어가 나중에 뒤로 나오듯, 성곽으로 둘러싸인 성도 성문을 통해 들어가고 나오지요. 산 사람은 들어간 문으로 다시 나올 수 있지만 죽은 사람은 다른 문으로 나오지요."

"예! 죽은 사람을 묻으러 들것에 싣고 나오는 문, 짐승을 끌고 드나드는 문, 문둥병이 고쳐졌다고 제사장에게 고하러 들어가는 문, 정말 모두 다릅니다, 선생님!"

"맞아요! 그렇게 몇 군데 정해진 성문을 통과하는 일이 바로 거룩인 셈이지요."

예수는 가르침을 껑충 끌어 올렸다. 사람들이 드나드는 성문이 갑자기 거룩의 문으로 바뀐 셈이다.

"사람이 살아가는 수십 수백 가지 방식이 미리 정해진 단순한 몇 가지로 모아지지요. 거룩한가, 아닌가 … ."

해 저물어가는 올리브산 동쪽 언덕길, 베다니 멀지 않은 곳, 그곳이 다시 가르침의 뜰로 변했다.

"성문은 그렇게 삶을 구별하지만 성안에 있는 크고 작은 길들이 모두 성문과 연결됩니다. 성문 밖에 뻗어 있는 길도 마찬가지로 결국 성문과 연결됩니다. 말하자면 성안으로 들어가는 길이든 성밖으로 빠져나가는 길이든 성문에서 시작하고 성문에서 끝납니다. 성문은 구분과 차별이 시작되는 지점이기도 하고 동시에 끝나는 지점이 됩니다."

"그런데요, 선생님! 어제까지는 성전이 경비대가 그 성문을 지켰는데, 오늘 아침에 보니 로마군으로 바뀌었습니다."

"맞아요! 사람들 살아가는 일을 통제하는 권력이 성문을 지킵니다. 거룩과 권력이 한 몸이 된 셈입니다. 그런데, 성밖에 사는 사람들이 없으면 성안 사람들은 하루도 살아갈 수 없습니다. 그래서 성문을 열었다 닫았다 합니다. 성곽을 높게 쌓아 벽을 세워도 성문을 통하여 바깥 숨을 쉬어야 합니다."

"그래서 선생님께서는 '성이 목 놓아 우는 날이 온다'고 말씀하셨습니까?"

"생명이 바깥에 있는데, 저렇게 문을 닫아걸고 어찌 살 수 있겠습니까? 들으세요. 모은 것은 흩어야 합니다. 모이면 굳어집니다. 단단하게 굳은 땅에서 어찌 씨가 싹을 틔울 수 있겠습니까? 들으세요! 모든 도시는, 모든 성은, 결국 무너지는 날이 올 겁니다."

"선생님! 그때가 새 세상이 오는 때입니까? 그 때 하느님 나라가 이뤄집니까?"

"아닙니다. 성이 무너지고 도시가 무너지고 성전이 무너지고 권력이 무너져야 이뤄지는 하느님 나라가 아니고, 성과 도시와 성전이 필요 없는 세상에 눈뜨면 하느님 나라는 이미 이뤄지기 시작한 셈입니다. 하느님 나라는 불탄 자리에 파릇파릇 새싹이 돋아나듯 그렇게 시작하지 않습니다. 불에 타 무너지기 전에 깨닫고 이뤄야 합니다. 그러나, 세상은 불에 타고 무너질 때까지 성곽을 둘러치고 성문을 지키며 생명 떠난 성안에 머물 것입니다."

예수의 말을 듣는 제자들은 방금 전 뒤로하고 떠나온 산 너머 도성 예루살렘을 떠올렸다. 어둠이 내려앉기 시작하면 성안과 성밖, 허가받은 사람과 허가받지 못한 사람이라는 둘 중 하나, 자기에게 적용되는 질서를 따라 산다. 아침에 떠나왔던 자기 자리로 돌아간다.

"선생님!"

조심스럽게, 작은 목소리로 마리아가 입을 열었다. 제자들 앞에 나서지 않던 그녀가 용기를 냈다. 예수의 가르침으로 그날 낮에 일어났던 여러 일을 생각해 보니 산 너머 예루살렘 사람들이 한없이 불쌍하고 안타깝게 느껴졌기 때문이다.

"성 안쪽에 사는 사람들은 성문을 닫아걸지만, 성 바깥쪽에 사는 사람은 발버둥치고 기를 쓰면서 그 성안으로 들어가고 싶어 합니다. 그들을 밀어낸 성안 어딘가에 뿌리내려 살고 싶어 하지만 다른 방법이 없습니다. 성안으로 들어갔다가, 매일 제자리로 돌아 나옵니다. 저는 그들이 너무 안타깝고, 안쓰럽습니다."

"그래요, 마리아! 매일 제자리로 돌아가야 한다면, 그 일이 매일 계속된다면 누구도 그 자리를 벗어날 엄두를 내지 못하지요. 아무리 하루 종일 걸어도 고작 하루라는 시간의 거리 안에 갇혀 있고, 그 거리가 그들 살아가는 영역입니다. 하루거리 밖으로 나가 본 적이 없는 사람, 하루라는 끈에 매여 그 끈의 거리만큼, 그 끈의 시간만큼 사는 사람, 그들이 매여 있는 그 기둥에서 끈을 풀어줘야 합니다. 그래서 역설逆說이지요. 허락된 하루치 거리가 아니라, 역설의 눈으로 보아야 길이 보이고 때를 알 수 있습니다."

마리아는 크게 고개를 끄덕였고, 제자들 중에 므나헴도 깨달은 듯 보였다.

✠

마리아가 말했던 대로, 올리브산 자락까지 밀려나온 움막마을 사람들이야말로 성안으로 들어가 살아보는 것을 가장 큰 꿈으로 삼고 살았다. 그런데, 요즈음은 해가 지는 시간을 기다리는 일이 더 중요한 일이 됐다. 해 질 무렵이 돼야 성문 앞에서 성전이 내려주는 빵을 받아올 수 있기 때문이다. 해 질 때까지 아직 많이 남은 시간이 그렇게 야속할 수 없다. 그들의 사정은 생각하지도 않고 올려다보고 또 올려다봐도 해는 마냥 그 자리가 그 자리일 뿐이다.

다시 성벽으로 돌아가서 움막을 얽어 세우는 일은 언제나 그날 받은 빵을 먹고 난 다음에나 생각할 수 있는 일이 됐다. 움막으로 돌아가면, 그제야 성안으로 들어가 사는 꿈을 다시 꿀 수 있을 것이다. 움막은 꿈이 아니라 누워 꿈꾸는 자리다. 전날 새벽에 일어난 불로 그들이 잃고 떠나온 자리다.

움막이 불타 무너질 때 힘들게 살아왔던 지난날들과 앞으로 살아갈 희망이 송두리째 무너졌다. 전에는 그래도 집이라고 저녁이 되면 동네사람들은 하나둘 그 작은 움막에 들어가 몸을 뉘었다. 저녁이면 등잔불이 켜지고, 아이들이 웃고 떠드는 소리가 집 밖으로 새어 나왔다. 자식의 작은 머리통을 품에 안고 땀에 젖어 꼬불꼬불 엉킨 머리카락을 손가락으로 쓰다듬어 주다가 잠들 때, 그건 그나마 그들에게 허용된 위안이었다. 그 작은 행복마저 빼앗길까 두려운 마음으로 삶의 가장자리를 서성이다 보면, 아비도 자식도 시원찮은 엄마 젖을 물고 매달리던 아기도 스르르 잠 속으로 미끄러져 들어갔다. 그러면 고달팠던 하루가 달빛이 되어 그들의 꿈속으로 슬그머니 들어왔다. 움막이라도 얽어 살던 날이 그들에게는 그나마 행복한 날이었다.

움막은 차마 집이라고 부르기도 민망했지만 그들이 세상에 소유한 마지막 재산이었다. 나뭇가지를 얼기설기 엮고 그 위에 대충 흙을 발라 벽을 만들어 세운 움막, 두 집 사이에 세운 벽은 그 집의 벽이기도 했고, 이 집의 벽이기도 했다. 그나마 성벽을 뒷벽으로 삼아서 그런지 움막은 용케도 무너지지 않고 서 있었다. 그들이 세상 어딘가에 기댔다고 한다면 그건 오직 성벽뿐이었다.

올리브산 자락으로 밀려 나온 움막마을 사람들에게는 유월절, 무교절이 지나면 어떻게 다시 움막을 얽어 세울지 그 일이 제일 큰 걱정이었다. 어디서부터 어떻게 무엇을 시작해야 할지 그저 막막했다. 그 전부터 성벽에 잇대어 움막을 세우면 안 된다고 성전에서는 거푸거푸 지시를 내렸다. 성벽에 기대지 말고 떨어지라는 얘기는 참 잔인하고 몰인정한 얘기였다. 그나마 이미 들어선 움막을 헐자고 덤벼들지 않아 다행이었는데 다시 움막을 세우기 시작하면 틀림없이 성전이 막고 나설 일이라 걱정으로 밤을 새운다. 게다가 움막을 다시 세울 재료가 아무것도 남아 있지 않았다.

"휴! 무슨 수로 다시 움막을 얽는다?"

"글쎄, 뭐가 있어야 시작이라도 해보지."

"그나저나 이번에는 성전이 허락 안 할걸?"

"그럼 어째? 막무가내로 밀어붙여야지. 언제는 성전이 허락해서 세웠어?"

"누가 성전하고 얘기 좀 해봐!"

"누가? 어디 말 통하는 사람이 있어야지 … ."

"그런데 벌써 싹수가 노랗다고 봤는지, 어제부터 통 눈에 안 띄는 집이 몇 집 있던데? 인사도 안 하고 그렇게 훌쩍 떠나다니 … . 어디 갈 데는 있어서 떠났나, 원 … ."

"아! 그 사람들? 처남 매부끼리 나란히 움막 짓고 살던 사람들?"

"글쎄, 불이 난 다음부터 통 안 보여."

바로 하얀리본이 며칠 전 몸을 숨겼던 집 얘기였다. 아무도 그 집 사람들이 어디로 사라졌는지 알지 못했다.

"오늘 빵을 타러 갈 때 성전 사람 만나면 미리 부탁 좀 해봐!"

"내가 어떻게?"

"그래도 자네는 곧잘 그 사람들에게 말을 붙이더구먼 … ."

"부탁이야 해보겠지만, 어디 원 … ."

"그래도 해봐! 안 되면 우리 모두 어쩌나? 저 어린 자식들, 그냥 이렇게 한뎃잠을 재우며 키울 수는 없잖아!"

어른들이야 당한 일이니 이를 악물고서라도 버텨 본다지만 눈 까만 자식들이 걱정이다. 그렇지 않아도 명절 때가 되면 어른들 마음은 아리고 쓰렸다. 성전을 올려다보는 애들의 눈이 그렇게 가슴 아팠다.

성밖 움막마을에 사는 아이들은 명절이 되면 성전에 한번 올라가 보고 싶지만 그건 처음부터 꿈도 꿀 수 없는 일이다. 성문 경비병들이 용케도 그 아이들을 알아보고 명절에는 절대로 성안에 들이지 않았다. 혹 명절제사를 드리러 온 사람들 틈에 끼어 성안까지는 몰래 들어간다 하더라도 성전으로 통하는 모든 문을 성전 경비대가 지키며 아이들을 쫓아냈다.

아버지 뒤를 따라 성전을 찾는 또래의 아이들이 그렇게 부러울 수 없었다. 움막마을 아이들에게는 매일 눈으로 바라보는 성전이 발 들일 수 없이 멀고 높고 부러운 곳이었다. 그 아이들도 자라면 어른이 되고, 어른이 돼도 더러운 사람이라 성전에는 들어갈 수 없었다. 거룩한 영역에 들어갈 수 없는 더러운 사람들이라고 토라에 규정됐기 때문이다.

먹을 것이 있는 곳에 배고픈 사람들이 모여드는 법이다. 세상의 배꼽이라고 부르는 예루살렘에 세상에서 가장 배고픈 사람들이 모여드는 일은 당연했다. 태어나 배꼽이 떨어진 이후, 한 번도 배불리 먹어 본 적 없는 사람들이 배꼽을 통해 어머니와 연결되듯 예루살렘 어딘가에 생명의 탯줄을 이어보려고 발버둥 치며 살았다.

불 속에 무너지는 움막을 보며 그들도 무너졌다. 올리브산 자락에 밀려났지만 그들은 그 산을 올라가지 않는다. 그 산 중턱을 넘어 처음 예루살렘에 옮겨온 이후, 한 번도 산을 오르지 않았다. 산에 오르면 그들이 가족 이끌고 걸어 넘어왔던 길을 봐야 하고, 그들을 밀어낸 도성을 마주 바라보아야 하기 때문이다. 그들은 지난날을 돌아보지 않아야 오늘 하루를 살 수 있는 사람들이다. 새벽녘 꿈에 잠깐 보았던 옛날을 완전히 잊어야 빵 한 조각에 매달려 무슨 일이라도 맡아 오늘 하루를 버틸 수 있기 때문이다. 그들은 예루살렘 도시 전체의 모습을 보지 않는다. 그저 그들이 들어갈 수 있는 골목만 기억하며 살 뿐이다.

예루살렘 사람들은 아무도 그들의 눈을 들여다보지 않는다. 눈으로 말하는 그 깊은 슬픔과 고통에 손을 대고 싶지 않기 때문이다. 더구나 성전에서는 조그만 이익으로 움막마을 절박한 사람들의 마음을 훔쳤다. 빵 한 덩어리 내려주면서 마음을 내놓으라고 요구하는 셈이었다.

자기들 처지가 그나마 움막마을 사람들보다 훨씬 낫다고 생각하는 예루살렘 아랫구역 사람들은 따지고 보면 성밖을 잊고 사는 사람들이다. 그저 꿈속에서만 땅을 일궈 농사짓는 사람들이다.

"휴! 고향에 돌아갈 수 있다면 ⋯ ."

"돌아가면 뭐하나? 거기 집이 있어, 땅이 있어? 돌아가면 친척들이 반겨줘, 동네 사람들이 환영해? 그냥 여기서 엎드려 살자고 ⋯ ."

"그래도 여기 예루살렘은 정말로 마음 붙여 살 곳이 못 돼서 ⋯ ."

"우리 같은 사람이 목숨이라도 부지할 수 있는 건, 그래도 예루살렘 성안에 들어와 살 수 있는 기회를 잡았기 때문이야. 저기 성밖에 사는 사람들 좀 봐! 그 사람들이 얼마나 우리를 부러워하는지 ⋯ . 사람은 먹을 것이 모여드는 곳에 살아야 그나마 무어라도 해서 먹고사는 거야."

392

예루살렘에는 성전이 있다. 성전에는 누리고 사는 지배층이 있다. 먹고 마실 것이 산을 넘고 길을 따라 예루살렘으로 실려 들어온다.

예루살렘 사람들이 가장 두려워하는 것은 굶고 드러눕는 일과 군대가 저지르는 폭력이다. 성을 함락한 군대가 성전을 불태우고 왕궁을 약탈하고 골목골목 집집마다 들이닥쳐 여자들을 겁탈했던 무서운 기억은 아버지에게서 아들로, 또 그 아들로 전해 내려왔다.

그런데, 그들 눈에 갈릴리 예수는 예루살렘에 또 한 번 무서운 피바람을 불러올 사람으로 보였다. 더구나 로마의 빌라도 총독이 군대까지 끌고 성안에 들어와 있는 유월절에. 일이 벌어지면 이미 성안에 들어와 있는 로마군이 총독궁과 성전 옆 요새에서 쏟아져 나올 것이다. 창을 꼬나들고 칼을 휘두르며 달려드는 로마군이 보인다. 불길에 휩싸여 무너지는 집들이 보인다. 그건 반드시 막아야 할 일이다.

"생각만 해도 무서운 일이야."

"어이구."

"아, 왜 그 갈릴리 촌놈들은…, 하필 이런 때….

"그러게 말이야! 더구나 오늘 아침 나절에 예수가 했다는 짓을 들어 보니 그 사람 일을 내도 큰일 낼 사람이더군. 어디 성전에서 감히 채찍을 휘둘러! 로마군이 나서기 전에 성전이 먼저 손을 써서 크게 처벌하겠지."

비난은 폭력을 행사하는 로마군에게 향하지 않는다. 로마군의 폭력을 불러올 위험한 일을 벌이는 사람에게 향한다. 그것이 예루살렘 주민들이 살아가는 방법이다.

그런데 예루살렘 아랫구역에 사는 구레네 사람 요셉은 다른 사람들과 달랐다. 원래 구레네는 3백여 년 전 헬라시대부터 지중해 남쪽에서는 손꼽히는 큰 도시였다. 이집트 알렉산드리아에서 서쪽으로 한참 더 멀리 떨어져 있는 바닷가 도시로, 예전부터 그곳에 유대인들이 많이 건너가 살았다. 요셉은 예루살렘 남동쪽 성문에서 윗구역으로 올라가는 길 왼쪽 네 번째 골목에 사는, 나이 많은 사람이다. 전날 예수가 처음 예루살렘에 들어올 때, 그리고 그날 아침에도 아랫구역 주민들을 대표해서 예수를 환영하고 따랐던 사람이다.

"그렇게만 볼 일이 아니야!"

요셉이 예수를 편들고 나서자 다른 사람들이 고개를 흔들며 말했다.

"아이구! 오늘 그걸 눈으로 똑똑히 보고서도 아직 그런 얘기를 하시네요. 이제 그 사람에게서 미련을 거두세요. 그러다가 우리 모두 큰일 나겠어요."

"아니야, 이 사람들아! 이제까지 우리 이스라엘이 믿고 기다렸던 일을 생각해 봐! 예언이 실현되고 있는 게야! 전능하신 하느님이 언제까지나 이대로 두고 보지 않으실 거야. 저 로마 놈들, 저 고약한 성전 놈들, 곧 하느님의 심판을 받게 될 거야!"

그러자 옆에 있던 사람이 무언가 안다는 듯 거들고 나섰다. 그도 전날과 마찬가지로 아침에도 요셉을 따라 예수를 환영하며 따라나섰던 사람이다.

"그럼! 하느님이 메시아를 보내셔서 쓸어버릴 때가 가까워 왔지. 올리브산을 넘어 메시아가 도성에 들어오고, 온 세상이 뒤집히는 날, 하느님이 이스라엘을 높이 들어 올리겠다고 약속하셨어."

그러자 좀 목소리도 크고 얼굴이 둥글둥글한 사람이 맞받았다. 그도 아랫구역에서는 말깨나 하고 사는 사람이었다.

"오늘 저도 성전까지 따라가서 모두 봤는데요, 혹시나 하고 … . 그런데 예수 그 사람은 메시아가 아녀요! 메시아가 왜 성전에서 난리를 피워요? 그것도 겨우 채찍이나 들고, 힘없는 장사꾼들한테?"

"저도 그런 생각이 들더라고요. 그러니, 우리 아랫구역 사람들은 어떤 어려움이 있더라도, 무슨 수를 써서라도 하느님이 팔을 펴실 그날 그때까지 참고 이겨내야 합니다. 자칫 쓸데없는 일에 휘말리지 말고. 조심조심하면서 … ."

요셉은 젊은이들과 더 이상 이러니저러니 말을 섞기 싫어서 입을 다물었다. 하기야 그들 젊은 사람들의 말도 일리가 있었다.

"메시아일 수 없는 사람을 메시아라고 믿고 잘못 따라나서면 예루살렘 윗구역 아랫구역 거리와 골목 그리고 성전 뜰은 피로 물들 것이 분명합니다. 괜히 로마총독에게 칼자루를 넘겨주며 '우리를 죽여주시오, 불 지르고 모두 다 가져가시오, 내 아내와 딸도 하고 싶은 대로 하시오' 내맡기는 것과 마찬가지예요. 그건 피해야지요!"

"그런데 … ."

그들의 말을 듣고 한마디 하려던 요셉은 눈을 감고 생각에 잠겼다. 젊은이들의 말에도 일리는 있지만 그럼에도 불구하고 세상의 틀을 통째로 흔드는 일이 역사 속에는 가끔 일어난다. 틀이 흔들리기도 하고, 번쩍 올렸다가 꿍 내려놓은 듯 충격이 느껴지면, 틀 안에 사는 사람들은 그건 결코 이해할 수 없는 신비라고 생각했다. 그런 일이 일어난다면 그건 틀림없이 하느님이 한 일이라고 믿었다. 그런데 바로 그런 일이 벌어질 것 같았다.

"내 생각인데 … . 자네들 이 늙은 사람 말을 들으라고. 이번 유월절은 왠지 많이 달라질 조짐이 보여!"

"그건 그래! 요셉 얘기가 맞어."

요지부동 강고한 세상이 통째로 흔들리는 일이 벌어질지 모른다는 예감이다. 예감은 파동을 일으킨다. 도대체 언제 시작됐는지, 어디서 오는지 알 수 없는 파동을 요셉뿐만 아니라 꽤 많은 사람들이 느끼기 시작했다. 예루살렘성 윗구역에 사는 사람들, 유대의 지도자들은 그 파동을 두려움으로 느꼈고, 아랫구역에 사는 사람들, 성밖으로 밀려나 살아가는 사람들은 막연한 기대를 가지고 기다렸다.

예루살렘 사람이라고 다 같지는 않다. 대부분의 사람들은 오로지 유월절 무교절 명절을 한몫 잡을 대목이라고 생각하며 기다린다. 대목, 정말 대목이다. 유월절부터 무교절 마지막 날까지 이레 넘는 기간과, 명절을 준비하는 네댓새는 예루살렘 사람들이 기다리던 가장 큰 기회다.

외지인들이 명절기간에 예루살렘에 떨구고 가는 돈이야말로 주민들에게는 가장 큰 수입이다. 늘 성전의 눈치를 보면서 오로지 성전에 기대 살아가는 그들이지만 명절기간에는 각자 재주껏 요령껏 한몫을 단단히 챙길 수 있는 기회다. 언제나 사람이 모이면 덩달아 재물도 모인다. 때로는 생각지도 않았던 횡재도 굴러온다.

순례자 한 사람이 성문을 들어서면 예루살렘 주민 대여섯 사람이 눈을 반짝이며 그의 행색을 살피기 마련이다. 성전을 찾아오는 사람들은 늘 많든 적든 얼마쯤의 노자는 들고 올라온다. 그런 사람을 몇 명만

396

만나 잘 구슬리면 한두 달 치 식량은 손쉽게 벌 수 있다.

"지난번 명절에 말이야, 앞집에 사는 사람은 소 한 마리 값을 벌었어."

"그 사람 … 순진한 지방 사람들에게 푹 씌웠잖아!"

"자기 집을 통째로 내놓고 손님을 받았으니 그럴 만도 하지."

"거꾸로 자기 식구들은 시골 친척집으로 내려 보냈다면서?"

"하기야, 여인숙 잡는 비용보다는 그래도 싸니까 손님이 들겠지만, 위험하지 않아? 누구인지도 모르는 여러 사람을 그렇게 한집에 몰아 놓고. 그러다가 무슨 일이라도 나면 어쩌려고."

"모르는 소리! 성전에 제사드리러 올라온 사람이라면 어디에서 온 누군지는 몰라도 일단 유대인은 틀림없다고 봐야 되잖아?"

"그래도 그렇지 … . 명절마다 자기도 여인숙이나 마찬가지로 손님을 받으면서 뭘 여인숙 하는 사람들에게 더럽다느니 어떻다느니 욕을 한담?"

"그러니 율법 선생들이 그렇게 손님들을 받지 말라고 말리지!"

"말리면 뭐해? 눈앞에 몇 달 양식이 왔다 갔다 하는데, 그 사람들이 선생 말을 들어? 게다가 성전에서는 외지인들에게 숙소를 제공하라고 늘 들볶는데 … . 그러니, 꼬장꼬장한 바리새파 선생들하고 성전 사람들이 늘 아옹다옹 다투지."

"하기야! 예루살렘에서는 잠자리 구하기 힘들어 명절에 못 올라오겠다고 사람들이 불평하고 나선다면 그건 성전에게 큰일은 큰일이지."

"그럼 성전이 나서서 율법 선생들에게 그러지 말라고 말을 좀 하든지. 한쪽에서는 외지인들 받아서 재워라, 한쪽에서는 그 사람들은 더

러우니 받지 마라, 도대체 어쩌라는 거야?"

"각자 알아서 요령껏 하라는 말이지, 뭐!"

"문제는 문제여! 몰려드는 사람들 묵으라고 회당을 있는 대로 다 개방한다지만, 숫자로 보면 어림도 없으니."

"그러니, 이러쿵저러쿵 따지는 짓 그만하고 지방 손님 오는 대로 받아서 우리도 이번 명절에 한몫 잡아 봅시다."

속죄일 제사를 빼놓고 원래 대부분 성전 제사는 축제였다. 사람들이 모여 성전에서 제사를 드리고 함께 먹고 마시고 춤추며 떠들썩한 잔치로 즐겼다. 이스라엘의 해방을 기념하는 명절, 시나이산에서 야훼 하느님으로부터 계명을 받은 날을 기념하는 명절, 추수한 곡식으로 감사드리는 명절, 신년 명절, 따지고 보면 대부분의 명절은 기념하고 즐기는 축제였다.

"총독이 특별경계를 실시하니까 유월절 명절이 우리한테는 좀 좋아졌지."

"워낙 묵을 데가 없으니까 그렇지."

37년 전, 헤롯의 아들 아켈라우스가 헤롯왕의 장례를 치른 후 군중과 충돌하여 3천 명이나 되는 많은 사람들을 살해한 사건은 유월절에 일어났다. 총독 빌라도가 수로水路를 건설한답시고 일을 더 시끄럽게 만든 때도 유월절이었다. 성전 재물에 덜컥 손을 대서 명절제사를 드리러 성전에 모여든 유대인들과 크게 충돌하더니 유혈사태로 커졌다.

이제 빌라도 총독도 해방명절이라는 유월절이 다른 명절보다 얼마나 더 위험한지 잘 알게 됐다. 유대인들과 부딪치며 깨달은 그는 아예 유월절 명절 전 마지막 안식일이 끝난 밤부터 무교절이 끝날 때까지 도성 예루살렘에 야간통행금지를 실시했다. 해가 떨어지면 다음날 해가 뜰 때까지 성문을 닫아걸고, 성안에서도 윗구역과 아랫구역의 경계를 넘지 못하도록 병력을 배치하여 지켰다. 다만 대제사장의 요청을 받아들여, 오직 유월절 양고기를 먹는 니산월 15일 밤에만 통행금지를 해제했다. 대신 대제사장에게 성전 경내의 치안을 전적으로 책임지게 했다. 책임진다는 말은 실패하면 처벌한다는 말이다.

유월절에 야간통행 금지가 실시되고 성 안팎 출입이 통제되자, 제사를 드리러 왔든 그냥 구경하러 찾아왔든 다른 지방에서 온 사람들은 예루살렘을 성안에 묵을 만한 숙소를 잡는 일에 큰 어려움을 겪게 됐다. 그건 반대로 예루살렘 주민들에게는 한몫 잡을 기회가 됐다.

"이번 명절에는 얼마나 많은 사람들이 몰려올까? 작년만큼 될까?"

"큰 가뭄이 들거나, 홍수가 나거나, 어디 지진이나 전쟁만 없다면 예루살렘을 찾는 사람들 숫자는 해마다 거의 비슷했다고 하더군. 내가 며칠 전에 성전 사람에게 넌지시 물어봤거든. 그러고 보면, 모든 이스라엘 사람에게 1년에 3번, 성전에 올라 제사드려야 한다는 토라의 법이 우리에게는 참 잘된 법이지."

"이방 지역에 나가 있는 이스라엘 사람은 평생에 한 번 성전에 오고."

"그런데, 얘기를 들어 보니, 이방에서 한 번 도성을 찾아왔던 사람은 몇 년 안에 또 찾아온다고 하던데?

"왜 그럴까?"

"와보니 좋았던 게지."

"그럼, 이번에도 작년만큼은 벌 수 있다는 얘기구먼! 좋지!"

성안에 들어온 다른 지방 사람들에게 예루살렘 주민들은 그냥 친절을 베풀지 않는다. 외지에서 온 사람들에게 친절을 베푼다는 것은 까마득한 옛날 얘기에나 나왔다. 게다가 실제 그런 일이 있었는지 믿기도 어려웠다. 친절이란 친구이거나 친척이거나 같은 공동체에 속한 사람에게 베푸는 환대다. 환대를 받은 사람은 반드시 같은 환대로 갚아야 한다. 그것이 전통이고 관습이다. 외지 사람에게 환대를 베풀고 예루살렘 사람이 나중에 그 사람을 찾아가서 똑같은 환대를 받을 가능성이 없다면 처음부터 대가를 받고 환대를 베풀 수밖에 없다.

예루살렘 사람들이 약삭빠르다는 것은 온 이스라엘 사람들이 다 안다. 외지에서 온 사람들은 그들이 내놓는 돈의 액수만큼 대접받는다는 사실을 깨닫는 데 오래 걸리지 않는다. 들고 온 재물의 마지막 한 푼까지 예루살렘에 다 쏟아 놓고 갈 수밖에 없다. 아랫구역 골목골목에 겹겹으로 덫을 놓고 번들거리는 눈으로 기다리는 예루살렘 사람들의 손을 벗어날 방법이 없다. 어릿어릿 아랫구역을 기웃거리거나, 성전 앞 광장에서 물건을 흥정하는 외지인을 보면 주민들은 체면 내던지고 모두 덤벼든다. 먼저 본 사람이 임자다. 빨리, 많이, 재주껏 우려내고 이웃 사람들에게 낄낄거리며 자랑한다.

명절에 성전을 찾는 사람들 중 다른 나라에 나가서 살다 찾아온 유대인은 예루살렘 성안 사람들에게 특별히 인기가 높았다. 그들은 씀씀이가 본토 사람보다 훨씬 크기 때문이다. 어느 나라에서 살다가 왔든, 얼마나 오래 그 나라에서 몸 붙이고 살았든 그들은 모두 이방에서 나그네로 살던 사람이다.

"어? 저기 저사람! 예전부터 예루살렘에 오면 돈을 펑펑 쓰던 사람이다!"

그러면 여러 사람이 우르르 그에게 따라 붙는다. 유대인이 다른 나라에서 존경받고 명예스러운 자리를 차지하며 사는 경우란 거의 없다. 유대를 떠나 다른 나라로 흘러 나간 사연은 사람마다 다르고 기구해도 이방에서 살아가는 모습은 거의 비슷했다.

　　이방에서 나그네로 살려면 그 지방 그 나라 주민들과 충돌하거나 경쟁하지 않는 일을 찾아야 한다. 그런 일 중에 유대인이 가장 잘 할 수 있는 일이 바로 장사다. 물건을 사고파는 장사는 어느 나라에서나 부도덕한 일로 여긴다. 멸시당하는 직업이다. 이문을 남기고 팔아야 하기 때문에 정직한 사람이나 명예를 중요하게 여기는 사람이 할 일은 아니라고 여긴다. 현지 사람들이 꺼리는 장사를 몇 년 부지런히 하다보면 꽤 돈을 모아 부유해질 수는 있다. 그러나 돈이 많다고 해도 그 나라 사람들이 누리는 명예를 얻거나 그 사회에 낄 수는 없다. 누구도 알아주지 않고 스스로도 행세할 수 없는 이방인으로 살 수밖에 없다. 아무리 발버둥 쳐도 상류사회에는 낄 수 없는 유대인일 뿐이다. 명예를 얻거나 경쟁하는 과정에 처음부터 끼어들 수 없으니, 유대인들은 아무리 돈이 많아도 명예를 얻을 길이 막힌 세상을 살 수밖에 없다. 명예와 마찬가지로 안전도 돈으로 살 수 없다. 그래서 그저 돈 많은 유대인으로 멸시받으며 이방에서 살 수밖에 없다.

　　사람은 어디에 살든 다 마찬가지인 모양이다. 굶지 않고 먹고살 만해지면 좋은 집에서 살고 싶고, 어렵게 살 때 부러워했던 것들부터 먼저 손에 넣는다. 그러나 아무리 잘 먹고 좋은 집 지니고 살아도 마음은 늘 허전하다. 내놓고 자랑 좀 하고 싶어도 현지 주민은 아무도 유대인 집을 찾지 않는다.

"휴!"

애써서 모은 재산이 허무하다는 생각이 들기 시작하면, 유대 땅이 그리워진다. 처음에는 혼자, 그 다음부터는 가족을 이끌고 명절을 맞아 유대를 찾아오는 이유다. 목돈을 들고 몇 년에 한 번 예루살렘을 찾아오면 그동안 꾹꾹 누르고 살았던 자존심을 다시 일으켜 세울 수 있다. 선물 꾸러미를 들고 친척을 찾아가고 성전에서 제사를 드리면서 그들은 감동으로 눈물을 흘렸다. 많은 돈을 들여 큰 제물을 바쳐 제사를 드리면 그동안 멸시와 천대를 받으며 이방에서 살았던 고달픈 삶이 큰 보상을 받은 듯 후련했다.

한 사람이 유대에 다녀오고 나면, 토라의 가르침에 따르지 않더라도 그 다음에는 여러 사람이 유대 길을 나선다.

"유대에 가면 말이야 … ."

성전이 어떻고, 헤롯 왕궁이 어떻고 구경한 일과, 돈을 풀어 쓰며 예루살렘 사람들에게서 대접받던 일을 크게 자랑한다. 그런 자랑은 언제나 과장되기 마련이지만, 그래도 그 사람은 자기가 얼마나 특별히 잘 대우받았는지 거듭거듭 떠벌리며 사람들을 충동했다.

이방 지역에 살던 유대인이 돈으로 대우받을 수 있는 때가 유대 명절이고, 그런 장소가 바로 성전이 있는 예루살렘이다. 잘 차려입고 예루살렘에 오면 재물이 참으로 요긴하게 쓰인다. 무엇을 하며 살았든, 어떤 서러움을 겪으며 살았든 아무도 묻지 않는다. 어떻게 재물을 모았는지 묻는 사람도 없다. 그저 듬뿍듬뿍 돈을 잘 쓰면 예루살렘에서는 환영받고 대우받을 수 있다. 그런 사정을 뻔히 짐작하는 예루살렘 사람들은 그들의 친절을 비싼 값에 판다.

한 달이고 두 달이고 예루살렘과 유대 땅을 두루 방문하고 돌아가면 다시 또 몇 년 이를 악물고 버티며 살아갈 힘을 얻는다. 제사드리며 바친 제물이 제단에서 내뿜는 검은 연기는 그동안 살아온 고단한 삶을 위로해 주는 해원解冤이다. 하느님으로부터 더 나은 삶을 약속받은 듯 뿌듯하고 든든한 마음으로 돌아갈 수 있게 된다. 산고개를 넘어가기 전 마지막으로 뒤돌아본 예루살렘 성전을 마음속에 깊이 간직한다. 완전히 무너졌던 자존심을 예루살렘에서 다시 세우고 이제 이방에서 또 몇 년 유대인으로 살아갈 힘을 얻는다.

그들이 몸 붙여 사는 땅도 결국 로마제국 하늘 아래 있는 어느 땅이다. 로마가 유대 땅에서 주인 노릇하는 것을 보는 순간, 그들은 갑자기 로마에 대해서는 알 만큼 아는 사람이 된다. 예루살렘에 사는 유대인보다 그들이 로마를 더 잘 알았고, 그들 중에는 날마다 로마 사람들과 접촉하며 사는 사람도 있기 때문이다. 그런 사람은 예루살렘 우물 안 개구리들에게 세상이 얼마나 넓고 큰지, 세상은 어떻게 살아야 하는지 제법 우쭐거리며 설명해 준다. 어디에서 살든 로마가 세상의 표준이고, 이방에 사는 유대인은 다른 사람 눈치 보지 않고 훨씬 자유롭게 로마 사람들과 접촉할 수 있었기 때문이다.

지중해를 둘러싼 로마제국 영토 안에서 유대인은 전체 인구의 1할 정도를 차지했다. 그건 북왕국 이스라엘이 무너지고, 그 후 150년도 채 안 되어 남왕국 유다까지 멸망한 역사 때문이었다. 마지막 독립 왕국이 멸망한 지 6백 년, 그동안 잇달아 제국에게 짓밟힐 때 유대를 떠나야 했던 사람들은 제각각 다른 사연을 안고 흩어졌다. 노예로 끌려간 사람도 있고, 제국의 관리나 군인이 된 사람도 있고, 살기 어려워 떠난 사람도 있고, 좀더 살기 좋은 곳을 찾아간 사람도 있었다. 유대 땅에서 살아갈 방법을 모두 잃은 사람들도 떠났다.

로마 사람들 눈으로 볼 때, 다른 지역에 흩어져 사는 유대인들이 유대 땅에 사는 사람들보다는 훨씬 더 깨어 있었다. 로마는 세상을 세 등급으로 분류했다. 종주국 로마야 당연히 1등급이고, 유대는 가장 낮은 3등급이다. 따라서 1등급 지역에 사는 유대인은 덩달아 1등급 유대인이고, 3등급에 속하는 유대 본토 유대인은 가장 미개한 3등급 유대인으로 대우받았다.

로마 사람들끼리 유대에 대해 얘기를 나누기 시작하면 괜히 어깨를 뒤로 앞으로 젖혀 가면서 으쓱거렸다.

"유대 땅은 아주 미개한 곳이지."

"미개한 땅에 사는 미개한 사람들, 그들이 바로 유대인이야!"

"로마의 앞선 문화로 깨우쳐 주어야 해."

대부분의 로마 사람들 생각이 그러했다. 이방 지역에 흩어져 살던 유대인들도 은연중 로마가 매기는 등급을 받아들이며 살았다. 그들 스스로 1등급이나 2등급 유대인으로 처신하며 은근히 본토 유대인을 3등급이라고 깔보며 가르치려는 듯 나섰다. 로마에 사는 유대인이나 헬라에 사는 유대인들의 태도가 그러했다.

"우리 유대가 제대로 대접받고 살아가려면, 선진 로마문명, 헬라문명에 눈을 떠야 합니다."

"에이! 그 헬라문명 소리는 하지도 마시오. 헬라제국 셀레우코스나 프톨레마이오스를 보고 겪었으면서도 그런 소리를 해요? 무도하고 잔인하고 …. 성전 제단에서 돼지를 잡아 제사지내도록 강제했던 놈들.

야훼 하느님께 드리는 성전 제사도 중단시킨 놈이 안티오코스 에피파네스 4세 아니었던가요? 셀레우코스의 왕?"

로마제국을 비난하거나 공격할 수는 없어도 이미 사라진 헬라제국들을 공격하는 일이야 유대인들에게 아무런 부담이 없는 일이다. 그렇게 헬라를 공격하면 은근히 로마를 비난하는 셈이다.

"그건 유대를 헬라처럼 개혁하겠다고, 예루살렘 이름도 '안티오코스'라나 뭐라나, 그걸로 바꾸고 도시국가로 발전시키겠다고 나섰던 성전 사람들, 그들이 불러들인 일이 아니었던가요?"

"그러니까 마카비 형제들이 들고 일어나 뒤엎었지. 돼지고기 먹는 놈들이 무슨 문명인이오?"

헬라뿐만 아니라 로마도 돼지고기를 즐겨 먹는다. 헬라를 공격하면서 은근 슬쩍 로마까지 싸잡아 비난하면 이제 서로 멱살을 잡고 싸우거나 입을 닫아야 한다. 세상 소식을 좀 안다면서 잘난 체 문명인 행세하고 나섰던 이방에 사는 유대인은 그쯤 되면 예루살렘에서는 어김없이 면박을 받는다. 그들이 들고 들어온 돈이야 좋지만 쓸데없이 거들먹거리는 태도까지 그냥 눈감고 받아들일 수는 없기 때문이다. 더구나 말끝마다 로마 말을 섞고 헬라 말을 섞는 유대인을 보면, 기분이 역겨웠다.

유대인들은 눈에 보이지 않는 두 가지의 잣대를 가진 셈이다. 유대 땅에서 로마에 협력하고 추종하는 유대인들에 대한 태도와, 로마나 헬라에서 찾아온 유대인들에 대한 태도가 다르다. 따지고 보면 그 사람들은 이방 땅에서 몸을 굴리는 더러운 사람이라는 생각을 마음속에 품고 있었다.

그러나 면박 주는 사람이나 당하는 사람이나 씁쓸하기는 모두 마찬가지다. 이방 지역에 사는 유대인은 어디에서 살든 그 사회의 주류가 될 수 없고, 언제나 사회 가장자리에서 그 안쪽을 부러운 눈으로 바라보며 살아가는 사람들이다. 유대에나 돌아와야 이러니저러니 아는 체를 하며 어깨라도 펴볼 수 있을 뿐이다. 그런데, 예루살렘 사람들도 이방 지역에 사는 그런 유대인을 이해하고 그들이 겪으며 살아가는 어려움을 위로할 만한 여유조차 없이 사는 사람들이다. 그러니 유대인은 모두 슬픈 사람들이다. 슬픈 사람들끼리 네가 옳으니 내가 옳으니 하며 아옹다옹 살아가야 하니 더 슬플 수밖에 없다.

✠

　　올리브산을 넘어 베다니 마르다네 여인숙으로 이를 때까지 요한은 형 야고보에게 소곤소곤 말을 걸었다.

　　"형! 오늘 일을 어떻게 생각해요?"

　　"오늘 어떤 일? 하도 여러 가지 일이 많아서."

　　"에이! 아침에 성전 들어가자마자 장사꾼들 쫓아낸 일 말이에요."

　　"참 당황스럽다."

　　"그렇지? 그럼 안 되는 것 아녀요?"

　　"선생님께 무슨 생각이 있었을 텐데 전혀 아무 말씀도 안 하시니 ….."

　　"내가 여쭤볼 거예요, 이따가 …. 나도 생각이 있어요. 그건 그야말로 우리 모두를 위험에 빠뜨린 일이에요. 그리고 성전에서 그렇게, 참 뭐라고 말로 할 수도 없는 그런 엉뚱한 소란을 피우면 어떻게 사람들을 끌어모아요? 아까 형도 봤잖아요? 움막마을 사람들, 예루살렘 아랫구역 사람들, 선생님을 따라 성전에 들었던 사람들이 그 순간에 싹 다 사라졌더라구요."

"그래도 오늘 그렇게 많이, 1천 명도 넘겠더라, 그만큼 군중이 모여 선생님 가르침을 들었잖아, 성전 뜰에서?"

"그건, 그 사람들이 아침 일을 몰라서 그랬을 거예요. 오늘 밤이 되면 그 사람들 모두 그 얘기를 다 알게 될 거예요. 생각해 봐요, 그 사람들이 왜 유월절에 먼 길 걸어 성전에 올라왔어요? 제사드리러 왔지요, 제사! 그런데 선생님이 제사를 막은 셈이에요. 게다가, 가난한 사람이 사서 바치는 비둘기 파는 일을 막았으니, 그럼 그 가난한 사람들이 양을 사고 염소를 사라는 말인가요? 그리고, 돈을 바꾸지 않으면 성전세를 어떻게 내요? 성전세를 내고, 제물 바치고 제사드리는 일은 이스라엘 사람이라면 모든 사람이 지켜야 하는 의무, 토라를 지키는 일이잖아요? 그래서 나는 그 일은 크게 잘못된 일이라는 생각을 하루 종일 떨쳐낼 수 없었어요."

"그건 네 말이 옳다. 내 생각으로는…, 에구, 나도 모르겠다."

요한은 이만저만 충격을 받은 것이 아니었다. 다른 제자들보다 더 많이 생각하고 더 부지런히 움직이면서 예수의 곁을 한시도 떠나지 않았던 요한, 그는 다른 누구보다도 예수가 성전에서 한 일을 가장 민감하게 받아들였다. 성전을 나와 기드론 골짜기를 건너는 동안에도, 올리브산으로 오르는 길에 접어들었을 때만 해도 혹시나 했다. 그러나, 움막마을 사람들이 머물고 있는 곳을 지나면서 그는 그의 생각이 틀리지 않았음을 확인했다.

움막마을 사람들 중에 아는 체 나서는 사람이 아무도 없었다. 아침만 해도 나뭇가지를 흔들고 '호쉬아나, 호쉬아나!' 크게 소리 외치며 앞장섰던 사람들, 예수의 가르침을 듣고 감동의 눈물을 흘렸던 사람들, 그들의 억울함을 풀어줄 사람으로 믿고 예수를 따르던 사람들, 바로 그들이 모두 예수를 외면했다.

"조금 전에도 봤지요? 움막마을 사람들이나 예루살렘 아랫구역 사람들이 우리 곁에서 모두 떨어져 나갔잖아요? 그게 바로 사람들이 오늘 그 일을 어떻게 판단하느냐 그 증거예요. 그 사람들을 위해서 하느님 나라를 이뤄야 한다고 선생님이 가르쳤는데, 막상 그 사람들은 모두 등을 돌렸잖아요. 이건 원 … ."

그때 바로 뒤에서 침울한 표정으로 따라오던 돌로매의 아들 나다나엘이 끼어들었다.

"요한! 나도 요한과 같은 생각이긴 한데, 선생님에게 따지고 덤벼들지 말고 설명해 달라고 말씀드려. 우리는 선생님의 뜻을 아무리 좋게 생각해 보려고 해도 알 수가 없으니 좀 깨우쳐 주십시오, 그렇게 … . 그런데, 나도 아직 왜 그러셨는지 잘 모르겠고, 무슨 생각에서 아무 말씀도 안 하시는 것도 이상하고."

"게바한테 먼저 말을 꺼내라고 해볼까?"

"게바? 저 사람은 그 일이 얼마나 위험한 일이었는지 제대로 생각도 못 할걸 … ."

"아무리?"

"아니, 우리를 모두 끌고 가서 선생님 거들려고 했잖아? 그러니 게바에게는 무슨 말을 해요? 저 사람은 뭐가 위험했는지 못 알아들을 사람이에요. 굳세고 단단해서 바위가 아니고, 둔하고 무뎌서 바위라고 이름을 지어주셨나? '게바'가 바위라는 말이잖아? 헬라 말로 하자면 베드로!"

"마리아, 막달라 마리아는 뭐 짚이는 것이 있을까?"

그때 요한의 형 야고보가 입을 열었다. 결코 자기 의견을 잘 드러내지 않던 그로서는 뜻밖의 반응이었다.

"그 여자는 생각할 것도 없어! 늘 뭐 좀 먼저 깨달은 듯 '선생님!'하면서 목이 메는 여자니 … . 여자가 어떻게 우리보다 먼저 깨달아? 그거 문제 아녀? 선생님은 그냥 오냐오냐 받아주시고, 에이 … ."

야고보는 얼굴을 잔뜩 찌푸리고 못마땅하다는 듯 마리아에게 눈길을 주었다. 그때 마리아도 야고보를 쳐다보았다. 그러자 그는 시침 뚝 떼고 다른 곳으로 눈길을 돌렸다.

베다니 여인숙에 들어서자 마르다 나사로 마리아 삼 남매는 반가운 얼굴로 일행을 맞이했다. 그런데 모두 굳은 얼굴로 말없이 여인숙에 들어오는 것을 보면서 이상하다는 듯 고개를 갸웃갸웃했다. 이름이 같다고 막달라 마리아를 유난히 따르던 마리아가 눈길로 무슨 일이냐고 묻자 막달라 마리아는 아무 소리 없이 고개를 흔든다. 나사로가 같은 또래인 요한에게 궁금한 듯 표정을 짓자 요한이 툭 내뱉었다.

"다 망했어!"

"으에?"

"다 망했다고. 일이 크게 틀어지게 생겼어요. 이따가 봅시다."

그때 요한은 예수의 눈길을 느꼈다. 그가 바라보고 있다. 그런데 예수는 아무 일도 없었던 사람 같다. 제자들 마음속에 흘러 들어온 구름도, 그들 가슴속에 갈릴리 호수를 뒤집듯 거칠게 일어나는 폭풍도 예수는 못 느끼는 것 같다.

마르다가 준비한 빵을 두어 조각씩 먹고 난 다음, 남자 제자들만 우르르 모두 밖으로 몰려 나갔다. 아마 예수에게 묻고 자기들 의견을 내세우기 전에 서로 상의하려는 모양이다. 무슨 이유에서 자기들끼리 그런 자리를 만들든 예수에게는 그것도 기쁜 일이다. 그들 스스로 자기 자리를 내려다보고 걸어온 길을 뒤돌아보고 걸어야 할 길을 내다본다는 것은 그만큼 그들도 자랐다는 뜻이다.

'때가 이르렀음을 저들이 깨닫기 시작하는가?'

'때'라는 말이 하루 종일 햇볕에 달궈지고, 밤이 되면 바람이 불어대는 유대 광야를 예수 눈앞에 불러냈다. 순간 싸아 소리를 내면서 가슴속으로 불어 드는 바람을 느꼈다. 광야를 휩쓸다가 예수가 들어앉은 조그만 동굴을 무너뜨리겠다는 듯 불어오던 바람이다. 광야는 스스로 찾아들어가야 할 장소다. 광야는 눈을 뜨는 자리다. 자기를 보는 자리다. 광야에 들지 않고는 그 자신을 마주 볼 수 없다. 서 있는 땅을 내려다보지 못한다. 바람이 되어 불어오는 때의 소리를 들을 수 없다.

남자 제자들 틈에 끼지 못한 마리아가 마당에 친 천막 아래 혼자 남아 있는 예수 옆으로 다가왔다. 그녀는 무척 조심스러운 태도였다. 마당 한쪽 바위에 나사로가 앉아 안에서 일하는 누이와 동생, 그리고 천막 아래 앉아 있는 예수와 마리아를 번갈아 바라본다. 아마 그도 그 자리에 끼고 싶은 모양이다. 마리아가 무슨 특별한 말을 하고 싶은 표정이라서 예수는 그를 부르지 않았다.

"선생님! 드릴 말씀이 … ."

"그래요, 마리아! 말하세요."

듣지 않아도, 묻지 않아도 마리아가 히스기야 얘기를 하려는 것을 예수는 안다. 얼마나 하루 종일 그녀 혼자 가슴을 태웠을까? 그녀의 안타까운 마음이 고스란히 전해져 왔다.

"선생님! 아침나절에 히스기야 그분이 주랑건물 위에 끌려 올라왔었는데 … ."

"마리아! 나도 봤어요."

"너무 걱정이 돼서요. 그리고 말할 수 없을 만큼 가슴이 아픕니다. 그분의 지금 처지가 … ."

"그렇겠지요. 그런데, 우선은 괜찮을 겁니다."

"그 말씀은?"

"오늘내일 처형당하거나, 모진 고문을 받거나 하는 일은 없을 거요. 그러나 혼자 많이 외롭고 슬프고 아프고 후회하겠지요. 그에게는 마리아가 큰 힘이에요."

"제가 … ."

"정녕 그래요. 그는 갇혀 있어도 마음은 그대 마리아 곁에 있어요. 잘 돌보세요. 마음으로 돌보면 그도 그걸 느낄 겁니다."

"예! 선생님! 그리 말씀해 주시니 감사합니다. 그런데, 한 가지 제가 늘 여쭙고 싶었던 일이 있습니다. 두 분은 광야 수행에 같이 나가셨던 것으로 저는 알고 있습니다. 언젠가 빌립도 그리 얘기했고 … ."

"그랬지요. 광야에 같이 나갔습니다. 그런데, 그는 중간에 광야를 일찍 떠났지만 아직 그 거친 광야에 있고, 나는 광야에 더 머물었지만 지금은 그 광야에서 나왔습니다."

"그 말씀은?"

"지금 갇혀 있는 곳이 그에게는 또 하나의 광야지요. 그때 끝까지 머물지 못했던 광야를 지금 다시 찾아들어가 그때 못다 한 일을 하는 셈입니다. 그리고 그도 광야를 걸어 나올 겁니다. 그런데, 끌려는 나오지만 자기 발로 나올 겁니다."

"선생님 말씀은 유대 광야뿐만 아니라 살아가면서 만나는 모든 광야를 … ."

"그래요. 사람이 어찌 한 번 고통을 겪었다고 세상 모든 고통을 다 겪었다고 말할 수 있겠어요? 광야는 매일 들어가고 매일 머물고 매일 다시 걸어 나오는 곳입니다."

그러더니 예수는 마리아가 들어 둬야 한다는 듯 말을 이었다.

"광야는, 황량하게 펼쳐진 유대 광야일 수도 있고, 깊은 골방일 수도 있고, 세상에서 제일 낮은 곳 소금호수 물가일 수도 있고, 올리브산 중턱일 수도 있고, 성전 뜰일 수도 있어요. 아침에 내가 성전 뜰에서 했던 일로, 제자가 되어 나를 따른다는 저들은 당황한 채 그 광야로 들어가는 길목에 서서 휩쓸고 지나가는 회오리바람을 망연히 바라보고 있는 셈이오. 저들은 아직 그 바람을 가슴으로 맞받으며 서 보지는 못한 사람들이오. 그러나 이번 유월절 예루살렘은 저들이 겪는 광야가 될 것입니다. 광야에 나간다고 누구나 하느님을 만날 수는 없습니다. 하느님을 만난다고 누구에게나 똑같은 하느님일 수도 없습니다. 하느님을 만나는 일은 내 안에 들어와 있는 하느님을 통하여 세상을 채운 하느님과 연결되는 일이기 때문이오."

"예!"

"마리아! 들으시오, 그리고 기억하시오. 나중에 때가 되면 저들에게 내 말을 전하시오.

'자기를 통째로 내던져야 들어갈 수 있는 새로운 영역 앞에서 걸음을 멈추고 뒤를 돌아보지 말아야 합니다. 유황불에 훨훨 타오르는 소돔성을 뒤돌아본 롯의 아내가 소금기둥이 되었다는 가르침을 기억해야 합니다. 나는 제자들을 끌고 광야에 들어가려고 했고, 그중 한 사람도 그 자리에 소금기둥이 되어 멈춰 서도록 놔둘 수 없었습니다.'

마리아! 내 말을 전하시오. 저들뿐만 아니라, 나를 따라 하느님 나라를 이루려는 모든 사람에게 전해 주시오."

"선생님! 선생님이 겪으신 광야를 저도 겪어야겠지요. 광야에 대한 말씀을 듣고 싶습니다."

"그래요! 언젠가 때가 되면 마리아와 저들에게 들려주려고 했던 일이지만, 저들은 지금 광야를 볼 수 없어요. 때가 되어야 알아들을 겁니다. 마리아가 전해 주시오."

광야 수행을 생각할 때면 그 일을 주선해 준 세례자 요한에게 예수는 한없는 고마움을 느낀다. 요한은 광야에 들어가야 할 때를 알아보고 예수에게 광야의 길을 열어주었다. 예수는 그날을 떠올리며 4년 여 전 그날을 마리아에게 조용히 얘기해 주기 시작했다.

광야로 떠나던 날 아침, 요한이 예수를 부르더니 조용히 부탁했다.

"예수, 깨달음에 이른 후, 지극히 높으신 그분을 만난 후, 그대의 깨달음을, 그대가 만나 뵌 그분을 나에게 꼭 전해 주고 가시오!"

전해 주고 가라고 부탁하던 그의 마음이 예수 가슴속에 시리게 와

닿았다. 예수를 제자로 받아들이고 광야 수행을 주선하면서 세례자 요한은 그가 쌓았던 성을 스스로 허물었다. 선생의 틀 안에 제자를 가두지 않는 것보다 귀한 마음은 없다. 자기를 뛰어넘으라고 길을 비켜주고, 광야 수행의 길을 열어준 요한은 광야보다 훨씬 크고 넓은 사람, 갈릴리 호수보다 깊은 사람이었다.

"이스라엘의 예언자 모세가 호렙산에서 야훼 하느님을 만났다는 사실을 늘 마음속에 간직하시오. 불은 붙었으나 타서 없어지지 않던 떨기나무 불 속에 임하신 하느님을 만나기 전 미디안 광야에서 40년 세월을 보냈던 모세처럼, 가나안에 들어오기 전 40년 동안 우리 민족이 광야에서 살았던 것처럼, 그대는 광야에서 적어도 40일을 보내야 하오."

"왜 40일입니까?"

"40은 시험을 거쳐 하느님의 문 앞에 이르는 숫자요. 문을 열고 들어갈지 말지는 그 앞에 선 사람에게 달린 일이지요."

하느님의 문, 열고 들어가는 일은 각자에게 달린 일이라는 말이 그때 가슴속에 들어와서 새겨졌다. 요한은 다만 거기까지 예수에게 길을 주선해 주는 사람으로 스스로 역할을 제한했다.

"따르겠습니다."

요한이 마련해 준 빵도 물도 떨어지고, 오직 동굴 웅덩이에 빗물이 흘러내려 고인 물로 배를 채우며 40일을 버텼다. 40일을 채우면 이스라엘에게 내려주었다는 하느님의 가르침, 토라를 새롭게 깨달으리라 믿었다. 마음속에 일어나고 사라졌던 수많은 의문이 그때가 되면 풀릴 수 있으리라 기대했다. 예수는 40이라는 숫자가 어떤 사건이 일어날 때까지 걸리는 시간이 아니라, 사건이 일어나는 때라고는 아직 깨닫지 못했다.

40일이 되었을 무렵부터 깨달음은 손에 잡힐 듯 다가오다가 순간 끝없이 멀어지기를 반복했다. 그럴수록 마음은 더욱 초조했다. 그런데 생각을 모으면 모을수록 무언가를 입에 넣고 우물우물 씹어 삼키는 일이 계속 마음을 휘젓고 흔들었다. 견딜 수 없을 만큼 배가 고팠다. 웅덩이에 오래 고여 있던 물이 아니라 시원한 샘물이, 철철 넘치는 포도주 한 잔이, 일 마치고 나사렛 집에 돌아가면 아버지와 그에게 어머니가 내밀어 주던 하얀 양젖이 너무 그리웠다. 거칠지만 갓 구워 낸 보리빵이 눈앞에 맴돌았다.

그때였다. 시험자가 눈앞에 나타났다. 그는 냄새도 구수한 빵을 한 바구니 가득 담고, 포도주까지 한 자루 들고 나타났다. 시험자가 눈앞에 나타나기 전, 아직 거리가 멀리 떨어져 있을 때부터 예수는 빵 냄새를 맡을 수 있었다. 포도주 향기도 콧속을 파고들었다.

시험자가 물었다. 어디 사는 누구인지 알 수 없었지만 예수는 그를 시험자로만 기억했다.

"여기서 무엇을 하고 있습니까?"

"수행 중입니다."

"이름은?"

"갈릴리 나사렛, 요셉의 아들 예수입니다."

"수련을 하면서 무엇을 찾나요?"

예수는 '수행'이라고 대답했는데, 시험자는 '수련'이라는 말로 물었다.

"하느님의 말씀을 기다립니다."

"배고프지요?"

"예! 다섯 이레, 여섯 이레 굶었습니다. 물만 마셨습니다."

"이 빵을 드릴까요?"

"아직 하느님의 말씀을 못 들었습니다."

"아직도 못 들었다면 앞으로 다섯 이레, 여섯 이레를 더 굶고 기다린다고 하느님 음성을 들을 수 있을까요?"

그건 포기하라는 유혹이었다.

"기다리고 있습니다."

"그럼, 이 빵을 먹고 포도주도 마시고 힘내서 기다리지요."

"먹고 마시려 한다면 광야에 나오지 않았습니다."

"그래요? 그럼 어디 한 번 더 버텨 보시든지 …."

시험자는 예수 앞에 자리를 펴고 앉더니 빵을 맛있게 먹기 시작했다. 포도주자루 마개를 열고 꿀꺽꿀꺽 소리까지 내며 마셨다. 빵 냄새와 포도주 향기를 맡게 되자 예수 아랫배에서 창자가 먼저 반응했다. 뭉치고 꿈틀거리고 잡아당기며 비틀다가 탁 풀어놓더니 제멋대로 뱃속을 치달았다. 몸이 앞뒤로 세차게 흔들리고 턱이 떨렸다. 그건 머리가 아래로, 땅으로, 거꾸로 쑤셔 박히는 느낌이었다.

그런 그의 모습을 보면서 시험자는 한 바구니 가득했던 빵을 다 먹고, 포도주도 모두 마시고 배를 어루만지며 트림까지 했다.

"나는 잘 먹었소만, 예수 그대는 참 한심하군요."

예수는 대답하지 않고 눈을 감았다. 시험자의 뜻이 무엇인지 알기 때문이었다. 굶고 있는 사람 눈앞에서 바구니를 열어 놓고 먹고 마시는 사람에게 무너질 수는 없었다. 세상에 그런 사람이 어찌 시험자 한 사람뿐일까?

그때, 막냇동생 요한나가 생각났다. 예수를 졸졸 따르고 까만 눈이 유달리 예뻤던 동생이었다. 늘 배가 고팠지만 아버지 어머니가 식탁에서 물러나면 요한나도 제 앞에 놓인 빵을 오빠나 언니에게 밀어 놓고 물러났다. 배고픔을 알기 때문에 그 어린애가 식탁에서 물러날 수 있었다.

모든 사람이 다 배고픔을 이겨 낼 수는 없다. 배고픔에 무너진다고 비난받을 일도 아니다. 사람은 굶으면 배고프기 마련이다. 다만, 나이 어린 동생도 배고픈 사람의 마음을 알고 제 빵을 밀어 놓고 물러나 앉는데, 배고픔으로 사람을 복종시키려는 시험에 예수는 굴복할 수 없었다. 몇 년 전에 세상을 떠난 어린 동생 요한나의 눈을 떠올리며 예수는 꿈틀거리는 창자를 달랬다.

"예수라고 했지요?"

"그렇습니다."

"그대는 배고픔을 이길 수 있겠지만 세상에 많은 사람들, 대부분의 사람들은 그럴 수 없어요. 사람은 먹어야 살지 않나요?"

시험자는 사람이 살아가는 세상을 입에 올렸다.

"그건 그렇습니다."

"먹지 않고도 배고픈 걸 모르도록 사람들을 가르치기보다는, 고픈 배를 채워줘야 하지 않을까요?"

"먹지 않고도 배부를 방법은 없지요."

"그러니, 배고프면 먹어야 하고, 배고픈 사람은 먹여줘야 하고⋯. 이렇게 자리 잡고 앉아서 수련한다고 사람들 배고픈 것이 해결되지는 않지요."

"그건 그렇습니다. 배고픈 사람은 먹여야 하지요."

"그러니, 이 고통스러운 수련이 무슨 의미가 있느냐는 말입니다. 먹이고 입히고 재워 줄 방법을 찾아야지 … ."

"그래서 하느님의 말씀을 기다리고 있습니다."

"나도 그래서 하는 얘기입니다. 말씀으로 배가 불러지느냐고요? 말씀을 받으면 안 먹어도 사람이 살 수 있느냐 그 말입니다. 말씀이 바로 여기 천지로 굴러다니는 돌을 빵으로 만들어 사람들 입에 들어가게 해 줍니까?"

"돌로 빵을 만들어 사람들을 먹이는 일이 아니라, 하느님 말씀에 따라 어떻게 사람들이 배곯지 않고 살아가는 세상을 만들 수 있을지, 그걸 구하는 중입니다."

"그게 가능하다고 봅니까?"

"하느님이 문을 열어주실 줄로 믿습니다."

"잘해 보세요. 하느님 말씀 들을 때까지 제발 살아 있기나 하시오."

시험자는 주섬주섬 광주리를 챙겨 떠나갔다. 빵 쪼가리 하나라도 떨어졌을 새라 훑어보더니 뒤도 안 돌아보고 떠났다.

그러고 나서 사흘쯤 지났다. 이번에는 다른 시험자가 나타났다. 이상하게도 첫 번째 시험자가 다녀간 이후부터는 정신이 아주 맑았다. 갈릴리 호수 가장자리 물속에는 맑은 물이 솟아오르는 곳이 있다. 바닥이 훤히 들여다보이는 곳, 맑은 물이 퐁퐁 솟아올라 퍼지면서 모래도 따라 솟구쳐 오르다 떨어져 쌓이고 무너졌다가 다시 쌓이는 곳,

그곳은 다른 곳보다 항상 물이 더 맑았다. 그렇듯 무언가 마음속에서 조금씩 솟아오르고 그 기운이 잔잔하게 몸으로 퍼져 나가는 때였다.

새로 나타난 시험자는 양피지 두루마리를 한 개 들고 있었다.

"여기서 무엇을 하고 있습니까?"

"수행 중입니다."

"이름은?"

"갈릴리 나사렛, 요셉의 아들 예수입니다."

"수련하면서 무엇을 찾나요?"

그 시험자도 '수행'이라는 예수의 말을, '수련'으로 알아들었다.

"하느님의 말씀을 기다립니다."

"하느님의 말씀을 들으면 무엇을 할 것인가요?"

"하느님의 말씀에 따를 것입니다."

"무슨 말씀을 해주실지 알지도 못하면서 따른다고요?"

"말씀을 듣고 난 다음 따를지 말지 결정할 일이 아닙니다."

"믿음이 대단하네요. 지금 세상에 하느님 말씀을 기다리며 이렇게 고생스러운 수련을 하고 있다니 …."

그러더니 시험자는 예수 얼굴을 똑바로 쳐다보며 물었다.

"예수! 하느님이 세상일에 개입한 적이 있던가요?"

그의 말을 들으면서 예수는 눈을 감았다. 그리고 시험자가 던진 말을 생각했다. 세상은 하느님의 개입을 기다리지만 그분은 입을 다물고 눈도 감았다. 하느님의 말씀이 끊어졌다고 생각하자 사람들은 절망했다. 기다려도 들리지 않는 하느님의 말씀. 아무리 울부짖어도 그분은 꿈쩍도 하지 않았다. 그러는 사이 제국과 지배자들과 권력자들은 그들이 하고 싶은 일을 거침없이 저질렀다.

예수가 대답했다.

"그건 하느님을 어찌 만나느냐, 그 만남에 따라 다르지요."

"그럼! 하느님이 제국의 말발굽과 전차바퀴에서 하느님의 백성이라는 이스라엘을 구했습니까?"

예수는 대답할 수 없었다. 세상에서 벌어지는 일에는 그래서는 안 되는 일들이 뒤섞이고 충돌하기 때문이었다. 그의 마음속에서도 이전부터 그런 생각이 휘돌고 있었다.

"예수! 결국 하느님의 개입을 기다리다가 세상은 악의 손에 모두 넘어갔습니다. 눈으로 보고도, 이스라엘이 당하고 있는 현실을 보고도 그런 생각이 안 듭니까? 내가 이 손에 들고 있는 이 경전에 쓰여 있는 약속과, 실제 우리 눈앞에서 벌어지고 있는 일 사이에는 도저히 메울 수 없는 큰 간극이 있습니다."

그러더니 시험자는 두루마리를 북북 찢기 시작했다. 예수는 그저 지켜보았다. 질긴 양피지 두루마리가 제대로 찢어지지 않자 그는 품 안에서 날카로운 칼을 꺼내 자르기 시작했다. 그의 손에 들려 있던 두루마리는 조각조각 잘려 땅에 떨어졌다.

그는 부싯돌을 꺼내 불을 일으키려고 애썼다. 두 번, 세 번, 여러 번 거듭거듭 부싯돌을 치더니 결국 찢어진 쪼가리에 불을 붙였다. 불은 곧 활활 타올랐다. 한 조각도 남기지 않고 시험자는 모두 태웠다. 어떤 경전이 쓰여 있는 두루마리였는지 알 수 없었다. 그건 경전이 타는 것이 아니라 말씀이 타는 것처럼 느껴졌다.

"예수! 나라면 이렇게 굴속에 쭈그리고 앉아 수련이나 하느니, 세상

420

에 나가 사람들을 끌어모아 압제하는 자, 사람들의 것을 제 맘대로 빼앗아 가는 자, 저 악한 자들을 처단하겠소. 아무리 가난하고 힘없고 눌려 사는 사람들이라도 그들을 끌어모아 조직하고 손에 칼을 들려 주면 커다란 힘이 되지 않겠소?"

"하느님의 개입 없이 사람이 세상을 바꾼다는 말입니까?"

"언제까지 하느님의 개입을 기다리고만 있어야 한다는 말이오? 그분에게 개입할 뜻이 있었다면 나라가 이 지경이 되기 이전에 하셨겠지요. 그분은 성전이 불에 타 무너질 때도 보고만 계셨고, 백성이 갈고리에 찍혀 이방으로 끌려갈 때도 꿈쩍하지 않으셨던 분인데⋯. 성전은 그분이 머무시는 곳, 이스라엘은 그분이 가려 뽑아 약속으로 세운 백성이 아니었던가요? 그런 일을 당해도 그저 보고만 계셨던 분인데, 그분에게 진정 개입하실 뜻이 있다고 예수 그대는 아직 믿고 기다린다는 거요?"

"하느님의 뜻을 따르지 않는다면 강포強暴하게 압제하는 저들이나 우리나 다를 것이 무엇이겠습니까?"

이스라엘이 처한 현실을 보면 시험자의 주장을 모두 부정할 수만은 없었다. 그러나 그런 사정을 다 알고 있는 하느님이 개입하지 않으셨다고 사람들마다 들고 일어나 제멋대로 무력을 휘두르는 것은 하느님을 받드는 이스라엘이 할 수 있는 일이 아니라고 생각했다.

"저는 하느님께서 말씀해 주실 때까지 기다리겠습니다."

"어허! 내 말 들어 보시오. 지금 우리 이스라엘 민족이 이방 제국의 왕들에게 짓밟혀 신음하면서 살아온 지 6백 년이 넘었어요. 이런 고난이 우리에게 내린 그분의 벌이라고 더 이상 그냥 받아들이며 살 수는 없소. 세상일에는 다 때가 있는 거요."

그러더니 그는 방향을 바꾸어 다시 예수를 유혹하기 시작했다. 그건 공격이었다. 광야에 그와 예수 말고는 다른 사람이 있을 턱이 없는데도 그는 한껏 목소리를 낮추고 말했다.

"우리는 이 유대 광야 한구석에 은거지를 정해 놓고 온 세상에서 널리 동지를 모은 지 오래 되었소. 이제 숫자는 넘쳐나고 때가 되었소. 유대와 요단강 건너 고원지대에서 기다리던 병력이 모두 들고 일어나 예루살렘으로 쳐들어가고 잔포殘暴한 로마군대를 큰 바다에 모두 밀어 넣을 때가 됐소. 우리는 그대처럼 뜻이 크고 기개가 높은 사람을 찾고 있었소. 우리는 두 사람의 메시아가 나타나리라고 믿고 있소이다. 한 사람은 제사장 같은 사람, 한 사람은 다윗왕 같은 사람.

자! 털고 일어나 우리와 함께 세상을 바꿉시다. 옛 다윗왕이 그랬듯 광야와 언덕, 산과 골짜기를 이용하여 싸우면 아무리 로마가 대군을 끌고 들어온다고 해도 우리를 당할 수 없어요. 싸움을 오래 끌면 결국 로마는 뒷감당을 할 수 없어 물러갈 수밖에 없어요."

"피를 흘려 이룰 수 있는 일이 아닙니다."

"다윗왕이 이룬 일이 피 안 흘리고 이룬 일입니까? 메시아를 기다리는 불쌍한 백성들의 한숨과 울부짖음을 듣지 못합니까?"

예수는 천천히 몸을 일으켰다. 그리고 손을 들어 시험자의 얼굴을 가리키면서 엄숙하게 선언했다.

"사탄아! 물러가라! 내가 메시아가 되기 위해 백성의 피를 흘릴 수는 없다."

사탄이란 하느님의 뜻을 대적하는 악을 부르는 이름이다. 시험자는 한참 예수의 얼굴을 바라보더니 고개를 가로저어 흔들며 몸을 돌렸다 몇 걸음 걸어가다가 그는 예수에게 큰 소리로 외쳤다.

"그대는 겁쟁이구려! 굴속에 들어앉아 어찌 세상을 구한다는 말이오?"

그 한 마디를 던지더니 휙 몸을 돌려 언덕 아래로 사라졌다.

그 모습이 광야 수행을 중단하고 떠나던 히스기야의 모습과 닮았다. 나사렛 마을 어린 시절부터 한 번도 등 돌려본 적 없던 그도 떠났다. 유대 광야에 푸른 달빛이 가득하던 밤, 예수가 수행하던 굴 앞에서 서성이다가 등을 돌려 떠나갔다. 이투레아 산속에 들어가 그곳 사람들과 어울리며 수련했다는 히스기야가 유대 광야에서 예수를 따라 수행한다는 것이 애당초 어울리지 않는 일이었다. 비록 세례자 요한은 예수와 히스기야 두 사람을 떼어 놓을 수 없어 함께 수행하도록 주선했다지만, 히스기야가 걸어갈 길은 예수가 걸으려는 길과 달랐다. 사람을 모으고 세력을 키우고 힘으로 무력으로 세상을 바꾸겠다는 사람이 광야 굴속에 들어 앉아 하느님의 말씀을 기다리며 수행만 계속할 수 없는 것은 처음부터 정해진 것이나 다름없는 일이었다.

왕이 됐다는 목동 다윗, 그의 왕위를 이어받아 성전을 건축했다는 지혜의 왕 솔로몬은 하느님의 뜻을 벗어났거나 왜곡한 왕이었다고 어려서부터 생각했던 예수였다. 다윗왕을 본받아 말을 타고 달리며 이스라엘의 해방을 이루는 메시아는 처음부터 그의 생각에 없었다. 1천 년의 세월이 흘렀는데 그때 잘못됐던 일을 다시 되풀이한다면 지난 1천 년 동안 겪은 고통이 아무런 교훈을 주지 못했음을 스스로 인정하는 일이었다.

경전에 하느님의 뜻이라고 빼곡하게 적어 놓고, 그 뜻이 이루어지지 않았다고 찢고 불태우며 부추긴다고 격동해서 자리를 털고 일어날 예수가 아니었다. 이미 그는 언덕 너머에서 비춰 오는 빛을 느끼고 있기 때문이었다.

시험자가 던진 메시아라는 말이 오랫동안 가슴에 남았다. 다윗왕 같은 사람이 다시 나타나기를 기다리며 숨 막히는 세상을 살아가는 모든 사람이 불쌍했다. 예수 생각으로는 메시아는 하느님이 보낸 것이 아니라 사람들이 세웠음이 분명했다. 광야 저쪽에서 왔다는 시험자도 그런 사람이었다. 사람들에 의해 세워진 메시아를 하느님이 내려 보낸 메시아라고 부르고도 남을 사람이었다.

경전을 찢고 불태우면서 힘으로 세상을 바꿔보자던 두 번째 시험자가 다녀간 지 사나흘 후에 다시 한 사람이 예수의 굴을 찾았다. 마침 물 고인 웅덩이에서 한 자루 가득 물을 담아와 목을 축이고 있을 때였다.

"여기서 무엇을 하고 있습니까?"

"수행 중입니다."

"이름은?"

"갈릴리 나사렛, 요셉의 아들 예수입니다."

"수련하면서 무엇을 찾나요?"

그도 예수가 하는 '수행'을 '수련'이라고 불렀다. 그들은 모두 '수행'이라는 말을 모르는 사람이 분명했다.

"하느님의 말씀을 기다립니다."

"하느님의 말씀을 들으면 무엇을 할 것인가요?"

"하느님의 말씀에 따를 것입니다."

"아하! 반갑습니다. 나는 선생 같은 분을 찾아 돌아다니고 있었습니다. 그래 얼마나 오래 수련했습니까? 하느님의 말씀은 들었습니까?"

"40일 넘었습니다. 그분의 말씀을 기다리고 있습니다."

"선생은 참으로 귀하신 분입니다. 지금 세상에 하느님을 찾아 이 공허한 광야에서 그렇게 오래 수련하고 계시다니. 하느님 말씀을 받으면 곧바로 예루살렘에 올라가시면 될 것 같습니다."

"무슨?"

"아, 하느님 말씀을 듣지도 깨닫지도 못하고, 자기들도 하느님을 안 믿고 다른 사람들도 못 믿게 가로막는 예루살렘 성전, 저 가증스러운 대제사장 무리를 몰아내고 선생 같은 분이 하느님 말씀을 선포해야 합니다. 온 이스라엘이 옷을 찢고, 재를 뒤집어쓰고 40년을 회개해도 모자랄 일입니다, 지금 이 땅이 … ."

"저는 그럴 생각으로 수행을 하는 것은 아닙니다."

"예수 선생! 생각해 보세요, 현실을 … . 하느님에 눈감은 자들이 시온에서 성전을 차지하고 앉아 있는데, 그들에게 성전을 그대로 맡겨 둘 생각입니까? 청소하듯 깨끗하게 쓸어내야 하지요."

예수는 더 이상 대꾸하지 않고 눈을 감았다. '시온'이라 불리는 예루살렘에 옛 다윗 왕조를 회복하는 것이 유대의 정치적 꿈이었다. 야훼 하느님과 올바른 관계를 회복하는 거룩함의 실현은 성전을 정화하고 모든 사람이 토라의 가르침에 따라 살아가는 것을 의미했다. 거룩함이 실현되면 정치적 꿈이 이루어진다고 믿었다.

두 번째 시험자가 이스라엘의 정치적 꿈, 메시아를 내세웠다면, 눈앞에 나타난 이 세 번째 시험자는 예수에게 성전의 권위를 목표로 하라고 부추겼다. 결국 수행의 끝에 하느님의 선택을 받았다고 선언하고 나서서 예루살렘 성전을 접수하라고 꼬드기는 셈이었다. 그건 아마 예수가 수행을 마치고 세상에 나가면 몰려들고 찾아오는 모든 사람들이 그에게 권하거나 기대하는 일이 될 것이었다.

"예수 선생! 하느님의 뜻으로 옷 입으면 세상에 무서울 일이 무엇이겠습니까? 성전이 대적對敵하겠습니까? 로마가 감히 나서겠습니까? 옛 예언자 모세를 보십시오. 손을 들어 바다를 갈라 히브리가 홍해紅海를 걸어서 건넜고, 손으로 뱀을 들어도 물지 않았습니다. 예루살렘 성전에 올라 하느님이 부여하신 권능으로 세상 모든 사람들을 올바른 세상으로 인도하세요. 사람들이 예수 선생을 모세 같은 예언자로 받아들여 모실 것입니다. 경전에도 기록되지 않았습니까? 모세는 자기와 같은 예언자를 하느님이 세우실 것이라고 이스라엘에게 말했습니다.

'주 당신들의 하느님은 당신들의 동족 가운데서 나와 같은 예언자 한 사람을 일으켜 세워 주실 것이니, 당신들은 그의 말을 들어야 합니다.'

그리고 야훼 하느님도 모세의 입을 통하여 다시 말씀하셨습니다.

'나는 그들의 동족 가운데서 너와 같은 예언자 한 사람을 일으켜 세워, 나의 말을 그의 입에 담아줄 것이다. 그는 내가 명한 모든 것을 그들에게 다 일러줄 것이다. 그가 내 이름으로 말할 때에, 내 말을 듣지 않는 사람은, 내가 벌을 줄 것이다.'

이제 이 땅의 백성은 하느님이 약속해 주신 모세와 같은 예언자를 기다리며 고통 속에서 울부짖고 있습니다. 저 울음소리가 들리지 않습니까? 이 황량한 광야에서 40일을 넘겨 수련했으니 이제 세상을 향해 나가야 하지 않겠습니까?"

"나는 하느님의 뜻에 따르지 않고 사람의 눈에 맞추려고 수행을 시작한 것이 아닙니다. 그건 자신을 내려놓지 못한 욕망입니다."

"예수 선생, 언제든 뜻을 세우시면 기별 주십시오. 저와 제 동문들은 언제든지 기꺼이 선생을 따를 용의가 있습니다."

"제 뜻은 그런 것이 아닙니다."

"아, 예! 그러니 그때가 되면 다시 상의하기로 하지요. 그만 내려가 보겠습니다. 그리고 기다리겠습니다. 뜻을 세우면 저희를 찾아오세요."

황량한 광야, 굴 앞에 작은 회오리바람이 일어나고 있었다. 살랑살랑 먼지와 티끌을 하늘로 불어 올리고 있었다. 시험자는 자리에서 일어났다. 그가 지나가자 살랑살랑 그 바람이 시험자의 옷자락을 슬쩍 걷어 올렸다. 그 옷자락 속에 주렁주렁 매달려 있는 욕망을 예수는 보았다.

아직 하느님의 말씀을 듣지 못했는데 가지가지 모습으로 욕망이 먼저 그를 찾아왔다. 하기야 그 욕망은 사람이 살아가면서 이루고 싶어 하는 일들의 목표일 수밖에 없었다. 먹고사는 일보다 더 중요한 일이 있으랴? 사람들의 고통을 덜어주기 위해 떨치고 일어나는 일보다 더 고귀한 일이 있으랴? 하느님의 뜻을 밝게 펼쳐 보여주어 사람들이 올바른 길을 걷도록 인도하는 것보다 더 거룩한 일이 있으랴?

세 번째 시험자가 떠나간 지 하루가 지났다. 광야에는 가끔 회오리바람도 불고, 뜨겁게 내리쬐는 햇볕이 하루 종일 바위를 달구기도 하고, 어디서 날아왔는지 이름 모를 새가 맥없이 머리 위를 한 바퀴 돌다 날아가기도 했다. 하늘 한구석에 언뜻 보였던 구름은 어느새 사라졌다. 그렇게 또 하루가 지났다. 잡힐 듯 말 듯, 들릴 듯 말 듯, 언뜻 떠올랐다가 잡기도 전에 스르르 자취도 남기지 않고 사라지는 생각의 꼬리를 잡으려고 애쓰면서 하루하루 며칠을 보냈다.

눈을 감고 등을 동굴 벽에 기댄 채 깊은 생각에 잠겨 있을 때였다. 갑자기 굴 앞을 무엇이 막아 햇빛을 가린 듯 느껴졌다. 눈을 떴다. 둘인지, 셋인지, 아니 넷이었다. 눈앞에, 굴 앞에 사람들이 서 있었다. 그들은 사람 하나 겨우 웅크리고 앉을 수 있는 굴속의 예수를 부르지도 않고 조용히 내려다보고 있었다.

그중 한 사람이 말을 걸었다.

"예수! 나는 그대가 끝까지 수련을 마칠 줄 알았소. 자랑스럽소! 수고했어요."

햇빛을 등진 그 사람 얼굴은 제대로 보이지 않아도, 그 목소리는 알아들을 수 있었다.

"요한 선생님?"

"예! 납니다."

"어쩐 일로 여기까지 ⋯."

그때서야 나머지 세 사람의 모습을 알아볼 수 있었다. 시험자들이었다. 특히 경전을 칼로 찢어 불사른 사람의 얼굴은 더 뚜렷하게 기억했다. 세례자 요한이 물었다.

"오늘까지 대체 얼마 동안이나 예수가 이 광야에서 수련했는지 아시오?"

"글쎄요, 세어 보지 않았습니다. 그러나 40일은 넘은 것 같습니다."

"그럼, 그럼! 벌써 55일이나 됐어요."

"예! 그런데 선생님이 어쩐 일로 … ."

"예수! 이제 내려갑시다."

"무슨 말씀인지요?"

"수련은 끝났습니다. 그리고 그대는 우리가 준비한 모든 시험을 아주 훌륭하게 이겨냈습니다."

"선생님이 마련한 시험이었습니까? 그런데 우리라니요?"

그때 시험자 중 한 사람이 한 걸음 다가서며 말했다.

"우리는 소금호수 쪽 계곡에서 수련하며 지내는 사람들입니다. 세상 사람들은 우리를 '에세네파'라고 부르기도 하지요. 요한의 부탁을 받고 우리가 시험자로 나섰던 것입니다."

예수는 아무 말 없이 그저 듣기만 했다. 무슨 말인지 알 것 같기도 했고, 전혀 상관없는 말처럼 들리기도 했다.

"요한! 그대의 제자라는 이 예수가 얼마나 시험을 잘 받아 넘겼는지, 우리 공동체 형제들이 모두 한입으로 칭찬했다오. 대단한 제자를 두었소, 요한! 축하하오!"

"고맙네! 나는 처음부터 예수가 수련을 너끈히 마칠 것으로 생각했었지. 그런데, 예수! 하느님의 말씀을 들었소? 그분을 만났소?"

"아직 못 들었습니다."

"이 사람들 얘기로는 그대가 시험에 대해 대답한 내용이나 처신은 모두 하느님의 말씀을 깊이 깨달은 사람, 말씀을 들은 사람이 할 수 있는 말이라 하던데 … ."

"아닙니다. 아직 이르지 못했습니다."

"이른다는 말은?"

"하느님의 마음에 제 마음을 담그지 못했습니다."

그때 세 번째 시험자로 나타났던 사람이 말했다.

"우리로서는 이제 더 시험할 이유가 없어요. 예수 그대는 이미 훌륭한 선생이오. 우리 동문들 중 누구도 그대보다 더 잘할 수는 없어요."

그때 요한이 타이르듯 예수에게 말했다.

"이 사람들이 얘기했듯 더 이상 시험을 치를 필요는 없어요. 그만하면 훌륭하게 마쳤어요. 그리고 그대가 대답했다는 말을 들어 보니, 이미 그분께서는 그대 마음속에 말씀을 남겨주신 것으로 믿어집니다. 이제 내려갑시다. 세상이, 그리고 목마른 사람들이 그대를 기다리고 있어요. 먹을 것과 마실 것을 좀 싸왔으니 이것 먹고 힘을 내서 내려갑시다."

"선생님! 감사하지만 저는 더 머물러 있겠습니다. 그냥 내려가시지요. 그리고 싸가지고 오신 음식은 다시 가지고 가십시오. 지금은 제 정신이 호수같이 잔잔하고 맑습니다. 저 아래 물웅덩이가 있으니 마실 물은 며칠 만에 한 번씩 내려가 자루에 담아 오면 됩니다. 약속했던 것처럼 나중에 강으로 내려가면 꼭 선생님을 찾아가겠습니다. 원래 그러기로 했잖습니까?"

"예수!"

"선생님, 감사합니다. 그리고 저를 위해 이 험한 광야까지 일부러 찾아와 저를 단련시켜 주신 세 분께도 감사드립니다. 제 눈앞에 강물이 출렁이며 흘러갑니다. 그 물에 들어가는 일이 남은 것 같습니다."

"어허!"

요한은 깊은 한숨을 쉬었다. 무슨 말로도 예수의 마음을 바꿀 수 없

430

으리라는 것을 깨달았기 때문이었다.

"알겠소. 우리는 그럼 내려가겠소. 깨달음은 강둑에서 내려다보는 강물과는 다르다오. 땅과 만나는 강물은 흐르는 경계가 있지만 깨달음에는 그런 경계가 없지요. 강가에 서 있는 것이나 강물 속에 들어가 있는 것이나 다름이 없지요."

"예! 선생님, 감사합니다. 그럼 … ."

예수는 눈을 감았다.

세례자 요한과 세 시험자는 몸을 돌렸다. 언덕을 내려가면서도 요한은 자꾸 뒤를 돌아보았다. 그들은 기간을 정한 '수련'을 생각했고, 예수는 평생 걸어갈 '수행'의 길에 발을 디뎠기 때문이었다. 그들 눈에는 누구도 건너지 못했던 강을 비틀비틀 건너는 예수의 모습이 보였다. 그는 분명 강을 건널 것이라고 그들은 믿었다. 예수를 이끄는 남다른 힘을 그들도 느낄 수 있기 때문이었다.

예수는 마음을 가다듬었다. 세례자 요한이 했던 말도, 세 시험자가 그에게 던졌던 시험도 모두 잊었다. 애당초 어떤 목표를 정해 놓고 광야에 들어온 것이 아니었다. 40일이라고 기간을 정한 것은 요한의 생각이었을 뿐이었다. 하느님을 만나고, 그분의 말씀을 듣는 일에 장소와 시간을 정할 수 없기 때문이었다.

히스기야가 떠났던 날처럼 푸른 달빛이 안개처럼 광야에 가득한 날도 지나고, 깜깜한 하늘에 별만 있는 날도 지났다. 문득 아버지 요셉이 어린 예수에게 해주었던 말이 떠올랐다.

"애야! 저 하늘 많은 별 중 하나를 네 별로 정해 두어라!"

"예! 그런데 왜요?"

"그 별이 늘 너를 지켜보고 있다고 생각하렴. 저 하늘 가득한 별 하나마다 세상 모든 사람들, 한 사람 한 사람의 소원이 매달려 있을 거다. 그러니 사람들이 별을 두고 맹세하지 ….."

"그렇겠네요."

아버지와 얘기는 그렇게 끝났다. 그렇다고 아버지 말대로 예수가 마음속에 어느 별 하나를 꼭 짚어서 '내 별'이라고 정해 둔 적은 없었다. 캄캄한 밤에 올려다본 하늘에는 별이 참 많았다. 그 별 하나하나에 사람들의 소원이 매달려 있다는 아버지 말을 떠올리니 별을 올려다보며 소원을 걸어 놓는 사람들의 마음이 느껴졌다.

어느 별은 늘 반짝반짝 빛나고 어느 별은 멀어졌다 가까워지고, 어느 별은 계절 따라 하늘을 이리저리 헤맸으리라. 하늘 한가운데를 흐르는 강, 그 강을 건넌 별도 있고 아직 못 건넌 별도 있고, 지금 건너는 별도 있겠다고 생각하다가 문득 그 넓은 하늘, 어디에서 어디로 건넌다는 말인가, 부질없다는 생각이 들었다.

'무엇을 찾는단 말인가?'

'무엇을 기다리고 있는가?'

이미 주어졌고, 이미 광야에 가득하고, 이미 하늘에 가득하고, 이미 세상에 가득하고, 별마다 하나씩 소원을 걸어 놓았던 사람들 마음속에 이미 들어가 있는 것, 들어갔다고 말할 것도 없이 이미 들어 있는 것, 그것을 찾고 기다렸다는 생각이 들었다. 태초부터 있었던 하느님을 광야에서 만나려고 굶주리며 찾았다. 예수가 태어날 때부터 말 걸고 지켜보던 그분, 새삼 그 말씀을 듣겠다고 쉰 날이 넘고 예순 날이 넘도록 광야에서 기다렸다는 생각이 들었다.

깨달음은 그렇게 슬쩍 꼬리인지 머리인지 내보이다가 다시 가뭇없이 사라졌다. 붙잡으려 하면 할수록 멀어졌고, 조금 전에 했던 생각을 다시 떠올리려고 하면 스르르 미끄러져 사라졌다. 분명 무엇이 있을 법한데 생각의 구멍 속에 손을 넣어 더듬어 보면 빈손뿐이었다.

'깨달음이란 무엇인가?'

'깨달음은 상태인가, 그 상태에 이르는 과정인가?'

그렇게 지내다 보니 밤이 낮이 되고 낮이 밤이 되었다.

그런데 마음속에 빵이라는 말이 슬그머니 들어왔다. 눈앞에서 바구니를 열어 놓고 빵을 먹고 포도주를 마시던 시험자의 말이 떠올랐다. 왜 그런지 모르겠지만 그가 남기고 떠난 말이 떠올랐다. 요한과 시험자는 그 시험을 예수가 잘 넘겼다고 했지만 바로 그 시험 속에 그가 찾으려고 애썼던 깨달음이 숨어 있었다. 그가 던진 시험이 바로 예수가 구하던 대답이었다.

"하느님 말씀이 바로 여기 천지로 굴러다니는 돌을 빵으로 만들어 사람들 입에 들어가게 해줍니까?"

예수는 실마리를 붙잡을 수 있었다.

'하느님은 사람이 먹어야 살 수 있도록 만드셨다.'

'하느님을 섬기고 따른다고 먹지 않고도 배부르지는 않다.'

'그런데 사람이 빵으로만 사는 것이 아니고 하느님의 말씀으로도 살지 않는가?'

'말씀으로 먹여 주신다는 얘기지 … .'

'하느님은 말씀과 먹는 빵 중에 하나를 고르라고 하시는 분인가?'

빵은 세상을 살아가는 일이다. 먹는 것, 입는 것, 지붕 아래 몸을 누이고 자는 것, 식구들과 더불어 살아가는 것, 올리브를 따고 포도주를 밟는 일이 모두 빵과 연관되어 있다.

'돌로 빵을 만들어 사람들을 먹여라?'

'만나가 떨어지고 메추라기가 날아들고?'

이집트 종살이에서 해방되어 광야로 나간 히브리인들이 먹을 것이 없어 울부짖었다는 얘기가 떠올랐다. 그 울부짖음을 듣고 야훼 하느님이 딱하게 여겨 날마다 '하늘 떡 만나'를 내려주어 사람들이 광주리에 하루치씩 주워 담아 먹었고, 메추라기가 날아들어 잡아먹었다고 전해져 내려왔다. 말씀이 임하면 돌로 빵을 만들어 먹는 것과 다름없었다.

무언가 먹어야 살아갈 수 있는 사람들에게 빵 대신 말씀만 내세워 어디로 끌고 가시는 하느님은 아니라는 생각이 들었다. 예수의 눈에 보였다. 농부들과 함께 농사지으시는 하느님이 보였다. 빵이란, 그렇게 할 수 있다고 하더라도, 돌로 만들어 먹는 것이 아니었다. 그건 말씀의 능력을 믿지 않고 부정하라는 말이 아니라, 빵이란 그렇게 만들어져서는 안 된다는 뜻이었다. 땅은 기적 대신 땀으로 먹을 것을 내는 품이었다.

'농사는 우선 사람이 하는 일이지. 해 뜨기 전에 들에 나가서 해 질 때까지 하루 종일 엎드려 일하지.'

'농부만 있다고 농사가 되는 일이면 나사렛에서 아버지 어머니가 그렇게 살지 않으셨지. 결국 땅이 있어야 농사를 짓지.'

'맞아! 농부, 그리고 땅!'

'그러면 뭘 해? 제때 비가 내려야지 ….'

'그렇군! 비도 와야 하고 ….'

'곡식이 자라려면 햇빛도 있어야 하고.'

'그렇지, 햇빛.'

'씨 뿌렸다고 금방 추수하나? 싹이 나고 자라고 익어야 하고, 그만큼 시간이 걸려야 하지.'

'시간 ….'

'그것으로 돼? 씨가 싹트는 신비, 싹이 자라는 신비, 햇빛 받아 곡식이 여무는 신비, 무엇보다 그걸 먹어야 사는 사람의 신비, 빵을 먹고 힘을 얻어 일하고, 일해서 빵을 만들어 먹고 ….'

'신비 …, 신비라! 결국 하느님이시네! 하느님이 농부와 함께 농사 짓고 계시네!'

'제일 중요한 것이 빠졌어 …. 씨가 있어야지. 씨를 뿌려야 싹이 나지.'

따지고 보면 어느 한 가지가 빠지면 농사를 지을 수 없었다. 빠진 것 대신에 다른 것이 2배, 3배로 많아진다고 농사가 될 수 없었다.

'하느님이 왜 그렇게 하실까? 애당초 안 먹고도 배부르고, 일 않고도 살아갈 수 있도록 하시지 ….'

'원래 그렇게 만드셨다잖아? 에덴동산에서 쫓겨나서 그렇지. 그때까지는 일 안 하고 동산 과일만 따먹고도 살았고.'

'결국 동산에서도 먹었네. 왜 입은 만드셨을까? 뭐 먹으라고?'

'허허! 배가 있으니 입으로 먹어 채워야지 ….'

마치 옆에 누가 있어 서로 묻고 답하는 것처럼 실마리를 풀어 나갔다. 그건 나사렛에서 아버지가 예수를 깨우쳐 주던 방식이었다.

울부짖는 소리를 하느님이 들으면 하늘 떡이 내리는데, 하루 종일 밭에 엎드려 일하는 일은 미련한 일이다. 하느님에게 말씀의 권능을 받으면 쉽게 돌로 빵을 만들어 먹을 수 있는데, 땀 흘리며 일에 매달린다면 어리석은 일이다. 예수는 깨달았다. 사람 살아가는 일이란, 하느님에게 울며불며 매달려 살아갈 수 있는 일이 아니었고, 할 수 있는 능력을 가졌다고 뚝딱 돌로 빵을 만들 듯 해치울 수 있는 일이 아니었다.

한 사람이 일해서 열 사람 먹이는 일이 훌륭하고 위대해 보여도 열 사람이 각자 자기 몫에 따라 사는 세상이 더 중요하다는 말이었다. 한 가지가 더 있다고 농사가 되는 것이 아니다. 씨앗과 사람의 땀, 땅과 물과 햇빛, 슬쩍 흔들고 지나가는 살랑 바람과, 기다리는 시간과, 싹 트고 자라는 신비, 바로 하느님이 개입해야 농사를 지을 수 있다. 농사가 그렇다면 갈릴리 호수에서 물고기를 잡아 올리는 일도 그러하고, 걸터앉아 돌을 쪼고 다듬는 일도 그러하고, 소금호수에서 버석버석 소리 나는 소금을 퍼 올리는 일도 그러했다.

하느님은 저녁상 차려 놓고 기다리시는 분이 아니다. 사람과 함께 부지런히 방아를 찧고 빵 굽는 화덕 옆에서 부채질하고 푸성귀를 뜯어 깨끗하게 씻는 일을 마다하지 않으시는 분이다. 사람의 삶 속에서 사람과 함께 살아가시는 분이다. 더구나 한 사람이 모두 먹어치우면 하느님도 배고프시다. 한 사람이 발을 길게 뻗으면 발 뻗을 곳 없어 다리를 오그리시는 분이다. 그분은 하늘 높은 곳에서 세상을 내려다보며 사람이 어찌 사는지 그저 지켜보고 두고 보는 분이 아니다.

살면서 하느님을 수도 없이 만났다. 물끄러미 쳐다보다가 자기 손에 들었던 빵 조각을 내미는 사람을 만났다. 허기진 배를 참으며 밤새 그물질하다가 비틀했을 때 슬쩍 부축해 주던 어부를 만났다. 하느님은 세상을 이리 뒤집고 저리 뒤엎을 만한 큰일에만 관계하시는 분이 아니라, 사람 살아가는 매일의 삶 속에 역사役事하시는 분이었다. 어디로 찾아가 만날 분이 아니고, 뒤를 따라갈 분이 아니고, 만나 모셔 들여야 할 분이 아니었다. 사람들과 함께, 처음부터 함께 계셨던 분이었다. 나사렛 언덕을 날마다 같이 오르내렸고, 호수에서 비 맞으며 그물을 끌어올릴 때 한쪽을 맡아 끌어올려 주던 분이었다. 그리고 그분은 배고픔도 아는 분이었다.

그렇게 깨달은 하느님은 토라에서 가르치는 하느님과는 다른 분이었다. 양피지 두루마리에 암호처럼 기호처럼 뜻을 숨겨 놓거나, 성전 깊숙한 곳, 거룩한 곳 중에서 가장 거룩한 곳에 눈감고 조용히 앉아 계신 분이 아니었다.

'애야! 예수야! 눈 감아서 못 보고, 눈을 뜨고도 나를 보지 못하는 세상이구나!'

'보이지 않는 분이라고 생각해서 그랬습니다.'

'왜 안 보여? 온 세상에 다 내 모습을 심어 놓았는데?'

하느님의 음성을 들었다. 하느님을 보았다. 예수는 하느님과 함께할 수 있게 됐다.

그런데 예수가 만난 하느님, 그분과 하나가 된 예수가 세상에 나가는 일은 다른 문제였다. 그냥 광야를 벗어날 수 없었다. 말로는 세상에 나간다고 하지만, 세상은 시간과 공간이 만나는 영역이기 때문에 그러했다.

그는 앉아 있던 조그만 굴에서 밖으로 나왔다. 들어가고 싶을 때 들어가 눕고, 나오고 싶을 때 나와 시원한 저녁바람 쐬어도 걸릴 것이 없었다. 무엇을 하기 위해서는 어찌해야 한다는 생각에서 풀려났기 때문이었다. 광야에 있어도 그는 광야 밖을 서성였고, 갈릴리 호수를 굽어보며 아벨산 굴 앞에 앉아 있었고, 나사렛 언덕을 내려와 세포리스 길을 걷고 있었다.

제대로 못 먹어 날마다 얼굴이 점점 더 부석부석 누레지던 나사렛 마을 모퉁이집 아이들 얼굴이 떠올랐다. 아무것도 들어 있지 않은 듯 휑하고 퀭한 눈으로 허청허청 아버지 뒤를 따라 마을을 떠나던 그 집 아이들, 그 눈을 잊을 수 없었다. 마치 화살 맞은 짐승처럼 고래고래 소리지르며 푸른 달빛 가득한 광야를 풀풀거리며 뛰어 돌아다니다가 떠난 히스기야도 생각났다.

두 번째 시험자가 던졌던 질문으로부터 다시 실마리를 풀어 나가기 시작했다.

"다윗왕이 이룬 일이 피 안 흘리고 이룬 일입니까? 메시아를 기다리는 불쌍한 백성들의 한숨과 울부짖음을 듣지 못합니까?"

히스기야도 광야를 떠나가기 전 똑같은 질문을 예수에게 던지고 싶었을 것이었다.

'메시아를 기다리는 불쌍한 백성들의 한숨과 울부짖음에 예수 자네는 어찌 귀를 막는가?'

메시아를 기다리는 불쌍한 백성, 이방 민족의 말발굽 아래 쓰러지며 하늘을 올려다보던 동족이 생각났다. 세포리스성과 그 주변에서만 1만 명이나 되는 사람들이 줄줄이 묶여 로마로 끌려가 노예로 팔려갔다는 얘기를 들으며 자랐다. 동무 히스기야의 아버지가 십자가에 매

438

달려 버둥거릴 때, 숨을 채 거두기 전부터 들개와 날짐승에게 살이 찢겨 뜯기고 쪼였다는 얘기를 들었다. 그들은 메시아가 올 날을 기다리다가 숨을 거뒀고, 알지 못하는 땅에 끌려가 알지 못하는 사람의 노예가 되어 평생을 살았다.

'메시아.'

그 생각을 하면 예수는 한없이 가슴이 갑갑했다. 이스라엘은 다윗왕 같은 사람을 메시아로 기다리고 있기 때문이었다. 메시아가 이스라엘을 해방할 수 있을까?

몇 날 며칠, 굴속에 들어갔다가 나왔다가, 해가 저물어 가는 언덕을 오르고 내리며 생각했다. 그러다가 그는 마음속에서 불쑥 치고 올라오는 물음을 들었다. 그건 하느님의 말씀이 분명했다.

'아니! 너 혼자 세상을 구하려느냐?'

그 말은 커다란 망치로 머리를 내려친 듯 그를 어지럽게 만들었다. 그가 발 딛고 서 있던 땅을 갑자기 확 잡아 뺀 것 같았다. 깨달음을 얻고 난 다음 어떻게 세상으로 나갈지 며칠 동안 조금씩 모아 두었던 생각이 갑자기 와르르 흩어져 사라져 버렸다.

메시아든 왕이든 그건 하느님이 역사役事하시는 방법이 아니다. 하느님은 제일 힘센 사람을 뽑아 씨름판에 내세우는 분이 아니기 때문이다. 혼자 나서서 세상을 구하고, 혼자 나서서 이스라엘을 압제에서 해방하고, 혼자 나서서 세상을 바꾸는 일은 하느님의 방식이 아니다. 그럴 일이면 하느님이 나서서 직접 팔을 휘두르지 사람을 찾아 기다릴 분이 아니다.

예수는 깨달았다. 진정한 해방을 깨달았다. 성전에 모신 관념의 하느님이 아니라 사람들이 애쓰며 살아가는 현장에서 일하시는 하느님을 깨달았다. 그러자 하느님이 역사하는 방식이 눈에 들어왔다. 죽죽 곧게 잘 자란 큰 나무로만 이루어진 숲을 원하는 하느님이 아니었다. 큰 나무도 자라고, 작은 나무도 자라고, 풀도 살고, 개구리도, 뱀도 사는 숲이 하느님이 만든 세상이었다. 각각의 존재가 자기 몫에 따라 자기 몫을 누리며 사는 세상이 하느님의 세상이라는 것을 깨달았다. 이스라엘을 해방할 메시아를 어느 때 번뜩 세상에 내리려고 작정하신 분이 아니라 모든 사람이 압제에서 해방되도록 눈이 뜨이고 귀를 열어 주는 일을 하려는 분이었다.

'내가 내 백성을 억압하지 않는데 세상이 억압하는구나.'

그분이 말하는, 억압하는 세상은 압제자였다. 왕이었다. 황제였다. 사람들의 눈을 가린 성전이었다. 압제자들이 만들어 낸 법이었다. 그들은 그런 권리를 하느님에게서 부여받았다고 사람들을 속였다. 하느님이 해방한 백성을, 하느님의 이름을 빌려 지배자들이 억압했다. 자유인을 끌어다가 노예로 삼았다.

예수는 무릎을 꿇었다.

"해방하시는 하느님, 감사합니다."

"가라! 내 백성을 해방하라!"

"가라 하시니 가겠습니다."

메시아가 아닌, 해방을 선언하는 사람으로 세상 속으로 나가겠다고 다짐하며 일어서다가 갑자기 무릎 하나가 턱 꺾였다. 다른 무릎마저 꺾였다. 예수는 그 자리에 엎어질 수밖에 없었다. 무릎에 힘이 다 빠져 일어날 수 없었다. 갑자기 세상이 캄캄했다. 속이 메슥메슥했다.

"하느님!"

"가라!"

"하느님, 저는…."

"가라!"

그분은 예수에게 그의 뒤를 받쳐 주마 약속하지 않았다. 그저 오직 한 마디뿐이었다.

"가라!"

끝까지 돌보아 줄 테니 하느님을 믿고 가라는 말이 아니었다. 목동 생활을 하던 모세를 미디안 광야에서 일으켜 세워 이집트 왕 파라오에게 보내던 하느님이 아니었다. 오로지 길을 떠나는 예수 자신의 결단에 따라 길에 나서야 했다. 예수가 외치는 해방을 순순히 받아들일 세상이 아니었다. 하느님의 사람으로 보냄 받았다고 그가 말하면 돌로 치거나 목을 베거나 높이 들어 십자가에 매달고야 말 세상이었다. 그건 해방을 선포하는 영광의 길이 아니고, 고통과 공포로 몸이 오그라들 만큼 무서운 길이 분명했다.

해방은 그래서 역설逆說이다. 한 사람이 스스로에게서 놓여남을 통해 세상이 놓여남을 경험하는 일이다. 고난을 피할 수 있는 길을 미리 마련해 놓고 떠나는 일이 아니었다. 하느님의 뜻에 벗어났기 때문에 당하는 고난이 아니었다. 세상으로부터 거부당하든 환영을 받든 그건 하느님의 뜻이 아니라 세상의 반응일 뿐이다.

"가겠습니다!"

드디어 예수는 일어났다. 그 길 끝에 보상이 기다리고 있지 않음을 그는 깨달았다. 해방을 가로막는 세상에 하느님의 해방을 선언하는 일이기 때문이었다. 해방은 땅 위에 사는 모든 생명이 성취해야 할 하느님의 예정이었다. 하느님이 처음부터 약속한 축복이었다. 세상이 애써 힘을 모아 세워 놓은 크고 작은 담을 허무는 일이었다.

그렇게 생각하자 예수의 몸속에서 그를 놓아 주지 않던 어둠이 흘러 나오기 시작했다. 이제까지 어둠이 그를 붙잡고 있었다. 하느님이 그의 몸 속에서 어둠을 끄집어 낸 것이 아니고, 그의 몸이 스스로 어둠을 밀어냈다. 어둠에서는 고약한 냄새가 났다. 어둠에서 놓여나는 순간 그는 해방을 경험했다. 어둠은 그의 몸속에서 그를 지배했고, 그의 몸밖에 있는 어둠과 연결되어 세상을 억눌렀다. 어둠을 밀어내니 해방이었다. 이미 이루어진 하느님 나라였다.

예수의 귀에 세상이 부르는 노래가 들려왔다. 하늘 은하수를 건넜든 아니든 별이 제자리에서 반짝였다. 사람은 모두 압제의 강을 건넜고, 그들은 하얀 옷을 입고 있었다. 강을 건넜다고 믿으면 이미 강을 건넌 세상, 하느님이 이루려는 나라였다.

"그렇게 나는 유대 광야에서 수행을 시작했고, 그분의 뜻을 따라 세상을 가로질러 걸어왔지요."

"선생님! 제 마음 속에는 선생님께서 광야를 나와 걸으셨던 걸음걸음이 그 걸음만큼 수행이었다는 생각이 듭니다."

"그래요, 마리아! 수행은 어느 날 드디어 이루어짐을 찾는 것이 아니라 이루는 과정이에요. 내가 광야를 나와 걸어온 그 길이 예루살렘 길이었지요.”

“그래서 선생님께서는 ‘때가 이르렀다’고 말씀하셨군요. 예루살렘의 때, 그 일!”

“그래요. 마리아가 잘 알아들었군요. 내가 저들에게 수없이 그 ‘때’를 얘기했지요. 그런데, 깨어 일어나보니 아침일 수도 있겠지만, ‘때’를 기다리는 사람은 아침마다 동산에 올라 하늘을 바라보지요. 밝게 빛나는 동쪽 하늘 새벽별을 바라보면서, 물러나는 어둠을 보면서, 밝아오는 빛을 보면서 몸으로 살아낼 ‘때’를 준비해야 하지요.”

“예!”

“그런데 마리아! 어둠과 빛은 칼로 자른 듯 그렇게 구분할 수가 없어요. 그 경계가 없지요. 아침 해가 떠오르면 빛이 있고, 서쪽 산으로 해가 지면 어둠이 시작되는 것이 아니오. 문제는 악한 세력을 어둠의 세력이라고 말하기 때문에 사람들이 잘못 가지게 된 생각이오. 빛 속에 어둠이 있고 어둠 속에 빛이 있어요. 빛과 어둠은 사람이 살아가는 삶의 한 부분이오.”

“그런데 선생님께서는 깨달음을 얻고 났더니 어둠이 몸 밖으로 나오더라고 말씀하셨잖습니까?”

“그건 상징이지요. 그래서 내가 예전에 어둠을 물질이라고 말한 거요. 그 어둠은 내 안으로 빛이 들어오지 못하도록, 내가 어둠 속에 머물도록 나를 잡아 두려고 했던 힘이지요. 그런데 마리아, 사람이 밤이 없이 살아갈 수 있습니까? 어둠이 밤이라고 밤을 없앨 수 있습니까?”

“그럴 수는 없겠습니다.”

“그래요. 그럴 수 없어요. 빛 아래 생명이 영글고, 어둠 속에서 생명은 살이 더 풍성해지고 속으로 여물어 간다오. … 그런데, 히스기야를 다시 보고 싶소?"

갑자기 예수가 얘기를 돌렸다. 그녀에게 해주고 싶은 말이 있기 때문이다. 마리아는 잠시 부끄러운 표정을 지으며 머뭇거리다가 무언가 결심한 듯 말했다.

"보고 싶습니다. 한 번이라도 둘이 마주 앉아, 선생님과 이렇게 마주 앉아 얘기하듯, 그분과 대화하고 싶습니다. 그러나, 선생님! 그럴 기회가 없어도 후회는 없습니다. 슬퍼하지 않겠습니다."

예수는 마리아의 가슴 속에 출렁거리는 파도를 보았다. 몰려오고 밀려나가는 파도소리를 들었다.

"마리아! 내가 이 길을 걷지 않았으면 나도 그의 길을 걸었을 것이오. 그가 그의 길을 걷지 않았으면 그도 바로 내 길을 걸었을 것이오. 그러나, 하늘 아래 이 길 따로 저 길 따로 있는 것이 아니고, 그도 나도 결국 한길을 걸은 셈이고, 우리는 다시 한곳에서 합쳐지도록 되어 있어요."

"여리고에서도 선생님께서 그 말씀을 하셨는데 … ."

"그래요. 히스기야와 내가 힘을 합치면 배로 힘이 커지는 것이 아니고 여전히 한 사람의 힘이 될 거요."

"어찌 그리 됩니까?"

"다르지 않기 때문이오. 나중에 때가 되면 그대 마리아가 알게 될 날이 오리다."

"예! 그날을 기다리겠습니다. 그런데, 아까 말씀하셨던 대로 저 … 남자 제자들이 오늘 모두 너무 놀랐습니다. 저도 처음에는 놀랐으니까요."

"그랬겠지요."

예수는 마리아가 하려는 말의 뜻을 충분히 알아들었다. 그녀는 밖으로 몰려나간 제자들이 안으로 들어오면 예수에게 무슨 얘기를 할지 알기 때문에 미리 귀띔해 주고 싶었으리라.

광야를 겪어 보지 못한 제자들이 아침나절 성전 뜰에서 갑작스레 경험한 일로 얼마나 크게 당황했을지도 예수는 안다. 예수는 예루살렘 성전 이방인의 뜰을 갑자기 유대 광야로 변화시켰고, 그 광경을 바라보던 모든 사람들에게 그 무엇에도 기대지 말고 자기 발로 서서 땅을 내려다보고 하늘을 올려다보아야 한다고 깨우친 셈이었다.

"그건 저들뿐만 아니라 그 광경을 본 사람, 그 얘기를 들은 사람 모두 겪는 광야가 될 것이오. 광야는 풍성함으로 사람을 살찌우는 곳이 아니오. 여기저기 구경할 것이 많은 곳도 아니오. 사람들을 만나 둘러앉아 세상 돌아가는 얘기를 나누는 곳이 아니오. 오로지 혼자서 하늘과 땅과 바람 속에서, 뜨겁게 내리쬐는 햇빛 아래에서 자기를 찾는 곳이오."

"선생님의 광야 경험이 그러했듯 말씀입니까?"

"그렇소! 저들은 오래오래 낮에 있었던 일을 기억하면서, 그 일이 무엇을 의미하는가, 그 '때' 자신이 무엇을 했던가, 자신이 무엇을 하며 살 것인가, 묻고 대답하는 사람이 될 것이오. 시험이 있고, 시험자가 있고, 겪어야 할 당혹이 있고, 하늘로 불어 올라가는 바람이 있고, 결국 지나야 할 '때'가 있는 광야, 하느님을 만나는 곳이 되지요. 그러기 위해서는 두껍게 뒤집어쓰고 있던 껍질을 깨고, 자신을 가두었던 그 문을 열고 광야로 나가야 합니다. 저들이 당혹스럽고 혼란스러워

한다는 말은 이미 광야로 나가는 문을 열었다는 뜻이지요. 걸려 넘어지는 사람도 있겠지만, 때가 되면 저들 모두 자기가 들었던 대답을 들고 광야에서 사람들 사는 마을로 돌아올 것이오. 광야에서 외치는 소리로 살아갈 수 없는 것은 사람이 마을에서 살기 때문이지요. 결국 사람 사는 곳으로 돌아올 수밖에 없지요."

예수에게서 듣고 배운 하느님이 아니라 스스로 만나야 하는 하느님을 찾아 나서야 한다는 말이다. 그들도 바람소리에 실려 오는 하느님의 음성을 들어야 한다. 하느님의 음성을 흉내 내면서 슬그머니 속으로 파고드는 유혹의 소리도 분간해야 한다. 그래서 예수는 제자들에게 예루살렘 성전 뜰을 광야로 변화시켜 제자들에게 펼쳐 보였다.

올리브산 서쪽 너머로 니산월 10일의 해가 저문다. 어둠은 슬금슬금 산자락에서부터 기어오르다가 골짜기를 만나면 성큼 뛰어 건넌다. 몰려 올라오는 어둠을 보고 있으면 사람은 누구나 할 것 없이 점점 외로워진다. 눈앞에 보이던 세상, 익숙한 것들이 차례차례 어둠에 묻혀 시야에서 사라질 때, 자기도 곧 소멸할 것이란 예감에 사로잡히기 때문이리라.

예수가 입을 다물고 조용히 앉아 있자 마리아는 고개를 숙이며 물러갔고, 여인숙 밖으로 나간 남자 제자들은 아직 돌아오지 않았다. 저마다가 겪어야 할 광야를 헤아리며 예수는 천막 안에 홀로 남았다.

4권으로 계속

이스라엘 연표

	이스라엘
BC 2000	**성서 시대 [전사 (前史). 성경 기록에 의거]** BC 21세기 아브라함이 히브리인을 이끌고 가나안으로 이주. 　　　　　뒤이어 이삭, 야곱이 활동한 족장시대. BC 19세기 이집트 종살이(430년) BC 15세기 이집트 탈출(성전 건축 480년 전), 　　　　　광야 유랑(40년). BC 14세기 가나안 정복 시작.
BC 1000 **BC 500**	**왕정 시대** BC 1020 사울왕 즉위. BC 1000 다윗왕 즉위. BC 960 솔로몬왕 즉위. 성전 건축(BC 957). BC 930 남왕국 유다와 북왕국 이스라엘로 분열. BC 722 앗시리아의 침공으로 북왕국 이스라엘이 멸망. BC 587 바빌론이 남왕국 유다를 정복하고 성전을 파괴. 　　　　유대인들이 바빌론 포로로 끌려감(BC 586). BC 538 바빌론 포로들이 귀환하여 예루살렘에 정착. 　　　　성전 재건 착수(BC 515 재건 완료).
	헬라 지배기 BC 330 헬라의 지배 시작. BC 167 헬라 통치에 대항해 유다 마카비가 독립전쟁을 시작함.
	하스몬 왕조 BC 142 유다의 동생 시몬이 유대인을 해방하고 왕으로 추대됨. BC 104 하스몬 왕조가 이두매, 사마리아, 갈릴리를 정복하며 영토 확장.
      AD 1	**로마 지배기** (BC 1세기 ~ AD 4세기) BC 63 로마에 의해 정복됨. BC 40 로마 원로원이 헤롯을 유대왕으로 임명. BC 5/4 겨울. 예수 탄생. BC 4 헤롯왕 사망. 로마황제가 헤롯왕의 세 아들 　　　(아켈라우스, 안티파스, 빌립)을 분할 통치자로 임명. AD 6 아켈라우스 폐위, 로마제국이 총독을 임명하여 　　　아켈라우스의 영지(유대, 사마리아, 이두매)를 통치. AD 18 가야바가 예루살렘 성전 대제사장이 됨. AD 26 본디오 빌라도가 로마총독으로 부임. AD 29 예수가 세례자 요한으로부터 세례를 받음. AD 33 예수 처형.

	주변국
BC 2000	
BC 1000	BC 1279 **이집트** 람세스 2세 즉위 (재위 ~1213).
BC 500	
	BC 330 **마케도니아** 알렉산드로스 대왕이 페르시아 정복.
AD 1	**로마 제국** (BC 1세기~AD 5세기)
	BC 63 폼페이우스 장군이 예루살렘 정복. 성전 약탈.
	BC 44 율리우스 카이사르가 암살됨.
	BC 31 악티움 해전에서 옥타비아누스가 안토니우스, 클레오파트라
	연합군을 격퇴. 로마의 1인 통치자가 됨.
	BC 27 옥타비아누스가 초대황제 등극. 아우구스투스 황제로 불림.
	AD 14 아우구스투스 황제 사망.
	양아들 티베리우스가 2대 황제 즉위.

Historia Ioudaikou Polemou Pros Romaious

유대 전쟁사 전2권

플라비우스 요세푸스(Flavius Josephus) 지음
박정수(성결대 신학부) · 박찬웅(연세대) 옮김

유대의 가장 위대한 역사가 요세푸스의 대표작
유대교와 초기 기독교에 대한 보석 같은 기록

초기 기독교 및 성서의 역사와 유대인의 역사에 관심이 있는 사람들에게 필독서
로 꼽히는 중요한 책이다. 로마-유대 전쟁에서 예루살렘 성전이 파괴된 후 유대
교와 기독교는 중차대한 국면으로 접어든다. 유대교는 성전이 아니라 율법과 그
해석을 중심으로 하는 랍비 유대교로 발전하고 기독교는 유대교에서 독립하여
새로운 경전과 제의체제를 준비하게 된다. 이 책은 이런 전환점을 가져온 로마-
유대 전쟁의 배경과 경과를 상세하게 서술한 흥미진진한 역사서이다.

신국판·양장본 / 1권 692면·45,000원 / 2권 596면·40,000원

Judentum und Hellenismus

유대교와 헬레니즘 전3권

마르틴 헹엘 지음
박정수(성결대) 옮김

종교적 신념을 역사적으로 고증하는 데 도전하다

서구문명과 기독교는 동전의 양면과도 같다. 그것의 기원은 통상적으로 헬레니
즘과 헤브라이즘이라고 할 수 있다. 하지만 이러한 용어들 자체가 복잡한 역사적
배경을 가진 종교·문화사적 개념이기에 그 실체를 파악하기가 쉽지 않다. 저명
한 신약성서학자이자 고대유대교 연구의 석학 마르틴 헹엘은 거대한 종교·문화
사적 기원에 대한 질문들을 '유대교'와 '헬레니즘'이라는 키워드로 풀어낸다.

신국판·양장본 / 각 권 28,000원

나남 nanam
Tel: 031-955-4601
www.nanam.net

언론 의병장의 꿈

조상호(나남출판 발행인) 지음

제2판

언론출판의 한길을 올곧게 걸어온
나남출판 조상호의 자전에세이

출판을 통해 어떤 권력에도 꺾이지 않고
정의의 강처럼 한국사회의 밑바닥을 뜨거운
들불처럼 흐르는 어떤 힘의 주체들을 그리고 있다.

좌우이념의 저수지, 해풍 속의 소나무처럼
세상을 다 들이마셨다. –〈조선일보〉
한국 사회에 뿌린 '지식의 밀알' 어느새 2,500권.
–〈중앙일보〉

신국판·올컬러 / 480면 / 24,000원

나무 심는 마음

조상호(나남출판 발행인) 지음

제3판

꿈꾸는 나무가 되어 그처럼 살고 싶다.

나무를 닮고 싶고 나무처럼 늙고 싶고
영원히 나무 밑에 묻혀 일월성신을
같이하고 싶은 마음

언론출판의 한길을 걸어온 저자는 출판 외에도
다 담아낼 수 없을 만큼 쌓인 경험과 연륜이 있었다.
세상 사람들에게 깨달은 메시지를 전하고 싶었던
그는 나무처럼 살고 싶은 마음을 이 책에 담아냈다.

신국판·올컬러 / 390면 / 22,000원

숲에 산다

조상호(나남출판 발행인) 지음

제2판

질풍노도의 꿈으로 쓴 세상 가장 큰 책

출판사에서 3,500여 권 책을 만들고,
수목원에서 나무를 가꾼 40년 여정을 담다.

생명의 숲에서 개인적 회고로 시작한 기록은
출판사를 자유롭게 드나든 당대의 작가, 지성인들과
만나면서 문화사적 기록으로 확장된다.

신국판·올컬러 / 490면 / 24,000원

나남
nanam

Tel : 031-955-4601
www.nanam.net